LUDI WENJI
CHANGPIAN XIAOSHUO
ZHONGDUANPIAN XIAOSHUO

陈南南　陈田田　整理

陆地文集

第三卷

长篇小说
中短篇小说

广西师范大学出版社
GUANGXI NORMAL UNIVERSITY PRESS
·桂林·

目　录

长篇小说 / 1

美丽的南方 …… 1

中短篇小说 / 281

故人 …… 283

钢铁的心(一位抗日战士的控诉) …… 308

一支金笔

——浪漫的诱惑 …… 354

遗憾 …… 517

落伍者 …… 549

叶红 …… 560

前夜

——山雨欲来风满楼 …… 572

长篇小说

LUDI WENJI

美丽的南方

一

大前天刮了一阵北风，把冬天刮来了。这两天，整天见不到太阳，在这山村里，不是老公鸡的叫唤，就分不清午前和午后。看“牛轮”的往往误了时刻，午晌了还不见敲梆子送牛上山。

天一阴下来，冷风就是作弄人，到处都冷飕飕的。有时天空飘着牛毛一样的雨雾，风大一点给刮跑了，风一静，这些雨丝就在树叶、草堆、牛背落下，积成一层湿湿的茸毛，树枝子上的蜘蛛网成了银色的网罩，远山和树林罩着轻纱似的烟雾，老不见消散。

在这样的季节，这样的天气，闲着没下地上山的农民，也许是没柴火烧，也许是嫌寂寞，都不肯在冰凉的屋里待，常常来到村边，找个背风地方，捡些枯干的树枝烧起火堆，几个人围拢来取暖、闲谈，消磨他们的冬日。

今天雨雾没有了，太阳却不肯露面，北风在摇曳着树梢，池塘掀起轻轻的涟漪。

现在，笃笃的梆声响了一阵，牛群一个一个地走出村口来了。看牛的人，披件蓑衣，提起装稀粥的竹筒，在牛群后面吆喝着。小牛犊欢天喜地地绕着母牛旁边蹦跳，一下子找它小同伴顶顶头，一下子又跑回来，窜到母牛腹下吃两口奶，然后哞一声跑开去。

平日，这时候，小孩们都提着粪箕跟在牛屁股后面抢着捡牛粪。今天天气冷了些，没见有小孩出来，只有一个四十来岁的人，拿着粪箕慢吞吞地来了，不急不忙地拾着路边还冒热气的牛粪。粪太多了，粪箕装不完。他折下路边的树枝子往牛粪上先插个标，表示有了主，回头来再把它弄到粪堆去。

他把牛粪捡好了，顺便在村边巡游，捡些零星的猪粪。猪粪很有限，捡了半天，半个粪箕都不满。冷风越来越侵袭着他，清鼻涕总是止不住地往外流，心里却挺窝火，想找个地方歇一会散散心。

村头，有好几个人在快干到底了的鱼塘的围堤下，烧着树枝烤火。他们看到捡粪的人远远地来了，有人就说：

“你们猜，那人是谁？”

“闷葫芦嘛。”一个大麻子说。

“不是，不是。”一个小伙子心急口快地抢着说了。

“你们两个打赌好不好。”这人戴着一顶新的鸭舌帽，心事沉重，不耐烦似地插了一句。

“好。如果是韦廷忠就怎样？赌什么？”大麻子不服气急得不等人搭腔就大声嚷道，“廷忠，闷葫——”

大麻子转过头去对捡粪的人喊叫的时候，小伙子捡到一颗豆子大的石子往他衣领放下，他脖子一缩，把话咽住了。

“马仔，你搞什么鬼！”大麻子站起来，抖抖衣服，石子掉下来了。他拿小石子正要给马仔报复，马仔却跑开两步，见他把石头往火里丢了，才又坐回原地方来。麻子严肃地对着马仔说：

“好汉不吃眼前亏，你惹起老子生了气，可——”

“算了吧。”戴鸭舌帽的人不耐烦地把别人的话给堵住了。外号叫作“闷葫芦”的韦廷忠来到火堆近边，看了看这几个人，迟迟疑疑地把粪箕放在一边，挤进大家稍为让出的空位子蹲下，顺手拉过旁边的断砖头往屁股下垫着。这时他更是闷声不响伸两把手掌往火上烤了烤，用手背抹一下鼻子。大麻子望了望他说道：

“你怎么啦？跟这个天似的，又不晴又不雨？”

对方仍旧是不作声。

过一会，那位戴鸭舌帽的马殿邦问：

“昨晚听婶娘说，你们今早要上山搬茅草，这时候还不去？”

“她爱去，自己去。”廷忠一句话把别人的口都给堵了，不愿拉扯这不愉快的话头。

原来韦廷忠他家，割下两三车茅草在山上，照他的意思是打算用挑担挑回来的。老伴却嫌一担一担往回挑太费事，要他去跟旁人借辆牛车来拉两趟就完了。廷忠素性是宁愿自己吃点苦，也不肯向人赊借的人，为这事跟老婆闹不对劲，两口子又顶了嘴，茅草也不去挑了，此刻还窝一肚子闷气。

大麻子同相命的先生似的，端量廷忠一番，然后郑重其事地说道：“你们两口子老是好两天，坏两天，结婚时没请先生合过命吧？准是一个火命，一个水命，水火相克！”

“你们两个是什么命？”廷忠顶了麻子一句。

“我？”麻子不禁红了脸，接着说道：“我们是请先生算过命的啵，我属火，她属木……”

“那，怎么也合不来呢？是火不够劲烧不着湿木头吧？”小伙子马仔对麻子打趣地问。

“我们吵嘴，不是为别的，只为少了一样东西。”大麻子说。

“什么东西？”马仔兴致勃勃地紧追着问。

“不是钱，就是银纸。”

“是呀！则丰讲得不错，有钱能使鬼推磨。”戴鸭舌帽的人这才又搭上一句。

“殿邦四叔，你家今年的花生收得可不少呵，两头猪又是那样肥，年三十晚就不愁了吧？”这位叫农则丰的麻子问。

“也不易呵！老人说的，‘冬过就年，讲过就钱’。这几天也还发愁呢，新年姑爷要来拜年，还不得买他一二百斤糯米，做糍粑包粽子什么的。”

“反正蛇大窿大。有钱人过年,又是酒又是肉,没钱的人喝两碗粥,睡一觉,不也是过了。”

韦廷忠感伤地带点不平的口气说:“能安稳地睡一觉当然不错啰。只怕欠上债,想睡也不行哩,还不是要躲到鸡叫才能回。”

“今年我看没哪个地主敢三十晚上门来拔锅了!”农则丰半担心半自慰地说。

马仔说:“不敢?我看覃家老爷还在瞪着三角眼瞅人,威风得很哩。”

这几个人就这么你一言我一语、东拉西扯地闲聊,不觉火势慢慢减弱了。马仔拾起柴头往火堆上放,柴禾湿,冒着泡沫,火堆冒起一股浓烟,风轻轻掠过,把烟都往农则丰这边吹。韦廷忠歪过脖子往火堆吹了几口气,却吹不起火焰来。

“妈的,这风真捣乱! 老往我这边吹。”农则丰脱下他那顶破了有铜钱那么大洞眼的毡帽使劲地扇着。

“你这家伙,专往我这边扇!”马仔一边抗议,一边把头躲到后面去。

“一点点烟有什么关系嘛。人说,受得住烟气才养活得鸡呢!”马殿邦坐在背风的方向,抱着膝盖悠闲地说。

“你总是离不了风水鬼神的话。我就不怕烟,可是每年一片鸡毛也见不到。”韦廷忠又擤一下鼻子。

农则丰使劲地扇着,好像是跟火赌气。

“得啦,没了木柴,你再扇也扇不出火来的!”马殿邦言外之意是说:“去捡些柴禾来添吧。”

“马骏,后生仔勤快点,捡柴禾去!”农则丰把帽子戴上,用胳膊推一推旁边的马仔。

“你为什么不去?你人也不老嘛,倒学起老爷来啦!”

“去吧!”

“去吧!”

“我去!”韦廷忠看他两人互相推了半天,都不愿动,说着,自己起身走了。

“呵! 这才是——”马仔一边说,一边伸手去把韦廷忠垫坐的砖头拿过来垫高自己的坐凳。

马殿邦对这位堂侄瞪了一眼,对方不觉红了小半脸,不好意思起来。

马殿邦看着韦廷忠走到塘边的堤下的灌木丛去了,自己喃喃道:

“廷忠是个老好人!”

农则丰接着说:“好人有什么用,‘人直人穷,木直木穿空’。这世界做好人就要吃亏。”

“不能这样说。一个人没修阴功,是得不到好报的。”

“什么阴功不阴功。覃俊三害了多少人,还不是比我们好过。”

“还说呢,你这两天没听说,快来土改队了吗?人说:这趟再来工作队就彻底了。”

“什么彻底?”马仔很感兴趣地问。

“要彻底不容易呵,几十年的底子,同这张鱼塘似的,捉一两回就能把鱼捉净啦?”

农则丰这一说,大家都跟着看这张已经浅下去的鱼塘。塘里铜绿似的水面,有三五只鸭子,时时用头窜下水去寻食,尾巴往上直竖起来;塘中间放着几根树枝给鱼投宿。

大家沉默了。

风轻轻掠过,竹丛发出轧轧的声音,鸭子呷呷地叫起来。马仔伸一伸发麻的膝盖,只有他一个脸上烤得红红的,像才出土的红薯。则丰张开嘴巴打了一个呵欠,轻轻地对着戴鸭舌帽的问:“四叔,你听到什么新闻吧?”

“就是听到嘛,听说这趟土地改革,真是要共产了,什么都得充公,我正愁呢。”

“什么都充公?不会吧,不就是分田吗?”

“只是分田一项倒还是——”

“难道老婆也充公?我不信。”

“老婆也充公,那才有戏唱呢!”马仔蛮有兴趣地说。

马殿邦却不作声,脸色同这天气似的显得愁云密布。

正在他们都没留意的时刻,一个六十多岁的老头来到火堆旁边。他拿着捞虾的网罩，腰上别一只竹笼，头戴一顶没帽檐的军帽，帽边边一层油腻腻的污泥挺显眼。他那细小而发皱的脸，好像给霜打落在地上的茄子，几根胡子像田里割剩的禾草，散乱地长在他嘴唇上面。他见到火，跟小孩见到糖似的，赶紧放下网罩，往火旁蹲下，用手抓起快烧完的木头拨灰。他的手和脚都叫冷风吹得发紫了。

“你们真懒呀！火都快灭了，不去捡点柴添上，烤北风吧。”老头对大家说。

这老头叫赵德诚，排行老三，乡邻们都叫他赵三伯。他有三个儿子。三小子前年参加清匪反霸工作，运动结束后就参军去了。老人家的生活靠老大老二两家轮流供养。老大开豆腐房，每年靠卖两趟猪，生活还过得去。老二有田有牛，年成好也能够吃喝。只是两个媳妇都挺会计算，谁也不愿白养这位肩不能挑、手不能提了的公公，轮到他在哪一家吃喝，哪一家的儿媳常常是指猫骂狗，老头只好装聋作哑，当着没听见。人虽然不能干重活，但是劳动惯了，白待不住，叫老二给买了四只母鸭来养，每天当作消遣，到附近的水洼地去捞些鱼虾来喂。母鸭下的蛋也舍不得吃，一个一个都存起来，逢到圩日拿去圩场卖，给自己换回一小壶酒，给孙子们带回些糖果。

“有人找去了。你可别把人家的座位占了呵。”农则丰说。

“谁的座位？”三伯问。

“看，不是来了吗？”

“呵，廷忠。他就是比你们勤快。”

“三伯今天捞多少？呵，不少。鲫鱼也给你抓到两条，不，三条！”

马仔把头凑到竹笼口去探了探，把竹笼摇两下。

韦廷忠抱回一大捆干枯的树枝和竹根，往火堆上架起来。一会，升起火焰，火星噼噼啪啪往四下飞溅。

“廷忠，是你的座位，坐。”三伯让开地方来。

“三伯坐吧！你受冷了，快烤暖和暖和，今天格外冷呵。”韦廷忠说，勉强挤进来蹲下。

“‘冷在三九，热在中伏’，正是冷的时候呢。宁愿这时候多冷点，要不，来年打春时候闹个倒春寒，耽误下种可就糟了。”

"是呀，要是打春时候冷得厉害了，还怕冻死牛呢。"

"三伯，你看明年的历书怎么讲？"韦廷忠问。

"历书嘛，说是明年雨水倒是不缺，就是虫多，牲畜也不旺。"

"你看那么多年的历书，灵验过没有？"农则丰怕对方听不清，特别提高嗓子叫唤。

赵三伯觉得对方顶撞了他，很不高兴地瞪他一眼说道："你要怎么灵法？你手头数钱还会错呢。"

农则丰红了小半脸，觉得怪不好意思的。小马还望他做鬼脸。

他们就这样谈一阵，又停一阵地，各人都有各人要想的心事。不多一会，上山打茅的，到田里挖荸荠、花生的人，有的挑着茅草，有的赶着牛车，也有挑着箩筐的，陆陆续续回村来了；往河边去的路上，姑娘和媳妇们开始出来挑水、洗菜。

"时候不早了吧？"

经过大家沉默一会之后，马殿邦恍惚地问一声。

"是不早了，我肚子就是时辰钟，它开始叫了。"农则丰又张开大嘴巴，打了个呵欠。

"聊天是最费工夫了！"廷忠说。好像后悔来这地方待了半天，耽误了自己的正经活。

"讲到这里，我倒想起一个故事。"赵三伯说。

"什么故事？给我们讲来听听。"马仔抢着说道。

"从前，"赵三伯说，"不记得什么朝什么代了，反正有那么一个专靠割草卖过活的人。一天，也是这样的坏天气，见不到日头，他老哥割草去了，遇上一个放鸭帮的人，他的一群鸭子在刚割完了稻子的田里寻食，自己没事干，披件蓑衣蹲在田头打盹。割草的来了，两人算是找到了伙伴，大家就对火抽烟，聊了起来。一个那样爱讲，一个那样爱听。纸烟卷了一支又一支，故事讲了一段又一段。最后，看鸭子的见鸭子吃得饱了，准备往回赶的时候，割草的人才发觉自己的两只筐子是空的，正想要开始割草的时候却觉得肚子饿得不行了。"

"三伯的故事可不少。"

"你们谁是割草的人呀？"马仔说着，猛然想起什么事，站起来要走。

“马仔，走啦？看，银英出来了！”农则丰指一指村口的路上。

那里出来一个十八九岁的姑娘，挑着水桶往河边走。

马仔给则丰这样一提，不好意思马上迎面走过去同银英碰头，于是又要坐下来。则丰却把他坐的砖头抽掉，马仔坐下时落了个空，屁股坐到地上，脚趾一撑，把火炭踢散了一地，马殿邦的鸭舌帽和赵三伯怀里扎的腰带，都落了小火炭，一股炭灰往大家脸上扑来。

“你们都没有个正经的，尽闹。”马殿邦赶紧打下帽上的炭火，站了起来，打算要走了。

“这样好的火不好好烤，多可惜！”赵三伯把柴头又架起来，伸着个脖子去吹火。

“我来吹，三伯！”廷忠见赵三伯气不够使，自己接过来吹了几口，火又燃起来，升起小小的火苗。

突然，村头的路上有个四十来岁的妇人，连走带跑地来了。神情很紧张，头巾落在肩上，衣服落满了米糠，喘着气，欲哭无泪地对着大家恳求道：

“伯伯，叔叔，我的老母牛掉下山岩去了。求求叔叔伯伯帮个忙去把它扛回来吧！”

大伙见她这样伤悲，一时也都愣住了。

“那样大的母牛！快下崽了是不是？”则丰朝着妇人问。

“是呀！老天爷真瞎了眼，专来找我作对。”

这妇人长得有男人高大，鬓发跟眉毛都修得挺齐整，脸面、嘴唇、鼻子长得调和匀整，讲话时，眼光总是灵活地盯着对方，仿佛是叫你有什么心事也瞒不过她似的。她丈夫叫苏民，在二十五年前就给反动政府杀害了。她一个人带着当时只有七八岁的儿子和五十多岁的婆婆，二十多年来维持着孤儿寡妇的生活。儿子苏新在解放前一年叫反动政府抓了壮丁出去，到现在也不知道是死是活。

“唉！”赵三伯看了妇人一眼，表示无限的同情，但又觉无能为力。

廷忠听了苏嫂不幸的消息，显露关心的神情，但没说话。

“那么大的母牛，怎么扛得动？”农则丰表现为难。

“远亲不如近邻，谁家有为难事，隔壁邻舍帮帮忙是应该的，反正力气是使不完。只是碰巧,我家的米没了,正要去磨坊挑回来才能下锅呢。”马殿邦一边说,一边拔腿就要走。

“我才筛净了两斗,留过年吃的,今晚先拿我的煮一餐吧。明天我帮你去挑——”苏嫂说。

“不,不。我的米前天就磨出来了,放着不去取,碍地方,丁老桂叫今天一定得去挑回。真对不起你,苏嫂!”马殿邦走了。

“牛跌到什么地方?”韦廷忠异常关心地问。

“呵,廷忠,你帮苏嫂找两个人去一趟吧。哎!”赵三伯看着韦廷忠说。

“看‘牛轮’的叫人回来说,跌进‘羊谷’去了。”

“那,更难弄出来。”

韦廷忠望着苏嫂说:“反正牛死了,不一定把它整只扛回吧。我看,再找几个人,带上木棒和箩筐去,剥开皮破了肚,把肉和皮拿回就成了。”

“也行,由你们帮我出主意去吧。只是牛肚子的崽好大了,丢了可惜,拿回不是能吃么?”

“何止能吃,还是补品哪!”赵三伯说,“牛是跌死的,不是得的瘟病,牛下水也不要丢了,拿回来大家还得吃一顿。”

“对啰。则丰兄弟你也去一个。”

“我也还有活没做完呢。”

“这时辰日头快落山了还能做什么工。去帮弄回来,我去打壶酒来等你们。”

“对啰,去吧。”赵三伯又催一句。

“我不喝酒也去。”马仔说,系系裤带。

“去就快走,找人、找家伙去。”韦廷忠把鞋后跟提上,招呼马仔同苏嫂往村里走。

“我也去。”农则丰说一声,跟廷忠一起走了。

赵三伯见火还旺,舍不得离开,一个人孤独地坐在那里。

老鸦飞回树上,村里升起蓝色的炊烟。看鸭群的把鸭赶回村了,河边传来空隆空隆的水磨声。

赵三伯抱着脑瓜顶着膝盖打盹，一个五六岁的小孩福生来找他爸爸才把他叫醒了。

“伯爷，我爸爸不在这吗？”福生一边拿起枝芦苇点燃，一边问。

“谁是你爸爸？”赵三伯揉揉眼睛，一时没认清是谁的小孩。

福生疑惑地瞅着他，也不回答，只管吹火玩。赵三伯细看了他才说：

“呵！廷忠的小孩。你爸爸帮人家扛牛去了。”

“牛不会走吗？扛它什么呀？”福生问。

“牛太冷啦，脚发麻啦，走不动。”

“我的脚为什么不麻呢？”

“你不懂。福生，我问你，你爸爸同妈妈打不打架？”

“吵嘴，不打架。”

赵三伯认真地端量福生的面相，又疑惑又纳闷：

“这孩子像谁呢？爸爸妈妈都不像。”

福生自己点燃着芦苇玩，不理睬人。

“唉！”赵三伯摇摇头感慨地叹口气。心想：“为富不仁，这话不错呀，覃俊三尽干缺德事。”

这时，村头有人叫喊谁的名字，可是顶着风，听不清。一会，一个二十四五岁的妇女来了。人还没到，光听到她尖嗓子喊：

“福生，叫我快把喉咙喊哑了，你也没听见。我叫你干什么来的？”

她手上拿着一根细细的柳枝，要鞭打小孩似的。但她并没举手，直盯着福生，等他回答。这妇女长得细瘦而单薄，圆圆的脸上有点儿雀斑，怀五个月的孩子了，肚子已经挺得很显眼。

“爸爸不在这，找不见他。”

“你不能到别处去找吗？真是叫猫取火，见了火就忘了家。”

“爸爸扛牛去了。”福生说。

“什么？”

福生不作声。

赵三伯说：“大娘，你不知道，苏嫂的母牛跌进‘羊谷’岩，廷忠和则丰他们几个帮忙去了。”

“哼!”韦大娘用鼻子哼了一声,脸色显出妒意,“村里男人那样多,为什么单独挑到他?”

“也是廷忠自己好心,愿去帮人家的。”

“什么好心,还不是帮她才那么起劲吧。”

“大娘,不是这样说。苏嫂来找乡亲帮忙,大伙见她一个妇道人家有难事,能忍心不帮吗?”

“呵! 人家有难事就该帮,自己家的活倒不该做了? 走,跟我回去!”

韦大娘一把拎起福生,推着就走,还把小孩手上的芦苇抢过来掷了,福生哇一声哭起来。“哭,你敢哭!”大娘威胁着,福生马上把哭声咽住,抽抽噎噎地跟在后面。

“唉!”赵三伯又深深地叹了一声。心想:“莫非原先他俩的命没叫算命先生合过,现在才是捏不在一块吧?”

赵三伯拿起柴头拨开炭灰,火已经快熄了。天色已经不早,赵三伯也站立起来,伸伸发麻的腿,拿着鱼罩走了。

二

韦廷忠和农则丰从苏嫂家出来，已经半夜了。大半块下弦月挂在橄榄树梢，显得幽暗而冰冷，猫头鹰有时叫一两声，村头谁家的狗从梦中惊醒起来，叫了几声又静了。只有风掠过，树丛里发出音响。

农则丰连打了两个饱嗝，喷出一股酒气，向韦廷忠问道：

“你看出来没有？”

“看出什么？”韦廷忠两手笼在袖筒里，抱着根木杠，缩个脖子，不在意地应了一声。

“我看，苏嫂这只牛跌到那个地方，有点怪：山岩边上一棵草也没长，全是小石子，牛到那边去啃什么呀？”

“你这个家伙真尖，看得倒挺仔细！”

“莽张飞，粗中有细嘛。”农则丰得意地说。

韦廷忠没再搭腔。两人静静地走了几步，农则丰又放心不下似地说：

“是不是有人把牛推下岩去？”

“不会吧。谁能那样狠心,做出这么伤天害理的事。”

“都跟你这样老实当然不会啰。可是,人心隔肚皮,什么人没有。”

“把牛推下岩去,对他又有什么好处?”

“谁知道,说不定跟苏嫂有什么过不去的事嘛。再说,山上不是有几个家伙还不肯下来投降的吗?一条牛把它扛回山洞去,还不够吃他个把月。”

韦廷忠听农则丰这么一讲,觉得也有道理。两人沉默下来,走了几步,猛然,天空一颗流星掠过,农则丰吐了一口唾沫,说道:

“大吉利市!”

韦廷忠忍不住笑出声来。

“你笑什么?”

“你这个人也是这样信神信鬼的。”

“你不信?”

“没有你这样厉害!”

“你看,前面大榕树是鬼火不是?”农则丰拉了拉韦廷忠的衣角。

“什么鬼火,你多喝了两杯酒,眼睛发花啦,那是榨油房的灯嘛。”

“榨油房的灯?公鸡快要叫头遍了,他们还点着灯没睡?”

“谁知道他们搞什么鬼。”

“妈的,旧阵时,兴赌纸牌、抽鸦片烟什么的,还有个别玩头,而今玩什么呢?走,我们看看去!”

农则丰说罢,手脚灵快地拐过左边一条小路,往火光的地方走去。韦廷忠迟疑了一会也跟他去了。

他们走到榨油房跟前时候,农则丰的裤腿给倒在路边的竹枝子挂上,发出了响声,躺在榨油房门前的狗汪一声,惊叫起来,屋里的灯突然灭了。农则丰和韦廷忠怕狗追上来,赶紧转回头照着原路走。

“妈的,把裤腿挂破了一大块!”农则丰走回原路后,弯下腰摸了摸裤腿,不胜懊恼。

“你就爱管闲事,活该!我看,准是有人又从什么地方领来了耍风流的娘们。”

“恐怕不只是耍风流呢。”

“管他什么都好,反正我们管不着。”

“管不着也管一下,怕什么的。你就是那样怕事。”

韦廷忠不作声,沉默了一会,等到快要分手了才问道:“明天你干什么去?”

农则丰说打算到圩上买一只猪崽来养,怕钱不够,不一定去。

“我说你有空就帮苏嫂把牛肉拿去圩上卖了吧。”

“你呢,为什么不帮她去?”

“我明天还得上山把茅草运回来。”

“我看看吧,她不一定要我帮忙。”

两人在塘边分了路,走回各人的家。

韦廷忠回到家,敲了半天门,没听到动静。歇了一会,再敲,仍旧没人答应。叫他实在不耐烦了,拿手上的木杠往门上擂了两下。

“妈!”屋里小孩叫了一声。

“福生,开门!”韦廷忠喊,随后自己叹了口气。

小孩把门开开伸出小脑瓜来,望着父亲说:

“爸爸,你哪里去啦,你没吃晚饭不饿吗?”

韦廷忠在朦胧的月色下,看到鸡笼的门没有关,拿块板把它堵住了。

“爸爸,我要屙尿!”

“有尿就屙嘛,还叫人。进来把门关上。”

韦廷忠说着进到屋里来,因晚饭喝了酒,口挺渴,就着从门口射进来的月光,往饭桌上找米汤稀粥喝,但是,瓦罐和鼎锅都是光光的,他愤愤地把舀饭的木瓢一扔,抱着福生往床上睡觉了。

“哪里游逛去啦?”韦大娘带着又是怀疑,又是嫉妒,又是责备的口气问。显然她并没有睡着。

“嘿,你没有死呀!”韦廷忠忍不住发了火。

“呵,原来你是咒我死,好让你跟人家——”

“得了吧,我做了什么啦?”

“自己做什么自己还不明白,哼!”

“你不要将心比心，以为别人也跟你一样。”

“跟我什么一样？我……”

“妈妈！”

“呜呜！”韦大娘抽抽噎噎地哭起来。“我跟你这个人过，算是前世没修好阴功呵……呜呜……”

“妈！”福生一边钻进被窝，一边叫唤。

“唉！”韦廷忠深深地叹了口气，不得已地躺下了。但是，不知是喝了酒兴奋的呢，还是平白受的窝囊气，闭不上眼。

福生很快就睡着了，发着轻轻的鼾声，月光透过破了的纸糊的窗棂，照到他的脸上；老鼠互相追逐，吱吱地在叫唤，从被窝上跑过。

“老鼠也会欺负人！”韦廷忠想。把脚蹬了两下，老鼠迅速地跑掉了。

夜十分深沉。

韦廷忠又翻了一个身，仍旧睡不着。

他今年才四十，看那样子却四十出头了。小时候，家有三亩好田，一年四季是长流水，种两造，不怕旱也不怕涝。家口又不多，只他一个儿子，一个姐姐，父母都是勤俭的人，吃穿总算过得去。廷忠八九岁的时候，还是上学读书的学生。十三岁那年，在他这村附近的山坳，发生抢劫牛帮的案件，政府限令乡长覃俊三追缉破案。覃俊三派出爪牙四处侦察。开头说没找到什么踪影，过两天，忽然说在韦廷忠家的草垛里找出一条牛绳子，拿去叫失主验认，说就是他们拴牛用的。随即来了几个差人把父亲抓去，没有细问就坐了班房。母亲为了营救丈夫，到处求人写状纸、走衙门。但是，乡里能到官府走动的只有覃俊三一个人，这就叫你不得不求这位佛爷去了。覃俊三当着廷忠母亲的面答应帮忙。两趟进城确实又写了状纸，叫廷忠母亲押了个手印才说帮递上去了。过了两个月，却没半点音讯。第二年木棉花又开了，正是要人耕种的时候，廷忠妈又去向乡长覃俊三苦苦哀求。乡长说：“你不说我也知道你是少不了他，我也不是没帮助过你，你叫我写状纸我写了，你要我讲人情，我去了两趟，耽误了工夫不算，到城里吃喝费用也都是我自己掏出的荷包。我看呀，‘衙门八字开，有理无钱莫进来’，舍不得钱，趁早别想他能出来啦！”

“我们家有没有钱谁还看不见呀！什么舍得舍不得的。”

“没有现款，你的田和牛不能换嘛？不说铜钱，金子都能换得来呀。”

“哎呀！我们四口人就靠两块田活命，要……”

“那，我可不管你们这些。不过，你看是要人好，还是要田，自己拿主意吧。案情可不轻哩。不是我，谁敢硬着头皮去碰。”

“但是，乡长，这可是冤枉的呀！”

“冤枉不冤枉，反正现在是看你愿不愿花钱了！”

廷忠妈听他这一说，心更乱，不知怎样好了。第二天，就有覃永秀来同她说好说歹，怂恿她把田典给覃俊三，讲明：钱无利，田无租。等她什么时候有钱，仍旧可以把田赎回来。廷忠妈急着要丈夫出狱，也就忍痛地把田典当给了覃俊三，得八十银元交覃俊三去了结这冤枉案。自家只好耕种几亩靠天吃饭的旱地。廷忠也就在这年春季不再到学校去，同姐姐一起帮助母亲做些田间的零活。

覃俊三把钱花出去了，说是人清明前准能回来。谁知清明节前一天，覃俊三从城里回来说：“本来县长答应放人了的，忽然上头来一道调令走了，新县长才上任，案子不能马上断，还得过些时候再说了。”这样，廷忠妈和两个孩子只好今天等明天盼的，四月观音诞，五月端午，七月中元节，一个节又一个节都过了，人却没见归来；再去找覃俊三，他就说：“新的县长有新的规矩，你叫我白白去讲空人情能成吗？”最后，廷忠妈实在没法，去到班房同丈夫商议，把田契文书割断给了覃俊三，又得八十元交给他。到九月，人，总算出来了，但坐了快近一年的班房，身子很虚弱，接着得了病。请兼做郎中的乡长覃俊三开了几剂药，也没见好。拖到第二年正月，过了灯节就过世了。人病了半年，不能做工不说，还为他寻医问卦花不少钱。死时，棺材钱也拿不出，只好去同覃俊三家借利债，说明四分利息，到秋收本利还清。不想，那年正是大旱，旱地庄稼才得二三成收，借覃俊三的利债还不起，到十冬腊月时被逼得没办法，只好答应过了年就让廷忠到覃家去当牛倌顶利债；廷忠姐的婆家见他家败下来了，就提早接过门去做童养媳。又过了一年，正是冬至那几天，廷忠妈一人上山打柴，半夜没见回，隔壁邻舍乡亲到处找去，终于在山洞口发现遭老虎害了。血流洒了一地。

从此，廷忠再没有自己的家。一年到头就跟覃俊三的几头牛过日子；每天还要割回一担青草，半夜又得起来给牲口添料。到十五岁那年，地主覃俊三就把他顶一个长工使唤，开始驾车、耕田了。地主婆时常打骂，老说是她覃家修了阴功把他养大的，要不，早没了他的命了；说他不感恩知报，将来总会叫雷劈。廷忠心想：自己爹娘去世得早，又没叔伯姑舅依靠，孤苦伶仃。这么些年来，受了不少冤气，也只有忍受下来，老实干活，安分守己，免得东家辱骂就好。

到三十岁那年，覃俊三同他讲，说是他年纪不小了，打算给他找个人家成亲，反正他家没有什么人了，就在他家住下来。廷忠也没说什么，只由东家摆布吧。但是三四个年头过去了，东家也没再提起这件事。直到日本打来的那年，一天晚上，覃俊三叫他到厅堂去，说要替他成家的事，几年来一方面没找到合适的人，另一方面他年岁也还不老，所以也就没再同他提起。现在，看他一年比一年大了，不忍心看他当一辈子光棍，因此打算把丫头阿桂给他。不过，明年他家的田全都租出去了，廷忠他现在住的房屋要拆掉，另修一间新楼，好看守屋边的鱼塘。这样一来，他跟阿桂就得搬出去，另找屋子安家，田地倒是可以租给他种的。

廷忠心里像一锅滚水，乱极了，想不出一个头绪来，一时不知怎样回答东家的话，只有自己问自己："我一个人还顾不上，再多一个人怎么带呀？"

"就那么的吧，你这两天回自己的老屋去收拾收拾，我还帮你们择了个吉日，七月初五是日子了，你就把人接过去，两口子好成家立业。我覃家从来没亏待过下人，日后你们对我怎样，那就看你们的良心了。"

韦廷忠等东家把话说完，自己鼓起勇气正要说什么，覃俊三却拿起水烟袋咕嘟咕嘟地抽着，掀起白布帘子，走进寝室去了。廷忠感到：这件事情，他既说出了口，就跟木板上钉下了铁钉，不好动了。

当天晚上，正同现在一样，廷忠一夜也没睡成觉。心里老在想：

"阿桂？她还是一个十七八岁小姑娘，比我小十多岁。平日，她不是跟我多说两句话都怕东家看见吗？现在我们马上就要同在屋顶下成夫妇了，哪里去找话来说呢？……她不嫌我岁数大吗？……阿桂她……她自己能情愿？"

廷忠想到这，眼前出现着一个人影，这个人影是一个白白的圆脸，额前梳着稀稀的刘海，有一双黑黑的、不时偷偷地瞟人一眼的眸子，鼻子尖微微往上翘，身材又细又瘦……

“要跟她在一个屋子里过一辈子了！”廷忠翻来覆去地想……

这件事情对别人来说，应该是叫人喜出望外的吧。阿桂到底还是那么年轻好看，规规矩矩的姑娘啊。这消息传开出去的时候，还引起不少做母亲的人的羡慕和年轻小伙子们的嫉妒呢。只是，廷忠的心里却乱了两天，有如农具、种子都没准备好的农民，突然来了一场春雨，使人不好招架。直到他和阿桂成婚拜天地的那天，他的心情仍然是那么沉重。

他想到这上头，有一件多年来不敢认真去想的心事，今晚却给勾起来了。

三

那是廷忠他父亲还在世的时候，水田、牛车、耕牛都是自己家里的，一家人过着自给自足的日子。每天清早，廷忠把牛赶到河边的草坪放青，黄昏时候让牛到河里饮水，顺便割回一筐猪菜。春天来了，他就向学校请农忙假，到山里采蘑菇，挖竹笋；秋后，就在地里装野雉，在水坞里捞鱼虾。在他的小天地里是那样的满足，那样的乐趣。

就在那样的岁月当中，有一回，正是临近端午节，廷忠同则丰几个小伙伴到山里去烧草木灰，准备拿回家来滤成枧水，等过节时候蒸粽子。很巧，他们发现在一株野石榴的枝丫上有一窝野蜜蜂。大家高兴得不得了，都说端午节吃粽子不用买糖了。则丰没等大家商量好，拿起柴刀跑去树根就砍。树干一震动，蜜蜂飞开来。玉英躲不及，叫蜂螫了，禁不住哇哇哭起来。别人立时折下树枝和蜂搏斗。廷忠却马上用火柴点上一把枯草跑到树根去烧起来，蜜蜂见了烟才飞散了。

火熄了，树丫上剩下猪肚子似的蜂巢。则丰头一个跑去把树丫砍了，拿下蜂蜜。大家又都高兴得不得了,玉英抹了眼泪,不觉笑了。

“哎呀！大家看,谁长了一只角啦!”则丰用着眼色,叫大家看玉英眼角上肿起的伤口。玉英被则丰这样奚落,又要哭的样子。

“给我!”廷忠伸手向则丰要过蜂巢来。

“为什么给你？是我砍下来的。”

“不是我把火烧了,你能砍得下来?”

“见者有份,谁也不能独占。”

“先拿来给玉英的伤口擦一擦嘛。”廷忠认真地说。

则丰再不作声。廷忠接过蜂巢来,挑出两只幼虫,把它往玉英的伤口涂抹。

“好一点了吧?”廷忠关心地问。

玉英默默地点了点头,深深地盯他一眼,好像是头一回认识似的。

从那以后,不论是春天挖竹笋、秋天采野石榴,还是冬天打柴禾,玉英同廷忠都是常常在一起。有时,玉英的柴禾打得少了,廷忠就分给她一部分;有时,廷忠的野石榴采得不多,玉英就分给他几只。有一回,廷忠放牧刚下崽的母牛,却跑去找蟋蟀去了。母牛闯进了菜园,把萝卜和茄子糟蹋了好大一片,回家来,经不起父亲的一顿打骂,逃了出来,躲到村头的土地庙里。黄昏时候,玉英出来挑水见了他,知道他还没吃晚饭,回家拿了几只蒸好的大红薯来给了他。

“有蜈蚣和长虫出来可不得了,走吧!”玉英等他吃完了红薯,催着他回家。

“呵哈,捉住你俩了!”突然,从墙边的缺口跳过来一个人,把他们都吓了一跳。这人显然是在墙外刚拉完屎,他一边系裤带,一边嬉皮笑脸地追问:

“你俩在搞什么鬼?”

“永秀!”玉英看出了这人,马上板起小脸蛋,镇定地说:“你不要乱嚷,人家廷忠叫他爸爸打了,不敢回家,你还不帮助人家,反倒来吓唬人!”

“呵!”这个叫永秀的人,幸灾乐祸地叹了一声,接着就说,“我知道了,原来你俩是一对儿。”

“什么一对两对的?”玉英厌恶地盯了永秀一眼。

“你们不是一对儿？前回我在你水桶里喝口水,你为什么骂人哪?”

“你是真的喝水吗？讨厌你!”

“讨厌你!”永秀学玉英的声调说了一句,随即哈哈地笑了两声,吹着口哨,跳出墙外,走了。

“往后他更要胡说八道了!”廷忠担心地说。

“他爱怎么说都好,我不怕!”玉英表现很坚决。

以后,村里的小伙伴,一见到玉英同廷忠在一块的时候,果然,在他俩后面“小两口”、“小一对”地叫起来,弄得廷忠有时只好避开,故意装听不见。

因为小伙伴们这样叫得多了,自然也就引动着做父母的人的心思。正是廷忠的父亲还没吃官司那年,玉英的母亲曾当着廷忠姨妈的面流露过这样的意思:玉英是她的独生女,不想把她嫁得太远,如果廷忠的妈不嫌弃,把她同廷忠配成对,倒是好姻缘。随后廷忠的妈果然买了八封“玉袋糕”托个媒人去杨家拿过玉英的年庚八字来,请村里一位老先生合了合。算命的老先生说是玉英倒是个好命,只是同廷忠配对合不到一块。但是,这位算命先生平素的讲话不大灵,廷忠的妈爱听不听的,打算请别的先生另外合一次看再说。谁知不久,廷忠的父亲出了事坐了班房,这头婚议也就中断了。玉英的母亲后来只好接受了也是同村的苏家的聘礼,把她给了苏民。这之后,廷忠到地主覃俊三家做工,不同在自已的家那样自由了,同玉英就逐渐疏远起来。不过,只要遇见了,玉英总还是关心地问这问那。有时见他衣服烂了,就说:“你衣服破成这样,都不补一补呀?”

或者就告诉他:

“你的脚裂了那么大的口呵!拿点猪油抹一抹吧。”

在这样的场合,廷忠只有苦笑,默默地盯了对方一眼,说不出什么话来。

玉英十七岁那年,苏伯娘因为苏民到城里上了中学,自己也上了年纪了,需要一个人帮着料理家务,同玉英的妈讲了两三回,玉英的妈也就同意了。正是玉英成婚那天,廷忠在山里给东家看几只羊,孤孤单单,觉得挺闷气,就在父亲的坟边,一个人伤心地哭了起来。

往后,年岁大了,加上地主给压下的劳动越来越沉,而且玉英既然嫁了苏民,各人有着各人的生计,这些童年的记忆,就同水洗过了似的,留在心上的不多了。但是,自从苏民干革命被反动派迫害而牺牲之后,玉英年轻守寡,还携带着孤儿苏新,度着清愁孤苦的岁月。这当中,她所需要帮着拉牛车、修房屋、整理农具什么的,廷忠能够帮忙的时候,常常不声不响地替她代劳,而廷忠的破衣服也有人给缝缝连连了。正因为这样,村里又有一番流言。

有一回,则丰同他去打茅,好心好意地同他说:“廷忠,我看你就同苏嫂凑米下锅,两人一块过吧!”廷忠心上也动了一下,嘴里却说:“不行。我拿什么东西养人家呵!”

“她那样能打会挑的人,还要你养活她?”则丰热情地鼓励着他。

“不行。”

“你这个人太老实了,有这样现成饭放着不吃,哪里去找。‘人直人穷,木直木穿空’,要是我,我就不放过她。”

则丰这个主意,当时虽然没有被廷忠接受,可是,过后,廷忠倒是着实地把它盘算了好些时候,心想:“照则丰的话好是好,只是,怎么好向她开口呢?人家的小孩都那么大了,家里还有个婆婆。她还有心再找个男人吗?”

正是廷忠为这件心事搅得挺不爽快的时候,东家覃俊三却向他提起阿桂的事情。这就给廷忠添了一层心事,一时想不开:“东家为什么要把阿桂给我呢?她还是个小姑娘,跟她怎么过呢?如果命里该有个老婆,那,跟玉英凑米下锅,两人还能有商有量,还像对夫妇;要是同阿桂……两人在一起,能说什么呀!不答应吧,东家却是一口咬定了,不愿意也得愿意!怎么办呢?……”

廷忠虽然是这样矛盾,这样忧虑重重,这样不甘心,但是,自己又不敢违拗东家的决心,最后,只有答应了下来,照着东家的安排,同阿桂一起离开覃俊三的家,搬回自己已经破败、倾圮的老屋,算是成了家。然而,从一个长工变成一个佃户,命运并没有改变得好一些。他仍旧得租用覃家的田地、耕牛,仍旧给覃家做这个工干那个活的,仍旧没有摆脱了覃俊三的掌心。再说,两口子也不对劲:阿桂总是猜疑廷忠同苏嫂的来往。廷忠虽然不止一次发誓赌咒,阿桂却是那么执拗,那样不放心,看到丈夫跟人讲句话,都怕别人沾上了似的。弄得廷忠十分心烦。等到福生不到日月就生下来的时候,廷忠发生了猜疑。后来,偶然也听到风言风语:说是福生的鼻子同覃俊三的朝天鼻一个样……这就给廷忠增添了更多的疑惑和委屈。由于这种原因吧,两人的感情就越来越隔膜了。常常不是顶嘴就是吵架,很少能谈到一块。有时,两人闹得凶了,廷忠也曾忽然想离开这个家不管了,一个人逃到外乡去找个零活做,倒也清静自在。但是,回头一想:小孩,不管他怎样,到底是自己曾经从怀里把他抱大的。阿桂本人的命运同自己一样,也是从小就没了爹妈,是个无依无靠的孤儿;现在,身体又弱,性情又软,独立生活的能力比别人差,撇开她,又不忍心。廷忠想到这地步,往往如俗话说的,人穷志短,总也拿不出勇气来排除这些苦恼。往往是两人吵了一架,郁闷一两天,气消了,又照样过下去。

现在,鸡已经叫二遍了,廷忠又为这些闷气没合上眼皮。老鼠又出来,吱吱地乱叫,廷忠却没有再留心去赶它们。

四

一早，廷忠吃完稀粥，找出柴刀和扁担来，打算上山挑茅，顺便砍回山竹来编个鸡罩。他用手指试试刀刃，刀口钝了，舀了一碗水，找块磨刀石来，蹲在屋檐下磨刀。

韦大娘拿着牛鞭子进来，见丈夫不慌不忙地磨刀，就抱怨道：

“你尽干那些不管用的事，这时候磨刀干什么，又要去砍牛骨头吧。”廷忠瞪了对方一眼，无可奈何地不作声。给石头滴了一滴水，又继续磨起来。

“去吧，我把牛车借来了。凑人家的牛车今天有空，把茅草都拉了回来，就省了一件事了，免得你来回跑他几天。”

廷忠头也没抬，给石头滴了一滴水，继续磨他的刀，仍旧不作声。

韦大娘看了他这个样子正要发火，但不知怎样，马上又压抑住了，改变了口气，温和地说：

“鞭子放在这里，去吧，牛和车都在谷场那边哪！”

韦大娘把牛鞭放在丈夫的身旁，重新理一理头巾，进屋去了。

现在，田野上正铺着一片橘色的阳光，河岸上的一带树林和村庄的当腰，横挂着一道淡淡的雾霭，这雾霭在阳光照射下闪现着一条虹彩。田野很寂静，彩色的野鸡跑到光秃秃的田边来寻食。

廷忠赶着牛车，往山上拉茅去了。这天气，出了太阳还是有点冷。廷忠坐在牛车上，两只手笼在袖子里，鞭子挟在腋窝，让牛慢吞吞地拉着走，等到发觉牛走得太慢了，才吆喝两声，可是牛好像听不懂他的话，摆了摆耳朵驱赶着蝇子，仍然迈着它的方步，车轴发出单调的吱吱的声音。

牛车从西头沿着长长的村道，到了东头时候，村口出来两个人。一个是覃永秀，旁人却管他叫"花心萝卜"，是个讲话好听、干活稀松的人。解放前赶赌场时候，吸过烟毒，现在脸色还是瘦黄瘦黄的，好像老也睡不够的样子，他腰上别着一个竹笼，扛着一把锄头。另外一个叫苏绍昌，是这个乡的农会主任。他穿一身没洗过水的青色的土布衣服，提着一只篮子，篮盖下露出一截腊肉和一炷香。

"廷忠，上哪儿去?"花心萝卜紧跟上来就喊。

廷忠回头来看了看他们两个，说是到马鞍山拉茅。另外向苏绍昌看了看，问：

"苏主任穿那样整齐去哪里做客呀?"

"上那坪去一趟，今天是给老丈人迁坟。"苏绍昌说。

"正好我们同一段路。"花心萝卜说。

"你去哪儿?"廷忠这才问着花心萝卜。

"我去山上挖点冬笋。"

车突然停下来，牛张开两条后腿要拉屎。

花心萝卜趁势爬上车床上来了。

苏绍昌也想上车来坐，又怕车上尘土把新衣裳弄脏了，正犹豫，花心萝卜却伸开手来把他拉上去了。

"不是我自己家的牛，给你们拉坐，叫东家看到多不好呵!"廷忠对花心萝卜坐上车来，有点不高兴。

"什么人的牛呀，不是覃三叔家的吗? 别担心，这牛还是我帮他老人家买下的呢。”

廷忠不再说什么。车子又发出单调的吱吱的声音，慢吞吞地移动。

“苏主任，你使用的牛多，比我们在行。你看这只牛怎样？自从我帮他老人家买回它来，他家就一年比一年兴旺，人家都说这牛是护家宝呢。”

“他的家是打那年移葬了祖公以后才发起来的，哪里是你买的这只牛，——你才买回几年？我说，人要想发家，离了风水八字是不行的。”

“风水八字固然要紧，有好风水八字，要是叫灾星进了门，也是会克扣掉的。”

“既然是这牛护了他的家，那他该领你的情啰！”

“他再领情也不能给我们全包下来嘛。其实……”花心萝卜讲到这里，忽然警觉地看了廷忠一眼，马上改了口气，“他家这几年开销大，也没有什么了。”

“开销再多也用不到他的零头。”

“你不能这样说。他老人家经常就爱周济孤儿寡妇的，这个来那个去，数目可也不少。”

“咄！咄！快点走！”廷忠扬着鞭子催着牛。

“反正我们不是他的管家，不知道他的底细。”苏绍昌冷淡地说。

田野上逐渐有人出现了。有挖花生的，有掘荸荠的，也有铲草皮灰的，有的却挑着青菜，挑着沉重的谷米，三个两个的往圩场的路上走。牛群也放出来了，牧场上牛群在那儿蠕动。

这时候，溪水边传来女子唱的山歌。

“听。谁唱的？多好！要是同旧时那样，兴赶歌圩，保管她能挑回一担彩头来。”花心萝卜说。

廷忠和苏绍昌都没作声。

歌声停了一下，又唱起来：

生不离来死不离，

生死我俩共堆泥；

一块石头丢落水，

石头浮面才分离。

“这歌子可是同一盆炭火似的,把人都弄得暖酥酥的。”花心萝卜贪馋地说。

“你猜是谁吧?”苏绍昌问。

“咄! 咄! 快点走!”廷忠又扬着鞭子赶着牛。

“猜不着。我们老了,这都是他们后生仔的事了。”

“我看你的心就没老。”

“你看,呵,是她! ……”

苏绍昌和廷忠顺着花心萝卜指的方向看去,果然见到溪水边的芦苇跑出一个十八九岁的姑娘,她一边赶着一只小黄牛,一边整理她的头巾。

“是银英吧!”苏绍昌瞪着眼看,认不清似地问道。

“就是她!”

“她一直也没回婆家不是?”

“可不是怎的,这一下子兴起自由来,正是‘瞌睡碰上枕头’,正合适了。”

“这些‘跳槽的马’可难驾辕呵。”

“‘跳槽的马’,不怕,抓住了缰口,它就乖乖地任你摆布了。要是没有性子的娘们,跟这只牛似的,慢吞吞的,走路都要你背着她走,那,宁愿打一辈子光棍还自在呢。”

“那,你现在是不是想——”

“别开玩笑了。人家早就有人盯着了。”

“谁? 是岭尾村的梁上燕老师? 那,不会成功,她不能要他。”

“为什么?”

“他,同米粉一个样,软得立不起来,银英这号女子不会要他的。”

“谁想,也是白想,再怎样自由也好,蒸发糕没有媒(酶),总是发不起来。”花心萝卜说。

“那好办。”苏绍昌说。一会,他想起什么事情,叫了一声:“廷忠。”

“什么事?”廷忠答了一句,没有回过头来。

“你到底怎么搞的,老是这么闷声不响。”

“你要讲什么吧。”廷忠这才回过头来望了他们一眼,立时又“咄,咄,快!”赶着牛。

“你刚才听到我们的话了吧?”

“没有,没留心听。你们说了什么?——呵!吁——吁!”

廷忠跳下地来,把牛拉住了。

“怎么回事?”苏绍昌问。

“牛肚带断了!”廷忠回答,苦恼地把断了的两头带子拉拉看,试试它的韧性。带子已经霉烂了,使劲一拉就断。没有带子,车不能继续走了。廷忠把辕放下,把车往后一抬,把牛解放出来。车床突然倾斜,花心萝卜没留心,几乎要翻倒,不禁哎呀一声,惊叫起来,引得苏绍昌和廷忠都发笑了。

银英不知车子为什么突然在这地方停下,奔过来,看到他俩直笑,就问:

“你们笑什么?”

廷忠忍住了笑,抹了抹眼泪。见到银英,好像发现什么东西似的,高兴地说:“呵!你来正好,正要找你了——”

“找我,干么?”银英严肃而戒备地反问。

花心萝卜尴尬地避开银英的眼光,苏绍昌却像初次看到银英似的,仔细地盯着她。

银英抹一抹给风吹乱了的刘海。她那又胖又圆的脸,像五月里的蜜桃,一双大眼睛,挺会传情表意,身体长得也挺丰满结实,有一股青春的吸引人的魅力,叫人见了一回就不容易忘记。

“我正笑永秀,他坐牛车都坐不稳,还想骑马。”廷忠一边正在接绳子,一边同苏绍昌交换眼色。

苏绍昌带着微笑看花心萝卜。银英不知道他们讲的什么双关语,倒是认真地问:

“哪里来的马骑?”

“你手上不是。”苏绍昌说。顺手坐在车辕,卷起纸烟来抽。

“我手上怎的?”银英把右手一摆,那只最近才从城里买来的玉镯晃了一下,不觉红了半个脸。

“你手上的鞭子，不是能骑吗，小孩骑的木马，还没有你这条鞭子好呢。”

“三叔，你是个主任也没讲正经的。”银英撒娇地瞅了对方一眼。

“我这个主任呵！……”

“怎么的，不好呀？”银英马上逼着问。

苏绍昌苦笑。说不出话来。

“廷忠，怎么搞？能接得成吗？”花心萝卜去解了小便回来问道。

廷忠搞了老半天，绳子都烂了，接不上，心里正发火，埋怨老婆没有好好地检查就借来了，弄得半路上出事。他只顾接着绳子了，没大留意对方的话。

银英见他不作声，凑上去看了看，说道：

“呵，我当作你要在这儿让牛吃饱了再走。原来是绳子断了。廷忠叔，别那样鼓起嘴巴不高兴了，我给你去拿一根绳子来。”

银英马上奔跑到牛群里去。她那根用红绒绳扎着的辫子在背后飘动，挺惹人注目。

“真是一匹野马。”苏绍昌目送着她的背影说。随即拍一下花心萝卜肩膀：“你这个人平时呱呱叫，这一下子嘴巴含着橄榄似的，讲不出话来了。”

“你看，谁来了！”花心萝卜很难为情，找到借口，把话岔开了。

前面大路上的山坡，果然来了一个妇女。等她走到近边，才认得出是岭尾村的赵佩珍。这人跟村里普通妇女不大一样：她不做田地里的活路，平日买回棉纱来织些土布，然后拿到圩场去卖；每年，秋收过后，外地的巫婆来村里给人求神问卦，她撂下买卖也不做了，帮巫婆挑篮子、提包袱什么的，做巫婆的跟班，在这方圆五六十里的村庄走动。解放后，乡里要组织妇女会，旁人还摸不着头脑，不敢出头露面来同公家人打交道，她因为见过世面，能说能讲，外地人讲的官话也好，白话也好，她都能夹七夹八听懂一点。终于给她当上了乡妇女主任。

论岁数，她已经是三十七八，快近四十了。人却收拾得挺干净利索，眉毛和鬓角都是修饰得十分整齐。人家年轻的妇女才兴的绣花头巾和穿着镶花边的衣服，她身上却总也没缺过。她同巫婆们还学会嚼槟榔，嘴唇总是又湿又红。

现在，她还没走到车子跟前，远远地娇声娇气地向苏主任嚷开了，大家却没同她搭腔。花心萝卜低着声同苏绍昌说：

“看她又到城里浪去了。”

她拿着雨伞，挑着一只篮子，潇洒地走来。

“可把我累坏了。”她把篮子和伞放下，也坐到车辕上来。

花心萝卜听她说累，就特别留神盯着她两只发蓝的眼圈。

“干吗那样看人，是不是——”她有点窘，脱下绣着壮锦的头巾抹抹脸。

“城里有什么新闻吧？”苏绍昌问。

“呵！苏主任打扮那样整齐，要做新姑爷似的。”这位妇女主任好像抓到了话题，放心谈笑起来。

“讲正经的吧。城里到底有什么新闻？”苏绍昌又带恳求的口气说话。

赵佩珍把眼前这几个人都瞟了一眼，对廷忠特别放心不下的样子，迟疑一阵才说话：“城里来了工作队，不几天就会到区上来了。”

“来了工作队算什么新闻。”花心萝卜失望地说。

“噫，你没见到可不敢说。这帮工作队说是要来分田地的呢。跟以往清匪反霸来的那些可不是一路货。人家是北京来的，男男女女，衣服穿得挺新式，好些女的头发是卷的，跟马戏团的绵羊一个样，就是没有抹口红。”

赵佩珍要显示自己比旁人的见识广，口气很大，另外还给工作队添了好些花头的话。苏绍昌同花心萝卜交换了一下眼色，意思是说：“果然来了！”

“你知道他们几时下来？”苏绍昌问，留神地等着回答。

这时，银英拿了绳子来了，听到苏绍昌同赵佩珍说话，一边把绳子交给廷忠，一边问他怎么回事。

“说是北京来了工作队，快到区上来了。”廷忠冷淡地回答，好像对赵佩珍的话不大相信。

“北京来的？那是什么样的人呀？”银英高兴起来，马上转向赵佩珍这一边来打听。

赵佩珍说她问是问过，但是，不知道哪一天下来，下来也不一定就到我们这个区。

“管他来不来。来了，你们两位主任可是要团团转了。米花糖多预备两块吧。廷忠,整好没有?你老是一个调门,不慌不忙的,太阳那么高了,我可上你的当了,不坐你这个车,我走路都早到了。”花心萝卜仍然抱着膝盖望着廷忠说风凉话。廷忠正在紧张地绑绳子。

“你还是走吧,一下子绑不好。”廷忠说。

赵佩珍站起来要走了。银英默默地盯她一眼,不问又安不下心来的样子,终于问她:“工作队里有没有女的?讲的官话还是白话?”

“你问这干什么?人家女的同男的都混杂在一堆,弄不清。”

“那是‘杂合会’,才有味道哇。”花心萝卜插了一句。

“他们住的也不分男女吗?”银英惊奇地问。

赵佩珍把雨伞挑上篮子轻飘飘地走了。苏绍昌不安起来,皱着个眉头,望了望太阳,看时候不早了,也提起篮子要走。

“苏主任,快整好了,上车坐吧。”

“不,不,我赶快去,晚上还得回来同大伙商量农会的事。万一明后天人家工作队真是下来了,还不得腾屋子、要饭菜吃呀!”

苏绍昌走后,花心萝卜仍旧抱着膝盖不动,望着廷忠催道:

“廷忠,还不行呀?你总是慢吞吞的。”

“你要走就走嘛,也没拴你的腿!”廷忠头也没抬,只使劲绑着绳子。

银英放下鞭子,凑上去帮廷忠拉紧绳头。一会,绳子绑好了,她拿起鞭子又跑去田边帮廷忠把牛牵回来,看廷忠驾好车开动了,才跑开去,把零散的牛赶在一起,打算赶到山那边去。

牛车又单调地吱吱地继续开动。花心萝卜还是死皮赖脸地爬上车床去。廷忠没有理睬他,老半天两人都不作声。花心萝卜憋不住了,才问廷忠:“昨天去扛回牛来,怎么招待?整个牛是不是全部都弄回了?”廷忠老实告诉他:“牛肉全都要回来了,就是剩下牛头没法拿,丢下了。”

“丢在什么地方?”花心萝卜非常关心地问。

“告诉了你,冬笋你就挖不成了。咄,咄,快走!”廷忠看看太阳已经出来好高了,心里发了急,扬了两下鞭子。

“我倒不稀罕那些死牛肉。”

“你稀罕也还不是白费心机，过了一夜狼还不来啃光了。说不定还有人把骨头也搬走了呢。”

“一只牛头能有几两肉，谁会半夜三更去干这个？”

“没有人干？山上那几个家伙知道了，他们不来拿吗？不管它有几两肉，总比他们偷挖的芋头、红薯强。”

“我看他们几个自从则丰打了他一枪，现在怕不敢在附近待了。”

“你怎么知道？”

“我……唔，当然……我只是将心比心，要我就不敢。”

“他们要同你一样，就用不着上山了。我昨晚还同则丰纳闷，苏嫂的牛掉到这个山谷，挺奇怪。”

“算了吧，有什么奇怪，人有时还掉下崖呢，何况牲口。”

“这几个坏家伙，这回工作队一来，看他们是不是还‘死鸡撑硬颈’，不肯下山。”

“你看刚才赵佩珍讲的工作队，会不会是真的？”

“她的话，你打他七折八扣就差不多。”

这时，山头和田野传来一阵一阵的山歌，有时是对唱，有时是几个人联唱。廷忠仔细一听，当中有这样几句：

烧火不给火花飞，
恋情不让旁人知；
行路相逢不相问，
两家低头两家知。

廷忠觉得这首山歌又亲近又疏远，“什么时候，什么人唱过？”廷忠专心地追寻他的记忆。那是他还没有同韦大娘结婚，苏嫂已经寡居了几年的时候。有一次正是木棉花开得正盛的时节，苏嫂同则丰的老婆搭伙种玉米，见他一个人在附近看牛，她就唱起这首山歌，仿佛是故意唱给他听似的，使他纳闷了几天。可是，现在又是谁唱的呢？歌声是从几个挖荸荠的妇女唱出来的，不可能有苏嫂，她今天一定是去圩场卖牛肉。

“是什么人唱的呢？莫非是谁唱给他听的？”廷忠回头瞅了一下正在打盹的花心萝卜。

“永秀！”廷忠想来想去，才叫了一声。

花心萝卜揉了揉眼皮，惊慌地望了望他。廷忠把山歌告诉他，顺便好心地劝他找一个人成个家好了。

“一根木头是难烧着火的，一个人怎么也是孤寒。”廷忠最后说道。

“前两年倒是有这个打算，如今没有这份心机了！”

“怎么搞的？”

“如今虽然闹自由，不花钱。可是，不花钱的货，你能管得住她吗？我看，现在谁是谁的老婆都分不清了，成天男男女女混在一堆，白天黑夜地开会、打闹，嘿，什么戏唱不出来呵。”

“你不要乱讲。你看这一年多来，也没见闹过什么事嘛。”

“你就这样死心眼吧，好戏还在后头呐，你没听刚才赵佩珍讲的：这帮工作队来了，不知又闹出什么新花样了。听说前面五区闹得……”

“闹得怎样？”廷忠信以为真，急忙打断对方的话。

“反正讲多了你们又说我花——”花心萝卜想说又不好说出口，只改变口气说，“我是对谁也不能轻信：吃甘蔗，吃到一节剥一节，走一步再看一步。”树林的雾霭已经消散了。大地上是一片温暖的阳光，马鞍山上的松林冒起一缕蓝烟。廷忠看了看，心想：“谁上山那样早？可别把松林烧了。”花心萝卜也瞪着眼狐疑地瞭望了好久，然后，要廷忠指给他苏嫂的牛跌倒的地方。“就在松树林上去一点。”廷忠告诉了他，他没再说什么。牛车继续走了一段路，花心萝卜就跳下车来，朝松树林的小道走去。

“怎么啦，不去挖冬笋啦？”廷忠问。

“你先走吧，我解个大便就来。”花心萝卜吞吞吐吐地，一边讲一边走，连头也不回，害怕人家拉住他似的。

“我看你想起那只牛头来了吧？咄，咄，快点走呵，快到了。早上没喝足水吧，走得那样慢！”

廷忠扬着鞭子吓唬着牛，牛摆了摆尾巴，快走几步，又照老样子慢吞吞的了，车子仍旧唱着吱吱哩哩的单调的歌声。廷忠伸一伸发麻的小腿，回头望了望，花心萝卜往右边路上走去了。

“一只牛头是比冬笋好多了，还不要费力气去挖。”廷忠心想，“反正苏嫂不打算来要了。我应该一早就来拿回去。茅草什么时候拿都可以的。都是她不通人情，一定要这样做，真是没法。但是，花心萝卜这么晏才去，保准他什么也拿不到了，那些烧炭的人还不早拿了？谁那样早就上去烧炭了呢？一担炭现在能换上五六十斤玉米。今天把茅拉回了，如果天不下雨，也去烧他几担炭，拿去城里卖了，买他四百来斤木薯、七八十斤玉米，加上自己还剩下百来十斤芋头，明年三四月春荒，马马虎虎能度得过去了。……现在离年卅晚，还有半个来月，元宝、蜡烛，这些年货少买点不打紧。就是这么一个年节，多少也得包几个粽子，做点米花糖，不然，小孩瞪着眼看人家咽口水……福生的衣服烂得不成样子，该给他缝一件新的了，但是这又得五六元人民币，哪里去找？一只猪现在至多七十来斤，要养到明年五月节再卖，就可以凑够买只小牛来养，碰上好运气，不发瘟，后年就能开犁。以后每年省下牛租，日子就好过些了。……但是，福生过了年就要上学，没一件衣裳……”

廷忠这样计算那样计算，这一头想通了，那一头又有问题，好像走到蒺藜地里，揪开了这个刺，又被那个刺挂上了，心里挺烦乱。

五

正是小鸡回窝的时候，树上的广播台传来农会的一个紧急通知，说是有要紧事，各家各户吃罢晚饭都到小学校去开会。

小学校是在村子的东头，原先是一间土地庙，二十五年前这里也闹过一次革命，泥菩萨给搬走了，这里改做民办的初级小学，增建了一排拿竹篱修起的校舍。天井里小孩们种着几盆万寿菊和一株石榴，教室的课桌和门窗破烂得很不像样，糊窗口的纸破了，风呼呼地直吹；农会和民兵常在这里开会，把桌子板凳弄得东倒西歪；墙上，还留下现眼的“寓兵于农、寓将于学”的反动政府骗人标语的痕迹。

天色已经黑了好久了，广播台虽然再三地叫喊紧急开会，人们还是稀稀拉拉地爱来不来，有的让小孩来顶数，有的来个老太婆；而这些老太婆比年轻人耐性还差，脚还没迈进门槛就唠叨：“又是开什么会呵！人家正赶剥花生，明天赶圩去换回几斤盐，偏偏这个会那个会的老是开不完。真是饱人不知饿人饥。”

“可不是怎的，我也是要在今晚把一对竹篮编好，明天——”

“得了吧，我看谁在家也没闲着，快来快散倒是真的。”

“你说谁不早来？你们早来就开成会啦？我看，比我迟到的还多哩！”

人们你一言我一语嚷嚷吵吵。天气冷，有些人到门外拉回些树枝子来烧火。大家有了火烤，会开不开也不在乎了。

虽然人没到齐，但是再等也不会有人来了。农会主任苏绍昌给刚进来的民兵队长梁正拉到黑板旁边去咬耳朵，唧唧哝哝地讲了一阵。完了，苏绍昌才把桌上的煤油灯的灯芯捻亮一点，开始说：“好了，开会吧，上头来了紧急通知——”

他的调调老是不高不低不冷不热的，引不起大家注意。有些人照样低着脑袋打盹，有些人继续开小会，悄声嘀咕。苏绍昌却不去计较这些，不管人家听不听，照是把话说完了就算。

“开这个会是因为不是明天就是后天，上头又有工作队下来，”苏绍昌继续讲，“这个工作队跟以往的可不一样，是打京里派下来的。我们一定得好好欢迎招待。怎么欢迎招待呢？”他自己反问了一句，顿一顿。

这一下子可是有人注意了，不少人抬起头望着这位主任。主任发觉别人盯着，不敢同谁的眼光相碰，直瞅着灯光，说：“等明天工作队下村的时候，各家各户都要有人来学校操场站队欢迎；学校放假了，到时小孩子也来扭秧歌、烧鞭炮。”

苏绍昌本来准备要讲的还不止这些，可是，一站到讲坛上来，什么话都想不起来了，特别是刚才梁正告诉他的那些，更加记不住，只说出一个头，就把后面的给忘了，一大段尾巴给讲漏了。

“明天我还得去圩场买油盐呢。”廷忠坐在靠门的那一堆火的旁边，同马殿邦、农则丰他们谈论年关的事嘟哝着。

“管他那么多，人家真是要来帮助老百姓翻身，还在乎你欢迎不欢迎，”农则丰搓搓手，往火上烤了烤，“有烟吧，给卷一支。烟叶今年也贵了。”

马殿邦从口袋掏出纸烟来递给则丰。

“你不抽吗？”则丰把烟交回马殿邦，顺口问道。

“不抽。”马殿邦心不在焉地应了一句。之后，又猜疑地反问：“工作队这下子来是不是——”

“各位父老兄弟，我补充个意见。”突然一声高嗓子，把叽叽喳喳的喧声压住了。

黑板前面站了一个高大个子，脸色黧黑，左边腮帮有一颗长着几根毛发的黑痣。他就是民兵队长梁正，外号叫“梁大炮”，早先在外边当过差，做过排长什么的。抗日胜利第二年才复员回家。刚解放时来了清匪反霸工作队，老乡们不十分明白政府底细，谣言很多，都不敢出头。梁大炮是漂过江的人，懂得交际应酬，当上了民兵队长。

“刚才苏主任讲过，明儿后天工作队下来的事，大伙都听了。这个工作队的人马我在区上见过。同以往本地来的工作队可不一样，单拿讲话一门就叫我们这些土佬干瞪眼。所以我说，工作队来了，谁也不能乱说话。谁要乱讲了什么，扯起是非，自己担当。”梁正这一吓唬起了作用，人们都停了讲话，静听他的：“我们民兵更是要守纪律，没有我同意不得单独行动。前次农则丰开枪打人的事，就是犯规矩的行动，往后……”

这时候，屋里掀起一片喧哗。

则丰嘟哝着说：“我条卵规矩，谁要半夜三更来偷鸡摸狗，老子就不客气。”

梁大炮讲完了话，又坐回火旁边来烤一烤冷了的手。旁人对他爱理不理的，有的伸了懒腰打着呵欠，自言自语地说：“该散了吧。”

苏绍昌摇了摇桌上的灯，把灯芯捻高了点。毫无目标地向大家问：

“谁还有话要讲吧，快一点。灯油……”

主任的话没完，突然有个人站了起来。大家一看，原来是妇女主任赵佩珍。她站起来，忸怩了半天，要说不说地用含笑的眼睛瞟了全场一眼，整理一番头巾，挽一下乱了的鬓发。

“快点吧，又不是要上轿，别打扮得那么整齐了！”谁在角落里说。

“苏主任和梁队长都讲了。我只说，妇女同志——笑什么？不是叫同志，难道跟旧时那样，称你们做太太、奶奶？现在告诉你们，你们又不信，过两天就见大世面了。人家工作队男男女女都不分。我们现在在一起开会，脸上还转不来，叫你怎么好？我现在做主任的告诉大家：这回京里来的工作队，男男女女是不分的都混在一起的，大伙千祈不要见怪。反正是时代潮流，将来我们自己也是一样。”

“你看见来了吗？”马仔大声问。

“我没见到还能胡造谣吗？你真是。”赵佩珍讲完这句话急忙坐了下来。人们听了这个“新闻”不禁掀起了一片喧哗：有好奇的议论，有怀疑的猜想，苏绍昌就在人声嘈杂中宣布散会。完了，望着各人走出门槛的背影嚷道：“大家记住呵，工作队到村时候每家都得来一个人欢迎。”

“民兵的要起带头作用，早点到。”梁大炮补充了一句。

人们一个个走了，只有花心萝卜舍不得离开这堆炭火似的，抱着膝盖不动。韦廷忠开完会回到家，老伴正在鬼鬼祟祟地整理着箱子，见廷忠进来，不免慌乱起来，立即把箱盖扣上了。廷忠想问怎么回事，话到嘴边又咽回去了。韦大娘见丈夫没理会才宽了心，把手上拿的松明放在床边的石板上。解开衣扣，准备上床睡了。廷忠这才发现她肚子高起来似的，便拿关怀的目光瞅着她，两人眼光相遇，叫对方不好意思微微一笑，把脸转了过去。

“多久了？”廷忠问。

“快五个月了。”

“明年又多一个口！”

“生下来后把他送给人去吧。”

廷忠想了想，叹了一口气说：

“怎么说也是自己的血肉，就是苦一点，也要把他拉扯大来，要不，福生太孤单。”

“人家说，怀孩子操劳过重，怕……”

“看我们的命吧！”廷忠又叹息了一声。

“这时候你也信起命来了？”韦大娘笑着说。

廷忠却没作声，拉过被子躺下。

“刚才开会怎么讲的？是不是要来工作队？能真的要分田吗？”韦大娘转过身来注视着丈夫，就是要从他的眼色看出什么秘密似的。

“就是说是又要下来工作队了，分不分田没听他们讲。要是还让梁大炮、赵佩珍这帮人把持农会，就是真的要分田也分不到我们这些人的头上。”

“你说，来了工作队，对待地主老财能怎样？”

“谁知道，反正跟他们没沾亲带故，爱怎样就怎样，管他那么多。”

“对啰，以后我们可别管那些闲事。”

“看是什么闲事，不相干的谁管它。”

廷忠看松明还有大半截，把它吹灭了。韦大娘嘟嘟哝哝地说：“松明也快点完了。年货一样也没办。今年好运气养得五只阉鸡，留下三只过年，明天捉两只大一点的连同一担柴禾挑去圩上卖了，买回斤把油和三四斤盐回来，要是老天保佑，天不下雨，山上的木炭能烧成了，换得钱买得十多二十斤糯米和几斤片糖回来包几只粽子，做些米花糖；要是炭烧不成，粽子、米花糖不做就算了。墙头上还有几条牛骨，记得明天顺便拿去圩上换回一包火柴。”这时，福生醒过来要屙尿，听见妈妈说要去赶圩，就嚷着要买鞭炮。

“盐都没有吃，你还要买炮仗！”韦大娘抱怨着。

“人家说工作队快来了，来了工作队，个个人都有饭吃有衣穿了。”福生说。

“你听谁讲的？”

“是赵三伯说的。”

“又是赵老头——他还讲了什么？”

“他说，将来地主的田地都得拿来分给穷人。”

“他怎么知道？你不要听他的话。小孩子以后不准乱说话，知道了吧？”

“不要这样吓唬他，小孩子知道什么，讲了一句错话也犯不了罪。”廷忠说。

“不管是犯不犯罪，反正不管什么人我们也别得罪就好。”

廷忠同平素一样，知道顶嘴不会得到什么结果，干脆不作声就算了。

一会，福生又睡了，发出轻轻的均匀的呼吸声。虽然是伸手不见五指的黑夜，但福生的那身破烂衣裳却在廷忠的眼前出现。他把给小孩缝套衣服的打算告诉了老伴。他说，就是木炭烧不成，多卖两只鸡凑合一下，不够也差不多的。新年反正没有什么亲戚来，年卅晚有一只鸡就成了，姑妈要来也不是客人，有什么就吃什么，倒是好招待的。

韦大娘见到丈夫平素对待福生总是冷冷的不大关心，未免感到委屈，现在听到他这样细心地为福生计算这个计算那个的，不觉宽了一半个心。顺口就说："福生的衣服不用操心了，明天去圩上给他缝一套吧。"

"哪儿来的布？"廷忠不禁惊疑地打断她的话。

"管它哪里来，反正有布给你就是。"

"偷人家的还行吗？"

"看你嘴巴说的，什么偷来偷去。"

"我不懂你搞什么鬼。"廷忠觉得老婆总是爱接受人家的小恩小惠，心里是不高兴的，可是从来也没怎样明说。

韦大娘终于告诉丈夫：刚才他去开会的时候，覃俊三的小老婆过来，叫她明天去她家帮挑糯谷去磨坊，看见福生的衣服烂得真是"串得钱来包不了米"，就说："看你们小两口的日子还是过得不宽裕呵，跟我过去拿点东西回来过年吧。"韦大娘看东家一片好心，终于跟去了。她们悄悄地打后面的小门进去，覃俊三的小老婆叫韦大娘在厨房等着，自己进去一会，一手抱着一个小包袱，一手提着一只篮子出来，交给韦大娘说，包袱里是早先存下的三丈蓝靛染的土布，这几年，大家都兴穿洋布，留着也没用，叫韦大娘拿给福生做套衣服，余下的大人还够做件上衣；另外，里头还有个小包，包的是一副金耳环，一对玉镯。都是原先准备等韦大娘出嫁时候给她的，只因她过门那年，正巧这位东家奶奶病了，没有给成，后来事情多也就把它忘了。现在还是拣出来给了她，作为她做养女一场的纪念。篮里放的是两斤片糖，两块腊肉。还说，等糯米磨好回来再给十斤八斤做粽子、米花糖什么的。韦大娘还说，当时见东家奶奶这时候是那样真心实意的，不像旧时那么尖酸刻薄的样子，不好意思推托，只好把东西拿了回来。

"你就爱贪小便宜！"廷忠虽然不大高兴，也不过于严格责备，只是这么随便说了一句。

韦大娘见丈夫的口气是温和的也就没顶他的嘴。过了一会才又说道：

"三奶奶见我拿了东西要回的时候，她把我拉住，叫等一会。我以为她要干什么。"

"她要干什么？"廷忠问。

"她望了望我，想了一会，才小心地从怀里掏出一只刻着图章的金戒指，小声小气地跟我讲:‘这是我的祖宗传下来的东西,祖父下葬时候也舍不得放在他的身边。现在碰上这个时势,怕将来——唔,你在我们家那么多年,我什么心眼你都知道了。除了你没有地方放了。你就帮我收起来吧。’说完,她就把它硬往我怀里塞,我本不想接过来,可也不好说。现在,我把它放在香炉里。过几天年三十晚,你要换新的炉灰,千祈别把它倒了。唔!你睡啦?”

“没有。”廷忠今天去松林烧了一天炭,疲倦得厉害,昏昏沉沉地瞌睡来了,不在意地随声应一句。

“没有?——你听到我同你讲些什么?”

廷忠没有作声,翻了半个身,把脸背过去,好像要回避对方的纠缠。韦大娘却向空出的空隙往他的背后挤了挤。

“你从他家拿出这些东西来,有人看到了吧?”廷忠带着忧虑的口气问。

“没有。谁也没有看见。大奶奶再三吩咐,不让告诉什么人呢。”

廷忠不哼气,静了一会。

“我看那些布不能给小孩做衣服。”廷忠想了半晌说。

“为什么?”

“工作队这两天就下来了。还不知道有什么事呢。”

“你就是前怕狼后怕虎的,又不是偷来骗到的,关旁人什么事?”

廷忠不好再说,屋里陷入寒冷的寂静。老鼠又猖狂地奔跑。

“腊肉放在什么地方,别叫老鼠拿去过年了。”廷忠问。

“放到坛里,把它盖严了。”韦大娘松了口气答道。

六

深夜。

参加会的人都回到了家，狗的吠声已经沉寂，夜已很深。花心萝卜离开了农会的火堆，悄悄地朝覃俊三的“近水楼台”的房子走去。那里，现在还有暗淡的亮光，风轻轻吹动，塘边的竹丛发出吱吱嘎嘎的声音；鱼受不住冷，偶然跃动，水里响了一声，花心萝卜的心不禁收缩一下，回头看了看，没见到有人跟来，才加快脚步，往覃俊三的后门溜进去。

这时候，覃俊三正在“近水楼台”的小楼上同三奶奶喝鸡汤，听到有人来，噗地一声把灯吹灭了。丫头阿珍摸着黑，上楼来悄悄地说：“永秀来了。”

“叫他在厅里等，我就下去！”覃俊三说。

三姐划根洋火又点亮了灯，瞟了男人一眼，引着对方注意桌上没吃完的炖鸡。

“把它盖上，收起来。把灯熄了。”覃俊三说完就走下了楼。

覃永秀是覃俊三的堂侄，先前覃俊三当团总的时候，这个侄子一直是他的跟班。虽然这个侄子学了一套抽大烟、喝酒、赌钱的不正当嗜好,有时还连累到他,替他赔点小账,叫他厌烦。可是只要覃俊三有什么事,总也少不了这个侄子,花心萝卜也抓住了他的这点把柄,到十分困难的时候有这门奔头,生活总可以混得下去。因而得过且过,不肯找个正经的活来干,也不想找个女人来成家,今年已经三十五六的大岁数了,还是个光棍。

花心萝卜接过阿珍拿来的暗淡的豆油灯,凑到楼梯口去迎着覃俊三下来。

覃俊三的脸色在暗淡的灯影下更加显得忧郁、颓丧。但是,当他抬起眼皮,跟这侄子的眼光相遇的时候,却流露了他内心的无限怨恨。"你们的会开得那么晚?"他带着轻蔑而不耐烦的口气问。

花心萝卜把灯搁到茶几上,然后搓搓冰冷的手,迟疑了半天,才在覃俊三对面的椅子坐下。接着把刚才开会的情形添枝加叶地向覃俊三叙述一番。

"这样看来,他们都照着农会的话办,没有反对的了?"

"横直是没人作声,算是同意了吧。"

"廷忠也去了吗?"

"去是去了。这个人去了也是白去,从来不见他哼过半句话。聊起家常话倒没个完。"

覃俊三听到这,不觉一怔。眼睛转了一下,故意平静地问:

"有什么家常谈的?"

"再一个来月就要过年了,谁还不是发愁年关的事。"

覃俊三松了口气,问:

"你怎样?"

"我一个人好办!就是老母亲,哎!老脑筋总是不开窍,一定要买香、买蜡烛什么的,真难办!"

"在这里拿一点去吧。"覃俊三说。看了看对方的那件黄色的军用棉袄,肘子后头已经露出了大块棉絮。

"我们还有点布,你拿去做套衣服。阿珍!"覃俊三朝里屋喊。

阿珍应声进来,听完东家吩咐,就上楼去。一会,拿着一个布包来交给覃俊三,覃俊三叫她交给花心萝卜。她把东西搁在这个人旁边的茶几上,唯恐人家要吃掉她似的,马上转身走了。覃俊三叫她等一下,阿珍恐惧地回过头来,眼睛什么地方也不敢望,只盯着自己的脚背。她的脚,每天临上床睡觉时候才能洗。这时,她才切完一筐水浮莲,正要拿点猪油来涂抹脚上的裂口,花心萝卜就来了。现在她还是打着赤脚站在冰冷的地上。

“你去找个口袋给永秀装十来二十斤米拿回去。”覃俊三说。

“不用了吧,家里——”花心萝卜故意推让一下。

但是覃俊三并没有留心对方的话,当作没有听见似的。

“大伯没什么吩咐了吧?东西我可就拿了。”花心萝卜站起来,掂了掂米袋的重量。

“拿去吧。只要放聪明一点,好好干就行了。工作队下来以后,行动要加小心,多接近他们,有什么风声来说一下。”

覃俊三说完,看这个侄子二十来斤东西都扛不起,只好过去帮他将米袋送上肩,顺便咬着他耳朵说了一阵。

“唔,知道……对……就这样,来龙斗不过地头蛇,他能怎的。”花心萝卜断断续续地点头答应,最后勇敢地说了一句壮胆的话,就走了。

“走啦?”三姐下楼来,见覃俊三送花心萝卜出门才转回来,不耐烦地问道,“又来嘀咕什么老半天?”

“还不是那些事。”

“嘿!我看快过年了,少不了又来敲竹杠就是了。”

“不管怎么说,他也是我们的人,给他一点,也比将来叫别人分掉好。”

“将来人家到底怎么搞法还不知道呢,现在你就先送这个送那个的,不到人家共产,你倒是给这些宝贝分完了。再说,这些人你能担保他们一定替你卖命吗?”覃俊三以为女人总是眼光短小,看不到远处,只好不同她计较。两人又回到楼上来继续没有吃完的夜宵。覃俊三近来总感到一股闷气,酒量增加了。现在,他把半瓶蛤蚧酒喝了,还叫三姐再去拿一瓶桂林三花。

“得了吧,公鸡都快叫了,今晚你还睡不睡啦?”三姐瞟了丈夫一眼,一边在收拾桌上的酒壶碗筷。

“今朝有酒今朝醉……”覃俊三带着微醉唱了一句半文半白的戏文。斜着眼睛瞧墙上那幅二十多年前上海五洲大药房印制的半裸体“美人”的广告画。

过了一会儿，覃俊三拿出砚台来，用嘴吹一吹上面的灰尘，把杯里的残酒倒上，三姐一边殷勤地帮他把墨磨起来，一边娇声娇气地问他是不是给岭尾村那梁家老婆子开服药方，她前天在磨坊那里答应过人家了。这时，覃俊三对三姐这种举动，感到特别腻味，好像没有听到对方讲的话。他阴沉地拔出干燥的毛笔来，蘸了蘸墨汁，沉吟了半天才在一张十行纸上写：

其多内兄大鉴：

三姐感到讨个没趣，缩回手站在旁边看。

“明天你过岭尾村去一趟吧。”覃俊三写了两行字后，抬起头来对着三姐说。

“不去，”对方撒娇地说了一句假话，“求你给开个药方也不肯，叫人见到梁老婆婆多不好意思。”

“你倒知道要救人，我们自己还顾不上呢。”覃俊三又继续写他的信。

“救人不救人倒是闲事，你的药方能不能治病我就信不着。只是我既然答应了人，这点面子你都不肯给……”三姐好像受着好大委屈，真是要淌出眼泪似的。

“那好办，给你开一个顺便拿去。可是她家什么人得的病呵？我只管开药，不管治病。明天一早就去吧。信要亲手交给其多内兄。”

“你要我去就硬着头皮去一回就是了。说本心话，我真不愿去见你那个外家！”

“为什么？”

“你还看不出来：从我来到你这个家，你的丈母娘、小舅子，哪一个把我当作人看待！”三姐眼圈子红了，真是要淌眼泪的样子。

“不当作人当作什么啦？”覃俊三一边从头再看看已经写完的信，一边漫不经心地说。

“都说我不是用花轿抬来的明媒正配，不——”

“算了吧，这时候还同自己人计较这些！”覃俊三用嘴唇舐了舐信口，把它封上了。

猛然,后门响着轻轻的叩门声,两人都屏着气听。

“什么人来?”覃俊三疑惑地自语。

“听!”三姐制止丈夫的话。

叩门声是砰、砰两声,停一下又砰、砰两声。

“大炮!”三姐透了口气说。

“是他?这么晚了还来?”覃俊三用询问的目光瞅着三姐。

三姐的脸红了一下,马上机灵地说:“阿珍恐怕睡着了,我去给他开门。”随即她亲自下楼去。覃俊三听到两个声音在楼下唧唧哝哝了半天。果然是梁正跟着三姐上楼来了,他好像作了一番精神准备,镇静地对覃俊三说:“来迟了,很抱歉。开完会时候打算就来的,可是散会出来前前后后都是人,怕给人见到,故意去榨油房坐一会,却遇上他们吃夜宵,叫他们拉住喝了两杯。很晚了,本来不想来,可是,事情搁在心里老放不下,还是来把它都说了。”

“你没有见到花心萝卜吧?”覃俊三问。

“没有,”梁大炮惊讶起来,“他……来过了吗?他说了什么?”

覃俊三正要说什么,发现三姐站在旁边,便说:“睡去吧,没有你的事了。”

三姐不满地盯了丈夫一眼,同梁大炮交换着眼色,掀开右边的白布门帘进房去了。

覃俊三把他给何其多的信告诉梁大炮。

梁大炮恭敬地听着,耐心地等这位老爷把话都说完了,才把他近来打听到的消息讲出来。

“五区那边听说已经闹开了,搞得很惨,田地、鱼塘都分了。”

“要分,当然什么都想分了。恐怕不止田地、鱼塘呢。也好,让他分得越惨越不得人心。我们要想法叫他们分给穷鬼的东西,谁都不敢领,刮他们的胡子,使他站不住脚。拴起马尾巴,叫他自己打架。”覃俊三鼓起奸猾而凶残的目光,征询对方的意见。

“明后天工作队就下来了。”梁大炮表现不大有信心,避开正面附和对方的话。

“来了好嘛。来了就先给他们一个下马威!”

“不是说要欢迎他们吗,刚才已经布置好了的啵!”

“欢迎是一回事,给他下马威是另一回事。双管齐下。你也以为放鞭炮就真的是欢迎吗?嘿!”

“小的见识有限,老爷叫怎么做就怎么办吧。”

“你就带这封信去给其多,看他有什么吩咐。”

覃俊三把信给了梁大炮。

屋里十分寂静。桌上古老的座钟发出单调的声音,灯光很微弱。主人揭开灯罩,拿划过的火柴梗去挑了挑灯芯,灯花飞散起来,灯还是没见亮一点,覃俊三把灯摇了摇,发现没有油了。他见楼下还有亮,到楼梯口去叫了一声添油。一会,阿珍轻轻地拿着煤油进来给添上。三个人都没有谁作声。梁大炮第一次见到阿珍似的,贪婪地死盯着她胖胖的手,顺着手直瞅到她结实而丰满的胸脯。覃俊三看到梁大炮这神情,眼珠子转了一转,对阿珍端量了一下,眼光同梁大炮的眼光碰上,梁大炮不禁红了半个脸。阿珍不知不觉地又轻手轻脚地下去了。覃俊三目送着她的背影在楼梯口消失了,才转回来对梁大炮说:“时候不早了,就在这里过夜,明天天不亮就走。”梁大炮表示踌躇。“拿去!”覃俊三从抽屉里拿出一条钥匙来交给他说。

“不行。她不——”梁大炮迟疑不敢接,很不好意思似的。

覃俊三又抽出一支白朗宁来,一起给了梁大炮,说:

“这就得了吧,是你不敢,不是人家不——”

“那——”

“你以后只要好好干就行了。去吧!”

梁大炮到楼下去了。覃俊三拿起酒瓶喝了一口。三姐穿件粉红贴身的小衣,光着小腿,拖着一双花鞋出来,直盯着丈夫,满腔怨怒地说:

“我当你也同他去了呢!”

“你还没睡呵?!”

“不睡怎的?睡了,好让你们搞鬼不是?做这种没阴功的缺德事,看你们将来都不得好报应!”

七

三天逢一圩转眼又到了。这天廷忠挑一担木炭和两只阉鸡到圩场来巴望卖得一个好价钱,把年前要置备的东西能够买下来,来年一开春就忙着活路,没空赶圩了的。凑巧区上的土特产收购站收购木炭,给了好价钱;两只鸡却给城里跑生意的小贩抢购去了,价钱压得低还不算,秤头又是老秤,两只鸡少了六两。不卖吧,怕鸡捉过以后再拿回家变瘦;卖吧,又挺舍不得。最后,卖是卖了,心里挺不顺气,一天就同得了病似的。本来打算是要买回几斤盐的,可是廷忠觉得:今天圩场上的几担盐,价钱不只是高,盐巴也太白净了,这种盐咸味不够,吃起来耗费大;他拿手去摸了摸,也没买成。接着他转到猪行来,猪花价钱倒便宜,想买一只回家养;虽然饲料不足,两只猪养不起,不过这样小的猪崽眼前还不需要很多饲料。他一边盘算,一边在猪崽行挑来挑去。整个猪行的猪花他几乎看遍了,都不如意,不是这只的骨架小了,就是那只瞎了一个乳头,觉得这样的猪养了不长膘,踌躇了半天,结果,还是没有买成。末尾,圩场都快散完了,他才买了两斤萝卜和一对新的粪筐挑着回家。

现在,冬天的夕阳已经落到岭顶,天上是一片紫色的晚霞,人们的影子越来越长,越来越淡薄以至消失了。赶圩的人们三个两个地从圩场陆陆续续地往回走。有人挑着空的菜筐,有人扛着新买的木犁,有人挽着只篮子,里头是一些蜡烛、春联和门神,有的提着装小猫或者小鸭子的小竹笼;小孩们有的买了纸糊的狮子头,有的买到泥塑的小公鸡……一路上,人们大声地互相交谈圩场上的物价;小孩们一边走,一边玩弄新买到手的玩具。各人都带着暂时轻松的心情归家。

这是一片平坦的田野,从好远的山脚那边流下来的一条小河绕过这几个错落的村庄,一些高大的榕树、松柏和杧果、扁桃等树木,常年以葱茏浓绿的叶子缀成如画的风景。特别是将岭尾和长岭两个村子连成半个绿色圆周的橄榄林,在这夕阳斜晖的映照下,更是显示着它的丰饶、绮丽、优美和宁静。

附近村庄的人们,从四野慢慢地返回村里来了。村头村尾都涌现出洗菜、挑水的妇女和姑娘,看牛的吆喝着牛群逐渐集合到村边的道上。

“老乡,到长岭村去的路打哪儿走呀?”

廷忠听到背后有人叫他,回头一看,后面跟来了十多个外地人。廷忠心想:“这大概就是京里来的工作队了。”

这帮人是有点特别:有四五十岁的老头,也有二十来岁的学生;有鬈发的妇女,也有梳辫子的姑娘;有的穿棉袄、棉裤,有的却穿拉链子的、短秃秃的小外套。那个梳两条大辫子的姑娘,穿那么窄的裤子,跟竹筒似的,上身穿件红毛衣,脖子上缠着花格的围巾;另外有一位约莫有三四十岁的中年妇女,戴副白边的眼镜,头发鬈成一团,跟马戏团里的绵羊的毛一样。

廷忠把脚步放慢,等着他们。当中有两位姑娘抢先赶到跟前来。一位是穿浅灰布的干部服,肩上挂一只棕色的帆布挂包,人长得挺俊,身材苗条,秀美的眉毛覆盖着深沉而灵活的眼睛,鼻子不见得大,可也不显得细小,跟她线条分明的嘴唇和俏丽的脸颊配在一起,显得分外匀称、秀丽而典雅。在她旁边的就是穿红毛衣的姑娘,比起她来,这位姑娘长得是丰满、结实,却没有她那亲切和善的眼睛,看人总是流露出一种冷漠而傲慢的目光。

“老乡,去长岭——”穿灰色干部服的姑娘问,她对着廷忠就同遇到了熟人似的。

“跟我来吧!”廷忠简单地应了一声。

这位穿男装的姑娘仍旧紧走在廷忠的旁边,问这问那。后面工作队的人已经跟上来了,大家见到傅全昭同这位农民谈开了,一窝蜂似地聚拢来,一边走一边听傅全昭叽里呱啦地同这位农民讲话。

廷忠看到旁边一个人提着一小罐煤油,把裤腿沾了一片,说道:“同志,把油瓶放到我筐子来吧,看你裤子沾上油了!”

提油瓶的是丁牧,不大懂老乡的话,自作聪明地说:

“什么,我这个……不是装的开水,不能喝!”

这一下引起大家禁不住笑了起来。廷忠感到莫名其妙,心想:“这帮人可是跟耍马戏的一样。”

全昭赶紧向两边把话给说明白了。

“呵!”丁牧感叹了一声,低头去看沾了油的裤腿,“老乡,你,赤诚之子,善良的公民呵!”

“大家听,我们的诗人要作诗了!”不知道是谁嚷起来。

全昭同丁牧拿了油瓶放到廷忠的空担子上去,然后,代丁牧向廷忠表示谢意。

“你不要说,这真是诗的境界啊!看吧,这一片绿色的橄榄林,这秀丽的河岸,这宁静的村庄,这柔和的田野,这金黄的竹林,这落日,这晚霞,这位朴实、单纯的农民,多美呀——”丁牧陶醉地赞叹起来。

他们就这样边说笑边走。再往前走了一段,那里路边有一株阔叶的大榕树,底下有几块发亮的石碑,过路人常在这地方歇脚。赵三伯和马仔本来已经歇了一会,见到后面来了这么一帮人,索性等着他们到来再走。赵三伯等到廷忠来到跟前才低声地问他,这些人是不是京城来的工作队?“是的吧,我也不明白。”廷忠答。赵老头把这些人一个一个都看了一眼,心想:“我看这些人,有的官位不小,赵佩珍讲人家这个那个的,简直是放屁!”

马仔在这些人中发现一个又红又胖的女同志挺面熟,想了一下,认得她就是在清匪反霸时,来过他们长岭乡的。现在,她不等马仔认出来就先热情地叫他的名字。马仔这才大胆地端量了她一阵，记起了这位女同志就是李金秀。马仔觉得人家还记得自己，而且那样亲热，特别兴奋，急忙告诉她，目前乡里谁当的农会主席，谁当秘书，谁是妇女主任，武装队长又是哪一个。

“他们工作能行吗？”李金秀问。

“行不行，就是那么回事呗！”马仔冷冷地说了一句。

“反正，我看他们——”赵三伯插上一句，但又一言难尽似的，把话收住了。

“怎么样？”李金秀留心地问。

这时工作队的人都停止了说话，大家凑近来注意李金秀同这位老头的谈话。

“反正没有木柴就拿茅草来顶数，捉不到鱼，虾子也值钱了。”赵三伯幽默地说。

“他说什么？”大家都对着全昭和李金秀问。

全昭把赵三伯的话给翻译了一番。

一个四十来岁、长得圆胖圆胖的副教授徐图笑吟吟地说：“这老头有味道！”

另一个鹰鼻子的黄怀白教授带着冷嘲的口气叹道：“不堪设想！”

这时，赵银英从圩场撵上来。她穿一身新衣裳，上下身都是一色青色布料直贡呢，上衣裁得又窄又短，浑身那么丰满，显得有股粗野劲。衣领像千层糕似的，里边露出粉红、浅蓝、月白等三四件色布的领子，在右边的衣襟下吊着一大串闪亮的钥匙。头上包着一条织有壮锦花样的头巾。右肩让雨伞的把子挂上，两只手空着，显得潇洒自在。她没有走到，马仔就知道是她。刚才在圩场他就注意到她还没回，他才先出来，故意跟赵三伯慢慢走，等着她的。但是，现在人家来到跟前了，反而不敢在这些生人面前同人家说话。银英没有想到他会在这里，没有留心看他。一上来倒是先看到了李金秀。她立刻抢过去，把人家的手抓住，大声说：

“二姐，你来啦！”

“银英，你……”李金秀高兴地把她两只手拉过来，把她全身上下认真地打量了一番，然后望着她的眼睛说：

“打扮那么整齐，找到对象了吧？”

银英红了半脸，不觉遇上马仔的眼光，脸上红得更加厉害。

“你们都是到我们村里来的吗？”银英赶快把话岔开。

“是的。”全昭答道。

银英默默地细看了这位长得那么漂亮的美人儿，心里觉得说不出的舒畅，而且看她又是那样和善而容易亲近，不觉高兴起来。正想要跟她多讲几句，可一时又找不出话来问，只是用眼睛跟着大家笑笑。

那位穿红色毛衣的杨眉，她不爱理睬别人，只管同全昭两个人嘀嘀咕咕。

“你们谈的什么？”银英问。

“她说，你的头巾很好看。”全昭说。

“我们这些土东西有什么好，哪比得上她那条围脖美啊！”银英羡慕地直瞅着杨眉的花围巾。

看牛的小孩赵亚升和韦亚莲追捉一只蚱蜢跑到路边上来，终于把蚱蜢给逮住了。一位二十来岁的青年，同全昭一样是北大的学生冯辛伯，对这两个小孩很感兴趣，拉着马仔一起，找亚升和亚莲玩去。亚升养着一只红嘴的八哥鸟，他每天都把鸟笼提到野地里来捉虫子喂它。上个月才把它的舌头剪了，现在正在教它讲话。

“有人养过会讲话的没有？”冯辛伯问。

马仔说：“听说从前覃俊三家养过一只，说是会讲两三句话了，后来不知给谁的猫咬死了。覃俊三硬是赖说赵三伯的老花猫弄坏了鸟笼进去咬死的，逼着赵三伯赔他价值五担谷子的鸟笼，另外还说那只八哥鸟是红嘴黄冠，是稀奇罕见的珍禽，强迫赵三伯要买一头乳猪来祭奠。”

“覃俊三是谁？”冯辛伯问。

“是覃老爷。”亚莲说。

“他是大财主。”亚升说。

“是你们村里的吗？”

“是。唔，你们是不是到我们村来的？”

“是。”

亚升一听说是要到他村上来的工作队，不知怎么回事，拿起鸟笼就跑了。

冯辛伯觉得奇怪,问了问亚莲,亚莲摇摇头。

“准是怕他妈妈骂,”亚莲说,“他妈常常打他骂他。”

“他爸爸呢?”冯辛伯问。

“他爸爸跑了,不敢回家。”

“为什么?”

“不知道。”亚莲眼睁睁地望着对方。

冯辛伯觉得有点纳闷。

从圩场到长岭村的十来里地总算是走到了,学校的屋顶已在村头的树林里露了出来,咚咚喳、咚咚喳的锣鼓声越来越响。“这就到了吗?”谁问了一句。大家见到这个屋顶,听到锣鼓响,又是兴奋又是失望地默默相看。

“到了。农会还叫大伙来等候迎接你们工作同志呢!”赵三伯说。

“是啵,杨眉,你把外套穿上吧。”

“又不是要递国书,那么讲究干吗?”一个穿着美国草绿色军用夹克的人鄙薄地说道。他叫王代宗,同杨眉都是燕京大学学生。平素跟一头公鹅一样,独来独去,说话也不管别人听了怎样,只顾讲他自己高兴的,爱说什么就说什么。

他们走上村头一个小土坡,面前就展现一片坪地。那里已经站着二三十个小孩和三四十个大人。几个青年人使劲擂着锣鼓,并没有注意工作队来到。

“工作队同志来了!大家站好,站好,欢迎!放炮!”苏绍昌紧张而急躁地四面招呼,带头拍手。

绕在竹竿上的炮仗噼噼啪啪地响了,小孩们都去抢没响的炮仗。

“欢迎工作队同志!”梁正举着拳头,大声地领着喊口号。

人们虽然也举起手,却没有都跟着喊,声音是稀稀落落,高低快慢都不一致。

“大家过来唱歌,快!”小学教师梁上燕傲慢而勉强地对着正在捡炮仗的小学生喊叫。小孩总算是聚拢来了,有的还回头去看地上正在冒烟的炮仗。

“大家唱个欢迎歌,齐——唱!”梁上燕煞有介事地指挥他的学生。

欢迎……欢迎,

欢迎同志到我村……

歌声一停，农会主任苏绍昌就过来请队长给大家讲讲话。

“老区，你讲一讲吧！”中队长张文向副队长区振民让了一下。

区振民腼腆地推让了。张文把皮挂包整了整，把吊在肩上的手枪交给李金秀拿。

“又不是大姑娘上轿，快点吧！”谁在后面压低嗓子说。张文没留心到人家说什么，只顾走上前两步，扫了一眼面前的人，开口说道：

“各位父老姐妹们！你们这样热烈欢迎我们，我们实在不敢当。我们工作队来这地方不是来做客，而是来同大家认弟兄，大家齐心合力一起把封建地主打倒，把我们的穷根挖掉，实现耕者有其田。经验证明，我们贫雇农团结起来了，地主就能推倒。大家说，有决心吗？”

“有！”农则丰在人群里大声吼了一声，可是没人跟着附和。

“对呵！经验证明，贫雇农是一家人，要团结合作才能——”张文用很大的声音继续讲下去。听众对他讲的话都似懂不懂，有的只瞧着路上赶圩回来的人，有的老盯着这帮穿戴得花花绿绿的客人。

廷忠本来也停下来，躲在工作队同志的后边，不一会，就溜走了。

“你看怎样？”王代宗拉一拉教授黄怀白的袖子问。

“不堪设想！”黄怀白拿下他嘴巴含着的烟斗说道。

张文讲完了话，人们赶紧散开往家走。苏绍昌、梁正、赵佩珍他们叫来十多个人，抢着给工作队同志拿背包。

“队长，你们辛苦了，给我们拿吧！”

“不用，不用！”

“可以，可以，自己来，自己来！”

“给他们拿吧！”

“你们太客气了！”

“经验证明，群众的热情是高涨的！”张文对着副教授徐图赞叹起来。

“是的，是的，差不多！”徐图很有分寸地答道。

“你嫌弃我的手粗不是？我可不封建啵！”赵佩珍半真半假地抢着区振民的背包，尖着嗓子嚷，故意让人听见。

工作队被接到农会办公地方来了。大家零散地坐在课桌上。苏绍昌、梁正分头去端开水、找茶碗来招待；赵佩珍抓住了李金秀，要她介绍认识这些女同志。苏绍昌发现烟没有拿来，赶快到事务员房子去拿两包廉价的卷烟，殷勤地招呼着大家抽烟、喝水。

“苏主任，这样的吧，我们老老实实讲话。”区振民拍拍对方的肩膀说，“我们这帮人今晚睡觉的地方都找好了吧？”

“那，有，有。这个不愁。同志们来帮助我们翻身，还能没地方睡觉！只是，唔，地方可就没城里宽敞了。比北京，那，人家的茅房也比我们的堂屋好呢。委屈同志们了。”苏绍昌说，情绪特别兴奋。

“我看先让同志们吃了饭再说吧。”梁正对苏绍昌说。

张文说，他们在圩场都吃了米粉和粽子什么的，还饱着哩，晚上煮点稀饭就行了，不必准备什么饭菜了。

赵佩珍一边重新整理她的头巾，一边对李金秀说：“李二姐来过这里就知道，我们这山角落能准备什么的，大家不嫌弃，吃饱就是了。”

“这里狗肉倒有，大家爱吃，过两天杀条狗来吃一餐怎样？”梁正说。

“对啰！要吃狗肉找他，弄狗肉他拿手。”苏绍昌说。

丁牧对副队长说：“我看先别谈狗肉吧！”

杨眉忍不住说：“狗肉？我听到都恶心！”

“恶心？你可不知道，狗肉是天下的奇味！”黄怀白说。

“不堪设想！”冯辛伯学这位教授的口头语给他补充说了一句，引起大家哄堂大笑。

这时花心萝卜进来拉苏主任到一边去，嘀嘀咕咕说了什么。苏绍昌点点头。

“啰唆，就去！”苏绍昌不耐烦地说，花心萝卜急忙回去了。

大家停止了谈话，都瞅着这位主任，他转过脸来，显得挺不安。

作为本地干部的区振民说：“苏主任，我看先找个地方叫我们住下。晚上，我们再把工作谈谈！”

梁正油滑地接过来说道：“住的地方有，都准备好了。现在就走吧，喝了水再走。不忙，到这里就算是到自己的家了。”

“李二姐，女同志是不是分开住？好了。跟我来吧！东西我们拿吧，你们没走惯路，辛苦了！”赵佩珍抱着杨眉的挂包说道，“你这位同志长得那么白，准是北方人不是！我们这地方太阳好厉害的，将来不要把你晒黑了。”

八

工作队的男同志终于被安置在姓覃的族屋。这是全族人出钱出工合伙建筑起来的大屋,谁家娶媳妇的时候自己的房子不够,就到那里去住。仅做寝室,不起炉灶。原来是住了两三对新婚夫妇的,这两天工作队要来才腾出来了。主人对他们挺客气,给他们端水洗脸,帮他们安床铺、挂蚊帐什么的。隔房离舍的小孩都挤到门口来瞧,家里人叫都叫不回去。老太婆有的端着饭碗来女同志这里边吃边瞧,有的含着长长的竹竿烟袋,看看这个,问问那个。

“你们就是从京城来的吗?好远呵!家里人也让你们出来吗?”

“真是京里人,个个都长得神仙一样的。你好大岁数啦?有了婆家未曾?”含着烟袋的老婆子望着全昭问。

“有啦。”全昭含笑着答道。

“他也一块来了吗,是哪一个?”

全昭脸红起来,摇了摇头。

“她骗你的,哪里有婆家了,你给她说媒吧!”李金秀说。

“我们这些土佬，给人家拿鞋子还嫌你手粗呢！”

“不见得这样：我家里也——”

全昭正说话，杨眉从外面进来对她说，丁牧找她要油瓶来了，急得全昭往外就跑。

她走出院子，发觉油瓶放到老乡担头上，进村时忘了拿，也忘了问他叫什么名，现在不好往哪家去找他要。“这老乡那样小气。人家的东西为什么不叫取回来就挑着走？我原先还以为他是好人哪！”全昭看看天又快黑下来了，竹梢上已经露着月牙，不觉焦急起来。

这时候，一个小女孩从河边挽着一篮白菜来到全昭跟前。全昭认得她就是刚才在路上捉蚱蜢的亚莲。她告诉全昭：帮她们挑油瓶的人是福生的爸，叫韦廷忠。

“你跟我来吧，我带你去他家。”亚莲说。

“他是个好人吗？”全昭跟着亚莲一边走，一边问。

“可好了，他从来不生气，不骂人。”

“你们村里谁最爱骂人呀？”

“覃老爷的大婆。我们都叫她母夜叉。唔，你叫什么，也叫二姐吗？”

“我叫傅全昭。”

“早先来过的工作队，女同志都叫大姐、二姐的，不叫名字。”

“那，叫我三姐吧！”

“呵！三姐——这个不好。有人叫了。”

“谁？”

“覃老爷家的。”

“他家一共有几个女儿？”

“不是，是他的小老婆三奶奶。”

“你常见到她吗？”

“不常见到。她平日都在她家楼上陪覃老爷吹大烟、下棋。要进城了才出来。”

“她长得好看吗？”

“不懂。——哎呀！她长得可白啦，跟这棵白菜一样。”

全昭没有再逗她说下去。两个人静静地走了一截路。

“到了，前面那间草房就是福生的家。”亚莲指了指门前有棵柚子树的茅屋，自己就拐进一条小巷走了。

全昭照着亚莲指的房子走去。现在，暮色已经深沉地笼罩了这个树木丛密的村庄，树上的鸟雀叽叽喳喳地找寻宿处。鸡只已回到窝里了，蝙蝠在眼前飞掠。

这时候，廷忠同老婆孩子正在凑着门口的亮光，埋头吃饭。三个人都端着满满的大碗稀粥围着当作饭桌的筛子坐着，面对一小碗盐炒的黄豆、一大碗用碎黄豆拌的生萝卜丝，和一小瓦罐盐。小孩一边吃，一边掏出刚捡来的没响的炮仗，放到筛子上玩弄。

“你还不快点吃，天黑了我可没油点灯给你吃饭。”韦大娘怒冲冲地瞪着福生。

“小孩子正要吃饭，不要这样凶他嘛！”廷忠看了老婆一眼，满不高兴。

“看你把他惯的，将来——”

“老乡，才吃饭吗？”全昭突然来到跟前，同他们打招呼。韦大娘的话给打断了。

“啊，同志，你请坐！”

廷忠把最后一口粥喝了，赶紧把自己坐的凳子让给客人。全昭站在门边留心地看了看。屋子又窄又暗，刚收回来的南瓜、萝卜和薯藤乱七八糟地摆满一地。一股猪菜的气味冲着鼻子。

韦大娘把碗筷和当作饭桌的筛子、箩筐收拾走了，堂屋腾出了一片空地。

“屋里坐吧！”廷忠又老老实实地对全昭说。

全昭不好意思马上开口就要油瓶，随即走进屋里来。

“同志是来要油瓶的吧？”廷忠说，“刚到村头时候，见大伙又是打锣又是打鼓的，忘把油瓶给你们了。正说吃罢饭就送过去的，麻烦你走来一趟。”

廷忠说完出到外屋去拿东西。

全昭心想：“这人倒是挺老实啊。”

福生站到全昭身边来，好奇地直瞅着这位少见的女同志。

“你叫什么名字？”全昭弯着腰拉他的手问道。

“叫福生！”小孩低声说，眼睛不敢看人。

“几岁啦？”

“六岁！”

“上学了没有？”

福生摇摇头，两只手使劲地摆弄那只掉了扣子的扣眼。

廷忠从屋檐的锅灶上一手拿松明，一手提着油瓶进来。他把松明搁在墙壁的灯台上，提着油瓶对着客人说：“农会预备有油灯的，不必自己买来，工作队同志想得太周到了。”最后问住在谁家。全昭见他很想讲话，索性在小矮凳坐下来和他对话。

“你们这位苏主任倒是挺会讲话呵！”全昭说。

“不是哑巴谁不会讲。就看他讲的有没有信用。人要讲话没个准头，再讲千句万句还不是狗放屁！”

“他办事怎样，公道吧？”

“你讲苏绍昌吧？公不公道，他自己也做不了主！”

“他不是主任吗？”

“主任顶不了事。什么主意还不是那个梁队长出的。”

“我看他倒是挺能干似的。”

“他的外号叫‘梁大炮’还是‘大炮梁’，反正是——”廷忠欲言又止，把话顿住了。

“你们村的地主多吧，都是哪些人？”全昭机灵地把话岔开了。

“地主是有。有佃户还能没有地主吗？”廷忠讲到这里，韦大娘端着一木盆的热水进来，盯了丈夫一眼，说道：“快点洗吧，等一下水冷了我可没有工夫侍候。”

廷忠一边问全昭洗了脸没有，一边把油瓶放在地上，就坐到用稻草编的草墩子上，用手巾抹了两下脸，然后把脚放进木盆去，把盆边的破布鞋打了打灰尘。福生给妈妈拉出屋外洗去了。

屋里静了一会。廷忠洗完脚,拖着那双没有后跟的破鞋又坐回床边来,全昭怕同志们等她焦急,站起来拿起油瓶要走。廷忠说外面天黑,小巷子弯弯曲曲的,不好走,狗也挺凶,一定要把全昭送了出来。

这新的环境引起全昭好大的兴趣,一路上,她向廷忠问这问那。问这地方过年的风俗,问他本人的生活,问这地区的橄榄、荸荠和菠萝的生产情况……问来问去绕了好大圈子又问起刚才廷忠没有谈下去的话题。但是,问到这些有关地主的事情,廷忠就吞吞吐吐,不大愿意讲下去。

“清匪反霸时你分得多少东西呵?”全昭问。

“没有。我什么也没有拿!”

“为什么?”

“拿那一点东西,穿不暖也吃不胖。自己要是只顾大吃懒做,光靠这点横财也不长久的。”

“你们村里当土匪的都回来了吧?”

“从全乡来说,还有几个没见回,本村嘛就姓赵家一个了。”

“他们躲在山上,哪来的东西吃呢?”

“谁知道啦!有时半夜三更下地里来偷红薯、芋头回去煨着吃呗。前个月还给民兵打了。”

“地主是不是同他们有勾通?”

“那可不知道,唔,这,我不知道。——他们在黑地里干的坏事谁知道啦!”

“你们村里的地主,清匪反霸时候挨斗过没有?”

“斗不斗反正是清算了一下。”

“彻不彻底?”

“不知道。他们农会的知道,你同他们谈就明白了。”廷忠赶紧封口,不愿再往下讲。

全昭也不再作声。

廷忠边走边想:“为什么她老问这些?是不是……唉,都是福生她娘惹的。要我就不愿沾那点小便宜,穷也穷得干净,吃粥屙硬屎。可……唉,对她真没办法,怎么说也不听!……”廷忠越想越苦恼,越想越抱怨老伴,越抱怨越感到没话可说，只有自己叹气。

两人走过长长的一段橄榄林。那里长着古老的树木，枝叶森密，风一吹，格外阴森。猫头鹰突然叫了两声，叫人不寒而栗。正当他们走完这段橄榄树林，才要拐弯转过一个菜园的时候，一个人影迅速地溜过旁边的树丛去了，听到树枝折断的声音。狗连叫几声，却被主人制止了。

“谁？”全昭不禁害怕，赶紧挤到廷忠身边。

“不怕，大概是榨油房的人进村来买酒去消夜。”

“哎呀！”全昭突然惊叫一声。

“怎么啦？”

“踩到水里去啦。看它亮亮的，我当是块石头呢！”全昭懊恼而愉快地说。

“鞋子打湿了吧，乡下就是比不上城里方便呵。”

“不要紧。”全昭跺了跺脚。

“你方才说住马殿邦家是吗，拐个弯就到了。”

全昭说，女同志是住马殿邦家，男同志住覃家的族屋。

韦廷忠说：“两个地方相隔不远。给你油瓶，我回了。”

“好，老乡，谢谢你！”全昭接过油瓶感激地说。

全昭回到住处，不见动静，料想大家准是到男同志的屋子开会去了。正要进屋取电筒赶去，看到床上有一个人蒙在湖水色缎面的被子里看书，床头上搁着用茶盅的底子做的烛台，上面点着一支僧帽牌的白蜡烛。蜡烛已经点了一小半了，烛泪溢流下来，结成冰溜似的。全昭推门带进来一股风，把烛光摇得直哆嗦。躺着的人把书放下，掀开被头诧异地问全昭到哪里去了。全昭这才看清这个人的脸。她，一位女画家兼诗人，或者说女诗人兼画家，总之，这两种才能她都有。是不是都很出色，因为都没见她的作品，所以谁也没个明确的概念。人们只是在需要叫她什么的时候就叫她什么。诗人，画家，对她来说，都无可无不可的。她自己说已经三十八岁了。二十年前，她的黄金时代，她的青春是在巴黎度过的。她学过音乐，在钢琴的键盘上曾经消磨过多少个宝贵的早晨呵！后来美术的魅力却迷惑着她。但不管她开始追求着音乐还是后来醉心于美术，她一直也没放弃文学的爱好。她说，巴黎的沙龙生活给她得到一种良好的教养。

她说，一个人三天不读书，那，可就面目可憎了，哪里去找有教养的话来同别人交谈呢？所以，她离开书简直就不能生活，正如酒徒离了酒瓶过不了日子一样。现在，她重新再读着《简·爱》。

“钱大姐，你怎么啦？不舒服吧？”全昭坐到她的床边来，十分关心地问。

“没有什么，可能是今天路走多了一点，腰疼。”躺着的人说。接着她告诉全昭：“杨眉、李金秀已经开会去了。其实，这样的会不去也不要紧的，就是要跟农会干部见面。刚才在村头那一幕不是已经表演得差不多了吗？我们中国人就是爱兴那些俗套。”全昭没跟她再说什么，正要拿起电筒就走。这位好心的钱大姐抬起头来，看到全昭的一只鞋子全是泥，不禁惊叫起来，一定不让全昭马上走，说是脚受凉就会感冒的，要全昭把脚洗了，换双干净的鞋子再去，说她的热水瓶里有水，刚才请老乡帮着烧的。

“村里的小巷子不好走吧？”钱江冷一边看全昭洗脚，一边说话，“这地方的老乡房子可是糟糕，简陋不堪。只是有一样，别处是不容易见到的，就是外边的风景挺美：地面上冒起那么多挺拔秀丽的石山，冬天的河岸还是一条绿带似的，特别是这片橄榄林，比意大利达·芬奇的故乡——佛罗伦萨的橄榄林还美。”这位钱大姐自己喃喃地说，陶醉于遥远的回忆。

“这个人怎么是这样的呢？”全昭听她梦幻的叹息，仿佛吃了一只走了味的橘子，胃口怪不好受。

全昭洗完了脚，到床头取电筒。

“你要电筒吧？在我这儿。刚才一个什么虫子咬得人好心焦，我以为是臭虫，拿来照了半天也没找着。我是个神经质的人，有一点点不舒服就要失眠。”一边寻找电筒，一边唠叨。

全昭伸手接电筒，钱江冷把她的手拉住，认真地端量一阵，说道：“真是还要去吗？你现在去，赶上人家散会了。坐下咱们聊聊算了。”

“聊什么呀？”全昭勉强地坐下，听她要谈什么。

“明后天有好天气，我给你画个像。你这个人拿这地方的山水做陪衬太美了。”钱江冷用羡慕的目光欣赏着全昭面部秀美的线条。

“你这位画家把模特儿选错了。很抱歉，我从小就讨厌人家给照相。”

“那,要不是虚伪的谦虚就是真正的骄傲!”

“我不懂,”全昭心里好不自在,但是,改了口气接着说,“这里不单是风景美丽,就是姑娘们和农民也都挺可爱的。你们会画画、会作诗的人该多多描绘他们嘛!”

“哎哟!原来你还是一位宣传家哩!”钱江冷冷淡地说,把全昭的手松开了。

全昭不搭腔,拧亮了电筒射到对面墙上试着光圈。然后出了门,找张队长他们去了。

她感到脑子容纳了好些新鲜的印象,路上看到的风景,村头群众的欢迎,妇女主任赵佩珍的声音,民兵队长梁正的口号,廷忠一家人的生活,树林的猫头鹰和菜园旁边的人影,钱江冷的回忆和爱好……“这都太新鲜了,往后生活下去还会发现什么更新更多更有意义的东西呢?生活是丰富极了,跟一出戏剧的序幕开头就把人吸引住。我一定好好观察,好好学习……”全昭一边想一边走。当她到了男同志住的屋子时,看到大家都还聚在正厅开会。会议已经进行一个多钟头了。杨眉无精打采地坐在门槛上,埋进无边的遐想。全昭悄悄地在她身边坐下,轻声细气地问她,会上讨论些什么问题。杨眉听全昭问她,才醒过来似的,又兴奋又厌烦地说:

“谁知他们谈什么,懒得听。——你到哪儿去啦,以为你掉下鱼塘去了呢!”

“呵!傅同志来啦!”李金秀听到背后全昭的口音,马上转回头来说道,“正说要找你去呢!走错道了吧?”

“不,”全昭怕对方听不准,还摇了摇头,“同老乡扯了扯家常,多待了一会儿。唔,现在讲话的是谁?”全昭伸着脖子去瞅坐在桌子跟前讲着话的人。但视线给前面的人堵拦了,看不到是谁。

李金秀转回身来说:“妇女主任赵佩珍。听她尽扯些胡说八道。”

接着,李金秀把方才农会主任苏绍昌和民兵队长梁正介绍的这个乡的情况讲给全昭听:

“他们说,”李金秀气愤地说,“这乡是反霸时的重点,地主恶霸都给搞得差不多了,没多少油水了;剩下这几个地主,有的是守法地主,有的是开明士绅。听说这两天知道我们工作队要来,各人都准备拿房屋、田地的契据文书出来献交给农会。总之一句话,没有什么可斗争的了,土改容易解决。"

"那,多好。春节前我们可以回北京了。"杨眉高兴地说。

"好?我可不相信有那样好的地主。"李金秀顿了一下,又说,"民兵队长还说,这个乡虽然还有五六个土匪没下山,可是,自从上个月叫民兵打了一下,已经散了,不知窜到外地什么地方去了。——"

"嘘!别开小会!"冯辛伯听李金秀和全昭她们唧唧哝哝,制止了她们。

"小冯,你这样厉害呀?"杨眉反问。

"嘘——"谁又嘘了一声。

大家静了下来,回头去听妇女主任的讲话。

屋里灯光黯淡,天气有点冷,有的人蹲在床上打盹,有的老抽烟,有的打呵欠,有的拿电筒往墙上照看燕窝和梁柱上写的"×年×月×日×时谷旦"的字。

"……各位来了可就好啦,给我这个笨人开导开导。"妇女主任赵佩珍提高嗓子说话。

经她这一讲,大家才又重新把眼光集中到她身上。她,三十七八岁的人了,却做二十七八岁人的打扮。腰上缠着一条白净的带子,带子上还绣着星星点点的花边;眉毛修得又细又弯,脸上同没沾点灰尘的镜面似的,收拾得挺干净。

"话不讲不明,账不算不清。我不是怕得罪人,可是我这份公事呀,实在不好办。你们同志给评评看气不气人吧,"赵佩珍越说越认真起来,"这里长岭村两个年轻的妇女要离婚,跑去岭尾找我许愿,叫苦喊冤的,要我帮她们出主意,这是官司的事,我这个妇女主任怎能给断得了,是不是?"

赵佩珍越说,声音越高,口沫在灯光下闪飞,溅到旁边做记录的纸上。

"她可是挺会讲呵!"冯辛伯说。

"别开小会!"全昭故意把他原先的话,还给了他。

"嘿,你倒挺会报复!"小冯说。

"听她说吧。"李金秀说,对冯辛伯盯了一眼。

杨眉打了个呵欠。

"我断不了,"赵佩珍继续说她的话,"我当然只好带她们去区上找区妇联主任,是不是?谁知道长岭村的人倒反造谣说,我赵佩珍带头引诱妇女去耍风流!

你看这工作我可做不了。”

“你自己到底是不是要风流嘛!”苏绍昌说。

“嘴巴是他自己的,我能禁得住他说话?”赵佩珍气呼呼地坐下,“反正坐得正不怕影儿歪,你们怎么说怎么好。”

“得了,不计较那些闲话吧。”苏绍昌说。

“对啰,苏主任说得对,闲话少说。我们现在同心合力来打倒地主,闹翻身要紧!”队长张文有意把话岔开了。

“我看,没有什么问题就不再扯了吧,大家劳累了,早点休息。”副教授徐图低声地对张文讲。

“再扯下去,可是……不堪设想。”黄怀白冷冷地冒了一句。

“也好。那就,会开到这里。苏主任,以后我们一起工作了,有什么问题改天再谈。”张文说。

人们一下子离开了座位,你一句我一句地喧哗起来。有的喊脚发麻,走不动了;有的打听大小便的地方;有的找蜡烛要火柴;有的找电筒。

区振民招呼着张文、李金秀和徐图又坐回桌边来开个小会,商量明天怎样着手开展工作。区振民的意见认为,这个乡的情况虽然农会主任介绍个大概,详细情况还得我们自己花一定时间亲自深入调查了解,掌握第一手材料,再研究怎样搞法。

“这和指挥作战一样,知己知彼,百战百胜。不掌握客观情况,单靠主观热情是不行的。”区振民说,结束他的意见。

张文马上接过来说:“我不反对先了解情况,没有调查研究就没有发言权。问题是在于要向什么人去了解,到什么地方去调查。刚才农会主任他们的介绍,不就是一种调查吗?”

区振民反问:“照你的意见,情况算是摸清了,不需要再进行了解了?”

“我认为刚才农会介绍的情况不能忽视。经验证明,他们都是经过清匪反霸考验,又是在这地方上土生土长的,他们对情况的了解,不能说不全面。再了解也不过补充些枝节,不会有根本的差别的。”

“我看,不能这样说。这个地方我来过——”李金秀说道。

“你来了几天啊！‘来龙斗不过地头蛇’，你再有本事还能比人家本乡本村的熟悉呀！”张文执拗着他的观点。

“那还得看他是什么人。”李金秀也不肯让步。

“你说他们是什么人？”张文反问，瞪了对方一眼。

李金秀气得一时说不出话来。

“我刚才去一个老乡家，他——”全昭插话。原来她见李金秀留下没走，因李金秀没电筒，要等她一道走就没有同杨眉她们先回去。

大家听到她说话，都回头来瞧着她。

“你去一个老乡家？怎么样？”徐图觉得自己的学生主动向老乡做了访问，带着夸耀的神气问，引起大家注意。

“我看这个老乡，人挺老实，他同我谈起村子一些事情，跟刚才他们农会讲的，就不是那个样子。”全昭平静地说。

张文抢着说道：“什么样子呢？一个人说话一个样，同一个模子打出来的饼还不能一样齐整呢。只要是大致不差就算好了。农村不是学校。经验证明，农村的封建色彩是浓厚的，这个村和那个村，这个姓跟那个姓的宗派纠纷，常常是动不动就械斗，出人命案双方仇恨很深。特别是壮族地区，民族偏见还存在。我们要是只听这个人说那个人讲就当真起来，那可是非犯大错误不可。”

“这样好了，”区振民不耐烦地最后说道，“明天我们分两个小组，一组在长岭，一组去岭尾，本着土改工作团拟定的方针、步骤，分头进行。老张带一个组，我带一个组。谁去岭尾，谁留在长岭，由老张同志决定。”

“那好商量，”张文说，“时间不早了，明天再决定吧。”

傅全昭同李金秀离开张文他们的住处出来，心里好纳闷。

李金秀也没作声。走过了打谷场之后，全昭才抑制不住疑惑地问道：

“我们的张队长怎么是这样？”

“你觉得他怎样？”李金秀谨慎地反问她。

“我看他很主观！”

“听说他在北方老解放区一直都是搞土改工作的，经验有一套。”

“是吗？反正我们是外行，全靠你们多帮助。”

“帮助什么呀,惭愧死了。不怕你笑话,解放前我还是被服厂的一个女工,什么也不懂得,现在——”

“现在已经是一个革命干部了!”

“傅同志,人家老老实实跟你讲话,你倒拿人来开心。”

“好,以后咱俩谈正经的吧。”

这时,快过半夜了。傅全昭和李金秀回到住处时,钱江冷和杨眉已经睡得很甜。不知是谁打着轻轻的均匀的鼾声。

“杨眉,怎么搞的,蒙着头睡觉。”全昭说。

金秀说:“大伙太累了,让她们睡吧,别搅醒她们了。”

全昭和金秀没有再说话,轻轻地把被包卷打开,铺好铺盖,脱了衣服睡下了。吹灭了蜡烛以后,纸糊的小窗口射进寒冷的月光;风,吹来了一股凉气,屋后的竹竿叽叽喳喳地发响。

金秀的脑袋落到枕头不到五分钟就呼噜呼噜地打起鼾声。全昭十分羡慕她们那样好睡。自己极力排开各种各样的思想,机械地来回数着从一到一百的数目,可是,脑子仍然十分兴奋。实在睡不着,她只好拧开电筒照着读起《我们这里已是早晨》。

猛然,附近叭、叭、叭一连三声枪响。宁静的夜一下子被撕裂了。狗,一个影响一个,掀起一片吠声。外面有着急促的人语和脚步的声响。全昭披了衣服坐起来找火柴点蜡烛。睡着的人都被惊醒起来了。金秀从枕头下取出用红绸包着的小手枪,把子弹推上膛;钱江冷直打战,讲不成话了;杨眉哇哇哭起来。

“杨眉,沉着点。还不知道怎么回事呢!把衣服穿好,小心着凉。”全昭耐心地安慰着杨眉,把衣服给她披上。

金秀跳下床来,叫大家别害怕。她自己打算出门去看动静。房东马殿邦拿着一支燃着的松明出来说,不必惊慌,说不定是小偷来“夜摸”,遇见民兵了。几个民兵都是小伙子,爱玩枪,恐怕是他们借故打打枪过瘾,不一定有什么事,叫李金秀先不要出门,有什么事农会和张队长他们会有人过来招呼的。

一会,区振民他们果然过来,在门外对着她们几个女同志说:不要惊慌。他们同民兵到村边警戒去了,叫她们把门关好,不要睡得太死,机灵一点。

“我可不敢再睡了!”钱江冷这才讲出话来,把衣扣扣好,将毛毯把全身裹住。

“呜! 呜!”杨眉放声哭起来,哭得很伤心,叫人不好劝解。

“杨眉!”全昭摇了摇她的肩膀。

“杨同志,别怕……”金秀坐回床边来拉杨眉的手,好像要分给她一些勇气。

“呜,呜……我……真倒霉。我不转学去北京,在上海就不会来这个鬼地方了! ……呜,呜……”杨眉一边哭,一边埋怨自己。

“我看不会是什么了不起的事情。还是睡吧。”全昭说。

“对啰,不怕。门关好了吧?”马殿邦到门口去照看了一下,转回里屋去了。

夜又恢复了宁静,小窗口的月光却剩下上头一点点地方了。屋檐下的公鸡开始喔喔地啼叫。

杨眉再不敢一个人单独盖一床被子,要全昭跟她两人合在一张被窝睡,才止住哭泣,脱下衣服睡了。

九

早饭之前，张文和区振民商量的结果，由区振民率领黄怀白、钱江冷、王代宗、丁牧等一个小组，到岭尾村去；其余的人统统留在长岭作为中心小组，由张文领导开展工作。副教授徐图原来是队副，在小组里就没有再让他担任另外的职务。中队部宣布这个决定的时候，王代宗觉得把他跟杨眉分开了，有点不大痛快，可是，也没好意思提出来，后来知道岭尾村就在这村的后尾，过了一条小河，不要半个钟头就到，也不再讲什么了。

给区振民他们带路的是昨天在路上大家见到的马俊。他人活泼，好说话，见工作同志同他谈话，一路上都很高兴。听他介绍，这个村不大，一共也不过三四十户人家。何家是大姓，其次是梁姓，另外有几家几户杂姓。村里在外面读书做官的人比别村都多，原因是姓何的一家地主，从他祖父起就在土司的衙门里掌管钱粮，后来他父亲、叔伯都读了洋学堂，有的做过县知事，有的当过审案子的法官什么的。儿子这一辈，老大是个带兵的团长，现在不知在台湾还是逃到缅甸什么地方去了，临解放时，还随同他的部队打这里逃走，有人说，到钦州被解放了，有人说，他们那一伙是从睦南关进越南地界去了；老二在外面读了书回家来就没做事，只蹲在家里收租子、放利债、贩卖大烟，一个人就讨了四个老婆，成天抽大烟、养画眉、斗鹌鹑过日子，到日本鬼子打来那年，得了肺病，大吐血死了；老三到过日本留学，一直都在外面当官，很少回到家来。因为何家几代都是在外头做大官，村里的人跟着出去当差做事的不少，现在有几个在香港、台湾还没回来。马仔讲到这，停了一下，大家也都没有作声。一会，有人问道：

“马同志，那姓何的，现在他家还有什么人？”

马仔听人家叫他同志，心里挺舒服，越发喜欢说话了。他说：“那何家，自从二老爷得吐血症死去之后，他家就没什么男人了。女人也都常住在城里，每年冬天收租时候，才回来住个把两个月，把租收完又走了。只是老三，这位到过东洋留学的何其多，在临解放的前半年，突然回来了。从电船上运来好些箱柜，他家的几个看屋、养马的长工搬了一夜也没搬完，第二天早上人家见到码头上还有十来只藤匣木柜搁在那里。这位三老爷虽然把那样多的东西运回家来，但是，奇怪，他的老婆却住在城里，没有同他一起回来住。另外，他跟死去的二老爷不同，对待佃户和贫苦人家都好，谁家欠他的租谷、利债，要是实在有困难，还不上的，求他说一下，他都答应：‘明年丰收了再给吧。’刚解放那时节，到处闹匪乱，县上和部队下来了工作队，搞清匪反霸。他自动地帮助工作队在这一带地方做清匪工作，叫一些散匪出来自新。后来搞退租退押的时候，本来他家应该只退五千斤谷就够了，他却把城里的铺头卖了，得万把斤谷的钱全部都交给农会了。正是这样，大家把他划为开明士绅。”

“他有多大年纪啦？”有人问。

“四五十岁了吧，样子倒不见老。照说我们村里覃俊三比他老样多了，可是，倒反叫他做内兄。”马仔说。

“我们又不是算命的，不管他的年庚八字了吧。”区振民说。

“除了他这一家，还有哪些地主？”谁问了一句。

“有，”马仔说，“也是姓何的，他们都是同一个祠堂，是‘其’字一辈。因为刚解放时通匪，被镇压了。财产都叫大家给分了。”

大家给这一长串的谈话打开了新的境界，一时找不到话来说。继续走了一段路以后,马俊才又向大家介绍起来。

从他的话里,大家知道岭尾村的南头,沿着橄榄林一直走,不到三里地,就是右江。这是一条大河,从百色下南宁来的电船就从这里经过。河流到这地方,有一个大转弯,仿佛拉满的弓一样,形成一个半岛,岛上有个村子叫作灵湾。好多年以前就来了一个美国人在那里造了一座教堂,蒙骗村里的人去听教。另外还办了一间麻风医院,在这方圆一二百里的地方凡是得了麻风病的人都被收来医治。病情轻一点的人平日种着香蕉、橘子和菠萝,每年都有好多水果运到城里去卖。

黄怀白对这特别感兴趣,问:“现在那个美国人还在吧?”

“在。听人说,他一年总是要去香港、广州一次两次,住上个把两个月才回来。”

“这地方还不简单哪!”钱江冷感叹了一声。

区振民看了看马仔,问:“我看你就知道那么多了吧!还有没有啦?”

“想想看,你们要想知道什么的吧?”马仔认真地想起来。

“呵!有了!”过了一阵工夫,马仔兴奋地说道,“临解放那几天有过这样的事:有一天来了一架飞机,在我们这几个村子上绕来绕去。飞机飞得很低,翅膀都快碰到木棉树了,飞机上的人,我们都看得见。后来有人说,这架飞机飞到邻近一个什么地方落了下来。半夜里来了三个人在岭尾村等船去香港。那几天国民党的兵从这里败退,兵荒马乱。上边百色没有电船下来,何其多把那三个人收留到他家住了十来半个月才坐木船走了。”

“这位老乡太好了,给我们讲了那样多的故事。”

“请马同志给我们唱支山歌听听好不好?”

“对,对。”

人们你一句我一句地嚷嚷。

马仔推托了半天,说是新的没学会,旧的都是一些老封建东西,不时兴了。

“不要唱新的,唱旧的更好,唱吧!”丁牧一听到要唱山歌就同酒鬼闻到酒味似的,兴致勃勃。

这时,田野里有的在挖荸荠,有的在刨花生,有的在冬耕。马仔远远地看到

银英和廷忠夫妇三个人,在小山坡的一块地里刨花生,心里不禁悸动,终于提高嗓子唱:

河边码头步步高啰,妹呀妹,
天天呀,见妹两三遭;
真心情话难开口啰,妹呀妹,
石板呀,破鱼难下刀。

“石板破鱼难下刀,多形象的语言呵！好,劳动人民的想象力真丰富!”丁牧赞叹了一番,立即拿出本子来记下。

“什么稀罕呵！这样的山歌可多呢！你要多少有多少。”马仔不在乎地说。

“听,那边有个女的唱了!”钱江冷打断马仔的话,大家都没作声。歌声在野地里飘扬开来:

山中只见藤缠树啰,哥呀哥,
世上呀,哪有树缠藤;
青藤不攀芙蓉树啰,哥呀哥,
枉过呀,一春又一春。

“嗨,真不简单,这不单是歌词好,歌声也挺美!”钱江冷惊讶地赞赏起来。

王代宗问:“马同志,唱歌的是谁呀?”

马仔故意装作没听见人家问他的话,只管说:“这就到了,何老爷家就在村头的荔枝园。同志们是不是先去见三老爷?”

区振民立时决断地说:“我们不见他,先找民兵队长。”

“找梁大炮吧,他家在西头,走吧。”

区振民同丁牧交换一个眼色,好像是说:“这小鬼有意思。”

马仔把工作队的人带到梁正家以后,仿佛有什么东西丢在路上,急急忙忙往回走。他一路走,一路回味着刚才谁唱的山歌,嘴边不觉泛起一丝笑影,脚步举得格外轻快。

这地方，虽说是严冬，却不见冷，只要一出太阳，气候还是挺暖和。现在，湖水似的天空轻轻地飘着白云，小溪活泼地湍流；雀鸟尽情地歌唱、飞翔；田里是一片嫩绿的菜蔬；留着做年节供果的金黄色的柚子，点缀着葱绿的树。马仔生长在这样的天地，要他说出这地方有什么可爱，他可说不上来，但是要他一旦离开，他可就很踌躇了。前年清匪反霸结束的时候，工作队的同志动员过他出来参加工作，开头他是蛮高兴的，过两天正要走的时候，却犹豫起来了。这片乡土对他来说，仿佛是池塘对于鸭子、树林对于雀鸟一样。但是，旁人说，叫马仔留恋的还不是乡土而是人。这点，马仔自己嘴巴不敢承认，心里却是明白的。

现在，他往山坡地里仔细瞭望一阵，认得是银英跟廷忠夫妇三人，在那里刨花生没错。于是，想了想，鼓起勇气，绕着小道走到她身边的地头来了。廷忠他们都蹲在地里拿着小锄头刨土，仔细地寻找由于主人们的粗心而遗留下来的一颗两颗花生，马仔的来到并没被他们发觉。银英脖子后头那根拿红绒线扎起来的大辫子，把马仔的心触动了一下。

"捡到多少啦?"终于，马仔大声地问道。接着，他走到廷忠旁边，也蹲了下来，用他手上的扁担去刨了刨土，马上捡到一颗白壳的花生。自己给自己算卦："如果豆荚里两粒花生仁全是好的，我同她的事就成了!"许了这愿以后，他心跳得厉害，屏着气，仔细地剥开了豆荚，一看，原来是瞎的，一粒也没长成，不禁失望地把豆荚丢了。

"我说是谁呢，把我吓了一跳。"韦大娘果然是受惊了，自己都能听到心跳的声音。

"你自己做贼心虚，别人都没有被吓着。"马仔说着，盯了银英一眼，没有注意韦大娘窘惑的红脸，也没有发觉廷忠忧郁的神色。

银英同他的眼光碰着了，却没有同意他的眼光，只是问道：

"回来那么快，你把工作组同志带到了吗?"

"放心！保证没有把他们带错路就是了。"

"我有什么放不放心的，你把他们带到哪里关我什么事?"

"那，你为什么要问?"

“唔。”银英给顶了一句，一时讲不出话来了。

过了一会，银英盯着对方尴尬的脸色问：“问你，你到这里来干吗？”

“来看看我昨晚在这地里装的野鸡。”马仔煞有介事地回答。

“你真的在这块地边装野鸡？那不早点来看，叫旁人见到都给拿走了。”廷忠说，很替他惋惜。

“你听他给你胡诌吧。”韦大娘意味深长地瞅了丈夫一眼，拿眼睛瞟着旁边的银英，顺手把她自己当作坐垫的一捆树叶往前挪动了几步。

大家一时都没作声。一只乌鸦飞来，停在地头的一株光秃秃的木棉树上，叫了两声又飞走了，鹞鹰在天空盘旋，吱吱哩哩地叫唤。

一会，马仔突然问道：“昨天夜里你们听到打枪没有？那三声枪响到底是怎么回事？”

“又是他们几个民兵搞的什么名堂吧！——不知道。”廷忠说。

“枪声远，我看一定是山上那几个土匪闹的。几个该死的家伙还不肯下来自新，哪天给活捉就完蛋了。”马仔一边拿着扁担刨土，一边说，“呵！这块地方掉的不少呢！是殿邦四叔的地吧。”他将捡到的一把花生扔进廷忠的篮里去。“人家有吃有穿的，才不在乎这一星半点东西呢。”

他们各人只顾留心各人挖起来的新土，注意看有没有要捡的。谈话是断断续续，有一句没二句的，过了一会，银英才问道：

“马仔，你听工作队说，山上那几个土匪要是给抓到了，能对他们怎样？”

“那还不简单，枪毙呗。”

“枪毙？”银英立时睁大眼，十分惊讶，“赵光甫要是死了，亚升可就可怜了。”

“活该。谁叫他当土匪！”

廷忠说：“赵光甫就是嘴巴馋害了他了。为了吃喝总是赊来借去的，赊欠太多，没有办法了，才跟人走上这条转不回头的单边路。照他人品说，倒不是做这行买卖的人。”

“那他为什么不出来自新？”马仔问。

“哎！嘴巴说倒容易，要真的出来了，你能保得住就没他的事了？”

“现在人民政府讲话一是一,二是二,不会假的。”马仔认真地说。

韦大娘听他们讲到这上头,拦着说:“真也好假也好,反正不关我们的事。”

“怎么不关我们的事?”银英停着手上的锄头,望着韦大娘说,“让他们老在山上抢人劫货,我们上山打茅也不放心呢。”

给银英这样一说,韦大娘也不再说什么。她方才被马仔无心说了一句做贼心虚的话以后,讲话就特别小心,不大爱搭腔,有时还用眼光警告着丈夫,叫他不要管闲事,免得招惹是非。巴望马仔快点走开就好了。但是,又矛盾,希望马仔多待一会,给她讲些工作队的事情。心想:“这回工作队来是不是真的要分田地?如果真分了田,地主老财他们能自各种地犁田吗?地主变穷了,三奶奶给的东西,会不会又来追回去?”韦大娘一边想心思一边刨地。刨了好大一片也没捡到一颗花生。

银英回过头来看到她刨起来的地方,有好多颗花生她都没捡到,不觉说道:“怎么啦,你嫌刨得太多,不想要了不是?看你后边有好多颗你都没捡。”

“我以为是瞎了的,刚才在头前还捡得多一点,这一截人家捡得挺干净。帮人家刨了半天地,才得不到一斤花生,真是不上算,另外找地方刨红薯去吧。”韦大娘摇了摇篮子。

“前面苏绍昌的红薯地才挖了不几天,没人刨过,去吧!”马仔说,随即站了起来,准备要走了。

“你自己走吧。没人陪你去看你装的野鸡。”

“你可是好厉害呵!”马仔说,摘下一张树叶,吹着口哨走了。银英盯着他的背影,直到被树丛遮住了,才又回头来注视刨起的地面。心想:“这人就跟嫩姜似的,没有辣味。”

马仔走后,留下的三个人都没作声。随后,飘来两句山歌:

山上的老鹰叫着口渴呢,
林中的泉水却给树叶盖过了!

“银英,你听出是谁唱的吧?”廷忠带着笑,瞧了瞧银英。

“谁爱唱谁唱,什么口干颈渴的,干死了也没人理他。”银英说。

银英在解放那年的清明前后曾经嫁到那坡村一个姓周的家里,丈夫比她小两岁,虽说人长得又白净又清秀,而且在圩镇上还是个篮球队员,不过,不懂什么缘故,银英过门去才满三朝,就回娘家来了,就是逢年过节也不再回婆家去。意思倒不一定是不落夫家,实在是因为两人谈不来。不管怎样,她也不愿再同那个男人见面。她,人挺聪明,除了干农活,还会绣鞋、织锦,会编歌,每年附近的歌圩那里都能听到她的歌声。可就是谁也没得过她绣的荷包。

解放以后,听人说,往后结婚,由各人自愿,做父母的不得强迫了。这样,她更是放了心,不再为那个冤家牵肠挂肚的了。不过,人的心情总也没有平静的时候。这头心事放下了,另一头心事却又涌上来:“到底找个什么人呢?”这苦恼老缠着她。她知道,也看得见,她的背后是有好多爱慕的眼光追随着她的。她自信要是在他们当中选择一个,比到田里摘只瓜还容易。正是这样,她就不焦急找个什么人拴住自己的手脚。

冬天的太阳过得特别快,一下子就从南边偷偷地溜到西边去了。山坡的牛群有的挺着鼓胀的肚皮在游荡,有的躺在草坪反刍。牧牛的人烧起野火,吹着口哨引风,火势迅速蔓延开来,空中飞舞着浓烟和草灰,鹞鹰在上面盘旋。

廷忠站起来伸伸腰,把篮子摇了摇,很失望。瞅着银英和韦大娘一眼,叹了叹气。停了一会,自己对自己喃喃道:

“刚才我们没有问马仔,工作队同他讲了什么话没有?”

银英听了带着询问的眼色看了看韦大娘问:“昨晚不是有个女同志到你家去吗?你没有问她?”

“没有问到。”廷忠说。

“你真怕事,为什么不问问她。”

韦大娘说:“不要说问人家了,倒反叫人考了呢。”

银英望着廷忠问:“是吗,她问你什么?人家看见你还把她送出去好远呢。”

“就是问村里谁是地主恶霸,谁是坏人什么的。”

“你都说了谁?”韦大娘直瞅着丈夫问,意思是说:“你真的告诉人家了吗?”

廷忠避开老婆的目光说:“没有怎么说。”

“看你真是那么怕事。要是有人问到我，我一定把那些家伙的祖宗三代都给他诌一通。”银英说。

“同他们这些外地外村的人讲那些话有啥好处嘛。人家现在同你讲得再亲，三天两日还不是要走了，要是得罪了自己街邻近舍的，日后怎么好相见。”韦大娘担惊害怕地说。

“这话说在我们穷人里头倒还是个道理，要说在地主老爷他们那边，可不一定。他们哪个跟我们认过亲？我们的牛走过他们门口都说是踩脏了他的路呢。”

“当然啰，地主老财好比这地边的大树，能把它拔掉了好是好，免得它遮了日头，害了庄稼。只是，树根扎得太深啦，一时拔不倒。”

“看你倒是会打比方呢。”韦大娘不满意地瞅了丈夫一眼。

“好了，你们在这刨吧，我去前面刨红薯去！”廷忠没有等韦大娘说完话，一个人走了。

一〇

工作队到村里来已经一星期了。

按照工作计划和步骤，张文作了这样的安排：开头一个星期是在群众中普遍地进行访贫问苦。从访贫问苦当中去寻找苦大仇深的对象，然后着重对他进行个别教育，启发他的阶级觉悟，再通过他去串联、带动其他广大农民起来斗争。但是，谁的苦最大，谁的仇最深呢？要说苦，看他们眼前的生活，都是半斤八两；要说仇，那就不易发现。几天来，工作队的同志所接触的，来回总是那几个漂洋过海能说会道的人，这些人能够告诉工作同志的，总是这样一些话：

“我们村里的地主就是那两三家，已经斗的斗了，逃的逃了；除非是分他们的田地，别的再也挤不出什么脓来了。”

老实一点的农民，不管你问他什么话，总是摇头，迅速走开了，好像躲债的一样。客气一些的就说：“这个，我不知道。”

面临这样的情况，工作队的同志反应是多种多样的：

杨眉整天皱个眉头，撅个嘴巴，像谁弄坏了她一件心爱的宝贝似的，每天早晨照着镜子总是抱怨地说："这鬼地方的水把我的皮肤都给变粗了。"借口不懂话，没法接近这些农民，常常一个人拿本书，到村头的大榕树底下呆呆地坐着。书本也没解开她的烦闷，只有卖糖果的小贩摇着铃铛来了，她才活跃起来。虽然她才来不几天，可就跟卖糖果的小贩混得很熟，每一回小贩带来的一种鹅油酥饼，不管有多少，她全都把它买光。因此很快出了名，都说她是糖罐子。孩子们一听到卖糖的铃铛，就来喊："四姐，卖糖的来了！"她除了带着书本在村头等着糖果，还有一件事就是等待区上通讯员送来的信件。她盼望上海的家给她寄来奶粉、肉松、饼干和多种维生素，盼望北京的同学告诉她圣诞节学校里是不是还同往年一样热闹；她认为全昭同冯辛伯都故意疏远她，自己就索性不理人家。但一个人又不堪寂寞，不好打发日子，正好王代宗每天过来向队长汇报，这才使她有个伙伴。有时，太阳要落山了，他俩还在小河边难舍难分地徘徊、流连，这样一来，村里便有人说长道短，流言也蔓延开来。

教授黄怀白到岭尾的第二天就去见了何其多。那天，何其多正在家里写春联。黄怀白到来的时候，他刚写完"知还庐"三个魏碑体的门首横额。

他桌上摊开一本并不太新的《新民主主义论》，中间还夹着一支红蓝铅笔。"解放前毛主席的著作真不容易看到，解放后的情形就完全不同了，"他一本正经地对客人说，"这本书里指出我们新的国家的前途是明明白白的了。凡是不愿受外国人奴役的中国人，谁不赞成呢？"

"我这两天听说工作队同志要来了，"主人没等客人开口，继续说，"抽空叫家里的人把祖先留下的文书田契找了出来，清理了一下，正在列个清单，等诸位同志来了，就献交出来给农会，再过一两天就弄好了。分田还不马上进行吧？"何其多显示着大方而庄重，把话说完之后，带着探询的眼光留心对方的反应。

黄怀白给对方的风度和言辞迷惑了。心想："此人倒还开明。"随口说道：

"何先生的学习精神可嘉。我们很惭愧，解放后会议多，教学也紧，学习上——"

"工作就是最好的学习呀！不错的，不错的。"

何其多边说边对黄怀白看了看，心想："这人对共产党理论的学习态度似乎不太积极！"态度上很快和缓了下来。

黄怀白重新认真地打量了对方一番。他上身穿的是一件米黄色咔叽布衬衫，外面披一件开胸的灰色的毛衣，嘴巴含着一只同黄怀白用的差不多的英国烟斗，拖着一双黑漆拖鞋；头发同花鸭子似的，夹杂着一小半的白发。眼睛特别机灵，时刻都在提防和猜测旁人的目光，只要叫他看了一眼，谁也瞒不过他似的。

“何先生能把田地献出来，带个头，那，我们工作队倒是省力了。‘识时务者为俊杰’讲起来容易，做起来就不那么简单。何先生是——”

黄怀白说到这，何其多将含了好久的烟斗拔下来，抢着说道：

“那也是大势所趋，跟着大众走吧。我想，往后，国家变成了社会主义了，个人田地拿来做什么用呢？还能有失业饿饭的吗？”

“是的，那是不堪设想。”

何其多觉得对方这句话的意思很含混，眼睛贼溜溜地转了转，心想：“工作队的人也不一定就是共产党的信徒！”

黄怀白自从访问了这位绅士之后，对当前土地改革运动产生一种看法。他认为：像何其多那样，认识到大势所趋，愿意把田地交出来的，一定不在少数。只要政府出一张布告，宣布没收地主的田地，分配给贫雇农就行了，为什么一定要发动群众斗争呢？

虽然产生这样的思想，但是他总也不敢表露。他知道，虽然他自己是法学专家，是教授，可是，现在他不是站在讲坛上，而是要从这场实际斗争中受群众的监督，实行思想改造。思想改造对他来说是“不堪设想”的，怎么好呢？几天来，不是到河边去捡小石子，就是同钱江冷谈论巴黎的沙龙和纽约的摩天楼。但是过不久，在他这方面他嫌钱江冷谈来谈去尽在美术和音乐的圈子里转，太腻；在钱江冷那方面则发觉他庸俗，没有可谈的。后来，梁正从山里砍回一根龙骨树枝送给他做手杖，从此他有事情做了。他听从老乡们的话，烧着一堆稻草，将树枝熏一下，把它压直，然后再把树皮剥光，变成一根同龙骨似的乳白色的棍棒，但是剥过皮的棍子，表皮挺毛，不光滑，而且那些节骨眼还是留着粗糙、锋棱的刀痕。他又听老乡讲的捡来好些碎磁片，仔细地把棍子的节眼一个一个地刮着，随后又划着一根一根的洋火燃烧棍子上每个节骨的刀痕，就跟一个雕刻家那样用心。说是要把它带回北京作纪念。

钱江冷也有她独特的趣味和消遣的办法:常常带着彩色的粉笔、讲义夹子和一只帆布的折凳,一个人到河边的磨坊,或村头的榕树下,对着这一带的橄榄林、远山和河岸去画画。有时,在晚霞的映照里,老乡们挑着柴禾回家,她硬要人家站在路边给她做模特儿。

副教授徐图听赵三伯告诉他,就在这个乡的南面有个小山叫“将台”,是壮族一位首领侬智高誓师抵抗宋朝名将狄青来侵的地方。他特地跑去瞻仰了一趟。

诗人丁牧听到大家嚷,这地方冬天还那样暖和,带来的棉袄和皮衣变成了累赘,对人幽默地说:

“我们失去了一个冬天!”

引起杨眉一阵嘻笑。而这句“诗”就在工作队当中流行起来。

全昭见到这些情况,心里直纳闷。一天晌午,在油榨房附近遇见队长张文从岭尾村回来,她直率地劈头就说:

“队长,我看我们这些人不是来为老百姓的翻身做事,倒像是游山玩水来了,个个东游西荡的,想个办法吧。”

“别焦急,经验证明,急躁顶不了事。”张文不大在乎地说。

“不焦急也要有个不焦急的办法嘛!”

“怎么没有办法呢?不是说这个星期是访贫问苦吗?你个人访问了什么?你说说看!”张文就像老师考学生一样,留心地打量着这位敢于提出批评意见的女学生。他仿佛才发现她长得倒是挺文静,说话却那样锋利,不免诧异起来。

“原先不是分配我去做儿童工作吗?”全昭反问了一句。

“现在也没有人否认你做那个工作呀!你做得怎样了?了解到什么材料?说一说。唔,青年人敢于提意见好是好,可惜,往往把实际情况给忘了。这都是缺乏锻炼,经验证明——”

“我已经把这个村的小孩子组织了一个儿童团了。这两天正在教他们唱歌。”

“我说,同志,我们不是画眉鸟,光会唱歌不解决问题。”

“谁说光是教歌呀！”

全昭感到受了委屈，正要作分辩，对方马上截住，说道：

“我看是这样吧，我才同老区商量好了，明天开会，各人汇报几天来访贫问苦的情况。”

本来全昭想告诉他：这几天她拿《铁木儿及其伙伴》的故事讲给孩子们听，发动他们组织起来，协助贫雇农向地主恶霸做斗争，大部分的小孩都愿参加儿童团，愿意把村里的事情告诉她。但是，队长却表示不耐烦，把她扔下，自己走开了。“这人怎么这样主观呢？”全昭目送着这位队长走了好远，心里直纳闷。

全昭窝的一肚子气，没处说去。低下头来发现右边脚的鞋帮给老鼠啃了一个洞，袜子后跟也磨破了；裤脚管那天晚间溅上的泥浆还没有脱净。

“洗衣服去吧。工作问题明天开会好好提出来讨论。”这样决定后，脚步举得轻快起来。回到房间，关上门，把衣服换了。衣服太脏了，领子有一道显眼的污泥。她顺手用杨眉的小镜子照了照脸，觉得晒黑了。这对她来说，反而更加显得妩媚而端庄。但是，她自己好像生了谁的气似的，立即将镜倒转来，放回杨眉的床头去，抱起衣服就走。

出了门来，她眼里还显现着刚才镜里的面影。

“我怎么就老碰上那些个鬼呢？要是长个大麻脸就安静了！”她一边走，一边在想。

她今年七月二日才满二十岁，已经在北京大学读了四年级课程了。头一个学期学校的门警还不相信她是个大学生，每次都要细看了她的学生证然后才让她进门；这两年却长得特别快，不但长得健康、结实，而且显得苗条、标致。从来没见她用心打扮过，但是，她往往给第一次见面的人留下一个深刻的印象。除了外表，还包含着她那典雅、端庄的风度，那亲切、真诚的情感，开朗、严正的思想，和那优美的谈吐。

正是她的这些优美条件，无形中给她添了不少麻烦。临来土改的那几天她整理书籍，发现几年来，她一共就接到二十三个人的信。

“这些个‘鬼’真难缠，讨厌死了！”每次收到信，都叫她感到怨烦。

当然，写信的人有的是她的同学，有的是在校外一起搞社会活动时认识的同志。信写得总是火一般的热情。开头一封两封她还觉得新鲜，后来看得多了，再也没有意思了。只是临走时收到的那封倒是特别，里边什么话也没说，只给她开了一个治毒蛇咬伤的药方，说是南方农村多蛇，这个药方有特效。这人是谁呢，信上没有名字，从笔迹又辨别不出是哪一个熟人写的。

“世界上总还有只为别人的幸福，而不存私心的人呵！”

全昭一想到写这封信的怪人，心里就爽朗起来，觉得一个人能够关怀别人、急救别人的危难是最高尚的品德了。她觉得自己学医，正是符合这个理想。

“明年，我就是一个为人民解除疾病的大夫了！”她一边走，一边想。

这是从村边流过的小河。河水清澈像面镜子，两岸长着翠竹，有的竹子倾垂于水面，一只翡翠鸟站在竹枝上，等候着水里的游鱼。一会儿，敏捷地钻入水底，含着一条小鱼飞走了。河水缓缓地流动，阳光透过树丛映到河面上，像一匹金色的缎子。

全昭拿着几件衣服来到河边，跨在一块小石头上，蹲下来准备洗衣服。她俯向水面，又看到刚才镜子里见到的自己的容颜，她对自己凝视了一阵。“我这一辈子应该给人民做些什么有用的事业呢？”她深深地问着自己。几条小鱼从她脸上游过，当中一条使劲地摆着尾巴，翻了一个小浪，把端庄而秀美的面影弄乱了。她这才轻轻地将衣服浸到水里，开始她认为费时间的劳动。

不一会，杨眉和王代宗从岭尾村过来，他们到了河滩就不往前走了，两人在河滩上捡着晶莹如玉的卵石。

“我要捡一口袋拿回北京去养水仙花。”杨眉边捡边说。

“什么时候能回去呵，还早着哩。”王代宗冷言冷语地发感叹。

“你真是一个悲观主义者！”杨眉试探地瞟他一眼。

“我悲观，可没有哭过鼻子哩。”

杨眉不觉红起脸，不再说话。两人都埋在沉默里。

“你看！”王代宗叫杨眉看河岸上的几株木棉树。树上面是一群八哥鸟在歌唱。

王代宗见杨眉没理睬。停了一阵以后，才自己对自己喃喃道：

“我认为做人应该同木棉树一样，在什么树林里都比别的树长得高。”

“木棉树真是那样的吗？”杨眉这才好奇地问。

“是这样，一点不差。”

“你真有心机去注意这些东西。”

“这也是人生嘛！”

“什么人生？是你个人的人生观吧，个人英雄主义！”

“随你给扣什么帽子都好，我可不在乎。”

两人又谈不下去，各自想各人的心事去了。王代宗捡起一块小石片往河面打“漂漂”。

“一、二、三、四……”王代宗数着石片在水面飞漂的次数。

“来，咱俩比赛。谁赢谁请吃米粉。”杨眉也捡到石片，挽起袖子，等着王代宗捡来石片，两人准备往河面打去。

“我先来，”杨眉说，弯下腰来把石片轻轻打出去，眼睛盯着石片在水面跳跃，口里跟着数，“一——二——三——四——五！”

石片像青蛙一样在水面跳了五下，终于落进水里了。

“好，看你的了。”杨眉瞟了王代宗一眼。

王代宗不大用心地把石片扔了出去。杨眉数着：“一——二——三，三下，你输了。”

“输了，有米粉吃还不好，你赢了的请客吧。”

“你不是要比木棉树吗？这下子怎么就甘心落后啦？”

“那，要看在什么情况下说话。”

全昭把衣服洗完了，觉得腿有点麻，站起来，跺跺脚。回头一瞧，看见杨眉和王代宗两人的背影。心想：“这两人怎么躲来这里玩呵！要不要惊动他们？”她又蹲下来，脱下鞋子做垫子坐，把两只脚放到水里去。她秀美的小腿像两支玉柱，在水里显得更加柔润、光洁。左边的腿肚有个小铜钱一样大小的伤痕。那是抗日战争时期敌人飞机的炸弹片给留下的仇恨。那时，她才是小学二年级的小孩，现在已经是快要离开大学的青年了。

她现在让清凉的水从脚上轻轻地流过，凝视着倒下水面上的那根竹子。好像在想：“生命是那样容易过去的。”总之，她不觉沉浸于一种自己也说不清的遐想。等到她把视线收回来的时候,眼前就出现自己在水里的面影。她想起那些来信的语言,想起那个治毒蛇的药方,想起书本上讲的故事。……

“呵,我们发现奇迹了。你看,全昭也来这里!”王代宗回头走时,看见了全昭嚷开来,拉起杨眉的手,往全昭这边走来。

“全昭!”杨眉边走边喊。

一一

一个清冷而明净的月夜。

月光透过薄云,大地呈现着柔媚的光辉。鸟儿已经回窝歇宿了,鱼儿潜在水底,昆虫们还在冬眠,田野那么恬静,没听到半点儿声音,也没见到一丝风儿的颤动。韦廷忠一个人拿着扁担和绳子踏着月光,顺着往河边的小道走,要去把泡在河里的两筐木薯捞回来。原来木薯有毒性,从地里收回来需先把它切成片,放到水里浸泡十天八天,让毒性消失了,然后才能做吃食。廷忠他这两筐木薯泡在芦苇底好几天了,这几天忙着帮东家赶车拉茅,没空去取,今晚老婆又催,才赶来捞回去。

他走到了河滩,转到背一点的地方去解小便,仰望着天空,月亮穿出云层来了,周围有一道光带。"明天要翻风!"廷忠打心里给自己说了一句。

这时候,突然听到有谁在河边附近说话,廷忠不觉一惊,匆忙向周围张望了一下,朦朦胧胧看不清。稍许定下心,侧耳再仔细一听,才听明白是一男一女在交谈,心想:"一定是工作队的人,躲到这里来谈情了。难怪花心萝卜说,他们男男女女在一块，没有好事！”好奇心指使着这位老实人，让他顺着这两人讲话的方向，悄悄地走去。

就在露出水面的几块石头上，坐着一男一女。各人抱着各人的膝盖，扣着脚丫。月亮和人影都倒映在水里，看得很清，廷忠怕他们发现，就在离他们不远的地方蹲下来，看他们到底是干什么的，用心细听他们的谈话。

“你说说，这些日子来你的感觉吧。”是男人的声音。

“你呢？你有什么感觉？”女的反问。

“我看，我们的队长就是个经验主义，加上主观。”

“表现在哪？”

“那还不多得很，我看他就没有认真依靠老实的贫雇农民。”

“你这话讲得就不具体，他不是口口声声说要依靠贫雇农嘛。”

“谁是可靠的贫雇农，要我指名道姓讲出来也还办不到。不过，我认为他现在只听一个赵佩珍、一个梁正的话就很危险。”

廷忠听到这，心里松了下来，又失望，又满足。心想：“原来人家是谈正经事！……他们把梁大炮的牛头马面也看出来了！”

两人沉默了一阵，一朵白云从月亮上面掠过。

“我们工作做不好，不能很好帮助真正的贫雇农民翻身，大家都得担当一份责任。我们每个团员本身也应该想点办法，帮助领导多了解些情况，使他改变主观的看法。”女的停了半天说道。

“也许你是对的。”男的说。

“难道你不是这样想吗？”女的立即反问。

他们要准备走了，穿上鞋子，收拾手巾、肥皂盒。男的先跳上岸，然后回头伸手去接女的。

“我自己来。”女的随声轻捷地跳了上来，掠了掠头发，说：“我们待的时间太久了。”

“是呀，我们一举一动都得注意群众影响。敌人正在造谣，老乡们要误会我们来谈恋爱可就糟了。”

“这点，别的人都还好说通，就是杨眉，老告诉她，她老是满不在乎，近来她同王代宗就像年糕一样,老黏在一起。"

"好好帮助她,对她要多费点劲。"

他们一边走,一边还在谈。

廷忠怕给他们发现,躲到竹丛后面去,让他们走过了才出来,对他们背影仔细地端量了一阵,终于认出那女的正是曾经到他家取过油瓶的姑娘,男的就是人家叫他小冯的。

"原来人家是一片好心!"廷忠透了口气。

廷忠站在河滩望着这两位年轻人走远了,才带着松快的心情向泡木薯的地方走去。那是一丛芦苇覆盖着的河湾,月光暗淡,看不清彻。廷忠挽上裤腿蹚进水里,河水有点凉,他哆嗦了一下,拿脚去探了探,碰到筐子了,才挽起袖子弯下腰去,把压在筐子上的石头搬开,然后把筐子捞上来。当他挑起担子正往回走的时候,背后有人走过河来,他回头看一眼,没看清是谁,后面的人却拉开发哑的嗓门叫喊:

"是廷忠吧,慢点走嘛!"

说话的人就是花心萝卜,他三步两步撵上了廷忠,身上散发着一股酒气。

"哪儿去啦?"廷忠问,没有回头来看他。

"到岭尾去了。"花心萝卜半醉半醒地答了一句。

"又同谁喝的?那样够瘾。"

"我是今朝有酒今朝醉呀!依哟嗨!"花心萝卜避开对方的询问,竟唱起戏文来了。

廷忠放开步子快跑,花心萝卜在后头叫:

"慢点走!我告诉你一个新闻!"

廷忠连头也不回地越走越远了。

"这真是,龙游浅水遭虾戏,虎落平阳被犬欺……"花心萝卜高一步低一步地走,东一句西一句地唱。

廷忠回到家,见屋里亮着灯,"孩子怎么的啦?"心里惊疑不定,急忙把木薯放下,推开门进屋来。卧房里点着油灯,孩子他妈坐在床边守着躺在床上的福生。等丈夫走到身边了,她才转过头来,拿忧愁而疑惑的眼光默默地望着他。

廷忠避开她的眼光，伸手去摸小孩的额角。“好烫！”随口说了一声，脸色沉下来望着老婆。

“又到哪里去啦？”韦大娘望了丈夫一眼，受压抑地问道。

“不是到河边捞木薯，能到哪里去了？”廷忠在床头坐下，把挽起的裤腿放下来。

韦大娘舀来一盆水，找出双鞋来，让廷忠洗脚。嘴里叨咕：

“叫我去，三趟都回来了，去挑一担木薯，要那么半天工夫呀？”

廷忠没搭理她的话，把脚放进木盆里，一边洗一边问：

“孩子吃了点东西没有？”

“尽说些胡话，还吃东西呢，就是这一阵才静了一点。”

两人都没有说话。小孩轻轻地打着呼噜。

“睡了。让他好好睡过这一晚，明天到榕树奶奶那里许个愿，保佑他病好了，我们给榕树奶奶挂个红吧！”韦大娘怀着虔诚的愿望说话。

“再过几天就过年了，买香的钱还不知在哪里呢，你许了愿怎么办？”廷忠拿起鞋子，拍了拍灰土，然后穿上。

韦大娘过来端起木盆，往门外倒了，回来把门关了。用探询的眼光瞅着丈夫。廷忠见对方这样看他，感到窘惑。

“你看工作队这回真是能分田吗？”韦大娘低着嗓子问。

“你问这个干吗？”廷忠有点诧异。

“随便问问呗。”韦大娘又不肯痛快地说。

两人再看看孩子睡得还安稳，才熄灯躺下了。

“刚才我在河边——”睡下一会，廷忠觉得心里有个什么东西，又同老婆扯起来。

“唔，碰上谁啦？”韦大娘急切地追问。

廷忠把刚才听到工作队同志的话告诉了她。韦大娘听了，心事更沉，不作声。

“你怎么啦，睡着了吗？”

“没有。”

两人又断了话，小孩翻了个身又睡了。

“这些日子来，我的右眼皮老跳，拿来的那些东西总是在心头搁不下。你说会不会连累到我们？”停了一会，韦大娘憋不住，这才把话说了。

“你领了人家东西，你就给人家担待去，我不管。”

“我担待就担待，这些吃喝穿戴，拿来也不单归我个人，你爱管不管由你。”

“拿去退还她。反正她家的东西再宝贵，我也不愿沾光。”廷忠的口气很倔。

“妈，口渴！”小孩醒过来叫唤。

韦大娘划根火柴点上松明，起来把刚才泡的凉茶拿来，让孩子喝下。

“不行呀！还是很烫。”廷忠摸摸小孩的头，忧郁地说道。

“明天还是到神树去许个愿吧。”

一二

清早。

东边天泛起一片紫红的彩霞。

太阳像个火球出现在苍翠森密的橄榄树梢,村庄里散发着轻淡的烟雾。铺在地面、草坪和树叶上的薄霜逐渐消失了。到河边挑水的,上山打茅、割草的人们,陆陆续续地出现在村边的道上。

全昭坚持她的习惯,每天这个时候,总是到橄榄树覆盖着的村道来走一趟,呼吸新鲜空气,做几个体操动作,然后回到队上开始一天的工作。

现在她在村头的大榕树下停住了。那里有一个人在树根下磕头。她轻轻地走到他的跟前去。这树根上挂着大大小小的红布条、红纸头,上面大都写着类似这样的字眼:

××生于××年×月×日,诚心寄拜榕树奶奶做妈妈,取名榕生。

树根上凌凌乱乱地插着些香梗。现在,有三炷香还燃着,细细的灰蓝色的香烟静静地飘散。跪着的人对着三炷香叩头合十,口里喃喃地说了几句什么话。

全昭不敢惊动他,躲在背后悄悄地瞅着。这人许了愿站起来了。回头见到有人在他后面,怪不好意思地拘束起来,眼睛看着地下,不敢看对方的脸。"就是他呀!"全昭想起,这人就是她头一次去拜访的人。

"怎么的啦?家里——"全昭关心地问。

"小孩病了。"廷忠认出她来,不那样拘束了。

"得的什么病知道吧?"

廷忠摇摇头,低声说:"不知道!"拔开腿马上就要走。

"等一等,我跟你去看看。什么时候得的病?"全昭边走边问。

"昨晚,饭没有吃,天黑就躺下了。上半晚还睡得下,到鸡叫以后,一直就发热,闹得叫人没法,来给榕树奶奶许个愿,看看能快点好就好了。"廷忠表现很为难。

"你先别难过,有办法,"全昭说,"我是学医的,会看病。"

"你?你会——"廷忠掉过头来看了她一眼。

"是呀!"全昭以充满信心和乐观的眼光告诉对方。

全昭跟廷忠到了病人的床前。韦大娘正在吃饭,见人来了,放下碗筷,过来说:"别动,才静了一会儿。"

这时,小孩眼睛眯着,满脸通红,嘴唇干燥。全昭轻轻地摸他的额头,低声说:"温度挺高。"随即在床沿坐下来,从破烂的被窝底下摸到病人的手,把了把脉。廷忠两口互相看了一眼。

"脉搏跳得很快!"全昭把病人的手又放回被窝里,转向廷忠和韦大娘说。

廷忠赶紧问:"什么病?"

韦大娘拉了丈夫袖子一下,叫他不要再问。

"你们等一等,我就来。"全昭说完转身就走。

韦大娘又坐回灶边吃她的粥。廷忠也端着个大海碗舀了稀粥,拌进一点盐花搅了搅,再拿一小块姜,点上盐吃起来。

“我看是灵验了，你点上香出门去不一会，孩子就不再说胡话了。神明保佑他吧，给他脱了这场灾难，我们给神树送个匾也行呀。”

“总是不走运，快到年了，不是这事就是那事的。”

两口子正说着话，全昭急急忙忙转回来了。她拿来体温计，叫廷忠帮她挪动小孩，让她给量体温。

韦大娘见廷忠把小孩裤头解开，让全昭把体温计放进肛门去，马上扯住他的手，说：

“这是干什么呀！孩子才好些，把他闹坏了可……”

“大娘，你请放心，坏不了，这是给他探病嘛。”全昭一边说，一边操作。

“好。治坏了，向你要人！”

全昭又伸手去把着病人的脉搏，一边看着向杨眉拿来的手表的秒针，没同韦大娘说话，全昭把完脉以后，抽出体温计来，走到门口对着亮一瞧，脸色沉了下来，转向廷忠说：

“三十九度八。烧得厉害，这里没有药，我现在给你写张条子，你把小孩送到我们土改工作团的医务所去吧。”

韦大娘马上睁大眼睛问：“怎么？拿人去给扎针抽血呀？不能去。人要有命，不吃药也会好，没有命什么药也是没用。”

廷忠不作声，拿不定主意。全昭看了看这位固执的母亲，耐心地说道：

“大娘，小孩的病挺沉，救人要紧，还是送去吧！”

“我们走不惯公家地方，再说，也没钱取药。”廷忠终于为难地说，随即拖出个小凳子来，让客人坐。

全昭没注意到廷忠对她客气，只往这破陋、凌乱的小屋扫了一眼，又默默地看了看这位忧郁焦虑的主人，忽然坚定地说：

“我带你去。你们收拾好，我回队上拿点东西就来。今天一定得去，不然来不及了。”她说完就走。

当她回到队上的时候，张文正在同黄怀白教授坐在堂屋等待什么人，见她来了，劈头就问：

“你飘浮到哪儿去啦？”

“给老乡的小孩看病。”

“嚯,你这位未来的大夫,人道主义的劲头倒挺足,别搞出事故来,庸医误人,造成坏影响,可就难挽救呢。”队长拿出支烟往桌面敲了敲,带着嘲讽的神气瞅着她。

“我不懂人道不人道,只觉得见病就医。”

“社会的病根铲除不掉,个人的病你能治得完呀?”

黄怀白点点头,顺口说:“是呀,是呀!那是不堪设想。”

“那,你看社会的病根怎么个除法吧?”全昭打算同这位队长辩论一场似的,站在他们旁边。

“那就是我们现在要做的土地改革运动,从根本上推倒地主阶级,好像这烟头一样,把它灭掉。”张文把烟屁股摁到桌面狠狠地弄灭了。

全昭看他这神经质的动作,有点好笑,但是没有笑成,改变了口气说道:“消灭一种制度容易,改造人的思想可就不简单。”

“这倒是真话。”黄怀白又感慨地帮一帮腔。

“我们现在对这个村里还分不清谁是改造对象啊,改造什么呀!”全昭意味深长地瞟了队长一眼。

“我这就要商量划阶级。”张文向教授看了一眼。

教授含着烟斗,不在意地点点头。

全昭听说现在就要划阶级,心想:“现在群众还没有发动起来,情况掌握不准,谁好谁坏混在一起,分不清。凭什么给人家划阶级定成分呢?”想到这,她不得不说:

“我们在省里不是听了贺书记讲过了吗?划阶级是土改工作的成败关键,群众发动到什么程度才能划,这应该请示团部批准才行吧?”

“我说同志,要说诊断病我是比不上你,要讲土改这一套嘛,说句不客气的话,那倒是我的老本行。你说群众发动到什么程度?那不能用体温计量得出来的,思想发动哪有什么底?农民嘛,小私有者,到什么时候也还有思想问题。”

“是呀,是呀,那是不堪设想!”黄怀白从嘴里拔出烟斗,往桌边敲敲烟灰。

全昭觉得再谈下去没有什么结果,就改变了口气说:“这以后再说吧,现在我请个假，把老乡的小孩送去医务所，同时顺便向团总支汇报工作。”说完拿起挂包走了。

张文望着她走远去的后影，然后摇摇头对着黄怀白说：“少不更事，真是您老说的，不堪设想！”

黄怀白颇为得意地笑道：“哈哈，队长倒记上我的口头禅了。”

全昭又到廷忠的家，同他两口子说好说歹，总算把廷忠说服了，愿背起孩子同她到医务所去。

医务所今天要给同志们打疟疾的防疫针，特别忙。全昭对大夫说小孩可能是肺炎，一定得请大夫给诊，打针她可以帮忙。

“那，请同志们稍候一会儿吧。”大夫对着护士说。

“来的时候我给他探过体温，三十九度八。”全昭帮廷忠把孩子抱到病床上对大夫说。

大夫不作声，仔细观察病人的脸色，叫他张开嘴巴看了看舌头，沉着而冷静地解开了他的衣扣放进听筒，完了，叫护士抽血检验。然后，向家长问病人的病情。

“是肺炎，”大夫对着全昭说，马上又转问廷忠，“你这个孩子得过麻疹没有？”

“麻疹？”廷忠不大懂大夫的话。

“大夫问，小孩出过麻未曾？”全昭解释了一下。

“唔，出过一回了。那是正要割早稻的时节——”

“反正今天不让病人回去了吧？”全昭问。

“病人要留下观察，”大夫说，马上转问护士，“体温多少？”“四十度！”

“小孩留下，大人呢？”全昭问。

“大人不方便先回去也行，给病人安个床位。”大夫交代了护士就去招呼打针的事去了。

全昭拉廷忠到门外来，告诉他小孩病情重，大夫还要观察，今晚不能带回家了，问他有什么意见。廷忠犹疑了半天，不知说什么好。

“你要放心不下，你就留下来吧，我给你找个地方住。”全昭说。

廷忠说:“反正也得回去告诉孩子他娘,来的时候,她就不大情愿,现在把小孩撂下,她会闹翻天的。”

全昭同意他暂时回去,晚上再来。

他们两人走到土改团部的驻地,全昭邀他到团部去喝了水再回,他很拘谨,说什么也不敢进去。

全昭亲切地望着他说道:“那,你回头就到这儿来找我吧,我帮你找个地方住。”

这时候,有个同志站在团部门口留心地注视着他们。当全昭向团部门口走的时候,正遇上这个人的目光,两人不觉互相点了点头,都不作声。

这人有三十来岁,眼光显得深沉而亲切,眉毛特别粗,厚厚的嘴唇,额角突出,头发散乱,好像总也没梳过似的。这些一下子都给全昭留下了深刻的印象。“他也是工作团的吗?我怎么没有见过?”她自己问着自己,极力从记忆中去寻找这个人,可是想不起来。

团部里,副团长俞任远教授正坐在屋檐下的一张太师椅上晒着太阳看书,留在团部做秘书的几位教授、艺术家就在堂屋下围棋。全昭不觉皱了眉头,心想:

“这算什么帮助农民翻身,算什么自我思想改造!倒像是来休养了。”俞任远发觉有人走到身边,抬起他的金丝眼镜看了一下。

“呵!我们的女战士归来了。怎样,这一仗打得顺利吗?”

俞任远是全昭那个大学的副教务长,哲学家,康德的信徒。五十多岁,瘦长,皮肤细薄而透亮,稀稀的头发,像只丹顶鹤。表面上对学习新事物倒是挺肯用功,每次会议,都埋着头做详细的记录,有时会后还找别人来查对笔记。他一到县城就在图书馆找到了这个县的《县志》。现在,他正在逐章逐段地披阅。据他说,这就是做学问、研究问题的方法。凭这份资料就可以了解这个地方过去的面貌,不然,单凭眼前的访问,那只是个别的零碎的现象,不能作科学分析的依据。

“你现在看什么?”全昭问。

俞任远不作声,把书合起来让全昭看封面。

“还是抱着一本县志不放呀?”

“说起来你们都太年轻了。”俞任远感慨地说了一句,翻开手上的书本。全昭不作声,心想:“这些先生怎么都是这个样子呢?”

“同你们学医看病是一样的道理,诊断前首先必须问病历;我们做理论研究工作就得要了解过去的历史情况。”

全昭忍不住说道:“但是我懂得,大夫看病,主要是把当时的病症诊断出来。”

“总之,病历你不能不问。”俞任远胜利地望着她。

全昭撅着嘴走了。俞任远从眼镜下瞅着她的背影,摇摇头,又翻开手上的书本。

下午,全昭帮医务所给同志们打针。有的人到乡下去没有在家,到吃晚饭时候还稀稀拉拉地打不完。

吃罢晚饭,医务所又催着大家,没有打针的都要打。全昭吃完饭洗了碗,抬头又遇见今天在团部门口的那对眼睛,这个人那样地注视着她。

“你还没有打针。”全昭可找到一句话来说了。

“我怕痛。”这人笑了笑。

“打针也算痛呀?去吧,我给你打!”

这人终于跟她到医务所来。他默默地瞅着这位未来的大夫敏捷而灵巧地把注射液装进注射器。完了,她拿起注射器对他说道:

“来吧,挽起袖子!”

这人顺从地伸出胳膊来,背过脸去,不敢看。

“行了,不痛吧?”全昭敏捷地抽出了针头,瞟了对方一眼。

这人拉下袖子,腮边露着笑纹,不作声,转过身来就要走。全昭却叫住了他:“别忙走,还有事呢!”

“这样麻烦呀。”

“填张卡片——我替你填吧,你——”全昭拿着笔望着对方。

“我叫杜为人。”

“几岁?”

“三十一。”

“还有,唔,好了。还要打两次,一星期一次,记着,今天是二月三号,打第二次应该是十号。”

“好麻烦呀,还要挨两针。”杜为人说完就走了。

“他是干什么的?”全昭看着他走出去以后,才向旁边的通讯员问。

“你还不知道?是第三中队的杜队长嘛。”

“他怎么那样怕痛呀?”

“你问他去呗!”

通讯员这句话,叫全昭怪不好意思地脸红了。

土改团的河对面是个小圩镇,两边的交通靠着小木船来回摆渡。圩镇上有卖米粉的,有卖纸烟杂货的,有卖甘蔗、香蕉的,也有理发店、银行和邮电局什么的,颇为热闹。土改团的同志,吃过晚饭经常过河这边来走走。现在,全昭要回队上去了,她最后一个赶上这一趟渡船。船上坐着十来个人,她扫视了一眼,看到杜为人也在那里。正好在他对面有个同志让出个空位来,她坐下后船就开动了。她和对面的杜为人眼光相碰,都好像有话要讲,但谁也不知从何谈起。过了一会儿,杜为人才盯着她问:

“这么晚了还赶回队上去吗?”

“要回去。路不太远,今晚有月亮。”全昭说。

“小孩的病怎么啦?”

“肺炎。”

两人又没有话说了。

船上,有人顺手拿着手巾往河里洗脸,有人赞叹这碧玉似的清水。

“你们中队工作进展得挺顺利吧?”杜为人终于又找到话来问。

“不见得。你们三队怎样?划阶级了吗?”

“没有。还早哩,群众还躲开我们呢,依靠谁划阶级呀?”

“可不是怎的!可是,我们的队长却主张这两天就要划了。今天我想来找郑团长谈谈,他又下队去了。”

“群众发动不充分可不敢划,特别是斗争对象,划了就得斗,要是斗错了,伤害自己人就不好。”

“我们也这样说了，可是我们张队长就是那样主观，不肯接受意见。”

“现在还没划吧？明后天省委贺书记就下来了，大概要开个干部会，布置下一步工作。”

“那就好了，我真是担心我们的工作走弯路。”

“喂，到了，上吧！”艄公叫了一声，船上的人纷纷站立起来，跳上了岸。

“再见！”全昭上了岸，回头看了杜为人一眼。

“再见！”杜为人深切地回应了她的目光，“你没有带电筒吧？”

“不要紧，月亮快出来了！”全昭说完，转身就走。

一三

全昭回到队上时，已经是晚上九点多钟了。队里继续白天没有开完的会，满满地坐着一屋子人，岭尾村小组的同志也来了。会议显然是已经开了一段时候，可是，大家都对着堂屋当中一盏煤油灯发愣，空气很闷。做记录的人，拿着支火柴梗悠闲地在剔牙。张文正在发窘，见全昭来了，便找到了打开僵局的话题：

“好了，取经的回来了。别的同志再想一想，现在让全昭同志先说说，请吧。”

“说什么呀？”全昭在钱江冷旁边坐下，窘惑地瞅大家。

队长拿着家长的架子盯着全昭，用讽刺的口吻问：“你不是到团部取经去了吗？”

“谁取什么经去啦？人家是帮老乡送他小孩去看病的。”

“见到郑团长了吧？”区振民关心地问。

全昭把团部的情况说了说。张文听完后，得意地说道：

"我不是说嘛,团部是个空家伙,经验证明,不到下层来是解决不了问题的。"

大家你看我我看你,都不作声。有的编辫子,有的剪指甲,有的张开大口打呵欠,有的掏耳朵。黄怀白含着烟斗,好像他不是在参加会议,而是在没有人的客厅里沉思。区振民拿左手轻轻地摸着眉,正在考虑问题。

"会议讨论什么问题?"全昭悄悄地问着身边的钱江冷。

"就是讨论要不要马上划阶级定成分的事。白天已经开了一天了,来回就是这么几句话,烦死了。"钱江冷说完,张着嘴巴打呵欠。

全昭看了看钱江冷说:"你累了吧?"

"没有什么,"钱江冷不好意思地摇摇头,"不过,我看这样开下去真是既浪费了生命也耗费了灯油。"

"谁有意见的再说一说嘛。"张文向大家恳求似地说道。

大家仍然不作声。

"大家都没有意见,我看就这样办。"张文又接着说,"为了争取时间,在清明前把土地分到农户,我们明天就开始划阶级定成分,不要拖拖拉拉了。各人都应该积极起来,掀起一个高潮。经验证明,搞群众运动冷冷清清是搞不起来的。"

区振民望了望张文,欲言又止。张文却问他:"怎么,老区你有什么意见吧?"

区振民终于说:"这样吧,长岭村的先试试看,我们岭尾那边,慢两天再搞,看团部有什么指示。"

"我刚才听三中队的杜队长说,团部最近可能要开会布置下一步工作。"全昭接着说道。

"布置不布置,反正土地是要分,阶级是要划的。好嘛,你们岭尾村慢两天也行,不勉强你们。大家都对人民负责,对党负责。"张文不大愉快,说道,"没意见,就这样办。散会。"

会议结束后,各人都走了。黄怀白一个人呆呆地坐在桌子旁边,重新装上烟丝含着烟斗,沉闷而苦恼地在想什么。副教授徐图见他神气不正常,便问他有什么心事。他说接到儿子一封信,叫他向学校坦白交代解放前同美国司徒雷教授的关系。不然,他就要大义灭亲,向团组织揭发他过去的事。

徐图不哼气,在他旁边坐下来,审视着他。

“其实,我同他也没特别关系,所作所为,有目共睹。要说我们有什么特别来往,那真是,哎,不堪设想!”黄怀白装得挺坦然却掩盖不了内心的焦虑。

“既然令郎提出来,那倒是个值得重视的事。”徐图说。

“是呀,我现在正在反省,过去的糊涂事可能是做了一些的,那是旧社会嘛,哎,不堪设想! 现在是,十一点了吧? 太晚了,我还要过岭尾去。”

徐图要留他住一宿,他怎么也不肯,一定要回,栖栖惶惶地情绪不佳。

“我送送你!”

两位教授静悄悄地往河边的村道走。月亮被云彩遮着,四周很静。

“革命对每个人的要求都是严格的,特别是我们这些受资产阶级思想熏染得较深的人,真是非要脱胎换骨不可。”徐图一边走一边谈他自己这些日子来的感想。

“是呀,我们这些人,哎,不堪设想。”

“你老兄好像伤感起来了,消极是要不得的,从积极方面去多想才对。”

“事情不容你不这样呀,我们这些人就如同一幅油画,要把它原来画的刮掉,另外画上新的东西,那是办不到的了。”

“我看还不是这样,‘哀莫大于心死’,只要自己下决心,什么都可以改变的。”徐图怀着信心鼓励着对方。

黄怀白不作声。

两位教授就这样各有各的心事,慢慢地往河边走去。

就在他们思索着新的思想道路的时候,在杨眉和全昭的屋子里,留下了女画家钱江冷。她说她怕走夜路,她说,从理智上说,她是不相信有鬼的,可是,在黑夜里特别是到荒郊野岭的地方,看见树影摇动,听见鸟叫虫鸣,精神就不由得紧张起来。抗日战争时期她在桂林乡下,有一回,也是赶夜路,听见一个什么怪声音,可把她吓得直哆嗦,路都不会走了。今晚虽然有月亮,而且还有几个同志做伴,她也不敢回了。这时,她同杨眉拿着灯到锅灶上去检查她们开会前就炖起来的排骨萝卜汤。

这是钱江冷最近的一个新发现，她发现这地方盛产萝卜，一角钱能买十来斤，猪排骨也不贵，每天晚上炖一小锅排骨萝卜汤，尽可以弥补伙食中的营养不足了。

“确实不坏，味道挺鲜。”杨眉舀了一盅，喝了一口，赞美起来。

“不坏吧，你们都不会想办法，只会穷叫唤，什么缺少维他命 C 要得夜盲症啦！不要说你这位学医的大夫研究过什么营养学，还不如我画画的呢！”钱江冷好像完成了一幅杰作，挺得意。一边舀汤一边夸耀着自己。

全昭凑着床边桌上的灯光，专心阅读团总支发给的文件，没有留心她俩讲些什么。

一会，钱江冷端来热气腾腾的一碗汤，放在她面前说道：

“这碗给你！——别那么用功，把脑汁都绞干啦，脸上很快会出现皱纹的。”

“钱大姐，你——”全昭抬起头来，抱歉地望着对方。

钱江冷自己端着一碗坐在条凳上。她额角冒着点点汗珠，脸上显得红润一些。

“快成了老太婆了，还说什么大姐小姐的。”钱江冷嘴里虽这样讲，眼睛却似乎在问：“是吗，我还显得年轻吗？”

“你就不显得老嘛。”杨眉凑到床边来坐下，细细端详这女画家。

钱江冷好像没有听到杨眉的话，低着头喝汤。

“人家本来就不老嘛！”全昭用眼睛盯了杨眉一眼。

杨眉觉得自己的话是说得过分了，有点不好意思；但是又不服气，瞅了钱江冷一眼，好像是说：“难道不是这样吗？”

大家都没话说，各人喝各人的。屋外静极了，月光斜照到窗户上。

“人要老起来可快了，不注意，一下子就老了！”钱江冷把汤喝了一大半，用她随身带着的银勺子去捞一块排骨，细细地嚼起来。

“你今年四十几了？”杨眉问。

“三十八。”钱江冷马上声明，唯恐人家给她的岁数加码似的。

全昭又盯了杨眉一眼，杨眉吐了一下舌头。

“当初,我有你们这样年纪的时候,已经到法国去了。”钱江冷声音很低,自己跟自己说似的,眼神定定地瞅着油灯,埋在遥远的回忆里。

灯里的油已经不多,灯芯露在上面。全昭喝完了汤,拿油瓶来添上油。火苗又旺起来。

“我的兴趣太广了,没有专心。写诗,画画,弹琴,哪一样也学不精。”钱江冷继续在叹息。

“兴趣广还不好？像我这样,自己就不知喜欢什么好,糊里糊涂的。”杨眉说,默默地观察着这位女画家,为之羡慕的样子。

“你说没有专心,是自己不专,还是旁人捣乱呀?”全昭瞅着画家问。

“两方面都有。这是人生的陷阱,不小心就会陷进去了。特别是像你们这样,正当充满着芳香的青春,更应该警惕呀!”

“警惕什么?”杨眉瞪着两只单纯而天真的眼睛,“现在新社会了,周围都是革命同志,还有谁存心要害人的?”

“你真单纯得可爱呵,——唔,明早我给你画个头像!”钱江冷拉着杨眉两只手,仔细地盯着她的眼睛,好像新发现什么奇迹的样子。

“你还没有给我画呢。”全昭说。

“是呀！都得画。你们两人各有各的美。我说,要画画,对你应该是用紫色;画她,就该用粉红。是音乐的话,你就是一支深沉的抒情曲,杨眉却是一支交响乐。对不对?”

“嗨哟,你们还没睡呀!”门突然闯开,李金秀进来,看见她们几个,不禁诧异地嚷起来。

杨眉去端来一碗萝卜汤递给李金秀。

“你们谈的什么,那么热闹?”李金秀一边喝一边问。

“随便闲扯。你们又讨论了什么？明天我们长岭真的先划阶级了吗?”全昭问。

李金秀说,他们又同张队长谈了一阵,他还是坚持先走一步。理由是,群众运动也是在发展的,不能用老办法去硬套。

“那,他为什么老是说,经验证明、经验证明的?”杨眉说。

“是啰。”全昭说，“反正是我们不懂，你们都有经验，知道行不行。”

“睡了吧，工作总是谈不完的。”钱江冷又打呵欠，“杨眉，你同我出去一下，你们上厕所吗？一块去吧！”

杨眉拿着电筒同钱江冷出去了。李金秀把碗放下，望了望全昭，全昭早已用期待的眼光默默地看着她，意思是说：“工作怎么办呵？”

李金秀说：“团部刚来通知，说明天有省委检查工作组的同志要来我们这里了解情况。”

“明天就来吗？那好极了！”全昭情不自禁地拍起手来。

第二天，果然有省土地改革委员会的一个同志来到长岭，他叫韩光，是省“土委”的一位科长。北京来的土改工作团的同志到达南宁时他曾去接过头，有些同志都认得他是韩科长。他是个三十来岁的人，长得高大，一脸的络腮胡子。一来到村里，就找这个谈找那个问；见到老乡，不管老爷爷、老奶奶，大人和小孩也都找话同他们扯谈，好像他是这村的老姑爷，挺熟乎也挺亲切。但是，他发现也还有少数人躲躲闪闪，只说两三句见面话就断了头，再也接不下去了。“这里头有问题，”他想了一下，最后，自言自语地断言，“群众还没有发动起来。”

晚上，工作队开了一个会。由张文向韩光汇报，说是这个村的农户，百分之九十三点四都已经逐家逐户地访问到了，情况基本上摸得差不多，访贫问苦这一步算是提前完成了任务，现在正要打算转入第二步，划阶级定成分。张文讲了个把钟，罗列了令人厌烦的百分比，讲得眉飞色舞，自以为他的中队工作走到前头，这位从上级领导机关来的同志听了一定会感到满意。别的同志却用询问的眼光等待回答，意思是说：“你看，这样行吗？”

韩光一尊佛像似的，不动声色，过了约摸五分钟，韩光才说：“访贫问苦的目的，不是同新姑爷拜亲戚似的，认一下人，寒暄两句就算数了，主要是从里头去发现值得依靠又可以依靠的贫雇农。”

“那当然嘛，这十天来，我们不都是这样做的吗？你们大家都说说吧！”张文失望地扫了大家一眼。

大家都没吭声。

韩光看了看这个尴尬的场面，只好说自己才来一天，情况还不了解，不好说什么，待两天看看再说。会议就这样不冷不热地结束了。

散了会出来，小冯紧追在全昭后头，憋着一口气不说话。全昭回过头问：

“小冯，你要干什么？”

“你还看不出来吗？韩科长没有点头！”

“你打算怎么着吧？”

“我要找他去！”

“现在都快半夜了。你还——”

“我去看看情况。”小冯撂下全昭自己走了。

一早，小冯来找韩光谈他昨晚没找到机会谈的话。他说每天去访贫问苦，问来问去，都是那么几句话，深入不下去，不知怎么办好。韩光也正在想这个问题，见这位青年人主动来找他商量，像走路碰到伙伴，不觉高兴起来，认真地端量着这位大学生。他长得英俊，眼睛流露着坚定而乐观；一身穿着北京蓝布做的学生服，给人留下朴实、艰苦的印象。

“你会犁田吧？”韩光想了想，突然问道。

冯辛伯摇了摇头。

“你坐下吧。”韩光自己还继续在想什么问题，没有敞开谈下去。

冯辛伯在他旁边坐下。弄不清这位科长是什么意思。

“你没有劳动过吗？”韩光又问。

“没有。”冯辛伯摇了摇头。

“我想，同老乡们一起劳动去！”韩光说，看了看这位青年人。

冯辛伯摸不着头脑，搭不上腔。

“你不是说老乡们不肯讲心里话吗？我们同他们一块到地里去干活，慢慢扯起家常来，搞熟了，他们就会把话告诉你了。你们谈恋爱是不是也这样？两人有了感情，什么话也肯讲了，对不对？”

冯辛伯含笑点了点头。

“对！我们走吧，你同我去。我们跟老乡到地里去帮他们干活，能干多少是多少。”

出到村口，他们就赶上农则丰两口子。农则丰一手抱着一条扁担，一手拿着一把柴刀，老婆挑着一对筐子，一头坐着两三岁的小孩，一头放着一小鼎锅稀粥和两把小镢头。韩光问他们到哪里去干活，农则丰说："还有一块荸荠地没有挖，要在年前挖出来，不然立春一到就长芽了；顺便砍回担把柴禾，防备过年下雨没有烧的。"韩光和冯辛伯同农则丰一边谈一边走，不觉就到田头了。韩光向则丰要柴刀帮他砍柴禾去。开头，则丰不大肯给，后来见韩光是一番诚意，只好给了。韩光拿了刀和扁担，叫冯辛伯帮则丰看小孩，自己一个人就到附近小树林去了。

则丰向冯辛伯打听："你们这位同志才来的吧？没见过。"

"他是省里来的韩科长，跟县长平起平坐。"冯辛伯这样告诉他。

"是一个县长呀？"则丰诧异地和老婆交换眼色。

冯辛伯走去田边摘回几朵野花来逗小孩玩，教小孩唱《东方红》。

"你们不在学校读书，都来我们这地方干什么呀？"则丰想起什么事情来问道。

"来帮助你们翻身嘛！"冯辛伯不假思索地说了，但马上又觉得不妥帖，赶紧补上一句，"同时，也是来向你们学习。"

"是毛主席派来的吗？"

"唔——是的，是的！"

大约过了两个钟点，韩光挑回一担柴禾来了。则丰两口子都惊奇地瞅着他，好像新发现似的。"是一个县长呵！"则丰心想。韩光把柴禾放下，掏出手绢抹汗，坐在扁担上。则丰看了看他，说道：

"辛苦啦！口干吧，喝碗粥！"

韩光就这样同农则丰开始谈起来。从这地方过年的风俗谈起，谈到他家的情况，谈到一般穷苦人家过年时候的艰难困苦。

"年关年关，真是跟过关一样难呵！"则丰深深地叹气。

"穷苦人家才是这样，地主老财倒是巴不得盼到过年过节吃喝玩乐呢。"韩光说。

"那还用讲。"

“你们村里老财多吧？”

“有是有几个的——村里若没有地主，田里也没有蚂蟥了。”

“覃家怎样？是大财主不是？”冯辛伯插上来问。

“要说他家的底细，韦廷忠最清楚，他两口子都是从他家出来的。”则丰说着把挖起来的荸荠往筐里扔，然后抬起头望了望太阳。

现在太阳已经从正南转到西南角了，小孩嚷着要吃粥。则丰老婆舀了一碗给他。

“廷忠就是——”

冯辛伯还没有把话说完，则丰就接过来说：

“喏，就是你们那位女同志带他送小孩去治病的那个。”

“啊，知道了！”

冯辛伯说着，把廷忠的情况对韩光说了说。

“他是个老实人，不作声，大伙都管他叫闷葫芦。”

“除了他，还有旁人知道覃家的底子的吗？”

“有是有，都是他一家子的人，谁敢讲他的二话。”

“你说人家廷忠的老婆就肯讲他的啦？”则丰的老婆这才插了一句，瞪了丈夫一眼。

韩光留心观察这两口子，觉得里头大有文章。但是，怕问得急了，反而把话头堵死了，不好再问。等到他们吃晌午饭的时候，才又拐弯抹角地把话引到覃家的事上来。

“覃俊三没得罪什么人吧？”韩光问。

“地主老财不得罪人就同狗不吃屎一样了。不得罪人哪能成了地主老财？”

“你们村里谁同他过不去的？”

“苏伯娘就是一家，不过，这已是二三十年的陈年旧账了。当时她儿子也同你们一样，闹共产。覃俊三就凭他当的团总那个狮子头，要起威风，把人家害成孤儿寡妇。”

“苏伯娘？她儿子叫什么？”冯辛伯问，掏出笔记本记下。

“苏民！”

“你别逞能干，好像什么都懂，人家工作同志还不会自己去打听呀！挖吧，今天又挖不完了。”则丰老婆见冯辛伯要记笔记，马上制止丈夫再说下去。

韩光同小冯交换了一个眼色便没有再紧问下去，用旁的话岔开了。

晚上，韩光问冯辛伯有什么感想，冯辛伯说：“收获很大，十天来老觉得这地方像个迷宫，现在可找到一条通往迷宫的线索了。”韩光说：“一条线索还不够，还得找。用这个方式去找，到田头，到地里，到山上，到劳动中去找，不能只满足于登门拜访。”

小冯听到韩光这样一说，好像是找见了钥匙，高兴地跑去告诉全昭，两人都高兴得不得了。全昭知道苏伯娘明天要去地里刨花生，他们就决定明天跟她到地里去。

一会，冯辛伯借了两把刨花生用的小锄头回来，张文见到他，劈头就问：“我的老弟，你这是想干什么呀？你一个大学生也想到地里捡洋捞？”

小冯又好笑又好气地说不上话来，和站在旁边的韩光交换了目光。韩光幽默地说：“他这是给贫雇农挖穷根！”

“我真不懂你们在耍什么花招！”张文愤愤地说，“时间宝贵得很，别浪费年月了！你们这都是脱裤子放屁。”说完他就走开了。

小冯眼睁睁地望着韩光。韩光说：“不管他，照你的主意做去吧！明天——”

“明天，我们帮苏伯娘刨花生去。”小冯说。

“要得！”韩光仔细地端量了他一眼，点了点头。

全昭拿来一把锄头，见到冯辛伯就问：“小冯，锄头找到了吗？”

“借到了，喏！”小冯举起锄头给对方看。

一四

麻子畲的黄昏。

落日慢慢地隐没于远山的后面,西边天出现一片紫红的彩霞,鸟儿飞回村边的树林来了,玉带般的江面,远远地漂来三五片白帆,看牛的敲着木梆,往村道驱赶着牛群,一切都呈现着村野冬日的宁静。

小学校的草坪上,今天顿然热闹起来。土改团要在这段访贫问苦工作中,进行一次小结,休整一下,讨论下一步棋怎么个走法。整团的人马除了留少数人在村里继续工作外,大部分都回到这里来了。虽说大家才分开了两个来星期,却像隔了十年似的,感到特别亲热。我说你晒黑了,你说我变胖了。有的从邮局拿到了邮包和信件,里头有慈母织的毛衣,有家人买来的罐头,有同学报告校中进行“三反运动”的情况,有爱人倾诉的相思;有的人则津津有味地谈论十天来在乡下的所见所闻;有的人却欣赏用自己心爱的围巾换来的绣着壮锦的头巾。……人们三三两两,有的在草坪上走着,有的在树根坐下,谈着,笑着,有的却在轻轻地歌唱。

杨眉的爱人从朝鲜来了信,说他们过了鸭绿江不久就编成几个医疗队下到师团去,配合着部队经常在火线上活动,有时紧张得吃饭睡觉都顾不上。开头有点不安、恐惧,可是,慢慢也就习惯了,胆子也大了,好像学会了溜冰的人,上冰场就不再那么提心吊胆的了。最后,这位爱人用着充满乐观的词句,代替他爱情的呼唤:

……眉!你还记得我们在中山公园那次的谈天吧?现在我们都投入战斗的生活中来了,多幸运呵!应该感激组织上给我们的安排。眉,摇篮式的生活过去了,让我们在时代的熔炉得到锻炼吧!让我们比赛:看谁在为人民服务的征途上打先锋……

杨眉看着看着,心口不禁跳起来。那清秀的总是给人愉快的脸庞,那洋溢着热情的眼睛不觉来到她眼前:"他是那么天真,又多么乐观而上进啊!我怎么告诉他呢?我能说我来这里后悔了吗?我怎么好意思向他讲泄气话?但是,我又怎能撒谎,不讲真心话?……"她把信放回信封,眼睛定定地瞅着落叶的木棉树,几只乌鸦停在树枝上彷徨,似乎寻找不到栖息的窝。

"你一个人在想什么?"一个声音在她背后叫唤。

她回头一看,是王代宗,他已经在她身边的草地上坐下来了。她马上扭过头去,望着横在面前的远山,不说话,用手使劲拔着草。

"想家了吧?谁的信?"王代宗死皮赖脸地表示殷勤。

杨眉迅速地把信塞进口袋去了。

"呵!一定是——他的信!不是有什么意外吧?"

"你让我安静一会好不好?"

王代宗偷偷地瞟她一眼,她态度凛然,叫人一碰就会被打烂似的,两人都不讲话。

"哎!'我们失掉了一个冬天!'"

一会,王代宗独自念叨着丁牧的那句诗。

"啫,你几时变成了一位诗人了?"杨眉扭过头直瞅着他,叫对方不好意思起来。

“诗人？我才看不起他呢，依我看来，诗人最没出息，无病呻吟，哼哼唧唧的。我不是诗人，也能信口诌出几句来。”

“你真是讲话不要老本，说出来也不嫌害臊。”

“你别小看人，你听吧！念给你听。”

“念吧！”

这时，冯辛伯急急忙忙地走来，开口就问：“杨眉，见到全昭没有？”

“谁有空管你的全昭？”杨眉没有好气地站起来，瞪了对方一眼。

“什么我的你的？——无聊！”冯辛伯看看王代宗在旁边，更加火起来，转身就要走。

“慢点，小冯——”王代宗霍地站起来，扯了冯辛伯一把，“你找全昭不是吗？你问我嘛，放着土地庙不拜，哪儿找去？”

“人家有事情要商量。唔，她在哪儿呢？”

“你先说说，明天是不是要开大会？”王代宗流露不安的神情。

“是呀！”

“要讨论什么问题？”

“整风。”

“整风？整什么风？”王代宗更加不安了。

“检查飘浮作风。呵！全昭！”冯辛伯见全昭正从医务所送一个背着小孩的老乡出来，马上跑过去同她说了什么，两人就往团部的那个方向走去了。

“整风，飘浮？花招真多！”王代宗自言自语地喃道。

“整风，怎么样？害怕啦？”杨眉又恢复她的劲头来了，用挑战的眼光盯着对方。

“我什么都不怕。”

杨眉认真地看了看这位穿草绿色的美国式夹克的退伍青年军人，说道：“嚯，你倒是像个打过仗的人。”

“现在是英雄无用武之地了！”王代宗发起感慨。

杨眉没有搭腔。两人默默地走了一段路。杨眉拿脚踢着掉在路边的一只小红薯。

迎面走来了几位土改团的负责同志。他们都盯着王代宗，王代宗想躲开已经来不及了。忽然，他机灵地蹲下来，故意系着鞋带，让他们走过了再站起来。杨眉看了不禁失声而笑。

“你笑什么？”

“我说，你不是要学木棉树吗？”

“我说过，怎么样？”

“你知道它是怎样一种树？”

“这你考不倒我，我是广东佬，还不知道木棉树？它又叫英雄树——”

“什么英雄，我问过做木工的老乡，说是木棉树的木材最次了，同鸡脯子似的，松泡泡的，最易烂，不成材的东西，还说英雄呢！”

“好，你挺会骂人。你自己是什么？”

“你说是什么？”

“你是——对不起，是很好的一盘菜，就是没有搁盐！”

“去你的吧。”杨眉生气地跑了。

杨眉走掉以后，王代宗好像手里掉下一件什么东西似的，顿时感到孤独而悲哀。无意识地往口袋掏烟卷，烟卷包都是瘪的，不觉懊丧地掷掉了。

天色渐渐黯淡下来。王代宗一个人走到河边，想过对河去买烟，渡船却在河对面没有开过来。他犹豫了一会，没耐心等，懊丧地拖着脚步慢慢地往回走。“刚才小冯说什么要整风，反飘浮，究竟怎么回事？”他脑子尽在为这个问题打转。终于走到团总支的地方来。这是农会的一个房间，纸糊的小窗口透着灯光，里头有人谈话。他屏住气，停在窗下偷听。

“……这，王代宗就是个典型！”小冯的声音。

“杨眉怎样？”谁问了一句。

“她表现也不妙，怕吃苦。思想倒还没有王代宗那样——”全昭的口气。

“他俩老在一起。”又是小冯的话。

突然，一道电筒的光柱在大门口摇晃，王代宗迅速溜走了。这时他更加焦躁，也不想回住处，到学校操场走了一圈，那里空空荡荡，他感到一阵寂寞无所依托。寒星在灰蒙蒙的夜空闪现，冬天的乡村格外寂静。

“到团部看看去！”他走了两转，自已对自已说，随即往土改团的办公地方走来。

这里，几个教授加上钱江冷和诗人丁牧正在打桥牌。黄怀白在旁边含着烟斗，心不在焉地翻开报纸看标题。

“你们都不用心打，没有意思。”钱江冷说，“我提议，谁输了谁请客，明天到圩场买萝卜和猪骨头来炖汤，请大家会餐，怎样？”

“讲今天的吧，明天就要反飘浮了。你这个萝卜汤的杰作不早收起来，依我看，也算是一桩呢。”

“喂，老兄，你知道吧，什么叫飘浮？我还在打迷糊呢。”

“那还不好懂：飘者空中飞舞而不落，浮者水上漂泊而不沉之谓也。直言之，工作不深入，作风不踏实，对不对？请我们的诗人给指点指点吧！”黄怀白说了话，又含起烟斗，慢条斯理地划着火柴点起烟来。

“别客气！别客气。”丁牧不动声色地全神贯注着手上的纸牌，“红桃K吗？是我的了。”

大家都放下纸牌，嘘了口气。

“怎么，白公来一下吗？”谁叫了黄怀白一声。

“你们来吧，我——”

“你老兄是在看你们的燕京校刊吧？学校的‘三反’搞得挺猛呵！老潘已经有人点了一下，下文如何，还得听下回分解。”

黄怀白说：“老潘那件事情算什么呢？不堪设想！”

钱江冷洗好牌放到桌中间，伸出胳膊来把牌按住，看了看大家问道：“谁输谁请客，都赞成吗？”

“你们还玩呀！早点睡，明天好开会吧！”门口进来的是俞任远和徐图。王代宗悄悄地走了出来。大半边月亮挂在高大如盖的杧果树梢，夜已深沉。

土改工作团全体干部会议开始了。开头，郑少华团长作了一个报告。报告的头一部分是总结十天来访贫问苦工作的经验，同时也指出工作队思想作风存在的问题;第二部分提出下一步的做法:强调继续深入,坚决执行依靠贫雇农、团结中农、孤立富农、打击地主的方针。在存在的问题上,报告中反复举出了好些作风飘浮,怕艰苦,深入不下去的生动例子。虽然没有指名,杨眉却觉得是说了她,感到难过,几乎要哭了;王代宗和黄怀白也都感到是指他们说的。但王代宗却不在乎,只是拼命地抽烟;黄怀白觉得这个不指名的批评,对他来说,只不过是皮肤上划破一个小口,不是什么心腹之患,学校三反的消息倒是令他坐卧不安。几天来都没有睡好,现在,他的下眼皮浮肿得像只小桃子。

"……我们有的先生,"郑少华翻开他的报告稿的下页,继续说下去,"响应党的号召,千里迢迢地来到祖国的南方参加这场阶级斗争,是不容易的,值得尊敬和欢迎的。来了之后,一大部分的先生表现虚心学习,深入群众,也是好的。可惜有少部分同志,他们未能做到遵从毛主席所教导的那样,先做群众的小学生,然后再做群众的先生。不是依靠群众,深入下去寻找我们所应该依靠的力量,而是躲在屋子里,从田赋花册去寻找贫雇农,从旧的县志里去找掌故。同志们,这种做法正是所谓按图索骥,其结果,千里马保证是找不出来的。大家都懂得,不少地主把农民的田抢走了,田赋还是要农民年年替他缴纳,情况往往是,拥有很多田地的地主,赋税很轻,田地很少的农民赋税负担却特别重,这已经是众所周知的常识了。"

郑少华一口气讲到这,停了一下。

"是啵,这倒不假!"有人叽叽喳喳地低语。

"分析得对!"徐图同旁边的区振民说了一句,区振民点了点头。

"其次,我们的同学和各位老师大部分都是好心的,但是方法不对。"

作报告的人转了一下,继续说下去:"要知道,有了正确的方针,必须要跟着有好方法来贯彻,方法不对,就不可能保证达到预期的目的。"

"是,郑团长说对了。方法问题,方法问题。我们经验太少了!"俞任远低声同旁边的韩光说。

"主要还是立场观点。"韩科长怕影响会场秩序,只简短地说了一句。

郑少华继续大声说下去:

"……我们团委会讨论了这些情况,认为目前影响我们深入的是飘浮!我们一定要来一次反飘浮，扭转这股歪风，工作才能顺利展开。同志们不是想快，要争取‘五一’回到天安门向毛主席报喜吗？要快，也只有这样改进才能办到，不然，工作就会走过场，出现夹生现象。煮过饭的同志都知道，夹生饭再煮就麻烦了。”

“郑团长真是群众运动的专家呵！”俞任远感动地同韩科长说道。

郑团长报告以后，会议分小组进行讨论。各人根据报告的精神联系检查各人在这段工作中的思想、工作作风。在区振民的中队里，开头，大家一个个地进行了自我检查，空空洞洞。但是，都只讲道理，扣上几顶帽子，说什么群众观点不够啰，没有做到艰苦深入啰，等等。不深入，究竟表现在哪些行动上？不深入，又是什么原因造成的？这些，谁都不肯联系实际行动，不肯暴露思想；各讲各的，相互没有交锋。会场空气十分沉闷。会议开了一天，到快要散会时，区振民说，晚上再继续开，问大家有什么意见。

钱江冷说话了：

“再这样谈下去，你说的和他说的都是一样的话，听起来怪腻味。除了主席和做记录的，我都怀疑是不是有人愿意听。”

副队长区振民说：“那好嘛，下一次的会改变开法。把问题集中，大家讨论。不要交公粮似的，各人讲各人的。我们提倡集体主义，办集体事业的每个人都是集体中的一员。对旁的同志有意见也可以讲，目的是治病救人，推动进步，为了工作开展。”

“赞成！”小冯响应得很干脆。

杨眉眼皮跳了一下，默默地瞅着他。

会议的第二天，各中队各小组的发言逐渐集中在思想作风比较突出的几个人身上了。思想斗争的气氛弥漫了整个工作团。被点名批评的人表现不安，栖栖惶惶；有类似这种作风表现的人，显得苦闷、紧张，特别敏感。休息时的歌声和笑声少了，邮局、糖果店的门口冷落了。

黄昏，徐图和俞任远、黄怀白几个教授和诗人丁牧在河边散步，各人的心情都很沉，谁都希望有人讲点什么，或者自己正在想找个什么话题来打破难堪的沉默。过了好久,徐图终于说道:“知识分子要同工农群众结合,可不跟和面一样容易呵!”

“好像有谁说过这么一句话,知识分子要干革命是要带血和泪的。”

俞任远抬起头望望沉没到山后去的太阳,说道:“喇嘛入教要在头顶上烧七个疤,基督徒要受洗礼,干革命也难免要思想改造吧!”

黄怀白言不由衷地喃喃道:“不堪设想!”

“旧时代的农民年关不好过,如今我们过社会主义关的滋味也真是够呛呵!”俞任远不免感慨起来。

“大家都太感伤了,这和当代精神不调和吧?”丁牧说。他捡到一颗晶莹如玉的卵石,放在手上玩弄。

正是这时候,在另一个地方另一部分人里头,却挺活跃。青年团总支书记在工作团的党委指示下,召集几个骨干来开会。小冯首先抢着说:“帮人帮到底,我们小组打算继续帮助王代宗认识,通过对他的批评来教育杨眉她们!”全昭说:“我看,王代宗这同志只在小组批还不行,得拿到大会上去批判,让更多的人教育他。”

团总支书听了,眼睛一闪,觉得也是道理,拿他做面镜子可以照见更多的人。最后,他征求别的中队的同志有什么意见。大家都认为王代宗这种表现有它的代表性,同意拿到大会上批判。

全昭回到宿舍的时候,杨眉还没睡着。钱江冷坐在床边拿着没读完的《简·爱》,也不看,只望着已烧了大半截的洋蜡发愣。见全昭来了,才转过头来凝视这位叫人喜欢的姑娘,问道:

“全昭,你说说,知识分子同工农群众结合,是怎么个结合法?”

“怎么结合呢?我也不大懂。我想,就同交朋友一样吧。”

“交朋友又是怎样呢?”钱江冷歪过脑袋来盯着全昭。

“不懂。——唔,这应该是你答复的问题嘛。”全昭避开她逼人的眼光,不好意思地说。

“对,对,钱大姐,讲讲你的罗曼史吧!”杨眉忽然兴致勃勃,凑上来向钱江冷恳求。

“我的那些事情已经是明日黄花了，说起来多不好意思。”

“讲一讲，讲一讲！”杨眉霍地坐起来，用期待的眼光望着对方。

钱江冷虽说是不好意思讲过去的事，心里还是愿意说的。何况杨眉一定要她讲，终于讲开了。

她说，她现在还真是不懂得怎样才算交好一个朋友。年轻时候，虽然不断有人在自己身边转。当初，也没有什么特别感觉，有的人同在一块玩玩，不见面也就不想他了，有的人却很黏人，在一块时不见得挺亲，可是不在一起的时候就老想他，总是希望在一起多待一会儿。后来，在这些人当中，有两个人慢慢地和自己特别亲密起来，一直发展到成天在一块，离不开了。在一起时，虽然要闹些别扭，但是下一次见面又好了。这两个人，各有各的特点和爱好，个性都很突出。一个是学音乐的，热情、活泼，长得清秀，风度潇洒，谈吐文雅。一个是寡言沉静，嗜好科学，为人真诚、庄重，对人亲切殷勤，无微不至。这两个人同样使得她感到可爱，离了哪一个，都会觉得是个缺憾。两个人对她，同样是倾心爱慕的。从中学到大学都在一个学校读书，后来到法国，他们也还是常在一起。“三个人不能老都在一起呵，究竟同谁在一起好些呢？”正是她过二十三岁的生日那天，当客人都走散了，她最后送走了这两位朋友回来，倒在床上，想起这个问题，她发觉为难了。觉得，这两人都需要她，正如她需要他们两个一样。她要是同其中的一个结婚，第三者一定会不幸，痛苦将随伴他的终身。“怎么办呢？”她反复地问着自己。苦恼就像一张网，捕捉了她青春的梦幻的翅膀。最后，经过多少不眠的夜晚的煎熬，流了不知多少眼泪，花费了多少的光阴，她终于毅然地从这个自己给自己罩上的网里跳了出来，同另外一个人结了婚。现在，那位音乐家还没有结婚，科学家留在国外，至今不知道消息……

杨眉和全昭听到这里，心口像压下沉重东西，想说什么，却说不出来。第二支蜡烛已经烧到头了，在搁蜡烛的口盅底上淌下汪汪的烛泪。

“就这样，我们的友情冻结了！你们看，我怎么会懂得交朋友呵！”钱江冷以凄凉的目光望着全昭。

全昭说：“我想，同工农群众交朋友是不需要那么复杂、那么细致的感情的。”

屋前的公鸡突然喔喔地啼叫起来。

“哎哟！鸡叫了，快睡吧！”杨眉迅速钻进被子去了。

全昭说：“金秀还没回来，今晚他们又是加班了！”

钱江冷说：“像金秀他们那样，同老乡一下子就混得挺熟，算是结合了吧？”

一五

土改团的会议开到第五天,省委书记贺寒桥来了。上午,他深入小组去听大家讨论今后的做法;下午,工作团向他汇报。会议进行了一阵,外面就有人吵闹起来,声音越来越高。

“你停一停,外面怎么回事?”贺寒桥打断郑少华的话。

立时,通讯员进来报告说,外面来了一些群众,说是要见郑团长。郑少华起身就要往外走,贺寒桥制止了他,说:

“你先别去。杨秘书,你出去问问,是怎么回事?”

贺寒桥态度沉着、老练。大家跟着静下来,默然相视。气氛紧张。

“你继续说吧!”贺寒桥沉着而镇静地对郑少华说。

郑少华接着讲了两句,杨秘书回来说,长岭村的一部分群众来请愿。说是中队长张文飘浮,脱离群众,把人家中农划成了小地主了;态度又不好,动不动就骂人,官僚作风。一定要见郑团长,不然就不回去。

“你看他们都是些什么人,都是贫雇农群众吗?”贺寒桥盯着杨秘书问。

“出头讲话的那一个,样子像个学校老师,另外有好几个是流里流气的,不像真正老实的农民。”

“应该说,就不是农民,贺寒桥蛮有把握地说。

省委书记的态度引起俞任远他们几位教授的注意。看他不过四十来岁,处理问题却如此果断、精明,像个临危不惧、久经战场的将军。

“我们要求郑团长出来答复问题!”

“反对张文飘浮!”

一阵口号声在屋外面喊起。

“暂时休会吧。这场戏非得老郑出台不可了。诸位可以看看,阶级斗争可不简单哩!”贺寒桥说完,大家离开座位,急着到外头来看看是怎么回事。

“贺书记指挥过队伍吧?”俞任远走到贺寒桥旁边递给他一支纸烟,又敬佩又好奇地问道。

“唔,没有。”贺寒桥微笑,摇摇头。

俞任远诧异地看了看对方,由衷敬佩地说道:“看你倒像是久经战斗的指挥官。”

这些所谓请愿的群众,都坐在小学校的草坪上,有的人无精打采,有的正在看蚂蚁搬家……只有少数人气势汹汹地来回鼓动喊口号。小学教员梁上燕是个活跃分子,他手上拿着一本《土地法大纲》和一本《阶级分析》,口沫飞溅地向被他煽动而来的群众讲解;其中也有赵佩珍和梁正,他俩不大露面,只在人群中间嘀嘀咕咕,怂恿着旁人。

小冯和全昭挤到群众中去找了几个样子比较老实一些的人询问到底是怎么回事。他们直摇头,似乎不敢多说,再问得紧一点,他们就说,详细缘由,问梁上燕才知道。说是他叫大伙来的,什么事也不明白。全昭和小冯正好跟梁正打了个照面,小冯问他怎么回事。他故意说,大家都不懂怎样划阶级、定成分;问到他们干部头上,他们说自己也不明白,叫大伙到张队长那里去问。张队长骂了他们。大伙都说要到团部来请示。他个人也没法,只好同大伙一道来了。

小冯问:“大家都是自愿来的吗?”

“自愿的吧,不自愿谁能把人拉得来呀。按着牛喝水还不容易呢,强迫着人还行?”

小冯说:“强迫人当然不行的,不过,上当的人也总会有。”

梁正掏出烟卷来,往嘴上叼了一支。态度十分傲慢地说道:“那,你要不信,打听别人去吧!”

一会儿通讯员来到群众当中问,哪一位是梁上燕和梁正,郑团长请他们进屋里讲话。梁正向梁上燕摆了摆头跟通讯员去了。

全昭同小冯说:“别的中队都没有这样,就是我们中队——”后头一个生疏而又熟悉的声音,冲着插嘴说道:“你们中队好嘛,把问题暴露出来,才好解决哩。”

全昭和小冯回头一看,有个同志向他们走来,一双和善而深沉的眼睛紧盯着他们,叫全昭怪不好意思。

原来他就是第三中队队长杜为人,他对着他们问:

“哪一位是傅全昭同志?”

“我就是,什么事?”全昭眼睛里闪现着光辉。

“就是你吗?上次见面忘记问你的名字——郑团长叫你同我到长岭去一趟,了解那边到底是怎么回事。晚上十点以前要赶回来汇报。”

“好,小冯,你晚上再找杨眉谈谈吧!她情绪还不稳定。杜队长,你等一等,我去拿电筒就来。”

全昭说完就走。

晚上,土改团继续开团委扩大会。贺寒桥听郑少华继续汇报,完了,才让杜为人报告他到长岭村去了解的所谓群众请愿的真相。“这次全团干部大会开得好,开得及时。”最后,贺书记说,“好的经验总结出来了,问题也暴露出来了。应该感谢王代宗同学和长岭村今天来请愿的人。他们是我们工作中的两面镜子,把我们自己身上的缺点以及旁人给我们脸上抹的灰,都照得比较清楚了。”他停了一下,望了大家一眼又说:“王代宗同学他们的思想作风是错误的,起码为人民服务就不踏实。张文同志主观,脱离群众,工作方法不对头。他是老同志,对他要求就要严格一些,否则,就不能使运动大踏步前进。当然,阻碍运动发展的路障还是在敌人方面。敌人还是千方百计地妄图垂死挣扎,要同我们较量。这就需要我们警惕,需要我们懂得从哪些方面去改正我们的缺点错误,克服工作中的困难。"

"至于下一步怎么走的问题,"他喝了一口水又继续讲下去,"听了少华同志汇报说到韩光同志在长岭村采取的田头访问、从同劳动中跟贫雇农谈心的办法是对头的。人,只有共同的生活才可能有共同的语言。俞教授,你说对不对?"他望了俞任远一眼,"我建议下一段会议请韩光同志向大家报告一下他是怎样深入群众调查了解,怎样同群众同甘共苦,怎样在贫雇农当中扎根的。然后,请大家展开讨论。只要各人思想都通了,行动起来,就会是一股势不可挡的力量,工作马上就会出现新的局面。

"具体做法,拟出一个这样的口号:同食、同住、同劳动。跟贫雇农群众做到'三同'。明天先由少华同志作个发言,然后,请韩光同志报告他的体会,完了让大家展开讨论,提出比赛,搞得热闹一点。这是一场革命,要推翻几千年的封建制度,非得大张旗鼓,轰轰烈烈地大干特干不可。冷冷清清,散散漫漫,那是搞不开的。"贺寒桥最后把话讲完了,看了看大家。

"三同,——同食、同住、同劳动,可以的吧?"俞任远看了看他刚记下的笔记,抬起头来,望了望大家说:"贺书记对我们工作分析得十分精辟,太好了。我本人由衷地响应!"

"黄教授你看怎样?"贺书记向坐在旁边的黄怀白问。

"我,——可以的。不过……就是久不久要闹点胃病,同食——"黄怀白带着愁绪万千的神色,讲话半吞半吐,但看见坐在斜对面的俞任远盯着他,马上改变口气说:"不过,问题不大吧,可以的。"

"江冷同志行吗?你这位画家,这一回该把这个美丽的风光画他几幅好画了!"贺书记怕冷落了哪一位似的,留心地关照到每个人。

"同吃没有什么,吃东西嘛,不拘什么都行——"

"反正她有萝卜汤喝。"徐图压着嗓子同旁边的杜为人说笑。

"我就是有个小小的毛病,同住,恐怕不习惯……"钱江冷作了极大的努力,终于把话讲了,脸上不觉红了大半。

“你们两位团长看怎样,年纪大又有病的老师,实在有困难就不要过于勉强吧。”贺寒桥望了望俞任远和郑少华。

“对对,年纪大又有病的,可以考虑。”俞任远用食指斯文地往上推动他的金丝眼镜。

“刚才贺书记说要我在大会介绍经验。我看,让北京来的同学冯辛伯讲一讲,作用会大些,我们是在一起干的。”坐在角落的韩光伸着脖子说。

“刚才同我去长岭的那位女同学,她讲她同老乡接近的情况,我看也不错,让她也讲讲。”杜为人补充说道。

“你说的是傅全昭吧?她工作不错,交了不少朋友。”区振民搭上腔。

“两人都是我们北大的,一个学工,一个学医。”俞任远感到是自己学校的学生,不免得意。

“同意贺书记的指示,明天继续开会。”郑少华说,“老韩,你明天讲一讲,振民同志转告冯、傅两位同学准备一下,现在,时间,哎哟,已经一点多了。没有意见就休会吧。”

散了会出来,丁牧和黄怀白、徐图他们都不作声。回到住宿的地方,丁牧才自言自语地喃道:“同吃、同住、同劳动,哼,这一下子非要脱一层皮不可了。”

“不堪设想!”黄怀白在床上默默地坐了一阵,从嘴里拔出烟斗来往床头磕了烟灰,然后开始脱衣服睡觉。

“随遇而安吧!”徐图说。

“怎能安得了?要你天天同农民去割茅,刨荸荠,磨谷子,舂米,挑粪……”丁牧一连数了好些活路。

“你们不要灯了吧?”黄怀白吹熄了灯,然后悄悄地压着嗓子说,“老实说,我脑子还是想不通,老百姓那样落后,有的简直是愚蠢,叫我们这些人跟他们‘三同’,能同得了吗?”

“你老兄讲话把灯吹灭了干什么?我也有个小小的毛病,睡觉前一定要读几页书。”丁牧拧开电筒,找洋火点燃他床头的蜡烛。

“凭你这个习惯就不能‘三同’。”

“那,没有办法,特殊情况,要做特殊处理。”

“钱江冷也说有个小毛病，为什么你们搞文学艺术的，总是跟旁人不大一样，怎么回事？”徐图找到新的话题，兴致勃勃地向丁牧发问。

“怎么不一样？没有多一个嘴巴吧？”

“嘴巴倒是不多一张，讲话却总是带刺似的，叫人不好受。”

“世界上昏庸、麻痹的人太多了，你不刺他一下，清醒不过来；卑鄙的心肠太黑，你不剥他假面具，别人就看不出他的狰狞嘴脸。……”

“老兄，你简直是在朗诵你的大作了。”黄怀白不耐烦地把身子向墙壁转去，拉一拉被子把脑袋蒙住。

“照你这样说来，诗的作用太大了。”徐图说。

“王婆卖瓜，不是诗人的本色。好的诗，也只能如你每天要吞几粒多种维他命，不能当饭菜吃。巴尔扎克把他的小说比作拿破仑的宝剑，那是诗人的夸张。”丁牧对自己的这一番话感到十分得意。

“我想，要写诗，这个时代应该是歌唱多于诅咒吧？”徐图当做正经的问题和诗人讨论起来。

“你们学科学的先生，总爱把世界当作冰冷的物体来解剖、分析、比较、画等号、求平衡。诗人看到的却是，旧的、腐朽的东西即将崩溃、灭亡，新的生命正在滋长；时代正是处在新旧交替、冬末春初的季节。这个季节有布谷鸟在欢唱，也有杜鹃在悲啼。各人只能用上帝给各人的嗓子发出声音。你听。”丁牧讲到这顿然停下。

徐图听到的原来是黄怀白的鼾声，在扰乱着深夜的宁静。

“像他，”丁牧继续说，“只能成天感叹‘不堪设想’！”

徐图说：“你可是一位讽刺诗人——唔，你自己打算怎么唱吧？”

“对旧世界我诅咒得太多了；对新社会感染还不深，打算再看看。布谷鸟不到万物争发、春光明媚的季节它是不唱的。诗人没有自己的真实感受，没有发自内心的喜怒哀乐，他就不可能作诗。无病呻吟只会叫人发笑，不会引起共鸣是不是？”

“这回下去要跟农民‘三同’，你老兄可以好好体验了！”

“那，没问题，八年抗战，我是多少尝过这些味道了。”

“呵，你在老解放区待过？”

“那倒不是，是从桂林撤退到贵阳，从贵阳到重庆，那段流浪生活已经是黄教授说的——不堪回首话当年了。”

“呵！”徐图打了个呵欠，说：“睡吧。”

“睡吧，我今天听了贺书记讲的那番话，太激动了。说了一堆糊涂话，不要见笑！”

“哪里，哪里，讲得很好。我看，共产党的干部中是有不少的人才，像贺那样的，能够一下子抓住问题的本质，分析得那么透彻。我们这些身为教授的，比起人家来，真是——”

“真是黄教授说的，‘不堪设想’！”丁牧接上说。

“哈，哈！”徐图禁不住笑起来，“你真会抓住特点。”

咕嘟一声，鼾声马上停止，“你们还没睡呀？”黄怀白嘟嘟哝哝地说一句，转了一个身又睡着了。

一六

这地方的风俗,春节三五天工夫,村里人都不上山下地了,男女老少在家里收拾。腊月二十三,把灶王爷送上天以后,就到村边去折回带叶子的龙眼树或榕树的枝条来,绑在长长的竹竿上,扎成一个又高又大的"掸子",把屋里上下左右进行一年一度的大扫除,意思是要把不吉利的灰尘统统打扫干净,迎接随着新年而来的新灶君和新财神。除夕的前一天,家家户户都掘回观音土来修补火灶;到河边去取回河沙,给香炉换新炉灰,准备新年上香点蜡。妇女们有的忙着爆米花做米花糖;有的忙着磨绿豆粉、割肥肉、剥板栗、泡糯米,用来包枕头大的粽子;有的忙着蒸年糕,准备供神、待客和送礼。

除夕那天,人们都在家里,有的磨刀、洗锅,准备宰鸡杀鸭,有的换新春联、门神和春牛图。小孩们开始放起零零落落的爆竹。

年初一那天,鸡叫头遍的时候,每户人家都抢先放起迎接财神的"礼炮"。老乡们迷信:谁家的爆竹先响,财神就先光临谁家。得到财神光临的,今年就会添丁发财。人们熬夜守岁,就是为的抢先放第一声爆竹。放完爆竹,接着就给天地君亲师的神位上香、上供品、点神灯，点起龙凤的大蜡烛。供品里头，有年三十晚准备好的三牲，有粽子、糕点，有金黄色的橘子和柚子，满满地摆了一桌。孩子们被领到堂屋来，跟大人一起，向祖宗、神明叩头膜拜，祈求保佑：年少的希望长命富贵，大人祈求五谷丰登……一会儿，天刚蒙蒙亮，做家长的人穿着一身新衣裳，照着今年历书讲的吉利的方向走出村外去，迎接新的财神。在神树或寺庙拜一拜，折下竹子或桃子树的小枝子带回家来，插在门口那个做装香用的小竹筒上；妇女们挑着一对贴上表示吉利的小红纸的水桶，到河边挑回第一担水，水桶上覆盖一束树叶，表示把一年的吉利都挑到家来了。

多少年来人们都认为每年这一天，关系着一年的祸福，谁也不准讲句不吉祥的话。讨债的也不能上门来了，有多少愁苦，都暂时把它放在一边。大家见面互相作揖，你来我去地说“恭喜发财”、“大家发财”。当然，实在排遣不了愁苦的人，只好躲在家里守着火盆，或者干脆睡大觉，消度他们一年三百六十五天中唯一安逸自在的一天。

年初一过后，从初二到元宵，都是寻访亲友的日子。那些去年结婚还没见过老丈人、丈母娘的新姑爷，就在这节日当中，带着礼品到丈人家拜年认亲，住下三五天。走时，丈人家给送米花糖、年粽、糍粑，让姑爷拿回去转送给亲戚。有钱人家送的粽子，多到一百八十的，糍粑有八百一千的，以显示阔绰，为姑娘争面子。“不落夫家”的已婚姑娘，每年这个时候也回婆家住上几天。有的住到元宵以后才走，有的年三十晚上回去过完团年，年初一待一天，年初二又回娘家了。这些“不落夫家”的人，是基于这样一种观念的：她们认为这是妇女们一辈子当中最宝贵、最自由，但是又是最短促的时光，既摆脱小姑娘时代受父母严厉管教的束缚，又暂时的没有家室儿女的拖累；如果不趁着这个时机来享受，等到有了孩子，做了母亲，就是脖子套上了辕轭，只得在人生的长途作悠长而无止境的沉重的跋涉了。这其间也有某些已嫁的姑娘会遇到她自己选中的意中人，而终于解除了原来的婚姻，不再回婆家去的。这种“不落夫家”的风俗，也不是到处都一样，一个县，甚至在一个区乡，都不是处处相同，人人一样。正如过年节，没有钱的穷户是一种过法，有钱的人家又是另一番天地。

穷苦人家，过了年初一，第二天必须得脱下他们难得穿上的鞋子，打着赤脚,或者到村边去砍下竹子来编粪箕,或者修整农具,或者搓麻打绳,开始谋虑一年的生计了。他们日日夜夜地等待着春雷,祈求着春雨。只要雨水一来,他们就刻不容缓地又同湿润的土地接触,点玉米,播谷种,送粪,起塘泥……一年的忙碌又开始了。

土改工作团自从开了那次全体干部大会以后,干部作了一番调整,杜为人调来长岭乡接替张文的职务;张文调回团部做巡视员。在他走之前,大家给他提了意见。开头,他的思想转不过弯来,在一次会上,他说:“请愿的事明明是敌人的阴谋嘛,怎么是我工作中的错误呢?什么主观啦,包办代替啦,那么多帽子,我脑袋戴不下。你随便去问哪一个老百姓,谁都没有二话。谁不说:‘工作同志说什么就什么吧!’你看,群众怎样对待我们工作队?这不说明工作队在群众中生了根吗?”张文说得那样认真,使大家不由失声而笑。杜为人耐心地同他谈了两天,他才勉强地把同志们的意见接受下来。但是,仍然坚信自己是一心为工作的。最后,要走的时候,对自己急躁骂人的态度在群众的会上作了检讨。大部分群众都非常感动,有的老婆婆还淌了眼泪。都说只有共产党、人民政府的干部才能这样,旧时当官的,哪有向老百姓认错的呢?

张文走的那天早上,苏伯娘特意送来两包米花糖,两只热气腾腾的大粽子,说是原来要请同志们去她家吃的,大家不赏脸,憋着她挺不自在,趁着老张还没走,一定要大家尝尝。一边说,一边就解开粽子。

“不是嫌弃,我们人多,怕打扰你老人家,不敢去。以后一定要去的。”杜为人怕苏伯娘耳朵不灵,大声地说话。

“伯娘,我认你做妈妈吧!”全昭马上接过来说。

苏伯娘回头看了看这讨人喜欢的姑娘,笑着说:“哟,我有这么个仙子一样的女儿,自己也变年轻了。可你要做我的女儿就得听我讲话……你为什么不吃呀?大家吃嘛,家里还有。我们家没有小孩,就是两个大人,不爱吃这东西。吃多了,人软绵绵的,干活没来劲头。我孙子他小时就爱吃粽子,每年春节都特意为他多包几只,现在,年也过了,人不见回。这东西放久了发酸,你们给我都吃了吧。孙子回来吃别的也一样。人长大了,不定还喜不喜欢小孩时候爱吃的东西了。”

“孙子在哪儿？很远的地方吗？”全昭问，望了望大家。

大家都在期待回答。

“哎！说来话长啦！”

全昭她们本想引她讲下去，杜为人却拦住说：“再找时间谈吧。”

“对啰，你要做我的女儿还怕没工夫说话吗？什么时候去呢？”

“有空就去！”

“你们哪有空的工夫啊！”

苏伯娘说，等大家吃完了，她收回包粽子的叶子就走了。

工作队除了张文调到团部外，还有王代宗调到第二中队，黄怀白从岭尾调到长岭，留在中队部做秘书工作，同钱江冷一起，因为照顾他们的身体健康条件没有让他们到农户去“三同”。其他的人都分头到贫雇农家去落户。全昭去做了苏伯娘的干女儿；冯辛伯到廷忠家；徐图和丁牧两人是农则丰家的客人；杨眉则同银英家认了姐妹。杜为人照顾全队工作，有时着重抓小冯那一个点。岭尾村那边仍然是区振民负责，把李金秀调过去，帮助赵佩珍做妇女工作。杜为人把干部这样安排下去以后，抽了个空到岭尾村去了一趟。

那是头场春雨过后的早晨。湿润的土地在明丽的阳光下飘散着一层薄薄的烟雾。果园里的梅花正在盛开，竹子开始茁长出青青的新叶。春风轻柔地抚摸着人们的脸庞，妇女们把包头巾除下了，展示着光洁的面颜、乌黑的辫子或用心扎起来的发髻。

田野上，这时有一部分人在田垄间耕犁土地，一部分人在田塍上送粪运肥。另外有一部分人到邻村去走亲戚，她们挽着小篮，担着雨伞，抱着绣花的鞋子，有的还骑着马，在村道上断断续续地出现。爆竹声和耍狮子的锣鼓声，从村里传到村外，年节的气氛弥漫了大小村庄。

杜为人渡过了小河，沿着河岸走，到了河边的一间用石头砌成的小磨坊旁边，他停了下来，看了看，然后弯着腰走进磨坊里去。磨坊中间的石滚，死了一样，停着不动了；石槽里扫得干干净净，乌黑的石头光滑发亮；墙壁上封满了米糠，小窗口下安着一张小床，当做垫子的稻草露在席子外面。床上躺着一个人，被子又破又短，尽管他是蜷着身，两只脚还是没有盖住。床头放着又小又窄的板桌,上面搁着一盏方形的小风灯,一只陈旧的算盘,墙上插着一杆没有笔套的毛笔,旁边还有一本用纱纸订起来的账簿。床下一个破瓦盆,火炭早已熄灭了,一个黑猫在上面睡觉。此外,从横梁上吊下来一条长长的绳子,上面挂着一只鸟笼,笼里养着一只画眉鸟。

床上的人被脚步声惊醒过来,掀开被子,见是一位客人,急忙坐起来,揉揉眼睛。这是个老头,看样子是六十上下的人了,白花花的头发,干瘪的脸,留着几根胡须,收拾得还利索。他起床来,把破被子往墙边推进去,让出床沿来请客人坐。

"你这位同志贵姓呀？是年前就来的工作同志吗？"老头见杜为人坐上他床边,翻看账本,不觉高兴地问道。

老头叫丁桂,是个无儿无女又无家的人,原先是个拉大锯解木板的木工,经年在外地替人家解板,年岁大了才在村里定居下来。这些年来他就守着这个磨坊。磨坊原先是一个姓梁的富农和地主何其仁两家共同开的。后来姓梁的因为赌输了钱,才把自己那一份顶给了何其仁。解放后,何其仁因参加土匪暴乱,被政府给镇压了,这磨坊也被没收归农会管理,作为全村的公共财产。主人换了,丁桂的工作却仍然不变。

"何其多跟何其仁是弟兄俩吧？"杜为人问。

"同一个祖宗,可不同一个娘胎。"丁桂答。

接着老头同杜为人讲起乡里的事。解放前,这个乡的大小事情,不是岭尾的何家就是长岭的覃家讲了算。不管什么,只要这两家老爷讲了话,就同铁钉钉到木板上,别人谁也不能动了。况且两家人又是世代联系,何家有人在外做官,覃家在乡里是大财主,互相包庇,实际上就是有钱能使鬼推磨,只要有钱,白的也能把它说成黑的。解放后,何其仁自己找死,去当了什么土匪司令,叫解放军追到山里打死了。长岭的覃家会看风转舵,表面上表示拥护政府,现在倒没事。

"现在村里办事的几个干部还得力吧？"杜为人把话题转了一下。

"你说的农会几个人吧？他们,唔,同志们来了,会慢慢看得见。"老头讲到这里就把话煞住,不肯往下说了。

“你老人家过年,农会不给一点打赏呀?”杜为人看见放在屋角的小锅和碗筷上都蒙着一层灰,好像几天没有开锅的一样,墙上挂着一株小小的包心菜。

“什么赏也没得呵,倒是有的好心人给留下一斤两斤糯米,我一个老头拿来也没法弄,煮糖粥又没得糖,包粽粑没叶子。从前给地主干,年三十晚,就是冷饭剩菜,也还给吃一顿呢,现在给农会干,以为给自己人办事总好一点吧,谁知道连剩菜冷饭也见不到影。他们几个,我算是看透了,肚里装多少屎都瞒不了我。苏绍昌嘛,是个不敢占人家便宜,也不给旁人半点方便的人,害人,他做不了,帮人,他也不干。梁正呢,是个‘旱天雷’、车大炮家伙,坏事做得出,好事做不了。赵佩珍,是个骚货,谁都跟。”

“照你看,都没个好的啦?”杜为人含笑地说道。

“好人是有,都没出头呢。就同这时辰一样,种子还在土里,没长芽呢！你吸烟吧?”老头从床头拿起用细细的竹子做的烟斗,装上烟叶,点上火吸起来。

他一边吸烟,一边沉思。一会儿,他才担心地低声说:

“不过,杜同志！我说的话,你可别说是我讲的呵！反正你在这多待几天,慢慢就都品得出来了。是马就充不了麒麟,是不是?”

杜为人从磨坊出来,就打小河上垒起的石墩走过河去,穿过一片竹林才走到岭尾村头。村头现在正走来一个既像绅士又像商店老板的人。他穿着咖啡色华达呢的中式上衣,下身是西装裤;脚上是一双礼服呢的圆口便鞋,头上戴的是一顶深灰色的呢帽子,胖胖的圆脸上布满了忧郁的神色。他抬起头正碰着杜为人炯炯的目光,愣了一下,但立即装笑脸说:“新到的工作同志吧,回头请到敝舍坐,兄弟正要到区上去给首长说个话,失陪,失陪,回头见,回头见!”

杜为人点了点头,轻轻地应了一句:“回头见!”让这人走过以后,才再回头去看他的背影,他手上还拿一把透明的塑料把子的雨伞。“他可能就是何其多了。”杜为人想。转过头来,梁正已经站在他面前。他一身收拾得很整齐,一套蓝色斜纹布的中山装,一双球鞋,小口袋还插着支水笔。他说,今年他领大家闹醒狮队,今晚要到麻子畲去给土改团和区府拜年,现在,先去接个头。

“你是新来的杜队长吧?”梁正说完他自己的事,问。

杜为人盯着他的眼睛,点了点头。

“那,我叫别人去跑一趟吧!你来了,又是一年一次的大节,我们不在家多不好呵!”

“不用,不用,你办你的事去吧,前面那个人是——”

“呵!前面那个是何局长——呵,那是他从前的官名,叫惯了。他就是其多三叔,一向都在省里做事,临解放才告老归田。他,同他的堂兄弟何其仁那个死鬼可不一样,人家见过世面,开明。我们工作队才一到村,就把田地房屋的文书契据全都献出来了。”

“好吧,你有事忙去吧,我自己会走。”

“我不忙。里头的狗好厉害,我陪你走走。”

杜为人严肃地盯着他,不作声。

“我们村里的人,见的世面少,都怕生,你要问他们什么,真像要撬开牛嘴一样的。要了解什么事问我们好了。这两天工作同志住在各人家里,他们都摸不着同志们的底,鸡鸭关在一个笼,说不到一块……”梁正跟在后头叨咕。

杜为人让他自己讲,不搭腔。心想:“这地方可不简单!”

这时,区振民同老乡们一块起塘泥,把鞋子也脱了,两脚尽是泥巴,两只裤管挽到膝盖,挑着沉甸甸的一大担,一脚高一脚低地跟着老乡们竞走。

“老区,加油呵!”杜为人叫了一声,区振民抬了抬头,也高兴地喊道:“杜队长你来啦!”

区振民把担子放下,躲到一边,让老乡们走过。他看了看跟在杜为人后面的梁正,然后同杜为人交换了一下眼色。

“晚上再谈吧。”杜为人对他说。

区振民点点头,弯下腰,用毛巾垫着肩头,又挑起担子来。马上想起什么,回过头去叫了杜为人一声:

“你看李金秀去吧。”

“区队长,你挑得太多了吧!开头挑少点,慢慢来!”一个老乡在他后面说。

杜为人摆脱了梁正,一个人在赵佩珍家找见了李金秀。她在小院里正在帮赵佩珍往竹竿上晾浆过的棉纱。太阳挺暖和,把她圆胖的脸颊晒得红红的,额前微微沁出小汗珠,精神挺愉快。

“金秀同志，‘三同’得怎么啦?”杜为人叫了她一声。

她猛然回过头来，看见是杜队长，高兴得不得了，才伸出手来立刻又收回去了。“我的手好湿。杜队长什么时候过来的?”

赵佩珍请客人进屋坐，杜为人不肯，她就把凳子和一张竹桌子搬到院子里来，然后又拿了茶壶、茶碗和一茶盘的米花糖出来，殷勤地一定要客人尝尝她亲手做的米花糖。接着就夸奖李金秀如何伶俐能干，“谁要是娶了这姑娘，真是——”赵佩珍正叨咕，李金秀不禁脸红起来，马上说:“赵嫂，你别说啦，我就不爱听你说这个话。”

“哎哟，山歌唱的，‘哪匹布不经剪子裁，谁个姑娘不出嫁’呀? 有什么不好意思的。”赵佩珍津津有味地说下去。

“工作同志来，打扰了大家了吧?”杜为人把话岔开，喝着米花糖泡的茶。

“哪里话，请都请不来呢。”赵佩珍言不由衷地说。

李金秀和杜为人互相看了看。

“你们多喝点吧! 还有。”

两人只顾喝米花糖茶，都不作声。

“说实在的，”停了一会儿，赵佩珍又说，“工作同志都是为我们穷人翻身来的。前回我们对张队长那样，可是千不该万不该呀! 真是糊涂极了，他划错了阶级，慢慢再改嘛，是不是? 哎! 就是我们小地方的人，心眼窄。”

“这地方到外面去做官的人还不少哩!”杜为人点了她一下。

“有多少呀! 唔，张队长现在到什么新位置了吧?”

杜为人支吾了两句以后，看了看李金秀，李金秀会意地说:

“我同杜队长出去走走，认识认识路。”

李金秀同杜为人一边走一边谈。杜为人问她，对这位妇女主任怎么估计。“我看她不像个正经的劳动妇女，讲话总是有口无心的。”

“要警惕，不能叫人当做丫头使唤。我们一方面要为人民服务，另一方面在服务当中又要包含提高、教育群众，引导群众跟党的路线走，向革命的目标前进。不能为服务而服务。再说，服务对象，要做阶级分析，对人要加小心观察，可别给米花糖糊了嘴啊,哈哈!"

"杜队长,你真是会讲笑话。要不是陪着你,我才不吃她的呢!"李金秀可是认真起来,脸又红了。

一七

小冯搬到廷忠家那天,正是晌午过后,廷忠他两口子都不在家,只有小孩福生一个人在门口的石头上,摆弄他捡来的那些没有打响的爆竹和已经烧过了的紫色的香梗。小冯问他爸爸妈妈在不在家,小孩说,母牛下了崽,爸爸把它赶去山上吃草,妈妈割猪菜去了。

小冯把铺盖、挂包拿进屋里去。一进门就见到牛栏,牛栏前面有两个床位那么大的空地,右首的墙壁有一道门,上了锁,是主人的卧房,牛栏上有阁楼,是安"韦门堂上历代宗亲师之神位"的,有短短的梯子上去,神位上供着几个小小的粽子。牛栏的柱子上贴有一张新的小长条的红纸,上面写"六畜兴旺"四个字。屋子没有另外的门通到别处了,做饭的锅灶、水缸都安在左边的屋檐下,用一张破篾席挡着风雨;屋檐右边是用石头和一些断砖砌起来的鸡笼,上面搁着柴禾,墙上挂着编成长辫的玉米和留做种子的几株油菜。……"今晚睡到哪儿呢？在牛栏前面安个铺,还是在牛栏上头的神位旁边铺张席子?"小冯一边看着这简陋不堪的住处不那么称心,一边想:"人家祖祖辈辈都这样住下来了,难道我住个把两个月都不行吗?”终于,从灶口拿过草墩来,靠着柱子坐了一会儿。想了想,觉得畏难情绪要不得,一定要战胜困难,争取做个模范的青年团员。

福生不知什么时候同别的小孩玩去了,小冯一个人找不到人说话,怪闷气。揭开用簸箕盖着的水缸看了看,水缸的水不多了。“给他们挑水去吧!”这一想,心头有了着落,不免高兴起来。拿起了扁担,把水桶轻飘飘地挑起走了。走到村头,碰见赵三伯,他今天特意穿了一身干净衣服,鞋子也穿上了,手里还拿着一根竹拐棍。小冯问他哪儿去。

三伯大声说:“上麻子畲,外甥今天娶亲,喝喜酒去啦,有偏了,你给谁挑水呵?”

小冯高声地回答:“廷忠家!”

“呵,廷忠是个老好人哟!他媳妇怀孩子啦,正要人帮手呢。你能行吗?别挑太满,不小心把腰骨拧了可不好治呀!好吧,我走了,有偏了!”说罢,三伯掉过头去,走了。

小冯听了赵老头这一说,心里更是舒坦起来。挑担虽然不习惯,压得肩膀生疼,却有耐性地半桶半桶地挑,一连挑了四挑,把水缸添满了,又把屋内屋外都扫了一遍,把鸡笼的粪也起了出来,堆到柚子树下的粪堆上。

一会儿,农则丰过来,见小冯一个人在这里,自己也就在门槛上坐下,卷着纸烟,准备要说什么话。小冯把草墩挪过来给他,自己进屋去另外拿出一个小凳子来坐下。

“徐教授到你家去怎样?还好吧?”小冯问。

“怎么不好,帮干活,又不要工钱还不好?戴眼镜的那个是徐教授不是?”

“不,你弄错了,他是不戴眼镜的,戴眼镜的是诗人——”

“什么?痴人?”则丰瞪着眼睛惊讶起来,“我看都是好好的嘛。”

“不。我说是诗人,写诗的。”

“呵!我以为是发神经的,发神经可是吓人呵。”则丰深深地吸了一口烟。

“我为什么那样怕发痴的呢?我们这个乡从前也有个痴痴癫癫的,”他停了一会儿又说,“我小时候一见他就害怕,有时他可是要揍人哩。他就是岭尾村姓梁家。原先也是个财主,因为爱赌,听说也是新年打的麻将牌,一个晚上,把田地都输给了姓何的了。原来有那么多的钱财一下子变成了穷光蛋,心里当然不舒坦了。还没有过完元宵节,他老爷就破了例,把自己养的黑炭一样的狗宰了,做了好些个菜,请了他的赌友喝了一顿,喝得醉醺醺的,当天晚上讲了好多胡说八道的话。第二天再也没有清醒过来。他的亲戚朋友为他请了不少郎中来治,也没治好;又请了仙姑巫婆来求神、送鬼、许愿什么的,闹了两三年也没见效。后来有一年,正是七月十四日那天,这条小河发大水,他就好像平时走道的一样,走过河去,一下子被水卷走了。大家都说,那是他没过完元宵就宰狗吃,犯了神明了。"讲到这里,他把烟头狠狠地吸了一口,掷掉了。

"他家没有什么人了吗?"小冯很感兴趣地问。

"没有什么人了。有个女儿嫁到城里,从来也没有来过,恐怕也不在了。"

"他闹了几年才死,总没有清醒过的时候吗?"

"那倒是有的。记得我们小孩有时还逗过他玩呢。对啰,他清醒的时候,什么人同他说话他都应得好好的,就是见何家的人,他就直瞪眼,一句话都不说;有时,一见何家的人,一下子又犯病了。也有人猜,可能是姓何的前世和他是对头,这一世冤家路窄,碰到一块了。"

"你相信吗?"小冯问。

"这种事情很难讲。信嘛,没有什么凭据;不信嘛,又有那样不明不白的地方。反正这个世道,我看越有钱的人越叫人过不去。钱多的要吞钱少的,钱少的要吞没钱的。大鱼吃小鱼,小鱼吃虾子。你说是不是?"

"那,怎么办?"

"那,有什么办法,看你们同志怎么说呗!"则丰说。

"办法要靠大家想哩,光靠我们这些人,人生地不熟的,能有什么招。"小冯显得老练起来,一步一步把话引导对方讲下去。

则丰又拿出纸片和烟丝卷了支烟,望望外面,不见有什么动静,他才小声地把廷忠的身世告诉了小冯说:

"他是被人欺侮得没法才那样闷声闷气的。可是,那天人家拉他去向土改团请愿,他老兄也傻里傻气地跟着去了。我就在家抱孩子,硬是不去,他们能咬我个卵。"

“他那天没去吧？没见到他嘛。”

“老弟，你不知道，他去是去了。回来对我说：到了半路，听人说，要上工作团去请愿，叫把工作队调走。他寻思，这些人讲的话不对路，自己就不声不响，躲到田基去假装解大便，让别人都走远之后，才跑回来了。不信，你以后问他。不过不要说我讲的呵！”

小冯和则丰还说了别的一些话，则丰又抽了第二支烟才走。

一会儿，福生眼泪汪汪地哭着回来，说是别的小孩抢了他的爆竹了。还骂他“杂种”。小冯想起他口袋里有小画片，拿出来给了他，把他搂到怀里哄着他说：

“福生，别哭。好孩子是不哭的，喏，给你这个！”

“我妈不让叫福生了！”

“叫什么呀？”

“叫亚榕。”小孩严肃地说，把小冯都引笑了。

原来是，自从福生害了那场病以后，韦大娘认为这是“榕树奶奶”保佑的结果，因而，照当初许的愿：把儿子改名叫亚榕。

小冯觉得乡下的问题太复杂了，怎样分析这些情况，真是一门深邃的学问，可不同设计一道桥梁那么简单。他想着想着，掏出小本子来记下了他的感触，又记了记刚才农则丰给他讲的廷忠的情况。

晚上，廷忠两口子，一个赶着带崽的母牛，一个挑着不大满的两筐猪菜回来了。廷忠看见来了这么一位工作同志，从他们把小孩救活这点情谊来想，应该是欢迎的；但，一想到他们来住在家里，就有点为难了。一是因为地方小，一是因为自己没东西招待人家，还有一个是自己同生人在一块不自在，拿不出话来同人家说。韦大娘因为不明白工作队的用意，怕来掏她的底细，不免恐惧起来。

“都是你招来的，”她跟着丈夫走进卧房拿米，预备做饭的时候，小声抱怨起来，“我都说小孩只要他自己有那个命，神明总会保佑的，叫你别找他们去，你偏偏不听，现在人家来麻烦了，看你怎么对付吧。”

廷忠不哼气，只顾在小窗口透进房里来的微弱的光亮下，寻找挂在墙上的东西。

“你找什么？”韦大娘问。

“我找牛篦子去给它梳一梳毛，母牛身上长了好多虱子。”

“你先给我去挑水来煮饭吧，我腰挺沉，上河边那个坡——”

“我去吧！”廷忠赶快不让老婆再说了。

他们两口子出到门口来，廷忠正拿起扁担挑上水桶，韦大娘揭开水缸盖一瞧，水缸满满的。“谁给挑了水啦！”她不禁诧异地看了看廷忠，脸上露着微笑说。

廷忠望了望同福生逗着小牛犊的小冯。感激地说：“还不是工作同志挑的？看，地也扫了，鸡笼也弄得挺干净。”

廷忠说罢，放下了扁担，回头去拿了篦子来，给母牛梳毛。

“他来我们家住，睡在哪？”韦大娘边淘米边说。

“看看再说吧！”

母牛躺在地下，慢慢地反刍，几只小鸡在啄它身上的虱子。

小冯和福生都过来看廷忠给牛梳刷。

“同志，你到我家来可是没有什么招待呵！”廷忠望着站在一旁的小冯说。

“要什么招待呵，要招待我们就不来了。我们是来同你们一块干活的。”

“住没地方住，吃又吃不饱，你们能过惯吗？”

“慢慢会惯的。”

“反正我们是老老实实，不会说句客气话。”廷忠说。接着自己喃喃地说下去：“这头母牛，又不做好事，早不下晚不下，就在这时候才下崽，这几天要点玉米，没牛犁地叫我可着难了。”

小冯一时拿不出话来说，只好不作声。

“你们那位傅同志可是个好心姑娘呵！她到谁家去啦？”一会儿，廷忠想起来问。

“她给苏伯娘认干女儿去啦！”

“呵！——那倒挺合适。她家……唔，原先她儿子也同你们一样闹革命来的……叱，叱，翻过身来！”廷忠打了打牛的屁股，牛好像懂得人意，果然翻了一个身。几只鸡飞散开来，然后又回来在牛的脖子、腋窝和地上啄食着虱子。

晚上，廷忠从神龛上取下两块木板，在牛栏前面安了一个床铺，小冯就这样住了下来。白天同廷忠夫妇一起劳动，挖塘泥、点玉米、割茅草；在家里头就帮着煮饭、喂猪、挑水，样样都顶着干。晚上，不开会就同廷忠聊天，给小孩讲故事。廷忠同他也逐渐熟了，慢慢的肯跟他讲些话，有时也敢问他一些问题。

"你说人有钱没钱不是命定，那，有的人在国民党做官发财，共产党来了该倒霉了吧，可他还是有事做，平安无事，你说不是他命里原来就有福气能行吗？"有一回廷忠这样问着工作同志。这问题在他脑子里缠了好久，所以遇到吃亏的事都忍了下来，不敢跟人争，也不敢想，只求能平安过下去就行了。可几天来听了小冯说这说那，觉得也挺对，这才把话讲出来。

小冯就凭着自己的见解给他说了，廷忠只点头，似信不信地听着。

在韦大娘这方面，见小冯在她的家越来越熟了，对他的戒心反而越来越大。只要听到廷忠同小冯扯起地主那些为富不仁的事，就常常给丈夫打岔："用心干你自己的活吧。狗抓老鼠，多管闲事！"有时，三更半夜估计小冯睡着了，或者去开会没回来，她就偷偷地对丈夫说："这些天我老放心不下，小冯来我们家住，是不是知道我们跟覃家有来往？"

"你有什么来往嘛。"廷忠不满意地说。

"什么来往也没有，就是人家给的那些东西，上次不是同你讲过了？"

"你自己做贼心虚，我不管。"廷忠漫不经心地说，想他自己的问题去了。

"到底是谁养活谁呢？"廷忠脑子老想，"我们穷人样样都没有，耕牛、田地不用说了，有的连一把锄头都是人家地主的，不靠地主能行吗？但是，工作同志也说得有理：地主没有我们这些人给他交租子、干活路，他们吃什么？这些老爷连煮饭都不会，真是够他受的。可是，人总不能是一个样，树也长得有高有矮。是不是有的人命里生来就享福，有的人就该受苦？要是同小冯说的那样，将来各人劳动多的多得，劳动少的少得，那就好了。那时，勤做省用的过得好些，好吃懒做的过得孬些，这算不算也是命里生来早定了呢？有的人素性就是懒，有的人本来就勤快。一只手几个指头总也齐不了，几兄弟也有穷有富……"

廷忠每天半夜醒过来，总是反复想这些，总也想不通。原来覃家放在他家几只牛，要他料理，说是他可使唤，不要租子，但是牛很小，实际上不能使唤。等到侍候大了,而且教练得能犁田耙地了,地主却来拉走,租给旁人了;只有这头母牛给留了下来。现在正当春忙要牛使唤的紧要时节,偏偏下了崽,白白替人料理。自己只好去同别人换工,出一天人力,换回一天牛工。老婆肚子又一天比一天大了,叫他愁得没法。好在小冯来了,帮这帮那,自己省了点事,不过,叫人白给自己干活,实在过意不去。

"人家是大学堂的学生,像从前何其多他们,毕了业出来就是当县官的呵,叫人家每天帮我们干活,我们成了什么人了?"

廷忠有时一个人闷声不响地想。

元宵那天,福生他姑妈来了。她是年过了四十的中年妇女,生活把她磨炼得像河滩上的石子,精干而结实,手快口快,同廷忠恰好是一个对比。她挑着一对篮子,里头是四只大粽粑,两大块年糕,一方腊肉。进到家来,把这些东西先往神位供奉,作为对祖先的孝敬;另外还特意给福生带来一只泥塑的小公鸡,给韦大娘一包婴孩用的旧衣裳和一条旧背带。

福生得了小公鸡,吹起喔喔的响,高兴得连蹦带跳,赶紧往门外跑了。这时,廷忠和小冯往地里点玉米还没回来。屋里只剩下韦大娘,正在剥豌豆荚作种子。

"什么时候坐月子?快了吧!"姑妈坐到弟媳身边来,边帮剥豆子,边看了看弟媳隆起的肚子。

"还早!"韦大娘回答。

"我们这地方土改还没闹开呀?"

"工作队下来了,这些天都在查来问去。姑妈那边——"

"我们那边早分了田了。不闹翻身,我哪得这些东西拿来给你们。"

"真是要分田的时候,地主放在各人家的东西,会不会也得拿去充公?"韦大娘担忧地问。

"他们有什么东西放在别人家的?"姑妈诧异地看了看弟媳。

韦大娘红了脸,随后才说:"就是给佃户代看的牛啦,羊啦,什么的呗。"

"那,都得拿出来。覃家有东西在我们家的吗?"

韦大娘摇摇头。一会儿,才说:"就是几只牛,打去年下半年都拉走了,现在只剩一只刚下崽的母牛。”

晚上，小冯让姑妈睡他的床，自己找马仔孖铺去了。这两天天气变冷起来，天黑下来以后，廷忠他们一家人就在小冯的床前那点空地上，生了一堆柴火，大家围着取暖。姐弟好些年难得见面，不免有好多话要说。一会儿，则丰却提着方形的小风灯进来，同姑妈打个招呼后，就对廷忠说，杜队长请他去一下。

“什么事？”廷忠还没有开腔，韦大娘立即警觉地问了一声，神色紧张起来，望着廷忠的眼睛。

廷忠拔起鞋跟，不哼气。

“大娘，你别担心，人家给杜队长送了一大篮元宵，他们吃不完，请我们吃去了。”则丰含笑地说。

“走吧！”廷忠站起来，催则丰。

“人家姑妈好不容易来一回，还没说上两句话。亚榕他爹，你——”韦大娘望着丈夫要叮咛什么的样子。

“你，你别——”廷忠不耐烦地走了。

廷忠走后，韦大娘同姑妈谈了一些家常。福生嚷着要吃年糕，姑妈帮他切了一块往炭火边上烤。小孩吃了年糕就在母亲怀里睡着了。韦大娘等了半天还不见丈夫回来，就对姑妈说：“亚榕他爹不知什么时候回，你跟我们睡去吧，他回来就让他睡冯同志的床铺好了。”说罢便点支松明抱起孩子往卧房睡去了。

姑妈又添了添柴火，一个人守着火堆，仔细地看了看这个屋。遥远而亲切的回忆不觉涌上眼前：她想起她离开这个屋的时候，才是一个小姑娘，辫子还不会梳，夜里一个人单独睡觉还害怕呢……这个屋原来是不放牛的，牛栏另外安在那株枇杷树旁边。神龛上，每到新年都贴有洒落着金星的对联，墙上也总是挂着三五条腊肉和新年前父亲自己灌的香肠。……现在却变成古庙一样，那样冷落凄凉。好像今年没有打扫，墙上和横梁上，好几个地方都有白白的铜板那般大的蜘蛛蛋；燕窝泥已经脱落了，大概燕子不来了。

约摸过了一顿饭的工夫，廷忠终于回来了。

这位饱经世故的姐姐，关心地审视着弟弟的神色。廷忠仍然是那样犹疑不定，像雷雨要来不来的天气。

“你还不睡呀?”廷忠坐到火旁来,问了姐姐一句。

“队长同你谈什么?”

廷忠伸出两只手到火上烤,低着头,没看姐姐。一边还在想,一边感叹地说:“这个杜队长好细心呵。我们家的事他比我自己记得还清楚,算命先生都没有他说得那样准呢。”

“他说了什么啦?”

“他说,我们父亲就是覃俊三害的,要我给父亲报仇,同覃俊三算账!”

“你怎么说?”做姐姐的一步紧一步地问。

“我……”廷忠抬起头,望了姐姐一眼,意思好像是问:“你说怎么办?”

“我正是为这事情来跟你商量的。”姐姐说:“我们那边已经闹开了,地主都倒了,田地也分了。”

“我就担心——”

“担心什么,怕呀?”

“是呀,怕打虎不死,倒反受害。”

“你就狠狠地打死它呗。你不想想,我们姐弟俩,那么小就没爹没妈,给人当奴做婢的。你不记得,我那年叫人带走的时候……”做姐姐的人讲到这里,喉咙给哽住了,说不出话,用手擤着鼻涕。

廷忠跟着伤心起来。屋里和屋外,一片寂静。

“我们非得出这口气不行!”过了一会儿,姐姐愤激地说。

“现在有工作同志为我们穷人撑腰当然不必担心了。就不知能不能长。”

“管它长不长的,吃甘蔗,吃到一节剥一节。反正穷人总比富人多,哪边人多势众,我们就往哪边靠。人多人强,狗多咬死狼。”

“我一个人还好说呵!她,”廷忠向里屋示意,“她可是,哎,就爱贪小便宜。”廷忠痛苦得揪心,叹着气。

“她还不是也受够了折磨,别人能有什么便宜给她?你自己先挺起来,人家才好跟嘛。只要我们不冤枉人,什么都不怕。”

门口的童子鸡小声地啼叫了。

“呵!我们的小鸡会啼了。阉鸡的人很久不见来了,没空拿去圩场阉呢!”

廷忠说。

“老人说话，三十年的风水轮流转，我看穷人是要交运了。”

“看看吧。”廷忠还是犹疑地说。

“还看什么，解放军人民政府来了快两年了，好赖还品不出来？你怕什么，再怎么也还不是靠自己两只手吃饭，再多也只是一条命！”

廷忠听姐姐这样说，不禁惊讶地抬起头望着她。

一八

一天,全昭同苏嫂正在把长芽的芋头切成小块,再和上草木灰,准备做种子。杨眉兴冲冲地跑了来,一手把全昭扯起,全昭愕然地盯着她。她不作声,演哑剧似的,举了她手上拿的新的罐头壳子。

全昭拿眼睛瞟了苏嫂一下,说:“没有关系,你说吧。”

“你看!”杨眉把空的罐头壳子给了全昭。

两人坐到床边来,仔细注视上面的外文。

“哪里捡到的?”全昭问。

杨眉说,她是跟亚升拿来的,他要拿它去装蟋蟀,杨眉拿雪花膏的瓶子同他换了,另外还给了他几块糖。

“奇怪,这地方哪来这种玩意?而且挺新,才开了不久。”杨眉说。

全昭反复地看了看,不开腔。

“四姐,你说的是亚升呀?”苏嫂抬起头来看了看,然后朝着杨眉问。

“是呀,他——”杨眉应着,正要问什么,苏嫂接着就说:“他是赵光甫的仔。

他爹跟人上山做土匪,现在还没见回来。”

“他有母亲吧?”全昭问。

“有,”杨眉抢着说,“我问他了。问起他的爸爸,他就不肯讲。”

“那一定是大人教的。大人都不肯讲,小孩哪敢讲呵。现在大伙都像十冬腊月藏在洞里冬眠的蚺蛇没听到雷响,都在装死。有的人还给财主佬的一点半点小便宜糊住了嘴,谁敢说呀!”苏嫂不高兴地说。

她把最后几只芋头切了,从床底下拉出箩筐来装上。

“我们找杜队长去!”全昭果决地对杨眉说了,然后转向苏嫂说,“苏嫂,我去岭尾一趟。”

“你去吧,请杜队长想个法儿吧,我们的人,脑筋真是跟半年不下雨的地一样的,你拿镢头刨也刨不开。”

全昭和杨眉拿着罐头壳子到了岭尾村,找了好几个地方也没见到杜为人。她们就到磨坊去问丁桂,老头说,见他和马仔扛着铁铲同老乡们一起到山脚那边修车道去了。那边车道坡陡,雨水一来,道上很滑,牛车不好上,挺碍事。

“你们两位找他什么事呀?不进来歇一会儿啦,你们杜队长可真是够忙的了。”老头叨咕着。

全昭和杨眉终于在劳动着的人里头找到了杜为人。她们请他到一边来,把罐头壳子给他看。

“美国的牛肉罐头?”杜为人看后沉吟片刻。

杨眉把罐头的来历讲了一遍。

“你们看是什么问题?”杜为人望了望她们,眼睛定定地盯着全昭,意思是要她回答。

“我们就是因为搞不明白才来请示你嘛。”杨眉心直口快地说。

“我想会不会是他们土匪在山上,有什么人给予接济?飞机空投,还是什么人给送去的?”全昭把亚升的父亲是什么人补充说了一些后,终于大胆地这样说。

“这不是没有可能的。罐头顶新,看,肉渣还没洗净呢。”杜为人说。想了一下,接着又说:“参加暴乱那么些人都回来了,就是他们几个那样死心塌地干到底,为什么?我们不得不想一想。你们刚进村那天的三声枪响,现在还摸不到影子哩。最近这个村子又出现一张‘白头贴’,说是谁杀了工作队一个人,得大洋一百元。你看,敌人还在我们身边打转呢。”

“谁?”马仔不知什么时候走到他们身边来,突然插进来问。

“你——”杜为人回头看是马仔,才放了心。顺便问他,赵光甫原先是一个什么人,平日是干什么的。

原来赵光甫也是个无田无地的穷户,老婆靠三天两头赶圩贩米赚回的脚力钱过日子;自己平素游手好闲,凭靠做牛贩的经纪人得点佣金过活。爱赌好吃,常常拖一身债。这回上山当土匪,多半是临解放前输给人家一笔款,人家天天追要。在家里待不下,狗急跳墙,不得不干。开头,他是和另外几个人——花心萝卜也在内,在附近山坳等国民党的败兵过路,他们就给人家搜身要钱,剥衣服。听说,有一次碰上一个做官的给他们抢了,得了好多两金子。……那次花心萝卜没有去,他就眼红起来,说是要向解放军告他。他害怕就上山了。

“可不简单。”杜为人沉吟着。

大家都沉默下来。

“你们两人看谁做这个工作?”杜为人看了看全昭和杨眉。

她俩默默地看着这位严格的队长,意思是说:“请你吩咐吧!”

“你们多去同亚升的母亲接近,好好做她的工作。”

全昭说:“现在的一般群众都还不敢同地主分家,好像有什么把柄给人抓了的一样。”

“什么把柄呢?你们想了一下没有?”杜为人问。他自己仍然在考虑。

他们几个在旁边的石头上坐了下来。杨眉摘下一朵细细的荞麦一样的花儿问马仔叫什么名字。马仔摇摇头,说是官话叫做什么他说不上来,土话的意思是“报时辰”,每天到中午就开。杨眉觉得挺新奇,看了又看。旁边有一株含羞草,马仔拉杨眉转过去看,他伸手一碰,草叶就像有知觉似的,慢慢缩瑟而低垂下来。杨眉十分惊异。

马仔说:“这东西能迷人:有的女人要制服她的丈夫,把它拿回去放在席子下面,让丈夫睡上,他就变成怕老婆的了。”

"谁说的？你胡扯。"杨眉说。

"你不信呀？"马仔反问一句，杨眉没有睬他。

"刚才在家时，苏嫂说了几句话，我看有点道理。"全昭想了一会儿，对杜为人说道。

"她说了什么？"杜为人特别感兴趣地等待全昭讲。

全昭把苏嫂说的话说了。

"是呵！可能是那么一个问题，'吃人嘴短'。如果是上了敌人的当，拿了人家东西，他就不好挺起腰杆，出来揭发敌人了。"

"那，怎么办？"全昭用单纯的眼光期待地看着杜为人。在她心目中，对方是最能解释实际生活疑难的老师。

"先摸个底，如果受骗的人多而且是普遍的话，就不能不照顾多数人的觉悟问题。不能采取打击的办法，只能采取教育诱导，使大家懂得敌人的伎俩，让大家自己报出来，同敌人分家。总之，要做思想工作。今晚上我同老区再商量商量看。你们回去摸一摸。叫杨眉去做亚升母亲的工作！"

"什么？"杨眉问："要我做什么？"她撇开了马仔，向全昭和杜为人这边凑过来。

"回头告诉你吧！"全昭对她说，然后望着杜为人，"杜队长我们走了！"

"好。要多加小心。前天晚上我同廷忠谈了一下，问小冯看他有什么反应。"杜为人向全昭吩咐了之后，就拿起镢头，到那些在暖和的阳光下进行着紧张劳动的群众中去了。

全昭同杨眉把罐头壳子给杜为人留下就往回走。路边都是细嫩的青草和绿叶，河边一大串原先是光秃秃的高大的木棉树，现在已经盛开着鲜红的花朵，把这一片田野点缀得十分热闹。杨眉看了看这样稀有的高大的花树，才懂得王代宗把自己比作木棉树的来由。"木棉树是不平凡呵！王代宗不害臊，他哪里配！"杨眉一边走一边想。

"杨眉，你想什么？"全昭用拳头突然捶了对方一下。

杨眉挺不自然地反问："你也想的啥？"

"我想，苏嫂早上讲的话，一定有所指的，今晚要好好同她谈。"

“我总是不会同人谈这个那个的，你教教我吧！”

“你自己都不开动脑筋，哪里会呢。银英不是很积极吗，你好好地抓住她嘛。”

“她是个十八岁的姑娘，心乱得很。”

“你别拿自己的心去度量人家吧！”全昭对杨眉笑着说。

“什么？你总是把人往这边引，我才不想它呢。”

两人边说边走，不觉走到河边来了。丁牧同则丰去种玉米回来，出了汗，顺便在这里把汗衫脱下来洗了；钱江冷带着画板坐在露出水面的石头上，面对着河岸上盛开的木棉花画画；黄怀白拄着他那根龙骨手杖在河滩逡巡，手杖上新包上一截黄黑相间的“金包铁”蛇皮。是最近马仔打到的蛇，把皮剥来送给他的。他要带回北京去做纪念。

全昭看了看钱江冷坐在石头上的姿态和她水中的倒影，看了看河边的竹子和芦苇，觉得是太美了。便轻轻地走到画家的身边说：“钱大姐你画什么呀？可惜这里没有多一个画家，我说，把你也画进画里去，那可美极了。”

“我可不喜欢画自己，你喜欢这背景的话，等会你来坐在这里，我给你画。”

“不。我得回去了。”

“你们还是飘浮呀，哪儿去啦？”丁牧洗完了脚，打了打鞋子上的尘土。

“人家有重大发现，送情报去嘛。”全昭说。

“谁呀，谁是哥伦布？”

“喏！”全昭以目光告诉了丁牧。

丁牧对杨眉笑了笑：“好呀！四姐该请客啦，请吃鹅油酥，还是——”

“你别忘了你是同贫雇农‘三同’呢！”杨眉说。

“我现在不是‘三同’啦，你看！”丁牧把脚往前抬了抬，叫人看他的脚趾已露出鞋面外。

黄怀白游魂似地走过他们这些人的身边来，本来不想插嘴的，丁牧却挑逗似地问了一声：

“黄教授，近来无恙否？”

杨眉禁不住笑了起来。

“不堪设想!”黄怀白表现得很不高兴。

“胃病好些吧?”丁牧补充一句,表示真正关心的样子。黄怀白却顾不得什么礼貌不礼貌,索性不搭腔,继续徘徊起来。

“喂,告诉你们一句话。”丁牧对全昭和杨眉说,声音很低,“老乡们问我,黄教授叫什么名字,我告诉他们了,大家都笑得不得了。我很奇怪,为什么他们这样笑,他们说,‘怀’字在当地土话里的读音是‘水牛’,怀白就是‘白水牛’。白水牛是千百只牛中才有的一两只,很少见。老乡们都说,黄教授就是同他的名字一样,像个白水牛。跟大家不大一样。”

“哈哈,你可是搜集到材料了。”杨眉拍着手叫道。

“看你疯成这样子!”全昭善意地瞪了杨眉一眼。

“全昭、杨眉来呀,我给你们画!”钱江冷站了起来,伸了伸腰喊。

全昭和杨眉都跑到钱江冷身边看画去了。

全昭和杨眉回到村边时,遇见银英从圩场上的道上回来。她笑嘻嘻地对杨眉说:

“四姐你该请客了!”

“什么事要我请客?”

“准是好事呗! 你看,信! 好漂亮的信封呵,上面还印着花!”银英拿信摇晃,逗着杨眉。

杨眉表面表示不在乎,心头却扑通通地跳,急着想知道是谁来的信。银英逗了她半天才给了她。她拿到信一看,脸色马上冷淡下来,把信拆开,爱看不看地瞅了一眼就收起来了。全昭问是谁来的信。杨眉默默地把信交给了全昭。全昭看了看信封,又拿眼睛问杨眉:“可以看吗?”杨眉点了点头。全昭才把信瓤儿扯出来。那是王代宗写的这样两句话:

我们这里的木棉花开得正盛,长岭河边的木棉也开了花吧? 你看怎样? 不是挺美、挺壮丽的吗?

“无聊!”杨眉骄傲地说。

"还有一封!"银英说。

"谁的？你这丫头。"杨眉眼睛一亮,含嗔地望着银英。

"可不是你的了,你看。"银英把信给全昭。

全昭不觉脸红了,把信接过来一看,收信人写的是苏嫂的名字,寄信人写的是"儿缄"。她失望地吁了口气:"你这鬼东西,倒会捉弄人哪！是苏嫂的信。她儿子来信了!"最后,全昭快慰地说。

"苏嫂儿子？他早先是抽壮丁出去的!"银英瞪着两只诧异的眼睛,接着就要求说:"你替她开开来看嘛!"

"人家的信怎么能乱开呀!"

"那有什么关系,反正苏嫂还不是要请你代看,她不认得字。"

"那也得她同意才能开呀!"

"你们太认真了,我开。"

"你为什么那样急呀?"全昭对银英笑了笑,"你还记得她的儿子吧?"

"怎么不记得?"

"怎么样？漂亮不?"

"什么漂亮,成天流两筒鼻涕,好野的小仔,我眼眉的疤疤就是叫他用石头给打破的。"

"呵！那你们是老交情嘛。难怪你那么急着要看人家的信。这样吧,今晚你来苏嫂家,我们再同她一起看。"

"反正我不定要知道。四姐,我们回吧!"银英说罢便拉着杨眉走了。

"杨眉,记得刚才杜队长吩咐的话呵!"全昭望着杨眉的背影喊道。

苏新的来信,使得做母亲和老祖母的人喜出望外,真像从地里刨出了金子,从河里捞到了珍珠一样。老祖母乐得不知怎样好,一边听着全昭念信,一边抹着快乐的眼泪,还连声感恩地说:"还当上了志愿军,真是祖宗保佑啰。"

晚间,老祖母特别给灯添上了油,拿棉花搓一条粗粗的捻子,把它点上了。叫全昭把信再给念一遍。这时候,母亲纳着鞋底,祖母就着灯光剥玉米。两人手上做着活计,心上却仔细地听信里所有的每一句话。信上说:他被拉壮丁出去后,在国民党军队里当兵,十分受气,到一九四九年被解放军解放过来才过好了,还学了文化。一九五一年随志愿军到朝鲜抗美援朝,挂了彩,在医院里住了快一年,现在好了。组织上准许复员回乡参加生产,不久就可以回来了。还问亚婆身体好不。解放以后,土改了没有……

全昭把信又念完了,老祖母就说:

“亚昭,你不知道,我们为什么那样高兴呀,哎,真像是人死了又活回来的一样呢,我们苏家就只这一根苗,没有了,香火就绝了的呀!”

当老祖母唠叨的时候,做母亲的人却伤心起来,偷偷地抹着眼泪,擤了擤鼻涕。

一下子弄得全昭为难起来。老祖母接着说:

“亚昭,你不知道你嫂子为什么会那样难过,听我慢慢讲给你听吧!原来是这么冤枉的一回事呀。”

“我那老伴去世得早,”老祖母接说道,“才养了亚新他父亲一个人,他就得了绞肠痧,没法救,丢下我们,自己就去了。我一个寡妇,吃着鱼胆似的,含着苦水往肚里咽,熬过多少奔波苦楚的年月,才算把儿子拖带成人。苏民我这孩子,知道自己贫寒小户,受人欺负,从小就肯听母亲、老师的话,读书挺用功。当时,他舅父家还过得去,看我做姐姐的有为难,帮补一些,勉强把他送到县里的中学堂去。后来,他又考上了不用交费的师范学堂,到省里去了。

谁知省里有了什么人领了他,说是做了共产党,这是后来被抓走了才知道的。开初他回到乡里来,只是当的教员,教小孩,同周围的乡亲讲穷啰,富啰,有没有鬼神啰,该不该信风水八字啰,这样那样的新道理。有的人是不大爱听他的,可有的人把他的话当真起来,也同现在一样,闹了什么农民协会什么的。晚上还开夜学,叫年纪大、不认得字的人都去上学。则丰他们都是让他教过字的。赵三伯那时也最爱说爱闹的,一开大会他就扛大旗,领大伙上区上去游行。民国十六年(1927年)腊月,我把你这个大嫂也接过门来了。我老骨头奔波了一辈子,以为这一下可得透口气了。媳妇接过来,儿子又在跟前做事,往后就盼一个孙子了——”

“妈,讲这些干吗?”苏嫂停下纳鞋的动作,望着婆婆说。不愿叫人触动这个伤口似的。

“事情都过去了,说一说怕什么。不讲,工作同志哪里知道!”

“你讲得太啰嗦了,傅同志还有事情,哪有空来听。”

“没有关系,妈,你说吧,往后怎样啦?”全昭聚精会神地等待她继续说下去。

“往后,”苏伯娘继续说,“往后可就坏了。谁晓得是什么灾星给招来的祸害呵!就在你大嫂过门来的第二年,刚立了春,雨水还未到,学校放年假,他到南宁去了几天,头天回来,第二天才吃过早饭,不知怎么回事,县里来了好几个当差的人,把这个屋通通给围住了。当时,我儿子知道是找他来的,看看没地方逃,就躲到床底下,叫媳妇故意装肚子痛,哼哼唧唧地叫唤。那些当差的,一个个凶神恶煞的样子,好像谁偷了官家什么宝物似的,东抄西翻。我在旁边苦苦哀求他们说:‘各位老总,找什么呵,我们从来不敢拿个什么东西呀!’那些当差的粗里粗气地骂:‘我们要人,不要你东西!’我说:‘我家的人,在家的都在这儿了,不在家的就没有回来。’不知是我这话有了灵验,还是媳妇的哼哼唧唧叫他们烦了,他们果然退出大门口去了。我们都松了一大口气,真是谢天谢地呵,谁知道,一眨眼工夫,又回来了。这回是本村覃俊三团总带的头。他大声叫唤:‘搜。昨晚明明见他进村了的,飞到哪儿去啦?’当差的人又叮叮当当地上阁楼进谷仓,翻腾起来。一个当差的把我两手抓住,要绑了,大声喊道:‘你把儿子藏在哪里了,不交出来把你带走!’吼声还没落下,猛一声:‘你住手!我在这里!’我儿子他站出来了。炯炯的一对眼睛狠狠地盯着那个覃俊三。媳妇不哼了,当差的也愣了。那个覃俊三作了奸笑说:‘呵!你到底没有飞得出去!县长请你去一趟。’说完话给当差的使一个眼色,当差的过来把我儿子的两只手绑了。这样,人被带走了,再也没回来。过了三年,我们才到县城去把他的骨头捡了回来。哎,亚昭,那是我身上的一块肉呵……”

苏伯娘讲到这里,像有块东西梗塞住她的喉咙一样,说不下去了。屋里一片寂静。油灯已经干下去,灯芯烧了一截了,全昭拿着发卡去挑起灯芯,灯又亮了一点。

“现在好了,可以翻过身来了。”全昭用充满同情的口气安慰和鼓励这两位曾经担负那么沉重的苦难的婆婆和母亲。

“后来,事情还没有完呢!”伯娘抹了抹眼睛又要说下去。

“妈,睡了吧,别说那些了!”苏嫂已经纳了大半只鞋底,觉得时候不早了。

“那么多年了,难得把话讲出来,我看亚昭同我们不见外,我就跟她说说,吐吐这口冤屈。”伯娘用手抹了抹快流出来的清鼻涕。

“后来苏新生了下来,”接着她说,“算是苏家有了个传宗接代的了,我们婆媳就把他看做命根子那样地宝贝和保护着他,怕他又走他父亲那样的道路,索性书也不叫读,要他就守在跟前,知道耕田种地就行了。但是,到日本人第二次占了南宁的那年,覃俊三又当上了乡长,他抓壮丁,一方面,人家都逃的逃,躲的躲,抓不到多少,另一方面有的人给了他钱他又给免了。最后,要把苏新抓去顶数。原说是独子可以免兵役的,我们到区上走了几趟,哀求来哀求去,覃俊三简直就不给你上门见面,连夜把人用汽车拖走了。

“亚昭,你说这是前世的冤家不是?怎么两代人都是叫覃家给害得透不过气来呵!”

“妈,不是什么前世不前世,我们现在就要同这些坏人算账了。”全昭说。

“能行吗?”

“行!”

“算账不算账,倒是不打紧了。只要亚新能回来,叫我吃白水也是甜呵!”

“他回来,也得把地主都推倒了才能有平安日子过呢。有地主在,好比田里有蚂蟥,总是要吸人血的。”全昭又说。

“可是,哪块水田没有蚂蟥呵!”

“大家把它灭了就没有了!”全昭说。

“能灭得了吗?”伯娘带着怀疑的口气问。

这一夜,全昭同苏嫂睡在床上,都睡不着。苏嫂为婆婆勾起的悲伤和仇恨、儿子快要回来、骨肉即将团聚的欢乐等复杂的心情交织在一起;全昭为老祖母所叙述的故事,脑子里留下了旧社会残酷黑暗的魔影,不觉燃起如焚的愤怒。

“苏嫂,你应该报仇呵!”全昭知道身边的苏嫂没有睡着,爽直地说了。

“我一个孤苦伶仃的人,叫我怎么报仇呀?同我们这样受冤枉的还多呢,谁敢吭气呀!”

“事情总有个领先带头的,先有人肯干了,旁人也就会跟着来的。”

“你说怎么个干法?”

“把你们受冤枉的事,把被抢占的田地、房屋的账,统统都讲出来,算清楚,要地主恶霸都还回来。你知道村里哪些人是受害最深,吃苦最重吧?”

“这,谁不知道。”

“你去同他们都讲讲好吗?大家都愿讲出来,敢同地主算账,力量就大了。”全昭说。

苏嫂说:“各人有各人的想头,很难得齐心。有的人就是胆小怕事,不敢说;有的人就是世故,‘凡事留一线,他日好相见’,不肯抓破脸,不愿说;有的人得了人家小便宜,嘴巴被糊住了,不肯说。要大伙一起干还不容易。”全昭告诉她,像吃香蕉似的,拣软的先吃,找人也是先找容易说得动的人去谈。

苏嫂说了说廷忠的身世,认为他也是最受冤屈的了。“但是,”她说,“廷忠这个人太老实,怕出头。她老婆是覃家的丫头,近来人家见她在覃家后门出入,手上总拿点东西。可能是覃家给了她什么,把廷忠的腿也扯住了。”

“你去同他说说吧!”全昭说。

“同他说可以是可以。就是韦大娘这个人挺小气,跟她老公说句话,都怕沾了他的人似的。”苏嫂很动感情地说。

“主要是我们要推倒地主报仇要紧。自己人的关系,一就一,二就二,站正不怕影儿歪,管她什么。”

“说是这样说,人家可不同你这样看呵!”苏嫂感叹地说道。

“你们还谈呀!都快鸡叫了。明天还得去把那点芋头种下去呢。”苏伯娘翻了个身喃喃道。

一九

昨天晚上，村里看“牛轮”的上一家把竹梆交到廷忠家来，说今天该轮到他去看牛。廷忠同马殿邦换的牛工就是今天才有空，要同小冯去把剩下的玉米地种完，看“牛轮”的事只好让大娘去了。

韦大娘一早起来，把姑妈给拿来的粽粑煮了两只，另外煮了小半锅的红薯，让丈夫同小冯吃了好上地里去。自己孩子起床来，招呼他把东西吃了，才把没有吃完的红薯留个在锅里用锅盖盖着，叫福生晌午饿了就拿来吃。自己拿一只粽子和几个红薯，另外还拿了廷忠一件刚补过不久又破旧了的上衣和一些针线放在小篮子里，然后拿上竹梆，牵着那带崽的母牛来到村头敲着竹梆，等着人们把牛送出来。

福生默默地扯着母亲的衣角，韦大娘抚慰着他：

“榕，听妈的话，你不能去。回家看门，不要同人家打架，妈给你捉一只大蟋蟀回来。”

“唔。真的给我捉蟋蟀呵，给你火柴盒子！”福生把小袋里的火柴盒掏出来。

韦大娘接过来一看,里头还有好些火柴。“原来是你拿的呀,叫我找了老半天。亚榕,以后再不许乱拿大人用的东西,听到没有?”

福生点点头。

这些日子来,能干活的牛都拿到田里使唤去了,各家送来给看的不多,只是一些没开犁的牛犊和残废的老牛。韦大娘等了一阵,再敲了敲竹梆,就把牛往山上赶去了。

把牛都赶上了山坡,韦大娘就在山坡坐下来,开始缝补衣服。

这是不很高的山坡,四周都是一片宽阔的草坪,老乡们叫它做“将台”。在稍远一点的就是马鞍山的山脚,那是一带松林。只是,这时候草坪的青草还没有长出多少,牛群在那里吃了半晌,慢慢地转到山脚去了。

韦大娘补完了衣服,站起来瞭望,数着牛只,然后把它们赶到树林里去。树林里,有的是枯枝、松果,都是很好的燃料,韦大娘把枯干的松枝捡到一个地方。打算晚上先拿回一部分,拿不完的,以后有空再来拿。

当她正捡着柴禾的时候,忽然有一个提心吊胆的声音轻轻地叫道:“亚桂!”她吃惊地回头看了看,见不到人,只见一株枫树旁边的芦苇在晃动,树林里一股阴森森的气氛教她心口怦怦地跳,脸色吓得发白。

一霎眼,苇叶里窜出个人头来。原来是覃俊三的小老婆三姐。她穿一件紫缎面的紧身小棉袄,外面套上一件蓝布的罩衣,下身穿一条宽腿的青色布料裤子,脚上是一双平底的宽边耳朵的凉鞋,头上包一块皇后牌的手巾,打扮得倒是精神,人的脸色却苍白得像张白纸,鬼鬼祟祟地,眼睛直盯着韦大娘。

“我当是谁呢,把我吓了一跳。”韦大娘避开对方的眼光说话。

“你当是谁?”三姐盯着韦大娘问,“福生他爹哪儿去了,怎么让你来看牛?”

韦大娘把话说完了,三姐假表同情,带着试探的口气说:

“没有牛,怎能种地呀?我们家的牛也都放给旁人了,说不定再也拿不回来了。”

韦大娘见她在这里突然出现,不免纳闷,她问这问那,一时也不好说什么。三姐却挺会察言观色,马上主动地告诉韦大娘说,她是来给老鬼(她指的是覃俊三)找一种什么草回去配一服药方。

“你也学会找药了?”韦大娘惊奇地说,瞟了对方一眼,对方不觉耳朵都红了。

韦大娘觉得同这位三奶奶在一起很不自在,赶紧捡自己的柴禾去了。三姐却不肯放她,尾随着她问这问那:打听小冯到她家来平日都同她们讲了些什么;则丰和马仔都告诉了工作队什么事情;还问苏嫂是不是要把她丈夫受害的事都算在俊三的名分上。

“你问我那么些,我哪里去知道呵!”韦大娘既为难又不耐烦。

“别的不知道,苏嫂的事总该知道的吧?”三姐死死地盯着韦大娘的眼睛。韦大娘听说到苏嫂,心动了一下,眼睛愣愣地,沉默了一会儿,摇了摇头。

“她同廷忠商量的事,廷忠没告诉你?”

“没有。”韦大娘摇摇头,马上使劲拉出一根树枝来,把它折断了。

“他们现在白天黑夜都在一起鬼鬼祟祟的,你好像还蒙在鼓里?”

“他们闹些什么呀?”韦大娘所想的显然与三姐不是一路,她以为自己的男人同苏嫂沾上不三不四的事情,希望对方能讲给她听。

“则丰、苏嫂他们要跟覃俊三算账、申冤。”三姐说。

韦大娘不作声。过了一会儿,三姐见对方不言语,又说道:

“他们这样一闹,我们什么也难保得住了。我们知道你家为难,可是现在明的东西不好给你们了。”

韦大娘没作声,心想:“原来她是来找我讲这个呀。”

“你告诉廷忠,千祈不要跟人家瞎嚷嚷。反正我们两家的事,你心里都明白,要讲出去,谁都不好见人。”三姐歪个头来,瞪着狡猾的眼直盯着对方的眼,意思是说:“你说不是这样吗?”

韦大娘弄得更窘了,脸面热辣辣的,突然傻了一样,站着不动,拿手去揪着树叶。一只小牛犊找不见牛母,走过来哞哞地叫唤。

“我这儿带来两只戒指,你带回去叫福生的爹拿去换现钱,买只牛来使唤吧。别的东西不能给你了。你可教他不能跟人家嚷嚷,不然人家把事情全端了出去,谁的脸面都不好看。福生,他——老爷是挺关心……”

韦大娘听到提起福生,像挨扎了一刀,心口悸动一下,脸羞得通红,两只膝盖直打战战，站都站不住似的。三姐走过来，扶着她肩膀轻声细气地说：

“事情都过去了，两人的事自己不讲出去，谁知道。我也不是那种拈酸吃醋的人，只要以后两家人平安无事就好了。”随即从她腰包里拿出一个小小的布包来，塞进韦大娘的手里，韦大娘不愿拿，却被对方强迫握住。

这时韦大娘想起很多事来：想起在覃家的那些日子，想起覃俊三魔鬼一样的丑脸，想起福生，想起姑妈那天说的话，想起小冯说的“地主就是吸农民的血养胖自己，一定要同他们算账，要回自己的钱财！谁上过地主当的，讲出来就是光荣”等等。她越想心越烦乱，像一锅滚沸的粥。羞惭、惊惧、怨恨和焦心等等都混在一起，说不上什么滋味，想拔腿奔开去，可是，两只脚又教什么钉住了似的。树林外面，远远地传来山歌声。

“我不能要。”韦大娘说了话，把手上的东西塞回那只冰冷的手。

冰冷的手缩了回来，冰冷的目光逼视着她惶惑的脸色。

“我怕，不敢要，三奶奶你拿回去吧！”韦大娘很固执，把小布包轻轻地抛弃在三姐的面前。

突然有脚步声来了。接着来了苏嫂和全昭，两人挑着粪筐，上面捡有半筐松果。她们抬起头看见韦大娘和三姐两人愣在那里，全昭不觉吐着舌头，用眼睛问苏嫂；苏嫂也用眼睛示意，叫她别声张，咳嗽了一声。三姐用着敏捷的动作弯腰去拾起那小布包，故意提了提裤带，懒洋洋地自语道：“这地方找不到那种草药，我得走了！”说完，盯了韦大娘一眼，意思是说：“你可不能讲出去呵！”却不敢同苏嫂和全昭打照面就走了。

韦大娘尴尬地想了半天也找不出话来同苏嫂她们打招呼。倒是全昭来得机灵，深为关心地问：“大娘，今天是你看‘牛轮’呀，你捡的柴禾可不少哩！”

“得多少呵，才一点点。”韦大娘生怕人家问她这个那个露了马脚，说完立时又捡树枝去了。

“大娘！”全昭憋不住，走到她身边，亲切地叫了一声。

“什么？”韦大娘不肯抬头。

“那个地主婆刚才来同你讲了什么？”

“没讲什么。她来找药。”

“我们穷人应该是一条心,别听地主的话,他们嘴巴讲得甜,肚里却藏着刀呢。”

“她刚才把什么东西丢在地上啦?”苏嫂直截了当地插进来就问道。

韦大娘看了看全昭,难过得两手捂着眼睛哭了。“你们为什么那样逼我!”她委屈地抽泣。

苏嫂不禁愕然,感到抱歉。全昭抚慰她道:“我们没有逼你嘛,什么也都为你好,为我们穷人翻身嘛。”

“大娘,你也知道,我们姓苏的和你们韦家两代人都是受覃俊三的害,我们还有谁教谁过不去的。你姑妈同我是同辈人,她最明白我们的事,她不是跟你们说了吗?”苏嫂说道。

韦大娘抹了抹眼泪,又看了看身边的这两个人。她们都那样诚心诚意地注视着她。

“你同我们说吧,那个地主婆来骗你什么话?”全昭又恳切地问。

韦大娘咬了咬嘴唇,下了好大的决心才说道:“她要给我两只金戒指,我不要。”

全昭同苏嫂心上像落下块石头似的,互相看了一眼。

“她给你戒指,要你帮她做什么吧?”苏嫂问。

“她叫我告诉亚榕他爹,不要跟人家一起嚷嚷,别同覃家闹事……”

“好。大娘,你做得对!”苏嫂安慰了她。

韦大娘好像放下担子,心情顿然舒坦了一些,向这两人默默地点点头。

当天晚上,三奶奶来到小客房。覃俊三拿下他的老花眼镜,合上一本什么书,上下打量着进来的人,好像隔了好些时候不见似的。三奶奶这时把蓝士林布罩衫脱了,上身是一件紧身的紫缎棉袄,下身是一条天蓝色的裤子,拖着一双绣花的布鞋。

“怎么样啦?”覃俊三看小老婆这时候还打扮成这样,已经有点不高兴,又见她慢条斯理的,更加不耐烦起来。

“不行。”三奶奶一屁股坐在“老鬼”旁边,眼睛瞟着他。

“怎么不行?”覃俊三显得凶狠和不耐烦了。

“你听我讲嘛。”三奶奶摇了摇他的肩膀，正要撒撒娇，对方却态度凛然，像个金刚，三奶奶不觉把手缩了回来，望着桌上的灯说：“她不干！”

覃俊三不动声色，好像这是在他意料中，不足为怪的了。三奶奶唯恐触犯这个活金刚，提心吊胆地把今天她同韦大娘打交道和后来遇见苏嫂的情形一一报告给他听。

“我看呀，亚桂也教人给唆坏了。”最后，她表示了自己的判断。

覃俊三还是不动声色。用手指轻轻敲着桌面。灯下有一只灯蛾在乱扑。

天仿佛要下雨，远远地响着雷声。

“亚桂这个贱骨头，可得小心她哩，我们有的事情，把柄都在她手上，要在她的口里漏了出去可就穿了底了！”三奶奶补充申述她的见解。

“还要抓住她，不能让她跑了。”覃俊三终于凶狠而决断地说，随手用笔杆将灯蛾弄死了。

三奶奶说，她自己再多露面不行了，现在苏嫂、则丰、银英和工作队的人都活动得很厉害，再公开去找亚桂，引起怀疑反而坏事。

“让梁正叫赵佩珍去盯着她。她要真是卖了我们，那就不客气！”这时，覃俊三狰狞的面目完全显现出来了。

“试一试吧。”三奶奶说。

“还打听到什么风声没有？”

“这几天，他们都串联，一个串一个。”

“干什么？”

“就是要跟我们算账、申冤、报仇，要我们还给他们的田地、鱼塘和山林，一大堆。苏嫂这个母夜叉和则丰麻子闹得最厉害。”

“苏民的事，也算到我名分上？”覃俊三自语道，随即抱着头去追寻他的回忆。

“他们说是你给牵的线。”

“廷忠他，没有什么吧？”

“现在还不见他怎样。”

“只要他那边不肯揭，别的还好对付。”覃俊三不像刚才那样凶狠了，神色有些凄惶。

这时,后门传来了咚咚两响,停了停,又是咚咚两响。三奶奶屏住气听,脸上忽然露出喜悦,随即站了起来,凑到“老鬼”耳边轻轻地说:

“大炮!”

“正好。瞌睡碰上枕头,去领他上来!”

三奶奶咳嗽两声,然后轻飘飘地拿着灯下楼梯去。

二〇

杜为人在岭尾村住了几天,现在才过长岭来。一来就连夜找全昭、小冯和徐图他们来汇报。他对全昭说的在松林里发现的情况特别重视,认为这证实了苏嫂隐隐约约所说的话是有所指的,也证明了他同区振民对敌情的估计不错。最后,他认为长岭已经有了苏嫂、则丰做骨干,比岭尾容易突破,先从长岭进攻,然后影响岭尾。岭尾群众看来还被梁正和赵佩珍蒙蔽,但是一时还拿不到什么把柄,盖子还不好揭。

小冯听了杜队长说话之后,说道:“长岭这里,廷忠是个关键人物,他要敢挺出来,——”

全昭不等小冯把话讲完就抢着说:“廷忠敢不敢出来,关键在他老伴。”

“这几天他态度还没有什么进展吗?”杜为人向小冯问道。

大家的视线跟着集中在小冯身上。

“还是在摇摆。”小冯说。

“不要急,叫则丰去找他多谈几回,启发开导他。这些老实人要拿出事实来叫他们看到了才会跟上来。只要他一跟上来,后头很多人也都会放开手干了。对他们这号人要特别耐心。”杜为人说,好像是十拿九稳似的,“另外,中农方面也要稳住他们,把他们拉住。马殿邦怎样?还有苏绍昌,把这些人都团结在贫雇农周围,才可能彻底孤立地主,最后把他们打垮。”

“这倒是经验之谈。”徐图点点头,由衷地赞成。

最后,杜为人就这样决定:要在群众中普遍揭发地主耍的花样,坚决打退他们的进攻;号召贫雇中农同地主分家,普遍发动报上当。宣布凡是地主私藏、赠送、贿赂的金银财宝、洋纱布匹、衣服、家私等等,不论是谁家,只要自动地报出来,不但没有事,东西都归他所有。

这一决定,使工作同志都异常兴奋,认为这一下可找到突破口了。各人分头去找各人的对象,把政策、方针讲给他们听。晚上,召开了一个村民大会,杜为人作了动员报告。他把地主、土豪、恶霸给广大农民造成的悲惨景况的典型事例,一件一件地公布,又一件一件作了分析,指出这些都是由于地主阶级封建制度的必然结果,揭穿所谓“富贵皆由命,半点不由人”的谎言;接着,指出最近地主恶霸所玩弄的花招,暗中搞抵抗的阴谋,列举种种具体例子;最后号召贫雇中农团结起来,实行同地主分家,划清敌我界线;宣布报上当的政策。

这一番话,无疑是一场大雷雨,整个村庄都浮动起来了。

小学校的教员配合工作队的同志,根据杜队长报告的精神拟了标语,画了地主阴谋花样的漫画,到处张贴。钱江冷也积极起来了,一面指导着别人画,一面也拿竹枝当做画笔,在道口的墙壁画上大幅壁画,揭露地主剥削农民的嘴脸,描绘农民团结起来的英雄气概。

贫雇农找工作同志的越来越多了。有的是来报告,地主放在他家没有要回去的耕牛;有的是来坦白,一时糊涂,为地主收藏布帛;有的是来揭发,别人与地主有暗中来往;马殿邦也来声明,他与覃俊三合伙开的油榨,覃俊三的那份股本还在他那里。

韦廷忠听了杜队长的报告以后,心情更沉重了。这一番话,上一回杜队长曾经同他开导过。当时他以为事情不一定是非这样办不可,能拖就拖吧,反正覃俊三罪恶也不止害他一家人,让别人出面去揭发、斗争就行。该倒的,少他一个也会倒。不想事情越来越逼人，你不说将来他自己认了，岂不是倒反将自己给卖了？自己不敢一刀两断，总还有一根绳子抓在人家手里，即算覃俊三他不说出来，自己心上搁着一个东西，也不安然……

“……不过有些事情，怎好说出口呢？……”廷忠翻来覆去地自己跟自己嘀咕，把事情掂了又掂，拿不定主意。

第二天，则丰来邀他一块上山砍毛竹来编鱼笙。则丰一路走，一路同他谈，问他对覃俊三怎个看法。他就说，覃俊三为人阴险、刻薄，手段毒辣，这点，谁都看得到的。但是，自己住在人屋檐下，焉得不低头，有话也不好说。则丰说，现在是共产党的天下，一趟春水一趟鱼，往后的日子不由他们“话事”了，怕他妈的屁。

“反正有你们闹就行了，我来不来也不碍事。”廷忠听则丰说要他参加斗争的话答道。

“大家要都同你一样，谁来‘拉头缆’呵？”

“一个人一个心眼，不会都同我一个样的。”

“人家都指望你出把力哩，因为你在他家住的工夫长，清楚他的底细，跟捉鱼时一样，你不夹住鱼的腮，它又会滑走，是不是？”

“你们打算怎么搞法？”廷忠问。

则丰看了看他，一会儿，反问道：“小冯还没讲给你听吗？”

“他说是说过一些。”

廷忠把这些日子来，小冯跟他说的，和他自己想的都说了。

则丰说道：“工作同志是毛主席派来的。人家来了，不要我们一针一线，你的孩子还不是人家治好的，也不要我们一个铜钱。这还不能相信吗？我看八九成是信得过的。我就看，眼前该怎么干就怎么干，至大芭蕉叶。万一国民党能回得来的话，我们就跟解放军一道干，你看怎么样？”

“我倒不是怕变天。”

“怕什么？”

廷忠不作声。

他们就这样边谈边走。到了山里，则丰仍不放松，继续鼓动着廷忠。廷忠还是沉沉闷闷,仿佛阴晴不定的天气。

晌午,两人各砍了一捆毛竹,就便在山脚大树荫下歇了一会儿。天气闷热,要下雨的样子,鹞鹰在空中盘旋。则丰卷支纸烟,慢慢地吸着,他望望面前那株郁郁葱葱的杧果树,不觉想起他们那时放火烧野蜂的情景。

"你记得吧,我们就在那个地方,"则丰指了指杧果树附近,"烧草木灰,拿到一窝野蜂蜜。"

"是呀,就在那个地方。"廷忠活泼起来,"真快,一转眼二十多年了,一世人真容易过呵!"

"我看就不容易过。你说这二十多年我们多奔波劳累呀!老兄,如果你父亲那年不挨那个冤枉,你恐怕不会这样倒霉,玉英也不至于守寡。"

"别提它了。"廷忠说,很不愿触动那点伤疤。心想:"事情是不是命中注定?要说不是,怎么又偏偏那么巧?"

"我看你太怕事了。"则丰说。

"不怕,又能怎的?"

"要说从前,当然你要怎么着是困难啰。可现在,有了人民政府、共产党给穷人撑腰,还怕这怕那就不对了。父仇不报枉为人!我现在,什么也不管。"则丰注意看对方的脸色。

廷忠正想着,一时说不来话。

"你到底怎么想的?干吧,至大芭蕉叶。"

"你的脾气还是没有改,总是那样冒冒失失的。不要又是蜜糖拿不到,先叫蜂给蜇了。"廷忠掉过头来,打量着这位童年的伙伴,好像新认识似的。

"你还用旧皇历来看新年月,可不灵了。干吧!日头已经偏西,我们再砍一捆就回。我家里还有点粪没有送到地里。"则丰掷了烟头,站了起来。

"我老婆肚子一天一天大了,母牛又下崽,好多事都凑一起,真不走运!"廷忠还是愁闷地边走边说。

日头快落山的时候,廷忠和则丰每人砍得两捆毛竹。廷忠还弄到一根弓一样的树干,拿回家准备做牛轭;则丰却捡到不少草菇和木耳,把装柴刀的竹笼塞得满满的。回到村边,大家见了都说他们真能钻,上山总也没有空手回来过。

廷忠回到家，见韦大娘还没煮饭，脸色苍白，有气无力，眼睛无神。

“看你气色不好，哪里不舒服吧？”廷忠问，用怜惜的眼光看她。

“没有什么，头晕。”她动了动没有血色的嘴唇，低声细气地说。

一会儿，小冯挑了水回来。她把饭煮熟，自己不吃就躺下了。

半夜，廷忠同小冯去则丰家开完会回来，韦大娘体温已经很高，说着胡话：

“不，我……我不要……你……为什么逼……”

“不，我不……要，你——”

她反复说着这样不连贯的胡话。

廷忠和小冯都慌了。

“水！给我……喝！”病人又叫起来。

没有开水，廷忠先把剩下的米汤给她喝了。小冯想起挂包里还有退热的药片，拿来给病人服下了两片。一会儿，病人稍为安静了一些。

廷忠问小冯她今天在家的情况。

她早上到河里洗衣服，出去不多工夫，小冯自己也想起衣服脏了，换了下来拿去洗。他到河边时，见赵佩珍正跟她说话。小冯躲开她们自己到另一个地方去洗。回来，他问她，赵佩珍同她说些什么。她直摇头什么也不肯讲。小冯也就不好追问。但看她神色挺愁，懒懒的，不像平时那样爱动弹。

廷忠听了满肚子的狐疑：“真背时！”深深地叹息一声。

第二天早上小冯去叫全昭来给大娘看病。病人已经清醒一些了，全昭给她量了体温，三十八度四；按了按病人的额头，叫她伸出舌来看了看，舌苔厚些，又把了把脉，不见得怎样，诊断是感冒了。叫小冯再给她吃两片 APC 看看。

廷忠和小冯见病人好些了，就趁着这两天地土还不太硬，要把花生抢种下去，吃了粥就去跟马殿邦借来一只黄牛，上地里种花生去了。晚上回来很迟，到家时，已经黄昏，福生坐在门口见到父亲就说：“妈妈肚子痛，没人煮饭。”廷忠进房里看老伴，问了问。大娘呻吟着说，早上吃了药片，出了一身汗，头倒是轻了些。晌午以后，肚子开始疼起来，肚里的小东西要往下坠。廷忠急得没法，心想，是不是再到神树烧一炷香，许个愿，只望神明保佑病人平安过去了，秋后就给烧个纸钱，挂个匾。……但是，近来听工作同志再三再四地讲，神树灵不灵验呢？心里不免也怀疑起来。

晚上，吃饭时候，小冯去找全昭，不巧，她去岭尾找杜队长请示工作去了。

半夜，病人越来越叫唤得厉害，福生也给闹醒了，全昭从岭尾回来听说小冯找她，马上同苏伯娘和马仔过来给病人看了看，问廷忠，病人肚子里的小孩几个月了。廷忠也不大清楚，病人说快半年了。

“小孩能不能保得住？”苏伯娘惊疑地问。

全昭请男同志们避一避，检查了一下病人。随即出来对廷忠说：“小孩保不住了，要小产。为了保护大人的安全，要马上送到医务所去！”

“把病人送走？哪能呀！亚昭，你真是女孩子不懂事。有这样身子的人，是不能出去见水过桥的呀！那是犯忌，不行！”苏伯娘急切地阻拦住全昭。

“要人抬也是个问题，半夜三更——”小冯表示有点畏难。

“怎么，你怕困难？救人要紧！”全昭瞪了小冯一眼。

廷忠也感到为难，向全昭问道：“能不能不去？要去，病人又不能走，还得找担架……”

“反正要快。”全昭说。想一想，立时果断地说：“这样吧，谁跟我去医务所走一趟，把医生和动手术的一起请来。”

“我跟你去！”马仔说。

“走吧！”全昭说完就走，马仔向小冯借了电筒也跟上去。

苏伯娘看他们走后，望着廷忠说：“福生爹，我看拿炷香到神树去许个愿吧！”

病人又是一阵撕裂着夜空的凄厉的叫喊，让人的心又都紧缩起来。

夜已深沉，远远传来几声狼嚎。

天快亮的时候，全昭、马仔和医师赶了来，一进屋，大家都已经愣在那里，好像木雕一样，小冯马上背过脸去抹着眼泪。全昭招呼着大夫走进卧房。伸手到病人头上一摸，仿佛触了电流，立刻缩了回来，一切都像凝结了似的。她同大夫退出卧房，在朦胧的微明中，望了望廷忠。他抱着脑袋坐在小冯的床上，就像是成了化石一样。

“怎么会那么快就——”全昭以疑惑的眼光望着大夫。随即把病情向大夫说了一遍。

“按常例是不会那么快的。”大夫说。

一会儿，全昭把苏嫂、杨眉、银英都领了来，帮助廷忠料理后事。

苏嫂说，必须按老规矩先给死者做最后一次沐浴，换件干净衣服，然后再抬到外屋来入殓。杨眉怕看，不敢接近，银英只帮烧水什么的；则丰和廷忠去借了斧头来，自己做棺木；马仔去折准备给死者沐浴用的桃叶。

大家分头忙了一阵。苏嫂等到烧好了热水，放进了桃叶，找个木盆来，舀了一大盆水，然后端进房去。不一会儿她手上拿着一个小布包，异常疑惑地跑了出来，叫大家看，说是从死者的腰带解下来的。这时，赵三伯刚好来到门口，见大家都抢着看是什么玩意，也凑上来看了看，随即说一声：“麝香！”

“呵！”大家齐声惊呼起来。

“一定是谁下的毒手！”则丰说，眼里迸出了仇恨。

大家又都愣了。

“大伙想想，村里谁能有这东西？”全昭望着大家。

“那还用问，没有两把收租大秤的人家，谁有这玩意。”赵三伯说。

“福生，”全昭灵机一动，抱起福生来问，“昨天谁来找过你妈？”

“赵姨娘来过，她还给我一块红红的糖球。”福生说。

全昭马上把福生交给杨眉，将小布包拿到手里。想了一会儿，眼睁睁地望了望大家，最后说，她要同小冯去岭尾村找杜队长，等她回来再入殓。

廷忠和则丰听见是赵佩珍来过，都站起来，被这意外的事件震惊了。廷忠恨恨地咬了咬牙，但是没有说出话来，则丰见全昭同小冯要走，不放心，叫马仔回去扛一支枪同他们一起去。

杜为人听了全昭和小冯的报告后，交代区振民：叫李金秀留意赵佩珍的行动，不让她跑掉，晌午，要李金秀把她请到长岭来开会。跟着，立即同全昭他们赶到长岭来。赶到时候，尸体已经被安放在原先小冯的床铺前面的空地上。四块白木板拼成的棺木搁在旁边。福生的头上缠着一条麻带，廷忠一脸的愁云。

工作队的同志们陆陆续续都来了。钱江冷不敢走近去看尸体，只在门外伸着脖子瞧，对福生表示十分怜悯，从口袋掏出两三块最近才收到的巧克力糖。

黄怀白含着烟斗听着苏嫂讲话。

杜为人把大家扫视了一眼，问道："大家都见到了吧，这是什么问题？"

"敌人的心太毒了！"钱江冷说。

"不堪设想！"黄怀白往鞋底敲敲烟灰。

杜为人又望了望所有的人："怎么办？大家说说！"

所有的人都不作声，静静地瞅着这位队长，像战士等待指挥官发号令，像学生等老师来解答难题，像病人等待大夫的诊断。他这些日子来，几乎是每天才睡上三四个小时，白天又同这个谈、那个谈；不开会时，就到地头去同老乡一道干活。人虽然显得消瘦了，却有一股坚毅的神气，谁也摇不动似的。

"把杀人的凶手挖出来，要他偿命！"则丰掷掉烟头站了起来。

则丰的话表达了大部分人的情绪。大家又都望着杜为人。仿佛说："是呀，一定要这样才解恨，杜队长你说呢？"

杜为人目光炯炯，斩钉截铁地说道："老乡们，这不是韦大娘她短命，也不只是廷忠一家的仇恨，而是地主阶级向我们农民的挑战。尸体暂时不能埋。我提议把她抬到农会去放着，叫全乡的人都来参观。这不只是叫大家来瞻仰遗容，表示哀悼。当然，韦大娘年纪轻轻的，正是当家立业的好年月，突然过世了，谁不痛心！但是，我们应当让乡亲们看到地主的毒辣、阴险。要大家合力同心，向地主讨还血债！不过，这还得问廷忠哥同不同意。"

"同意嘛！"则丰代廷忠搭腔，回头看了看他。

"我没有二话，杜队长怎么说就怎么办！"廷忠说，口气很坚决。

他现在像醒过来了的醉汉，像放下了担子的挑夫，表现出异乎寻常的明朗、坚定，精神振奋，仿佛是临阵被鼓舞起来的战士。乡亲们看他，仿佛是阴霾的天气忽然变成了晴天。苏嫂用惊喜的目光和则丰互相交换，小冯也禁不住泛着微笑，好像算对了一道题，全昭不觉流出了喜悦的泪水……

"对！就这样干！我们要为受冤枉的兄弟姐妹申冤！"杜为人鼓励了廷忠，也鼓动着大家。

二一

工作队的人回到队部,各人的心情都挺沉,谁也不吭声。

“大家怎么都不说话?给敌人吓住啦?”杜为人倒了一碗开水,喝了,巡视了各人的脸色,“全昭跑了一夜,累了吧?小冯,这一下子可不发愁局面打不开了。”

小冯含着笑意瞟了全昭一眼。全昭正要说什么的时候,杜为人马上说:“本来是打算稍迟一步,把群众发动得更充分些,等落后的也都跟上来了以后,再同敌人展开面对面的斗争。可现在敌人既然已经打到门上来了,实际上替我们作了动员。这是机不可失的时刻,要大家马上分头去组织群众,通过这血淋淋的事实,控诉地主们的残忍、罪恶,揭露敌人的花招,进一步团结多数贫雇中农,彻底粉碎地主阶级的垂死挣扎。”

“总之,”杜为人最后说,“敌人给我们扮了黑脸又扮了白脸,戏就好唱了。”

“是不是把凶手闹清了,再——”全昭插了一句。

“对啰,不明白具体的凶手,证据不足,说服力不大。”徐图态度积极起来了。

诗人丁牧说:“事情本身已经很明显,你把事实一摆,群众就会分辨的。最近我才深深体会到,群众并非愚蠢。”

“不。全昭和徐教授说得对,”杜为人说,“我们是要把案情弄到水落石出,把凶手捉到。”

末了,杜为人就像老练的指挥员,做了这样的布置:等区振民把赵佩珍送过来时,由全昭同苏嫂审问;小冯继续做廷忠的工作,巩固和稳定他的情绪;其他同志分头串联各人所联系的基本群众;钱江冷找学校教员准备画几幅大漫画,把敌人的狰狞面目揭示出来;丁牧写鼓动性的墙头诗、山歌,让大家唱……总之,要求大家全力以赴,投入战斗;掀起轰轰烈烈的斗争高潮,显示广大农民气势磅礴的力量。

“黄教授,你看看,做些什么?”杜为人转回头来,问坐在太师椅上的黄怀白。

黄怀白想不到会问到他,不觉发窘。把烟斗往椅腿敲了敲烟灰,说:“我能做什么?——什么都行。大家看要我帮什么忙吧!”

“要说大家的要求,那就高哩,看自己主动地考虑吧!”杜为人说。

黄怀白很不好意思,也有点不大服气。杜为人站起来正要往外走的时候,看了看他,又对他说:

“改日找个时间咱们聊聊!”

晌午,杜为人和区振民在队部商量组织这次斗争。全昭和苏嫂来了。她说,赵佩珍开头想抵赖,后来对她讲明了政策,还是吞吞吐吐,想讲又不想讲,最后,拿出证据来,才抱头哭了。说麝香是地主婆三奶奶给她拿去的。前一天在河边,她威胁利诱韦大娘,叫她不要把覃俊三欺负她那些事情和他家里的底细讲出去,只要她给保守秘密,让覃家过了这一关,对她一辈子都有好处;反正福生是谁的孩子,她自己明白,覃俊三不会使她母子无衣无食的。要是不听话,把事情张扬出去,脸面往哪搁!要她自己想好。韦大娘被逼得没话说,这时小冯到河边来,只好急急忙忙说:“明天再回话。”当天赵佩珍向三奶奶回话。三奶奶就交给她这包小东西,说是看她真是拉不过来,就想办法使她送命。

昨天她借故来长岭找织布的梭子,到韦廷忠家,又同韦大娘提起昨天讲的话。韦大娘认为覃俊三既然把丑事让赵佩珍都知道了,是纸就包不住火,反正脸皮是没有了,再说也没用。说完独自躺着不肯再说一句话。赵佩珍做好做歹地故意给病人摸摸肚子,偷偷地把麝香系到她腰带上。出到门口来,见到福生蹲在地上看蚂蚁搬家,她把两块糖给了他才走。

杜为人听全昭讲完了话,问道:“现在她在哪里?”

“我们叫银英同亚婆看着她。”苏嫂答道。

“是不是叫金秀把岭尾的工作放下,也过来看看她。可不能让她跑了,同时,防备她发生意外。她对我们开展这场斗争,可是个宝贝哪。”杜为人说完,把目光移向了区振民:“老区看怎样,真实情况她是不是讲完了,里头会不会掺假?”

区振民吸着烟正想着,一会儿,才说:“按说,她跟覃家是不来往的,这些天金秀都跟着她。会不会当中还有人……我看不完全是她跟覃俊三小老婆直接发生联系。”

“我看,还要进一步审问。”全昭满怀信心地说。

杜为人看了看这位女大学生,她一夜没有合过眼了,来回跑了好几十里,早饭还没吃,但是人还是精神奕奕,不见半点倦容。她仍旧穿一身男装浅灰色的中山服,这些天来头发长了,没空剪,用手绢把它扎了起来,虽辫子不像辫子,髻子又不像髻子,反更显得落落大方。

“对。”杜为人接着说,“事情往往是这样的,刨一蔸红薯还不能一下子就刨得干净呢。几千年封建的老底,外加帝国主义走狗的残余势力,想打一两个回合就彻底,那是天真的想法。我们的工作还多着呢,现在先商量马上要动手的事吧。”杜为人说,又倒了一碗水喝了一口。

“杜队长没有吃饭吧?”苏嫂问。

“吃了没有?好像是没有吃。”杜为人笑了笑。

“我们也没有吃,我回去拿粽粑来。”苏嫂说着就走。

杜为人同区振民继续商量。最后决定:一、明天早上召开全乡群众大会,把棺材抬到会场上,让大家看;二、马上派民兵把覃俊三和他的小老婆看起来;三、明天把凶手拿到大会上,号召有冤申冤,有仇报仇,让群众上台控诉、算账,没收覃俊三财产,退给被剥削的贫雇农;四、以上做法,请团部批准并派人来指导。

另外，岭尾村那边，要布置好，防止敌人钻空子捣乱，何其多与覃家是亲戚，要派民兵监视。

“这下子打开了突破口，工作好做了。”区振民说，“把棺材抬到会场上，这很妙。一些老实人会在这撼人的现场受到教育，糊涂思想可澄清了。”

“也不能完全作这样的估计，落后思想总还会有。不过，上了这一堂生动的阶级斗争的课之后，肯定会大大提高一步的。全昭，你在干什么？”杜为人回头，全昭躲在一边看《土改简讯》。

“我在看文件。”

“你吃了饭去看看廷忠，照顾一下他的孩子。”杜为人高声对全昭说了后，又放低声音同区振民说，“对廷忠这个人的工作十分重要，他要跟上来了，其他群众也会跟着来了。这人踏实，一就一，二就二。老乡最信得过这号人；则丰有点浮，人家不一定那么信实。”

当天晚上，团部批示下来：同意三中队对地主覃俊三进行斗争和同意放手群众向他进行清算，没收他的财产。得了这个批示以后，杜为人叫马仔来，连夜送信给区振民，叫他让岭尾那边的群众明天吃过早饭就到长岭来开会。完了，他自己再到廷忠家去看了看。

那里，赵三伯、则丰都在，他们围着一盏不明不灭的油灯坐着。小冯跟廷忠说着话。“他逼得人这样，我也顾不得什么了！”廷忠说。他的情绪很平静，以前那种愁闷不那样显眼了。

杜为人不想打岔他们的谈话，就转到苏嫂家来。

苏嫂的家有一个比较宽绰的堂屋，两边都是卧房，婆媳俩一人住一边。堂屋东面靠墙有张床，是苏新在家时候睡的。现在全昭、伯娘、苏嫂都坐在那里说话。福生在苏嫂怀里轻轻地打着鼾。

“你们还没睡呵！”杜为人轻轻推门进来，看了她们说。

“老杜，你不知道，怎能睡得着呵！我苏家两代都叫他害的呀。人好比瓜秧，才长得好好的，却叫他那个丧尽天良的家伙给糟蹋了。我这才跟亚昭说，没有你们工作同志来，不知还有多少人受他的害呢。他真是一只老虎，谁敢惹得他。”

“现在把他抓住了吧？”苏嫂怕婆婆唠叨下去，赶紧抢着问。

“已经叫民兵把他看起来了。”杜为人说，接着把团部批准的事也告诉了她们。

“那，可是见了天啦！”伯娘高兴起来。

“你们娘俩明天谁上台去把旧时受冤屈的事都向大家讲出来吧。”杜为人带着征求又带着鼓励的口气说。

“亚婆上去讲！从前的事她清楚。”

“都讲。各讲各的，各人都有一肚子的苦水，都得把它吐在地主的脸上！”伯娘态度十分坚决。

“苏嫂是要讲的，我们刚才商量好了。”全昭对杜为人说。

“还要去叫多一点人讲，把地主老财陷害好人、霸占田地、强占妇女什么肮脏的东西都给他揭底。开会是不是要一天？没有一天恐怕讲不完吧？”苏嫂说。

“一天就能念得完他的家谱呀？三天也说不尽，人多讲出理，田多长出米。让多点人讲，怕什么的！”伯娘嘟哝着。

一会儿，马仔来说，团部有人下来，叫杜为人回队部去。

“你们也早些睡吧，明天好有精神开会！”杜为人这样说着就走。

“杜队长！”全昭想起什么，跟出门外去，“你没有带电筒吧，给你！”她以无限关怀的眼光深深地瞟他一眼说。

杜为人回头看着对方的眼睛，不知说什么好。

“我有了！”马仔在前面说。

“我们这位队长可真是，总也不见他停过一下的。”全昭转回来，独白似地赞叹着。

“你说老杜吧，可是好人品呵！对人总是和和气气的。”伯娘说。

“对坏人他可不是那样和气，今天他同覃俊三谈话，我头一回见他发脾气。他发起脾气来可厉害呢。”苏嫂一边说，一边点上松明，抱着福生往房里去。

“亚昭，你倒是有了婆家未曾？”伯娘望了望全昭，“你在我们这地方找个婆家得了！”

全昭不觉红了脸,故意装作没听见。一会儿,才说:“妈,睡了吧,明天开会,你还要上台讲话呢!”

苏伯娘以带着笑意的宽慰的眼睛望着这位可爱的姑娘:“你倒学到老杜的话了,总是担心别人睡觉。我就是为了明天要开会,连觉也不想睡了。”

清早,整个村子都骚动起来:在河边挑水、洗衣服的妇女,在村头拾粪的老头和老大娘,在各人小院里修农具、喂牲口的人们,他们见了面都停止脚步,放下活计,交头接耳地议论这个耸人听闻的案件。

有的说:

“听说还没装进棺材呢,我可不敢去看。”

有的说:

“等一下要开大会公审,赵佩珍也要挨斗啦。”

有的说:

“覃俊三真是狠心,下这样的毒手。”

有的表示:

“等一下开会,你上不上去说话?我可是要把这个杀人不见血的恶鬼,顶他一家伙!”

有人解恨地说:

“覃俊三太绝了,这下现世现报,活该!”

有的表示称心:

“这个拦路虎这一下可是遇上武松了。”

……

马仔领着几个民兵,拿着喇叭筒爬到树顶去广播山歌:

旧时农民多贫苦,都为地主剥削人;
天上星星有定数,地主罪恶数不清。
如今革命得解放,贫雇中农一家人;
债有头来冤有主,地主欠债要还清。

村头的大闸门，贴着两张白底黑字的大对子：

搬开石头好走路，

斗倒地主好分田！

小学生们三三两两，在村前村后到处喧嚷，像背书一样朗诵：

地主覃俊三，钱财堆成山；

好塘他吞并，好田他霸占。

地主覃俊三，罪恶高过山；

杀人不见血，妻离子又散。

赵三伯把他几只母鸭往塘里赶，听到小孩朗诵，不觉停下来，叫小孩再念一遍给他听，小孩们抢着念。完了，他笑呵呵地问道：

“真聪明呵，谁教你们的？”

“工作队老丁。”

“好呀！他教一遍你们就会啦？”老头很有兴趣地同小孩扯起话来。

“是的，教一遍！”一个小孩答道。

“教二遍嘛。”赵光甫的儿子亚升抢过来纠正。

“当真吗？我考考你们，我现在也教你几句，看谁先会——”

“你说，你说。”小孩都挤到老头身边来。

老头就在竹丛旁边的一根倒下来的树干上坐下，想了想，然后也编了四句：

地主覃俊三，通匪又通官；

三刀耍两面，坏事挺能干。

“怎样，谁能念得出来？”老头望望小孩。

小孩眼睛睁得溜圆，口里喃了半天，喃不完全，有点不好意思了。

“再说一遍。”

“好，再说一遍，看谁记住。”老头说着，又慢慢地念了一遍。小孩们照着念到第三句，亚升抢过来大声念道：

“坏事挺能干！”

“好，好，个个都聪明，都得一百分。”

“不，最多就是五分到顶了。”又是亚升说的话。

“你这小孩可是伶俐呵！你父亲怎么不回来？叫他回来了吧。”

亚升不好意思地说声“我不知道”，招呼着别的孩子走开了。

“真想不到赵佩珍干出这样的事来呀！”吃过早饭以后，梁正装得气急败坏的样子跑来对杜为人说，“平时只晓得她不大正派，爱拉皮条什么的，解放后，她可是改了不少的，谁知……哎，真是知人知面不知心！她现在在哪儿？”

“你放心，有人看着了。”杜为人说。用猜测的眼光审视着这位民兵队长。

梁正避开这逼人的目光，低着头去卷纸烟。

“今天的会怎么开法？”梁正试探地瞟了杜为人一眼。

“公审！”杜为人以斩钉截铁的口吻，说得简短而干脆。

“那，我们民兵——”

“这样，你负责今天的会场秩序，保证安全，出了乱子要你负责。”

梁正眼皮一跳，含糊地说：“民兵，这帮小伙子不大听指挥。”

“这才需要你认真负责了。你可以去同苏绍昌一起商量商量，你们两人今天就干这个。”

梁正好像还有话要说，但，看看杜为人已经把头转过去，用心继续读一本什么文件，不打算同他再谈什么了。他不得不悻悻地走出中队部来。

不一会儿，俞任远和一位区人民法院的庭长赶来了。俞教授拄着一根做秤杆用的蚬木手杖，肩上挂个旅行热水瓶。天气挺暖和，把他薄纸一样又白又细的皮肤晒得通红，额角沁出小点汗珠。

“这地方，说没有冬天，春天也不长呀，一下子夏天都来了。”俞任远进了门来，一边说，一边除下眼镜，拿出镜盒子里精致的麂皮来抹了抹镜片。

“没有那么快，荔枝才开花呢。夏天的话，荔枝都熟了。什么地方也是按自然规律来的。喝口水吧！”杜为人把书合起来，给客人倒水。

“给庭长同志用吧，我自己有。”俞任远拿下他的水瓶来，解开系在水瓶带上的洋瓷杯，仔细地用水洗了洗，倒了一杯开水。然后，给庭长介绍了杜为人。

等他们喝了水，杜为人就陪他们出来走走，打算检查一下会场。他们走到覃俊三的“近水楼台”的砖墙旁边，遇见钱江冷和几个小学教员正在那里，钱江冷拿着一枝竹子做的大画笔，旁边的人一个提着小铁罐，里头是红石子磨成的颜料，一个捧着一个瓦盆，里头是新磨的墨汁。钱江冷指着砖墙上刚刚画完的画发议论。那画上是一群精神饱满、燃烧着愤怒的农民，有的拿着算盘，有的翻开契约文书，有的擎起枪支，十目所视、十手所指地针对着缩在一边的垂头丧气的地主。人物刻画得生动，画面也很热闹。

“把地主画成叫人看起来怪可怜，那就不好了。”杜为人在他们后背看一阵，不觉把话说出了口。

“哎哟，吓我一跳，俞教授也来了——”钱江冷转回头来，觉得抢了杜队长的话了，有些不好意思，便立即收住了自己的话，听对方说下去。

杜为人接着说：“应该把他画得令人看了感到憎恨，把地主阴险、恶毒的本质表现出来。”

“杜队长说得对。我们看得太少了。”钱江冷说。

“等一下大家就可以看到了。所以说，艺术家不到生活中来，不与工农群众斗争相结合，总是差一点，是不是？”杜为人望了望俞教授。

“是呀！想不到杜队长还是个文艺评论家呢！”俞任远由衷地赞佩。

“介绍一下吧，我们杜队长原来是桂林美专的高材生呢。”钱江冷说。

“呵，真想不到。那，杜队长可是文武双全，政治、艺术都来得，革命队伍真能培养出人才呀！”

“不。我们是半桶水乱晃荡——唔，我们走吧！”杜为人说完走了。

钱江冷教小学教员照杜队长的意见把画改一改，把笔交给他们，就赶上来同杜为人他们一起去看看会场。

会场是在村子的东头。他们必须沿着一条有一里多长的村道走。道路两旁被橄榄树的浓阴覆盖着。橄榄树长得挺拔、魁伟、傲岸,树干呈现光洁的灰白色,近看,给人一种高洁、严正的感觉;远看,是一带苍葱丰盈,衬着附近一片嫩绿的平川和白色的河流,给人的印象留下一幅秀丽的图画。路边附近的菜园长着娇嫩的生菜、芥蓝和丝瓜,鱼塘堤岸的竹子才长出青青的新叶;果树园或屋前的柚子树,在浓绿的叶子下开着香气馥郁的白花,梨花还没有完全凋谢,青绿的树叶已经长出来了;八哥鸟在高高的木棉树上饮着花蕊的蜜露,把艳红的花瓣弄坏了,轻轻地落下。

"这地方,挺美!"俞任远打破了静默说,"钱女士该把它好好地反映到画布上去。"

"因为太美了,画不好才是煞风景呢。"

"主要还是画人,"杜为人说,"没有人,风景再美也是苍白的东西。"

"对,对。"俞任远连声附和。

"俞教授,你来参加我们的大会呀?"突然,杨眉连蹦带跳地跑过来。

大家都注意到她身上去了。她把绿色的毛衣除下,披在背后,将两只袖子交叉围在脖子上,两根大辫子已经铰掉了,脸色晒红了一点,反而显得结实,少了些娇气。

"叫你做的匪属工作怎样啦?"杜为人问她。

"有点意思了,正想找你汇报,总是挤不上你的时间表!"

"这场斗争完了,好好谈谈你的问题。她今天来参加会吧?"

"来。都在那儿。"杨眉指了指前面已经不远的会场。

"家里有信来吗?"俞教授向她问了一句。

"有。最近都没空给他们去信。"

"嚯,你们现在连家信也没空写了,真是大有进步。"俞任远说。

大会的会场,是在村头稍为隆起的山丘上,那里有些坟,前面是一片草坪,三面都是一些高大的不落叶的乔木,当中有一株古老的、人们把它当做神明的榕树;另外还有两三株几人合抱的杧果树,它像华盖似的给人们遮阴乘凉,树下有发亮的当成坐墩的石碑和石柱。

这广场有旧时当做搭戏台的石墩。解放后全乡的群众大集会都在这儿召开，石墩上铺有板子，四边竖立着柱子，可以搭上竹席做顶棚。现在台子前面挂着一张红布的横额，上面写着几个大字：

长岭乡全体人民公审大会

两边柱子贴着的两条标语和村口闸门上的对子是一样的字：

搬开石头好走路，

斗倒地主好分田！

被害者的灵柩停放在台下前面。上面放着一张大白纸，写着：

被害者韦杨氏之灵柩

旁边有两个民兵守着。会场笼罩着紧张、肃穆、激愤的气氛。有的人规规矩矩地坐在被指定的位置上，有的人还在走动，有的人齐唱《东方红》。树顶上的喇叭广播着山歌；在附近放青的牝马，不时地嘶鸣，呼唤驹子，驹子听到嘶鸣，应一声，蹦起两只后腿往母亲身边跑去。

则丰、苏嫂、区振民和徐图几个人来到杧果树下找见了杜队长。则丰仍然那样瘦削，可是，现在他的麻脸却显得润泽似的，眼里流露着称心悦意。苏嫂梳着整洁的发髻，脸面开朗。

"谁主持会场？"区振民问杜为人。

"不是都讲好了的吗？"杜为人觉得已经决定了的事情，又在讲价钱，流露不大高兴的神情。

"老杜，你看我能行吗？我说是不是让玉英——"则丰一边说，一边看杜为人的表情。

苏嫂马上打断他的话："我不行。再说，等一下我不是要做控告人吗？"

"是嘛，就是你当主席。现在又来了一位法院的庭长，你们两人到台上，敲起惊堂板，审问他狗入的。怕什么？”

“如果有区上的同志来那还马马虎虎。同志们晓得，要我们使牛赶马，那，没有问题；要审案子，我可是大姑娘上轿，头一遭，心跳。”则丰心情宽畅了一些，掏出烟包来卷纸烟。

这时，马仔扛支步枪满头大汗地过来，杜为人问他干什么去啦，他说爬到树上去广播，树枝断了，右脚滑了一下，差点摔下来，急得出了一身汗。

“我以为你搞什么名堂去啦！银英做的妇女工作怎样了？”杜为人看了看马仔。

马仔怪不好意思的样子，说：“谁知道她。”

“这样吧，等开会的时候，你负责掌握会场喊口号。不能乱喊。有些坏人在不该喊的时候故意喊起来，把会场情绪给破坏了就糟糕。花心萝卜这两天表现老实一点吗？要留心他。”

“我们队长梁大炮，他什么也不管，直打听赵佩珍说了什么。”

“呵？”杜为人警觉地应了一声，随后嘱咐道，“不管他，你管你的去吧。”

接着，小冯也请示来了。俞教授笑着说：“这地方简直像前线指挥所。”

杜为人说：“等到宣布开会的时候就没有事了。‘赤壁之战’，先头是遣兵调将，忙忙碌碌，等到东风一起，就已经差不多了。”杜为人说到这里，马上转向小冯问：

“怎么？小冯你说——”

小冯说，廷忠不大敢上台讲话，怕讲不出来。他说，棺材摆在这里已经够了，还说什么呢！过去，他父亲的冤枉事，讲起来话长，何况大家也都知道。

“不，无论如何都要想办法动员他讲。我们找他去！”杜为人说完同小冯走了。

区振民、农则丰、苏嫂和徐图也都分头忙各人的事去了。钱江冷打算把这个场面画一幅《人民的控诉》，回住处去取她的画板和画笔。只有俞教授和黄怀白两人还坐在原位子上不动。

“白公，这些日子来，观感如何？”过了一刻工夫，俞任远才打破沉默，和黄怀白交谈起来。

“阶级斗争嘛,不堪设想!”黄怀白低沉而缓慢的调子,欲言又止。

俞任远觉得话不投机,找不到话来接,又沉默了。

“从前所了解的阶级斗争,挺抽象,现在才看到了。‘政治是一门不可捉摸的学问’,这句话是有道理的。”

“但是,生活就充满着政治。你捉不到它,它就捉住了你。”俞任远也有点感慨,“现在学校里‘三反’运动的火烧得正猛呢。”

“是呀,”黄怀白深深长叹,“我觉得,我们当老师的,就像蜡烛,照亮了别人,毁灭了自己。”

“你这又太悲观了!我倒是想,如果我们晚生三十年,同小冯、全昭他们那样,多幸福呵!”

“你们两位谈什么呀?不去走走看看?”杜为人这时候突然回来,把两位教授的感伤冲散了。

“工作都布置了吗?”

“廷忠这个人太老实了,但是你要把他思想给打通了,他是肯干的。”

“那,现在就等着看你借的东风了!”俞任远讲了句幽默话。

“这样打比,可是成了讽刺了!”杜为人说。

“如果这样想,那真抱歉,实在没有那个意思。不过,三中队抓住了这一着棋来做文章,真是一篇杰作呀!昨天省委贺书记给郑团长打电话,肯定了这个做法十分对头。我看这真是毛主席所阐述的,马列主义的领导方法!”

“太过誉了,我们还是小学生,才学着开步走呢。”

猛然,全场浮动起来,口号声震动了天空:

“打倒违法地主覃俊三!”

“杀人要偿命,欠债要还清!”

随即,几个扛枪的农民,押送着覃俊三和他的小老婆以及赵佩珍进到会场里来。

农则丰站到台前叫大家坐下。等会场慢慢静下来了,他才大声地宣布公审大会开始。

“你看,则丰能行嘛。你放手给他,他们就是最聪明不过的。”杜为人说。

俞任远站了起来，伸长脖子望着台上。黄怀白敲了敲烟灰，也跟着站了起来。

“那位是全昭吧！”俞任远指着在妇女的队伍里来回走动的一个女同志，“来了半天还没见到她呢。”

“她这两天够忙啦！”杜为人说，“在这里的几位同学，现在表现都挺不错，能吃苦，联系群众也好。”

“杨眉怎样？”俞任远问。

“比刚来的时候进步多了。我们是乐观主义者，相信人总是能改造好的。”杜为人说。

“我们要为韦大娘报仇！”

“打倒地主恶霸！”

会场中掀起一阵暴风雨般的怒吼。

二二

长岭乡经过斗争覃俊三以后，群众觉悟大大提高了。从前认为自己过去受的苦楚和冤屈讲出来丢人；现在都知道那是地主给农民肩上压下的石头、脸上抹的灰，是地主给灌的一肚子的苦水。从前以为农民的贫穷、地主的富有都是天命注定的，不敢怨天尤人；现在对这种迷信开始怀疑起来了。原先受压抑的情绪犹如早晨的露水，随着阳光的出现，逐渐消失。

现在，每天不断有人来找工作同志诉苦、报上当，揭发地主恶霸的罪行。

廷忠开完了大会，整整躺了一天，过后就同大病初愈的一样，精神开朗一些了。见人也敢抬起头露着笑意打招呼，好像心事单纯的小伙子。大家都说他有点儿变了。一天夜晚，他同冯辛伯聊天，说道："小冯，你同杜队长开导了我，自己越想越有道理。我穷苦人家，受苦受气，那样不都是地主老财害的，有什么见不得人嘛……"小冯对他说，想通这个道理很要紧，但是，必须要有行动，同贫雇农弟兄一道，积极参加斗争。不但把覃俊三一个人推倒了就完事，还得把所有的地主，把它的阶级都消灭了，贫雇农才算真正翻身了。

"我这个人做事不干就不干,要干起来,就是要实实在在,说到做到,不会变心。"

这以后,他参加处理覃俊三财产工作,外头活动多了,家务顾不过来,苏嫂看福生没人照顾,把他带去给伯娘,让他在伯娘家过。

经过斗倒了覃俊三,长岭这边的群众是发动起来了。岭尾那边还是一壶温吞水,不冷不热。杜为人和区振民商量,要在工作队中总结这次斗争经验。

区振民认为根据长岭经验,岭尾村的盖子之所以没有打开,群众未能充分发动,这里头就是领头拉缆的人劲头不足。当然,可以从长岭调一些人去支援,不过,来龙斗不过地头蛇,没有本村的人总是玩不转的。只有从矮子里挑高个,没有更理想的人就让梁正试一试看。他家庭是贫农,人,可以变坏也可以变好。比如花心萝卜,流里流气,不正派,但斗争覃俊三时候,表现也还积极。

"你看他会不会是装假呵?"杜为人在区振民的讲话当中插了一句。接着说:"老区的话原则上是对的,不过,对具体的人要作具体分析。梁正这个人,是贫农成分,却在旧军队当过下级军官;有一点值得注意的是,他一直同赵佩珍在一道工作,为什么没有一点警惕呢?"

"他同你谈过赵佩珍的问题没有?"杜为人问。

"没有。"

"就是啰,他为什么不察觉呢?我们的教训太多了,凡是没有经过考验的人都要有点保留才好。以后,要提防他与何其多的微妙关系。听管磨坊的丁老头说,他出去当差就是何其多搭的线。当然,现在没见他们之间有什么动作,他工作还肯卖劲,就让他走着瞧,也不能疑神疑鬼。不过,这人不能不信,也不可尽信。"

杜为人说到这,区振民有所领悟,点了点头。杜为人接着又说:"依我看,廷忠比则丰扎实。"

"他,人老实倒老实了,就是软。"区振民说。

"不见得,要打起比方来,则丰是杨柳,容易种得活,根基不一定扎实;廷忠倒是一株松柏,经得起风吹雨打。看,正说曹操,曹操就到。"杜为人的座位正对着门口,看见有人来了,用高兴的眼光迎着进来的人。

区振民回头望见进来的是韦廷忠。他手上抱着一个拿土布包着的包袱。

廷忠的神色既不好意思又很难过的样子，嘴唇发抖，讲不出话，把包袱送到杜为人面前。杜为人愣了一下，机械地把东西接过来，放在桌上，和区振民互相看了一眼。

区振民温和地说："怎么回事？同我们说吧，这里没有人。"

廷忠坐下来，把头埋在胳膊里，趴在桌上伤心地哭泣："我……对不起你们两位队长……"

杜为人轻轻地拍他的肩膀，劝解他。区振民把包袱解开一瞧，里头是一匹蓝靛染的土布，布面经过捣衣杵在石砧上捣得又平又亮。是这地方的农村妇女自织自染的一种传统棉布。另外，还有两个小小的布包，一包是一对绿黑掺白的玉镯，另一包是一对金耳环。看了这些，区振民和杜为人又互相看一眼，然后看了看趴在桌上的人，杜为人不禁长长地吁了一口气。

"没有什么问题嘛，都是地主把我们穷人坑害的。"杜为人这样安慰着廷忠。

廷忠抬起头来，用袖口抹了抹眼，才说：

"都是福生他妈，贪小便宜，接受人家的。前回杜队长同我谈，我就怕说出来。不想覃俊三因此杀人灭口……"

廷忠说着，又从胸口的小袋子掏出一个小纸包，那是刻着图章的金戒指，交给了杜为人。

杜为人说他做得对，这就表示跟地主一刀两断的决心。人的觉悟有先后，迟早都值得欢迎。这些东西，照原来宣布过的办法，归他自己拿回去，反正东西是地主剥削穷人来的赃物，现在是物归原主。

区振民把东西又照原样包好，顺便告诉廷忠，今晚开个积极分子会，要他也参加。开会的地方等则丰安排好了再通知。

杜为人问："你看这个村还有哪些地主、坏人？"

廷忠觉得这两位正副队长也同小冯一样，把自己当做自家人，不觉心情舒畅，爽直地答道：

"村里谁是地主都明摆着哩，跑不了。就是几个跑上山的土匪不肯下来，留着倒是祸害。"

“那,你看怎么办?”杜为人反问。

廷忠说:“今晚,同则丰他们商量看。”

正说到这,杨眉进来要汇报。廷忠起身告辞,区振民叫他把包袱拿回去,他怎么也不肯拿就走了。

“怎么啦,匪属工作做得怎样?”杜为人让廷忠走了以后,转望着杨眉问:“这回要听你的了。”

杨眉说,她同银英两人找过赵光甫他老婆两趟,对方说话总是半吞半吐的,说是好长时间没有听到丈夫音信了。

“到底多长时间了?”杜为人问。

“没有问她这个。”

“看,我们同志工作热情很高,就是不够细心,只满足于估计、大概可不行啊。”

杨眉有点不好意思,脸上泛红,尽扭着手上的小手绢。

“好长时间没有音信,可见原来是有音信的了。好长没有音信恐怕是不确实的。好吧,你说吧。”杜为人又对杨眉说。

杨眉一边扭着手绢,一边接着说:“我问过她,那个罐头哪里拿来的?开头她很尴尬,支吾了半天才说是日本投降那年,救济总署发的。”

“先不点她这个好一点。你这一点,她就要往回缩了。”杜为人说。

“这些人主要是变天思想没有解决。”区振民说。

“我看也是有这一点。”杨眉说,“有一回银英去找她,回来对我说,她问:工作队到底住多久,国民党真是回不来了吗?后来又问,山上那些人要是回来,人民政府会不会饶过他们?”

杜为人问:“你们怎么答复她啦?”

杨眉说:“我后来找个机会跟她上山割茅,把我们解放军的力量和我们优待俘虏的政策都讲了,希望她动员丈夫回来。当时她推托说不知他跑到哪儿去了,找不到。过几天她又问银英,工作同志的话实不实在,杜队长是不是也是这样说过。”

“老杜,我看有点苗头了。”区振民高兴地说。

“这情况很重要,你应该早点汇报。”杜为人作了赞许的责备。

“找你多少回,就排不上你的时间表嘛。”杨眉撒娇地盯了对方一眼。

“我看这个问题要多下点本钱,早点突破它。我找个工夫亲自同她谈一次。”

“今天晚上就谈吧。”区振民说。

“今晚还得赶写这次斗争大会的报告,省委贺书记来电话催,指定要我亲自写。你先找她谈怎样?”

“试试吧,她恐怕是要听你的话才放心的。”

杨眉又谈了谈其他一些零碎事情,就从队部走到村头来。

现在是春光明媚,鸟语花香。村头像在一块娇绿的地毡上,织着花色缤纷的图案。梨花谢落了,树上披上细嫩的绿叶,桃树也在绿叶中结了小小的发青的果子,芭蕉换着新嫩的阔大的叶子,竹丛挺起没有脱箨的竹笋;野地里铺着银色的金英、粉红的杜鹃花,鹰爪兰散发着浓烈的香气,蜜蜂在花丛中嗡嗡喧闹,鹧鸪远远地传来求偶的呼唤,斑鸠在森密的橄榄树上不时唱着咕咕的悠长而安逸的调子,画眉躲在龙眼或荔枝树上尽情地唱它的快乐的曲子。一场春雨过后,田垌里注满了水,新插下的秧苗,给田里添了新的生命,有节奏的水声从小溪流过……

“春天的乡村真是美呀!”杨眉一边走一边想。

“杨眉,你来一下!”

杨眉抬起头一看,见全昭手上拿着信摇晃,正在向她走来。在她旁边还有小冯。杨眉看到信,急忙跑到他们跟前。全昭却把手往后一缩,意味深长地瞅着她的眼睛,叫杨眉怪不好意思地红了半个脸。

“你看,”全昭把信当着杨眉的脸晃了晃,说,“不请客不给。”

“不请客也行,那就把它公开,全昭把它朗诵!”小冯把自己的信看完了以后,也凑过来说。

“拿来给人家吧。”杨眉几乎要哭的样子。

“哎哟,你这个急性鬼。”全昭说,往脸上划了两下,撅着嘴,羞了对方,然后把信给了她了。

杨眉急切地把信接过来,先把从朝鲜来的那一封用心把它拆了。全昭留心瞅着她的眼睛。见她的眼睛逐渐流露着淡淡的失望,从失望又慢慢变成气恼,最后赌气地把信纸卷了卷塞回了信封。

“还有一封呢！也是给你的嘛!”全昭提醒她。

“不想看了。”

“拿来公开吧!”小冯又开玩笑地说。

“拿去!”杨眉把没打开的信塞给小冯。

小冯拿过来一看,是王代宗的笔迹,不禁又诧异又冷淡地说:“是他的。”接着转对全昭说:“请你天才的音乐家朗诵我们诗人的杰作吧!”

“你什么时候学会骂人呀？别冲昏了头脑吧!”全昭抢过信来,又交给杨眉。杨眉不接。“叫小冯看吧!”

小冯真是拿过信来:“我可不客气了,听着吧。”他打开信念起来:

“我——”小冯念了一声,不禁诧异地说,“这哪里是信,简直是诗嘛。听着,我念我们诗人的杰作了!”他咳嗽了一声,清了清喉咙。

全昭笑了笑,催小冯快念。小冯又干咳了两声,念道:

我是一条笨拙的春蚕,
吃的是败叶,
吐的是缕缕的金丝;
束缚了自己,
装饰了别人!

“怎样,这首杰作?”小冯望了望两位听众。

“个人主义的呻吟!”全昭说。

“我看他,就是赵三伯讲的:白耳朵的公鸡,阉不变。”小冯说。

“别提他了,讲起来我都怕嘴巴脏。”杨眉带着轻蔑的口气说。

他们往回走的时候,全昭问了杨眉,才知道朝鲜的信是她的爱人把她看成小姐,却把自己夸耀成英雄,这就未免伤了她的自尊心。全昭劝她别背包袱吧,进步落后是客观存在的事实,谁也否认不了的。人家说了几句规劝的话,也是为了自己好嘛，何必怪别人误会呢！说着说着，杨眉才高兴了。

“你的信又是谁给写来的？”杨眉问。

“不是什么信，是个贺年片，没有姓名地址，你看吧。”

“别来无恙否？”杨眉念出声来，“嗨，就是这么一句，真别致，什么人那样多情呵！”

“给我看！”小冯伸过手来要。

杨眉把手一缩，说：“我们都公开了，你的为什么不公开？”

“那还不容易，有兴趣看去！”小冯说，把信给了她们，说是在“燕京”做青年团工作的一个朋友给他写的，其中说到他们学校“三反”的事情。运动当中他们学校反出一个与美帝国主义有关系的反动组织来了。黄怀白是其中关系人之一。

“难怪他总是和别人不一样，阴阳怪气。”杨眉说。

“不堪设想！”小冯说了一句黄怀白的口头语，把杨眉和全昭给逗笑了。

全昭回到苏嫂家门口，见钱江冷在那里等着，手上拿一本《苦难的历程》的第一部《两姐妹》。说是她要到南宁去参加全省土地改革展览会的美术工作，明早就要走了，把书还给全昭。还说原来许过愿要给她画像的，未能兑现，很遗憾。只好等土改结束了，等她带上模范奖章再画了。

“钱大姐你别开玩笑了。讲正经的吧，除了你，还有谁走的没有？”全昭问。

“还有我们的宝贝黄教授，不过——”钱江冷说到这里，回头看看，怕谁听了去似地压低嗓门说：“杜队长告诉我说，他是学校来电报要回去的。‘三反’运动有问题扯到他。另外，我们的‘骑士’王代宗也得回去，他管‘膳团’的事情也露了馅了。对不起，我得回去收拾东西了。”钱江冷说完就走。

全昭望了望她的背影。翻翻手上的《两姐妹》，里头夹着一张金色的鹰爪兰花瓣。

二三

自从黄怀白、王代宗被调走以后，全昭对于知识分子的道路曾经作了一番思索。但是，以她这样的年龄和经历来探索人生的奥秘，即使凭着她早熟的智慧，凭着她从书本上获得的知识，仍然是难于登堂入室，得出明确的答案来的。这使她想起这些天来一直支配着她的思想、让她由衷地敬佩的一个人来，“找他要‘钥匙’去吧！请他给开导开导”。想到这，她心上的阴云忽然闪现了一道阳光。

吃过晚饭，她怀着香客般的虔诚来到队部，别人告诉她，杜队长到河边洗衣服去了。

“要不要到河边去找他呢？”一种女性的敏感提醒了她，感到专门去找他谈思想问题，未免太突然。她想了又想，脚步迟疑起来。可是她终于走到河边去了，在那里她见到了正在河边洗衣服的杜为人。

她先从黄怀白和王代宗的问题谈起，接着谈到资产阶级知识分子参加革命的思想道路，完了，她问：

“你不是过来人吗,就讲讲你的‘历程’,也行呀!”

“我现在也还在半路上走着呢!”

“你就不能把你已经走过的一半讲一讲吗？我们都觉得你值得我们学习的地方太多了。”

“这,恐怕是你们见得还少的缘故,其实我的毛病、错误是不少的,比我有能耐的同志多着哩。”

“那不是更好了吗,那就是说,同你这样的思想品格,工作作风,在革命队伍中是有一定的代表性呗。”

杜为人说:“每个人的言行思想大家都看得到的,用不着讲。一个人讲起自己的事情来,难免不夸张一些,粉饰一些,好像新娘子要出阁,总要抹点粉,和原来的真面目总会是有点不一样。”

“比如我有个小同乡,”杜为人继续说,“他是一个旧军队的军官,做起诗来不惜把自己描写成忧国忧民的英雄,记得其中就有这样两句:‘忧国常起舞,雪耻急如焚。’口气多么慷慨激昂呵！但是,一九三七年同日本真正打起来的时候,他老兄却赶快请长假,离开军队了。”

“他那种人当然是啰,可革命同志能那样言行不一致吗?”

“当然,一个真正的革命战士,跟一个非革命的军官是不好相论的,两者之间有本质的区别。我只是说,要说到自己的事,难免沾点主观,与其听他夸夸其谈,不如看他的实际行动。要了解人,主要是‘观其行’,而不必‘听其言’的。”

全昭沉默了下来。

落日含着远山,天上是一片火烧云,树梢像披上火红的缎子。一种长着翅膀的蚂蚁在空中飞舞。

“明天可能要下雨。”杜为人自己喃喃道。

全昭一心在思索,没有注意到对方的话。

“你原先不是学的美术吗？为什么把它放弃了呢?”过了一会,全昭才问。

“那,还不简单,为着革命需要嘛。”

“难道革命就不需要美术人才吗?”

“那要看在什么情况下说话。一般地说,不管是什么工作都可以为革命服务的，但根据具体情况就有轻重缓急之分。究竟哪些是轻，哪些是重，哪样该缓，哪样该急，就要服从于当时革命斗争的任务。”

“杜队长，我真是要批评你了，你今天怎么总是给人家背书？”

“我讲的，不都是你提出的问题吗？”

“人家是要你讲讲自己亲身体会的。”

“那以后再说吧。不过，不管怎么说，知识分子走向革命的道路，就是要割掉个人主义的盲肠。基督教的《圣经》上说，有钱人要进天国就像骆驼要穿过针眼。我想，个人主义者要通过革命的关口，也好比有钱人要进天国一样不可能。”

“那，个人主义的盲肠怎么割呀？”

“你是未来的大夫，动手术应该是大夫的内行，应当懂得。不过，问题还不是大夫怎样割，主要是患者肯不肯自觉自愿接受手术。”

全昭沉默不语。

静了一会，杜为人才又说道：“不瞒你说，当我个人主义的尾巴还没有割掉，共产主义思想觉悟还不成为主导力量的时候，要抛弃个人的爱好，是经过一场痛苦的斗争过程的。即算一旦尾巴割了，倘若新的思想还未牢固的话，一遇天阴下雨的天气，伤口又会生疼发痒的。唯一的办法，就是要经常不断地自我批评，克服个人主义的回生。”

“全昭！”小冯拖长着声音叫唤，气冲冲地跑来，“你在这里呀，怎么你现在开会也要人请？”小冯很不客气的样子。

“开会就走呗。你这样厉害呀？”全昭说，不高兴地瞪了他一眼，“我看你现在倒是不知自己是老几了。”

全昭说完掉头就走了。小冯觉得讨了个没趣，又见杜队长默默地看着他，叫他很不好下台。杜为人问他会在什么地方开。

“在榨油的那间小屋。杜队长去参加吧？”小冯问。

杜为人说：“我等下要找赵光甫的老婆谈话，完了还要给省委写个报告，今晚准备搞个通宵，不能去了。”

“那，我们就照你今天说的开了。”小冯说着，转身就要走。

“你等一下，”杜为人叫住他，“工作要跟同志们商量着干，不要急躁，注意团结。对群众积极分子也要注意，把原则交给他们，就放手让他们去干，不要绑住他们的手脚。”

“是，是，一定照杜队长的话做。”

“好吧，全昭还在等你呢。”

小冯转了身急忙赶到全昭跟前去。杜为人也慢慢往回走。全昭刚才提出的那些问题却萦绕在他脑际。“她问我要道路，我不是也还在走着吗？虽说自己先走了一段，但是，中间是走了不少曲折而弯曲的小路过来的。是不是她们也想知道这些教训？”他边走边想。

杜为人本来是一个印刷工人家庭的子弟，父亲去世得早，他的学费是由一个在银行做小职员的舅父帮助的。“一二·九”运动那年，他正在桂林艺术专科学校读第一个学期；当时戏剧家欧阳老先生领导那间学校，救亡运动比较活跃。在那期间，他间接地接受着党的教育。到毕业的时候，卢沟桥的烽火燃烧起来了，迅速地把他卷进抗战的洪流。起初，他参加国防艺术社，用他的画笔在街头和乡下，在群众和军队，画了法西斯的残暴，画了人民坚持团结抗战的力量和信心。随后，又参加了广西学生军，直接加入了抗日队伍的行列，开到安徽、江苏一带的抗日前线。

当时，抗日救亡的形势，要求人们拿起刀枪比拿起画笔更为迫切，他不得不同他的画笔告别了。到了学生军不久，他终于被吸收为光荣的共产党员。皖南事变发生，反动的国民党政府公开“反共”了，在学生军的共产党员和革命青年待不下去，他们集体背叛那个反动组织，走到自己的队伍——新四军来。之后，他就参加了地方群众斗争，又到过延安学习。抗战末期，他参加了到新区开辟工作的队伍，离开延安南下。

随着队伍到了河南，日本就投降了。党组织命令他们转到东北去，在那里，他参加了四年的农村土改的实际斗争。一九四九年随着野战军入关南下，回到自己的故乡。他就是这样随着革命的步伐，一步一步地跟上来了。但是，他觉得自己经历的思想道路是崎岖的，曾经忍受无数失眠之夜的煎熬，也流过不少的个人主义者的眼泪。开头，要他放弃美术的爱好，服从当时革命斗争迫切的要求,他思想曾经是那样的缠绵,那样的悲痛呵,后来,经历实际斗争的锻炼,终于逐步把他从个人主义的歧途慢慢引上宽阔的集体主义的道路来了。过去,曾经那样魅惑着他的幻想,他把它埋葬了;随着时光的过去,这些曾经走过的崎岖的思想道路的足迹,在他的记忆里已经逐渐褪了颜色,不好回头去寻觅了。现在被全昭乍然问到,不免感到有点茫然,无从谈起似的。是不是过些时候他能有那份心情来满足这位热情的求教者的要求呢?我们现在暂时不作猜测吧。

现在,我们倒是要看看几位昨天还是受着迫害与凌辱的折磨、受着贫困和饥饿所煎熬的农民,今天他们怎样地在共产党的领导下得到解放,变成了生活的主人。现在,他们第一次主持自己的会议来商量他们自己的命运。

会场是在油榨的小屋。这原先是地主覃俊三的家业,现在被没收过来成为农民自己的了。屋子不大,里头躺着一条杧果树木做成的榨槽,屋角安着看守榨房人的床铺,一张尽是油腻的小桌。参加会的人有的坐在床上,有的围着小桌,好就着灯吸烟。他们都是这次斗争中新涌现出来的积极分子:则丰、苏嫂、廷忠和银英等,梁正也在其中,本来还有马仔的,他送信到岭尾去了。

“老丁、老徐,你们看怎么开法?”则丰望着工作队的丁牧和徐图,感到叫他当主席,很不自在。

徐图说:“别胆怯嘛,上次在那么多人开的大会上你都主持得不错嘛,现今都是自己人还不好讲?”

“你就把我们商量好的事情讲讲,看大家有什么意见。就同跟家里人商量种地干活的一样,有什么话就讲什么。”丁牧说道。

“对啰,管他开会不开会,就是大家商量事情,是不是?”坐在床头的苏嫂倒是沉着大方。

“旧社会的人开会,还要三鞠躬,读什么总理遗嘱呢。”梁正冷淡地说。

“什么总是吃粥?”银英奇怪地瞪了梁正一眼,“国民党的反动政府,管过谁吃粥啦?”

谁扑哧一声,引着大家笑了起来。杨眉笑得更厉害,笑不出声来了,把全昭捶了两下。

“什么鞠躬磕头的?那帮反动的狗杂种,讲到蒋介石还要立正呢,腐败东西，让他进棺材去吧。”苏嫂大声大气地像吵架似的嚷。

只有廷忠不作声。

“喂喂，别吵嚷了。听我说正经的。”则丰把两只脚抽到床上蹲着，要比别人高一点，好照顾会场似的，顺手拿火柴盒子敲了敲桌面，叫大家静下。

大家的笑声零零落落地停下来了，都把视线投到则丰的大麻脸上，好像才认识他似的。则丰说，覃俊三的财产已经上了封条、登了记，叫民兵看起来了；有人主张马上拿来平分，他去队部请示过，杜队长嘱咐他：等将来把别的地主的东西都搞出来了，然后一起处理。现在，阶级成分还没划清，分给谁不分给谁，还不明确。另外，覃俊三本人还不老实，东西还没有完全交出来，还要他继续坦白交代。

“反正地主的东西都是我们农民的血汗——”有谁这么说了一句。

“别啰唆这些了，大会上不是都讲过多少遍了吗？”梁正说话，“东西现在暂时不分，我也是这个主意。不过，不要拖太久了，大家都等着口粮度春荒。”

“没划阶级，你把它分给谁？真是。”谁顶了他一下。

梁正马上回答：“划阶级还不容易。一个村子里，祖祖辈辈都在一块，谁是收租放债，谁是租田打工，还不同各人手上的指头一样，看得明明白白的，两天包准划清了。”

银英直盯梁正眼睛说道：“哟！你真是说话不花老本。你就那样地看得清，我不信。你是民兵队长，赵佩珍搞破坏事，为什么看不出来？”

大家也都跟着银英的目光瞅着梁正。他这几天脸色变得灰暗一些了，腮帮子上那颗长毛的红痣特别刺眼，大家都瞪着眼睛瞅他，弄得他很尴尬。

“银英这小丫头好厉害！”全昭悄悄地同杨眉说。

“什么丫头，你多大了？不害臊。”杨眉盯着全昭的眼睛，“刚才你哪儿去啦？”

全昭不回答，倒是把杨眉捏了一把，杨眉哎哟一声，捶了对方一下。小冯瞪她俩一眼，全昭不服气地故意不睬他。

“我看，划阶级一定要划，划完了把所有的地主的财产都没收了，富农多余的东西都征收，然后，再来分给各人，要想早分东西，大伙就得加把火，快闹。”则丰说。

“地主都在村里，好抓；他们的土地田塘也长不了翅膀；就是山上那几个家伙还要不要他们回来啦？”廷忠坐在靠墙那根打榨用的大木槌上，背着灯光。大家听到他说话，都掉头去看，见他还是一动也不动地坐在角落里。

则丰伸着脖子去望他：“那你说怎么办？”

“我说，要把人分三摊子来开挡：有人去看管地主，有人去商量划阶级，有人去想法子把山上的人招下来。不是的话，你要想快分东西，人家给你来个顶头风，一家伙把船给刮翻了，要见阎王去倒是快了。”

“呵哈，廷忠不讲就不讲，要讲起来可是有两下子哩。”谁在笑着。

“别打岔嘛，廷忠说的是真话，喂，大家说说看，山上那几个家伙怎么整？”谁大声问。

“几个家伙不下来，就是田里的草，不把它连根拔，终归又要长出来。”

“你把那几只沙洲虾看成螃蟹了，有什么了不起。再说，狐狸似的家伙也不知他们哪儿去了，到哪里去抓？”

人们你一言我一语地议论，会场挺活跃。

“两只箭猪就能糟蹋一大片庄稼呢，也不能小看他们。”苏嫂说。

廷忠附和苏嫂的话：“是的啰，你的牛怎么会跌到羊谷去的？”

“那，还不是自己掉下去的。”梁正马上拦住了话头。

廷忠说：“我看没那样巧的事。”

“那你说是怎么回事吧，难道——”梁正硬着头皮跟廷忠顶。

“现在我跟你说也说不清，不说了。”廷忠说。

大家沉默了下来。

“怎么办？”则丰低声问丁牧。

“让大家说说嘛。”小冯说。

“我说，一定要有人去对付那几个家伙。”银英说。

接着，关于山上几个土匪的问题，有人主张找他们家属探探口气，让她们给他传话。梁正说：“人家家属哪里知道他们在哪儿，又不能通无线电。”

“我看，他们就有无线电。”银英说。

“在哪？你在哪见到？”梁正惊慌地急着问。

“我往哪里见去，也只是这样想。你说他们没有无线电嘛，工作队刚到村里来，他们怎么就知道来放枪吓唬人？”

“这件事情不说那么多了，以后再说吧。”谁表现不耐烦，打了个呵欠。

这时，马仔抱着一个包袱进来，往桌上一搁，吸引了大家的注意。原来是廷忠今天交到队部去的东西，杜为人叫马仔拿来告诉大家，这是廷忠自己报出来的，应该是归自己拿回去。廷忠既然不愿自己要，就交给大家一起登记，等将来统一分配。

“我看还是叫廷忠拿着吧。”有人说。

“我不要。”廷忠说。

“廷忠也有不是，前些日子为什么不带头报出来，现在——”银英说。

“现在报出来就晚啦？我看，到现在还有人不报的呢！”苏嫂说。

大家又是你一言我一语，掀起一阵喧哗。

则丰不去注意掌握会场，却急忙地把包袱打开，大家也都凑过来看。银英一手把玉镯拿过来戴在手上比了比，喜欢得不得了。

“这只玉镯将来分给你好了！”则丰说，“另一只给你——马仔，你留着将来给你的媳妇怎样？”则丰对着马仔说。

马仔不觉腼腆起来。

“那他俩不正是一对了？”谁说了一句。

“谁是一对？”银英板起脸，真的要发怒似的。

有的人拿过金耳环来看了又看。杨眉拿起一只来轻轻地给苏嫂耳朵挂上，拍了拍手：

“大家看，苏嫂还是好漂亮呢！”

大家哄笑起来。

“死丫头！”苏嫂含嗔地把耳环除下，放回桌上。

“还有一个大家伙呢！”马仔从小口袋拿出刻着图章的戒指来晃了一下。“给我，”则丰抢过来看了又看，羡慕地把它戴到中指上，凑到灯光下比了比。

“这个指头是戴订婚戒指的，你想找个二房怎的？”梁正取笑着说。

“管它个卵规矩。戴戒指，哪有一个指头结婚一个指头订婚？照你说，戴上这个手指头，洞房那时候就——”

大家情不自禁地哄笑起来。

“我们还是把正经事情商量完吧！”苏嫂大声说。

笑声稀稀落落地停了，屋外的青蛙、蛤蟆和别的什么东西，叫得很起劲。一股清新的气息在夜空飘散，月色不知什么时候从小窗口流了进来，在这小屋洒下亮光。

“还有话要说的吧？”则丰一边说，一边就着灯光仔细看手上的金戒指，“有话就说，有屁就放。”

“大家都在这儿呀。”门口突然进来一个人。

大家回头一看，原来是区振民来了，他背起一支盒子枪，对大家问了问：“会开得怎样了？”

小冯抢着把会议的情况告诉了区振民。

全昭盯了小冯一眼，说：“人家则丰不会说，只有你一个人行呀！”

杨眉在全昭耳边轻轻地说：“你们两人今晚怎的，尽是抬杠。”

“嘘，不要讲话！”丁牧制止了她们的私语。

大家都静下来，等待区振民说话。区振民环视了所有的人，望了望则丰，意思是：“都可靠吧？”则丰拿眼睛回答：“没有问题，你说吧。”

区振民还是不大放心，只是笼统地说，清明快到了，划阶级要赶快搞，把田快分下去。山上几个土匪要分出点力量来配合解放军清剿。说是他们中间有的不摸人民政府的底，怕回来得不到宽大；有的有变天思想，等蒋介石、美国帝国主义回来。为此，要有针对性地加强做家属工作。最后，说岭尾村群众思想发动得不够好，有的人还到教堂去做礼拜，迷信那些上帝的鬼话。

“你看怎么办，老梁？”区振民讲到这里，转过头来问了旁边的梁正。

“老百姓就是那样的脑瓜，你把嘴巴讲得起了泡他也不听你的，比你教牛开犁还费劲。”

“你把人家比作牛，你自己是什么啦？”银英马上顶了他，轻蔑地瞪他一眼。

“谁不信，试试看吧。”梁正不在乎地喷出一口烟雾。

“我们长岭的人这两天为什么就不一样？我看你们岭尾有什么东西阻拦着吧？好些人看人都不敢抬头，说话总是有气无力的，就像石滚下长出的谷芽一样，黄黄的，也比不上田里的长得旺盛。”苏嫂把话都说了。

“你们这边出点人去帮他们吧。”区振民说。

“好呀！快搞完快分田。”有人马上应声。

开罢会出来，苏嫂同全昭、杨眉她们往东头去了，则丰、廷忠、小冯和丁牧、徐图他们则向西头走。廷忠看了看天空，月光周围绕着一个灰白的光带。“明天可能要起风，玉米这两天等着要雨呢。”他喃喃道。

则丰没有搭腔。一会，则丰惊奇地嚷道：“看，这时候还有人烧野火。”大家跟着看去，老远的一带山峦现出一条火龙，映照着青色的夜空。“多美呵！真好看。”丁牧赞叹起来。

“怪事，准是什么坏家伙干的，不要把树木都烧没了。”廷忠说。

几个人又默默地走着。

“廷忠，记得那天晚上我们帮苏嫂把牛搞回来，你说她的牛死得怪，我看是有点道理。”则丰打破了沉默说。

“反正他们几个坏蛋不回来，我就是不放心。”

“你看，村里有没有人同他们通声气？”则丰怕谁听到似的，把声音放得很低。

“梁正这人可不可靠呵？”小冯插了一句。

“没有根据可不能乱猜。”徐图说。

“真金就不怕火炼，这回看他对他本村怎么个摆布吧。”则丰说。

他们说着说着，不觉走到该分头回家的地方了。

廷忠和小冯回到自己的家，推开门，冷清清的，老鼠在墙根吱吱乱跑。韦大娘抱怨声没有了，福生轻轻的鼾声也听不见。他点上松明，只见自己的影子在壁上晃动。心里顿然涌上一股空虚、冷落和寂寞的滋味。

二四

省土委的《土改工作简报》,用头条的地位批发了杜为人的报告。批语上指出:“长岭乡这段做法,深入了群众,贯彻了‘三同’,注意了思想发动,培养了贫雇农中的骨干,给下一步工作打下了基础,这是值得重视的经验。各地在继续展开这一斗争时,应该特别注意挖根工作:把贫雇农的穷根苦根挖尽,求得思想的进一步提高;在此同时把敌人暗藏的武器,勾通土匪、反动会道门等等组织的根彻底挖净。这样,也只有这样,伟大的农村社会改革运动,才可能取得最后的胜利。”

见到这个文件以后,杜为人觉得土匪问题和武器问题,是当前这个乡存在着的严重而必须解决的问题了。但是就在这个时候,土改团部来通知要把区振民调到二中队去,加强那边的领导。杜为人同区振民商量了一下,决定把干部作这样的调整:把小冯调到岭尾去协助李金秀,他自己也多往那边跑;长岭这边,让丁牧过来接替小冯,继续加紧对廷忠的培养。土匪家属的工作,要全昭协助杨眉积极进行,划阶级工作,放手让廷忠他们去酝酿,采取自报公议、民主评定、领导批准、三榜定案的办法。

“估计这样分头搞起来就快了。”

杜为人正说着的时候，李金秀急得满头是汗地来了，一进门就叮当地嚷：“杜队长，你把区队长调走，工作怎样办呀？”

“你搞呗，没有信心吗？”杜为人看着她的眼睛。

“我搞？不行，不行！”她停了一下，摇摇头说。

“行，拿出信心来就行。有困难，记得找群众商量，请示党组织，就是一座山都能搬得开，何况是几个地主？你不是当过工人吗，拿出工人阶级的风格来嘛！”

“对啰，自己先有信心要紧。”区振民说。

“我们商量了，把小冯调过去帮助你怎样？”杜为人向李金秀问。

“小冯，哪一个？”

“同廷忠在一块的那个大学生，一个有文化的知识分子和一个立场坚定的工人阶级战士合作，正好。”

“他能行吗？”李金秀看了看两位队长。显然，她平静下来了，仿佛是挑着重担的人，放下来歇了一阵的一样。

“他什么时候去呵？”李金秀紧追着问。

“明天吧。”杜为人看了看区振民。

区振民点点头，然后对李金秀说：“明天就去，还有什么事吗？”

李金秀觉得这两天梁正的神气不大对劲，嘴巴唱的调子倒挺高，实际上不动脑筋，打摆子似的，冷一阵热一阵。她把这看法向杜为人说了。

“你看他是不是跟赵佩珍搞什么鬼？”杜为人望着区振民说。

“不会吧，赵佩珍比他大好多岁数呢。”

“摸一摸看再说。”

区振民同杜为人再谈了几句，把刚来的文件拿着，就同李金秀一起走了。他们走到半路上，正遇着小冯和廷忠耙田回来。小冯背一张木耙，打赤脚。不知什么时候他剪了个光头，脸庞晒得黑红黑红的。

“噫，你还学会了耙田呀？”李金秀看了看小冯说。

“人家还耙得不错呢！”廷忠代小冯把话答了。

“这还不简单，肯学就会了呗！”小冯说。

区振民说：“小冯，叫你明天就到岭尾来同金秀一块搞工作呢。你回去收拾一下。”

小冯愣了一下，盯着面前的金秀。金秀也正带着笑意看着他；他又望了望廷忠。廷忠一时不大自然，但马上说：“那边需要人手，你就去吧。”

四个人分两头走了，金秀不放心地回头去喊：

“冯同志，明天你可快来呵！”

“你可是那么急呀！”区振民对她笑道。

“怎么不急呀，不是说要在清明前把田分下去吗？”

“对，对！”

晚上吃饭的时候，廷忠心情不那么安然了，要说什么话又说不出来的样子。小冯也摸不开说什么好，饭都快吃完了，廷忠才说：

“冯同志，真舍不得你走呵，我们才相熟——”

“反正还在一个乡里嘛。”小冯也找不出更多的话来排开惆怅的情绪。

停了一会，小冯用询问的眼光看了看对方，然后鼓起勇气说：“老韦，几天来我这样想，老是让福生给苏嫂和伯娘帮带，不是长久的办法。是不是你再找一个人来一起过，把福生也能照顾上了。”

廷忠听了，反应并不明显，只是平静地，几乎没有什么表情地说：

“我已经是过了半世的人了，一担谷子已经吃了一头，想不到这些事情上了。你们后生倒是正当时候呢，有了对象了吧？”廷忠倒不是同小冯开玩笑，而是真正表示对他深厚的关怀。

小冯摇摇头，腼腆起来。

“我在旁边看，工作队的几个女同志当中，全昭可是个好姑娘呀！”廷忠说，拿试探的眼光看了看小冯。

小冯还来不及说什么，全昭和杨眉进来了。邀小冯出去走走，小冯请她们等一下，让他收完碗筷再去。

“去吧，你快去。”廷忠看着小冯的眼睛说，“让我收拾！”

小冯笑了笑走了。

全昭听到廷忠和小冯说话中提到了她的名字，也看出小冯的表情跟平素有些不同，感到奇怪，出了门才问小冯怎么回事。“没有什么。”小冯漫声应道。

全昭信不过，紧盯着又问：“没有什么？我看你一定说了人家什么话。”

“你为什么那样敏感，你有什么事怕人家说的？”小冯有点不高兴起来。

杨眉从旁说道：“别扯了吧。一个说有，一个说没有；一个胡猜，一个死不认账，这样争下去能有个什么结论？”

本来是要好好地在一块谈一下的，哪知道为了这一句话，弄得三个人都不愉快，走了好长一段路，谁也不肯再讲话。

“你们找我有什么事谈吧！”过了好一会，小冯才说了。

全昭把气消了以后，才说因为小冯明天要到岭尾去了，特意来找他互相交换交换意见的。

“也好，你们先说吧，对我有什么意见？”小冯说，态度也平复过来了。

“我开门见山地说吧，我觉得你近来有点自满，尊重别人不够。”全昭把话说得很认真，特别留意看看对方的表情。

小冯好像突然遇到袭击，有点不自然，却努力克制着。“自满，我有什么值得自满的呢？我自己不觉得。”他想了想说。

“你让杨眉也说吧。徐教授对我说，他也有这个感觉。自己思想上没有这个东西，在行动上却让旁人感觉到了，那是怎么回事？”全昭边走边说。

“我也觉得小冯近来说话不同以前那么客气了，是什么道理呢？自己应该想想。”杨眉说，直看着对方的神气。

小冯搔了搔头，杨眉扑哧地笑了。

“笑什么？”全昭问她。

“我笑小冯把头发都推光了，还使劲搔什么呀？”

“我近来有点急躁倒是真的。前回杜队长批评了我，当时脑子马上还转不过弯来，过后想了想，自己的确是脾气有点急躁。”小冯平心静气地说，接着问道，“徐图也有这个感觉吗？”

“谁骗你！”全昭说。

“糟糕,群众有什么反映吧?”小冯表示很遗憾。

“我没听说什么。”杨眉说。

他们边走边谈,不觉走到河边来了。现在已近黄昏,看牛的,耙田的,壅玉米的,压瓜苗的,种甘蔗和花生的,都已经回到家了。河边上,间或有一两个迟归的人走过。

“我们对你主要是这个意见。你看我有什么毛病也提一提吧。”经过好长的沉默以后,全昭才重新说。

“我说话更不会拐弯了,我总以为你考虑问题太周到了。凡事想得太周到了,就什么事也不敢做了。”小冯想了想说。

“我也这样想,全昭太细心,做什么事情都想了又想,想它那么多干吗?”杨眉说。

全昭默默地点了点头。

“还有,”过了一会儿,杨眉又想起来补充说,“人家说你跟同班的同学不大谈得来,总是找高班的同学、找老师谈得多,不知怎么回事。”

“是不是骄傲的另一种表现?”小冯不敢肯定地问。

全昭说,这个问题她自己检查起来,觉得思想上看不起什么人那是没有的,只觉得和某些人在一起没有什么谈的,但跟某些人,特别是那些比自己年岁大点的人谈起来,却谈得多一点。

“是不是我的心情比别人老得快一些?”全昭说。

“去你的吧,才过二十岁就想当老爷啦?”杨眉往她的肩上捶了一下。

这时,有个十六七岁的姑娘,拿着一根扁担和一副挑米筐的绳套蹚过河来。她身材瘦小,精神委靡,像给霜打过的香蕉似的,面容布满着忧郁。她走到他们跟前,提心吊胆地低着头,加快脚步走过去了。杨眉让她走过后,才对全昭和小冯说:“她是覃俊三的丫头,叫亚珍。地主婆限制十分严厉,不让她跟别人说句话。”

“你刚才为什么不叫她?”全昭带着既遗憾又责备的口气说。

“同她说话不是害了她吗?她回去不是挨打就是挨骂的。”

“现在地主婆还敢那样呀?”

“怎么不敢,你说她就老实了呀?还早呢!”

“真是不得了,我们赶快把工作搞快点吧,让这些被侮辱与被损害的早翻身。”

他们三个顺便在河里洗完脚才往回走。

晚上睡觉的时候,廷忠好心好意地打听他同全昭出去究竟谈了什么。小冯说,他要走了,大家互相提意见,批评与自我批评。

廷忠听了,说道:

“各人的伤疤各人还不肯碰呢,人人有脸,树树有皮,谁情愿让旁人揭短呀?你叫我帮别人做什么,我从来都不计较,你要我伤情面,可是不好开口。”小冯对他说:“这都是旧社会的规矩,旧社会是人剥削人、损人利己的,别人劳动得来的东西,你抢我夺,兄弟姐妹为了抢财产闹得六亲不认。如今新社会可不一样了。对自己人来说,我们要做到‘我为人人,人人为我’,要讲团结互助,互相批评,大家进步,目的是为了各人把各人的工作做得更好,使社会进步,国家强盛,老百姓幸福。”

“真能变成那样,当然好啰!你看能吗?”廷忠用心地听小冯讲完了,觉得挺有道理,但是又有点怀疑。

“当然能嘛。”

“我看我们老百姓不行。”

“这要慢慢来。开头少数人先实行嘛,比方现在你同则丰、苏嫂几个人,大家有意见互相提提,有话都当面把它讲明白,不要沤在肚子里,各人工作起来也就顺当了。”

“我们这几个人也各有各的算盘。”

“慢慢来嘛。以后你要带头多干点啰。”

“我能干就干呗!哎,小冯,你不走不行吗?多住两天,给我开导开导。你今天这一说,我可是又明白了一层道理。”

“我走之后,老丁过来是一样的。”

“他,没你们年轻人机灵吧。你过岭尾那边以后,还要常来呵!”

这时夜已深,小冯觉得明天就离开了,有件事放在心里,找不到合适的机会讲出来,好像是背了一个小包袱。刚才吃晚饭时,把话才说了一半,没有说下去。现在他想了又想,终于又把话接起来,意思是希望廷忠找个老伴。

“老韦,你前回不是同我讲过,你这间屋子空了好多年不住人,叫风吹雨打得塌的塌漏的漏?”

“是呀。”廷忠应了一声。

“人家说,”小冯又接着说道,“一个人没有老伴,也就跟一间房屋没有人住似的,容易衰老。你看,是不是这个道理?”

“小冯,你真是有心人啦。”廷忠微微一笑说,“我说过了,这么大年纪,自己没那份心机,再说,也没谁肯来跟我过了。”

“你看苏嫂怎样?”小冯放低声音正经地问。

“那……现在不行了,人家是烈士家属,她要同我过的话,怎么对得起革命同志嘛。”

“那,没关系嘛。”

廷忠没有再搭腔,小冯也没有再说下去。第二天早晨,小冯仔细观察他的房东,觉得他脸色开朗了些,嘴角微露着笑意。他说他不能送小冯过岭尾去了,苏嫂昨天就请他今天去帮她耙田。

“好呀!”小冯意味深长地说。

“你得常过来耍呵!”廷忠把木耙扛上走了。

小冯看着廷忠的背影,不觉微笑起来。

这是小冯到岭尾去的第三天晚间,杜为人也到了那边,他们都在金秀住的房东家楼上开会。突然,廷忠和丁牧跑来了。

廷忠气急败坏地爬上了楼梯来,看了看没有别的人,然后才从胸前掏出一张折叠着的纸,往杜为人他们围着的桌子搁下,说:“队长,你看!”说完就站在一边,等待给判断。丁牧默默地跟在他后面,没作声。大家愣了一下,直盯着他们两个人。

“什么事情?”杜为人看着丁牧的眼睛问。

丁牧移了移步子,坐在床头上。

“是这样一回事。”丁牧说。

“你坐!”杜为人让廷忠也坐到床边上来。

“事情是这样,”丁牧接着说,“覃俊三的丫头,在河边企图投河,叫廷忠发现了——”

“呵! 就是那个姑娘,我们大前天还——”小冯想起那晚上在河边见到的人。

“别打岔,你们怎么啦?”金秀小声地堵住小冯的话,同时拿疑惑的目光盯着他。

“是这样的。”廷忠抢过来说,“我今天同老丁去壅玉米回来,看看米缸没有多少米了,趁天还早,挑了一担玉米去磨坊。磨坊的丁老桂说,覃家那丫头亚珍说是今天来取她的米,没见来,叫老鼠搬了,他可不管了。叫我回头看到她,叫她快去取。我说,我同覃家是冤家,不好说话。丁老桂说,这和亚珍没关系的。我说,在路上见到就说,到她家去,我可不去了。我看日头落山了,就赶紧往回走,走到河湾那棵木棉树底下,天已经昏暗了,朦朦胧胧地看见有个女人在那里躲躲闪闪走两步停一步、走一步停两步的,好比拴在树上的牲口,老在一个地方转,眼睛直往河里瞅。我怕惊动她,放慢脚步悄悄地走到她背后,才认出是亚珍。”

“我叫了她一声,她惊慌起来,立即要往河里跳,我的手来得快,马上抓住了她,死劲拉了她走到路上来。她眼珠子死死望着我,好像不认得我似的,口里直说:‘让我死了吧! 让我死了吧!’我慢慢地同她说了好些话,她才清醒过来似的。我就把她带回村里来,她说死也不回覃屋了。我回到家,同老丁商量,把她送到苏嫂家去住,不叫声张出去。到苏嫂家以后,她才放了心了。现在是全昭和伯娘照顾她,这张字条就是她交出来的。原来——”廷忠说到这又望一望周围的人,好像放心不下。

“你说吧! 这里保险!”杜为人说。

“原来梁大炮是个大坏蛋呵!”廷忠继续说。

仿佛听到一声霹雳,各人惊了一下。只有杜为人十分沉着地把信翻开来看完了,又仔细听廷忠继续说下去。

事情原来是这样：覃俊三写了一张纸条，不知用什么办法交到他的小老婆手上，叫她逼着亚珍送给梁正。亚珍受过梁正的侮辱，害怕去找他。回家又不能交代，再就是看看这个家已经被抄了，自己将来不知怎样归宿，不如死掉算了。想不到廷忠把她救了过来。

廷忠把事情的头尾都讲完了，杜为人叫大家看看那张字条。只见那上面写道：

三两正，赵要退股不干，其妻已同人讲价：人走，还将本钱抽出。我意将萝卜上圩场去卖一趟看。是不是把赵那一股份去掉，请上峰定夺。万事小心。三十年风水轮流转，一场春水，一场鱼，识时务者为俊杰。知名不具。

“这是什么话呀，不明不白的？”金秀奇怪地望着杜为人。

“是呀！妈妈的，说的什么黑话？”小冯也弄不明白。

杜为人说：“这不明白吗？翻译起来大概是这意思：覃俊三通知梁正，赵光甫已经靠不住，想洗手不干了，他老婆同工作队正在讲价钱，打算把枪支也带回来。他的意见要设法让花心萝卜上山一趟，告诉他们把赵光甫搞掉。叫梁正去问他们的上级是不是同意。最后嘱咐梁正不要露马脚，加小心，耐心等待。共产党的天下不会太长等等。开头三两正，是梁正的外号吧，三两木是梁字不是？”

杜为人的话才一落音，金秀不禁拍巴掌说：“这就看明白了！三两木是梁字，不错不错。”

杜为人不管金秀他们讲话，自已继续思索这个问题，看了看马仔和丁牧他们说：

“敌人可是好厉害的哩，可见我们工作还是有许多漏洞，他已经被扣押了，消息还那样灵通。”

“可能是他家里人通过送饭的关系，把消息透露给了他。”小冯说。

“不是可能，一定是。”金秀肯定地说。

“你这不是太主观了吗？”小冯的语调软，口气却挺硬。

“地主阶级是要同我们拼到底哩。好吧，我们讨论的题目要变一变了。”杜为人表现既严峻又轻松。接着问：

“大家看怎么搞？梁正、花心萝卜怎么处理？”他对每个人都扫视了一下，好像要考一考大家似的。各人都抑止不住激愤的样子，纷纷发表意见，有的说，马上去把两个家伙抓起来，不然他们跑了；有的说，还是把信交给梁正，我们派人盯着他屁股，看他怎样搞鬼，抓他的尾巴；有人马上反问：谁把信交给他呢？要亚珍送，她死也不肯的，同时也容易走漏风声；有的说：梁正是岭尾村的盖子，大家被他压住了，连我们也给他蒙了眼睛，难怪群众动不起来。

“你说怎么办好？”杜为人看坐在一边的廷忠问。

廷忠望了望小冯又望了望丁牧，说：“地主真是田里的蚂蟥，你拿它上路边来晒干了，也弄不死它，一见到水，又活了。我早就说了，山上几个家伙留着是祸害，他一定是跟地主有勾结。”

“你说现在怎么办嘛！”马仔看廷忠扯远了，急着把话引到正题来。

“我说，先不张扬出去，反正梁正没收到信，他不会怎么的，我们把赵光甫劝回来了。三面对证，他就没话说，也没地方跑了。”

“有了这信，梁正还硬得了呀？”金秀说，“你不快点抓他，这个村子老也打不开，等到别处人家都分田了，我们还是乌龟爬沙，拼命撵也撵不上。”

“大家都说了，我也讲讲我的意见。”杜为人说。

各人马上静下来，都注意地听他讲下去。他说从这封信来看，山上几个土匪一直坚持不下来，同我们顽抗，不但有地主支持，甚至还有政治背景，他们的靠山不止是覃俊三。信上写了覃俊三还有个需要请示的“上峰”。现在就必须把这个“上峰”找到。杜为人认为大家的意见有的是对的，但只说了一方面，根本问题还没有讲到，或者讲到而没有说完全。他主张采用放长线钓大鱼的办法，认为廷忠和丁牧把亚珍藏起来是对的，打算把她继续藏起来，在外头就说她投河自杀了，好迷惑一下敌人；对梁正要加强监视，在群众场合尽量减少他的影响；另一方面要加紧做赵光甫的工作，可以答应他的条件：保证他生命安全和生活出路，允许他戴罪立功。要是他带武器回来有困难，不带也行。花心萝卜就是花萝卜,他本人没有什么骨头。但也派人盯着他,做他的工作,叫他转到我们这边来。不过要小心,不能让梁正发觉。如果赵光甫回来,花心萝卜又起义,他们的"上峰"就会露馅。再就是要赶快报告请示上级,派公安人员来配合。长岭的划阶级工作,由则丰多负责干;廷忠和苏嫂着重搞这件工作,小冯要把梁正盯住,再找一个积极分子配合。

杜为人这样一布置,大家都说解决问题了。

"看起来敌人跟我们现在是短兵相接了,同志们晚上走路可得加小心。马仔,你把廷忠和丁牧两个同志送回去,明天再回来。"最后,杜为人这样补充说道。

大家都带着既紧张又松快的心情离开了座位。有的试试电筒的光轮,有的拿出手枪来检查一下子弹,有的往灯边点烟抽。

"狗入的,梁大炮、赵佩珍都是一路货!"马仔说。

"我早就看他不顺眼!"金秀说。

"花心萝卜近来怎么啦?"廷忠问。

"他,就是一条癞皮狗,谁手上有块臭肉,就跟谁。那天他斗争覃俊三就是做戏,别看他声音大,空打雷的家伙。"廷忠说。

"我看呀,还有一个大家伙我们都给忘了,何其多这个人,清匪反霸时我们把他堂兄何其仁打死了,他就那样甘心呀?别瞧他假装开明,献田献屋的,嘿,我看靠不住。"金秀站着不动,好像余意未尽似的,还要谈下去。

"何其多我去找他谈一次,摸他一下。花心萝卜你们找个空同他谈谈看,可能他会转变得过来的。廷忠你们走吧,明天来汇报赵光甫的情况。"杜为人一边说,一边站了起来。

二五

季节催人，转眼就要到清明了，白色的桐花铺满了一地，瓜田里开着星星点点的金花，草莓不声不响地在绿色的刺藤上呈现着它红宝石似的娇态，玉米一天比一天长高了，花生和甘蔗也长出了新叶，田野里披上嫩绿的春装。布谷鸟日夜催人，是农事正忙的时候了。

村里的人，白天忙着农田的活路，夜晚紧张地开会、划阶级、没收地主财产；有的人还要抓紧清除残余土匪和进一步挖掘武器的工作。

后天就是寒食节了，这地方的风俗，扫墓是在三月三举行的。扫墓那天，家家户户多少也蒸点糯米饭，带些元宝、蜡烛和白纱纸剪成的纸钱去上坟，有钱的人家带着煮好的鸡鸭，和整只猪头等三牲去祭奠；没有钱的就只买一斤半斤肉，或者拿切成方块的冬瓜象征猪肉做祭品，也算过了一个节日了。糯米饭用枫叶染成紫蓝和黄姜染成黄的掺杂在一起，捏成彩色的宝塔式的饭团。

马仔和小冯抽空上山去摘枫叶，准备后天早晨蒸糯米饭。将近十天来没有下雨，地面发干，玉米的叶子都卷了，今天天气特别闷热。一早起来，树梢、水面都是定定的,没见丝纹波动。在太阳光下,不干活,汗珠子也会悄悄地在鼻尖、额前出现。

“你们这地方真怪,春天还没过去,夏天就来了。”小冯一边揩汗,一边在喘气。

“我们有句俗话:‘翻风不怕冷,单怕日头猛。’这两天热得好闷人,准会要下大雨了。”马仔看了看天说。

天空阴沉沉地铺着云层,太阳时隐时现。山鹰在翱翔、鸣叫。

“老鹰叫雨了,可能今天就要下。我们砍他两捆枫叶就回吧。要真的下起雨来,我们可要扯着耳朵当雨帽了。”

马仔说完,就像小松鼠般敏捷地爬上一株高大的枫树去了。他在树上一边笃笃地砍着树,一边吹口哨叫风,唱山歌。树林里很静,斑鸠不时叫唤几声。

“喂,老冯,你看金秀怎样?”马仔唱完了山歌,突然问。

“没见得怎样。”小冯不知对方是什么意思,含糊地答道。

“我看她对你倒是一团火似的。”

“你别胡扯!”小冯不觉脸发红。

“我才不胡扯呢,前天她不是给你补衬衣领子吗?我的衣服也破了,她为什么不给补?”

“你不求人家嘛!”

“你也没有求她呀。”

“算了,说你自己的吧。银英不是挺好吗?”

“好也没法呀。剃头的担子,一头冷,一头热。”

“我告诉杨眉,帮你通通气好不好?”

“不,不要。这玩意旁人是帮不了的。我们土话说:‘低头就见茅草,霎眼就成情人。’什么话,嘴巴不好说的,眼睛都能说得出来。”

“嚯,你倒是像个老行家,可不简单了。”

一会马仔从树上蹦下来,揩了揩汗水,马上同小冯一起收拾着嫩叶的树枝。

太阳忽然被云彩遮住了。远远的天边轰隆隆地响着雷声,云头从东边涌上来。“快,雨要来了。”马仔说着,加快了动作。果然,南面的山峰已经被雨雾笼罩了，就像从天空挂下一匹灰白的帐幕似的，鸟雀都往树林飞来。

马仔和小冯连走带跑地向磨坊奔去。大雨的前锋已经到了，地面上噼噼啪啪地落下好大的雨点，像一面筛眼似的。一眨眼工夫，雨猛然在头上倾泼，两人拿着枫叶遮着头直奔磨坊来。

磨坊的丁老桂迎着他们进屋说，昨晚他看就是要下雨。蚂蚁纷纷搬家，好几条蚯蚓爬出地面来，门口的石头潮潮的，盐罐也出水了。“你们后生人就贪轻巧，出门不愿带个雨帽。”老头一边嘟哝着，一边吸着竹筒烟袋说。

外面的大风大雨正在摇撼着大地。树木、芦苇、庄稼，都在风雨里摇摆、战栗，麻雀躲到屋檐下唧喳叫唤，天空一道闪电过后，一声霹雳，立时在附近打下来，仿佛要把天地劈开来似的。随即前面不远的一棵高大的橄榄树被雷殛了，巨大的树枝倒挂下来，半边的树身露出一大块裂口。

“下大雨的时候，雷公就爱在大树上试它的斧头，森林最易起火，我在树林里解了一辈子的木板，这种事情看得多了。”丁老桂走到门口看了看。

一声霹雳过后，不久，风停了，接着就是紧下了一阵瓢泼的密雨，随后雷声走远了，雨慢慢地收敛，变小变稀了。小河却顿时喧嚷起来：山洪从上游奔流而下，混浊的黄浪卷着草根、树枝、沙石，犹如一群突奔、咆哮着的猛兽。原来窄小的河滩猛然成了一片宽阔的汪洋，声势越来越猛烈。人们和牲口都暂时被阻在对岸了，燕子们掠过水面，欢乐地在细雨中飞翔。

约摸两个钟头过去了。雨已停止，河水退了不少，水势慢慢平静了下来。天空露出太阳，在东边出现一道鲜明而美丽的长虹，大地是一片清新的欣欣向荣的气象。田里都注满了水，庄稼有的倒伏了，瓜棚有的倾斜了，树叶涂着一层泥沙，有的草根挂在树枝上。鸭群在注满了水的鱼塘里嬉戏，鼓着翅膀呷呷地叫。被阻的人们又在田里和道上出现了。

小冯和马仔两人离开磨坊，把长裤脱了，只穿条裤衩，准备涉水过河去。丁老桂嘱咐说：“多加小心呵，刚才那么大水，把石头都冲走了，河床有变动。走一步探一步才行，可不敢同水逗啊！”

“老爷爷，你请放心！”小冯说，跟着马仔走了。

他们过了河这边，沿着河岸往岭尾走。走不远就到另一处渡河的口子。对岸有几个十一二岁的小孩从山上采草莓回来。他们个个脱得精光,把衣服放到小篮子里,然后把篮子顶在头上,蹚过河来。

"这帮小鬼好勇敢呵,这地方水深不深?"小冯看了看他们说。

"你替他们担心,真是'雨过送蓑衣',用不上。他们成天在水里玩,野鸭还赛不过他们呢。"马仔说。

但是马仔这话才一落音,只听得"哎呀"一声的叫嚷,小冯回头一看,一个小孩的小篮子歪倒了！其他几个小孩都在齐声惊呼:

"救命呵!"

"救命呵!"

"快！快！糟了!"有的小孩马上又退回那边岸上,拼命呼喊。

小冯立时把裤子和树叶一掷,跳进水里,用尽平生气力往河的中流游去!

马仔跟着跃身跳下水去了!

"老冯沉着,看那小篮子!"马仔见小冯被急流堵住,不能冲到小篮子那地方,大声喊叫。

小篮子已经离开人头,自己漂走了。人头在水涡里冒上来又沉下,马仔排开了激浪,迅速抢过去……

小冯被一个漩涡冲到木棉树下的地方,头发一沉一浮的……

"老冯,你怎么啦?"马仔惊慌地呼喊。

岸上的几个小孩直跺脚,齐声号叫:

"救命呵!"

"快救命呵!"

这边岸上,金秀挑着水桶出来,听见叫声,又见到河里的人头和波浪搏斗。一看河边上的衣服,脸色霎时变青了,立即丢下水桶拼命往村里边跑,边呼号:

"救命呵,淹死人了!"

这时,丁老桂迎面赶来,金秀没有顾得跟他讲,直往村里跑。老头直奔到河边,立即纵身跳下水去,马仔已举起孩子的头往河那边岸上移动,回头见到小冯挣扎,焦急地喊:

"老冯不行了,在木棉树下边,往那边游去！快!"

丁老桂在河中转了个弯，游到木棉深潭那里去……

杜为人和村里的人都赶到了，一个个地往河里跳。马仔把小孩一个一个往这边带过来。

“糟了！”丁老桂从水里冒出头来失望地喊，随即又潜进水去。别人也跟着潜下水去一阵，又上来，下去一阵又上来，都带着失望的眼光望望水面的漩涡。金秀眼泪不由自主地直掉，在岸上哭泣起来。

“再找！快！才一会工夫嘛，还有希望。”杜为人浮上水面招呼大家，自己又潜下水去。

马仔把孩子交给了金秀，自己也下水去了。

“来人呀！在这里了！”丁老桂在离大家十多二十公尺的地方冒起头来喊。

大家一阵喜悦，往他那边游去。金秀抹了抹眼睛，直望着水面的浊浪。

“完了！”马仔作了一声绝叫。

随即两三个人迅速地把小冯弄到河岸上。

“还有希望，快做人工呼吸！”杜为人沉着而敏捷地把小冯上衣解开，跑到他前面，按压他的腹部。

小冯的脸色纸一样的白，鼻孔已经没有气了。

大家照着杜为人的做法，轮流给小冯做人工呼吸。

金秀也俯下身来听了听，禁不住地抹着眼泪。大家也都深深叹着气。

“是哪一个小孩呀？”有人向小孩们发问。

“是亚升！”

“是你叫我们过的嘛！”亚升怯惧地扭绞着衣角。

“哎！你就是野种，你爸爸害我们操心，分不了田，你又来捣乱……”

“是呀！都是——”

“小孩子知道什么，别说他了。”杜为人劝解说。

小孩眼睛呆呆地瞅着，好像打破了碗，正等待挨骂的一样，不敢说话。

“木棉树下是个漩涡，人到了那里——”丁老桂这才说话，将上衣脱下把水拧干，抹了抹湿漉漉的头发。

“怎么的呀！老冯吗？糟糕！”梁正慢吞吞地来了，却装得好像是挺焦急挺伤心的样子，一边说一边蹲下来，“杜队长，让我来，你去换件衣服吧！”

“不用。”杜为人不睬他，仍旧继续做着他的动作。

到太阳落山的时候，小冯仍然是一点气也不透，皮肤越来越白了，看看没希望了，丁老桂提议把他抬到磨坊去，好给他商量后事。杜为人尽了最后的努力，看看实在救不过来了，只好同意丁老头的意见，叫大家把尸体抬到磨坊去。金秀和马仔进村去拿他的干净衣服来给换上，有的人去把清匪反霸时没收的何其仁一副名贵的楠木棺材扛了来，给他收殓。叫石匠给准备着石碑。……各人都忙了一夜。

第二天一早，廷忠带着极大的悲哀赶来了。一进磨坊，什么人也没看，什么话也没说，忽然跪到棺材旁边，放声大哭起来。

“小冯，冯同志，你怎么丢开我走了呀！……天呀……你你没有眼呀！”

在旁边的丁老桂和苏伯娘抹着眼泪擤着鼻涕，一下子屋子都静了。河边传来杜鹃的悲啼，显得格外凄切。

“他两人从我这里出去，我还嘱咐他多加小心。谁料不到一袋烟工夫，人就没了。他在这儿躲雨，有说有笑的，还说将来回北京给我买副花眼镜，买几张北京的画片来这屋里挂，让大家来了好看看我们毛主席住的地方。想不到这样快就再也见不到了！哎！”丁老桂一边说，一边重新装上烟，却没有吸，把烟斗搁在桌上，忧郁地凝视着小窗口的天空，又看看笼里的画眉鸟。

“你说，雷公打橄榄树那一下，是不是神明来召他回去？”苏伯娘在屋角剪着纸钱，疑惑地问。

“反正很巧，都凑在一块了。”丁老桂漫应着。

廷忠揩了揩眼泪，站了起来，沉痛地走到丁老桂的床边。“可惜呀！那样好的一个后生！”丁老桂深深叹口气，盯着廷忠发红的眼睛说。

一会儿，杜为人、全昭、金秀、杨眉、丁牧、徐图……都回到磨坊来了，各人手上都拿着一样东西给死者作祭奠。有人拿野花编了花环，有人写了挽联，有人用高粱秆扎成了相架，装上死者的照片。俞任远和张文代表土改团来追悼。张文扛着用金英、杜鹃和其他不知名的花朵编起来的大花环。手上还拿着一些别个同学给死者写的挽联什么的。

杜为人对廷忠、俞任远和张文说,他们几个人商量了一下,打算就在磨坊设置灵堂。把他的照片挂到墙上,布置好以后,老乡们要瞻仰祭奠的,就让他们来这里。到下午四五点钟把他送上山去。廷忠听了很赞成,还说过后就将他的遗像挂在磨坊这里,好让全乡的人来回都能见到他,纪念着他。最后,他像想讲什么,可又不好意思讲似的,犹豫了一下,又把话煞住了。

“你还有什么要说的就说嘛!”杜为人和善地望着他。

“刚才我们三个说,是不是请道公来给他超度。我叫福生扛幡都行呀!”他望了望苏伯娘,又望了望丁老桂然后说。

杜为人默默地同俞任远、张文互相看了一眼,意思是说:“这个农民可是个老实人呀!”

“老韦,你还信这个呀?”杜为人淡淡一笑。

“信不信就是为的尽我们一份诚心。”廷忠说。

“老杜,你不要说不信,人死了不念个经叫他得到超度,不是让他魂灵受苦吗?”苏伯娘说,停止她手上的动作,直望着对方。

“妈,现在不兴这个啦,鬼神这个东西,你不睬它,它也就不来找你啦。”全昭说。

“有没有鬼可不知道,”丁老桂说,“水这个东西倒是不能玩。那年我在龙州给人拉大锯解棺木。城里正开什么运动会,比赛游过龙州那条河面。有个学生,也有小冯那样年纪吧,他原来是游过来了,得了个头名,大家都为他拍巴掌。他自己也高兴得不知道自己是老几了。当中有个人就用话激他,说是有本事的再游过去一趟给大家看,他果然又跳进水去了。游到河中间时候,头慢慢抬不起来了,当时救护的船已经没有了,等到大家去把他捞起来,已经没法救了。他就是力气用得太过了,腿抽筋,你说这是命不是?”

听了丁老桂这样一说,有人正要说什么,则丰、苏嫂、银英和马仔一帮人进来,把他的话打断了,杜为人把刚才决定的祭奠办法告诉进来的人。

“则丰,我们找几个人带着工具,给他找个下葬地方去吧!”廷忠说。

则丰的意见,这件事由他同别人去就行了,叫廷忠在这里料理。

“不,我要亲自给他找个地方。”廷忠说,“走吧,这里有苏嫂她们就行了。”

“把他送到苏民旁边去吧!”苏伯娘望着走出门去的廷忠和则丰喊,擤了一把鼻涕,眼睛淌着泪水。

苏嫂说是要做点饭给大家吃,招呼银英,马仔一块走。一会伯娘剪好纸钱也走了,剩下工作队几个人,给屋子收拾了一番,然后把挽联都贴上。

大家把要做的事情都布置停妥以后,才对这些挽联一张一张地看起来。

“喏,这是全昭写的。”杨眉指着用白色有光纸写的那一张。

大家都凑来看:

江水滔滔,一去不回怜君逝!

匆匆花草,三春先谢增人愁!

“唔,不错的。真是多情人说的话。”俞任远说。

“想不到你还挺会作诗呢!只是太感伤了。”

杜为人惊异地打量全昭,好像是重新认识似的。

“这恐怕是思想没有改造过来,才保留那种情感吧。”全昭抱歉而又诚实地对杜为人低声说。

原来全昭的祖父是清末最后一次科举的头名秀才,后来参加过同盟会,晚年好藏书、画,爱喝酒赋诗;父亲是中学校的文史教员。从小受书香的熏陶,对文学发生爱好。但当她考虑选择终生职业的时候,却决定读医科,认为做个大夫为大众直接做点有益的事业。文学,只能当作业余的爱好。

“看看杜队长的吧,写得不错。”徐图高声说。

杨眉凑过去,朗诵起来:

死了——而活在人们的记忆里,

并不可悲;

可悲的是:

活着

而在人们的心中,

却被遗忘。

“杜队长，说得好。”俞任远说，“‘留皮才识豹，啼血却怜鹃’，人生一世，应该留下点痕迹才不负国家社会呵！”

“杜队长这副挽联，看来好像是轻轻两句话，其实，分量很重。”徐图若有所思地低声自语。

“昨晚请你给拟一个墓铭，写出来了吧？”杜为人并未注意他们的议论，只向丁牧问。

丁牧从口袋拿出一本活页簿来打开，取下一张来说：“写了两句，没有写好，看看行不行。”

全昭一下接了过来，说：“我念一下，大家听听吧。”

在这里埋葬着的，
是一个为着救护别人，
而牺牲了自己的青年：
他的名字——冯辛伯，
和他的崇高的品德一样，
将给人们纪念难忘！

1952年4月5日

“写得挺好。”杜为人说。

“我这是只能说实在的话。”丁牧说。

丁老桂含着烟斗在旁边听来听去，似懂不懂的，最后说：

“你们都说他这个那个的。我看他确实是我们农民的好弟兄，是不是？”老头正说的时候，门口突然拥进十来个小学生，他们拿着鲜花，拿着刚采下的红宝石似的草莓、两只金色的柚子和蜡烛什么的，一样一样地摆到灵台上。后面跟来两三个教员，把磨坊挤得满满的。

全昭和杨眉要走了，杜为人叫她们拿丁牧写的墓铭去给石匠；另外，要她们去把小冯的东西收拾好,给他家带回去。丁牧要亲自去交代石匠,也跟着他们走了。

在老师的指导下,学生们在灵前进行了俯首默哀等后就回去了。老师留了下来,同俞任远他们说话。表示没有把学生管教好,才害得冯同志牺牲,感到非常抱歉。老师里头有个梁上燕,他开头发现张文也在这里,显得很尴尬,后来见杜为人和张文对他们都很客气,才敢怀着内疚的心情和张文拉了拉手说:“过去太对不起了,一时糊涂……”

“知过不为过,以后好好为人民服务吧。”张文说。

杜为人听他们正说着话,也凑上来认真地盯着梁上燕的眼睛问:

“你们两人谈什么,讲和啦?”

“杜队长,都是我错了,老张,唔,张队长是——”

“你现在——”

杜为人严肃地正要问问他什么,他却马上接过来说:“我们学校教师现在都配合搞宣传。”

杜为人问:“你个人怎样?你同梁正是一家的吧?”

“不,他是他的。我家同他不在服内了。他这个人,就是旱天雷。唔,不了解他。”梁上燕说话吞吞吐吐。

别的几个老师跟俞任远说完话,转过来同梁上燕一起,又跟杜为人说了说,就走了。

随后,苏绍昌领着几个老乡也拿了一对蜡烛、纸钱来烧,在灵前作了揖,然后同俞任远、杜为人说了说话,表示很对不起,平时没有把河道危险的地方给工作队同志介绍,本来大家翻身是好事情,结果发生了这样的事故,真是太抱歉了。

杜为人说:“危险的河道容易调查,只怕危险的敌人不好认识。大伙想办法快点把地主阶级推倒,大家快翻身就好。”

“那是的,现在,我们正在搞划阶级呢,把阶级定了,谁该是什么就是什么,大家都放心了!”

“你现在放心了吧?”张文问。

"我反正是个中间,怎么也够不上地主!"

"中间总是要往一边倒呀!你到底拿什么主意嘛。"

"当然是往人多方面靠啰。"苏绍昌说,疑惑地望着杜为人,担心说错了话似的。

"你是苏伯娘一个祠堂的吧?"杜为人问。

"是。"

"那,你苏家早就出个革命同志哩!"

"哎,他人死得太早了。同小冯似的,可惜呀!"

晌午,苏嫂和银英把饭送来磨坊,廷忠他们也回来了,一起把饭吃完。又去组织些年轻力壮的来,把杠子、绳索一切准备停当,到下午四点半钟,就把灵椁送上山。

杜为人和俞任远他们本来是不主张扛幡的,到要起灵时,苏嫂把福生抱来了,亚升的母亲也给儿子包块白布头巾,腰上扎条白布带跑来送灵椁上山。灵椁被抬走时,大家都被一股沉痛的心情压着,有人不断地揩着眼泪,金秀扶着银英泣不成声。木棉树上一只乌鸦叫了两声飞了,杜鹃在什么灌木丛里啼哭。

二六

送殡回来的路上，廷忠告诉杜为人，赵光甫的老婆为着小冯救她的孩子很受感动，她答应等过了三月三，赵光甫回不回来的问题就有回话。廷忠说，这一定是等赵光甫回家过节，他两口子商量好再答复我们。要不要叫民兵明天晚上去把他逮起来？杜为人认为他既然还敢回家来，说明他舍不得老婆孩子，那，终归要出来的。等他信得过我们，愿回来了，他什么都肯讲了。如果硬要抓他来，什么话也不肯吐露，反而不妙。杜为人告诉廷忠吩咐全昭、杨眉和苏嫂今晚和明晚都不要去找她，让他两口子商量。

“赵光甫一定是在附近不远。”廷忠又补充说，“听说他老婆几天来都呕吐，尽找酸东西吃，一定是怀了孩子。”

全昭见廷忠同杜为人说着话，也凑上来插嘴。杜为人回头见老乡们都跟上来了，便说：“回头再说吧。”接着问：“金秀怎么回事，情绪特别沉似的？”

全昭说她过去一直是好好的，说不清这两天是什么事情引起她那样。杜为人嘱咐全昭跟她聊聊。他马上要同俞任远一块去土改团向党委汇报和请示山上几个土匪的问题，明天才能回来。

“那，要有什么事情找谁商量？”廷忠听了插上来问。

杜为人看了看全昭，然后说：“有事情你们几个人商量着办，大胆点干，别怕。将来我们走了，还不是你们干吗？”

“我们还是不行呵。”廷忠惶惑地望着全昭，意思是说：“你看行吗？”

“大伙一块商量吧。”全昭看看廷忠，鼓了鼓他的勇气。

晚上，全昭和杨眉参加廷忠他们研究群众对第一榜公布的阶级成分所反映的意见，同时，讨论公布第二榜的问题。开完会回来，杨眉因为银英到婆家过节去了，她一个人不敢回去睡，说是一闭眼睛就看到小冯的死样，很害怕。要跟全昭一块孖铺。两人不知怎么回事，兴奋得不想睡，就利用这个时间，清理冯辛伯的遗物。杨眉给收拾衣服，全昭负责整理书籍和书信。当她们快清理完了的时候，全昭在一大叠来信当中，发现有两三封没有邮票，也没有写什么地址，只有收信人的名字，字体写得歪歪扭扭。“谁写的呢？”全昭看了再看，想不起是谁的笔迹。好奇心促使她把信瓤抽出来看了看，一时呆住了。杨眉见她忽然变成这样，问她怎么回事，全昭默默地把信交给她，低声说：“你看吧！”杨眉接过信，凑到灯旁去，还把灯芯捻高些，不觉轻轻地念出声音来：

冯同志：

你不嫌气（弃）我吗？你太好了，以后你多帮助我吧。我文化太少，总是有话说不出来。……

“别那么大声，伯娘要睡觉。”全昭说，还是继续整理着东西。

“你听听，还有哪！”杨眉说，又念：

小冯：

听说你们五一前要回京了，你不能不走吗？大家多欢迎你呢。要有一天，我能上北京，见到你，多好呵。只怕那时候，你都记不得人了。……

杨眉念到这里，停了下来，凝视灯光，遐想。一会，望了望全昭说：

“想不到她工作起来那样泼辣坚强，感情上却那样缠绵。比你还多情哪！”

“我什么多情？你别糟蹋人吧。”

“是俞教授说你的嘛。”

“算了吧，以后别说这个。”全昭又回头去做她的事情。

杨眉过来把全昭已经放好的笔记本翻了翻。

“找什么，你这鬼东西。”

“我找小冯的日记，看他有什么反映。”杨眉一边说着，一边翻到了一本“1952 年生活日记”。

两人都趴在灯下翻开来看。日记本有的叠了角，有的夹有彩色的翎毛、树叶、花瓣或书签。翻到哪里她们就看哪里。

下面就是她们翻到的地方：

2 月 25 日，晴。(在长岭村韦廷忠家)

明天我就要离开这个家，离开这位勤劳、淳朴，而克己、善良的农民了。这些日子来，同他一块生活劳动，使我体会到另一方面的人生，见到人民的智慧和力量。与其说，我来启发他的政治觉悟，毋宁说，他给我极大的实际的宝贵的教育。

廷忠这个受过折磨的农民，一如经过风霜的松柏，它是比较坚实的木材，应该成为农村中建起社会主义大厦的支柱。

比起他们来，我们才只是苗圃中的树秧，有什么值得骄傲呢？今晚上，全昭和杨眉对我提出批评，觉得她们能及时给我提醒，这种同志式的帮助是可贵的。……

2 月 28 日，雨后转晴。(在岭尾村)

到这新的环境来已经三天了。

同在一起工作的是一位女同志。解放前她名义上是个小商人家的养女，实际上是个丫头，尝够了人生的辛酸。解放后逃了出来，在一个车缝厂做女工，后来参加了工作队。上过四年小学，人倒是挺聪明，现在报纸也能看懂了。

朴素、单纯、坚定是她的标志，不像个女子。同她合作能不能搞好？很难算这个卦。……

3月18日，晴。（在岭尾村）

在北京，最后一场雪也许还没有过去，在这，却是万紫千红、春光明媚了。

在这，我看到另一个天地，一个坚定有力的脚步，我前面的道路出现了，一个单纯而真挚的手，在叩着我心灵的窗扉！这位既亲近又疏远的尊贵的宾客呵！叫我怎样接待呢???——

3月31日，晴。（在岭尾村）

今天是三月最后的一天了，明天就是四月的开头。一个唯物主义者，应该相信事物是发展着的。

既然一个北京的大学生可以到农村来，为什么一个工人和农民不可以到北京去？如果说，我被大家看成了工农群众的朋友，她为什么就不能成为知识分子的伙伴呢？

“这写的什么呀！简直像叫人看不懂的歪诗。”杨眉说，把本子合上了。

“本来人家的日记就是写给自己看的嘛。你也太笨，你把它和两封信联系起来看，不就明白了吗？”

“他正矛盾着呢，可平时蛮能克制，一点也看不出来。”杨眉想了一会说。以询问的眼光看全昭，看她同不同意自己的说法。

“你们还谈什么呀！”苏嫂悄悄地走到她两人跟前问。

全昭带着沉痛的心情看了看苏嫂，一时想不出说什么好。杨眉说：“我们正看小冯的日记呢。”

“我听你们说，金秀对他怎样啦？”苏嫂在床边坐下来问。

全昭怕杨眉心直口快地说些不恰当的话,赶紧抢着说:“没有什么,大家同志在一起工作,一旦分开了,总是舍不得的。”

“哎,这都是你们年轻人的事了。你们搞完工作回北京,快找个对象吧。”

“我不要,一个人爱干啥就干啥多自在。”杨眉不假思索地说。

“那不行。说是说,正经是办不到。那么年纪轻轻的,别打这个主意。”

“你怎么就能行呀,你也还不老嘛。”杨眉又冒冒失失地说,“我看你近来年轻多了,脸上总是笑眯眯的。”

“那是你们来了,把我也——”

“把你也变年轻了!”杨眉逗趣地说。

“你这鬼丫头!”苏嫂不好意思地瞟了杨眉一眼。

“苏嫂,”全昭赶快把话拦着她,看着苏嫂修得整齐洁净的眉毛说,“我们正要问你,你真的就不想找个人做伴吗?”

“亚昭,你真是好心的姑娘。你管这些事干吗?”

大家都不好说什么,沉默了下来。屋外的青蛙和昆虫还不停地叫唤,夜已很深。

“明天又要上坟去了。一个人好去,要是听你们的话,有了旁人就不好去了!”苏嫂眼里含着感伤,苦恼地说。

“你这都是封建感情!”杨眉叮当地又冒了一句。

全昭瞪了她一眼,马上给解释说:

“苏民同志是革命烈士,真有灵魂的话,他知道你现在这样子过,他准是不赞成,你说不是吗?”

“哎,那么多年都过了。——”

“那是没有解放嘛!”全昭和杨眉齐声说。

“你们没有睡呀!尽说什么,成天总是讲不完。”房里传出伯娘嘟嘟哝哝的混浊的声音。

杨眉看看表,已经一点二十分了,大家悄悄走散,准备睡了。

清早,全昭和杨眉才起床,金秀就跑来了,大家以为发生了什么事,都紧张地盯着她,特别是杨眉从上到下特别留心端量着人家,仿佛是头一回见到的一样。她没有什么改变,只是近来太阳晒得更加黑了一点,但也更加坚实了。头发原来是梳的两根辫子,因为天天梳费工夫,和杨眉一起把它剪了,这样,人反而显得活泼一些,眼里虽然留下一点伤感,但被坚毅的理智的光芒盖住了。

“杨眉干吗这样看人?”金秀问。随着,沉着而镇定地把手枪往桌上放下,将口袋里的小本子掏了出来,准备要同全昭商量什么事。杨眉告诉她苏嫂她们马上要上坟扫墓去了,问她们两人去不去。

金秀和全昭互相看了看,意思说:“你说去不去?”

“金秀,你去不去呀?”杨眉意味深长地瞟着她的眼睛。

“不去了吧,昨天才——一去又是半天。有些事要马上商量。”金秀倒是老练而平静。

“不去就不去吧。”全昭说,“我们找丁牧同志和徐教授来一起谈。廷忠和则丰他们去扫墓,就先别找他们了。”

说着,金秀出门去先找他们两位去了。全昭和杨眉吃了早饭才到廷忠的屋子来,听金秀的报告。

事情是这样,昨天晚上,李金秀没有回岭尾村,在农会住下了。花心萝卜来找杜为人,没有见到,他就向她坦白了。

他临解放时输了八十多块银洋,人家要拆他的老屋拿砖瓦顶账。他没法,只好帮梁正跑腿拿烟土和子弹去卖,把赌债还了。就这样辫子却给梁正牵着了。梁正有什么事用到他,他都得去跟着干,不管黑天白日,上山下地的。特别是解放以后,清匪反霸期间,解放军要肃清残匪,号召各人坦白交代,与土匪分家。当时他想向人民政府坦白他解放前卖子弹枪支的事(因为同他买子弹枪支的那些人后来都上山当了土匪),梁正却吓唬他,说是坦白了就有了口供,不得了;不讲嘛,也只有他们两个人自己知道,不怕。他果然听了梁正的话。

后来,梁正用他的这点把柄,进一步威胁他,要他做这做那,他也认为,自己手上沾了屎,总是臭的了,一不做二不休,硬着头皮顶吧。而且梁正时常对他造谣欺骗,说什么蒋介石国民党不久就要反攻大陆了,只要蒋介石一回来,又是他们的世界了等等。开头他是相信的,往后一天一天地感觉不是味道,好像从前救济总署发的口香糖,越嚼越淡。这次土改运动,比清匪反霸深入了,老乡们慢慢地都能辨别出谁是真心为老百姓办事,谁是把人民当牛当马。他想,如果还是走那条黑路,不知哪天总归是要倒霉。特别是那天杜队长找他谈过话,给了他好大的启发,这次划阶级,大家又把他划为贫农。他觉得共产党办事公道,得人心,这个江山一定能保得住。想来想去,终于硬着头皮来坦白了。但是,他要求给他保守秘密,以后梁正叫他做什么,他一定来报告。

金秀讲到这地方,杨眉不耐烦地插进来问:

“那,他到底是干了些什么呀?”

金秀继续说,花心萝卜交代:他就是听梁正一个人的指使干的,梁正叫他上山找过那几个土匪,给他们送打火机,有一回还送子弹和罐头;另外,平日就散播谣言,在村里贴反动标语什么的。那天骗大家去请愿,也是梁正叫他去活动的,回来他还给钱买条狗来宰了,他们几个人喝了一顿。

“那,梁正又是谁指使的呢?”全昭问。

“对啰!”大家齐声说。

“我也这样问过他,他说他不知道。”

“这里头还有鬼!”丁牧说。

金秀说:“不过他说,可能是覃俊三在后头牵的线,有一次梁正喝醉酒讲过,他跟覃俊三的丫头如何如何。”

“花心萝卜就是覃俊三的堂侄,梁正跟覃俊三有没有勾结他还不知道?”全昭问。

“我也这样问过他,他说他不知道。”金秀说,“他说他自己有时也到覃俊三家去通风报信,就是没见梁正在场。”

“这里头还有鬼!”丁牧又说了一句。

“这些事,他敢不敢把它写出来?”全昭问。

“他不认得字。”金秀说,“不过,他说如果我们把梁正抓了,他就不怕了,随时都可以作证。”

各人听到这里,觉得花心萝卜是墙上草,见我们这边风大,就倒过来了,可能是真的。不过,他一定还有事情保留着,没有全端出来;不管怎样,总算又突破了一个口子。

大家正高兴的时候，廷忠抱着福生回来了，苏嫂帮他挑回上坟的东西，也同时进的门。廷忠把福生放下，将草帽摘了，额角上有一道帽圈的印子。脸上还淌着汗，用草帽往怀里扇风。

“前天一场雨，今天太阳一晒，庄稼可好了。”廷忠说。

“锅里有米汤，你喝吧！”丁牧对他说，然后又对着苏嫂，“你也喝吧。”

苏嫂从篮子里把廷忠的东西取出来帮他放进另一只篮子，拿到屋檐的墙上挂起来了，然后在另一只篮子拿出好些草莓来请大家尝尝。大家一边吃，一边谈话，全昭把刚才金秀汇报的事简单地向廷忠和苏嫂说了。他们两人几乎是齐声说道：

“花心萝卜到底还有良心，太好了。唔，我们也有好事情呢。”

大家不知道他们说的是什么好事情，互相看了看。全昭和杨眉特别交换了眼色，笑了笑，以为是他要向大家讲他同苏嫂两人的事。哪知是，刚才在山上，赵光甫的老婆带着亚升特地过来给小冯的坟烧了香，然后同廷忠和苏嫂讲，赵光甫听到工作队同志为了救他的儿子牺牲了，觉得对不起大家，不管怎样，自己是决心下来了。另外，有的人也要下来。廷忠说，看样子，旁的人是叫他先下来试试看。

“这件事情怎么办？他今晚要等回信。”廷忠说完话，向全昭问道。

全昭想了想说：“就这样吧，这两个情况都很重要，杜队长不知今天回不回，干脆去团部找他汇报去。”

“我同意，不然，我们真的是拿不稳。”金秀说。

接着，大家你一句我一句，都说找两个人去一趟，快去快回。哪两个人去呢？各人又商量了一阵，认为让金秀、全昭两人去走一趟。全昭的意见让廷忠或苏嫂也去一个，因为赵光甫老婆怎么说的，有他们去，讲得清楚些。

廷忠觉得很为难，推给苏嫂，苏嫂又说要跟亚珍谈话，最后还是廷忠去了。

“又不是大姑娘出嫁，怕什么？”丁牧鼓了鼓气。

“到公家地方去，我就有点不惯。”廷忠说。

“一回生二回熟，慢慢就惯了。”徐图也鼓励了一番。

他们三人终于走了，在家的人就准备下一场斗争。照杜队长的意见，把第二榜的阶级成分马上公布出去，使大多数贫雇农有了底，进一步孤立富农，打垮地主。苏嫂赶紧找亚珍谈。撑她的腰，打消她的顾虑。

“她这两天想开了，说是要认亚婆做干妈，就在我们家不走了！”苏嫂说。

二七

全昭他们三个人走到半道上,土改团的通讯员迎面赶来,见了他们很高兴,说是杜队长要他送封紧急的信,随即把一张叠成三角形的字条给了全昭。

全昭看了信,脸上浮着笑意。廷忠和金秀看她高兴的样子,问是怎么回事。她把信交给金秀,顺口对廷忠说:

“我说要你一道来正说对了。”

原来是省委贺书记到土改团来专门了解长岭乡的情况。杜为人就是要他们这三个人去团部汇报。

“杜队长一定要我去吗?不要我讲话吧?”廷忠担心地问。

“要讲就讲呗,别害怕嘛,你胆子那么小的。往后,你要学多讲话才行呢。”

“这可是难了,我愿犁半天田,也不愿开会讲一回话。”

“讲话也是学得来的。起初,我还不是不愿说话,后来慢慢的也敢讲了。”金秀说。

“是的嘛,好像我们工作队同志这回学挑东西一样,开头很吃力,现在不是也学会了。”全昭说。

他们就这样你一句我一句地边谈边走，不觉就到麻子畲了。时间已经是晌午，团部的同志正在休息。一会，通讯员去找到杜为人来了。杜为人说，过午团部还要继续开会，贺书记专等着听他的汇报。要全昭他们马上就把情况告诉他。

开头，全昭说了说，然后，由金秀和廷忠分别将花心萝卜的坦白和赵光甫想回来自首的详细情况向他讲了。最后，全昭又把他们刚才在村里安排的事说了说。

“好，好，太好了。你们倒是主动地来了，我还派了人请你们呢。”杜为人眼睛里闪着胜利的喜悦，“这一下，我们的工作进展就快了。你们先别回去，等我开罢会，一块吃了晚饭再走。你们可以去参观参观这里麻子畲村的斗争会。我现在准备一下，马上就开会了。”

杜为人收起笔记本走了。全昭他们三个人走到麻子畲的农会看了看。会还没有开始，家家户户都上坟去了，开会的人还没到齐。廷忠到这里的表兄弟家串门去了，全昭同金秀则到通讯班去找报纸和信。三中队的信不少，有杨眉的，有丁牧的，有徐教授的，也有全昭自己的；另外，还有一封是给冯辛伯的，上面没有写同志也没有写先生，就只写冯辛伯亲收。是一般女子写的字。金秀拿起来，疑惑地看了看，全昭轻轻地说：“这一定是他妈写来的了。”金秀眼睛直直地没有说什么。全昭把信全放进口袋，好回去分给大家。然后同金秀慢慢地走到小学校的操场来。全昭几次想同金秀说些什么，就是不好开口。终于，倒是金秀先说话，她问道：

“傅同志，你说，像我们这样的人，要读几年书才能跟你们一样呢？”

“我们读是读了十来年，有些东西读了也不顶用。”

“都能跟你们一样有文化多好呵！”

“你以后慢慢学也就有了。像你们那样，把工作做好了，将来也还可以到大学甚至到外国去学习呢。”全昭用羡慕的口气对她说。

“学习没有人帮助总是不行的。”

“在革命队伍里有同志，到学校去有老师，怎么没有人帮助呢？”

金秀又不说了,全昭这才想起对方的话中有话,一时也觉得自己太不体贴对方的心情了,有点抱歉。

一会,廷忠来找到她们,说是斗争会要开了。在会场周围找了大半天没找见她们,以为她们先回了呢。

“哪能这样呢。走吧,向人家学习学习去。”

全昭说着,同大家一起往会场那边走去。

吃晚饭的时候,杜为人告诉廷忠他们说,等一会,贺书记要找他们谈话。

“谁?跟谁谈话?”廷忠立刻紧张起来,饭都吃不下的样子。

“没有什么,先把饭吃好了再说吧。”全昭安慰着他,同时看了杜为人一眼,意思是:“他这人好怕生的呀!先别告诉他吧。”

吃完晚饭,廷忠、金秀和全昭来到土改团办公室等杜为人。办公室是没收来的地主的大厅。中间是两张八仙桌拼起来,两边摆着几个太师椅。两边墙上都挂些土改运动的宣传画和各个中队的工作进度和统计表。廷忠刚进来时有点紧张,眼睛不敢张望,半天,心情才稍微平静下来。

一会,杜为人和郑团长跟随着贺书记进来了。全昭和金秀立即站了起来,廷忠也跟着学样,刚站起半截身子,“坐下吧,坐下吧!”贺书记和郑团长连声说。

廷忠坐在全昭对面,直盯着她。好像是说:“怎么办呀?”

“我来介绍一下吧!”杜为人说,“这是我们省委的贺书记,这是郑团长,这就是廷忠同志,这位是全昭同志,北大同学,这是金秀同志,我们省里工作队的。”

“好呀!同志们工作得很好,很有成绩,我们很满意。”贺书记用长者慈和的眼光对这三个人看望了一番。手上翻弄着火柴盒,“你们抽烟吧。都不会?熬夜不会抽烟可不好顶呀!”他自己从烟盒抽出一支烟来,划着洋火点燃,吸起来。

廷忠这才偷偷地看了两眼。这位贺书记大约有四十多岁,脸色红润,精神旺盛,看他从来就没发过愁似的。

“冯辛伯同志是你们北大的吧?”贺书记对着全昭问。

“是。”全昭点点头,静静地说了一声。

“这位青年很好,在南宁我见过。可惜呀!土改完了,我们马上就搞建设,需要许多人才。培养一个大学生就不容易!”

贺书记边说边翻弄着火柴盒子，边考虑什么问题。“别的同学情绪还好吧？搞了一阵‘三同’，都吃得消吗？”

“还好。大家都觉得受到锻炼，同时，也向老乡学习了不少知识。”全昭说。

“是这样吗？廷忠同志，你看他们同你们在一块过得来吗？”

“好。可以，可以——”廷忠像口吃似的，脸有点发红。

“冯辛伯开头就在他家住的。”杜为人接过来说。

“是呀，在一起共同生活，慢慢就会交成朋友的。只有同地主在一起可就不能这样。廷忠同志不是就在覃俊三家熬了几十年吗？结果，他还是要把你吃掉。因为他不把你吃掉他就不成为地主了。这地方的老乡，把地主叫做蚂蟥，这比喻很好。”

贺书记谈笑风生。各人也都注意听他的，没有谁想到要说什么。他的谈笑声一停，屋里突然显得静了。

“看大家还有什么要谈的吧？”一会，贺书记望了望大家问。

“没有什么了吧，”杜为人说，“金秀，你看还有什么？”

金秀脸红了一下，望着杜为人，摇摇头。

“没有，你们就回去积极行动吧！我们刚才已经商量好了，为人同志回去同大伙再具体部署。马上给它一个歼灭战，连根拔掉！但是，行动要小心，敌人很狡猾，要注意发动群众。只要群众跟了上来，就不怕了。好吧，祝你们胜利！”

贺书记站了起来，跟每个人都握了握手。廷忠把手收起来，只是稍为弯了弯身子，就急忙挤出门外来了。

到了路上，廷忠才放开心怀来向全昭和金秀问：“刚才同我们说话的是贺司机？——”他的话还没有落音，金秀就哈哈笑起来，全昭和杜为人也不由自主地笑了笑。

“什么，他——”廷忠感到愕然。

“他是省委会的书记，就像区委县委那样，他是省里的首长！”

“区里没有谁叫书记嘛。不是都叫区委吗？县上刚解放有个叫政委的，县里什么事情是他讲话，不是吗？”廷忠反问着金秀。好像说，他并不是不懂。

金秀对他说，县委会的书记现在不叫政委了，都是叫书记，军队里才叫政委;区委应该叫区委书记,大家都把它减省了。

“那,我明白了!”廷忠说,“那,贺书记就跟旧时一个省长一样吗?”

金秀对他解释了一下。

“旧时的省长你见过没有?”全昭问。

“到哪里去见呀!别说省长,就是自己土佬的区长也难得见呢,

“那,你看,今天你都见到省里的首长了,还谈了话,可惜你没有跟他拉手是吧?”

“哎,我这手就不会伸出去。”廷忠这才感到有点遗憾似的。

“以后不管哪一位同志同你谈话拉手,都不要拘束,都是自家人嘛。毛主席也还同老乡们见面,谈谈生产的事呢。”杜为人说。

“对啰。你搞完了土改,把生产搞好,当上劳动模范,上北京开会,就能见到毛主席。”

“上北京?是早先皇帝住的京城吧?”

“对啰。”

“那得多少钱,多大工夫才能到呀!先前人家地主上京求名,不是要走三年两载的吗?”

全昭和金秀同他说了说,他好像都觉得挺新鲜,很感兴趣,对生活满怀希望似的。过去,他一天就愁生计,很少同人拉扯闲话;虽然解放了两年,也不大参加开会,觉得梁正这些人不顺眼,也就不愿跟他一道,新的事情知道得太少了。

“公家的事以后还是让则丰他们多管好了。”最后,他说。

“那,不行。你要打退堂鼓怎么行呢?大家的事情,大家都关心才好办。”

杜为人说。

他们回到长岭已经是黄昏了。杜为人和全昭他们都同廷忠到他的家里。正好马仔和杨眉他们几个都在那里等着。杜为人叫马仔去把苏嫂、则丰和徐教授他们找来。同时,叫他顺便上树顶广播:吃过晚饭,各个贫雇中农小组组长都到学校开会!杜为人马上变得十分严肃,好像一个指挥作战的将军。别人都不敢问他什么。全昭憋不住,问:“打算怎样搞法?”

“等一下就知道了。”杜为人回答得很干脆。

“哎哟,对我们也保密呀?”全昭说。

“不一定是保密,可也没有必要先说。”杜为人还是那样冷静,像个哲学家在沉思。

丁牧和全昭互相看了一眼,也都不作声。不到一袋烟工夫,则丰、苏嫂他们都来了。杜为人才同大家说,省委特别重视他们这个乡的工作,贺书记今天亲自赶来了,要求各人一定认真地把各人的工作负责搞好。这地方,从现在所发现的情况和公安部门掌握到的线索来看,不仅是几个封建地主的问题,而是还有帝国主义间谍的问题;山上几个家伙,不单是杀人越货的强盗,而且是一种武装的政治土匪。现在,把它们一网打尽的时机已经成熟了。马上就要开会,先把梁正叫来坦白交代,看他讲不讲,他不讲,就让花心萝卜和亚珍出来当场剥他的画皮。

“我们要走好这一步棋,通过这生动的事实来大做文章,教育骨干和提高群众觉悟。”杜为人说罢又转向杨眉问,“赵佩珍态度怎样?肯不肯坦白交代?”

“她肯讲。她很怕死,她说只要——”

“只要她肯讲出来,可以给她宽大。花心萝卜不会变卦吧?赵光甫他要回山上,准他回去。他们的根这一下子给挖了,他们不下来,在山上啃树皮吗?”

杜为人把话说完,环视了大家一眼。各人都紧张地沉默着。

“没有什么了不起的,这些沙洲虾,跳不了几下。你们负责把他们带到会场去吧。先不要他们露面,让他们每个人单独在一个房子,等叫到哪一个,再把他领进会场来。”

“梁正这个家伙力气好大的呵!”则丰说。

“力气再大,也飞不了。我们是叫他来开会的嘛,他不一定知道。为了妥当一些,找两个民兵去盯着他的屁股,怎样?”

“好,这样保险些。”

正说到这,赵三伯含着烟斗,不声不响地推门进来,让大家都愣了。杜为人马上招呼他:

“赵爷爷,等一下我们马上在学校开会,你也去听听。同志们,没有什么意见的话,各人就干各人的事去吧。”

杜为人的话刚说完,每人怀着既紧张又愉快的心情走了。

赵老头含着烟斗不离嘴,坐到丁牧的床上,一会才轻轻地对杜为人说:

“听说赵光甫回家过节来啦! 今个还没走。”

“知道。不几天他们全都会回来的。赵爷爷,走吧,我们到学校去。”杜为人检查了一下手枪里的子弹,然后同赵三伯往学校去。

二八

杜为人到了学校，看了看周围环境，又看了看准备做会场的教室。教室现在点着一盏汽油灯，照得人耀眼。黑板上还有小孩画的斗争地主的画。课桌歪歪斜斜，墙上贴了些土改标语。他想起了什么，同马仔说了说，马仔就走了。等到人都快到齐的时候，杜为人和廷忠、则丰、苏嫂在教员备课室商量了一下，然后由则丰去把梁正叫了来，见大家都坐下了，杜为人把下面的意思和大家说了一说：

为了要把工作搞得快一点，希望乡干部们都起个带头作用。前些时候工作队进行了一次小整风，各人都做了检讨，工作就有新的进展。村干部这样做也有好处。今晚就开始，而且要梁正第一个带头检讨。叫他想一想，把自己对不起群众的事都在会上说一说，说了，就算是自己的进步表现。

梁正一边听着，一边吸着烟，眼睛直打转，看看廷忠又看看苏嫂，神情惶惑不安，却极力装作镇静。末了，他表示既然指定要他带头，他就先讲也可以。说是自己缺点是有，脾气暴躁，爱骂人。

“你想想,除了这些作风上的问题,还有什么对不起群众的行为没有?”杜为人直盯着他的眼睛。

“解放后的没有。解放前,那,那是在军阀军队里头,很难说。”他把眼睛避开了,支支吾吾地说。

“就说解放后的吧。”

“解放后的没有。我一来就靠近人民政府和解放军工作队的嘛,乡亲们都看得见。”

“要是乡亲们帮你讲出来怎么办?”

“那,没有。哪里会有呢?”

“你还是自己讲讲吧。”

“我自己知道自己,没有什么。……对啰,可能赵佩珍胡说什么吧。她,反正大家都知道,嘴巴比戽斗还宽。谁知道她胡说了什么,同志们恐怕也不会信她的。”

“当然,不会就信她一个人。我们以为还是你自己讲出来好些,这完全是为了你好,反正做过了的事抹也抹不掉。”

“好吧!我想想,有什么就说什么。”他又抽出第二支烟来接着吸起来。

“人都到得差不多了!”马仔进来对杜为人说。

“好吧,开会去吧。”杜为人招呼大家跟马仔到会场来。

会场来了二三十人,稀稀拉拉地坐着,杜为人请大家坐到前面来,大家才挪动了一下,刚好占满了半个教室。杜为人叫学校的几个教员也来听,他们也都到了。看磨坊的丁老桂也坐在后面一排,杜为人请他坐到头前来,他不肯,只是移动了一下,往前两排的空位子坐下了。杜为人又叫廷忠他们几个坐在讲坛左面的桌子旁边来,好商量事情。会场经过调整以后,杜为人没有上讲坛去,只是站到前排当中的地方宣布开会。他说,今天是工作队召开的会,请大家一起来听听农会几位干部报告这段工作的情况。现在首先由民兵队长梁正起个头,请大家注意听,等他讲完了,大家可以发表意见。

这一宣布,原来农会的几个干部都有点紧张,觉得很突然,没有准备。苏绍昌马上过来问怎么个讲法。杜为人说,今晚梁正一个人先带个头,不会轮到他,叫他安心听好了。苏绍昌才平静了一些,回到座位又叽叽喳喳地告诉了别的人,谁嘘了两声,会场才平静下来,注视着讲坛上的梁正。他脸色灰暗,眼光泄露着恐惧。腮帮上那颗长毛的红痣,像田里割剩的草,叫人看了很不顺眼。

会场中,马仔最活跃,他背支杜为人给他带着的卡宾枪,来回走动,“这下可有好戏看了!”忙了一阵以后,他凑在银英旁边坐下,悄悄地说。

“去你的吧,别在这里嚷!”银英说,看也不看他。

谁又嘘了一声。

讲坛上,梁正讲话了,大家都集中注意力认真听。

“我梁某缺点毛病是很多的,杜队长刚才同我讲了,叫我想想有什么对不起大家的事情。自己想了想,对不起人的事怎么没有呢?比如说,脾气躁,动不动就骂人,军阀作风。这都是要不得的,伤和气,另外还爱喝酒吃狗肉,这都是旧军队学来的腐败东西——”

“不要你说这一套!”

马仔突然吼了一声,把大家都吓了一跳。梁正也把话咽住了。用哀求和询问的目光看了看杜为人。

杜为人不动声色,依然那样沉着而严厉。

“你赶快交代你挂羊头卖狗肉的邋遢事情吧。”马仔说。

“那,我没有。杜队长,我……别的没有说的。”梁正望着杜为人哀求。

杜为人瞪了他一眼,说:“你暂时不愿说,就下来吧,坐在这地方。马仔,叫赵佩珍进来说话。”

马仔立即敏捷地背上枪走出门去。会场里人声嚣动起来。一眨眼工夫,赵佩珍被全昭、金秀送进来了。杜为人叫她站到讲坛上去讲。她头发蓬乱,脸色憔悴多了,忽然老了十年似的,像个五六十岁的老太婆了。她说,自己名分上干的坏事,前回大会上各人都顶出来了。现在,她只是说梁正的反动阴谋。她说,她造的谣和说的工作队这样那样的坏话,都是梁正教给她的。梁正对她说过,现在共产党叫人不信仙姑巫婆不要紧,等国民党一回来,又是我们的世界了。

“梁正,你是不是这样跟我说的呀?”赵佩珍朝着梁正问。

“我没那个记性,你记得,你说吧。”梁正抽着烟,满不在乎的样子。

赵佩珍讲完下来的时候,杜为人马上对旁边的则丰说:“去叫花心萝卜来。”梁正听到后眼皮跳了一下。花心萝卜一进来,自己就上讲坛,还舍不得把快烧到手指的烟头丢掉,吸了吸,又干咳了两声。

“别装他妈的洋蒜!”

“看他这个鬼样子真够受!”

人们低声地咒骂。

“我,大家都看不顺眼!”花心萝卜咳了两声说了,“但是,也不是我自己愿意的。人家好比药鹧鸪一样,给我一点甜头,我自己嘴馋,有什么办法。只好进人家圈套!——”

“嗨,他做了坏事倒是有道理呢。”还有人私下里讲话。

“嘘,别嘈嘈!”

花心萝卜丢掉烟头,咽了一下口水,又说:

“现在,我一天一天看共产党、人民政府才真是同我们穷人老百姓一道的。我心想,不为我自己,单为了几个孩子,我也不能再干下去了。”

“你说你干了什么坏事得了,别跟教不好的牛似的,老拐弯,拉不正犁耙。”

“我干了什么?我帮了梁大炮去勾通山上的土匪!——”

“哟!”好些声音一齐惊叫起来。

“我真是去了,大家不要惊慌。我去了好几趟。苏主任不是还记得吗,苏嫂的牛跌到羊谷去的第二天,你去给老丈人迁坟,我们还同了一截路呢。”

“那,我可不知道你是去干坏事的。”苏绍昌惶惑地赶紧声明。

“苏主任放心好了,我也没说你知道。我好汉做事好汉当,不会赖别人。梁正叫我去做,我就说他叫我去做。可是,谁叫他做的呢?我不能替他讲,反正他自己明白,叫他讲吧。”

花心萝卜刚一说完,会上又是一片抑止不住的声音掀起来。有人就喊:

“要梁正交代,谁叫他去通匪的?”

梁正满脸通红,眼睛转了转,看看杜为人是什么态度。杜为人不动声色,依然那样沉着而严厉。

“你有话要说吗?”杜为人向梁正问。

“我……”梁正欲言又止。

杜为人同廷忠耳语，廷忠走出去了。不一会儿，苏嫂陪着亚珍进来。亚珍和原先大家看到的完全两样了：这些天来，全昭把她打扮得挺齐整，两根小辫子剪掉了，现在是短短的头发，好些日子不晒太阳，脸色白了一些，也胖了些，眼睛闪着光。身上穿一件全昭为她在圩场裁剪的青士林布衣服。

“这不是覃俊三家的亚珍吗？”

“是呀！不是说在河边什么地方跳水死了吗？”

会上又是一阵骚动。有的对她的过去表示怜悯，有的为她现在得救表示欣庆，有的疑惑，有的惊讶。梁正却把头低下来了，不敢抬头望一望。

亚珍死也不肯上讲坛。苏嫂也没有勉强她，只让她站到前面稍为当中的地方。无数的眼睛全盯着她，坐在后排的人伸直脖子，站起来看，使她更不敢抬起眼皮来，两只手搓揉着衣角。“别怕，你把话都说出来就完了。”苏嫂在她耳边说。

会场终于静下来了，亚珍嘴唇颤动了半天，用着最大的力气，终于喃喃地说：

“没良心的覃俊三，他让梁正这个麻风把我害了。我怕见他。地主婆叫我送信，我不敢去。我不想活了，遇到廷忠叔叔才把我救了……”

“噢！地主真是没阴功呵！”

“她这一下倒是走运了。”

会场为这个受难者松了一口气，同时对梁正也增长着无比的憎恨。接着，全昭把覃俊三给梁正的信给大家念了一遍，念完又作了一番解释。全昭的声音刚停下，大家就抑止不住了，纷纷要梁正自己讲一讲。

“你再讲一讲吧。不要都叫旁人讲完，自己就没说的了。”杜为人带着警告的口吻对梁正说。

梁正站起来，转了转身，也不敢再看大家，半吞半吐地说：

“就是覃俊三叫我干的。他给我钱花，我见银眼黑，就干了。”他说到这里停住了，记不得坐下来似的，直挺挺地站着。

“不对，他信上不是叫你去问‘上峰’吗？‘上峰’在哪儿？”看磨坊的丁老桂说了。

“我没收到信,不知道。‘上峰’就是山上的几个土匪嘛。”梁正支吾地说。

“你别装蒜,什么山上的土匪。见你的鬼。”有人高声怒斥。

“你怎么不说呀?”杜为人严厉地质问。

“就是覃俊三叫干的。”梁正不敢大声说,随即坐了下来。

杜为人看了看手表,现在是十点五十分。他有所等待似地沉思了一会,然后,站到刚才他讲话的地方,环顾着会场。会场是喧闹着的,都为这个案件惊动了。几个小学教师在交头接耳地议论。梁上燕好像是有所悔悟似的跟他的几个同事议论什么,大家见到杜为人站到前面来的时候,声音才一下子静下来。所有的眼睛都注视着这位队长,觉得特别亲切。等声音完全静下来之后,他才用坚定不移的语调说了:

“我们是为了给梁正有个承认错误的机会,所以才让他在大家面前把事情交代出来,好宽大他。可是,他到现在还装糊涂,以为我们都是可欺的。我现在可以告诉你,”杜为人看着梁正严厉地说,“你们下的赌注全输了!山上那几个土匪不是什么‘上峰’,而是‘上峰’的爪牙!他们的‘上峰’,并不太远,就在这里,就在我们身边。”

一声霹雳,震撼了整个会场!会场立即骚动起来,人们你一言我一语,猜疑、惊讶、询问的声音此起彼伏。

杜为人停止了说话,直瞅会场的人,让大家又静下来之后,才接着说:“就在这个长岭乡!现在,还允许坦白,谁知道的,跟他们有过瓜葛的,自己说出来就能得到宽大。”

杜为人把话说完,望了望大家。各人你瞧我我瞧你,不胜惊异,叽叽喳喳的耳语又充满了会场。梁正抱着脑袋不敢看人。花心萝卜想讲个什么又收回去了。徐图和丁牧也怀着激动的心情等待事态的发展。有时,看看杜为人的神情,觉得他有一股力量,操纵着周围的生活。

汽油灯的气不够了,一个小学教师同一个民兵过来给它打了打气,光线又明亮起来,一些不知名的昆虫在灯罩周围飞扑。

看看没有谁说话,磨坊的丁老桂想了想,敲敲烟袋,然后,伸着脖子高声喊:

“我老头是本着良心说话——”

“好呀,你站起来说。”有人以为是他要坦白,用命令的口气对他叫。

“我可不是给自己坦白! 自己还没那份能耐。我只说我们岭尾那位何老爷,他几十年来在外头做官,从来没回村一次。这回嘛,快解放了,他倒反跑回来了。像他这样的人,按理应该知道解放军来了就要分田地,打地主的啰,凡是大点的地主谁不是往城里躲? 有的还跑香港、澳门什么的,可他老爷就出奇,倒反往村里跑,还搬来一船的箱笼。听人说,好几个人搬了一夜,第二天早上,码头上还有不少的箱子没搬完呢。大家想想看,是怎么回事。清匪反霸那时辰,都说他是开明士绅,让他混过去了。跟覃俊三的一样,都说他是抗战地主,留了他,什么也没动。现在,大家不是看到了? ——”

“你说话干脆一点得了!”有人喊了一声。

“让他讲完。”杜为人马上说,“以后谁说话都让人家说完,不要打断话。老桂爷爷,你说吧!”

“我没有了,让大家说吧!”

“我看丁老桂讲得有道理。梁正老跟姓何的杀狗喝酒,要他坦白讲讲。”有人马上接着嚷。

“何其多同覃俊三是两家亲戚,一定有勾结!”

“要梁正讲!”

大家你一言我一语地叫唤,会场一时静不下来。

“梁正,有没有话要说的?”杜为人又问。

梁正摇摇头。一个解放军的同志进来同杜为人耳语。“把他带进来!”杜为人说。

猛然,门口进来两个气势昂扬的解放军公安部队同志,随后是一个已经戴上手铐、垂头丧气的何其多,再后面是三四个解放军跟着。杜为人对解放军战士示意,叫他们监视着梁正。

会场的板凳在响动,人们都站起来伸着脖子看。杜为人叫解放军同志把人带上讲坛去让大家看。人上了台上,大家又坐下来,都屏住气静听。空气像一下子冻结了似的。

“问他有什么话要说的。”杜为人对马仔说。

“真没想到呀!”杨眉伏在全昭的肩上耳语,感到又紧张又痛快。

何其多是个老奸巨猾的家伙,他装得老练、从容,极力掩饰他内心的慌乱。马仔问他话,他爱理不理的,沉吟了一会,才拿混浊的语气说道:

“兄弟在外做事几十年,一向是廉洁奉公,解放回乡来乃系告老归田,无非想在晚年稍尽绵薄之力,造福桑梓,早晚得与乡亲父老共话桑麻之乐趣。解放事业,只要用得到兄弟之地方,无不尽力以赴。清匪反霸时期,兄弟曾经尽过微力,事实俱在,同志们可以明察。”讲到这里,他把话煞住了。

“完了?”马仔问。

他不屑于回答似的,不作声。

杜为人马上站起来,叫马仔把他带下去,让他站在右边的角落里。之后,杜为人走上讲坛去了。大家都紧张地期待他的话。

“刚才老桂爷爷猜对了!”杜为人开始他的说话。

大家都用尊敬的眼光回头去找丁老桂。

“这个人,”杜为人将眼睛转向右边站着的何其多,“他就是覃俊三的‘上峰’。他自己的‘上峰’就是蒋介石和美国帝国主义。这里的教堂就是他们的狐狸窝!”杜为人讲到这里,低声对解放军同志说:“把东西拿上来。”

解放军同志把电台、手枪、弹药、文件和反动传单拿了进来,放到讲坛的桌上。

“这些玩意就是他们同美帝蒋介石通风报信的电台,就是谋杀我们干部的武器,就是欺骗老百姓的反动宣传品。何其多这个人,在外边几十年不是像他说的那样,什么廉洁奉公,而是专做谋杀革命干部的特务;他回来不是要搞什么造福家乡,而是回来躲藏隐蔽,组织土匪武装暴乱。梁正是他们的先锋,他把我们骗了,现在我正式宣布:逮捕他! 依法归案。”

解放军战士马上走上前去,用手铐把梁正的手铐上了。

“他们搞的罪恶很多,大家可以继续控告!”

杜为人讲到这里,站到一边看了看大家,人们都沸腾起来了!

“打他!”谁大声喊起来。

“打！该死的！”随即有人附和。

激怒的情绪弥漫了整个屋子，有激动地淌了泪的，有一时泄了恨的，有顿然觉悟过来的，有惊叹解放军的功劳的。

廷忠走过来颤着声音，要跟杜为人讲话。杜为人叫他上讲坛来。他对杜为人说：“我看，要开个大会，叫全乡的人都来看看这些坏家伙。”

“好，你现在就跟大家说说。”杜为人支持着他。

廷忠这下可忘记在什么地方说话了，很自然地走近桌边去，向着大家，用激愤的语气高声说：

“各位父老兄弟，我实在忍不住了。我们被人骗，被人欺，被人害得太甚了，我们要把这些坏蛋让全村的人都知道，让全乡的人都知道。让大家都来看看，都来听听。他们可是把我们害得太狠了。开大会斗他，赞成不赞成？”

“赞成。”全场齐声吼叫。

“我说，要干就趁热打铁，明天就开大会。”则丰大声喊。

“明天就明天，我的田也不插了。”

无数声音汇成一片，分不清谁说了什么了。

“我主张明天午晌开大会，斗争这些反革命分子，同时公布第三榜阶级成分。大家说行不行？”廷忠望着激动的人群说。

“赞成，赞成！”又是一片欢呼。

“我也同意廷忠的意见，”杜为人站起来和大家说，“现在散会，请各小组长回去通知各户，明天务必按时到会。”

“廷忠可不简单哩！”徐图有了新发现似的，跟丁牧说。

“事物都在不断地发展和运动的。”丁牧说。

散完会出来，赵三伯跟着杜为人一块回到农会。杜为人看看手表，已经一点过五分了，赵老头却一点也不意识到夜已很深，看他挺精神，从从容容地坐到杜为人的床边，重新装上烟丝凑近灯火点燃，悠闲而舒坦地吸着。杜为人觉得他有什么话要讲的样子，默默地观察着，等他开口。他吸完了一袋烟，敲了敲烟灰，然后望了望杜为人，说：

“我们长岭乡这一趟，可是跟田经过三犁三耙一样，把那些坏杂种都给拔了,我看再也长不起来了的。这些反革命,好比掉下井里的石头,你说还能翻起身来吗?”

“你老人家看呢?”杜为人反问他。

“看倒是比你们后生多看过一两回了,见识不一定比你们高。从这一回看,来头可是跟从前不一样。”

“这怎么说呀?”杜为人未免诧异起来,觉得赵老头话中有话。

“你等着,我回头拿件东西给你!”赵老头敲敲烟灰就走了。

杜为人更觉疑惑,望着赵三伯走出去的背影想:“老头到底怎么回事呢?难道——”

“杜队长,你还没睡呀?”马仔进了来,把手上拿的两筒罐头往桌上一搁,然后将卡宾枪从肩上放下来,揩了揩汗。

杜为人拿眼睛问他:“怎么回事?”

“你看这两罐东西,不是跟杨眉同亚升拿来的铁罐一样吗?”

“哪里拿来的?”杜为人拿过罐头看了看问。

马仔说是从教堂的地下室起出来的,同弹药在一起,在一个铁皮箱子里装着。

“刚才应该把它同亚升的那两个铁罐一起拿到会上去,让大家都见识见识。明天开大会记得拿去。”

正说着的时候,赵老头回来了,他拿来一包用块褪了色的破旧土布包着的东西,还用麻皮捆得像只小粽子一样。

“老杜,这是我保存了二十五年的东西,解放三年了,我还不敢拿出来呢。就是怕你们又走了,那些杂种又来找我这个老头算账。这些日子来,我想了又想,反正我老头也快到时候了,就押这一宝吧。我算豁出来了,把它交出来,也表个心意,你看吧。”

杜为人和马仔交换了眼色,都注视着这包东西。

赵老头说完话,把麻皮扯开。麻皮已经过劲,很脆,一扯就断。布包解开来里头还有一层是用一张民国十六年(1927年)的南宁《民国日报》包着,再打开来,才见到是一面红旗!老头把它铺在桌面上,那面旗的中心是用黄缎子剪贴上去的一张犁头，靠旗杆边是用黑缎子剪的字：

长岭乡农民协会

杜为人一下子激动得不知怎样好，用两只手握住赵老头那双多茧的手：

“老爷爷，你——”杜为人高兴得眼泪都出来了。

“我原来就是扛过这张旗子的，旗子是我拿自己要缝衣服的钱先垫着，去城里制回来的呢。”赵老头说到这，掏出烟来装上，吸了起来，感到胜利地沉浸在遥远的回忆里。

杜为人把那张旧报纸看了看，上面就有污蔑共产党煽惑民众图谋不轨等等的反革命言论，和反动国民党省政府宣布解散农民协会的命令。

赵老头接着讲起他的故事来。他说：“民国十五年快到过年时候了，从县上传下来说是现在广东、湖南的国民革命军要北伐打倒军阀，在后方的民众都要组织起来成立后援会，农民有协会，工人有工会，妇女、青年、小孩都有自己的团体。不识字的，男男女女都上夜校，认字唱歌什么的。那时，上省城读书回来的苏民，就对大伙宣传：以后不准许谁压迫谁了，也不准放债剥削，个个人都平等，老百姓见县官也能平起平坐，当丫头的都解放出来自由了，欠债也不要还，地主的田要平分给农民。经他这一宣传，像我们这些穷人听了，都高兴得不行，一下子就闹起来了。

“那时，也是天天开会，游行唱歌。把地主老爷吓得也是够受。谁知道，第二年的七月节还是八月节，记不大清楚了，反正是割早稻那时辰，忽然什么都变了。说是：这是共产党造反。县政府的县警，和原先团总的团丁都来了，把农会、工会的带头人，抓的抓，打的打，把刚闹起来的什么会什么团都解散了。有的人挨抓了去坐班房，有的当时就给砍了头。苏民当时回省城躲去了，后来又回家来，才被覃俊三盯梢抓了去的。我当时就想，是很好的事情怎么就是造反呢？反正这些话都是他们财主们说的，因为我们要同他们势不两立，他们能甘心吗？那时我想，这事情一下子有那样多的人赞成，终有一天又闹回来的。再说，这张旗子是我自已花了钱制的，农会还没给我钱，更不愿交出去让那些杂种毁掉,就把它藏起来了。

“当时为了怕他们搜,我就把它绑在屋梁上,一直不去动它,就是前回斗了覃俊三才把它取下来,想交给你们,又寻思这些杂种还没除净,不忙冒这个头吧。今晚看了看,番鬼佬的教堂我们解放军都敢抄他们的家了,这回有九成是赢了,我这才把它交出来给大伙看看。老杜,我们老一辈人也是跟地主土豪干过的,那时我也跟廷忠、则丰他们现在这样的岁数。苏民那个小伙子,人可是好呵,正跟全昭他们这样,成天就是知道为着大家办事。可惜叫覃俊三他们害了,不然,他现在恐怕也是在省里做事了。”

“好!你是个老农会会员哪!明天开大会,你老人家上去跟年轻后生讲讲,让大家认识敌人的残酷毒辣,懂得革命道路的艰苦,同时,也看到我们的群众的力量,树立胜利信心,看到光明幸福的前途。”杜为人说。

“你还说明天呢,公鸡已经叫第三遍,天都快亮了。”马仔说。

“今晚,你要睡也是睡不着呀!”赵老头说。

第四遍鸡声又响了,杜为人看了看手表,已经是四点四十八分。

二九

自从那天晚上逮捕了何其多、梁正以后，半个月过去了。

这半个月，长岭乡卷起了一股革命的旋风。

经过对何其多的斗争，人们见到了封建地主与蒋介石特务和美国帝国主义三方面勾结连环，拧成一条锁链，长期套在农民脖子上的活生生的事实；经过对何其多的斗争，人们更加相信了自己有力量能够掌握自己的命运，有勇气把敌人加给自己的枷锁挣开；有信心把美好的生活实现。

这半个月，长岭乡好像越过了千百年的时光。

人们的精神生活呈现着苏生的景象：恐惧、卑怯、忍辱和忧郁的云雾在人们的脸上消失了，听天由命的观点在这里开始瓦解，劳动的概念也减轻了它的重量，人们忽然有那样多的话要说呵，大家都变得特别勤快。

这半个月时间过得太快了。在这里，人们将黑夜弥补着白天，白天接连着黑夜。划阶级定成分完了，接着是没收分配，跟着就是选举新的农会和乡政府的负责人。同时，建立了党在农村的组织。

分配的预分第一榜公布出来的时候，廷忠跑来找杜队长重新表白他的态度。说是大家照顾他多年的穷苦，而且又是他家原来的东西，把覃俊三的砖屋和他原来被夺去的三亩水田分配给他。他认为没有那几亩田，那么些年都熬过来了，现在只要分得别的田也就成了，不一定要自己原来的田；同时，觉得自己人丁不多，又不愿离开自己出生的祖屋，也不愿搬去覃俊三那间屋子。他觉得则丰家人口多，让他搬进去比较合适，如果那几亩田同则丰的田连在一起，干活方便，分给他好了。

“等大家看完第一榜反应怎样再说，好不好？”杜为人回答了他。

“反正给我也不要，我一定要同大家讲讲。”廷忠说。

杜为人这才发现他有这样固执的脾气。只好答应他去同苏嫂他们商量决定。最后，大家也就没有勉强他。这样一来，分配时候那些斤斤计较的人，也就不好意思多说了。

“廷忠就是那样一个老实人，他这种人品给自己人办事倒是难得了。”人们这样议论着。

在改选乡干部的那天，每人拿着玉米，认为哪一个候选人合适，就把它投入候选人背后的小碗里。结果，廷忠背后的小碗和苏嫂一样，得的玉米最多，其次才是则丰、银英、马仔、赵三伯和丁老桂他们。最后区上批下来：廷忠当乡长兼农会主席，则丰是副乡长，苏嫂是副主席。另外，他们又互相推举银英掌握妇女工作，马仔担负民兵队和青年队的责任，丁桂管理财粮，赵三伯和苏绍昌负责民政和福利。

党和青年团的组织，也是在这半个月中扩大了队伍，接纳了新的成员。廷忠、苏嫂和则丰成了光荣的预备党员，银英和马仔都是青年团组织的新分子了。

就这样，半个月过去了。

这半个月，大地在不知不觉中悄悄地改换了新装：村边和屋房边的枇杷树，在阔大而浓绿的叶子下，伸出了迷人的金色的果实；丰硕的荔枝一串一串地挂满了枝头；木棉的棉桃开始吐着飞絮，随着春风把它的籽送到别的地方；玉米已开始结穗了；瓜田的南瓜、冬瓜和西瓜，那带着毛茸茸的“婴孩”，已经裸露在藤蔓旁边，等待着给它铺着“产褥”；扁豆蔓儿争先恐后地攀到棚架上，接受雨露和阳光……

蝉声在浓荫里歌唱,报告着春意正浓、初夏快来的消息。

就在这暮春的夜晚,长岭乡开了一个庆祝胜利的大会。正当天黑下来的时候,全乡男女老少都来了,各人提着小风灯,拿着火把,带着电筒,在青色的星空把通往长岭村来的几条小道点成几条火龙。山歌声这里唱那里和的,在旷野里显得更为高亢。

庆祝会空前热闹。小学校的师生们编了一个话剧叫"土地还家";青年们有的组织了醒狮队,有的跳着铜鼓舞;妇女们表演山歌联唱;有的老头和青年一块合奏着"八音"……

忽然,有个愣小子跳到台上大声叫唤,提议要新选出来的干部每人上台唱支山歌,问大家赞不赞成,全场马上掀起一片叫好和掌声。

跟着,不知是哪个小伙子的主意,第一个被拉上台去的是赵老头。别人为他担心,他自己可一点也不着慌。到了台上,他敲敲烟斗,咳嗽两声,说自己年岁大了,新歌没学会,二十五年前唱过的一支歌子倒是还记得。问大家要不要听,全场噼噼啪啪地鼓掌,有的还高声叫喊,表示欢迎。赵老头天真地用沙哑的声音唱起来。歌词是这样的:

青的山,绿的田,
灿烂的山河;
美的衣,鲜的食,
玲珑的楼阁;
谁的功,谁的力?
劳动的结果。
全世界工农们,联合起来呵!

"好!"有人狂热地鼓掌。

"请新乡长上台唱歌!"接着有人喊了一声。

廷忠赶紧要躲开,谁知有人在旁边立即抓住了他,非要他上去唱一支不可。

“我不会，我从来也没开过腔。”廷忠忸怩得像大姑娘要上轿，哭笑不得。

终于，被两个小伙子拉拉扯扯地，弄到台上去了。

“我也没唱过新歌。”廷忠到台上很难为情地望望大家说。

“要他唱歌才真是拿鸭子上架呢！”全昭对杜为人说。

杜为人怕自己也要被拉上台去唱，没有心绪搭腔。

“旧的也行呀！唱吧！”有人高声嚷。

“对啰！”

“嘘！嘘！”

声音静了一下。

廷忠看看下不来台，终于唱了：

> 花未曾开蜜蜂就来了；
> 尝不到那口蜜露，死不了那个痴心！……

人们还没有听完他的尾音，他已经溜下台来了。

“不行，他没唱完！”有人大声嚷嚷。

“我走了。”杜为人轻轻对全昭说。像漏网之鱼似的，怕谁要抓他，转过身就走了。

全昭跟着他走到会场外边来。这时，下弦月已经出来了。天空的云彩已经消散，月光很清澈。地上铺着一片银色的光辉，田里的青蛙和各种各样的鸣虫，合奏一支热闹的夜曲。他们两人走到坟堆的旁边，就在墓碑上坐了下来。

“廷忠唱的那两句山歌挺美，想不到他有这一下。”全昭先说了话。

“是吗？我都没有听他唱了什么。”杜为人说。

“你那样怕呀？”

“我就怕出洋相。”杜为人说，沉思一会，“赵老头唱的那歌词倒不错，当时大革命给老头的印象很深呵。廷忠唱了什么？”

全昭瞟了对方一眼，然后把廷忠的山歌的意思说了说。

“听则丰说，廷忠和苏嫂他们两人小时候就有感情来的，后来叫地主给打散了。”全昭最后补充说。

“那，现在可以如愿以偿了！”

全昭这才把那天晚上看小冯的日记的时候，苏嫂所流露的情绪告诉了杜为人。

“人的感情总是不那样简单！”杜为人不觉感慨起来。

“我看你从来也没有写过信似的。”全昭终于把她近来想要向他打听的事情试探地提出来。

杜为人笑了笑，说：“因为从来没有接到过信，所以也就没有复信可写。”

“你没有给人写去，哪里会有人写来呢？”全昭意味深长地看他一眼。

“是呀，事情总是两方面的。”

“你不能说说你的故事吗？前回你答应要告诉人家的。”

“我的故事很短。”杜为人看了看天空，沉在遥远的回忆中。

天空飘浮着白色的云彩，慢慢地把缺着一小块的月亮盖住了。杜为人把视线收回来，看到全昭也在沉思，不禁有所感地喃喃说：

“爱情是个老题目，文章则各有各的做法，特别是它的开头和结尾，都没有一个是相同的。”

“那，请谈谈你的‘写作经验’吧！”全昭回过头盯着对方的眼睛。

“我那场考试算是交了白卷，没有什么好说的。”

“那，总是有个开头啰？人家说，写文章的第一句话，跟唱歌定音调的一样，关系着全局。看看你是怎么写的吧？”

杜为人凝视着对方，对方和他的目光碰着。那双眼睛像在恳求：“你说嘛！”杜为人终于尽最大的努力说了，那是他在国防艺术社相识的对象。当初，他对她并没有特别印象，后来下乡宣传，两人常在一起，觉得她虽然有不少的不切实际的幻想，却有着可爱的谈吐。至于他自己有哪些地方使对方感兴趣，可就不知道了。总之，两人自然地特别亲近起来。一回，两人分开工作，她下到村子里，他留在镇上。她来信说，她有个煤油灯没有捻子，叫给她买条灯芯。他给她买了寄去，还附上这样一张字条：

把灯芯给你，

但愿你有油点着它！

“谁知一条灯芯和两句话引出麻烦来了,以后就宁静不下来了。”杜为人说,“这就是文章的开头。没有开好。也是那个时期我小资产阶级玩的花招。”

“后来呢?”

“后来就是现在这个样嘛,没有可写去的信,也没有可接来的书。哈哈!”

“杜队长,你可是挺幽默呢,你老老实实把它都讲完得了。”

“后来,我接触了党的组织,做了点工作,在文艺思想上从艺术之宫走到街头来了;在人生观上,从个人主义的王国一步一步往集体主义靠拢。谁知道,这样一来,她开始嫌我哲学气味太浓,叫她受不了。最后,她碰上一个她自己说的像渥伦斯基①那样风流潇洒的公子,两人一见倾心,终于结了婚。我的文章就这样没有再写下去,成了废品,扔进字纸篓去了。”

“她是学什么的?”

“声乐。女高音独唱,音色很美。”

“以后呢?”

“以后,我们分道扬镳,各走各的路。解放后我回到桂林听人说,她最终被那位骑士甩掉了,境遇很不好。如果她不走那样的道路,也坚决地走进革命的行列,今天可能是个出色的歌唱家。”

“你自己呢?难道你——”

“我自己没有什么了,就这个样嘛。参加革命以后,原来那些旧社会带来的个人自由散漫生活被紧张的革命斗争慢慢地代替了。当然,当时受了那一点精神上的挫折也曾感到痛苦,可是,并没有颓唐。因为那时我已找到了党,有了党的组织就觉得有了依靠。因而曾经立了个志愿,说是失掉这点东西一定要到社会主义的灯光下再寻找。”

全昭没有作声。会场上传来一阵“八音”的音乐。

---

① 渥伦斯基:《安娜·卡列尼娜》中的人物,卡列尼娜的情人。

“正是因为这样，有的男同志说我是矫情；女同志则说我在这个问题上，是一个想从泥土中寻找金子的人，理想太高，脱离实际。”

“这是他们说的嘛，你自己看呢？”

“我自己觉得，倒不是一定要从泥土中去找金子，重要的是互相了解。与其找到外面闪亮的鎏金，还不如老老实实地拣起泥土，它到底可以做砖瓦或陶瓷。”

杜为人讲到这，没有再说下去了，全昭也不作声。田里的青蛙如同小孩乱擂着鼓一样地欢唱。

“你听，有几个声音在叫？”全昭突然问。

“先别去管青蛙吧，我已经讲了一大篇，该你说你的了。”

“我，”全昭看了看杜为人的脸，“还没有想好第一句怎么开头呢。”说完，带着笑，俏皮地盯了对方一眼。

“在这个问题上，女同志未免过于敏感了。”杜为人淡淡地说。

忽然，杨眉跑了来，说是银英要拉她上台去唱歌，她一个人上不去，一定要全昭一块上去唱一唱。

“去吧，不管唱好唱不好，也表示我们工作队和大家一块庆祝同乐嘛！”

“对，对，上去唱一唱吧！”杜为人说。

“唱什么呀？”

“唱《东方红》怎样？要不，唱《铁树开花》。”

“好吧！”全昭说一声，马上同杨眉往会场走去，走了几步，又回过头来，热切地瞟了杜为人一眼，说道：“你也准备去唱一支呵。”

杜为人对她笑了笑，看着她的背影在人群里消失了，才移了移脚步。“你听，有几个声音叫？”全昭的声音在他的耳边响着。田里的青蛙仍然在大合唱。一会，“东方红，太阳升”的歌声在夜空飘荡开来。……

“也是差不多的音色呵！”杜为人想起已被遗忘的熟悉的声音来了。

“历史是不会循环的，生活也不会再重复它的脚印！”他一边想，一边往农会走回来。

他担心徐图和丁牧给准备做总结用的材料，赶回来看他们弄好了没有。当他走到油榨房旁边的鱼塘附近，看见廷忠跟苏嫂两人在前面，一前一后地走着，轻轻地说着话。他立即把脚步放慢，悄悄跟在他们后面。

“你怎么还能记住那两句东西呀？”苏嫂问。

“难道你就忘了‘烧火不叫火花飞’那几句了吗？”廷忠反问一句。

两人又没有话说了。塘边不知是一只青蛙还是蛤蟆，扑通一声跳进水里，风轻轻抚摸着竹梢，发出飒飒的声音，附近谁家屋檐下的蛤蚧嗝咯嗝咯地鸣叫。

“什么样的虫子总是要蛀什么样的菜根的，豺狼要吃肉，果子狸就是要吃山蕉，变不了。”廷忠说。

“老丁还在你家吧？”苏嫂问，把声音放得特别低。

“他搬回队部去了。”

“我去，”苏嫂回头瞟了廷忠一眼，廷忠一时有点惶惑，苏嫂马上接着说，“福生的衣服要洗了，我去拿一件衣服给他。”

杜为人轻轻地拐过弯，向农会的小道走了。

农会里很热闹，杜为人以为有哪些人在里面谈话，他推门进去，见就是丁牧和徐图两人兴奋地高谈阔论。

“材料搞起来了吧？”杜为人问。

“搞好了。”丁牧和徐图齐声说。说罢徐图把桌上一个卷宗送到杜为人面前。

“你们没有出去看看，谈什么，那么热闹？”杜为人接过卷宗问。

“我们又读了毛主席这篇著作，”徐图拿起《人民日报》给杜为人，上面是才发表的《矛盾论》，“这著作太伟大了。把问题分析得那样精辟透彻！杜队长，你在延安亲自听过这个报告吧？”

杜为人说，他是抗战后期才到的延安。一九四二年毛主席的《改造我们的学习》倒是亲自听到了。

“反正你们是马列主义思想武装起来的，难怪他对处理任何复杂问题都是迎刃而解。我们学校的党委书记也是一样，他分析一个问题，处理一件事情，总是叫你不得不服他。”

“我看黄怀白那样的就不一定服吧？”

“那，”徐图抬起头来笑了笑，“那是不可调和的矛盾。”

“我从桂林到重庆时，本来也是要去延安的，皖南事变一来，国民党对延安封锁更严，去不成了！”丁牧表示遗憾，同时也表白了自己一番。

“我说，老丁，你这回，诗的灵感该来了吧？”徐图表现挺活跃。

“我正酝酿，想写一写，题目就是叫‘春天’。”丁牧认真地说。

“好呀！我们等待读你的大作！”杜为人放下卷宗插上来说。

“你应该今晚上就写一首，拿到会上去朗诵好了！”

“诗也是同荔枝一样，不到熟的时候，硬摘下来是吃不得的。”丁牧说。

第二天，全昭惊疑不定地跑来对杜为人说，苏嫂昨晚没有回去睡，伯娘问她，她支吾过去了。

“到底廷忠他们同你正式提过了没有？”全昭问。

“提是提过，我答应了他们。不过，没有说是哪一天。”

“昨晚我看见他们一块离开会场，往回走，夜里没见她回，就猜：准是有八九成到他家去了。”全昭松了口气。

杜为人默默地看全昭，同她的眼光碰在一起，意思是：“这事情怎么办？”

“旁的都没有什么问题，就是老伯娘有点疙瘩。”全昭稍为踌躇起来。

“你去做做工作！”杜为人说，“我今天要赶写总结，你帮我给他们恭喜。”

“我看看去。”全昭轻快地走了。

走到门外头，全昭见廷忠担着水桶出来，全昭眼明嘴快地喊：“廷忠同志，恭喜你，杜队长也叫我代他给你们恭喜。”廷忠的脸一下子全都羞红了。全昭不等他说什么，就直奔他的屋里去。

“亚昭，”苏嫂反而先叫了她，“你看多不好意思——”

“得了吧！我看了你两人一块出来的。杜队长叫我来给你们道个喜！”

“老杜也知道啦？妈妈怎样，问了没有？”苏嫂担心地问。

“我就为这来跟你商量呢，她一早就问了，我支吾两句，说是老杜叫她去岭尾查一件事情。她也没有说什么。”

“这事情多不好，伤了老人家的心就不好啦。”苏嫂懊悔地叹息着。

“这样吧，你暂在这里，让我回去慢慢开导开导她。我看她挺喜欢你的，不会怎样；以后两家合在一起过好了。要不，你就两边跑吧。”全昭说。

“你这个小姑娘可是挺会来呢！”苏嫂感激地注视着全昭的眼睛。

全昭回来吃饭时，拐弯抹角地讲了半天，然后，先不敢说苏嫂已经和廷忠怎么样的了，只是说她有这个意思，别个也赞成。她也认为都在一个村子里，两人又都是干部了，早晚在一起方便一些，两家合在一起过，如果廷忠不愿过来，苏嫂就两边跑。

“苏嫂的人品怎样，那么多年还摸不到吗，她不会丢掉你老人家不管的。”全昭最后说道。

伯娘听全昭这样一说，开始愣了半天，揩了揩眼泪，深深地叹了一口气，说：“玉英对我和她的小孩是没有说的啰！本来是，塘里没水就养不了鱼。她守了那么多年已经难为她了！廷忠是个老实人，倒是好了。我就盼亚新回来，也找个人给他成个家，死也闭眼了。”

晚上，苏嫂回到家来，扑到伯娘怀里哭了，伯娘也泪痕满面的，尽抹着鼻涕。亚珍抱着福生在旁边也暗自掉泪。

“好了！我不会怪你！廷忠也挺好，你算没找错。”过了好一会，伯娘说，摸摸苏嫂的头发。

“妈，我不走，我还在这里陪着你过。”

苏嫂说完，用衣袖抹了抹眼泪，随即接过福生来，叫亚珍把灯点起来，端洗脸水给亚婆。

伯娘说：“我洗过了，你吃了饭没有？今晚亚昭和亚珍煮了四季豆，还给你留着呢。”

三〇

工作队明天就要离开村子了。

现在,苏嫂领着一个穿军人服装的约摸二十二三岁的青年来到农会。她洋溢着快乐的眼睛对杜为人说道:

“我的儿子回来了,他就是队长老杜。”她给青年人介绍了之后,就站在旁边含笑地看这两个人。

“呵,你就是苏新,‘最可爱的人’!”杜为人热情地紧握着对方的手摇了好久,“可是同他父亲的相片一个样,一点也不差呀!”

杜为人一边说,一边看苏嫂的眼睛。她快乐而矜夸地笑了笑。

“他说,解放过来以后身体才好了,在国民党腐败军队的时候,一身都长的疥疮,就跟癞蛤蟆一样。”

“现在可是个威武的人才呢,可别把姑娘的心都给搞乱了。哈哈!”杜为人诙谐地高声笑起来。

“老杜你这一下倒是会逗乐了。”苏嫂说。

"杜队长明天就走了吗?"苏新这才说了一句。

"是呀,要走了!别处的土改还没有铺开,我们赶紧去补充火力!"

"去,去!先别谈工作,老杜就是这点不好,一见面就是工作。"

"哪儿去呀?"

"呵,亚昭没同你讲呀?到我家去吃'菜包饭'。"

"不行呀!我得考虑一下,今晚同大家开个会,把工作交代好再走。"

"你不去,我可不高兴了。徐教授和老丁都去则丰的家吃鱼生去了,你还不给我赏个脸呀?亚新又刚巧回来,亚婆说,抬也要把你抬去!"

"杜队长去吧!"苏新对杜为人诚恳地说。

"我可是叫你娘俩俘虏啦。"杜为人笑着,把桌上的文件收起。

"什么'葫芦',快走吧!吃完好开会。"

苏嫂屋里已经把桌子安好,饭菜都端上来了。

"菜包饭"是这地方老乡们的一种特别而又普遍的食法。

一般的是烧了几样菜肴,把白米饭给油和香椿或者别的香菜,一起回锅炒过,再把新鲜的生菜洗干净拿来上桌,饭前各人把手也洗干净,用左手掌托着摊开的生菜叶,先用勺子把饭铺在菜叶上,然后再把菜肴一样一样地搁在饭上,完了把菜叶卷成饭团吃起来。

现在,苏嫂给客人做了一盘豌豆肉丁,一盘酸菜炒牛肉糜,一盘鸡蛋炒韭菜,一碟花生和一碗凉拌茄子,两边放着两盘用托盘盛着的生菜叶和一大海碗的炒饭,把一张八仙桌摆得满满的。

杜为人跟着苏嫂来了,伯娘高兴地迎上去说:

"噢,这才像一家人呢!来吧,都坐下来吧。"

大家都围上桌边去坐了。苏嫂发现没有亚珍。往里屋叫:"亚珍你在里头做什么还不来?"

"我在这吃吧!"亚珍在里屋回答。

"都是在地主家受气惯了!"伯娘说。

"叫她出来一块坐着吃,翻身了还不好好吃一顿饭。"苏嫂说,马上要起身去叫,全昭把她拦住,自己去了。一会才把亚珍拉了出来。

“你在这里就是自己的家一样，别以为还在地主家似的，什么也不敢摸，不敢吃！吃吧，大家都吃。老杜是本地人会吃了，亚昭、亚眉不会呀？真笨！看！”伯娘包着饭给全昭和杨眉看。

银英喘着气跑了来找杨眉去吃饭，一进屋，见穿黄军服的青年，他们的眼光正好碰上，好像两块石头碰着，发出了火花，她情不自禁地，心头悸动了一下。大家七嘴八舌地嚷，要她坐下一块吃。她推让了一番。

“你还想把亚眉拉走呀？连你也不放回了。你快去洗了手来吃吧！”伯娘说。

银英好像是叫什么东西吸住了似的，果然到屋洗了手出来，坐在杨眉旁边，伸手去拿生菜叶，开始包起饭团来，情不自禁地注视着苏新。大家也特别留意他俩的表情。

银英包好饭团，伸着丰满的胳膊送过杜为人面前来说：“敬杜队长一个！”

“谢谢你，我会。你倒是应该敬敬我们‘最可爱的人’！”杜为人接过饭团，用眼光告诉银英。

“他是‘最可爱的人’呀？”银英惊讶地笑了笑问。

苏新一下子脸红了。

“人家是志愿军就是最可爱的人嘛！”杨眉抢着说。

“呵！那，我来敬一下！”银英迅速地包了个饭团，正经地送到苏新面前说，“敬最可爱的人……”

苏新的脸更加红得厉害，把饭团接过来了。

“银英你可是个野姑娘！”苏嫂欢喜地责备了一句。

“呵，你可是好妈妈呀，就会护自己的孩子。你亚新把我打了个疤疤，”银英指指额角上的小疤，“他不是野小子，倒是我成了野姑娘了！”

大家给她这一说都失声笑了。

吃完了饭，杜为人说，晚上等廷忠到区上回来，就开个干部会，要银英告诉马仔去通知大家。

“马仔这鬼家伙，不爱跟他说话！”银英嘟哝着说。

“怎么回事，这是工作嘛，又不是叫你跟他——算了，不说了，快去吧！”杜为人说。

银英嘟着嘴，又瞟了苏新一眼走了。

“今晚还要开会呀？”杨眉不以为然地向杜为人问。

“怎么，想休息呀？工作还多着呢，我们是不断革命！时刻都记得走在时间前面，落后就要挨揍，懂吗？”杜为人又严正又轻松地望着杨眉的脸说。

“这是斯大林的话。”全昭轻轻地说。

“当然，我讲的都是党的话，群众的话，没有什么个人的。工作总是这样的，要离开一个地方，应该把这地方的工作安排好。没有走一天，工作还是干一天，要是明天走，那等到明天走就是了。”

杜为人这样一说，杨眉什么话也不敢说了，脉脉地打量着他，心想：“这个人有时候这样坚定，干脆，严格；有时候也像流水一样活泼，真是奇妙！”

这时，苏新把从区委会转给他的党组织的介绍信交给杜为人。杜为人重新从上到下看了看他，高兴地握了握他的手说：

“这样吧，你等下也到农会开会。我们要把村里的互助组马上搞起来。眼前有部分中稻还没插下去，要抓紧，你这个介绍信等一下交给廷忠。他是党的小组长。”

杜为人和全昭、杨眉往农会来了。一边走，杜为人一边问全昭关于互助组的酝酿情况；同时问她要抽几个人出去支援别的地区土改，村里究竟有什么反映。全昭说，组织互助组的情况还顺利，都说大家互助好；就是要把廷忠抽出去的事情，大家有点意见，觉得他走了，村里工作怕做不好，他本人思想也不大通。

“怎么搞的？他是党员，不服从调动呀？”杜为人感到有点不顺气的样子，把话马上说出来了。

“他恐怕还不是不服从调动，可能是自己没出惯门，怕受拘束——”全昭说。

“他呀，我看准是为了苏嫂——”杨眉插上来说。

“他同苏嫂两人倒是怎样，过得好吗？”杜为人的气又平和下来了。

全昭说：“有一回他跟丁牧说，从前亚桂对他是一副担子；现在苏嫂对他倒是添了一双翅膀，可以飞翔了。”

“那，应该轻快地往前飞嘛！”杜为人说。

“我就怕他的翅膀给苏嫂黏上了。”杨眉说。

“你只看到这一点,不完全对;全昭刚才分析得也不是没有道理。人的思想是复杂的,不能急。反正还得一个星期左右才走,等他再考虑两天吧。”

杜为人一边思索一边说,不觉已经回到农会来了。

土改团的总结工作进行了一个星期,今天上午结束了。明天,北京来的那一部分人就要回去了,省里来的有一部分人要转到另一个地区去开展第二期土改,郑少华回省里原来的机关去了。杜为人被委派做了团长;区振民和张文都当他的助手。工作队的同志都评了功,表扬奖励了功臣模范。全昭被评为一等功,杨眉被评为工作模范;钱江冷在展览会工作,表现不错,在展览会那边得到口头表扬;冯辛伯,大家一致赞成追认他为特等功。

每个人经历了一场活生生的阶级斗争,又参加了劳动锻炼,思想面貌都有很大的改变,觉得比在课堂和书本学到的实际多了,有人就说是拿金子也换不来的一次收获。有的人带了这南方特有的瓜果、花卉的种子回去,让它在北方生长;有的搜集到红豆、竹枝,跟老乡们换得的壮锦,当做宝贝似的,准备拿回去做纪念。总之,大家都认为这次土改是一生中难忘的一次经历。

夕阳依依不舍地隐进耸入云霄的远山去了,河面上三三两两的渔船让东南风吹着白帆,慢慢驶回港湾。工作队的同志对着最后一次的麻子畲的黄昏特别流连。有的在河滩上徘徊,思索着明天的工作和旅程;有的在村头的榕树下注视着雀鸟的归巢;有的在绿草如茵的草坪观赏着大自然的美妙。

杜为人下午还开了个会,当他吃过饭来到河边洗脸的时候,人们都已经陆续地往回走了。上弦月已经同星星一起出现。

“你怎么这时候才来呀?”一个蹲在河边石头上的人回过头来问了他。

杜为人仔细看了看,认出是全昭。顺口说道:

“在这些事情上,我往往是个落后分子!你怎么是一个人了呢?”

“那些鬼东西,都急着回去打‘信不信由你’,不等人家。我索性就在这多待一会。这儿多凉快!”全昭把两只腿伸到水里,让轻柔的水静静地在她脚背流过。

“你晚上没有会了吧?”停了好一会,全昭才找到这句话来问。

“没有了，今晚我给自己放个假。你有什么事吧？”

“没有。”全昭不好意思地说。

杜为人很快就把脸和脚洗了，“走吧！”他向全昭邀请。

全昭觉得回去没有什么事，一时也睡不了，不大愿走。但是，她却站起来同杜为人并排着走。他们没有往村里来，而在河滩慢慢地走着。朦胧的月光把周围的山岭、河岸和树林，披上一层薄纱，微风把暑热的空气渐渐吹散。疲乏的大地仿佛透了口气，躺在那里休息。

“你到什么地方决定了吗？”全昭问。

“地区是决定了，具体地点还说不准。”

“那，人家要给你写信，寄到哪儿？”

“谁会给一个不知对方地址的人写信呀？要写信的人他自然会知道地址。”

“这就难得说了，世界上发生的事情就有许多你自己是预想不到的。”

“一般说是这样的。可是，我以为这应该是例外。”

“杜队长，你可是哲学味道太重了！”

“那有什么办法呢？生活本身就充满哲学嘛。”

“反正总是讲不过你。”全昭生气了，马上扭转头往回走。

杜为人这才觉得再开玩笑，弄到不欢而散就不好，一时不再说什么。两人沿着河滩走了好远，已经快到渔船停泊的河湾，前面有几点灯火，风吹着芦苇发出轻轻的私语，夜开始静下来。

“大家都带了一两样东西拿回去做纪念，你得了什么？”杜为人终于用心地想出这句话来问。

“我一样也没要，想要的又拿不到。”全昭把头低下来，好像是给自己说的一样。

两人的心都悸动着，嘴巴好像不是自己似的，总是口不应心地说不上话来。又继续走了一段，全昭才说：“回吧！”马上转回身，顺便瞅着杜为人。月光朦胧，看不清他的脸色，只是眼睛却燃烧着深沉而热烈的火光。

“我给你一件东西吧，”杜为人好像费了好大的力气，嘴巴有点干燥，透了口气才接下去说，“我有两颗红豆，送给你。将来你一旦决定了终身选择的时候，你就给他一颗吧。”

全昭沉吟了一阵才说:“这件礼物太珍贵了,我拿什么做报答呢?”说到这,想了一下,才以战栗的声音说,“你不会拒绝它又作为礼物送到你手上吗?”

她把脚步停下,回头来寻找那双燃烧着热情的目光。

“全昭——”杜为人情不自禁地握住了对方两只热乎乎的手。

“全——昭——”杨眉气急败坏地呼喊。

“啊,我在这里——”全昭高声地回答之后,才放低声音对杜为人说,“回去吧!”

两人快走到杨眉跟前的时候,杜为人余意未尽地说:

“记得有一个作家说过这样一句话:‘友情同健康一样,失掉了以后才觉得它的可贵。’你是未来的大夫,记住这句话吧!”

全昭听了之后,想了想,才说:“正因为我是懂得医药的,对健康一定会特别珍重!”

“哎呀,我以为你掉进江里去了呢,快,她们请客,杜队长,你也来吧。”杨眉拉着全昭就要跑。

全昭走了两步,又回头来热切地盯了杜为人一眼。

杜为人愣住,目送她走远了,才记得举起脚步来静静地往回走。忽然,天上闪过一道流星。

杜为人回到房里,不觉浮躁起来。晚间睡了一觉,醒过来再合不上眼皮了。他想了想这几个月的工作,想了想刚才全昭同他讲的那番话,想了想自己的感情。觉得自己小资产阶级的病根还是没有除净,遇到相当的气候又要发作了。

“要不得,必须克制!”最后,他对自己说。

第二天下晌,五点来钟,杜为人同大家一起,把北京来的工作队送到火车站,看他们都给火车载走了才转回来。当他回到自己床铺,想躺一躺的时候,发现床头搁着一包书。急忙打开来看,原来是全昭借去的《马克思传》、《毛泽东选集》和《新华月报》等。她怕书被弄脏,还用报纸包了封皮。他顺手把书翻了翻,其中一本《我们这里已是早晨》并不是他的,“她怎么把它留下了呢?”杜为人自己问着自己。把书翻开,突然,看到了全昭的一张相片!

他反复地看了又看，最后，在相片背面发现留下了这样清秀的笔迹：

你把她留在美丽的南方吧！

全昭 1952.4.18

“这就是她的‘文章的开头’吗？小资产阶级感情的恶魔正缠在她身上呢！但愿她在今后的实际斗争中摆脱它。”杜为人一边看照片一边想。

照片是一个苗条的亭亭玉立的少女，穿一件白底碎花的旗袍，凭依着临海的栏杆，眺望着前面浩瀚的海，海面上漂着张帆的渔船和飞掠而过的海鸥……

“老杜，我来了！”

忽然，门口进来一个人，叫了一声。杜为人立时坐起来，不觉失声欢呼：

“呵，老韦，你可来了，欢迎欢迎，把东西放下！”

是廷忠背个大铺盖来了！原来是杜为人他们走了以后，他同则丰他们几个人又商量了一番，觉得村里工作现在来了一个苏新，可以顶得上火，廷忠离开一个时期关系不大。廷忠本人也以为到外地工作一段时间，脑子会开通一些，眼界也宽一些，所以他还是来了。

“玉英同志她赞成吧？”杜为人看着他的脸问。

“她哪有不赞成，铺盖还是她给收拾的呢。可是，老杜，我到外头可是半个哑巴一样呵，你得多指点才行。”

“没有问题。你同我们出去闹他三个月，把本事练好一些，回到村里来，更加好办事，对不对？”

“对，对，我就这个主意啰！”

立时，金秀进来，见到廷忠来了，十分高兴地拉他的手，说了好些亲热的话。然后问杜为人晚上开不开会。

“开。去通知决定到新区去的同志，七点半开会。你现在带廷忠同志去找个地方住下。老韦去吧，回头我们再谈。”杜为人热情地拍着廷忠肩膀说。

“张文同志要回南宁一趟？”金秀望着杜为人说。意思是问：“行吗？”

“可以，后天赶得回来就行。你呢？也想回吗？”

"不,回去干吗?"金秀摇摇头。"我们走吧!"接着对廷忠说。

杜为人看金秀和廷忠走出了院子的背影,脸上不觉泛着欣喜的微笑,自己对自己喃喃道:

"我都说老韦一定会跟上来的!"

1955 年 3 月 21 日开始写于南宁长春园

1959 年 5 月 31 日写完于桂林榕湖

20 世纪 60 年代作家出版社 4 种《美丽的南方》书影

《美丽的南方》故事场景之一的忠良村广场旁安放的纪念石碑

1950 年冬陆地（后排右一）在邕宁县心圩乡参加清匪反霸工作队

1952 年 3 月 11 日省土改工作二团于邕宁县老口圩合影。左起：张正宇、谢芳春、艾青、李可染、阳太阳、陆地、胡明树、夏同光。

1953 年春陆地回到土改旧地华安村体验生活

1953 年 6 月在南宁市郊白沙村写《美丽的南方》

1959 年 4 月 4 日陆地（左二）在桂林雁山广西植物研究所写《美丽的南方》时，与来访的青年剧作家周民震、毛正三等合影于良丰公园

1959 年 6 月初在桂林创作完成长篇小说《美丽的南方》，同妻子于千合影于榕湖

1959 年 5 月在桂林写《美丽的南方》

晚年书写《美丽的南方》

南宁市西乡塘区忠良村“美丽南方”景区的土改文化展示馆

广西人民出版社 1979 年版（左）、广西人民出版社 2012 年版（中）、广西师大出版社 2017 年版（精装）（右）

中短篇小说

故　人

故事是这样引起的：一九五零年春天，我从北方回到广州，其时，广西刚解放两个来月，华南分局组织部找我谈话，要我回广西工作。三月初的一个早晨，我从广州乘着“广宽号”轮船，动身回梧州。第二天，正是晚霞满天的时分，北山公园的木棉花，海关的屋顶，逐渐出现了，一清一浊两水汇流的鸳鸯江口，已经近在眼前。一些新来乍到的干部和某些久别重游的旅客，都怀着不同的好奇心，把脸贴到船窗，眺望江堤的街市。有人夸耀大东茶楼的“纸包鸡”味道如何鲜美，有人感慨豪华的洞天酒店毁于日本飞机的轰炸，有人谈论解放前夕，电厂的工人跟国民党特务怎样搏斗，保护了电厂，保证了解放军进城时，大放光明。

这城市，在抗战前是广西的门户。当年我就是在这里逃亡，投奔革命去的。今天乘着革命胜利，又在这里凯旋。十二年的战乱将给这个曾经繁华一时的城市涂上什么颜色呢？当年送我走的朋友——两位歌唱爱情至上的信徒，时间将给他们些什么？“近乡情更怯”，航程越来越缩短了，心情如同江水，涌起一个又一个浪花。

船，不知什么时候抛了锚，船舱涌来一群拿着扁担和绳索的挑夫。

"同志，箱子请人拿吧？"一个低沉而恳求的声音在我背后说话。

我嗯了一声算是应诺了，随即往窗口取帽子，回头见箱子已经叫人拿走。我赶紧跟着他挤出扰攘的船舱，一步一步走上码头。这时，我才稍稍注意面前这位提着箱子的人。他，右手提着我的箱子，左边的腋窝挟着扁担和绳索。绳索拖到地下，扁担往后倾斜，随时都要从他腋窝溜掉似的；脚上拖着双木屐，踉踉跄跄，就像四条腿安得不扎实的桌子，摇摇晃晃，跟那些硬朗的码头工人大不相同。仔细端量，觉得那走方步的脚，好像在什么地方见过，是中学的同学，还是家乡的亲戚？一时又想不起来。

我狐疑地紧跟着他走完了三百多级台阶的码头，接着就走过一段熙熙攘攘的马路，然后再拐两道僻静而狭窄的小巷，才到了招待所。招待所的服务员好殷勤呵，一上来就是接行李，倒茶水，问这问那，使你应接不暇。我赶紧掏出三张小票把提箱子的人打发走了，然后跟服务员去看房子。不料，才转身要走，那挑夫却转回来，一边低着头看手里的钞票，一边说：

"同志，你给错钱了——这一张票面是五千(旧人民币，五千等于新人民币五角)的，换一千的给我才对。"

"这人倒老实。"我心想，又端量着他。当他抬起头来，目光跟我的视线相遇，我不禁吃了一惊。一个熟人的面影，流星般闪过我的心际，已无心去接他手上的钞票，也忘了拿一千元票换给他，脱口问道——

"呵，你，你是——"

对方也怔住，恍惚醒过来似的，尴尬地反问：

"你是——"

"我是陈强。"我应了一声。

这时，他的面孔犹如阴天露了阳光，惊喜非常，忘情地伸出两只热乎乎的手，把我的手紧紧拉住。

"我是黎尊民呵，"他说。眼睛闪烁着泪花："一别就是十多年，你还那样年轻呢！"

仿佛有千言万语涌上他的心口，乐得倾吐个痛快。但，马上意识到什么，把话咽住了，两只手缩了回去，显得拘谨起来。

我这才记起来了：他，就是我从前在广州岭南中学的同班同学。家是华侨，在梧州开进出口的商号，是个翩翩少东，又是我们学校的篮球选手。如今，怎么变成这样狼狈呢？我胸口就像给塞进一团棉絮，半晌，找不到话来说。

“坐下来谈谈吧！”终于，我机械地在客厅的沙发坐下。

他看了看这些整洁的摆设，犹豫了半天，才小心翼翼，用半个屁股坐到沙发的扶手上，不敢久坐的样子。

“你抽烟吧？”我们沉默一阵，等到服务员拿了烟卷来，我才应酬一句。

“我一直都不抽烟。”对方沉郁地说。

“你从前好像是吸烟的？这，我可记不清了。”

“贵人多忘事。”他似乎不是存心挖苦我，倒是对人世的感慨。

“恐怕我就不是什么贵人吧，当年我从这里逃走，你护送我上船的那幕戏剧，现在还活生生在眼前呢。”

“是呀！”他深深叹了口气，“当年我们在这个码头分手，今天又在这个码头重逢，多巧！可是，当时你做伙计是假装，今天我当挑夫却是真做。正所谓不堪回首话当年呵！”他引起无限的悲戚，显得很颓唐。原先那篮球选手的体魄，那青春焕发的目光，已经这样疲惫迟钝，同打过霜的草木似的，枯黄，憔悴。

“你老兄怎么搞到这步田地呢？”我问。

“这……难以言尽呵！”

“密斯李怎样，还好吧？”

不想我这一问，他脸红了，难为情地搭讪着说：“你在这还有几天待吧？你有空，我晚上再来。”他站起来，拿着扁担和绳索走了。

“我晚上没有什么事，你来吧，一定来呵！”我边说边送他到门口去。

他转身才走去两步，服务员在旁边轻轻的对我说：“这个人有点神经，喝了酒还要迷糊。”

“呵？”我不胜诧异，回头去看望那走方步的脚，它，拖着双木屐踉踉跄跄拐入小巷去了。

这是走方步的脚呵，它，把我引入遥远的记忆的森林……

那是一九三六年秋天,国民党政府下了一道命令,为“蒋委员长”五十岁的生日,要全国官民,捐献资财,购买飞机作寿礼。于是,全国上下掀起一片“献机祝寿”的喧嚣:商号义卖,官吏扣薪,农民加税,学校宣传。我们学校停课三天,组织游艺会,演讲,出壁报。这时候,有位同学在壁报上写了一篇科学小品,题曰:《且谈寿命》。文章是弯弯曲曲,古今中外扯了一遍,似乎是游戏文章,明眼人却不难看出,那是对当前的祝寿含沙射影,冷嘲热讽。学校惊慌而愤怒起来了,随即在这位同学的床头查出一本“禁书”——《铁流》。于是,“思想乖谬,害群之马”的罪状和这位同学联系了起来;另外还添上什么“共党分子”的名目。终于“着即开除学籍,以儆效尤”。既然学校把他说成共党,有叛逆之罪,同学们怕沾上“莫须有”的瓜葛,不敢再与之接近;同志们则怕暴露组织关系,也故意疏远了他。当他离开学校那天,正是上课时间,我是从窗口望着他一个人孤单地走的。他同班没有谁敢送一送。行李也找不到挑夫搬,自己拿肩膀扛着藤匣和被褥,两只手还一边抱着书,一边提着提桶,拖拖拉拉,好不狼狈。

坐在我前面的一位同学,同我一样,注视了半天,转回头来写张小纸条给我。我一看,上面写着:“提前毕业了!”我心想。人为什么这样冷酷呢?马上在他的纸条上批了一句:“何必幸灾乐祸?”把纸条递还他。他把纸条撕了。接着又写了什么,可没有再理我,站了起来,拿去讲坛交给老师就走出了教室,把门弄得很响。

这时,老师正在摇头摆脑的诵读“浔阳江头夜送客”,旁若无人。等到教室的门响,才抬起老花眼镜问:“谁又溜号啦?”

“黎尊民。”有人说。老师瞅见桌上的纸条,“呵”了一声,望了望同学问:“我念到哪儿啦?”接着又摇头摆脑地诵读白居易的《琵琶行》。但是,我却无心听课,又掉过头去望着窗外。那时,前面校道上出现一个走方步的背影,步子迈得挺大,一下子撵上了那孤零零离开学校的同学。两人互相推让一阵,最后,一个用手提提桶和书,一个仍旧用肩膀背着被褥和藤匣,一起并排着走了。我呆呆地瞅着他们的脚步走去,直到看不见了,才掉转回来。老师还是摇头摆脑地吟咏,我却什么也听不见,满脑子都给那走方步的背影占去了。我多么想再得写张纸条解闷呵。可是,前面的座位却空着,直到下课的铃声响了,人还是没有回来。

当天吃过晚饭，黎尊民破了例，没有到球场去，却跑来拉我去散步。

“你今早误会我了。”他首先打破沉默，开了腔。“我的意思是，像这样的学校，真是提前毕业了好。”

“你同他是初中同学吗？”

“不。”他摇了摇头。

“是老乡？”

“也不是。”

看他不肯说下去，我也不再作声。

“学校对待学生这样，我就看不下去。”

半晌，他愤愤地说了。

“这手法，不是对一个人，而是要对付一伙，杀鸡给猴看。”我回头去打量着他的反应。

“这吓不了人！”

我点点头。心想：你这位仁兄，倒还有点火气。好像无意中读到一篇好作品，接触到崇高而善良的灵魂，心胸闪亮了一下。

也许是他的善良、正义吸引着我，或者是我的狭隘的同乡之情做的媒，从此，我同他一天一天接近起来。

不久，西安事变发生，蒋介石被迫接受全国人民抗日民主的要求，政治空气稍为开朗一些了。这时，“一二·九”运动掀起新的高潮，南方的“抗先”（广东青年抗日先锋队的简称）利用半公开的合法地位，开展阅读《大众哲学》和《自修大学》等进步书刊的“读书会”活动。

“你们老是偷偷摸摸搞什么名堂呵？”有一回，黎尊民问了我。

“还不是大家凑在一块，谈谈读书心得。怎么，你也想参加？”

“不一定。参加不参加还不是一样。书，反正得自己读。你们每个礼拜天都得开会吗？”

“不一定。”

“唔。”他想了想，接着说：“总而言之，人多嘴杂，不如一个人清静。你们不是就讨论《大众哲学》吗？”

“有时也谈别的。”

“纸上谈兵，有什么用。”

看他还停留在这样水平上，我也暂时不去勉强他来跟我们一道。不过，他虽然没有加入我们的行列，但进步书刊，他还是读的。对我个人的友情却始终保持着，有什么心事总愿意找我来谈。

记得是一九三七年清明节前后，正是遍地蛙声的晚上，他从校外回来，挟着一包书，高高兴兴地拉我到校园东角的小亭去。我心想：“什么事叫他这样开心呵？”我疑惑地瞅着他。他等我在石桌旁坐下，然后从口袋拿出一把“巧克力”堆到我面前来说。

“请你吃糖！”

“就单为吃糖，没有别的意思吗？”

“你猜猜看？”

“对不起，我就不喜欢猜谜。”

“你给我祝福吧！”他举起那包书，在我头上晃了晃。

“是《大众哲学》！你真的神通广大，在哪里搞到了？快给我看。”

当时我们对待新思想启蒙的书刊，一如耶稣的门徒对于《圣经》，把它当作《福音》。黎尊民也受了我们影响，几次打听要买要借，都没有弄到。现在看他那样高兴，以为他已经把它弄到手了。

“你没有猜对。”他打开纸包。那是一本厚厚的书。先不给我看，只是从书里抽出一封信交给我。

“欣赏一下吧！”他说。

我接过来就念：

> 我的心的“上帝”啊，假使你不怀疑我的虔诚与痴心，那就让我在你的殿堂得到欢迎吧！假若你的心跟你的话一样炽热，那就把两人都燃烧在里面：让寒冷都飞散，让冰雪融消。

“原来阁下有着这样的艳遇,这位女诗人叫什么呢?”

“密斯李。”

“没有名字?”

“外号‘南华李’,又甜又脆。”

“那是广东名产,是西关小姐吗?”

“不。广西,李家园的。”

广西有几个姓李的,都是当代喧赫一时的人物,不知他指的是哪一个“李家园”。反正是豪门巨宅吧,我情绪产生了反感,顺嘴就问。

“你怎么找上那些地方去呢?”

“老弟你不知道,‘同乡仙子独销魂’嘛。”他得意地说。接着,告诉我。她是那间美国教会办的贵族学校——崇真女中的,叫李冰如;该校的校花,喜欢音乐。

“她的女高音真是让人着迷,钢琴也弹得不坏。”他赞不绝口。顺手从胸前小口袋拿出照片来让我瞧。“唔,你认识认识吧!”

照片是个美人儿,一尊端正的鼻子,两片曲线玲珑的嘴唇,脸儿光洁而秀丽,胸前垂着一根粗大的辫子,最动人的还是那双脉脉含情的眼睛。

“怎样?够得上八十分吧?”

“很难给分数。爱情总免不了主观的。”我冷笑着把照片还了他。

“美不美不是客观存在的吗?”

“呵,阁下居然谈起哲学来了。”我说,“你这本那么厚的书,是《社会科学新名词大词典》吗?”我望着他手边的书。

“你可是成了社会科学迷了。什么东西都往那上头想。天下的学问多着呢,你看呢,是这样一本玩意。”他把书放到我面前。

原来是一本三十二开本,金边布面的《新旧约全书》。我不禁愕然,不知说什么好。

他说,这是李的馈赠。她们同学每个礼拜天都到附近的教堂去做礼拜,有时教堂的唱诗班是她领唱,有时钢琴伴奏是她弹,她约他每个礼拜天到那里去相会。

“明天我们一块去吧，可好玩了，那里，嗨！粥粥群雌！”他讲得津津有味。

“我没有那个胃口去装那些东西。”我几乎失掉了克制，愤怒地顶撞他。

“呵！知道了！”他却不生气，满不在乎地说：“原来阁下是唯物主义者，无神论，教堂对你来说是禁地，难怪不敢涉足的啰！”

“难道对你是两样吗？”

“我，醉翁之意不在酒。不，说得明白一点：我有我自己的上帝。”他说。想了想，举起《新旧约全书》。“它，照你的看法，当然是荒谬的、唯心的，是迷魂汤，不过，我在这当中却接触到活生生的爱情，阁下追求的，也许是科学的、现实的真理，可惜，眼前只是一片渺茫的希望。”

“人，要同猪猡一样，那当然容易满足，只顾眼前的官能的需要就行了。”

“但是，用两条腿走路的人，要想成仙，恐怕不容易修炼吧。”

“所以你就只顾眼前，只顾爱情。只顾自己，只顾……”我抑制不住激动，说不下去了。

“好了，何必动这样大的肝火呵。明天我自己听圣经去。”

我默不作声。

他看我不开腔，过了一会才自言自语的喃喃道：“我这个人嘛，两句话说完：爱情不马虎，其他无所谓。吃糖吧，这是密斯李叫我拿来请客的。你想，她这是什么意思？”

我拿起一块金箔包的“巧克力”吃了，总感到不是味道，也许甜的太腻了，有点发咸，吃了一块就没有再吃。

从此，也许是他虔诚地侍奉着爱情，或者是我热衷地献身于革命，两人的时间常常凑不到一块，来往也就一天一天疏远了。

我们的中学生活，在卢沟桥的炮声中结束了。他在一场毕业的球赛中，把脚踝扭伤，住进医院。一天早晨，我去探望他。他拉住我同他商量考大学、选专业的事。当时，救亡运动的浪潮正在席卷着广大的青年，曾经日夜盼望的日子终于来临了，哪里还有心情去坐冷板凳呢，而且我的经济状况也不容许我去读大学，对他的话题并不热心。

“一块去报名吧，钱，你不用操心，我给你全包了。”他说得那样慷慨、豪爽而真挚,叫你不好回绝。

“我不完全是为了学费,就嫌那冷板凳坐得太腻味了。”

“那,你要投笔从戎?”他问。

“看看再说。你打算考中大还是——”我问他。

“还未定盘。‘上帝’还没有批准。”

“上帝?”我盯着他的目光。

这时,房门开开,进来一位娇滴滴的小姐。

“喏,一说曹操,曹操就到。你们还不认识吧,介绍一下:这是密斯李,这是——”。

“呵,认得了,密斯特陈,严格的批评家,久仰久仰。你只是老讲老讲,就不肯给人家介绍。”她,话说得清脆而流利,对着躺在病床上的爱人娇嗔地瞟了一眼。

李小姐这天打扮得落落大方:浅蓝色的长裙,月白的麻纱上衣,长得丰满而苗条,眼睛比照片还要灵活、热烈,仪态显得妩媚而端庄。她给病人带来一束箭兰和晚香玉,一篮杨桃、龙眼和木瓜,把床头小柜摆满了。

“你要叫我开水果摊了。”黎尊民笑了笑。

“还有,你先别下结论。你要的东西给你找到了。喏,是不是这一本?”她从小手袋拿出一本《大学试题汇编》给对方。

“密斯特陈,”她望着我,“我说他呀,既然是个球迷,就考上海的东吴大学得了,那儿的体育系不是挺有名的吗?”

“我想学经济,要不,学矿冶。”黎尊民说。

“都不好。”她抿一抿嘴,“经济学还不是打算盘;矿冶嘛,尽是跟石头打交道,多枯燥!密斯特陈,你说是不是?”

我笑了笑,没作声。

“你自己呢?”黎尊民向着爱人问。

“我还早哪,还得一年。反正我什么也不要,就是音乐能迷住我。”她接着哼哼流行的《梅娘曲》。

护士进来把她制止了。她撅着嘴轻轻的嘟哝:

“人家是唱给病人听的嘛。”

“算了!”黎尊民给她丢了个眼色,然后转对我说。“亚陈,同我一块考吧,学费没有问题。”

我当时有自己的任务,不好跟他们讲,没有再说什么就走了。李小姐把我送到医院门口。临别,红着脸问道:

“听说你们‘抗先’要扩大组织歌咏队,给我介绍行吗?”

我不觉一怔,心想:“你这大小姐也干这个?不是凑热闹赶时髦吧?”她逼视着我,那眼光是说:“怎样,不行吗?”我答应她,先打听一下,回头再说。

不几天,日本飞机开始轰炸广州,城市头一次受到惊扰,人心浮动。黎尊民和李小姐跟她的母亲迁居香港去了,我则回了广西,我们就没有机会再见面。过了半年,我在桂林遇见另一个同学,才知道黎尊民考取了中山大学理工学院,学建筑。学校迁到粤北,李小姐的学校迁到佛山,两人相去遥遥,颇感相思之苦。这时,我才给黎写信,请他代买些进步的书报。

这段期间,我找到了一份社会职业,在西江边上的一个县里当合作社指导员。经常在农村奔走,组织农民成立信用合作社,以便银行发放农贷。当中,我目睹横行乡里的土豪恶吏,借征兵抽税之名,肆意营私舞弊,鱼肉乡民,搞得农村暗无天日。而那些本着一片热诚,想为抗日救亡出点力的青年,往往被政府的一块官办的抗日招牌阻挡了。我原来企图借此合法职务,深入农村,团结伙伴,点起抗日的火炬,想不到障碍重重,到处碰壁,不无悲愤。不得已而写了一篇暴露这黑幕的散文,前头引用了尼克拉索夫的名句:“这里,只有石头才不会饮泣。”不料,文章在《救亡日报》发表出来,我的处境立即发生了恶化。工作受了严厉的检查,结论是:我组织的社员,贫农的比重大,违背农贷的规章,给予记过,着即调回县府做内勤,不让接近农民了。以后,我的一举一动都有人特别“关心”,我的信件,从遥远的地方寄来,封口往往是潮湿的。

就在这个时候,一天,我收到一本《解放文选》,这是延安《解放周刊》的重要文献,寄件人是黎尊民。他在扉页上题了这样两句话:

这孩子,我这儿养不活了,让我过继给你;愿它得到长大!

不知是这本书招引来的祸呢，还是我要到延安去的通讯泄漏了风声，要不，就是我的半公开的救亡活动触犯了反动政府的禁忌。一个暑天的夜晚，我和同志们在小学校开完会，我就不能回自己的宿舍去了。一个紧急的通知：要我立即赶到江边的渡船口等过渡，星夜逃走。到梧州转船下广州，找八路军办事处介绍到延安去。

我既然是亡命之客，到梧州就不敢找旅馆了，上了岸，直奔黎尊民的家去。刚好他正回家来度假。我的突然到来，使他又惊又喜。先在书房给我安了一张行军床，要我冲了凉，给泡一壶龙井茶。然后命令我：

"你就在这待着，我出去一下就来。"

他说完，戴上白通帽就走，还把房门带上。

我留心看看他的书架。上面的书很杂，有关建筑学的，有关体育的，有翻译小说的，生活书店那套《青年自学丛书》，零零散散的也有几本夹在里边；另外还有《良友》画报和《科学杂志》，《救亡日报》却叠得整整齐齐，有的文章还打了红杠杠，可见看的人很用心。这时，那本《解放文选》又回到我的眼前。我走得太仓促了，别的行李丢掉也罢了，这本东西——"一个过继来的孩子"，把它丢了，怎样对得住朋友的重托呢？

我正在胡思乱想，房门轻轻开开了。进来的是一位戴墨镜的女子。穿一身藕色丝绸旗袍，拿着小阳伞和提篮，亭亭玉立。她除下墨镜，叫一声。"密斯特陈！"马上伸出丰满而秀美的胳膊来给我握手。

"李小姐吧，几乎认不出来了。"

"真的吗？还不是老样子。你看改变了吗？唔，那回你见我是拖着一根长辫子的吧？"她用手去拢拢新烫的卷曲而乌亮的头发。

"是吗？记不清了。"我说。

我们一时找不到什么话题，沉默了。

她拿起一本新出的七月份的《良友》，坐在藤椅上翻看。

"亚黎刚出去一会，他说等会就来。"

"他告诉我了。"她说。

"密斯特陈，你去年答应我的事，还没有兑现呢。"她合上画报，盯着我问。

“别叫我什么密斯特好不好？叫亚陈吧。”

“那你也不准叫人家小姐。”

“那叫什么呀？”

“哎哟，你忘了我的名字啦，叫冰如呗。”

“喂，来了。”黎尊民在门外一边叫，一边拿脚踢开门进来，两只手全拿着东西。一大包的叉烧包，香芋角和鸡蛋糕，还有半打汽水。

“你在船上还没有吃东西吧？”他一边问，一边开汽水。

我们就一边吃喝一边谈。李小姐撒娇撒痴地说：本来她们每天这个时间都要到鸳鸯江去游水的，我这个不速之客把她的时间表打乱了，要罚我讲故事。

“你先说你们什么时候请吃喜酒吧。”

“要吃酒还不容易呀，什么时候都行。如果加上一个喜字，那可就要等到遥远的未来去了。不是有这样的说法吗？‘结婚是恋爱的坟墓’！那，多寂寞，多悲哀呀，我不干。尊民，你说呢？”

“无所谓。”黎尊民心不在焉地漫应一句。

“你什么都无所谓，对人家考学校也不关心，这也说行，那也说好。我不管，就是学音乐。”

“我们的官司以后再打好不好？现在——”黎尊民严肃起来。

李小姐撅着嘴不哼气。

“亚陈，”黎尊民把房门关上，轻轻的对我说，“告诉你一个坏消息。”

“你说吧！”我悸动起来，蛋糕咽不下了，警觉地听着坏消息。

原来是昨天伪省政府来了通缉令，说我在非常时期，擅离职守，违犯抗战法令；而且挟款潜逃，罪加一等。饬令各地政府，督饬各交通要道所有警宪，严加侦捕归案。今天开始，梧州的外出旅客，实行特别检查。

“真有这样的事吗？”李小姐望着我问。

“擅离职守是事实，挟款是没有的，那是统治者惯用的‘莫须有’的手法。”

“听说抗战时期，公务员擅离职守要杀头的呢，比挟款潜逃还严重。”黎尊民为我担心起来。

“那怎么办？”李小姐也惊惧了。

"反动派的家伙真毒辣。"我自己心想。

"我刚才打听了船期,今晚有船开往广州,过香港的就要等到明晚八点。要我说,现在正在风头上,查的紧,不如过几天等他们松懈了再走。"黎尊民为我的事那样认真地考虑着。

"不是啵,他们可能估计不到陈先生那样快就到这儿,检查未必认真;再过两天恐怕倒反紧了呢。"李小姐也为我想主意。

"怎样?阁下自己定夺吧?"黎尊民望着我问。

反复考虑之后,我决定当晚就走。同时,我们商量了如何串演一出混过检查这道关口的戏剧。

吃过晚饭,李小姐给我拿来一包衣物,几本书,两盒蜜枣。我和黎尊民开始化装。我穿上李小姐拿来的一套唐装黑胶绸,跟黎尊民一个样子的打扮。李小姐穿的是一身华丽的蝉翼轻纱旗袍,玉色丝袜,银色的高跟鞋。俨然是十足的阔小姐。

黎尊民把他的衣物、日用品给我收拾在一只小藤匣里,李小姐把她拿来的几本书也放在里头。

船是九点开,我们八点半就得上船。我——一个"小伙计",提着小藤匣跟着"少东家"和李小姐走进轮船的餐楼。这时三个凶神恶煞的警察正在那里向旅客们喊叫:"打开行李检查!"有的人的东西本来装得平平整整的一箱子,给他们一翻腾,都搞乱了,高起来好多,自己弄了半天,箱子也盖不上盖。

"你的匣子装什么的?打开!是你的吗?"一个警士把我上下打量一遍。

"我是伙计,送船的。请看!"我打开了箱子。

两个警察伸着粗大的手,肆意翻腾。

警士转向黎尊民瞅了瞅,"是你要出门?干什么去的?证件!"

黎尊民沉着地掏出中大的学生证。

"真是,有眼不识泰山,摆着那么个人不认得。"李小姐在旁边冷冷地好像给自己说话。

"你是谁?"警士咆哮。

李小姐骄傲地把头拧过一边去,不屑理睬。

“她是李家小姐。”我把“李家”两个字拉得特别长,意味深长的给警士一个眼色。

“班长,你看这本书——”一个警察把《茶花女》塞到警士面前。

警士听我说起李家小姐,已收敛了怒容,拿过书来,翻开封面,低声地念:“李氏藏书”,不禁惶恐,立即交还警察,喝道:

“给放回去,看你一块板一样,什么也不懂,大惊小怪。走!”接着笑嘻嘻的转对李小姐:“小姐,对不起! 高头来了手令:有个政治犯逃走,要严加检查。”

“嘿!”李小姐用鼻子哼了一声。

警察们悻悻地走了。

船上响起了铃声,预告船要起锚了,船上的伙计催促送客的人上岸。

我们三个人相顾暗笑,走出餐楼来,依依不舍地在甲板上凭着栏杆,眺望那江堤上的酒馆戏院商场各色各样的流动着的霓虹灯,倾听嘈杂的市井声。

第二次铃声又响了。要出门的“少东家”回了岸上,送行的“伙计”却留在船舱。我心上像落了一块石头,带着轻松的情绪,目送着走方步的脚和婀娜娉婷的丽影,一步一步走上三百多级的码头。

一场送别的戏剧终于演完了。

这情景一直跟着我经历着悠长而飞快的岁月,陪伴着我度过多少无眠的长夜与缥缈的梦境。

“这梦一样的过去,怎么会变成今天这样的现实呢?”黎尊民走后,我一直猜测着,总也得不到回答。

饭后,洗了个澡,我正要补记两天来在船上的日记。服务员来说:

“今天的那个挑夫又来了,让他进来吗?”

“请他进来!”我一边说,一边跟服务员出来迎着他。

黎尊民进了房里,自己拉过椅子坐了。这回他已经不那样拘束。默默地扫视房里的壁挂,茶具,台灯……。

“吃糖吧!”我把糖包打开来,“吃吧,还是我从广州买来的呢。”

“这一下你记性又太好了,还记得还我的客。”他拿起一块糖一边吃一边说,

"岁数大了,不是吃糖的年龄了。"

"你有多大岁数了?比我大两岁吧?"

"那不同呵。看我,头发都白了。逝者如斯乎!"他拿手梳了梳头发,梳下两三根发丝。

他头上是间或出现一根两根白发了,额角已开始秃上去。

他问我这十多年都到什么地方,革命斗争是怎样一种滋味,结了婚没有。我把我的经历简单地讲了个轮廓。他听得很留心,表现着向往与羡慕。

"我自己太惭愧了!"黎尊民慨叹地说,"命运不济!你看我这个证件。"他从口袋掏出封信。

信皮是"贵阳市军管会"的衔头,信笺是一张证明身份的通行证一类文件。他不等我看完,自己就情不自禁的讲起他的生涯……

自从那天他和爱人李冰如把我送上革命征途以后,不久,他们的生活也就开始走入新的旅程。李冰如离不开他,没有去考国立音专,终于考进了中大,学英文。两个同在大学里,一个有好的嗓子,一个有好的球技,都是大庭广众中的风头人物;两人爱情融洽无间,形影不离,不知引起多少同学们的艳羡呵!

不料,日本偷袭珍珠港,太平洋战争爆发,马来亚遭受日军蹂躏。黎尊民他年老的父亲和他几十年来惨淡经营的一家菜馆,一旦埋葬于炮火了;接着,梧州遭受轰炸,那间进出口的商号跟着也成了焦土;银行存款给掌柜全部卷逃,不知去向;伪法院提出公诉,宣布商号破产。黎尊民的学费来源,顿然中断,大学的课程却还要一年才毕业。他想不读了,李冰如却极力反对。宁愿自己俭省一点,把一个人的学费分作两个人用,也要爱人拿到毕业文凭。"节省一点是可以对付的,总之,不能功亏一篑。"这位小姐说得如此的果决。但是,李冰如的恋爱,黎尊民的破产,被她同学的表哥一五一十地报告了李母。那年暑假,母亲要女儿务必同表哥一块到香港度夏。一到,母亲就把女儿看起来,出入都有表哥表妹陪伴;同时,声言内地学校有敌机轰炸,不安全,让女儿下学期休学,不回中大了。说她反正是读的英文,在香港学还好呢。其实,就是要她跟黎尊民断绝来往。

“别惦记你那个朋友了。人家已经破产了,你还不回头呀!”李母对着女儿打开窗子说亮话。

“破产有什么关系,他人格并没有破产!”女儿却这样执拗。

“你就是这个牛脾气,你就没有想想,我们是什么人家?你父亲去得早,就留下你这个宝贝,你要是成了不三不四的人,我能对得住你父亲吗?再说,你堂伯伯是这样的名声,你要过得不成体统,叫人把面子往哪儿搁呀,你就不知想想。”

“我自己的事与别人的体面有什么关系。”李冰如拧着头走回房去了。

做母亲的看女儿不肯就范,对她防范更严了,干脆再不让上街。

一个月过去了,李冰如也真能安于她的书房。弹钢琴,读英文小说。母女僵持的空气和缓一些了。这时,李冰如才暗中买通了娘姨,让她把信带到外头去投寄,约黎尊民到香港来。一天清早,李冰如拿了首饰、金条和一部分港币,借口同娘姨上街买鲜花。到了街上,乘着娘姨不注意,自己溜了。马上叫了一辆出租汽车,赶到飞机场。黎尊民已经在那里等她。一对爱人就这样一起飞往重庆。

到重庆后,他们开始同居。嘉陵江的浴场,重庆的山道,经常出现这一对恋人的足迹。也许是把心玩得野了,大学生的生活,逐渐失去它的诱惑,李冰如对大学文凭的兴趣已经打了好大的折扣。刚巧,李冰如遇见一位同学,她告诉冰如一项消息:伪国防部正要招聘英语翻译,问她愿不愿应聘。“我,能行吗?”冰如问。“你声音那样美,英语根底深,外貌又出众,只要肯屈就,保你没有问题。”这位同学极力拉拢她。冰如又把这一番话带来征求爱人的意见。黎尊民觉得既然是冰如愿意,他还说什么呢。“不过,当翻译,跟外国人打交道,总有点别扭!”黎尊民考虑再三,多少有点不大顺心。李冰如则认为:“他是他的外国人,我是我,有什么相干。”

终于,李冰如到伪国防部外事室当翻译去了。

黎尊民赋闲了三四个月,托了好多人情,拉扯一阵关系,好容易才在一家轮船公司当上个办事员。

两人租定了一间屋,买了一些家私,倒是把小家庭收拾得颇为舒适。两人每天早出晚归，起初，生活过得温馨而宁静。后来，黎尊民被派做外勤，经常出差，同爱人在一起的日子渐少。有时出一趟差回来，那就是他们的节日了。年轻夫妻都盼着在相聚的时日里，一块看看电影，一块走走公园，一块听听唱片，一块下下棋，一块说说话。哪知，这时期，伪国防部应酬美国顾问团，今天一个宴会，明晚一个舞会，花天酒地，川流不息。李冰如不但白天要上班，晚间也得工作，不仅作翻译，而且要当舞伴，往往要到午夜才回家来。黎尊民夜夜等着爱人，有时等得乏了，就在椅子睡着了，有时等到爱人回来，对方却已经精疲力竭，兴致索然，说话都提不起精神。

有回，李冰如回到家，已经是第二天凌晨四点。“天天都到这个时候回来，难道他们给支付双薪吗？”黎尊民实在忍不住了，终于发了牢骚。

李冰如只有苦笑，叹气。

“你为什么不讲话？”黎尊民头一回对爱人这样大声说话。

“难道你看我就为几块臭钱吗？”妻子想不到丈夫来这声霹雳，也火了。

“那就把这鬼差事辞掉。我是‘吃稀粥屙硬屎’，不吃他那一套。”

“现在说这种话，正是年三十晚看黄历，晚了。”

“有什么晚不晚，你给人家写了卖身契吗？”

“嘴巴说话干净点，对我发雷霆顶什么事？”李冰如气呼呼的脱下衣裳，把丝袜子一甩，脚也不洗就爬上床睡了。

黎尊民孤坐灯下，搔着头，唏嘘半天。一会，又懊悔又怜爱地凑上床去扳爱人的肩膀，低声下气地说：“和解了吧，我的心情挺烦。”

李冰如转过脸来，悲凄地说：“难道我就挺轻松吗？”

两人都不说话了，各人枕着各人的两只手，直直地瞅着帐顶。沉默，蜘蛛网似的布满了整个屋子，静极了，各人都听得到自己的心跳。

“你为什么不说话？”一会，李冰如打破了沉默。

黎尊民依旧直瞅着帐顶，不知想到什么地方去了。

“我问你！”李冰如忽地一下坐起来，伸着两只胳膊抱住膝盖，盯着丈夫。“你什么时候有个孩子过继给人家？”

“什么？”黎尊民这惊诧非同小可，立即跳起来，眼睛睁得好大。疑惑地抓住了她，愣得几乎要发抖。

“若要人不知，除非己莫为。装洋蒜顶什么事。”她一步一步逼着。

“哎，人真是难得了解呵！”黎尊民痛苦异常，下了床来，在屋里来回走，搔着头默想：“把孩子过继给人家？……”

李冰如一动不动地歪着头瞅着丈夫。

“噢，记起来了，”黎尊民忽然惊呼，“什么一个孩子呵，那是一本书！”他走到床前坐下来，告诉冰如：是六年前他赠送我那本《解放文选》的事。

“是谁告诉你的？他在哪里见到？我自己早都忘了，他还有这么好记性？”黎尊民越想越奇怪，盯着李冰如问。

“是军委调统局的人讲的。”李冰如说得挺平静。

“调统局？你怎么跟那些人认识？”黎尊民一听是调统局的人，跟触了电的一样，不觉惶栗。马上联想到他公司里有时也有这些“大员”出现，他们是一些特权人物，专做伤天害理两面三刀的勾当。对他们，他从来是“敬鬼神而远之”。

“有什么大惊小怪，这些苍蝇，哪个宴会，哪个舞厅能少得了他们。”冰如抿着嘴轻蔑地说。

“向你提起这件事的人是干什么的？”

“谁管他干什么的，人家都称他科长。对啰，他要我告诉你：叫你识相点，你的‘孩子’在他那里呢。我当是真的‘孩子’，气得没有跟他问清楚。”

“我别的事没有，就那么一本书，他能把我怎样？魔鬼！冰如，我们走吧，不在这鬼地方。”黎尊民预感一种不祥之兆会缠上他，直望着爱人的眼睛，希望得到同意和支持。

“能到哪儿去呢？桂林，日寇占着，香港，我们是从那里逃出来的；‘好马不吃回头草’。何况这个时候回去，妈妈认不认你这个姑爷呢？”冰如不免踌躇起来。

“你一个人回去。不管怎么说，女儿总是女儿，那么多年了，老人家的气也该消了。”

“尊民，你怎么说这样话。你说，没有你在一起，我自己一个人怎样打发今后的日子呀？”

“只要你不再跟那些苍蝇打交道,离别的滋味再苦,我也忍了。”

“尊民!”她眼睛闪烁着泪花,张开两只胳膊抱着他的脖子。

两人相抱哭了。

一会,李冰如考虑什么事,经过一番斗争,终于把扰乱她好些天的苦恼,告诉了丈夫,那是她的主任在一次谈话中,问她愿不愿到美国去读书,下个月顾问团一个海军少将回国,希望她一起走。黎尊民刚一听到,脑门挨了一棒似的,神志昏乱,直直地瞅着对方的眼色。好久,才冷静地反问:

“那,你自己拿什么主意呢?答应了吗?”

“答应?我还不至那样下贱。”李冰如得不到同情的抚慰,反而受了猜疑,气冲冲地回床上睡了。

“早知今日,当初跟陈强一道去延安,怎么也比受这窝囊气好。”黎尊民坐回椅子,自言自语。

“现在想这个赶不上了!我就不应该学这鬼英文。”李冰如也在叹气。

这晚上,他们重新认真考虑过各自的前途。但,都没有结论。第二天,两人又得各上各的班,照常如故。每晚,华灯初上,李冰如又得抹口红,洒香水,换上高跟鞋;穿着花衫,对着爱人说:“今天不知是美国人的告别宴会,还是中国人给哪个洋鬼子接风。又要做传声筒去。你早点休息,等我回来就太晚了。”黎尊民就这样一夜一夜地被撩在冰冷的小屋里。后来,他学会了喝酒,不时涉足于咖啡馆、酒吧间,或者就在街头夜游,消磨漫长的夜晚。一次,他夜游回来,冰如却已经睡了。他发现桌上一张纸画了些圈圈、道道、歪嘴巴、三角眼、狗头、鹰鼻,还有好些“?”和“!”,图案不像图案,垃圾不像垃圾。另外,写着这样的文字:“肮脏,龌龊,丑恶,无耻,卑鄙,无聊!”……

他想唤醒她,看她睡得这样甜,又不忍惊动。一会,她在梦中惊叫一声,翻了翻身,含含糊糊地嘟哝两句,又睡了。他却直瞪着眼,天将亮了才迷迷糊糊地睡着。醒来时,阳光已照到窗户,闹钟唧唧发响,差一刻就是八点了。他张望四周,屋子空空洞洞,冰如已经上班去了。桌上那些包糖纸片、橘子皮不见了,铅笔、墨水,收拾整齐了一些,中间用彩色玻璃球镇住一张纸,上面写着:

"牛奶放在电炉上,别忘了穿毛衣!"

这天是黎尊民休班,他一个人无聊,跑去北碚找重庆大学的一位老同学玩。刚好那里有球赛,那朋友扯着他一块看。晚上吃完饭,又去看苏联影片《戏后六点钟》,回到家已经是十一点了。屋子同早上出去时一样,空空洞洞,东西不见有什么移动,好像李冰如一天也没有回来。他拿着一本中英对照的《块肉余生记》来看,等着冰如,等着,等着,不觉睡着了。隔壁的挂钟打了一响,他从椅子醒了过来。秋夜的凉风侵袭着肩胛和膝盖,屋里一片沉寂。

第二天,他照常上班,按时回来,屋里依然空洞而冰冷。衣架上的衣裳不见动过,鞋子依旧静静地摆着。"到哪里去了呢?"他开始不安起来。晚上,为了等着爱人回来,他什么地方也不去,一个人在屋里翻阅那本《块肉余生记》。但是,记不得昨天读到什么地方了,无从继续看下去。他又去开留声机,听听她平时爱唱的《梅娘曲》,歌声加重了他的烦躁。不得已,他把留声机关了,又拿起书来读,眼前却老跳着那张画得乱七八糟的东西和"肮脏,龌龊,丑恶,无耻……"的字眼,接着是:"……别忘了穿毛衣!"那句话,仿佛她带着音容笑貌来到了面前。

忽然,门缝轻轻裂开,他不觉悸动一下,满以为是爱人归来了。如同往常一样想吓吓她,轻手轻脚地躲在门后,张开两只胳膊等着要抱进来的人。谁知道,伸进来的是一个小女孩的头。这是隔壁的女孩,手里拿着封信,对他说:"叔叔你的信。"女孩给了信转身飞跑了。他接过信,同罪犯等待判决一样,急切地凑到灯下去拆开来,往下就念。仿佛一个熟悉的声音在耳边悲痛而凄苦地哭泣:

尊民:你不必再等我了!今早,当我醉醒过来的时候,我发觉一切都破碎了!我已经失掉了应该得到你爱抚的自尊和骄傲!尊民,我是了解你的。我相信,你善良而温柔的手,将会排除种种嫌隙而慷慨地给我抚慰着创伤;我不怀疑我们的爱将能盖过别人加与我的羞辱。但是,打碎了的东西,即使合得拢来也难免消除那可悲的裂痕。在你,也许由我痴心的爱恋,完全忽视美玉的瑕疵;在我,正因你过分的宽恕,那无声的内疚,将会陪伴我一生!尊民,也许我太自私了,为着解脱自己的痛苦,我从你身边走开了，让你自己孤独地守在空虚而冰冷的小屋，徒然去咀嚼那招不回来的记忆。但，周围既然那样残酷而龌龊，我又何忍把你拉扯在一块去受难言的屈辱呢！你别再等我回来了，我已经不再是你那个以生命相换的人。那个人从昨天起已经死亡！哎，不说了吧，已经够了，再说什么都是多余的。

把我忘掉，把眼泪抹干净，从肮脏的周围走开，重新去开拓生活的道路！这就是我可怜的一点希望，难道你忍心让它落空吗？……

他，读着，读着，心口给一刀一刀割下来似的，引起激烈的疼痛，血管几乎要炸裂了，头直晕，眼睛冒火星，颓然倒在椅子上。一会，猛然站起，踩着脚，走又不是坐又不是。最后，他发现自己走到街上去了。

他走来走去，走到了伪国防部，在传达室填了会客单，要求见外事室的翻译李冰如。传令兵按照会客单摇了电话。回头对他说：

"李小姐出差了，不在。"

"出差？到什么地方去？"他瞪着眼睛问。

"军事秘密，不便奉告。"拒人于千里之外的回答。

他再要问什么，要求什么，不但没有另外的回答，干脆被赶出了伪国防部传达室。时间已经深夜，他怕回到那间冰冷的小屋去，在街头东走西走。老背诵李冰如的信，耳朵老听见她的哭泣。后来，他什么时候，为什么要走进一家酒吧间去，他自己也说不清，迷迷糊糊地记得他当时要了一瓶葡萄酒，一口气喝光，立即天旋地转，全身血液沸腾起来，什么也不知道了。亏得一个店伙的好心，叫三轮车把他送了回来。

从此，每天一到晚上，他的小屋就变成黑暗、空虚、阴冷、荒凉而恐怖的森林，呆不下去。一连几天晚上，他照例到伪国防部去填会客单，声言要见外事室的翻译李冰如。每次得到的回答都一样：

"出差了，不在！"

"出差？到什么地方？"

"军事秘密，不便奉告。"

这是第五天晚上，他又去了，填了会客单，呆呆地站立在传达室门口，似乎听不见那些刻板的回答。这时,从里头驶出几辆福特牌的乌亮乌亮的小卧车。里头是美国军官和中国的女郎。他眼睛睁得挺大,上前把路拦住,汽车不得不煞住。车里跳出一个凶神恶煞的中国军官,对他叱责:“你要干什么,要想死呀!”狠狠地把他拉开。

他却使了平生的力气,屹立不动。

“我要我的老婆回去!”黎尊民说了话。

“不害臊,谁是你老婆?”

“李冰如。”

这军官不觉一惊。走到后边第三辆车去跟车里的一个什么人唧唧咕咕,回头向警卫兵暗示一个眼色。说道:

“你们怎么让疯子进来胡闹?嘿,把他带走!”

几个卫兵一拥而上,把黎尊民架走了。他一边挣扎,一边跳骂:

“你们这些个男盗女娼,禽兽不如的东西!”

“封他的口,不准叫唤!”后面的汽车里有个家伙伸出头来,命令他的爪牙。

这些爪牙把人绑到旁边柱子上,嘴里还给塞进一块手巾。传令兵摇了电话,讲他们的黑话,不多久,驶来一架黑色的密封车,几个卫兵把人架进车去开走了。

过了两天,重庆的一些官办报纸披露了一则社会新闻:

……有一华侨子弟黎尊民者,因家产毁于战火,刺激过深,精神失常。其妻乃当今某将门的之亲,擅英话,任职国府某部,不幸为黎某多方折磨,不胜其苦。忽于某日不归。黎某顿失莺俦,疯癫更甚。每日必到某部胡缠。前日适外宾从该部外出,黎某竟向友邦人士索妻,引起一场风波。语云:“丧心病狂”,此之谓欤!当局鉴于此种疯人有碍市容,闻已将之送入精神病院矣。

黎尊民是被视为精神病者,但监禁他的却是军统的秘密集中营,并非精神病院。在那里,他被审问的,不是在伪国防部大骂山门的罪过,而是逼他供出与

"那个过继给人家的孩子"相关的联系和放走共党分子的大罪。在那里,他历受着电刑的昏厥,坐老虎凳的痛楚,但他也没有什么可说的。原来他是清醒的,却被当作疯子,现在被逼成精神失常了,反而当他是假装。就这样,他旺盛的精力和美满的青春,就在那魔鬼的地狱销蚀了。开头是在重庆的歌乐山,后来是在贵州的息峰。一年又一年地过去,他的案情悬而不决。直到一九四九年十一月,解放军打开了牢门,他才重见了阳光,脱离惨苦的魔窟,走回宽阔的天地。

解放出来,他在贵阳的军管会领到了回家的路费,拿到通行的执照,走了半个来月才回到老家。回来不到一个月,广西也解放了。

这是十二年来刻在黎尊民脑子的记忆,他讲得那么认真而仔细。讲着,讲着,开头是幸福而欢乐的,到后来则抑止不住的悲愤和忧伤。不时拭着眼泪,哽着喉头讲不出话来。

"冰如后来没有消息吗?喝杯茶。"我换了一杯热茶给他。

"没有。"他摇摇头。"你不知道,那个集中营,真是活地狱,人进到里头,就跟人间隔绝了,哪能打听到她的消息呢。"他喝了口茶。"这些年来我老想:她当时或者是跳了嘉陵江了!你知道,她的脾气比我倔,要干,什么都干得出来。就在她失踪那两天,有张小报透露过:嘉陵江边的一家渔船发现一个穿旗袍的女子跳江,水流挺急,尸首没捞得上来,我想可能就是她了。但,也可能她被特务要挟,要她陪着那个洋鬼子到美国去了;甚至可能给弄到见不得天日的魔窟去,当了秘密夫人?……"

"你回来没有向香港她妈妈那里打听一下?"

"没有。"他摇摇头。"人在的时候,我们都断绝了关系,现在,人已经没有了,更不想去攀这门亲了。何况特务们做得很绝:他们在报上给我捏造那段恶毒的谣言,在他们,固然是一来得以封住我的口,二来可以推卸李家向他们要人的责任。在我,可就蒙受莫大的打击:这一来,我在冰如的母亲面前,不止是拐走她的千金的流氓,甚至成了逼她女儿失踪的疯子!简直是一场悲剧呵!"

他放下茶杯,拿起一块糖放进嘴里含着。

"不过,悲剧总算演完了。重新来吧。你的建筑学现在正用得上呢,没有完全丢光吧。”

“不丢光也不是个熟手。本来就没有学成,半桶水。后来又在船上混日子,所学非所用。在集中营被折磨得神志麻木了,脑子不顶用,长年睡不成觉。解放出来,贵阳军管会的同志把我们审查甄别清楚过后,曾经问我想干什么。我说,什么我也做不了,就想回家。其实,我是没有家的。只是,梧州这个码头对我却那样亲切。树高千丈,落叶归根。只好回来了,没有办法。你老兄这次衣锦还乡,就在这儿工作还是上南宁去?”

“我在这等船,要上南宁去报到。”我把华南分局分配我回广西的工作岗位说了说。

“过去你追求的那遥远的希望,现在倒是成了眼前的现实,而当时我所陶醉的眼前的‘天堂’,如今都成了云烟!”

“过去的已经过去了,算了吧,重新来!”我站了起来活动一下手脚。

“我得走了。”他也站了起来。

“坐吧,再扯一会。你回去不是没有事吗?”

“事是没有,不过也应休息了。”

时钟响了十二下,实在也不早了。我送他走到大门口。

“上南宁的船,恐怕得过两天才有,你有空我再来。唔,对啰,你既然是弄笔杆的,我把冰如最后那封信给你拿来,也许对你有用。我什么都没有了,就这封信藏来藏去,舍不得丢掉,有空我就拿来念。我几乎背诵出每个字来。哎,想不到我们的爱情是这样的结果,真是一出悲剧呵!”

“我看这样吧,你这两天把你过去的经历写份自传。我帮你交到有关部门去审查看,我们国家正要建设社会主义,你原来学的建筑现在正是用得上了。”

“那就太好了!我回去了,再见。”

他给我握了手,走了。

我直瞧着那走方步的脚在街头的拐角消失了才转回房里来。

房里,服务员一边收拾茶具,一边说话:

“这个人别人都说他是神神经经的,今晚听他说话那样清楚?”

我正要说句什么,挂钟“当”一声,报告一天已经过去。

“噢，刚才市委来电话，请你明天在家等一下，他们有人来访。”服务员忽然想起这件事来说道。

“说明天不对了，应该是今天几点钟。”我笑了笑，拿眼光告诉他看看挂钟。

“噢，已经是新的一天了。”服务员望着钟舒畅地呼了口气。

选自《广西文艺》1962年第十一期

钢铁的心

（一位抗日战士的控诉）

一

要我讲起打仗的故事来可多啦，扯上三天三夜也不能有个头。打我十六岁那年，八路军在我老家打日本鬼子，我把为地主老财家看牛的鞭子扔了，参加了八路军。第二天早上就跟鬼子干上了，一直干到今天。搬开手指头一数，不多不少，整整十年。你想想看，得打过多少仗？

起始，我是个小鬼，招呼教导员的工作，后来才当的宣传员。可是，我个人就爱上火线，打仗痛快。再说，岁数一年比一年大了，唱歌演戏那一路玩意，老觉得不对劲，成天总也不安心。现在说起来，当时那个思想是不对头，闹个人主义，要不得，是不是？不过，那时候我就不管，一股劲跟上级蘑菇，成天要下连队、要下连队地闹，凭我学来几个字的文化，成天打报告，最后，算是达到目的了。临走时，上级对我说：

“好，你下连去吧，好好干啊，可不敢再调皮了！”

我自己也不知道,那时节我哪来的劲,就是觉得摆弄摆弄枪,比啥都上瘾。我到连上去见了连长,连长看了看,完了,对我说,我年纪还小,也有点文化(是的,那倒不假,我当宣传员时候,马马虎虎凑合也学了点把子文化),有文化能看个通知啥的,叫我在连部搞个时期通讯员再说。

"通讯员能有枪吗?"我赶紧问一句。

连长说:"枪有你背的就是了。"

我说:"有枪就中!"

当天下晚,班长就拿来一支马步枪,还有一百发子弹。我可是高兴死了,比小孩子过年穿新衣裳还乐。把枪擦了又擦。心想:"通讯就通讯,妈的,骑着毛驴看唱本,走着瞧吧。"

就这样,干了几个月通讯员,又不安心了,又要求当战士。连长看我要求的挺麻烦,让我下班里去了。这时换了一支七九步枪。这"七斤半"我一直就把它扛了两三年。以后大大小小的仗就跟吃饭拉屎那样,没有数了。你瞧吧,我身上的窟窿就有三四个。没打过仗的人不懂得"打枪眼钻出来"那句话的滋味,那可是有味道哩。有一回,可是,差点我可就完了。你听我说吧,事情的头尾是这样的:

那是一九四二年三月二十七日晚间。

当时,我才当连长不多日子,我们一连人在冀鲁豫边缘区,跟日本鬼子和伪军捉迷藏一样打麻雀战。早上指导员领第一第二两个排到挺老远的南边陇海路附近催给养去了,我跟第三排在家开个动员会,讨论对付敌人春季"扫荡"的办法。晚间都快鸡叫了,老乡才送来一封鸡毛信。在解放区信上插上鸡毛就是表示十万火急的意思。我赶紧打开一瞅,是团长和政委写的命令:叫咱这个连在天亮之前赶到马路集的团部去集中。我愣了半天,也不知道怎么回事;马路集离这五十来里地,现在快十二点了,一个钟头赶十里地,怎么的也赶到了,就是不知干么要往回撤。这两天不是叫咱们侦察敌人行动,破坏春季"扫荡"的计划吗?怎么回事?哎!咱没掌握全盘情况,没有发言权。反正听从命令吧!我马上叫大伙赶紧出发,直奔团部来了。

五十里地总算是走到了。赶到村边时候,启明星在东边闪亮。这时旁的啥声音也没有，挺静。我还担心团部转移了哪，谁晓得一进到村口，黑蠕蠕一大堆人马，全把街上给塞满了。战士们一堆一堆，抱着枪排成长长一趟坐在那儿。牲口驮着行李和重机枪、迫击炮，跟骆驼一样高大，躲在院场一边，“突突”地喷鼻子。

“乖乖隆的咚！都来了！”三排副这个活宝，一下子嚷起来。

旁人马上“嘘，嘘”地制止了他。有的像哨兵问口令一样喊：

“不要讲话！”

紧张极了。大伙静静的，照我的手势就地坐下。天上全是一片乌黑的云彩，要落雪的样子。有人偷偷点烟，偶然见到一两点星火。

我才要招呼队伍休息，还来不及去团部报到。紧接着前面有什么消息传来了，一个一个咬耳朵传话。最后，右边的一个同志在我耳边问：“三连到了没有？”

我回答道：

“来了！”

人们又一个接一个传回去。不多一会，又传话来了。右边的同志在我耳边说：

“叫三连连长跟指导员马上去团部！”

我对三排长说，叫同志们不要随便离开队伍。我到团部去了。

团部是在一家老百姓的东上屋，这镇上现在就只有这间屋子还有点亮。

一进门，旁的连长、指导员满满地坐了一屋子。团长、政委和参谋长他们聚在一起，对准一张地图比量。我喊了一声：

“报告！”

这时，团长他们抬起头来，朝我看了看。政委对着大伙问。

“都来了吧？三连长，指导员呢？”

我说，指导员今早带一、二排到前面催给养去了。团长愣了一下，参谋长马上说：

“好吧，我来谈：现在情况挺紧——”

参谋长讲到这句话顿了顿，掸了掸烟灰。大伙的眼都睁得发亮，直瞅他。

他紧接就说:“这回敌人拿一个旅团的兵力再配合孙良诚三四个团的伪军向我们解放区作五路大规模的‘扫荡’,估计他们明天一早有一部分就赶到这儿。我们暂时把地方让给他,把主力绕到他们屁股后面去搞他一家伙!……”

“现在大伙都准备好了吧?”最后,参谋长瞅着大伙问。

“好了!”大伙一个声音回答。

我却不哼。

参谋长把纸烟屁股搁桌子捻灭了。说道:

“准备好就走,叫大伙努把力,赶天亮以前到达目的地。”

参谋长把话交代完了。团长接过来问:

“大伙还有什么困难没有?病号、身体不好的都搞好了吗?”

这时大伙都说,搞好了。就等下命令走吧。

“好吧,挨着走!”

大伙忽一下站起来,都往门口挤。我实在累得还缓不过气来,站在后面。团长在旁边叫我说:

“马连长,请你慢点走!”

我转回头一看,团长不慌不忙拉过凳子来请我坐下。我也照着坐下,弄不明白到底咋回事。团长是个挺会说笑话的人,这时候变得正经起来了,看他那个干瘦的脸特别严肃。他想了半天才问我:

“你是哪一年参加党?”

我心想,这时候问这干啥?可是,嘴巴马上回答:

“一九三八年。”

团长搬着手指头数一下,说:

“五年啦!”说完,直瞅着我。我都不好意思啦。

我说:“差不离,就这样。”

团长打兜里掏出一包纸烟,还是缴日本鬼子来的好纸烟哩,樱花牌,锡包的。他给了我一支,还划了根火给我点了。他慢慢吐了一口烟,才说:

“马连长,有一件艰苦的任务交给你。我们酌量了半天,只有你来担任比较合适。你们刚到,还没休息,不是吗?……”

我马上抢过去说：

“那倒不要紧。”

团长又说：

“休息是需要的，为了要战斗，足够的休息是需要的。刚才参谋长说的，你听明白了吧？”

我听到这，真急眼了，干么团长今天讲话绕那么大个弯呢？奇怪！

他说：

“敌人马上要到这地方来了，他们有汽车、骑兵，比我们两条腿走得快。我们不愿跟他拼硬仗，坚决把主力撤退。完了，找机会绕到他屁股后去吃掉他！要做到这一点，就得留一小部分队伍在这儿迷惑他们，牵制住他们朝前撵咱们主力。你们连就在这扯他的腿。他们人来了多少不一定，不过，估计可能是一场恶战。如果你们打到最后顶不住，可以换上衣服，变成老百姓，跟他作地下斗争，等我们回来！我们一定会回来的。看你有什么话要说的？”

我有什么说呢？妈的，打仗已经不是今天才开头了。我说：

“那还有啥说的，干呗！只是估计守到啥时候能撤？”

“你们就在这一带村子布置一道防线，敌人要来的多，抵不住，就一步一步往后撤。最好能抵抗到十二点钟，到那时我们主力就可以走到目的地了，他们要撵也撵不到了。这是咱们整个团的生死问题，关系重大。全靠你们连显功夫了。”

我说：

“反正我不多说你也知道。刚才不是问我什么时候参加党吗？我是五年党龄的党员，为着党，我一定会忠实到底！团长放心领大伙走吧。”

团长这回可真别扭，他站起来又坐下，问：

“可是你没有什么话说了吗？”

我说：

“这样的吧，我如果战死，你给我在坟上立个碑，写上：‘马如龙是共产党员，为了打日本鬼子死的’就得了。”

团长不哼声，把他刚打开的那盒子烟交给了我。还伸开手来，给我拉了半天。说：

“好吧，再见……”

我说：

“放心，我还不能那样容易死的。”

就这样，我同团长分开了。队伍联成了好长一趟，大伙都不吱声，一个跟一个移动了。我回到自己连队跟前时候，三排长焦急了，劈头就问：

“连长，咱们倒是怎办？人家都走鸡巴光了。”

我说：

“走吧，大伙跟我来！”

我把大伙领到区政府，找地方做饭去了。

有的战士憋不住，嚷嚷起来，有的就问：

“怎么搞的？咱们不走啦？”

我说：

“刚才大伙不是嚷肚子饿扁了吗？把饭做好，吃饱了再说。”

这时我们就在区政府煮的饭，把一部分人派到村外边东南角的破庙去放军士哨。我看大伙都挺睏，叫他们就地在小学校把桌子拼起来当着床，眯一会。桌子少，我拣到一块缺了腿的桌面，随便搁在发潮的屋角，衣服、鞋子也没脱就躺下了。桌子太短，只好让半截腿搁在地上。不知道是跳蚤还是臭虫，把我咬了一身疙瘩。才刚走路老要打瞌睡，眼皮有斤来沉，现在倒反精神了，睡不着。三排长和九班副、二虎他们也都没睡，唧唧咕咕闲扯。

九班副说：

“我看这两天得有一场大仗打！”

二虎问：

“你怎知道？”

九班副说：

“唔，你可别笑话我，我这两天眼皮可是跳得厉害，一定有什么大事情了。”

三排长笑着说：

“乖乖隆的咚，照你这一算，你可当参谋长了。”

二虎紧接着问：

“问你，你倒是哪一边眼皮跳？”

“左边。”

二虎说：

“那你快发财了！左眼跳财，右眼跳灾。明个儿打开仗，准是缴挺歪把子。”

九班副低着声问：

“打仗？你听说打谁？”

二虎说：

“打谁还不一样？咱们的迫击炮还不都是日本鬼子送的。”

这时，一个外号叫“死角”的吴世泰，翻了身，半醒半睡地咕嘟说：

“得了吧，什么鸡巴跳灾跳财的，你们不睡，人家不睡吗？”

这一下，声音才停住了。原来有人在墙角那边早已打呼噜。

等到天才蒙蒙亮，我就到村边去看看警戒，观察观察地形。一看，眼前是一片大平川地，往东南瞅，地边跟天上连成一块去了。就在村子近边才有几个地方是凸起的黄河旧道的沙梁、梢林和坟堆。北边五六里地方有个小村子，西边就是通到水口去的大道。我把三排长叫过来，告诉给他我们的任务。把七班布置到南边的树林一带去。八班就让他到南边的黄河旧道的沙梁。九班就在沙梁后边的坟堆。我自个带两个通讯员在村边一个倒塌了的小房子安了指挥位置。我正琢磨这场硬仗是怎么打，这周围就是这么些可利用的梢林、沙梁、坟堆、交通沟和村落。我们就是这么二三十人。妈的，今天到我来唱“空城计”啦。我对三排长说了几条原则：把火力散开，迷惑敌人的目标，节省子弹，拖时间。

我的这两个通讯员各人有各人的特点：一个叫孙振元，十八岁小伙子，结实得像一头小牛；另外一个灵巧得跟猴子一个样，他本姓侯，人家都叫他小猴。

今天天气灰蒙蒙的，要刮风沙的样子。我正瞅瞅云彩，再看看这一带附近的村子和道道。突然，打南边响了一枪，凭我五年来的老经验，这是六七里地外的三八大盖的声音。我们都站起来注意听。紧接着“哒哒”的轻机枪叫了。南面的梢林子挡住了，看不见啥动静，我对通讯员说：

“孙振元，你去叫三排长倍加小心，不要随便暴露目标。”

孙振元把马步枪往肩上一摔,紧紧胸前的枪皮带,挺利索地奔到前面的梢林去了。

小侯睁开黑黑的眼珠子瞅我,问:

“连长,这回是打孙良诚部队吧?”

我随便哼了一声,顺手把盒子枪掏出来,把子弹推上膛。

“你怕了吧?”我对小侯问。

小侯把脸一沉,说:

“怕? 鸡巴毛,我才不怕哪。”

“你今年十九,还是二十?”

“二十少两岁。唔,连长,我问你,你同我这样岁数也参军了不是?”

我说,我十八岁那年已经穿破好几套军衣了。

我们正说着话,“轰隆”,像一声闷雷从东南边轰起来。

“打炮了!”小侯脸色发青了,顺手拉开枪栓。

“别慌!”我站起来往外看看。

声音又静了。

这时,太阳快出啦,东面天边的云彩发紫啦,老远的地面还起一道灰白的雾气。一溜平川地边是平静的,同小孩睡熟了的脸。我又坐回来,擦我的盒子枪。

过一会,小侯突然扯我的袖子,朝东南面指着说:

“连长,你瞅,前面是人吧? 敌人来了!”

前面的确有几点黑影越来越大了……一会儿,小侯嚷:

“连长,连长,坏了。是骑兵,你瞅,你瞅!”

“轰隆”又是一声炮弹爆炸。

这是敌人的斥候兵。我叫小侯到七班那里去,叫他们派两个弟兄到大堤附近去侦察。这里的人等敌人再前进时就打枪,瞄准好再打。

小侯刚走不远,一颗炮弹在一里地附近落下,马上起了一股灰尘,火药味呛鼻子。一会,机枪响起来了。孙振元跑回来,结结巴巴地说是日本鬼子已经到大堤,快进前面的梢林来了。这时,大堤南边有好几个骑兵正要奔西边来,跑一跑又折回,跑一跑又折回。太阳已经露出地面上来了,像铁匠炉的铁块似的,烧红了半个天。

敌人骑兵发现了我们的目标的样子,直奔八班的阵地来“叭叭”连放了几枪。我马上跑到八班那边去,叫吴世泰打枪。

“叭”一下,敌人骑兵站住了。我们连着打了一排枪,敌人退了退。

“这一下可有戏看了!”机枪手二虎乐得说笑话哪。

别人说:

“别骚情了,看,骑兵又来了!”

“叭叭,叭叭叭!”敌骑开枪,而且一股劲奔来。

“开枪!”我叫一声。

“呵呵! 翻了一个了!”

“叭!”

“翻了两个!”

我一看,前面两匹马的鞍子掉在肚子下边去了,拼命奔跑。可是,敌人还是涌上来。二虎愣头愣脑地凑到他的机枪前,眯起左眼。机枪哒哒叫唤开了……。

“三个了,三个了!”小侯叫。

“狗日的。”二虎抬起头瞅瞅。

骑兵往东拐去了。东边我们七班的枪又响了起来,马蹄子又停住。尘土成了旋风,扬起挺高。

子弹越来越密,嗤嗤地叫;大炮轰轰地响。老远的地边,起了云一个样的黑鸦鸦一大片敌人步兵涌来了。我叫机枪手瞄准好,敌人再前进就坚决打!

敌人一步步往前来。

“乒乒乓乓”,我们三个地方一打,敌人摸不准我们的阵地到底是以哪儿为主,四面八方乱七八糟地打起来,到处是枪声,把敌人打得团团转。这样抵抗了一个多钟头。最后,他们人来多了,而且他们决定往我们东、南、北三面包围。我马上下命令,慢慢往后退。

我顺着交通沟退。这沟直往东瞅能看到好远的地方。一个战士猛一喊:

“汽车,敌人汽车来了!”

一发现汽车,有的新战士慌了。我的裹腿太紧,干脆把它解掉,捆在腰上。盒子枪就别在皮带里。我在战士中间来回跑,照顾大伙的情绪。每个人都淌了一脸汗。

汽车接连来了五六辆,车上插的膏药旗子,架的机关枪,气势汹汹地向我们面前冲过来。我马上命令大伙趴在交通沟边边上不让乱动。看汽车来近了,我喊一声:

"打!二虎的机枪打!"

机枪、步枪、手榴弹乒乓打起来了。战士们的情绪可高了,有的嫌沟里窄,不好运动,二虎急眼了,爬上沟边打机枪。汽车"呜"一声,轮子停了,敌人从汽车上蹦下来,爬在汽车旁边朝我们这边开枪。枪声可热闹啦,就跟往年过大年夜放爆仗,把耳朵都震得嗡嗡响。敌人有的死啦,倒挂在车架上,给他们当肉盾牌。

八班的机枪手过来,挺难过的样子,对我说:

"机枪弹巢崩啦!"

"使步枪打!打!"我说。我自己也捡起另外一个挂了彩的战士的步枪,紧接着就是打。

"呜!"第二辆汽车又停住了。敌人又同蛤蟆跳下水似的,蹦下来,躲在汽车底下,跟我们抵抗……

这下子,不到一两个钟头,这一带地场就成了泥塘子似的,打得稀烂。我看看鬼子的包围圈越来越小,再继续下去就吃亏、上当。

突围!退后一步,到小林庄再抵抗!

我脑瓜子这一闪亮。叫三排长过来,对他说:"我们分两伙人突围。三排长先带九班朝北边的水口冲出去,叫敌人一迷糊,我就领八班和七班朝西冲到小林庄去。"三排长依我的命令同九班的同志冲出去了。敌人一乱,我就对七、八班喊:

"同志们跟我冲!"

我领头跳上交通沟,紧接着扔出去几个手榴弹,大伙都跟上来了。我又喊:"大家快跑,到前面小林庄集合!"

我们一股气向前面奔去。敌人的马蹄和手榴弹在身边乱成一团。通讯员孙振元"哎呀"一声,在我身边倒下了。脑袋淌了一地血,马上不哼声了。我哈着腰去抱他,大腿上一麻,膝盖抬不起来了,血马上打裤管往下滴。小侯过来挽住我的胳膊说:

"连长,我背你!"

紧跟着有两个战士也过来,一个人一边架着我的两只胳膊往前就走。

走不多远,前面的小坟堆;突然响起排机枪,呵哈,二三十个敌人在那儿堵住了。战士们急眼了,马上扔开手榴弹,手榴弹一个两个地连接炸开了,烟土大,好比下黄雾,又搞成一团了,看不清敌人,只听他们猪一样咕咕地乱叫唤。咱们的战士有的也挂彩了。我看离村子还有里把地,得鼓把劲才行啦。这时也忘了腿上的伤口疼,就是要头前领着大伙扔一阵手榴弹,打开一条血路。快到村旁边的小凹地,爬着一个鬼子,我瞄了他一下,打他一手枪,他手上枪一松,枪掉到地上来了。

旁边的敌人一惊,一个个往后退。

"冲呀!"我又喊。大伙猛劲一冲,进到小林庄来了。

小林庄只有四五户人家的房院。村边有一道一人高的围墙,有的地方倒塌了。村外就是平地,可以看到外面敌人运动。

敌人紧跟我们后面撵,马上又把小村子包围了。

我们一进村,赶紧把彩号拉的拉,抱的抱,安置好了以后,很快占领了有利的防御的地形地物。

不知什么时候,小侯也挂彩啦。他睁开眼对我说:

"连长,我挂彩啦!不能招呼你啦,任务不能完成了!"

我把他的马步枪接过来,安慰他一下。

战士们疯一样了,嗷嗷叫,把脑袋露在墙头上架起枪就打。一下子,有一个头上挨了一家伙,"哎哟"一声,昏过去。

我说:

"赶快挖枪眼才行呀。快挖!敌人来就打。不来就别打,子弹不多啦。"

战士们用刺刀,咬着牙,挖开枪眼。枪声停了一会,敌人也不敢冲锋,只是光喊：

“缴枪不杀。”

“缴枪不杀。”

“缴你妈!”二虎恨恨地吐一口唾沫在手上,又继续挖他的枪眼。

七班副脸色怪难看,跑过来对我低声说：

“这怎么办?”

我拉他到一边去,对他说:“事情已经是这样了,我们掩护了主力退却,保证了主力不受损失,咱们就算牺牲了也是光荣的。叫大伙坚决打,要死就死在一块,让敌人抓去,那就太亏人啦!”

“中！死咱们就死在一起!”七班副转回身走到墙跟前去。

人到这节骨眼,也没啥可怕的了。我一寻思:我是个党员,为了党,死,就像去完成一件工作任务似的,没想到有啥难过。倒是一心想怎样多打死几个敌人,没有想自己会死。可是,也奇怪,我却打挂包掏出一本油印的《党建》、一本《中国革命问题》,想把它们扯了,又舍不得。是的,真舍不得！这几年来我用这些党的文件,把思想搞通,才能一心一意为党奋斗。但事到如今,只好用刺刀挖了个小坑,把它埋了。才埋好,一个战士叫道：

“连长,来,你来看。”

我腿上有点疼了,一拐一拐走到他刚挖好的枪眼旁边去。七班长指着外边的敌人说：

“那不是吗？那脖子围块红布的,是当官的吧!”

“是,当官的。”我一边回了他一句,一边瞭望外边敌人。敌人也正在准备火力,再向我们冲锋的样子。

七班长一声不哼,掂起身边两颗手榴弹插在腰带上,拿起枪,顺墙跳出去,迈开脚码,扑到那个挂红领章的小官跟前,一连扔了两颗手榴弹,地上震动起来。那个红脖子一晃,等到炸弹扬起的灰尘吹散了,看到交通沟边上倒竖起两条腿,脚上的皮鞋钉子朝太阳发亮。战士们都高兴地叫：

“打死啦,打死啦!”

有的人眼睛都乐得淌出泪来了。

可是,敌人机枪和步枪集中火力往七班长猛扫。七班长倒了！这下敌人更加发狠了:炮弹在房顶和院里爆炸,加上冲锋号、人声、枪声响成一片。鬼子不要命地冲来了,朝墙上跳,爬,跑……可热闹了。我急眼了,直喊:

"打！打死他！狗日的,打!"

战士们也嗷嗷地叫开了:

"同志们,咱们豁出命来了,拼吧!"

"来啦,来啦!"

"打,狠狠地打!"

"打死他,消灭干净……"

声音叫得乱七八糟。大伙都咬着牙,恨恨地地叫,眼睛都鼓得发红了。

鬼子猛一下,泄了气了,没人再继续来了。墙外面躺下一二十具尸骸,有的躺在地上哼哼地叫唤。

八班长说:

"我要冲!"

他拿了两三颗手榴弹跳出去。

旁边吴世泰跟另外一个战士紧跟着也说:

"我去!"

我还来不及阻拦,他们已经翻过墙去了。刚一出去,鬼子的步枪,"叭"一声,打中了八班长的脑盖,白里掺红的脑浆溅回墙上来。吴世泰他两个一气冲了十几步,打完了手榴弹,也倒在火网里了。

我看这样拼法不上算。看看才剩下四五个人,子弹也不多了,再待下去就要吃大亏。趁着敌人歇气,我就领大伙赶快转移到另一个房院来。

这是三间大瓦房,有一个宽敞的大院套。屋里空空的,老百姓准是"坚壁"走了。本来我是打算照团长指示的话,化装老百姓,可是老百姓把啥都"坚壁"完了,捞不到衣服穿。找地窖又找不着。大伙口干得想喝口水也找不到。

这时,看看窗口的日头,快到晌午了。心想:咱们主力现在该到目的地了吧？我们是完成了任务了。完成了任务,牺牲也就牺牲……想到这地方,心可就放宽了。战士把衣服裹腿扯下来,把挂彩的地方扎上。稍为休息一下。这下子我记起团长给我的一包纸烟，便分给战士一人一支抽起来。团长的干巴脸，他最后同我说的话，又在我脑里出现："你是哪一年参加党？"团长的这句话又在我耳边响。我瞅了瞅大伙，大伙都是一样，沉住气，准备拼命的神气。

二虎把机枪拿过来说："这家伙没子弹了，怎办？"大伙都同意把它"坚壁"起来。可那么大的物件搁到哪儿去？后来有人说，把它的零件都卸了，埋到牛圈的粪底下去。

"对啰！就这么的吧！"二虎说。

大伙马上动手动脚，把机枪卸了，又用手去扒牛粪。谁提醒一句说：

"咱们给墙上画个号，将来咱们回来，记得把它起出来。"

"对，我来画。"二虎马上溜跳起来，拿他的刺刀在挂满塌灰的墙上画个大公鸡。完了，他笑着说：

"大伙记住：在这公鸡下面有蛋！"

把机枪埋完了。我就叫大伙把剩下的手榴弹揭开盖，准备好。鬼子要进来，先把他炸死，最后，没办法再炸死自己，死也不做俘虏。我的话还没有落音，马上就有人说：

"王八才做俘虏。咱们活得就荣耀，死也死得英勇！谁要做俘虏就不是人养的！"

"别嚷嚷啦，敌人来啦！"一个战士一边捏紧手榴弹，死死地盯住门缝。门缝正对着院子。两个鬼子并排走进来搜索。

"叭，叭！"

七班副和另外一个战士把枪搁在窗格子上，连打了两下。

"好，都倒了，狗日的！"

敌人的尸骸躺在院子当央，一个抽筋一样蠕动，血道道打肚子上淌出来，粘了一大片。他们的枪扔在一边。二虎才想出去把他们的枪取回来，汽车呜呜地开进来了，一个战士左手把二虎一拉，右手一扔，手榴弹轰一声，车头开了花，一阵烟把什么都蒙上了。我们抬头一瞅，外面一阵喊杀喊打，轰轰隆隆地响起来，房子直打哆嗦。咱们大伙眼睛发直，都不哼气，紧握住手榴弹，没有手榴弹的就紧握着刺刀，直瞅门缝，院里的汽车烧起一股汽油味。

扑哧一声，一个炮弹打进门窗来，冒了一屋子蓝烟，马上，一股辣辣的像芥末气味刺鼻子，一下子头晕，直咳嗽，呼吸特别困难……

大伙一个一个晕倒了。

二

醒来时候，一看只剩下我跟二虎两个了。一个穿黑缎大褂、戴日本皮帽子的汉奸，手拿短枪看着我们。他回头看了看左近没有人，才小声说：

“你们打得真坚决！”

我没哼，二虎狠狠地瞪他一眼。

这时我才看到裤腿都叫血糊了，就像叫狗咬了，一阵一阵疼得不能说啦。外边还听到一声两声枪响。是不是三排长他们还在抵抗？兴许是民兵打来啦？……脑里尽是胡思乱想。一个小鬼子手里抓来三四只小鸡，气势汹汹地对汉奸叽叽咕咕说话，完了，汉奸指使我说：

“走，到外面去！”

我的腿都软不拉几的啦，提也提不起，哪能走？小鬼子拿脚踢我，叫我往外爬。我真想给他一脚，一动，血又往外淌。妈呀，今天算我倒了邪霉。要不死，瞧以后的吧！心里就是不服气。二虎也气虎虎地鼓起眼睛。他一脸全是血道道，不知道血打哪儿流下来的。

到围墙外边来一看，地上都是死人。胳膊上都戴孝似的，挂个膏药臂章。一个围着红布的死人也叫小鬼子抬来了。二虎对我说：“这是七班长打的！”小鬼子好像老乡们收瓜似的，把死人一个一个往汽车搬。汽车夫跑来跑去修理车，挺焦急的样子。

太阳已经往西南斜了。“晌午过了吧？”我想到这，心里松快一下。今天正刮开风沙，太阳像蒙上一层纱布的灯笼，黄黄的。村子叫糟踏得不成样子：烧一堆破烂似的，冒起烟火，一股一股腥臭味，呛鼻子。一只老母猪打野地跑回来，准是叫老乡赶走又逃回来了。鬼子“叭”一枪，把它打倒了，肚子流出绿花花的肠子;旁的鬼子伸开拇指,拍大腿,咕咕嘟嘟叫好。

一个挎刀子的军官,手上拿个小本子过来,咕咕嘟嘟地说完了,那个穿黑缎大褂的汉奸对我叫唤:

"走,走!"

旁边几个鬼子过来,把我同二虎连拉带推到村北头的一棵柳树底下去。那儿有个土坑,鬼子抽出刀来叫我跪下。我心思:死都要死了,不跪他能怎的?我硬是站住不动,二虎也是木桩子似的站着。鬼子的刀在我后尾一晃,卜一声,落在我脖子上,凉凉的,耳朵嗡一下,眼睛一黑,冒了火星。想着这下"革命成功"——完了!可是,一睁开眼,坑还是在眼前,二虎还是老样子,木桩子似的站着。怪了,我的脖子成了钢的了,鬼子的刀子吃不住?挂洋刀的鬼子官跑来,说了两句鬼话,两个鬼子生了气,把我推回来,往汽车上拉,用裹腿把我两只胳膊绑起来。鬼子同汉奸又来问:

"你们的人都往哪儿跑了的?"

我心思:这可来门了,原来是想问我要"这个"!见你们的鬼吧。我瞪他们一眼,不哼。鬼子又对汉奸说了两句,汉奸又问:

"你们的人都往哪儿跑了的?"

"不知道!"我说了一句。

"你怎么不知道?"

"我是一个新兵,知道啥!"

鬼子可气急了,把嘴上的纸烟使劲一扔,又咕咕地对汉奸说,汉奸恭恭敬敬地注意听,完了,对我们吓唬说:

"你们不说,还是拉到那地方去!"他指了指刚才那个坑。

我说:

"去就去,怕你?"

汉奸看看我,摇摇头。转回头来问二虎说:

"你知道他是干啥的?"

"刚才他自个不是说了吗?是新兵呗!"

"新兵?他是当官的,你不知道?"'

"不知道,不知道!"二虎疯了一样直喊。

鬼子拿手朝二虎拍一下,二虎头一晃,耳朵上挨了一把。我上来火了,可就是手脚都不能动弹。不多会,汽车呜呜开走了。回头看,小林庄还冒烟,"七班长他们的尸首,老乡们等一会会来埋葬他们的。"我这么一想,才好受些。可是,二虎的眼倒是发红了。我说:

"哭个卵,不死还要干它一家伙!"

汽车开出去不多远,前面摇晃旗子,停住了。

"轰隆!"地雷炸开了。汉奸和鬼子的脸刷一下都发了青,二虎笑了笑,我们交换了个眼色。

汽车绕了老半天道,好像不能照他们预定到达的目的地。天黑时候,才勉强在一个村子住下了。

看他们的脸色就知道战斗没有结束,不准定是民兵还是我们的主力,打到他们屁股后边来了,鬼子慌里慌张乱杀村上老乡们的猪,猪毛也没来得及刮,就拿洋刀往猪腚挖一大口,割下一大块一大块肉往锅里煮,跟煮南瓜一个样。完了,就拼命塞。老乡的粮都"坚壁"到山地里去了,鬼子只好啃干粮。

我跟二虎两人住一间东下屋。这村老百姓没全跑,西下屋和正屋都有人来回走。开头鬼子在我们门口看着,后来到什么地方喝酒去了,汉奸走进走出,不知弄啥名堂。二虎提醒我说:

"走吧!"

我想,可也对。不过,这时候还早,等半夜他们睡得烂熟了再走。二虎还说,仔细瞅他们的武器往哪搁,出去时捞他一支枪,他要来就给他一家伙!我们正在商量,汉奸和两个鬼子一身酒气,拿来一碗他们吃剩的鸡骨头和肥猪肉,一块窝窝头叫我们吃,我把碗接过来,哗啦,摔了一地。他们醉了,疯疯癫癫地也不说话。

穿黑缎大褂的汉奸熊一样地蹲在床上吸烟。妈的,你可是穷阔,一支又一支地接着抽,老没个断似的,眼珠子跟猫头鹰一个样。我们都不理睬他。他眯起一只猪眼睛瞅我半天,问:

"小连长,你会唱打日本歌不会?"

我说：

“打日本能不会唱打日本歌子？”

“唱一支听听！”

“毙我的时候再唱。”

“你这鸡巴小连长混蛋透啦！”

另外一个汉奸在旁插了一句说：

“拉倒吧，他们八路的脑瓜子坏了，改正不过来的。”

等汉奸都出去了，二虎小声对我说：

“咱们对汉奸的态度，较好一点也要得，你太硬了。”

“鸡巴毛，对这些王八蛋还讲客气？”

“我看等会他们准是给咱们来一家伙！”

“来什么吧。”

“还不是要口供吗？要不，干么今天不把咱们填坑？”

二虎这一说，倒是叫我想到事情严重起来。我不说话，直盯了二虎一阵。他，人挺机灵，马上说：

“放心，我二虎绝不是没有良心的人。”

我的心一软，觉得同志们在一块战斗那么些年，俗话说：“打虎不离亲兄弟”。可是，咱们革命同志比亲兄弟还亲是不是？我拉起二虎的手来，好一会说不出话。我这才看清他脸上的血道道是头上叫子弹擦破了一块皮，头发还粘了一片血。他是抗战第三年以后入伍的，老家山东，性情就是道地的山东人的直爽劲。打开仗就是个猛。

天一说黑马上就黑下来了。这村子一到下晚就同棺木落了坑似的，什么都静了，只有牲口有时喷鼻子，突突地响。窗外面院里一片冷清清的月亮。说不上是鬼子还是那个穿黑缎大褂的汉奸，他呼噜呼噜打开鼾了。二虎说：

“鞋底抹油，咱俩溜吧！”

我还来不及说啥，猛一下，窗下有轻轻的脚步响，紧接着就是窗纸突进来一根棍子一样的东西，木棍子挺短，“卜”一声掉地上了。二虎紧忙捡起来，凑到窗边的亮处一瞅：

“呵,地瓜!”二虎可乐坏了,就像小孩从母亲手里拿到糖果似的。

跟后尾又是卜卜好几个往下掉,外边的脚步跟猫一个样,轻轻地溜掉了。我打破纸洞,瞅见一个小黑影在屋拐角晃一下。

我把地瓜捡起来,比打胜仗得到表扬还乐哪!二虎在平常时候铁蛋一个样,今早上打成那样剧烈他怎的也不怎的,现在倒反淌了一泡眼泪,对我说:

“连长,有老乡这份恩情,咱们就死也不冤了!”

咱俩吃得可香啦,从来也没有尝到过这样甜的地瓜。咱们正在吃哪,叮当,门被踢开了。一道闪亮的电棒往屋里扫射一圈,一个鬼子同汉奸进来了,汉奸猫头鹰似的眼挺尖,一眼就看到我们的动作了。二虎把手藏在背后,鬼子挺横,一手扭转他,把他手上的地瓜就朝他脸上抹,二虎一动不动,成了金刚一个样,一脸全是稀烂的地瓜。

鬼子把他肩上摇了几摇。汉奸在后尾吆喝:

“走,走!”

二虎叫他们半推半拉出去了。

“该叫毙了吧?”我直哆嗦,也不知怎回事,这时候胆子倒变怯了。手里的地瓜也顾不得吃。把耳朵贴到窗边边上听枪响,可是,四处静得叫人发抖。一股风吹得背脊凉丝丝的像虫子爬。老远地方轰隆轰隆好像在打炮。可是,再往细听,又听不见了。怕是今早上留在耳边的声音吧?还是咱们主力绕到鬼子的屁股来了呢?说不准是民兵打地堡去啦?我一脑子就胡想这胡想那的。

“哎呀!”

一声惨叫,好像炸开了半边天似的,把我的心也要撕开了半个,手一松,地瓜掉到地上了。

哨兵狗熊似的在院里来回走。我心一横,要出去把他撂倒,拿过枪来就跑。可是,我的老天爷,一提开腿,可疼得像猫咬。两手一握,呵呀,腿粗得水桶一个样!“我入他奶奶!”心可火了,骂也不解恨。

“哎呀!”

又是一声,叫得凄惨极了。我寻思:二虎遭罪了!这帮家伙可不是人养的。要能用牙咬,真想咬死他们这些王八蛋!

不多一会儿,我也叫两个鬼子推推拉拉到另外一间屋子来。这屋主准是个老财,屋里满干净,墙上又是镜子又是画片,花花绿绿。屋当间吊着个点石油的白磁灯罩,捻子捻得老高,屋子照得通亮。两个鬼子官坐在桌边,正瞅桌上的地图犯愁哩,烟卷和茶水都没工夫用似的,两碗茶满满地晾在桌上。

两个鬼子兵叫了一声,对两个官敬个礼,就两边站在我左右。一个有仁丹胡须的军官瞪了旁边的汉奸一眼,汉奸马溜站起来,凑近跟前去听吩咐。鬼子咕噜咕噜地说,汉奸就对我发问:

"你叫什么名字?"

"马如龙。"

底下他又问什么地方人,几岁。

"你当过什么职务?"汉奸问。

"当兵。"

仁丹胡须的鬼子吆喝了一声。

我睬也不睬他。

另外鬼子对汉奸说了句什么,汉奸点点头,对我说:

"你们有多少部队? 都往哪走了?"

"不知道!"

"怎么不知道?"

"不知道就不知道!"

鬼子官又吆喝了一声,好像说:"混蛋! 给我打!"

两个鬼子兵,立刻抽出皮带来,劈劈啪啪给我抽了几下。我的脸、脑袋、背上,全麻了。汉奸低声对我说:

"老乡,你瞅你后面的吧,看你挺不住哩!"

这时我才转回来一瞅,哎呀,老天爷,二虎两手叫绑起来,挂在门边上,脸上青一块红一块。汉奸看我不哼,大声叫:

"喂,说不说真话?"

我咬了牙,决定再不哼了,看他咬我个卵。

一个鬼子到二虎背后去,把绳子一拉,脚跟离地一尺来高,二虎拼命压住气,哼也不哼。眼睛却冒火似的瞅我。我和他交换了个眼色。

汉奸讨厌透了,又过来说:

“说不说? 不说就——”

我瞪他一眼。

“揍!”

这下,叮当、叮当,什么都来了。皮带、拳头、枪尖、皮鞋,上上下下,擂鼓一样……

我给推倒了,可是,我成了哑巴,一句话也不说。我心思;看你咬我的卵!我越想越发上火,越上火越不理他那一套,我就是拿定主意:不哼!

一个鬼子拿来了绳子,拉拉扯扯地要绑我,仁丹胡须的鬼子官咕噜咕噜说了啥,他才又停住,另一个鬼子出门去。

二虎还挂在门边,死了一个样了。

这时候部队上同志们的脸一个一个地都来我脑里出现:平时闹着玩的笑脸,工作时候认真严肃的样子,战斗时候英勇冲杀的气慨……还有咱们乡亲,好多的老太婆、小孩……。接着,司令员也出现了,他的湖南口音挺重:

“我们要战斗下去! 我们坚决吃掉他!”

这话在耳边嗡嗡地响,好像他就在我眼前,就在村外边对着部队讲话。完了,我一闭眼,团长昨晚对我说话的情景,他问我“你是哪一年参加党?”这句话又响在耳际。是的,我是共产党员! 共产党员应该保持光荣传统,英勇奋斗到底! 我这样一想,心宽了好多。睁开眼一瞅,见二虎也睁开眼来,两个眼光碰上了。我们都好像有共同的意思说:

“坚决不能投降!”

鬼子拿一把什么东西往桌上放,鬼子官对汉奸使了个眼色,汉奸过来把我推到桌边去,说:

“你瞧,这个啥? 你就老实说了得啰!”

我一瞅,哎呀,我的妈呀,这是一包大头针! 我咬了咬嘴唇,头有点发昏。

仁丹胡须鬼子见我不响,把桌一拍,大头针都叫拍散了,茶水洒了出来,把地图溅湿一大片。两个鬼子马上抓我两只手,用细绳子把两个大拇指并在一起绑紧,拿两根针插进指甲上来了,拿起刺刀准备要往针头上打。

“真是不说话吗?”汉奸问。

我不哼。

“啪!”一个鬼子给我一个巴掌。

桌边的两个官一起咕咕嘟嘟说了。

两个鬼子兵举起刺刀往针头上一打……我的妈呀！心口像叫插上一刀似的,我把牙一咬,两眼发黑,直冒火星,全身痛麻了,什么也不知道了。

但是,我没有死。

三

第二天,天才发亮,我们又被拉到汽车上,往南边运走了。晌午,在一个村子歇一会儿。老乡们来看我们,有的看鬼子没注意,打兜子掏出黄米面馍馍往车上掷。我们拣起来看了又看,当宝贝似的舍不得吃。几个老太婆站在屋边瞅我们。二虎眼里发红了,我也一阵心软,挺不自在。那个汉奸一只手提一罐开水,另一只手抓几张煎饼回转来,把围在左近的老乡赶走,瞪开眼珠子,朝咱俩哼:

“要饿就吃吧!”

他的心可真使得出来,把煎饼往全是泥土的车板上一扔,随你爱吃不吃。他自个掉转头,找洋火抽烟卷去了。

二虎两只胳膊昨晚叫绑得不能动弹了,我的两只拇指头肿得木梛头似的,也不好动。

汉奸回头瞅我们,把烟卷屁股一扔,说:

“你们要给谁守孝呀？傻瓜!”

鬼子吃饱了,一个一个跳上汽车。车一开,罐里的水一晃荡,溢出来溅了鬼子的裤腿,他就顺手把罐往车外一掷。我回头瞅,一个老乡在后面拣起破了的罐子,恨恨地直瞅车上这帮畜生。

汽车直朝南开,到铁路上一个站。等了有点把钟,火车来了,才上的火车,往西边开走。

几天没睡觉,一坐上火车,很快就迷迷糊糊地睡着了。不知什么时候给鬼子踢了一脚醒过来时,一看,天好像变低了,星星就在眼跟前闪亮似的。再揉揉眼睛细瞅,才知道到了一个大地方了,这星星都是电灯。等我出了车厢,到车台来看了看,站牌子上写着"洛阳"两个字,下边还横写一道洋文。二十多个鬼子,车上车下来回转,不知道啥,一个当官的咕嘟直骂。后尾一个鬼子找来一根绳子把二虎绑上了。拿绳头拴住我的一只胳膊。完了就赶咱俩人走。汉奸不来了。他妈巴子,他走得挺快,我的腿挂彩不是吗?拖都拖不动了,鬼子还狠狠地用枪托揍两下。后尾实在走不动了,他们才叫一辆三轮洋车让我们坐上。鬼子不让车夫快跑。走了一段路,车夫才小声偷偷问我说:

"你们是哪一部分队伍?"

"八路!"我回答。

老乡又问:

"现在外面怎么回事?"

我说:

"外面八路多着哩,瞅着吧,再过两年鬼子就该回他老家啦!"

老乡一边踏着他的洋车,一边又问:

"八路为穷人打天下不是吗?早来吧,咱们这日子过不下去啦!"

刚说到这,叫后头一个鬼子听到了,他跑上两步,吆喝一声说:

"喂喂,你的不要跟他的说话,他的脑筋坏了的!"

车夫马上不哼了,把脚加快踏,鬼子又喊:

"喂喂,你的慢慢的。"

鬼子有会说中国话的哩,难怪不要翻译的汉奸跟来了。

车子拐到热闹的大街上来了。电灯亮得直炫眼,馆子里飘来肉香酒味,汽车波波地直叫唤。日本娘们,穿得花花绿绿的,背上还背个兜,拖木屐子,游游荡荡。另外有好些要饭的在街头向路过的阔太太伸开手来叫唤:

"大娘,小姐,奶奶呀,好心可怜我呀……"

阔太太、小姐理也不理地过去了。我心思,这个真他妈的鬼世界了。猛一

下,两个小学生一定是看我们的衣服特别,撵到我后尾来问:

“你们是什么队伍?”

我大声说:

“八路!”

小学生乐得拍手说。

“好队伍,打鬼子的!”

鬼子气势汹汹地伸手去想揍那两个小孩。他们跑到一边去,还是跟着我的车走,直瞅我和二虎。鬼子对他们说:

“他的脑子坏了的,不好,不好的!”

小孩子顽皮地对鬼子撅嘴,做个鬼脸,跑了。

又走了一段路,一个鬼子撵上来咕嘟说了两句话,车夫好像懂得这两句鬼子话,把车往右边街口拐过去。朝前走,街道就冷清清了。隔不老远才有一盏发黄的路灯。风一吹,电线呼呼地直响。我寻思。电线上正说话吧?咱们部队现在可能绕到敌人屁股后了,说不定咱们政委跟延安的毛主席通电报呢!

不多会,前面一个黑洞洞的大门,像个鬼怪蹲着,张开个口,要把人吞吃似的。车夫停下了。我坐了老半天,脚麻酥酥的,不好动弹,鬼子兵过来架着我走进这个漆黑的门洞。

院里阴森森的,两边是两排房子,两三个鬼子哨兵来回走动。有时听到唉声叹气的。我在炮火中死去活来的干了那么些年了,还有啥怕头呢?可是,说真心话,当时不知哪来的心情,竟是哆嗦起来,说不出怎个味道。

两个看守的更夫提来一盏马灯。一个年轻的把灯稍为提高,照了照我的脸,细声问:

“你们是哪一部分队伍?”

我说八路军。他惊讶起来。好像觉得挺稀奇,又把灯凑近我和二虎脸上照了照。又问:

“真的吗?”

说不上他这是好意呢,还是坏心眼。另外一个老头拦住他说。

“小点声,胡说啥?走吧!”

鬼子催我同二虎跟这马灯走进左边那排监房去。我一瞅，门上钉一块牌子，上边写："107"。更夫打开锁，鬼子用脚踢开门，把我和二虎使劲往里一推，门啪哒一声，落了锁了。

二虎还傻里傻气的问我："这是监房吗？"

"不是监房，你心想他还叫咱们住旅馆吗？"我说。

这是一间一间小房，用砖墙间开。门板上挖一个碗口大的小洞，房后边墙上个铁格子的小窗户；窗纸破了，风呼呼直往里灌。墙根有个小便窟窿，一股尿臊味呛鼻子。地上东一把西一把稻草撒了一地，还有两三块砖头，大概先前人家拿来当枕头用。右边的隔壁上，谁给揭开一块砖，通了一个洞，能看到隔壁房子。那边有人低声讲话，还有哎哟哎哟地叫唤的。墙上全是鸡爪印一样的鼻涕，也有歪嘴歪脸的小人，还有东一句西一句的诗。当间记得有两句说：

"身在曹营心在汉，铁塔想压精神难上难。"

另外还有：

"打倒日本，共产党万岁！"党字模糊不清，不知谁把它抹了。

"喂，咱们还没吃饭哩！"

"没吃就饿一晚呗，明天有你一份口粮！"老更夫嘟哝两句走了。

"妈妈的！"二虎骂了一句，坐到砖头上来了。

门洞的最后一点光亮也没有了，眼前一片漆黑，二虎伸过手来摸摸我的手，问：

"连长！"

我说：

"往后叫我老马吧。"

二虎停了一会才说：

"唔……对！"

铁窗的破纸刷刷地发响，凉气从背脊爬到头顶上来，我们缩成一团，两人紧抱着想暖和些。隔壁忽一下"哎哟"叫了一声。二虎又叫我：

"连……唔，老马，要不是——这时候正是咱们的好机会了！"

我随便哼一声。二虎以为我的彩重了，马上又改了口气，关心地问：

"你的彩疼不?"

我怎样说呢?就是痛,可是叫二虎这一问,再痛也忘了。

第二天才天亮,我再也睡不着了。起来把头伸出门洞去,瞅外边到是咋样。走廊一个鬼子兵像一只饿狗,来回走。对面一排房子,一个一个都打洞口伸出脑袋来瞅。都是又长又乱的头发,脸黄黄的,眼窝又深又大。

一会儿,院里来了一帮人,老百姓模样,可是,全穿的犯人号衣。他们有提装着开水的铁桶的,有在手巾里包十多支纸烟,好像火车站卖零食似的。

我两天没喝上一口水了,口干得要死。我向提桶水罐子的招招手,他们一哄都来了,五六个都要往我这小洞挤。我问他们要多少钱一碗?摸摸兜里,这才发觉票子前天在小林庄撕掉了,没有钱,哪能拿老百姓的东西呢?我一下懊恼起来。二虎倒机灵,他把脖子上一条发黑的新手巾拉下来,给了卖开水的,换了两碗水,这可跟蜂蜜一个样,咕嘟一口气喝光了。老乡看我们还不解渴,自动多给一碗,我跟二虎一人喝了一半。

老乡告诉我们:他们也是"犯人"——是叫鬼子打四乡抓来的好老百姓。他们说,这里边可不得了,前些日子这地方尽是抓来的老乡,年轻小伙子,都叫鬼子挑拣送到东北下煤窑去了。他们这十几个人岁数大了,叫挑剩下来的;白天可以让在这里边卖开水纸烟,下晚又叫进监房去。回家去也捞不到吃喝,这几年又是水涝又是旱,再闹蝗灾,完了加上汤恩伯的"种殃"军一糟践,真是"水旱蝗汤",把河南老百姓闹得没法过了。这下子又来了鬼子……,更是马尾穿豆腐,没法提啦。

有人就问我是哪一部分的,我说八路军,他们很奇怪,半信不信地直瞅我老半天。一个老头,胡须都花白了,他卖的纸烟,戴一顶破毡帽,说:

"不能吧?人说八路军是神兵神将,哪能被抓呢?"

二虎说:

"咱们是把子弹打没了,叫鬼子使唤毒瓦斯蒙住啦。"

这一说,老乡嘀咕起来。有的说:

"可是吗?"

二虎趁势就宣传开了,说咱们一个排怎样抵住鬼子一个团的进攻,把鬼子打死了不老少……。

那位老头越听越发感动似的,挤到我们洞口来,小声说。

“你们说话可要小心呵!”

日本鬼子来了,老乡跟小鸡看到老鹰似的,都吓得走散了。我跟二虎也蹲下来,鬼子拿枪上的刺刀顺洞口一戳,完了再钻进头来瞅了瞅,气汹汹地走了,皮鞋笃笃地发响。

二虎拉我往通右边的小洞口指划着说:

“你瞧,多惨!”

我凑合上去,把脑袋顶到隔壁那破洞去,那边屋有四五个人,好像都得了病;有一个躺着,腰里粘了一大片血,哼哼唧唧,老也不停,牙齿全露在外头,没气力把嘴闭住了。

“老乡,你们府上是哪儿?”

有人回答:

“咱们是河南怀德府。老乡,你是哪里的?”

二虎告诉他们说,我们两个人是八路军。他们几个就同时呵一声,站起来靠近洞口要瞧我和二虎。我也站起来看他们。我问他们那个躺着的彩号,是怎么回事。他们说:他叫鬼子抓到半道上,逃跑了,叫鬼子打枪打的,怕不得好了。我说:

“老乡,大伙得团结一条心,才抵得住鬼子哪!”

老乡“嗯”了一声,好像不大懂我的意思。有一个问:

“听说你们边区地方可好了!倒是怎么回事呵?”

二虎又宣传开了。我的腿疼,站不多时候就得蹲下来。只听二虎正说的时候,老乡们插上嘴说:

“是的,听说你们那边军民讲平等,丰衣足食什么的。”

有的就说:

“那是,不假!”

“实在!”

……

到开饭时候,老监首给提来一桶白开水煮的大豆,一个屋一个屋的给分。我同二虎没碗盛,只好让他一碗一碗打洞口往我们衣襟倒。完了,我们两人就用手一抓一抓往嘴里塞。几天没吃,这会就是没油没盐的白开水煮的豆子也吃得挺香。

吃过饭稍停一会儿,一个老监首叫我们去上药,后边有一个拿枪的鬼子跟着。到卫生所那边,有两个穿白衣服,说不上是大夫还是卫生员,旁边还有一个翻译。

一个年轻的穿白衣服的人,过来看了看我的裤腿粘了一片血,眉头一皱。他妈的巴子,嫌脏哩!他拿剪子把我的裤腿全铰了。用湿水给伤口洗了一下,完了拿镊子夹上药棉塞进伤口使劲搅了一家伙,翻译的汉奸看都不敢看走出去了。我咬牙挺着也不哼,可是冒了一头冷汗。一会汉奸进来,问:

"痛不痛?"

我瞪他一眼,反问他:

"你瞧痛不痛?"

他说:

"你真中!"

我心想,王八蛋你倒会说风凉话。

二虎的彩快收口了,鬼子只给他洗了洗,扎上一小块胶布。他把我剩下那半截的裤腿挽上,把大腿扎了一大堆绷带。完了,汉奸对我说:

"怎样?好好养着吧。"

我寻思:这家伙准是来收买人心了!赫,去你妈的吧,你瞎了眼啦。好好养,还要你吩咐哪?我要不死,砖头也要砸死你狗日的一两个。

上药回来,我和二虎就靠着墙蹲着。这几天紧张过分了,二虎一下子就呼呼地睡了。我自个也不知啥时候迷糊地眯了一会儿。等我醒来,一瞅门洞口有一个人探头探脑的,眼睛直直地瞅着我同二虎,好像要说什么话。我站起来,凑上去一看,原来是今早上那个卖纸烟的老头。他往左右看了看没有人,才压着嗓门,问:

"你俩真是八路不是?"

我觉得很奇怪，问他：

“你打听这干么？”

老头又看了看左右才说，他有一个大儿子也参加了八路。汉奸告诉鬼子说他家通八路，把他和他的二小子抓到这儿来。二小子在前一个月叫送到关东去了。他问我见不见过他的大儿子，他的儿子是高高个，眼眉梢有颗红痣。我说，咱们八路部队大，人多，不容易遇上，不过，将来要出去了，一准替他留心打听打听。老头说：

“我那儿子叫张振华。你要真遇上了，千万……”

老头认真交待着我。他是卖的纸烟，可是，他知道我需要开水，马上去替我弄来一瓦盆。

打那以后，我看他老老实实一个人，也就想在他口里打听这监狱里情形。他说这里边都是抓来做劳工的老乡，来不几天都得送到关东下煤窑。管得倒不怎么严，也有能逃掉的……。

到半夜，隔壁的那个伤号哼叫把我弄醒了。他一叫，就像我自己伤口疼似的，心里挺难受。他上气不接下气地哼：

“我真不中了，你们记得给我家捎个信，我……”

他咬牙切齿的，话说得含糊不清，不多一会，好像就落了气了。隔壁的唧唧喳喳，有叹气的，有发狠的，有哭的。

“什么事？”二虎醒过来问我。

我对他说了刚才的情况，他听了气愤地说：

“鬼子总有一天会得报应的。”

我说：

“什么报应不报应，你可是迷信脑瓜。”

二虎说：

“不叫报应也一样，反正有一天得翻个个儿，你等着瞧吧！”

这时候静极了，只听到糊窗的破纸飕飕地发响。不知怎么搞的，我就老合不上眼皮了。东想西想：一个共产党员该时时刻刻记住在敌人面前，不是敌人消灭我，就是我消灭敌人，当间没有第二条路。他们今天给上药治病，那是他们想进一步消灭我，不是消灭我身体就是消灭我的良心！我得怎样对付他们呢？那位姓张的老头，好像又在小洞口探头探脑地看我和二虎。隔壁的人好像在议论什么事情。我寻思：我得从这些人身上想办法！想到这地方，好比在摸黑的道上猛一下来了一道光，心敞亮开了。一高兴，叫一声二虎，想把这意思跟他说。可是，他呼呼睡得很甜。我心想。睡吧，同志，把身体养好，看咱们以后的吧。

第二天放风的时候，隔壁的死人叫拖去搁在走廊。这死人才难看哩，真是俗话说的："人死不如狗"。大伙都停下来瞅着，脸上都表示难过得说不出话，有的眼睛发红的，有的淌了眼泪。我沉不住气，冒了一句：

"大伙记住吧，这是日本鬼子给咱们中国老百姓的'恩典'！"

我这一说，老乡们都抬起脑袋来，瞅住我，意思好像说：

"可不是怎的！"

这以后，我思想更加坚定了：第一步要抓住这些群众，组织他们，团结他们。从我们这监房的隔壁起始，一个屋一个屋地传开去……

一个人有了主意，有了计划和希望以后，就好比划船有了摆桨，不那么东转西转地胡思乱想了。

有一天，一个什么教育处长来了。是个大汉奸，看他穿日本衣服，留仁丹胡须，还戴眼镜，准是老财，老财都是跟日本鬼子一个鼻孔出气，都是汉奸，狗日的。他一个屋一个屋挨着检查。他来到我小洞口，先瞅门楣上的号牌，再对他本子看一下才问：

"你们是八路军吧？"

"是呀！"

二虎态度挺横，回答了他。他才气死人啦，装模作样地说：

"你们脑筋都坏啦，叫共产党教坏啦！你们好好反省转向，把脑子变了，大皇军不杀你！"

二虎倔不拉几的，来了火说：

"混账，谁跟你一样不要脸，当汉奸！干革命还怕你杀头？赫！"

汉奸教育处长摇摇头，走了。

往后,我和二虎就一心一意先把伤养好。平时我们就通过姓张的老头打听鬼子的消息,了解这里边情况。再就是跟隔壁的老乡讲些解放区老乡们的生活,讲八路军和老百姓的关系,讲解放区民主政府怎样替老百姓办事情。老乡挺爱听,很快我们就搞得很熟。

十来八天过了,二虎看我的伤口一天一天好起来了。有一天,他跟我商量说:

“你的腿好了,咱们得想办法!”

二虎说他这些天来,每天出外放风,都把这周围的情况瞭望了一下,认为出了这监房,就可以爬上围墙,往下跳。据说,外边是地场。鬼子的岗哨到半夜都打瞌睡,早先有人就这样跑掉的。他提议每天下晚把后边墙根小便的小洞的砖墙揭开,白天把稻草什么的塞住,遮遮眼,等到揭开大了,就打洞口往外窜出去。

我寻思,这是个办法,反正豁出这条命来了,干吧!

二虎把计划也告诉了隔壁的老乡,他们有的起始并不很热心,后来见有的人坚决要干,自己也跟着轮流揭开砖墙。一到晚间,我们都听到使力气和掉土的声音,大伙打心里都明白。二虎说:

“咱们人出去多了,鬼子要发觉,就用砖头也能砸死他几个!”

洞口一股尿臊味,可是,也顾不得了。我同二虎两人轮着来,啥工具也没有,有时就拿砖头去崩,又怕叫鬼子听见,胳膊累了,有时用脚去蹬,急得想用牙咬。把两只手指头都弄得生痛,拇指头上回叫鬼子用大头针钉的现在还疼哪!白天一看,都擦破了。

我们就这样过了半个多月。洞口已经揭得一天比一天大了。

四

我们决定下晚要行动了。

早晨放风的时候,我们约好老乡:当天晚上鸡叫第一遍时候一齐动作。大伙都同意。二虎乐得又蹦又跳,抓到一小块砖头,朝墙上写了歪歪扭扭的几个大字：

我们要战斗下去！

写完了，直盯我，笑了笑。

我们正逗乐时，院套里吹开哨子，房间叮叮当当地开了。鬼子的皮鞋笃笃响，一个一个房子喊。翻译的汉奸跟鬼子屁股转，叫大伙出去集合。二虎鼓起两只圆圆的眼珠子瞅我，好像说是：

“要是调换监房就白瞎了！”

我也一肚子窝囊气，好像这监房是咱们的阵地，舍不得撤退似的。

集合的地点是刚进大门的大院场，四五百人稀稀拉拉地站在那儿。人都黄瘦瘦的不成形了，就同打过霜的草那样。一二十个端枪的鬼子看着我们。

等一会，那个留仁丹胡须的大汉奸来了，他说什么“不叫你们受罪啦，你们到‘满洲国’去做工，那边能吃好穿好……”啰啰嗦嗦说了半天，我都没心听，就只觉背上太阳晒得挺暖和的。心思，这下子又来道了，王八才听你骗到东北下煤洞哪！二虎拿眼睛瞅我，意思好像说：

“快‘毕业’了！”

这时把啥事都忘了，还没有吃饭也不知道饿。

大汉奸说完话就开始挑选人，老人和小孩都不要，挑到一边去。有一个长一身疖子，他对翻译说：

“我不能走……”

汉奸低声说：

“你到路上找出路嘛。”

这话把我也提醒了。二虎也对我笑。

正在挑人时候，大伙聚在一起，像个小市，议论起来，鬼子要管也管不住。这时，老张头走到我跟前来，死盯我老半天，说：

“我……我去不中呀，你……哎，你们到那边去，许能见到我的二小子，他名叫张振国……”老张头说梦话一个样老盯着我说，一边用他发抖的手在腰兜掏了老半天，掏出个小布包来。看了看四近，小心地解开麻绳，才拿出一包红纸包，再摊开才是汪精卫伪中央政府的华北联合准备银行的票子。他说，这是他卖开水剩下的钱，叫我要见到张振国就给他。完了，他还交代我说：

"我那二小子，个子长得不高，身板单薄，脑盖小时候叫牲口踢了一下，现在还有个疤……"

他话还没说完，鬼子过来咕嘟了两句，拿枪托揍了他一下，再狠狠地一推，老头踉踉跄跄要倒了，手上的票子撒了一地……人叫推开了，鬼子紧忙把票子拣了。

二虎看得气鼓鼓的，我怕他这时候闹出乱子来，把他拉住。

老张头回来瞅他的票子，瞅着我们，要哭脸的样子。

鬼子还在每个人身上搜腰包，说是有票子的拿出来换吧，到"满洲国"就不好使了。这样来回搜，弄了一天。到天快麻眼了，才一人发半碗又是白开水煮的大豆，说是路上做干粮。我问一个翻译汉奸说：

"怎么一天也不给吃饭，怎么办？"

"你急啥急的？"

"肚子都唱小戏了，不急？妈妈的。"

"你骂谁？"

"你说骂谁就骂谁！"我顶他一句。

那小子伸开手，叭叭，给我两记耳光。狗日的，我可上火了，瞪他一眼，问他：

"你是中国人不是？"

他又伸开手，想再给我来两下。二虎子马溜跳过来揪住他的手。我喊一声：

"打！你敢！"

大伙一呼啦上来了。都伸出手，对着他。那小子看风头不对劲，夹着尾巴溜了。

等一会儿，伙伕又抬来两大桶豆子，再发一人一碗。我同二虎拿到手里就吃开了。旁人说：

"你两人怎么吃啦？做干粮哪，明儿才准吃。"

二虎一边吃一边说：

"现在和明天吃还不是一个屌样！"

这一说，旁人也挺不住的，都偷偷地把豆往嘴里塞，却不敢大口咀嚼。我心老想：这滋味真憋气，快完了吧！妈妈的，受够了！

电灯霎一下亮了。

猛一下来了百八十个拿枪的鬼子，叫我们站好队。汉奸还来揩二道油水，饿狗一个样。在我们身边转，假装好意思说：

"谁有家信啥的，我代邮。票子到那边不顶事了，捎回家去吧。"

大伙谁也不理睬他。

最后，我们排成二路纵队，走出那个黑洞洞的监狱的大门。这一路全是菜园子，也没围子，菠菜和水萝卜的缨子绿得可爱。我们在排后尾的，赶快利索，走上两步，顺手拔了一把，管它菠菜还是水萝卜缨子，紧忙往嘴里就咬，真是俗话说的："肚饿吃糖甜又蜜"，吃了两口填肚子。

穿过了几条黑道，忽一下到热闹的大街上来了。又是汽车、洋车流来流去，又是饭铺酒馆的酒香肉味，又是拖着木屐的花花绿绿的日本娘们；就是光这些娘们跟鬼子吊膀子，中国老百姓叫吓唬站在老远，直瞅着咱们。要饭的花子，可怜地伸开瘦猴一样的手，在奶奶小姐的屁股后撵着、叫着。

我腿上的伤口本来好得差不离了，这下一猛走，又有点儿疼。二虎老回头来看我。鬼子在两边来回走，怕咱们溜掉。我寻思："等着吧，这鬼地方老子还不想待呢！"这一想，解放区的情景又到眼跟前了：我们的老房东们；我们熟悉的那些村子的一棵树、一口井；常常给我们领路的游击队员；替我们缝缝补补的妇女会的同志……。太多了，就是房东的一盏豆油灯，叫我好像看在眼里，都挺亲。因为我们常常在半夜三更来，就靠这样的豆油灯，照见老大娘们忙这忙那的笑脸。我寻思，一下子，监狱里又使我亲热起来。这真莫名其妙，这恐怕是老张头那个人叫我忘不了的缘故。说不定我有一天真会遇到他的大儿子张振华同志？……

一个人走路的时候胡思乱想，容易忘记疲劳，也忘记道的远近。才只走不多一会儿,车站就在眼前了。一看,站牌子又是“洛阳”两个字。回头一看,城里电灯又像天上的星星似的。

站上电灯通亮。车道上停下好长串塞满鬼子的兵车,敞棚的车皮叫油布盖着。这时站上没有洋车,也不准旁的老百姓走近,只有几个工友耷拉个脑袋走过,偷偷扫我们一眼。一股凉森森的气吹得叫人哆嗦。站外边的岗哨,猛喊一声口令,鬼子咕咕嘟嘟骂两句。

我们人分开了,一百二十个人一个车皮。都上完了车以后,鬼子进来看了看,叫工友把窗口都锁上。工友表面点头哈腰的答应,把打眼的地方锁一锁,偏角的地方就敷敷衍衍,把窗子拉下来就完了。

我同二虎又偷偷挤到一块来,就在靠近茅房的犄角那个位子。鬼子出去时,把车里的灯关闭了,黑咕隆咚,谁也看不见谁。我同二虎拉着手靠得挺紧,坐在地板上——因为车里椅子都破烂不成形了,只好坐地板上。

一会,咔嗤咔嗤,车头来了,空隆,车厢一震,挂上钩了。紧跟着,猪叫似的,汽笛子哇哇直叫,车开动了。

我捏二虎一把,说:

“好啦!”可是,我又把嗓子压低,贴到二虎耳边说:“一准跳车!”

“对劲!”二虎拍我大腿,说,“等到归德再跳。到那边朝北边一直走,就是咱们的‘家’啦!”

火车越来越快了,咔嗤咔嗤的直叫,我心思荡荡游游的,老惦着跳车一事。我同二虎站起来,摸到窗边,往窗的两边小铁钮一按,往上一拉,呵,可乐坏了,星星直卡巴眼,半边的月亮也早出来了,二虎把头攒出去。望了望,我们又缩回来,说:

“快关上。好啦,这没横铁棍子,头能钻出去。”

我们又坐回来,心口卜卜直跳,怀里像揣个小兔子。我们又合计:到归德时是个大站,车准能停下来上水什么的。刚出站时开得慢,那时就硬死头皮往下跳,反正死不了,最多又挂一回彩到头了。

反正比到东北去下煤窑强。

火车不知什么时候开慢了。“丁零卜徐”、“丁零卜徐”地响,忽一下,停了,我又偷偷打开窗缝一瞅,是归德了。

卜笃一声,车门开了,电灯亮了,眼睛猛一下睁都睁不开。两个鬼子进来瞅瞅,又走了。电灯又霎一下黑了。

停了有一顿饭工夫,火车头才来,咔当一响,车震了一下,挂上钩。

“快啦!”我说。

二虎说:

“把裤带扎紧,妈的,肚子饿扁了,裤子老爱往下掉。”

紧跟着二虎低声问我:要不要招呼有愿意跟咱们走的老乡一块跳?我寻思一会,觉得老乡没我们那样拼生拼死的干过,未必有这样大胆。算了吧,弄不成倒反害事。

二虎说:

“可是,我们隔壁那几个老乡大伙闹熟了,真不舍得他们!”

车开出站不多一会,我捅二虎一下。我们再不吱声,轻手轻脚地站起来。我说:

“下了!”

二虎说:

“我先下。”

我忽然想起来,我们跳下去,不能都在一起,得先约定个信号。二虎说他先下去,对准北斗星一直朝北边走。拍巴掌做信号。能两人又在一块走最好,找不到就各人想办法。

“反正到乡下就同鱼掉回大江去了,怕啥!”二虎说。

我们就这样商量完了。二虎赶紧把窗口揭开,把腿伸出窗口洞洞,慢慢地把身板都钻出去了,只剩个脑袋了,最后手把住窗口。

“来吧,狗日的!”二虎说一声。紧跟着把手一松,像掉下一个大麻袋。我伸出脑袋去瞅,黑咕隆咚,啥也没见,旁边老乡小声嚷。

“跳死呀,跳死呀!”他们都凑过来。

我说:

“死也要跳!”

那工夫可紧张了。我紧忙先把腿伸出去，妈的，左腿还没好利索，可不带劲了，出了半截，出不去啦，肚子夹在窗口边边上，急得出一头汗。这时有个老乡说："来，我帮你一手！"他把我的腰一运，我才整个人钻出车外边来。外面风刮得挺大，一下子把我脑盖上的汗吹得凉丝丝的，我死劲抓住窗口，把腿朝下伸直了，完了咬咬牙，闭住眼，一松手，"卜塌"一声，脑袋一晕……等会儿手才能动弹，一摸，下边是碎石子。

我躺在轨道上了。

这时候，"叭叭"车后尾打了两枪。我睁开眼，车已经到了前面一里多地了。我爬起来，也顾不得身上哪儿疼，就知道紧忙往北边爬过封锁沟去。走不远，听到有巴掌的声音，我就比啥都乐，知道准是二虎了。我一边听，一边也拍巴掌，朝他那声音走。这时左边大腿疼起来了，狗日的，挑百八十斤担子似的，不能走得轻巧。"谁？"二虎像哨兵叫口令，吆喝一声。

"我！"

"老马——连长吧？"

我们拉起手了。这时月亮还没有出来，一片漆黑。清明都过了，可是野地的虫子啥的还不大活动，静得好比死人一样。风一吹，冰凉冰凉的叫人直打哆嗦。

我们离封锁沟远些了，就坐下来喘口气。二虎这小子动作灵巧，跳下来，只是手掌擦破一块皮，旁的地方怎的也不怎的。我个人不中啦，伤口又疼开啦。

歇一会，我们马上又得走了。怕一亮天遇上鬼子就不得了。可是，这夜黑头地打哪儿走呢？我们可叫考住了。看了看天，决定还是对准北斗星方向走，直往北边打哪儿走呢？

二虎搀着我，一步一步迈。

"连长，咱们白天躲起来，黑夜走，两三天就到'家'了！"二虎说。

"不准定两三天，反正是回到'家'了！"

"妈妈的，留了一回学！"二虎又来门了，尽挑好笑的话讲。

一会，他又说：

"你说，咱们埋的机枪能起出来吧？"

"咋不能呢?"

"起出来还是给我扛它吧?"二虎说。

我们一路走,一路说。忘了是逃跑,也忘了冷,忘了伤口发疼,忘了肚子饥了。我就一心一意地盼着咱们的解放区,解放区就是我的家,想起来就一股热乎劲。

五

北斗星做了我们的目标,我们直瞅着它走。约摸走了二十里地,一片黑压压的树林,走到近边才认出有草垛、土地庙什么的,准是个村子了。没听到狗咬,这大约是游击区,狗都叫咱们打死了,省得下晚活动时候,咬醒了敌人。这村子没有围墙。我们轻手轻脚地进村子去,摸到一家人家,用咱们游击队晚间打门的信号叩门,一个老头轻轻地起来,听准了,才出来把门开开,挺害怕的样子。我说。

"别怕,咱们是一家子人……"

"咱们是八……"二虎接过来说,但是没说完又把话咽回去了。

"进屋吧!"老乡小声说。

我们不敢多吱声,跟老乡进屋去。这地方老乡穷得没油点灯,只烘一堆火照亮。他家的儿子和媳妇都叫鬼子抓走了,只剩下一个小孩子和老伴。老大娘听我们说是八路,赶紧下地,凑合到我们跟前痴痴呆呆地瞅了半天,好像要认她的亲人似的。二虎怕他不相信我们,特别说了好些关于我们的来历,老大娘说:"得了,快别说那些了,我就眯着眼睛,光听你们说话那和和气气的样,不用问,十个就准猜中八个。……哎,你们受这份灾难,为的啥?还不是为了大伙嘛。"

老大娘又叨叨咕咕说:"没啥能吃的,给烧碗开水喝,暖和暖和吧。"

一个五六岁的小孩,咬着扣子,睁开眼瞅我们。

我们喝了碗开水,又要求老乡换了身破衣服。我穿的青大褂,破了好多个洞,风直往里灌。二虎穿小棉袄。他,人长的粗,短秃秃的,像没长翅膀的蚂蚱似的。

老乡送我们出来,边走边说:这地方离城才二十来里地。鬼子同皇协军天天来抓夫、抢粮,老百姓快过不下去了。走了三里地样子,老乡才站住,说:

“同志,咱不敢陪了,你俩顺这道沟直走,错不了。”

我们谢谢了老乡就往前走。这时,我的伤口一阵比一阵疼,一步高一步低的迈。二虎搀着我的胳膊走,觉得不带劲,让他在前边先走,我自个慢慢拖吧。二虎走不几步又停一停等我。

走不多一点,启明星打东边发亮了。肚子饿得一点劲也没有。快亮天时,我们就在地里胡乱拔嫩苗往嘴塞,我的妈呀,一股涩味道,满嘴粘糊糊的。

天亮以后一看,这地方村子挺密,十来八里就是一个村子,鬼子的岗楼左一个右一个的。我们又高兴又害怕。

二虎说:

“进村吧,咱们说是要饭的。”

我瞅瞅二虎的长头发,又黄又瘦的脸;又看我自个的衣裳,就不说自己要饭也差不多了。可是,过了三四个村子也不敢进,怕伪军逮住了。最后,实在挺不住了,到一个叫刘庄的村子前面的一个小庙,我们就坐下,村里出来一个四十来岁的老乡,看样子是个老实的庄稼人。他先问我们俩:

“你们是干啥的?”

我看了看前后左右,完了对他说,这地方不好说话。二虎愣头愣脑地冒了一句说:

“咱们是八……”

“呵!”老乡呵了一声,马上笑起来。可是,马上又沉了脸,仔细瞅了瞅我们两人。完了他才低声叫我们跟他进村。我们不敢跟他走得太靠近了,远远地盯他屁股走。

进屋以后,老乡说,离这五里地就有鬼子的岗楼,鬼子常下来催给养什么的,叫我们别露脸,让到牛圈去烤烤火。二虎对自个说似的喃喃说:

“又到牛圈来了。咱们在小林庄埋的机枪能在吧?”

这牛圈好像早没有牛了,地上的牛粪挺硬实,犄角还堆柴火。

一会老乡端来一锅地瓜叶子煮的汤,还有一人一个棉籽馍馍。后尾还跟来两个小孩和一个老大娘。他们都围上来看我们俩。老大娘说:

"同志,咱们也没东西吃,将就吃饱肚子吧。"

我一边吃,一边说我们的来历。老大娘站在一边听,眼睛里淌下泪来了。她挺小的女孩子拉她的衣角,睁着眼盯我们两人。二虎等我把话一停,就对他们指着我说:

"他是我们的马连长!"

"什么?马连长?"老乡马上站起来,跟他的老伴交换了一个眼色。

"是呀!"二虎回答。

"哎呀!闹了老半天,原来……你们是十八团的吧?"

"是。"我说。

老乡这才笑开了,说:

"我还见过你一回面呢,你忘了吗?那是去年腊八晚间,我去抬担架,那时是你带的队,是打牛庄的岗楼嘛。哎,你现在瘦成这个样子。才在外头就说好像在哪见过似的,可是,老也想不起来。哎,老马老马的,大伙对你可熟了。今天怎的也不能走了。"

我这时真不知说啥好了,眼泪倒要往外淌。老乡又说:十八团就在这不多远地来回绕。小林庄、马路集,一个月前,咱们队伍退走,过不几天又打回来了。现在还是在八路手里。打这去,小路有三四十里,走汽车道就得六十里地,一天准走到了。

天很快就黑了。老乡看我左腿伤口肿得那么老粗,说什么也不让走了。收拾了间壁一间草屋,老大娘送来一床破麻花被,两个枕头,把我们两人安顿住下。二虎瞅瞅我腿上的伤口又肿了。他说,这怎么办?明天走也不行,在这儿待吧,也不保准,得赶紧想办法!我说,走吧,六十里地,分三天走,一天拖它十多二十里地,到头了,爬也爬到了。

二虎寻思以后,忽一下高兴地说:

"来门了,就这么办!"

“啥好招？”我问他。

“别着忙，叫老乡来。”

正说话，老乡端一个大饭碗进来。碗上搁的腌菜，凑到我床边来说：

“同志，再尝点吧！”

二虎说：

“老乡，咱们不用客气。是吧？”

老乡说：

“那还到说啦！”

二虎说我一休息下来，伤口越发糟了，叫老乡明天送一送，行不行？回头给他些辛苦钱。

老乡马上说：

“那好说，那好说。老百姓八路军是一家子嘛，这话能白说就算啦？”

老乡原先是慢吞吞地吃他的饭，这下子紧赶吃完饭就走了。这叫二虎多心了，偷偷跟他屁股盯去。我实在乏得要命，一下子就睡着了。

过一会，二虎回来把我弄醒过来，说：

“连长，你猜老乡干啥去了！”

“什么？他做什么去了？”我心一惊，坐起来。二虎笑着说：

“老乡两口子推苞米面呢。他说是给咱们预备明个儿路上的干粮。狗日的，我当是他上岗楼给鬼子送情报去啦！”

“你真是把人家好心当作驴肝了！”

“人心隔肚皮，谁能摸透？反正提高警惕是错不了。”

到夜里，二虎说他个人明天打小道先回去，叫连长派人来半道接我。叫我个人同老乡打汽车道上走。到鸡叫头遍，他拿上四个苞米面馍馍就走了。

我等亮天才起来，老大娘还给我端来洗脸水，叫我抹抹脸。

吃过了早饭，老乡才弄来一挂小车，铺上稻草，把我安顿在车上，盖上破被子。这车没牲口拉，老乡和另外请来一位也是四五十岁老头，他俩人一个拉，一个推，嘎吱嘎吱往汽车道走了。好几年没在大天白日里往这道上走过了，心里有点害怕，老乡却满有把握地说：

“没啥要紧,放心吧!”

晌午,到一个村子附近,过上二三十个皇协军的便衣队,这帮王八犊子,比胡子还横,大声吆喝:

“去哪?”

“东边。”老乡回答。

“干啥去?”

“我这兄弟闹疮啦,请个大夫瞅瞅。”

那王八犊子掀开我被子来啦,我心可要跳出来了。我寻思:“妈妈的,这下可没招了!额头忽一下冒了汗。这王八犊子大约看我又瘦又臭,赶快把被子盖住就走开了。

过一会,那帮家伙走远了,老乡才揭开被头,对我说:

“同志,受惊了吧?这帮王八犊子多咱报仇呀?善有善报,恶有恶报,逃不了!”

“说不准又到咱村去糟践了!”

另一个老乡叹了一口气。

老乡气力总是有限,车嘎吱嘎吱地越来越走得慢了。到太阳快落时候,一问才走了三十来里地。还有三十里怎么的也赶不到了。前面的顺合集是游击区,在早,我们队伍曾住过这里,集镇往北的村子还有我们连上的面户。我叫老乡把车直推到他家去。

我们的面户叫王学贵,我们都叫他老王。他现在老婆孩子一共三口人,就靠给人家推面过日子的。我们乍一见面,各人都有说不出来的一股酸、甜、苦、辣的味道,找不来话说。过后,老王才又是照原先老样:见人又笑眯眯的,小辫子盘在头上,人挺干净利索。

“受了老罪啦!真是!”老大娘一边说,一边赶紧叫她小孩抱一床被子来,收拾一床铺叫我休息。完了又找来一条他大儿子的裤子,叫我把脏裤子换了。

“哎,贵人多难。打你去那么些天,我一天也没忘叨念你!咱们八路真是命大,说没了的人又都回来了!哎!”

老王从外边抱了柴火回来,听他老伴啰哩叭嗦的,就说:

“别瞎叽叽啦，快烧水做饭吧。”

“来了，来了！”老大娘一边说，一边赶忙就走。老王进屋来问：

“老马，你爱吃啥？面条还是烙饼？”老王好像办喜事似的，一家子都那样高兴，我也不去阻拦他们了，顺他们乐意怎样弄就怎样弄吧。实在不让他们做，反而使这实心眼的人难过。

当天下晚，我睡得可香啦，啥也不能比的舒服。

第二天早上，送我来的老乡回去了。我跟老王借了四十斤麦子给他们带回去。

本来我是要请老王送我回马路集的，老王说，马路集没有队伍，往哪边走，摸不准。等他打听好了再回去吧，反正就算到家了，等伤口养好了回去也不迟。这地方有个中医，能替我找些草药，扎咕扎咕，过几天伤好了，找到了队伍再回去。

我那时候自己也走不动，只好听他的。

二虎不知找到队伍了没有？我一天就叨念他。

过了三四天，二虎还没有信来。这地方抗救会、民兵，都帮我打听消息去啦。可是，这是游击区，队伍的番号一天换几回，谁也摸不准到是哪一个团的。驻地也不一定，有时候半夜才到，睡一觉，天没亮又走了。搭铺用的门板桌椅又放回去周周正正的。连房东也不知道啥时候走了。鬼子的碉堡、铁道、汽车道、电线常常叫破坏。

“二虎回去打开仗，上了瘾，把我忘啦？”我个人没事时，就胡思乱想。

老王两口见我一天一天好了，都高兴得不得了。

“老马胖啦！”老王晚上吃饭时候，就爱瞅着我说。

我在家闷得待不住，有时也到村边溜达溜达。一天，快煮完饭的时候，村边站岗的儿童团，突然敲开锣了，直嚷鬼子下岗楼啦，鬼子下岗楼啦！

老王饮牲口去了，老大娘慌慌张张，把我拖拖拉拉到后屋去，揭开地洞，叫我下地窖。

“你可别出来呵！”老大娘把地洞盖上了。

我的妈呀，里边黑咕隆咚，真憋气。接着听到乒乒乓乓的枪响，不知鬼子又糟蹋啥样了！心里挺焦急的，直想往上跳出来，可是，手上啥也没得，想想还是没法。

待了老半天，老大娘揭开板，叫我出来。她老人家眼睛哭的不成形了。

"大娘，怎的啦？"我问。

小孩一边抽泣，一边说：

"爹叫鬼子拉到岗楼去了！"

老大娘哭得越发厉害。隔壁的老乡对我说，离这八九里地有个岗楼，住十来个鬼子。这些日子来，怕八路，不敢出来了。今儿不知怎的，来了，说是老王家藏八路，硬逼老王交出人来，老王叫打得东倒西歪，到底也不哼。最后叫拉到岗楼去了。

掌灯时候，老大娘端着饭碗筷子送到我跟前来，叫我吃饭。我真难受极了，寻思我是八路军，不能保护老百姓过好日子，倒是叫老百姓为自己受罪，这不是该犯错误了吗？我饭也吃不下去了，就想明天得找队伍去，快来搭救老王。

夜里，我怎也合不上眼皮。老王那个盘在脑袋上的小辫子，老在我眼里闪晃。

半夜了，猛一下，手榴弹爆炸声、机枪声，一阵打雷暴雨似的，村里的民兵也吆喝起来了。说是八路打岗楼来啦。

整个村子好像一锅开水，都乱嚷嚷的。老大娘也爬起来，赶紧点上灯。

我到街上朝西边一瞅，半个天都叫一道火光烧红啦。老百姓发疯一个样，自动找门板、绳子做担架，有的就空着手准备去背胜利品。

"妇女同志快回屋烧水，等会八路同志下来喝啊！"

有人边叫边唤朝岗楼走。

"老马，你腿不灵便，回屋吧。"老大娘跑来叫我。

……

不大一会，枪炮声少了。人乱嚷嚷的，越来越近。

"老王，不碍事吧？"

"到了吧？"

"到了。这儿，这儿！"

一大堆人一呼啦都围上来了,都挤到老王家来了。

“连长,……受惊啦!”二虎先蹦到我跟前来拉住我的手。

原来,二虎同我们连的人拔了这个据点后,就打算到顺合集去迎我的,想不到在这遇上了。指导员、三排长、班长和战士他们都来了,围了一大圈。叫我的手不知跟谁拉才好,个个都像一团火一样热乎乎的,心软的人眼泪淌了下来。

他们带来新衣裳、短褂、帽子,指导员叫我换上,好像催出门子的姑娘上妆似的。

“连长,看,认得吧?”二虎拉过一挺轻机枪,叫我看。

原来是埋在小林庄牛粪里的机枪,二虎回去起出来了。

“还好使吧?”我就问。

“不好使?刚才两个鬼子,就叫它开了荤了。”

大伙都乐得什么似的。我只想到七班长和八班长他们,再也看不见了,今天见了大伙,心里倒真有点难受。

老王叫鬼子打得红一块、紫一块的,躺在床上不能动弹,可也不哼,眼睛睁睁地听着我们说话。我问他说:

“老王,怎的啦?”

“没事,好人终有好报。你不说嘛,我刚才就这么寻思,现在不是你们八路来了吗?有了你们八路,老百姓就不会遭罪,鬼子也就不长远。你信不信?”

马上,门口挤来一大堆妇女来了:

“同志,让开点!”

“同志,辛苦啦!”

“吃点饼,喝碗水吧。”

妇女会员端碗、提罐、拿着烙饼,把屋子挤得站也没地方站了。

第二天,我回到我们连上的驻地。团首长派了通讯员来请我去团部。团长一见面就高兴得了不得,又拿出一盒纸烟来,还是缴日本鬼子来的好纸烟哩,樱花牌,锡包的,给了我一支说:

“抽吧,猛劲抽吧!喂,通讯员,去叫大师傅把菜弄好一点。”

当天晚上没什么情况,不打仗。团首长就叫我讲这段经历。

半个来月以后，上边军分区来了一道文件：说我这段经历，在战斗中坚决执行了上级命令，领导队伍坚决抵抗，英勇顽强，坚定不屈，完成了掩护主力任务，表现了共产党员应有高贵的革命气节！应在全党广泛的表扬，以教育全体党员、干部。

故事就这样完了。当然啰，我们八路军在八年抗战中，英勇不屈的共产党员气节，比这生动的有的是，我不过是千千万万人中之一个就是了。

一九四八年七月一日完于哈尔滨。

一九五〇年单行本，上海新文艺出版社

一支金笔

——浪漫的诱惑

宝塔山青
延河水秀
当年曾记一株柳
围炉促膝避冬寒
几回梦坠桥儿沟

低徊沉吟
年轻时候
韶光不再水长流
安得身轻若春燕
一年一度到杭州
——调寄踏莎行

一

一九三八年秋初某天。午后四点来钟，在古都长安的西京宾馆大厅里，忽然涌进十多二十位男女老少的客人。他们是从火车站刚下车来的，看样子，都是一些从东边海滨城市的沦陷区往内地逃亡的高等难民：富商、官僚、教授和银行、海关、邮局的高级职员的家眷；少数几位，看派头像华侨，他们的皮箱贴着形形色色的海外标签——温哥华、曼谷、菲律宾和西贡等等城市的酒店名称；另外还有两位记者模样的外国人。大大小小的箱箱笼笼，堆满了门厅的空地。先来的把座位全占了，迟来后到的只好坐到行李包上，有的索性站着等待账房安排房间。旅途把人弄得疲惫不堪，个个面带倦容，连说话的力气都没了似的，默默地相互对视陌生的面孔。

这儿，除了两位黄发碧眼的洋人，最招人眼的要算一对青年伴侣了。他俩相互依偎在左边窗下的一张沙发上，那男的好像在极力回避别人好奇的目光，那姑娘呢，倒满不在乎地坐在沙发的把手上，把胳膊搭在男的肩膀，把脸贴在男的头发上，好像在故意向别人投来诧异的目光挑战。她，一双水灵的眼睛，眉毛漆黑，睫毛特别长，目光深邃迷人；一尊微翘的鼻梁，配合着曲线玲珑的嘴唇，人显得格外脱俗的俏丽；皮肤那样白净，小脸蛋就像是刚剥下皮的荔枝，凝脂若玉；一身剪裁得体的藕色杭纺旗袍，衣领高高地衬着瘦长的粉颈，短袖露出半截滚圆的臂膀，浑身洋溢着一股势不可挡的青春魅力。那男子像是兄长，年纪总有“三十未有二十余”了，神态稳重沉着，披件米黄色的风衣，仿佛个干练的记者。邻座的两位外国人也许引以为同行，主动向他作礼节性的招呼，问他是不是也要到延安去。原来，他会讲得一口流利的英语，于是，双方叽里呱啦对起话来，冲散了厅里闷人的气氛。

茶房伙计照着客人登记的房号过来代客拎起行李，一起接一起地领客人往各自的房间去了。两位引人注目的伴侣，让别人都走完了才从容不迫地走到账房柜台来办理登记房间。账房先生上下端量他俩，过半分钟才笑嘻嘻地用试探的口吻问：

“两位是——”

“我们是未……”姑娘抢答，但话刚出口，手指被捏，一双惊愕的目光仿佛一道闪电叫她把话咽回去。

账房先生老于世故，立即接过来说，“那，开两间还是只要单间呢？”

两人一时发窘。

“噢，懂得了，这样的吧，”老于世故的账房接着又说：“二楼东头犄角有间套房，中间的小门关起来便分成一大一小两间。两位各住一间再方便不过了。”

男客在登记簿上填上自己身份：姓名齐思鲁，籍贯闽侯，年龄二十六岁，职业教员。填完，回头瞧身边的女伴问：“帮你填吗？”

“我自己来。”姑娘接过笔，爽快地直写：

欧阳千红，十八岁，现籍漳州，职业学生。

账房叫伙计过来拿起行李，领他们上二楼东头朝南的201和202两间相连的房子。千红让思鲁住201大房，自己住202小间。

安顿下来，千红想开开小提箱取东西，发现伙计把两人的箱子对调了。看看墙角小门，开关在她这边，便提起思鲁的小箱，轻轻开开小门，蹑手蹑脚溜过201这边来。

这时，思鲁正伏案写什么，听到搁箱子声音，猛回头，见千红玉立亭亭站在跟前含笑无言，不由一怔。

“吓你一跳。”千红小孩捉迷藏似的，睨视着对方。

“真鬼，不敲门就闯。”

“唔！”千红拿眼睛指小门笑笑。

“哦？”思鲁呼口气，直瞧千红得意的眼神说声：“调皮鬼。”

思鲁说什么，千红都不在意，只管自己东张西望，对房里的摆设和布局很感兴趣。原来这房间有洗盥间，她马上过去把门推开，高兴地叫起来：“嗨，这么阔气的浴缸呀，晚上我来洗它个痛快。”她说自从过广州时冲过一次凉再没痛痛快快洗过了。“头发又是煤屑又是汗，臭死了。”

“你呀，你呀。”思鲁搁下笔，专注地瞅着她。

“我？怎的啦，我永远是我。”她朝着他挤挤眼，嫣然一笑。

在他眼里，她可是清晨荷叶上滚动的露珠，那样纯洁，那样清香，那样明丽，宛若漳州的水仙。这嫣然一笑，叫他心不由己，涌起一股温流。往事历历，都闪现在眼前……

那是在厦门集美学校，齐思鲁是教英语的老师。课堂教学之余，还辅导高年级学生自由组合的文学团体——海燕社的活动：组织读书会讨论艾思奇的《大众哲学》啦，练唱《义勇军进行曲》啦，欣赏《没有祖国的孩子》啦，编辑出版救亡刊物和张罗演出《放下你的鞭子》啦……总之，给校园带来一股朝气蓬勃的气氛。这当中，在同学的心眼里，思鲁老师可就成了令人敬佩的偶像。

那是“七七”卢沟桥事件爆发了抗日战争，集美学校迁到漳州不久，一天午后的课外时间，校长沈端予的大闺女苏茜领着情同姐妹的同学欧阳千红来找齐思鲁老师，说她妈叫她来请他晚上去她家有事商量。说完拉着千红对思鲁说：

“这是音乐班欧阳千红，学钢琴，是个小说迷，在《海燕文刊》上常写稿的“木秀女史”。

木秀女史的文章，思鲁倒是有印象的，只是一直未能把它跟作者本人联系起来。此刻，人一旦来到跟前，仿佛梦里出现的奇迹，不免带几分困惑又带几分喜悦。她，梳着两条齐肩的孖辫，剑眉飞扬，目光流盼，活泼伶俐。

“你文章写得好哟！”思鲁由衷发出一声赞赏。

千红不觉腼腆，脸上泛红。

苏茜可不在意两人初次见面的拘谨，只顾往书架看去喃道：“有什么好书给我们拿去看看。”

思鲁说，他的书大部分丢在厦门了，只带来这些，叫她们喜欢什么就拿好了。

“表哥你，不能介绍我们读些什么吗？”苏茜和千红往书架一边找书一边问。

原来，齐思鲁系沈端予的外甥。苏茜一向并不当他老师看待，习惯称他表哥。这大表妹眼看是个大姑娘，在美术班学画油画，人长的丰满，举止端庄，俨然是个大家闺秀。跟表哥只是亲近却并不亲热，彼此好像隔着一层玻璃。今天拧不过千红一再纠缠，才肯领她来找老师借书的。

千红倒像是虔诚的香客,有好多好多的心事要向神明来许愿似的,必须找最令人敬重的老师来倾诉。借书只不过是醉翁之意罢了。但是,一旦来到跟前,话又不知从何谈起。见苏茜捡了一本萧红的《生死场》,自己也就信手拿了一本屠格涅夫的《前夜》,迟疑了一会儿才跟在苏茜后头走了。

“想不到就是她!”思鲁目送消失在校门外的两条齐肩的孖辫,既感获得的喜悦又觉失落的怅惘。

三天后,千红一个人自己来了。手里拿着《前夜》,说读完了,要换另外一本。

“那么快就读完了?”思鲁说话。“伊林娜可爱吗?”他像在课堂提问,仔细端量眼前的女弟子。

千红微赧,鼓起勇气答道:“英沙洛夫比她更有吸引力。”

思鲁吃惊,直视她的眸子:“是吗?”

千红迎着这道惊异的目光,默默点头。

思鲁亲切地说:“另外再看别的去吧,《罗亭》好吗,《简·爱》?”

“都看过了。”

“那,《被开垦的处女地》?”

“不,”千红摇摇头,“有《铁流》吗?《夏伯阳》也行。”

思鲁说,《夏伯阳》没有带来,《铁流》别的同学拿去了。有高尔基的《母亲》,很值得一读。说罢,从抽屉取出一本用包书纸包得平平整整的、上面用毛笔写的《古文观止》。千红拿到手上,疑惑不解。思鲁不等她开口便说:

“抗战前,书也得做防空伪装啊。”

“人呢?”

“人,有时也难免要讲假话,只看是站在谁的面前。你看秋天的蚱蜢,午晌的蜥蜴,为了对付敌害,不也要有保护色吗?”

“齐老师,人家都讲你……”千红讲到这,嗫嚅起来,不好意思直言。

思鲁立即惊觉,急着问:“讲我什么?”看他的态度严肃而认真。

千红莞尔而笑:“也没讲什么。嗯,难道苏茜没跟你谈过?”她歪着脑袋,意味深长地对他逼视。

思鲁哑口无言。

“人家都说，见你常往她家跑。”

思鲁像放下重担，浩叹一声，然后说：“这真是‘天下本无事，庸人自扰之’！”他说，“去苏家其实是去跟校长有事要商量的。”

“什么事不能在学校谈吗？”

“可她还是我的姨妈。”

“就是啰。宝玉不是叫宝钗的妈做姨娘嘛。”

“看你想到哪儿去了。唔，我有事要出门，你走时别忘了把门带上。”

“不，我这就走。”千红轻快地拔腿走了。

思鲁正要把她还来的书放回架上，发觉里头夹有东西，翻了书页，果然掉了张信笺，拾起一瞧，原来是一首新诗——《水仙花》，附带还有简短的题解：

> 这是一时想起水仙花纯洁、淡雅的清趣，可怜她难得与雍容华贵的牡丹争春，不免使人神伤！为此草成小诗，但乞老师见教！

这之后，通过海燕社的活动，通过借书还书的交往，通过谈诗论文的接触，彼此相互吸引，两情便生默契。但是，好事多磨，对齐思鲁在学生中取得的尊崇，在训导主任和一些守旧的老夫子的心目中本来已经是骨鲠在喉，很不舒服了，只因碍于校长沈端予的面子，迟迟未便发难。如今齐思鲁竟与女生染上暧昧之隐情，正好授人以柄，于是流言四起。

千红她父亲系漳州地方的参议长，母亲在教会医院当妇产科大夫，总算是场面上的人家。家里就只养下千红一个独生女，自然是父母的掌上明珠。从小百般宠爱，养成娇纵任性、好胜、逞能的性情。上学校，她又是特别的早熟，功课常考第一，在深得老师嘉奖的同时，也就难免招来同学们的嫉妒。不想如今竟有这样污浊的流言，实在是叫做父母的伤了脑筋。老两口商量来商量去，以为女儿到底是一年比一年长大了，遇上这离乱的年月，一个大闺女留在身边，实在也难照应；何况早已许配了张家公子，不如趁早嫁出去也罢。张公子去年考上了清华，学校因抗战并入西南联大，迁去昆明。这时张氏受聘为云南大学教授，即将举家迁居昆明,不如就让千红随同未婚婆家一道迁移,一来可以避难,二来可以就近成亲,了却父母一番心事。主意拿定下来,跟张家一提,马上得到应允。按"云大"聘书要求,必须赶在开学前到校,八月下旬就得上路了,时间已逼近眼前。

两亲家这番婚议,是秘而不宣的。欧阳对女儿只说,抗战形势很难预料,看来漳州未必能守得住,叫她就随张伯去云南上学吧,说不定哪一天他和她妈也要往内地去的。这样,千红便要面临一生抉择的紧要时刻了:顺从还是叛逆?正是奴役和自由的分界啊,何去何从?一下子发了懵,也不知怎样的好。

千红反复思索,还是来求教于可敬的老师,把面临的危机告诉了所信赖的人。事情来得如此紧急,思鲁到底是个读书人,猛然挨这当头一棒,一时眼冒星花,有点招架不住,愣了半天才喃道:"怎么办?"

这时,千红倒是沉着下来,故意淡淡地作试探:"能怎么办呢,听天由命呗。我是来告别的,五百里滇池不是挺美吗?"

"不,"思鲁痛苦得要哭的样子,膝盖都在打颤,流出热切、真挚的焦急。

千红的嘴角漾着浅笑:"那你讲啰,怎么办?"

"逃走!"思鲁眼睛突然闪亮。

"真的呀?"千红立刻无比的狂喜。

"走,到延安去!"思鲁表现了男子汉的气概。

"老师!"千红激动万分,噙着泪花,情不自禁地握住思鲁的手。

两人对视片刻。

"就这样的吧,一言为定:我就随你到天涯海角,——只要是自由的地方,死也不怕。"

"不过……"思鲁稍为踌躇,"话又说回来,延安无疑是革命的摇篮,可不是恋爱的天堂啊!"

千红不去理会老师的过虑,只按她少女的憧憬说话:"可摇篮总该是自由的吧?"

她说,在延安,她有个未见过面的通信朋友,是"七七"抗战后便去了那边的。她跟苏茜她们几个要好的同学本来已经打算要走的,要是思鲁他怕连累,她便跟同学一道上路，总之，不到黄河心不死，迟早都要去的。只是此刻，事态燃眉，才来找他拿主意。

在思鲁这边，按个人意愿，到延安去，早就向往很久了，但身不由己，不能个人自己说走就走。十天之内走不走得成？还得马上请示校长，但是不可以把话讲死。难怪千红说他犹犹豫豫。

齐思鲁，原先是厦门大学从王亚南教授做研究生，“一二·九”期间，参加“民先队”（民族解放先锋队）从事救亡运动，经过一段工作考验才被接受加入地下共产党组织。去年抗战爆发，集美学校迁来漳州，党组织派他来协助沈端予开展工作。当时，他一心一意要求到延安去，思想上一时转不过弯来。作为党支部负责人又是学校校长的姨妈，沈端予对他好说歹说，强调个人服从组织的党性原则，终于把他安下心来，许愿给他，干完一年再放他走。这时，他来找姨妈，谈了千红的处境和决心，也汇报了他个人的思想和要求。

沈端予告诉他：上星期长江局来通知，漳州这个城市估计守不了多久，集美工作，能动员多少学生去延安就算多少，不准备放很多力量了。组织上为了照顾烈士遗孤，要她携带女儿去延安进党校学习。齐思鲁最近遇到的麻烦，组织上是清楚的，这纯粹是顽固派对进步势力进行恶意中伤的卑劣手法。不过，当前为了照顾团结抗战大局，不应在小事情上发生不必要的摩擦。上级组织的意见，把人先撤出集美，是不是就去延安，还未最后决定。但是思鲁可以先离开，沈端予作为一校之长又是党支部的负责人，有些事还须作必要的交待才好脱身，看来要晚走几天。还说，本来是要千红跟几位同学一道和苏茜两姐妹一齐行动的。现在她父母既然采取这样断然措施，情势紧迫，不好迟疑，索性让她跟思鲁以表兄妹名分上路：出走香港，然后弯回广州，再转武汉。拿她亲笔信去“八办”（八路军武汉办事处）面交邓大姐，让她向长江局请示行止。

这样，第三天星期六晚上，欧阳千红对母亲说，要去杨行素家练琴，当天夜雨，人就不见回到家。母亲以为她平日跟行素来来往往，彼此在家留宿是常有的事，何况又是下雨天也就不介意。不想到了午晌，苏茜特意来访，母亲才觉得蹊跷；不一会，行素也来了，说是昨天约好今天一道去上钢琴老师家回课的，昨晚哪里见到她的影子？这下，母亲才慌了，急忙翻她书桌、衣柜。苏茜终于在千红枕下捡起一封写着“留给妈妈”的信。母亲赶紧接过来，抽出信笺一瞧，“哇”一声，晕倒到苏茜怀里。

苏茜把可怜的千红母亲扶到床边坐下。

行素把信看了看，只见上面工工整整地写着这样几行字：

爸、妈：别难过！也不必为女儿操心！女儿要嫁给抗战去了。那是充满光明、自由的天地，也会是个洋溢和睦而欢乐的大家庭。千千万万的姐妹兄弟都朝那边奔呐，我不会再是那样孤单。前途遥远，但并不渺茫；灯塔是看得见的，不会迷路。在女儿要出门远嫁的时候，爸爸妈妈能不给女儿祝福吗？……

行素瞪大眼珠看望苏茜，迷惑地小声问道：“不是讲好要一道去的吗？”

“不知道。”苏茜显然也蒙在鼓里，撅着小嘴不很高兴。

二

两个星期之后，一个阴雨的早晨，估计敌机不会来了。武昌蛇山的黄鹤楼下，出现一对行色匆匆的游伴。那就是从漳州私奔出来的齐思鲁和欧阳千红。他俩昨天拿沈端予的亲笔信去拜见了邓大姐。大姐对他俩格外亲切，对他们追求进步的行动给予极大的鼓励，叫初次离家的千红深感慈爱的温暖。思鲁跟党组织接上了关系，汇报了工作情况，提出要去延安学习的要求。组织上表示，可以成全他的愿望：要他同千红到西安“八办”履行必要的手续，然后拿给中央组织部的介绍信，进入陕甘宁边区。于是，他们便经郑州转陇海路，来到古都西安。

自从走出漳州，千红可真是成了游回大海的鱼、飞出笼的鸟、脱了缰的马。一切世俗的提防，在春潮巨浪的冲激下全都土崩瓦解了。她那么好奇地欣赏着大都市那五光十色的风光，那么兴奋地为洋溢着抗战救亡的气氛感到欢天喜地;一些激动人心的歌咏,一些气宇轩昂、一队一队开赴前线的队伍,一切都那样新奇又那样动荡,那样活跃又那样不安。

人在这样的时刻,哪里还顾得上想家啊。就连身边的人——一位本来只不过是可敬可亲的老师吧,此刻已说不清从哪个时候开始,悄悄挣破了师生的防线,无言之中,顿然互称你、我。这儿,现在已经没了老师,学生自然也就不存在了。原来要冒充表哥妹的约束,觉得太庸俗了,打心眼里就不好意思称呼。不过,这一路来,两人虽然形影相随的旅伴,却并未有超越朋友界限的那种亲昵。不用否认,两人不是没有各自怀着微妙的心绪,只是谁也鼓不起勇气把话挑明而已。这恐怕因为一个是书呆子,一个是天真烂漫、幻想丰富的少女;两人都同样是头一遭萌生爱情而难免遇到复杂、矛盾的烦扰。在思鲁这一边来说,就像学画画的学生,小心翼翼地担心画不成画儿,反倒把洁净的画纸毁坏了似的,只顾百般珍惜地保住崇高圣洁的友谊就很满足了,违心地让激情的火种压抑于冷灰里,一直没把它点燃。但是,只要是火石,一经撞击,终将会爆发出火花的。

在千红这边呢?方才在账房登记房间时,她终于吐露内心的真情,却不料思鲁那样郑重,那样矜持,那样过虑,叫她想了一肚子的气。等到进了房间,开口便是兴师问罪:

“为什么瞪眼,堵人家的嘴?”

“本来嘛。”思鲁讪讪答道。

“后悔,害怕,唔?”她挤挤眼,逗人。

仿佛是挑开风眼的闷火堆,忽一下燃起火苗,他情不由己伸出双臂,搭到她肩上,两道灼人的目光痴迷地盯住人家。什么不好意思明说的神秘,顷刻间全让眼神给泄露了。

千红满脸弥漫着灿烂的彩霞,一双深邃的大眼睛燃烧着火,光洁鲜嫩的脸蛋仿佛含苞待放的栀子花苞,叫你目光移不开;两片曲线优美的嘴唇微微翕动,轻轻地踮起脚跟,往对方脸颊啄了一口。他歪下脑袋,把脸紧贴她柔软的头发,声音在哆嗦:

“我是老师,年纪比你大……”

“不!”她两只胳膊紧紧地箍住他的脖子,迎着他灼热的目光,执拗地说:“年龄限制不了人。我就是要这样的!”

令人窒息的冲动,就像一阵骤雨,顷刻间过去了,她松开手,羞涩地坐回沙发上,见他梦幻似的站在原地发呆,不禁扑哧一笑,拿目光指着身边的空位:“瞧你,还不坐下。”

等到他服服帖帖坐了下来,她便拉过他的手,贴到自己腮边,温柔地说:

“思鲁,思鲁,顾名思义,一定是崇拜鲁迅的啰?那你讲,鲁迅比许广平大多少?宋庆龄又比孙中山小多少?还有,托尔斯泰和他夫人也不都是老夫少妻吗?你能说他们的结合不幸福?何况你才……唔……也不过李贺诗里——‘三十未有二十余’嘛,想倚老卖老,嘿。”

“浪漫蒂克。”

“浪漫有什么不好,不浪漫能跟你私奔?”千红自鸣得意。

思鲁哭笑不得,瞪着眼,好像初次认识似的。

一会儿,千红又得意地说:“革命就是用行动写的诗!唔,问你,刚才那两个洋鬼子跟你叽里呱啦都讲的什么?鬼子真缺德,看他们直勾勾的蓝眼珠,差点没把人吃了。”

“他们说:‘你的女朋友真美!’”

“你造谣!”她伸出胳膊要捶他。

“别,别闹。上街吃晚饭吧。”

“好。尝尝羊肉泡馍什么味道。”

他们走到钟楼附近的街中心,找到一家老店,还真尝到了长安特有的风味。千红说,羊肉太膻,馍馍倒是有个筋道,就像家乡的扇贝。

街头好些面大墙,在宣传抗战的标语、漫画和“防空须知”之类当中,出现一幅大西北剧社演出曹禺《原野》的海报。千红说她在一份文学杂志上读到剧本,白虎和金子的故事十分动人,极力主张买票去看看演得怎样。思鲁本来要写篇稿向《新华日报》报道闽南见闻,揭露一下当地一小撮顽固派对抗战进步力量设置种种障碍的伎俩,但是扭不过千红的执拗,只好让步,陪她去了长安大剧院。

初秋的大西北气候已带来了凉意。人们从戏院散场出来,觉得衣服穿少了。千红紧挎思鲁胳膊,两人紧挨着,默默地往回走。大半边的月光照亮小街上青石板的路面显得格外清冷,叫卖的摊担敲着小铜锣穿过小巷,声音单调而寂寞,南飞的雁阵掠过高空,洒下一声两声悠长的唳鸣。

“你看怎样?金子可爱吗?”千红终于开了口。

“演得太夸张了。”思鲁漫声说道。

“不夸张能见得逼真吗?”

“不过……”

“不过,不过。太露骨了是吗?封建脑瓜。亏你还是个革命派呐。”

思鲁默不作声。

千红憋不住,走了十多步终于提出诘问:

“怎么,生气啦?”

“淘气鬼!”思鲁温和地说了一句。

回到房门口,千红在思鲁胳膊捏了一把才抽出手来,开开202号房门。回头无限依恋地瞟思鲁一眼。思鲁只顾弯腰寻找锁眼进钥匙,没注意跟她说声晚安。千红也没说声再见,心里直嘀咕:“书呆子!”

房间里,南窗洒进清亮的月色,床对面的墙上反映着窗外葡萄架的疏影,仿佛吴昌硕的紫藤,显得幽深、神秘。千红索性灯也懒得开,直往床上一倒,闭目冥想:

自从弃家出奔以来,跟他——叫她心跳的人啊,两相扶持,两相抚慰,两相依偎的情景,一幕一幕出现于眼前:在海船上的怔忡不安和颠簸晕浪;到香港,见到的殖民地的畸形繁华,摩罗沙巡警的可厌;过广州,凄厉的防空警报,长堤的不夜的噪音——拖着木板鞋那种音响;粤汉铁路车厢里的拥挤,月台上小贩可怜巴巴地拥到车窗兜售熟鸡蛋、烧饼、洗脸水……车不等人,说开就开了。千红她拿到一小篓鸡蛋,交出五元票子,还没找回钱呐;另外一个小贩给谁递上烧饼,伸手接不到铜板,火车一声呼啸,咔哧咔哧开动了,害得小贩哭丧着脸边跑边喊,声音那么哀怜;铜板是扔下七零八落,几乎都滚下轨道去了……一切都那样扰攘,那样动荡,那样刺激。方才在门厅那阵子,那么多的目光居然都集中朝自己和他两人身上瞄准,那是干什么呀?难道两人太……不,也许是几天来,风尘仆仆,没正经儿洗过一次脸,都成了丑八怪,叫人好看?

想到这,千红翻起身,拧亮那围着防空黑罩的电灯,桌面投下一个光圈。她坐到桌子跟前就着灯光,挪动镜子,两只胳膊交叉趴在桌面,拿下巴顶住手背,定睛凝视镜中的面容,自言自语:

"有金子那样美吗?"

唇边荡漾着得意的笑纹。

忽然,想起要洗澡。匆匆地拿起浴巾、皂盒便往小门跟前扭开开关,吱咧一声,门开了半边,迅速溜过隔壁房,悄悄进了洗盥间。热水笼头一开,不多一会,整个房间都弥漫了水蒸气,墙上的镜面蒙上一层薄雾,变成磨砂玻璃似的。她把衣服都脱了,拿手往镜面抹了一把,显出明亮的反光,光亮里把她的脸划了好几道;再来回抹个圆圈,这下子好了,镜面展现光洁若玉的半裸雕像,仿佛维纳斯!头一遭才发现似的,看了前胸两只富于弹性的乳峰自己触摸一下,又转个半身瞧瞧丰满的后背,自我欣赏了半天,然后才抬起滚圆的膝盖跨过注满了碧水的浴缸。人泡在热水里,肌肤得到温柔的抚摸,浑身舒畅。左边大腿向里的地方,那只樱桃般大小的红艳艳的胎记,浸在碧绿的清水里,格外晶莹逗人。可惜,除了母亲和保姆,可谁也未曾有这份眼福哪。

咯、咯,外面敲门:"洗那么久还不完哪?"

"好了,好了。唔,哎,喂,喂,衣服忘拿了,劳驾……"

"真要命!"外面的人嘟哝一句走开了。

里头的人得意地对着镜子仔细拢着头发。原来的齐肩孖辫在香港美容院剪掉了,烫了一头大波浪式的卷发,少女的活脱劲没有了,一下子成了新娘子。"香港人真俗气!"每次一看头发就抱怨。本来打算过广州时另外做别样款式的,哪知在广州天天跑防空警报,谁还顾得上头发什么样……

咯咯门响。

"拿进来,"把门开了条缝……

突然一闪,电灯灭了,一片漆黑。

"哎哟,我的妈呀!"

"防空演习,灯光管制。"

“伙计，蜡烛在哪？”

走廊外头嘈嘈嚷嚷。

“真扫兴！”千红嘟哝着摸黑溜回房里。

房里映照着朦胧的月光，薄纱似的笼罩她裸露的胴体，她赶紧上床钻进毛巾被，一边穿衣服一边哼哼《延安颂》——“夕阳围绕着山头的塔影，月色映照着河边的流萤……”

咚咚。

茶房伙计送蜡烛来了。

“嗨，别进来，把它搁在门外，自己去拿。”

烛光荧荧，其实比月光亮不了多少。要记日记、写信、看书都别扭。千红干脆躺下遐想。

人洗过澡，一身清爽。几天来旅途困乏，一下子都给洗干净了，精神特别兴奋。顿然想起杨贵妃“温泉水滑洗凝脂”的华清池，那地方离城多远呢？能去观光一下该多好！想到这，立即翻身下床，过隔壁去同思鲁谈谈。

思鲁正在写早已打了腹稿的文艺通讯准备寄去《救亡日报》，趴在蜡烛下全神贯注地写呀写呀，连头都不抬一下。千红摸准他的性情，这时刻去惊动他准挨钉子。无可奈何地叹口气，索寞地退回房里，吹灭蜡烛，脱衣上床睡大觉。

月光依恋地窥视幽暗的房间。对面墙还是方才见的那幅萧疏的水墨画，气氛那么幽静、微妙。

再过一星期便到中秋月圆了。“嫦娥应悔偷灵药，碧海青天夜夜心”。“我，后悔了吗？不，我奔的不是月宫，我要去的是‘太阳城’——是阳光普照的圣地，是抗战的灯塔，是革命的摇篮，是自由的天地！”

千红想这想那，想了老半天迷迷糊糊阖上了眼皮。旅途上的奔波，人到底乏了，睡得挺香。可半夜梦回，人又来神了：

好多撩人的心事，好多迷人的影子，好多恼人的激情，又都一桩桩一件件涌现眼前——金子她跟仇虎那样撒野，千红她自己，镜里的维纳斯；思鲁他，那思想者的雕像，还有刚才那拥抱……哎，该死的激情，怎么就像堆火烤得人周身发酥，心潮激荡！

蓝天朵朵白云，轻悠悠地掠过月华，房里陷入神秘的幽暗。夜声消失了，静得能听到自己心口怦怦地急跳。她就像是叫鬼使神差似的，身不由己，仿佛梦游神，迷迷糊糊，极力屏着呼吸，轻手轻脚悄悄到了小门跟前，摸索触动开关，门吱吱裂开了缝……

“谁？”一声惊吓。

“睡不着……”声音打颤，可怜巴巴。

……

翌日清晨，千红心情特别舒畅，伏案做日记。

思鲁轻轻推开小门，悄悄走到她背后说声：

“早上好！”

千红猛回头，迎着他火焰的目光，怪难为情地红了脸。

两人对视，难掩尴尬。

“写什么？”思鲁问，伸出手去触动摊开着的《文艺日记》簿。

“不，不许看。”千红急忙把本子合起，紧紧捂住。但是停了五秒钟，马上又说，她刚才胡诌几句歪诗。跟着就拿张信笺从日记簿里誊录出来，塞到思鲁手上。

他巴不得赶紧往下看：题目是《问一声》，句子分行写成这样——

我未曾向人乞求过
感情的施与，
也未曾轻易地将感情施与
向我乞求的人。
今天，却悄悄地悄悄地
敲着你高屋深院的心扉，
问一声：
我，会不会是你欢迎的客人？

思鲁看罢，把视线移到等待回答的眼神。默默地坐到她对面的靠背椅子上,拉过她的双手,认真地抚摸十个指头。

“手指那么长,可是一把弹钢琴的好手啊。不过,依我看,学文学的天分还更高些。”

“瞎说。”

“不。”思鲁很正经。“难道你自己不以为你比别人有更多的幻想,有更丰富的想像力,有更热烈的情感吗?而这些往往正是成为诗人的基本因素。中国女作家女诗人太少了。只要肯努力,一定会取得成功!”

“但是,我还是舍不得音乐。”

“但是,到延安即算能进‘鲁艺’,也未必有钢琴给你。”

“那我不会学声乐,搞作曲,创作歌词什么的吗?创作支好歌,像聂耳,让千千万万人到处歌唱,多有意思。不是说冼星海、吕骥都到那边当教授的吗?”

思鲁松开手,搁在膝盖上,垂下眼皮,一时不知说什么好。

“为什么不吭声?你说,到延安,你要学什么?跟艾思奇学哲学吧,看你就像罗丹的《思想者》。嘻嘻。”

“开玩笑。”

“不,不。说真格的,你是真像那尊雕像。”

思鲁站了起来,想换个话题,把房间四周都瞧了瞧。

千红从案头的镜里发现他的眼睛在后背盯住她的脖子。赶紧举起双臂拢拢蓬乱的头发,回头嫣然一笑。站到思鲁对面,仰起脑袋睁着火热双眸:

“看了人家‘问一声’为什么不回答,唔?”

“只怪你太美……”

“有苏茜美吗?人家有胡蝶那样的酒涡。”

“想到哪里去啦,你没讲,我还不留意到她有酒涡呐。”

“她没对你笑过?那,你为什么对人家总是……咳,不讲了。”

她放开他,坐回椅子,照着镜子抿着鬓角。

“你听我说,”思鲁坐回原来的座位,看着她,要她听他讲小时候的童话——

说他六七岁时候,父亲从上海买回一篓苹果,他捡得一只最新鲜、最匀称,绿里泛红的,十分艳丽,美得叫他左看右看,总也看不够,舍不得吃,而且当宝贝似的搁在白瓷盘供起来，不许别人动。第二天早晨，睁眼一瞧，哎哟，我的妈呀，苹果不见了。找了老半天，发现老鼠把它滚到床底下，啃去大半边，上面留下细细的齿痕。可是叫他哇哇哭了一阵鼻子。姐姐笑话他：多好吃的果呀，傻瓜蛋。

"其实，我才不傻呐，是苹果太可爱了么，你要咬一口，不是把好端端的东西毁了不是。从小我就是这样，现在还是这样一个人，你说是不是傻瓜蛋？"

"我可不是苹果！"千红听了，好笑又好气。"难道这就是给人家回答的回答吗？跟你直说了吧，你大概不了解我为什么不愿跟大苏她们一道走的苦衷。"千红讲到这，把话一顿，睁眼看住对方等待反应。

思鲁对她瞠目而视，真是不知所以。

千红笑笑，说张家迁居昆明是实情，时间却并不限于十天八天之内必须成行，为什么要骗人呢？"你想想看。"

"噢，原来如此！"思鲁不禁打心眼里叫了一声。睁着恍悟的眼神，握过温暖的手，冒出句话：

"我是傻瓜蛋！"

千红正要投进他怀里——

咯咯，外面敲门："女士们先生们，请吃早点啰。"

三

在厦门、漳州吧，这时节，秋老虎的酷暑还没消失哪，这儿，早晨的瓦垄却已铺满白霜。"秋风落叶下长安"，——一股"已凉天气"到处都出现了。

吃罢早点，他们马上收拾、打扮，赶快出门寻找七贤庄。千红穿的是在闽南冬天才用得着的枣红色毛线坎肩套上豆泥色凡尼丁旗袍，另外戴副防风沙的眼镜；思鲁戴顶鸭舌帽，把风衣的腰带系上，手提款式大方的公文皮包。两人装束、风度都显得挺潇洒。

这座历代帝都的名城，仿佛古稀老人，处处显现老态龙钟。大街空空荡荡，店铺开启半掩，偶然才见一二辆黄包车载着客人奔跑赶站，车上阔气的老爷、太太膝盖上蒙着发亮的俄国毯子,紧催车夫紧拉快跑;清道夫推着装垃圾的木车,不急不忙,慢悠悠地摇着铃铛沿街而过;城郊的老乡来得早,他们个个脑袋都包着羊肚毛巾,披件夹袄,赶着小毛驴,驮上两袋土豆或两柳条筐的大南瓜,急急忙忙往菜市走。长长的街道分外恬静、寂寥。崇高而庄严的城垛,栖息着成百上千的乌鸦,排成密密层层一大串,嘎嘎一叫,可是叫人心寒。听人说,有回,街上行人手拎一串鲜红的牛肉,一只乌鸦竟然嗖一声俯冲下来,卜嗒一下,迅速把肉给叼走了,叫人哭笑不得。

思鲁、千红按照地图边走边打听,左拐右拐,走好几道大街小巷,终于在东北角找到了七贤庄一号。

这“八办”机关,就设在那座1936年西安事变后,工农红军借用外国一位牙科大夫的诊所安下半公开机构——红军联络处。这离中心街远,周围僻静,附近是大片菜地,茄子被霜打已经发蔫、干枯了,大白菜一蔸一蔸裸露在地里,等待收藏。

这儿,原先来往的人很少。去年抗战爆发以后,半公开的联络处改为公开的“八办”,人来人往顿时热闹起来。特别是打今年暑假之后,一批一批青年男女学生,就像赶庙会似的,从全国各地涌来,都到这儿换取介绍信然后转赴延安——进抗日军政大学、进鲁迅艺术文学院或者到旬邑进陕北公学、进青年训练班。

此刻,已经有不少人先来到了。正屋前面的大院里,菜市似的人挤人,大家都伸着脖子盯着正屋走出来的人,盼望呼叫到自己的名字,以便尽早能进得大厅去,就像月台上挤车的旅客。看看这些精神兴奋,朝气蓬勃的青年人,他们的衣着打扮,说话口音,就知道都是来自全国各地的了。彼此聚到一块,不管是头回相见打招呼,还是默默相对,都流露着说不出的亲切、温暖,大家都那么年轻、那么可爱。你、我、他,相互吸引,相互默契,叫人心花怒放。

思鲁在千红耳边讲句什么话,得到千红点头首肯,便拿出介绍信,跟应门的老头交涉,进入正屋去了。

千红一个人独自在院内徘徊,眼波流盼,好像要找谁,可谁又都不是她要找的。在别人眼里,她可是成了天外飞来的孔雀,不约而同地都往她身上投视,看了又看。不多一会，思鲁出来，到她跟前轻轻说声："走吧。"她挎起他的胳膀，宽慰地微微一笑，并肩跨进正屋的门槛。

一对多么令人羡慕的背影啊。

这是一间约二十平方米的敞厅。中间搁张长方桌，正壁贴着马克思和列宁两幅画像；两边墙上，一边是陕甘宁边区地图，一边是报架。报架搁的报纸有武汉的《新华日报》，延安的《新中华报》和广州的《救亡日报》几种。长桌四边都坐有人，各人正在聚精会神埋头填写一份表格。

思鲁把千红介绍给一位穿军装的年轻女秘书。女秘书落落大方、热情洋溢地伸出手来把千红的手握得好紧，深情地注视她的眼睛："欢迎你！"马上递给一式两份的志愿表，让她坐到桌边刚空出来的位子上，温和地说：

"慢慢填，别急。填好了，一会我来取。"

思鲁另外有事跟女秘书往里屋去了，千红目送两人平排的背影，心有不甘似的，等到影子被门槛隔断了才收回视线，仔细审阅摊在面前的表格。她一丝不苟地认真在表格里一项一项地填写，谁知填到第二份的一半，自来水笔突然断流了。桌面公用的蘸水笔别人又都在用。"糟糕，"千红懊恼地喃一声。坐对面的一位青年默默地将手上的绿杆"犀飞利"牌金笔大大方方地递过来。千红抬头，四目相遇，对方坦然微笑，意思是说："你用吧。"

"你呢？"千红声音很低，瞪着困惑的眼睛直瞅对方。

"我填好了。"他怕惊动他人，把嗓门压得很低。

千红又感激又惊奇，认真端量眼前这个人。他长相挺俊：天生一头黑羔羊似的卷发，一双浓密的剑眉，眼窝深邃，鼻子又高又直特别惹眼，皮肤晒得得像板栗；穿件鹿皮夹克，像个篮球队中锋。总之，仪表不凡，只要看上一眼，会叫人终生难忘。千红见他这样真挚，也就不客气把笔用上了。

他发现她的字写得工整、劲秀，像男子手笔，不由萌生倾慕。目不转睛地盯她约摸一分钟，他旁边一位戴无边水晶深度近视眼镜、生成憨厚、腼腆脸孔的伙伴填完了表，捅他一下："走，目标大雁塔！"不由分说，硬是把伙伴拉起，转身就走。

千红望他俩后背喊："哎，你们笔！……"

“你用吧,见到面再说。”

篮球中锋回头笑笑,洒脱地迈开步子。不知他跟伙伴嘀咕什么,跨出了门槛。那戴水晶眼镜的回过头来对千红瞄了一眼,不觉一怔。

“那……不行,不行。”千红起身要撵,两人已到了庭院,消失在拥挤的人丛里了。

“奇怪!”千红嘟哝一声,坐回凳子赶紧填表。可脑海里老也抹不掉这怪人的影子。填完表后,拿着翠绿笔杆的“犀飞利”金笔贴到腮边摩挲。笔挺美,挺好玩;人,更是令人神往。

办完手续出来,按照早晨拟定的时间表是要去碑林参观的。此刻,千红却改变主意,提议先去大雁塔,回头再去碑林。思鲁弄不明白她为什么要改变。只看她那样坚持,不好跟她闹别扭,随她去吧。

城郊现在是一片秋日的田头风景。地里一抹金黄,荞麦正开着白花,仿佛云彩落下天边;银杏的绿叶变黄了,像大群黄蝴蝶在树林里飞翔;路旁排列成阵的白杨,西风吹来,飒飒有声,灰色的叶背在阳光下,反映出粼粼的银光,十分耀眼。路面偶然卷起一缕小小的旋风,刮走几片枯叶、羽毛和纸片。棉絮般的羊群散布在山坡,有的规规矩矩低头啃着枯黄的小草,有相互抵角,撞碰两下就讲和了,有时成群地横过公路,叫过路的马车不得不停下来。

尽管这大西北的风物,对东南海滨的人来说是新鲜的,但这时刻,千红眼里却看不见这些,她现在脑子里全装的是刚才在七贤庄留下的美好印象。自己在心里嘀咕了半天,到底忍不住,自言自语:

看那些个未来的同学多可亲啊,一个比一个活跃,一个比一个出色;人人都那样热情、善良,个个都那样开朗、直爽。即使看人嘴上不言语,眼睛里却都交流彼此心思;就算彼此陌生,却感到好像都挺熟悉。这难道就是王勃说的:“海内存知己,天涯若比邻”吗?

千红歪着脑袋,见思鲁一反常态,脸色好像海边要刮台风,骤然显得那样忧郁,闷闷不乐。

“唔,怎的啦?瞧你,真煞风景!”

思鲁抱着脑袋,仍然不做声。

“准是见了鬼。变哑巴啦?”千红生了气盯着追问。

“人家不是都听着的嘛。”

“不,你骗人。我讲了什么啦,你一句也听不进。问你,刚才进里屋去那么久,都有一个世纪啦,干什么,唔?哈哈,瞧你,脸红了不是?”

“胡说。”思鲁不由得也生了气,但立刻又克制了自己,原谅了对方的稚气、单纯。

他知道,她是个独生女,在父母跟前是个惟我独尊的公主呐,要什么就得什么,任性惯了,受不得半点委屈。孩子脾气,何必跟她计较呢。干脆不吭声。

“怎么,不敢坦白吧?问你,刚才你们……”

“什么你们、你们的,人家到里屋跟另外的同志谈话。”

“跟谁?”

思鲁定睛瞅她,沉吟半分钟,平静地说:“这是铁的纪律,天机不可泄漏。”

“噢!”千红长长叹口气。心想:“原来人家有不能相告的机密哩!”于是,撅着嘴,赌气不言语,也不理人。

原来是思鲁遇到难题了。方才在里屋,是一位负责同志跟他谈话,问他是哪个国家的华侨,懂几种语言,有哪些主要的社会关系?熟悉哪些地方情况等等。他说他系美国旧金山华侨,父亲早年到那里卖苦力,后来自己开洗衣店,后来又开餐馆当了老板。

“你不是陈嘉庚先生的亲戚吗?”负责同志嫌他啰嗦,拦住他直问。

“噢。那倒是,有那么一点社会关系。我妈是他的远房妹妹,我该称他舅舅。”

“唔,是这样,”负责同志说,“长江局来电:要你回汉口,不去延安了。目前工作需要人,学习嘛,以后再说。征求一下你个人意见。发扬民主嘛。”

思鲁一下子怔住,不知说什么好。

负责同志是个宽厚的长者,体贴青年人的心情,不急于逼他马上表态。拐了个弯,讲起当前革命斗争的战略任务:一方面,必须坚决贯彻执行抗日民族统一战线,另一方面还要不能放松共产主义革命前途的战略目标。因此,侨务工作，海外特别是东南亚地区很需要干部。

思鲁听到这儿，自动提出表示："个人服从组织，没二话。"

"不。"负责同志拦住他："先别忙把话讲死。回去考虑周到点再来回报。在可能的条件下，个人的问题，组织上是会照顾的。比如说，个人生活方面，唔，你今年……二十六了。有爱人了吗？"

这时，思鲁想起千红，心头像触电，闪了一下。嗫嚅了好几秒才腼腆地说："一个女学生，从集美一起出来，要到'鲁艺'学音乐，只怕她一个人……"

"那不要紧，现在每天都有男女青年成群结队往延安去。真是一路行人一路歌，热闹得很。啊，对啰，她不是集美学生吗，她的校长下午就从汉口乘飞机到这儿，安排她住西京宾馆，同你们在一起。沈端予同志是你姨妈嘛。让女学生跟她校长一道去延安就完全可以放心了。不过，话要讲清楚：这是绝对秘密，对任何人都不能讲。"

尽管负责同志把话讲得那样灵活、轻松，在思鲁的心里却承受沉重的压力，情绪顿然起了一百八十度转弯。难怪千红敏感、多心，可事情又不容许他向她吐露。怎么办？思鲁意外地陷入了情感上的困境，精神上头一回触到了痛苦。

两人各自沉思默想，周围一片寂静，得得的马蹄声特别清脆。

路边村庄周围的枣树，天星似的挂满碧紫色的枣子。孩子们拿竹竿往上一捅，卜卜碌碌落了一地；柿子熟得更是诱人，满树挂着璀璨的小金球。

千红看思鲁还在发呆，突然问道："你想什么？快坦白！"

"你不是也不作声，你先讲。"

"你要听？"千红拿翠绿的金笔贴到腮边搓来搓去，歪过脑袋睨视。

"哪儿来的'犀飞利'？在香港不是看了半天也舍不得买的吗？"

千红忽一下红了脸，困惑半分钟才怪不好意思讲起方才那奇特的邂逅，带着欣赏的口气描述那个慷慨得叫人莫名其妙的篮球中锋。

思鲁听罢，好像是喝了一口走了气的汽水，心里好不舒服，顺口怪她"你呀，你呀，就是这山看到那山高。"

"哎呀，你，好一个男人大丈夫，比女人还要小器！"说着往腮帮划两下。

思鲁禁不住红半个脸。

“就是为他才要去大雁塔不是？”停了片刻，思鲁才想起这句话来问。

“是又怎样？”千红立即迎着挑战。“难道这丁点儿自由都不许吗？”

思鲁不作回答。

“要是这丁点儿自由都不能使用，还跑来这儿干么？”千红进一步发挥她的观点。

思鲁正儿八经的说：这点个人生活的王国无疑是可以独尊的。然而，跑来这儿，应当不仅仅只是为这一丁点的缘故，至少总不可以说多数人的追求都是如此。……

听到这，千红在偷笑。

“笑什么？”

“我好像又在课堂听课。”

“听课怎么啦，难道我不是老师？”

千红瞪着盯他，叫他十分尴尬。

沉默，叫人难受了半天，千红再也忍不住，顽皮地问道：

“什么叫爱情？能用一句话来概括吗？”

“你说呢？”

“要能说，就不用问了。”

“俗话讲：‘一个老师怕三个何以’，可见当老师的也不等于一本活字典。”

“谁问‘三个何以’啦，只要一句就够了。”

“那，让我想想……唔，有了：是一位外国人讲的——‘爱情有个简单的秘诀：就是让对方感到自由。’你说，是不是这样？”

“我说又是又不是。我认为：爱情只有你和我，没有第三者位置。”

“那不是太狭隘、太自私了吗？”

“自私又怎样，爱情就是排除异性，是专制独裁的王国。‘卧榻之旁，岂容他人鼾睡’。难道不是这样的吗？唔？”

思鲁好不惊讶，瞪着眼睛看她，好像是头一回认识似的。

千红感觉对方心情不定，眼色流露着疑虑，只是不好开口。

“千红……”思鲁情绪激动，声音哆嗦，欲言又止。

“什么?”

“到了延安,你会不会……”

“又来了,早上不是都讲好了吗?”

“不过……假设我们不在一起……当我不在跟前的时候……”显然思鲁很感痛苦。

“还是为这支‘犀飞利’? 嘿,我又不是只母狗。”千红生了气。“我总能把握住,爱情归爱情,友谊归友谊。我可不容许爱情限制着友谊,当然也不可以让友谊亵渎了爱情。对我来说,爱情是神圣的,她必然是超时空的局限。真不懂你为什么提出‘假设’的问题?”

千红丁丁当当连珠炮似的说了一大串,真叫思鲁目瞪口呆。“假设”是机密的禁区,暗示已经失当,明说怎能允许? 索性煞车,守口如瓶,拿沉默当盾牌吧。

大地一片寂寥,一任马蹄得得,不觉大雁塔已经在望。

思鲁忽然想起匈牙利革命诗人的名句,于是借它来打破沉默的僵局:

“到我给你念首诗吧,不过,是人家外国人作的。”

“好呀,你念。”

思鲁当真郑重地朗诵起来:

爱情、自由,
人们追求的就是这两样。
为着爱情,
我愿献出我的生命;
为了自由,
我又将爱情牺牲。

“噢,这不是人家柔石把它译成:‘生命诚可贵,爱情价更高,若为自由故,两者皆可抛。’的吗? 不过,你为什么好端端的偏偏想起这个?”

思鲁不禁愕然,欲言又止。

“瞧你,讳莫如深。可怜巴巴的,准是心里有鬼!”

思鲁只是苦笑,伸过胳膊搂她的腰。

她拿眼睛指着坐在前头驾驶台的赶车老头,暗示他——别这样。

“你不会把我给忘了吧?”思鲁问,战战兢兢。

“你神经啦?”

“那你答应,一定给我希望!”思鲁可怜巴巴,睁着乞怜的目光。

千红把脸贴到他耳垂,悄悄说:“放心,一切都属于你的!”

“吁!”赶车老头拉长声音,收紧缰绳,回过头来招呼客人:

“到了,两位请下车。”

千红抢先跳下地,欢喜雀跃地呼喊:“乌拉,——大雁塔!”

四

“把灯灭了吧,睡觉。”苏茜说。

“不。瞧你多美!”千红眯着媚眼搂住苏茜,掀开人家乳罩,拿手抚摸水蜜桃似的乳峰,然后又将手伸进腋窝里去。

“哎哟,别,别,痒死了。”苏茜扭动身体嚷嚷求饶。瞪着吃惊的目光问:“打哪儿学的?”

千红羞得不好意思说话。

苏茜跟妈妈和妹妹苏芬从汉口乘飞机来,比昨天千红来到的时间迟一个多小时。晚饭后,“八办”派汽车来把沈端予和齐思鲁接去了,这时已经九点三刻,人还不见回来。苏茜招呼妹妹上床睡了才过来跟千红孖铺。好聊聊各人出门以来,一路上见到、遇到和听到的新鲜事。

苏茜说她妈带出来的几位同学,一直在一道乘汽车从漳州到赣州,然后转萍乡才坐上输送伤兵回长沙的火车。一路上见到的,不是携儿带女的流亡图,就是目不忍睹的伤兵,叫人心情十分沉重。到了武汉,杨行素和江月清参加救亡演剧去了,张虹留在“八办”做电台工作。

“见到那么多的伤兵太可怜了。他们多么需要大夫和护士啊。”苏茜发着感慨,说她到延安想学医,将来当个医生,治病救人。

“不学画了吗?”千红问道。

“画画美是美,离实际太远,不如当个大夫来得实在。你说呢?你自己什么打算?”

“我还是我。玩我的音乐。没钢琴弹我就学唱,写歌词,作曲。拿歌振奋国人抗战精神,跟你用医药治疗伤残,殊途同归,都是为社会尽心尽力的事。”

苏茜听了不做声,沉默好一阵子才又说道:

“说说你在香港、广州的见闻吧。”

千红说:“香港是洋鬼子的殖民地,有什么好讲的,好比满脸皱纹的老太婆涂得有三分厚的脂粉,真叫你恶心;那摩罗沙——印度巡警才讨厌呐,两只牛眼珠差点不把你吃了。”

“你头发是在香港做的吗?”

“很丑,是嘛?”

“不。不过,我看没原来梳孖辫的天真活泼。”

“可昨天在这儿门厅,两个外国记者却对齐老师说:‘你的朋友挺美’你说,气不气人。”

苏茜沉吟片刻才猜疑地问道:“外国人怎么说你俩是朋友?”

“谁懂。爱怎么看就怎么看,管他。”

不知两人各自都想到哪儿去了。沉默侵占了整个空间。窗户的月光从云层露了脸,床对面的墙上又出现昨晚那样的水墨画。

“哎哟,我的妈呀,什么东西把人家后背梗的生疼。”苏茜边嘀咕,边从枕头往下揣摸。“嘻,一支自来水笔。是香港买的吗?”

“不。防空洞捡到的。”

“不信。瞧你,脸都红了。快说实话,是不是……”

“给我。”千红把笔夺了过来,摆弄了一下,眼里弥漫着梦幻的霞光。“你看它漂亮吗?说不定是个缘分呢。”

苏茜听完千红谈起今早在七贤庄的奇遇,不敢相信,便问:“你别瞎编吧,真有那样的事?”

“咳,真是坐井观天,说你又不信。新奇的事多着哪。明儿你也到那儿去看看。就像是三月的公园,花儿一朵比一朵鲜艳,小伙子、大姑娘一个比一个活泼可爱。”

“看你讲的不害臊,尽看人去了。”

“你不?假正经!嗯,起来,给你看个东西。”千红越谈越兴奋,硬是把苏茜揪起来,两人平排背靠床头,从枕下摸出本日记簿,翻到早晨誊抄下来的那张信笺,摊开搁在苏茜膝盖上。

苏茜轻轻的声音,一句一句念完,然后看着千红问:

“他回答了吗?”

“谁?”

“谁知你要问谁?”

“唉,那是X+Y,一个未知数。”

“没有给人看过?”

“他说,我要写诗比学音乐有天分。”

“他,他是哪个?”

“你表哥呗。”

“嗯!”苏茜松口气。“知道了!”

“知道什么?”

“问你自己。”

“唔,我的好姐姐。”千红搂住苏茜脖子,往她的脸亲了一下,拉她躺下。

“真要命,别闹了。灭灯睡吧。”

“你俩还没睡着呀?”门外,沈端予的声音。

“好,人家睡着了。”

“睡着了还会讲话。”

“嘻嘻,人家在做梦。”

隔壁房有开门声,显然是齐思鲁同时回来了。千红心跳得厉害,倾听着动静。小门关严了,小点声音传不过来。也不知人家在做什么啊。

两人躺下一会,苏茜压着嗓子悄声问道:“睡着了吗?”

"睡不着。"

"嗯,忘了告诉你了:临走那天替你收到一封信……"

"谁写的?"

"还有谁,延安那个姓石的呗。"

"你偷看了?"

"不敢。"

"在哪儿,快给我。"

"看你急的,"苏茜说,"把它和日记簿搁在小箱里,在妈妈房间。"

"我这就去取。"

千红把毛毯掀开,翻身要下床,叫苏茜一把拦住。

"你疯啦,就这样光着大腿出门。明天看还不成?"

"你知道他为什么叫石天吗?"

两人又并头倒在枕头上了,沉默了一阵,千红才又找到话来讲。

"我又不是跟他是'通讯朋友',怎么知道。"

"告诉你吧,他原本姓赵、叫赵超。石天是写文章的笔名。石破天惊。人家说,干革命做地下工作,一个人往往有几个化名换来换去。我看我到延安以后,也要改个名。叫什么呢?叫王白石,三个字加起来就是个碧字,你说好不好?要不叫石白玉怎样?听见没有?"

听不到答话,轻轻的鼾声倒挺悦耳。

"噫,睡着啦?死猪。"

第二天,千红起得早,怕惊动苏茜美梦,悄悄溜过隔壁房去洗漱。隔壁一片死寂。床前蚊帐不见揭开,以为思鲁也还在酣睡,等到洗漱完了出来,仍不见丝毫动静,床头小柜上的台灯还亮着,一封纯白的信皮规规矩矩搁在灯下,十分显眼。千红立刻受到意外的袭击,心口突突剧跳,迅步走到床前,掀起帐门。嗨,人去床空!枕头、被毯叠得整整齐齐,仿佛一夜没有触动过似的。千红不由慌了神,信手拿起信来,取出信笺抖开,落下一张照片。那是齐思鲁在鼓浪屿日光岩上迎风而立的生活照,背面写有两句诗词:

若是两情长久时

又岂在朝朝暮暮

千红把照片赶紧往信封揣了,然后看信笺上写的:

……不能怪我,也用不着伤心和抱怨。就像你离家给母亲留下的信那样的心情,体谅我不辞而别的苦衷!条条道路通罗马。只要目标一致,重逢总会有期。心随照片留下了,能让它作个伴吗?……但是,你要把他扔掉也不会怪你,正如现在求你不怪我一样。

鲁即日凌晨

千红张开含泪的眼眶,搜索衣架、橱柜……风衣不见了,小提箱没有了,原来,洗盥间的手巾、牙刷、皂盒也都拿走了的。不由得心头一闪,仿佛梦掉下深谷,膝盖发软,坐了下来,趴在桌上呜呜地哭了。

苏茜闻声醒了过来。表哥不见了,只见千红两只肩膀抽搐,哭得好伤心。发生了什么事啊?急得她着了慌。

“到底发生了什么事?”苏茜把千红摇了摇。

千红抬起泪水汪汪的眼睛:“他失踪了!”

“失踪?怎么回事?”苏茜眼睛睁得好大。

千红一言不发,将信塞到苏茜手上。

“我问妈去。”苏茜把信看了说。人刚走到门后,“咚咚”门外有敲门声:

“夜里干什么啦,睡到现在还不起床。”

“妈,快来!”苏茜一边开开门,一边惊叫:“表哥失踪啦!”

千红急忙将信收起,往洗盥间抹把脸,泪痕不见了,眼里还有点红。

沈端予态度沉着、镇定,稳住女儿的惊慌。

“别嚷嚷。谁说失踪了?”

“人不见了也。”

“不见就失踪啦?傻丫头。千红,来,坐下。好好听我讲。”沈端予等千红坐到身边来之后才告诉她:齐思鲁接受一项机密任务,秘密地走了。去哪儿,干什么事,除了直接派遣的上级组织,旁人谁也不让知道。反正是为抗战,为民族解放,为人民大众翻身的革命事业就是了。

“就他一个人吗?”千红问。

沈端予注意观察千红的情绪,领会她话里有话。用体贴抚慰的口吻解释说:“组织就指定单独要他一个人。你呢,跟我和大苏小苏一道到延安学习一段。工作,以后再说。革命的道路长着哪。”

千红留意在听,来回摆弄着手绢,不做声。

“干革命都是这样的。”沈端予好像是给自己说话:“从前大苏她爸还不是:小苏六周岁生日的前一天,说好要买块蛋糕给孩子好好过生日乐一乐的,谁知道,当天半夜来人叫走就走。到现在,组织上只说:人活着,工作也挺好,就是不能跟家人直接联系。这叫你怎好讲什么。革命么,为着千千万万人民大众解放,个人幸福只好牺牲!”

苏茜去把小苏拉来冲着说:餐厅催着早餐了。

“走吧,”沈端予站起,拉着千红的手。

“给你!”苏茜拿封信交给千红。

千红看是石天的笔迹,字写得特别工整,满怀高兴。可是信瓤却只是规规矩矩的抄来两首歌曲,没写别的话,不禁怅然若失。

苏茜看她失望的神色,关切地问:“他说什么?”

“看。”千红把信送到苏茜手上。

“嗨,歌谱:《延安颂》、《抗大校歌》怎么没有……”

“姐,快走吧。”

一位十三四岁的小妹,梳着齐眉的刘海,一脸天真无邪催着苏茜。

将近两个月来,天天一样:每天天才蒙蒙亮,七贤庄这儿便像早晨的菜市,青年男女三三两两便都陆陆续续往这边汇合。行人的打扮都换了新装:姑娘们多数穿起长裤,披着毛衣,有的还穿上铁灰色军装,腰间扎条皮带,头上斜戴顶军帽,像个女兵;穿旗袍的已是凤毛麟角的了。小伙子们呢?穿直领的学生制服的多,也有披风衣、穿夹克和毛背心什么的,即使有个把人穿的西服,也只是随随便便,不系领带。不论是男是女,脚上穿的不是布鞋便是胶鞋,都挺新,显然是才上脚,走起来还不习惯,走走试试。

大家三五成群,围住一堆一堆包包袋袋:旁边,鹄候着编队,奔赴一心向往的目标。站久了,有的坐在自己的行李包上吸烟、聊天,有的来回踱步,有的从挂包掏出根绳子,各自跳绳、锻炼腿力;姑娘们有的坐在小箱子或背包看书,有的几个人凑到一起,咿咿呀呀的学唱救亡歌曲。

苏茜要强,不肯随她妈和妹妹候车上路,决心和千红跟大家一道步行,接受锻炼的考验,显示独立、自主的追求。沈端予看她和千红既然有这样的志气,也就成全了她们。她俩在"八办"那里领来两套军服穿上,打了一个小背包就准备上路了。将其他一些路上用不着的衣物,留给沈端予交汽车托运。两人扎上腰带,还学会绑上了裹腿,往镜子照照看,俨然像画报上的女兵。千红上下前后打量了苏茜这一身装束,不禁噢一声:

"瞧你,丰丰满满的,可像'丁玲在西北'了。"

"别得意,看你也苗条不了。"

苏茜小妹在旁边拍手笑道:"我看呀,一个是大冬瓜,一个是干豆角,谁也别嫌谁,都是丑八怪。"

"去去,"苏茜推开小妹。

沈端予看着两人半天说:"好了,好了,该走了。等会有位同志来找,我和小苏就不送你们了。路上多加小心,跟伙伴们生活在一起,要注意团结,发扬友爱互助精神。"

"好,伯母、小苏,延安见!"

"大姐、千姐,再见!"小苏追到楼梯口望着两人的背后喊。

现在,千红、苏茜两女兵走到大家跟前来了。像水潭面上露出的游鱼,吸引无数惊异的目光。千红眼尖,一下子就认出昨天给她金笔的人。他现在穿件法兰绒西装,咖啡色衬衫的领子翻在西装外面,显得英俊潇洒,仿佛普希金的肖象。他身边站着两个伙伴,一位是昨天千红见过的,生成副娃娃脸,戴水晶无边的眼镜，挺斯文。现在他穿件藏青哔叽的直领学生装，两只手捧着口琴，用心在吹奏“在高高的山上，到处都是我们的好兄弟。”的《游击队之歌》；另一位穿件风衣，两手撑着画板顶在怀里，直望着喷薄欲出的满天彩霞，拿出铅笔作速写。

“是他，就是他！”千红脱口叫了起来。

“谁呀？”苏茜莫名其妙。

千红把嘴贴到苏茜耳边说悄悄话：“借给笔的人。来，”说着拉苏茜的手直朝那三个男人走去。

“认得出来吗？”千红拉住苏茜的手，站在那个穿西装的人面前，带着欢喜的微笑，大大方方地盯住人家不放。

那个人不觉一愣，凝视她两秒钟，才蓦然想起，高兴地“噢”一声。

千红不让人家说话，立即从胸袋拔出“犀飞利”来，送到他面前：“呐，物还原主。”

“不，不。你先用着吧，我还有支派克。请帮带到延安如何呢。”

“什么话。连名字都还不知怎样称呼呐。”

“哦，那，我们现在就认识一下。来，你们也过来。我叫方舟，四四方方的船，普度众生。他，”方舟目示旁边戴眼镜的人。

“我叫童禾佳。”戴眼镜的抢着自报家门。“儿童的童，禾佳，一个稚字分成两个。”他定定地盯住千红，眼珠连眨都不眨一下，叫苏茜看在眼里。

“他叫程千里。”方舟把画画的人拉过来，替他报了名。“画家，未来的列宾。”

“我叫欧阳千红。她叫苏茜，草字头一个西字。”千红替苏茜说了。

“噢，两位可是神采飞扬。请并肩站一会，画幅速写好吗？”

正在此刻，集合的哨声响了。“八办”一位干部来到广场中间，举起拳头，招呼大家面对着他站成一排。“各位请注意：听喊到谁的名字便应一声‘到’，然后去到分队的场地集合。发扬民主，选出分队的召集人，然后，步行出发，开始小长征，目标延安！”

今天从这儿出发的，有百来八十个人，男女混编成五个小分队。一个队十多二十人不等。出于巧合，千红、苏茜和刚认识的三个男的都编在第三小队。

小队一共十来多号人,四女九男。年龄约摸在十八九岁到二十三四之间,看来青年学生占多数。少数几位大概当过教员或公务员什么的,他们都比较稳重、严肃。经过大家推举,小队长仍然是“八办”指定的召集人——唐康。看他结实的像颗核桃,走道轻快,表情坚毅、持重,岁数同大学生差不多,但又不跟禾佳那样的书呆子气,样子同在“八办”见到的干部相类似。

副队长谁来当呢?大家你推我让,来回折腾了半天,最后还是推给穿法兰绒西服的方舟。

各人把自己的行李——用帆布或旧布包好的铺盖和一些柳条小箱以及像千红、苏茜那样打成井字的背包等等,形形色色的大件小件摞了一车,赶车的老乡将拇指粗的麻绳把车上的零散行李揽到一块绑紧。小队长一边拉紧绳子,一边嘟哝:“东西太多了。好,走吧。”

赶车的把式扬鞭劈啪一响,“驾!”一声,催赶牲口。

小队长专注凝神瞟千红一眼,轻快地发号施令:

“出发!”

大家便这样,个个空着两只手,轻飘飘上路了。

“再见了,长安!”

小队长带着卖弄口气纠正说:

“不对,应当是‘别了,旧世界!’”

队伍嘈嘈嚷嚷。走在前头不知第几小队开始唱起歌来了,唱了一支又一支,中间还夹杂着拉拉队的呼喊,热热闹闹,情绪十分高涨。

“我们也来成立歌咏小组好不好?”方舟提议。

“好!”

“要得。”一声四川口音特别响亮。

“我提议请副队长带头先唱:《保卫大武汉》!”谁振臂一呼。

“对,对。副队长,来一个!”几个声音喊在一起。

“不,不。我是个公鸭嗓,唱不起。请赶车老乡唱支《信天游》好了。”

“不,不准转移目标。《信天游》是要唱,可你先带个头。”

“噢,还有个吹口琴的伴奏。来吧,别羞羞答答。”

大家就像在学校时候郊游踏青那样，情绪热烈极了。

“你怎的啦？哪儿不舒服？”苏茜见千红抿嘴，自已发闷气，不言语。

原来千红她正在寻思呢。心想：“要是他也在这儿多好啊！这副队长，打后头瞅，可不就是他吗？……”但她怎好对苏茜明讲呢？只好扯个谎：“起得太早，头有点晕。”

“给你万金油擦擦。”苏茜认真起来，往口袋掏出万金油。

你妈妈打你，你和哥哥说，

你为什么呀，把洋烟喝！

“嗬—嗬—驾—”赶车老头唱罢陕北民歌，朝牲口吆喝，举起长长鞭子往空中一转，发出“叭”一声脆响，牲口加快碎步小跑。

五

唐康他们小队，一路上就同学生远足郊游一样，边走边唱，不觉便到了渭水之滨了。这儿有木帆船北渡黄汤汤的河面。船夫赤身裸露，满不在乎地当着人前奋臂摇橹。害得女同胞低眉缩脖，羞得目不旁视。过到北岸，再朝北去，午后四点来钟，天下闻名的咸阳便在眼前了。当年楚霸王纵火焚烧三个月的阿房宫，如今已无踪迹可寻，见到的只不过普普通通的市街。或许抗战的硝烟远在潼关之东，战火烧不到眉毛上来，平民百姓个个各自从容来去，熙熙攘攘。

唐康一行，为了节省住店的花销，找到城关一间小学校，借用课室来凑合住一宿。

“大家各就各位，坐好。好，现在我们来开个小会——”

小队长向大伙招呼，话未讲完，有人便嚷：

“喂，喂，女同胞不要啦？”

“对，对。”小队长敲敲自已脑瓜：“看我，把她们忘了。”

小队长动作利落,连声拔腿夺门而出。

女同胞就住隔壁教室。也都把课桌挪动拼拢一起,将就在桌面连成铺位。还拿床单把玻璃墙面遮拦一半,唐康敲敲门进去一瞧,傻了眼,赶紧转回身来,一脸懊丧,对着大伙说:

“糟糕,她们一个也不见。”

“什么,失踪啦?走,找去!”

小队副方舟,跳下地,正要穿鞋子。走廊立即传来清亮的笑声:

“别劳驾了,丢不了的。”

千红她边嚷边跨进门槛。紧跟在她后头的正是苏茜和今天入队的两位女队员。四个人手上都拎着大包小包的东西。男队员们全神贯注瞪眼瞅着,谁也不作声。

“怎么,都不认识啦?”千红挑战地朝大伙扫一眼:“来,吃东西,我请客。”

苏茜她们照千红动作,将手里的纸包拆开,把花生、南瓜子、核桃什么的……分送到男士的铺位上。

“你们都愣着干嘛,吃呀!”千红说,和三位女伴分完了食品,便在条凳上坐下,带头剥花生。

唐康瞧千红不可思议的天真举动,无可奈何地望着大家说:

“好吧,一边吃一边开会。”

小队长说,大家走了一天,辛苦了。本应早休息,明日好上路。只想各人来自五湖四海,为着抗战的共同目标走到一道来了。这不能说不是一种缘分。从今而后,不论是先生还是女士,男女同胞,大家都是一条船上的人,彼此都是同志了。但是,各人尊姓大名,恐怕彼此还不都认得吧。利用睡前工夫,开个见面会,各人来个自报家门,大家认识认识,好有个招呼。

“打哪一头开始呢?……由我个人打先锋?也好——”唐康正要说,副队长方舟抢过话头说道:

“慢,我补充一点:我提议,在各人作自我介绍之后,接下来都讲讲:‘到延安去’的动机,加深相互了解不好吗?”

“好。我附议!”千红的嗓子很尖很亮。

“有反对的吗？”

小队长见大家都默不作声就说：“没有反对就是赞成啰。”但是他发现旁边的童禾佳的表情好像有话要讲，歪过脑袋问：“你有话要讲吗？”

“不，没有。”禾佳好像被人弄醒过来，窘惑地期期艾艾：“我是在想……”

“在想什么呀？”谁冒了一句。

苏茜凑到千红耳边悄悄说：“你瞧他一张娃娃脸，腼腆得多好玩。”

“你就对他那么有兴趣？”

“去你的。人家又不是老盯着我……”

“嘘！”旁边一位十四五岁的少女制止两人，朝那正要说话的小队长瞅。

小队长说，他自己什么名字，大家知道，不必啰嗦了。“讲到革命动机嘛。那时年纪小，在村里地主家做牛倌；红军打了来，地主家人逃城里了。看红军对待穷哥们像亲人，自己也就跟着参了军。到红军队伍了才破蒙认字、学文化……”

“啊，你是老红军哇，经过二万五千里长征的英雄！”在场的人个个肃然起敬，瞪大了眼珠子。瞧他年纪也不过二十来岁的样子，不免半信半不信。

“过草地你几岁？”

“十六七吧。实际我也说不准，乡下人都讲虚岁。”

“能走得动？”

“开头还行，过草地最后两天，是位老大哥把我背起，拖拉过来的。反正革命队伍发扬革命友爱，总会遇到好人。”

“遇到婆娘了吗？”嗑瓜子的人，见他老盯着千红看，便眯起眼睛朝他开玩笑。

“哎哟，我的妈呀，酸死了。”一路来大伙叫她大姐的女同志咬了一口苹果似的红果，失声嚷嚷。

“别打岔。该你吧。”唐康歪过脑袋朝身边的人。

“不，该他。”

“为什么？”

“老规矩了，从右到左。”

"老规矩不行,革命应该从左开头。"

"得,得,是左是右,每人都逃不了这一关,是姑娘迟早总得上轿。"

坐在小队长右首的一位严肃起来,干咳一声。大伙瞅他羞羞答答,嗫嚅半天也不开腔,都为之发急。

"我……名叫禾佳,老祖宗姓童,儿童的童。老家广东海陆丰的汕尾海边,老革命彭湃的同乡;不过,对不起,我的诞生地是泰国,华侨子弟;七岁回国上学;抗战前在上海暨南大学学哲学。平时喜欢到公园看骆驼,觉得它任重道远,沉着、稳重。要说到大西北来的动机嘛,其中之一就是这地方是骆驼的家乡。"

"哈哈,真有你的!"

"那,其二呢?"

"头回见,就先讲之一吧,之二,来日方长,慢慢再来。"

"完了吧?"靠在禾佳右边的人问一声,随即说道:"我姓程,名千里。江苏无锡人,南京中央大学艺术系,跟徐悲鸿大师学过油画。抗战爆发,中大迁校重庆。心思与其随校迁去四川,不如'到延安去'。那里上半年开办一间鲁迅艺术文学院,漫画家蔡若虹和好几位版画家——都在那里任教。油画难学,颜料、画布都得花大钱,又特别花工夫,一幅画,画上几个月甚至几年,真不如改学版画容易出手,就像轻武器,方便投入战斗……"

这个程千里也真是,并着膝盖托起画板,边说边瞄对面穿上新军装的欧阳千红和苏茜两位女兵,画他今早要画而未画成的速写。

"瞧,人家在画你哩。"苏茜扯千红的袖口。

"让他画,等会问他要回来。"

"不是追模特儿去的吧?"一个特别粗壮的大个子用诙谐的口吻逗着说:"大明星蓝苹和《毕业歌》的男女主角陈波儿、袁牧之等等不都往那边去了吗?"

"那你,是为心上人去的啰?"

"是不是,轮到我讲时再宣布。"

跟下来便是一个接一个介绍自己,名字有叫高歌,有叫龙潜,有叫马出图,有叫许自我,有叫剑虹、武夫什么的。讲到动机上,也都因为各有各的奇遇和厄运,各有各的憧憬和追求才投奔这条充满诱惑的新路来的。有人因日寇侵占了家园,一旦流亡他乡,无处投奔才来的;有人因学校迁入内地,中途辍学而积极要求抗战,但又请缨无路;有人原在银行当练习生,满以为端上了铁饭碗,谁知鬼子一来,老板为紧缩开支,借故裁员,把他平日不肯摧眉折腰,不善阿谀奉承的小子"炒了鱿鱼"(卷铺盖走)。各人明知此去住窑洞、吃小米,都并不那么写意,可是,到底没有尔虞我诈,没有牛头马面那种可怕的人情世态,大可不必提心吊胆、忍气吞声的过日子。有的人就说他不是为失学也不是为失业,而干脆是由于失恋——"少年维特的烦恼",以为到了新的天地能找到精神的归宿。

轮到女同志这边位置上时,头一位恰巧正是大家称呼作大姐的黄晓华。她八百度宽边的近视眼镜,和她那枣红色毛线坎肩罩着湖蓝色旗袍,吸引了各人的目光。她神色沉着、庄重。她说"一二·九"浪潮把她从北师大卷进了救亡运动的洪流。在社会上滚爬过,当过记者,教过书,上过前线随军服务。酸、甜、苦、辣都尝过不少。由于现实当中,遇到这样那样的难题,自己解答不了,只好到延安去找马克思、列宁主义学习、学习,再学习。"就像乡下老奶奶遇到疑惑而上山求神问卦似的,真心诚意。可我又不是迷信的人。"也许这位黄大姐态度太严肃一些,直到最后诙谐的比喻也未能打破沉闷的气氛。作为主持人唐康他扫视全场一眼,说一句:"好呀,到延安学习、学习再学习。"随即转向小姑娘说道:"小妹仔该到你了。"他把目光停留在人家齐眉的刘海上。

小姑娘一脸稚气,两道又粗又黑的眉毛衬着清秀悦人的目光,身体窈窕、矫健,穿件深蓝色灯芯绒运动衫,像长得挺俊的小伙子。她说姓邝,叫兰芸,兰花的兰,草字头的芸。讨厌总爱将女子打比花花草草,决定把兰花改为蓝天,芸字改为白云的云,蓝天白云,自由飞翔,连姓也不要了。

"好你小妹仔,连名字也革命了。"

"去,去,听讲,打什么岔。"

小妹仔接着讲,家系广东省番禺县,实际就是广州市内的老居民。在沙面对面的白鹅潭真光女中上高中,才读了一年。那学校是教会办的贵族女校,白崇禧有个侄女和陈济棠一个外甥女跟她同班。学校管理很专制,要念经做礼拜什么的,叫人憋气。到延安去是她表哥写信来叫去的。表哥原先在中山大学文法学院学社会学,参加"民先"闹救亡运动,被开除,前年发生"西安事变"就到延安去了。说表哥是她心目中的基督。“基督”来信告诉她:他在那里,亲身听到艾思奇给他们马列学院学生讲哲学课。叫她趁着目前抗战局势、交通还可以,赶紧到新的天地来接受革命的“洗礼”。

“表哥表妹,请问是黛玉还是宝钗呢?”

千红含着说不清的妒意,盯着蓝云笑笑。

黄晓华用欣赏的眼光端量小姑娘片刻才向苏茜耳语:“看她倒像《前夜》里的伊林娜。你说是不是?”

苏茜说:“我看倒像宝琴。”

又是那位大块头的男士听得不耐烦,提高嗓门紧催:“别尽讲别人了,先暴露暴露自己吧。”

蓝云的下首是苏茜,她瞟说话的人一眼,不由红了脸。说出自己的名字、祖居和学历,然后说她这番随同妈妈和妹妹要到延安寻找多年不见的父亲。父亲在几年前当李济琛他们在福州闹人民政府时候,离家出走,一直没见回来。只听妈讲,有人把话捎来:人在南洋活着,不必为他担心。华侨领袖陈嘉庚是她妈的叔伯兄弟,苏茜称他舅爷爷。说舅爷爷给延安毛主席送部汽车什么的,也许到延安能打听到父亲下落。

苏茜讲完之后,自然就轮到欧阳千红了。等她讲了身世,一位名叫许诺夫的盯着她指着苏、蓝两人,问:“她们一个是寻父亲,一个是找表哥,你呢?”

这位引人注目的女兵,睨视对方一眼,把目光转向方舟,大大方方地答道:“我当然也不例外,——”苏茜抢过女友的话头,越俎代庖说道:“她呀,人家是寻梦中人去的。”

“死鬼,多嘴婆。”千红把苏茜推了一把。

“哈,好呀,说,说,梦里的郎君叫什么呀?能公开吗?”又是一位叫石磊的笑语。

“公开就公开,怕什么。我的梦中人嘛……他的名字叫……自由!”千红调皮地把后尾两个字提得高高的,一脸正经,煞有介事,凝视着方舟。

方舟本来随着大伙欢笑,听到惊人的回答,不禁愕然。小队长看到他发呆,对他说道:

“伙计,该你了,作总结吧。”

“不,总结还是由阁下来做。”方舟站起,引人注意,这时他还是穿不结领带的西装,风度翩翩,眼神特别敏锐,像支蜡烛光亮,叫人眼睛离不开他。他说他的名字就是四四方方的船,祖籍山东,出生在哈尔滨,“九一八”以后随家入关,住天津,到北平上“东大”(东北大学)。后来进南京中央军校学炮兵。去年抗战爆发,自动退学,直接跑上前线从军,淞沪一战败下阵来了,跑到武汉,看看还是到延安去找出路。

“当然,若是单纯为抗战就不必要非去延安。”方舟讲到这,收了口,顿一下。

“不全为抗战,还为什么呀?”谁冒了一句,引起众多的目光集中到方舟的脸上。

方舟瞥视正在跟千红耳语的苏茜的酒涡,激动地说,他跟黄大姐一样:抱着一颗无限虔诚的心,像朝圣的香客,是向理想的女神膜拜而上路的。

“干脆,讲朴素点,理想的女神具体是谁?”

“是呀,具体化。”

“对,对,要讲真格的。”

大伙你言我语,七嘴八舌,起哄取闹。

“好,好,听我讲,她嘛,姓甄,《红楼梦》那个甄士隐的甄。”方舟故弄玄虚。

“名字?”马上有人穷追不舍。

“名字叫真善美。”

“噢,真、善、美!这不跟千红要的自由是一样的抽象吗?嘿,大众的情人,谁都追逐不是?不行,不行。只讲共性,不亮个性,动机不纯。要他讲具体……”

小队长唐康起立,拍拍两下巴掌,煞住乱嚷嚷的局面:“好了,好了,让方舟同志把话讲完。”

方舟说:“我的话不完也没多少了。我们晚会,开了个好头。大家都畅所欲言,这就了不起。另外,难得欧阳同志热情可嘉,慷慨解囊,贡献瓜果助兴,请大家一致鼓掌感谢!”说话的人带头,各人也都跟着拍手。“诸位都记得有这样两句名言吧,‘海内存知己,天涯若比邻’,我们可不是天南海北的走到一块嘛,各位经过自我介绍,从此大家都成了同一条战线上的战友了。条条道路通罗马,目标是共同的——"

急性的唐康抢过话头,像高呼口号:

"团结阶级友爱,发扬革命优良传统,克服困难,争取胜利到达革命圣地!"

"我没有什么说的了。"方舟结束发言,坐回位子。

小队长当仁不让,朝着大家招呼:"好哩,请同志们下地,站好。来,我们来齐唱'抗大'校歌。大家都会的吧,不会就做南郭先生跟着哼哼。好,看我的手,齐——唱!"

歌声在寂静的夜空,从课堂往外飞扬——黄河之滨,集合着一群,中华民族优秀的子孙。同学们,努力学习团结、紧张、严肃、活泼我们的作风。同学们,积极工作艰苦奋斗、英勇牺牲我们的传统。像黄河之水,汹涌澎湃把日寇驱出国土之东;建设新社会,前进、前进,我们是劳动者的先锋!

歌声落下,唐康把手收回说道:"好!"回头向方舟悄声问:"老方你还有要说的吗?"

方舟朝着大伙高声说:

"愿同志们做个好梦!"

"哈哈……"几个声音禁不住发笑。唐康习惯地高呼:

"乌拉!散会。"

几位女同志回到隔壁的教室,一边躺下,一边议论这个那个。黄晓华说唐康队长一个看牛娃出身指挥歌咏能这样老练真想不到。苏茜说,今天路上,方舟告诉她:小队长是"抗大"文工团当协理员。这回出差西安购置乐器,是个红军里的文艺兵,看他就很活跃。

蓝云问晓华:"大姐,刚才他喊声'乌拉',是什么意思嘛。"

"哦,那是俄语:'万岁'。"

"难怪苏联小说里就有这个词。"

"你爱读小说?读了什么啦?《铁流》、《夏伯阳》也看了?喜欢吗?"

"不怎样。"

"那……你喜欢——"

"倒是觉得屠格涅夫的书能打动人心。"

“那是十月革命前,旧俄的古典作品啦。”

正当黄晓华和蓝云在一边谈得起劲时刻,千红同苏茜俩并头躺在另一边也在兴奋地说悄悄话:

“哎,你注意到没有,那个姓童的老是痴痴地死盯着你哩。”苏茜捅了千红一把。

千红却眼睁睁地不作声,好像是在捕捉怕要飞走的印象。

苏茜见她如此入神,又说:“哎,问你,你说方舟怎样? 看他挺高傲的样子。”

“我一个也看不上。”千红赌气地把被单蒙上了脸。

苏茜伸出滚圆的胳膊去把被单拉开:“哟,想起人来啦,哎,你说方舟像他吗?”

“你怎的啦,见了鬼不是? 快说!”千红歪过脑袋来直盯对方不放。

苏茜怪难为情地红了半个脸。

“喂,你们还开小会呀,明早还要赶路呢。”

外面小队长发出警告,敲敲教室的门。

六

唐康一行伙伴,一路跋涉业已五天了。亏得大伙精力充沛,生龙活虎地顺利过了三原、耀县、铜川,今天就是抵达第五个县城——宜君。“凉秋九月,塞外草衰”,越往北去,气候越凉。今天天气突变,早起,浓雾封城,能见度极低,预示西北高原的雨季要来了的样子。

蓝云睁着发愁的眼睛问唐康:“队长,雾好大啊,路都看不见,能走吗?”

“没事,十雾九晴,等会就见到太阳了。”唐康一边答话,一边催促大家:“同志们,动作快点,准备出发。来,一齐动手,把桌子、板凳统统搬回原位、摆正,把地打扫干净。”

大家七手八脚忙了一阵,等来了赶脚的老乡,把大大小小的铺盖、背包全都装上牲口的鞍架上了。小队长叫大家站成一行,照例拿出小本点名。叫童禾佳,没应声。小队长再喊。

“哎,到!”禾佳提着裤带从厕所那边慌慌张张小跑来了。小队长同大伙一样,忍俊不禁,这叫童禾佳发窘;女同胞掉过头去不敢正视。方舟以目示意,用手指指:这才叫他红了脸,赶紧把裤子门扣扣好,然后正正眼镜,很难为情地小声喃道:“对不起。”

“大家注意。”唐康点完了名,照例要叮咛两句:“我们革命队伍,每到一个地方住下来,走的时候一定得检查‘三大大纪律八项注意’事项:借东西要还,打烂家什要赔;住地要打扫干净。个人身上,要注意军风纪,扣子要扣好,帽子要戴正。”说到这,把目光盯住千红和苏茜的军装上。她们歪戴帽子,衬衣领翻到外面,显得特别突出。

“好,先别讲这个。今天行军,要求大家一如既往,再接再厉,别拉稀。目标宜君。出发!”小队长说罢挥手。

小队又继续上路了。各人或撑伞,或穿雨衣,或披油布,顶着大雾行进。和第一第二小队加在一起,一共四五十号人都先后走在一条道上,汇成一股人流,熙熙攘攘涌向北方。

“十雾九晴”的农谚,或许是道出一般的自然规律的。可今天这场大雾却迟迟不肯消散,太阳仿佛星期天懒床的小学生,躲在帐里蒙头睡大觉,不肯露脸。既然太阳出不来,雾霭便慢慢变成了牛毛丝雨。越走,路面越湿,榆树、白杨的叶儿像抹了油,发亮,不时还滴下水点。路边的坡地酸枣子洗得红鲜鲜像玛瑙,格外耀眼。

“‘毛毛雨,下个不停’……”

谁独自哼哼老掉牙的小曲,却没听到有人附和。大地就像陷入幽森的低谷。昨天一路上那番欢声笑语的气氛,全部叫愁云苦雾压得紧紧的。如丝的细雨不但不见收敛一点,倒反是不声不响地变相变密了。路面开始出现泥泞。泥泞可讨厌哪,糨糊似的,粘住鞋底,叫你步履维艰。一阵风吹来,把伞掀起,把持不住,十分费力。雨衣、油布吧,把人裹得透不过气,又闷又热,直冒汗,浑身不自在。

午晌时分,人们身上的热能消耗得差不多了,饥饿作弄人,脚跟不听使唤似的，快慢不由人。队伍化整为零，三三两两，各自行走。小队长说，慢慢走也没要紧，反正到宿营地——宜君县就只这条公路，照直走不会有岔道；前面不远有茶水店，专供过路人歇脚、打尖，大家可以在那儿歇歇、喝口水再走。腿脚健壮的人，从后头赶上来，喊一声“加油！”轻捷地超过前面去了。原先走在前面的，又被后头的撵上。不分一、二、三队的人，时前时后，交叉行进。

“‘天将降大任于斯人也，必先饿其肌肤……’”

谁念起孟夫子的名言作自我安慰，句子没念完，别人便给他接上：

“‘劳其筋骨。’同志哥！加油！”

又是一个加快脚步，匆匆超过前头去了。

雨越下越大，路面越走越滑。鞋里泡了汤，走起路来，咯吱咯吱，叫人又烦又急。

童禾佳赶到山顶一间路边粥店时，方舟、程千里、苏茜和千红，还有两三位别队的人早已在那里了。苏茜见他拄根木棒，披件湿漉漉的斗篷，裤管挽过膝盖，露出白胖的小腿肚，鞋子尖头尽是泥浆，样子十分狼狈。禁不住脱口便喊：“嗨，才来呀，以为你抢到头前去了哪。”

禾佳累得讲不出话，往方舟让出的条凳位子一屁股坐了下来，喘口大气。瞧瞧身边的伙伴，说声有气无力的话：

“我以为你们还落在后头呢。”

“饿极了吧，还剩几只山药，吃吧。”千红抓起三四只煮熟的马铃薯递过来，瞅着可怜巴巴的禾佳。苏茜柔情地补充一句：

“吃吧。”

这山顶粥店，平常是夏天卖茶卖粥，冬日卖馍、卖大碗面。另外还有熟鸡蛋、花生、瓜子、纸烟和火柴，方便过路客商歇脚的食用。几个月来，奔北边去的人，每天川流不息，虽然比以往多熬大鼎锅粥，多蒸两屉馍，还另外氽了红薯，也都还供不应求。今天，赶到方舟他们几位到来时，能吃的东西全都叫先头过去的人一扫而光。不得已，千红拿出不服输的姿态，经缠住店老板好说歹说，大大方方掏出四角小票，求老头匀给几斤马铃薯来现煮，蘸上盐花吃起还真顶事。不想吃罢正准备继续赶路的时刻，童禾佳来了。

“吃吧，快吃，一块走。我们歇够了，该走了。”方舟看看手表。

店老板说：“甭焦急，多歇一会，到宜君不远了。前面一路是山顶平地，没有大坡上了，直走大道，又没曲里拐弯。”

“‘行百里者半九十。’后段的路虽短，走起来会越走越觉得长的，走吧。”别队一位四川口音的中年人招呼他的伙伴，撑起雨伞走了。

方舟再看看表，瞅程千里说：“我们也开路吧。”

“你们先走。”禾佳慢慢撕下山药的皮。他想说句什么话，一时又想不出来什么要说的。

千红眼看方舟和程千里走了，回头问苏茜：“你不走？那，我走了。”她迫不及待地夺门而出，朝方舟背影喊：“嗨，等一等。”

苏茜目送千红撵到方舟身边，两人并肩而行，觉得不可思议，目光显得困惑，好像课堂里遇到一道难证的几何难题。

禾佳睨视着单独留在身旁的大姑娘，好奇地问道：“你为什么不走？”

“不为什么。”苏茜瞟视对方，口气很平静。

店老板端量这大姑娘和小伙子，揣摸了半天才小声问道：“你们天天都有那样多的人，不是顶风雨就是晒日头迎风沙，个个热火朝天，就像小孩子赶庙会似的，一窝蜂往北去，倒是为什么呀？”

“打鬼子。”苏茜答道。

“鬼子不是在河东老远老远地方嘛？”老头不敢相信。

“是这样的。打日本鬼不也得吃盐嘛，北边有个地方叫盐池，出盐。我们就是到那边挖盐去的。”禾佳说。

老头摇摇头：“不见得。凭你们个个那样细嫩的手板，能挖盐？”

“学着干呗。”苏茜插嘴。

“你俩都是江南人不是？‘上有天堂，下有苏杭’，那是好地方哇。这儿越北去越是又苦又穷地方：住窑洞、吃小米。能受得那份苦？家里爹妈能放心得下？”

禾佳站起说：“爹妈养得我身，可管不了我心啊……嗨，瞧，南边一片云彩露光。天晴了，走！”

老头望望天色:“青年人,你这就不懂了:俗话讲的:‘无雨天边亮,有雨顶上光’天边的云团正飞滚,大雨才要来哪。”

“走,抢在雨来之前平安到达。”

禾佳招呼苏茜,披上斗篷,拄着木棍就走。

苏茜回头朝店老板:“老乡亲,再见了。”

“哎,姑娘,你的伞!”

“谢谢,谢谢!”

粥店老板的话真灵,禾佳和苏茜走上大路不远,满天乌云又四面八方聚拢过来了。雨点随着风声飘洒。高原上的平川,白茫茫一片,仿佛晨雾迷蒙的海面。走在前头的人影,起初还隐约可见,赶到后来慢慢消失了。后头传来歌声笑语,回过头去见不到人。久不久听到一声轻快而友好的呼唤:“加油!”又是三三两两的男女青年擦肩而过,迈开大步朝前去了。不时,赶脚的老乡迎面而来,骑在毛驴背上悠闲地来到跟前,问他:“老乡,到宜君还得多远呀?”

“不远。十来八里到了。”但,可是叫人纳闷:又走上半个小时,前头又见来了老乡,再问:“老爷爷,到宜君还要走多远呀?”

“不远。十来八里到了。”

“真怪,走了老半天还是十来八里。”

“人家头一个讲的是公里,后一个讲的是华里嘛,你说不是?”

“真聪明。”

“总不会是‘聪明反被聪明误’吧?”

禾佳没听到回答,瞧对方要生气的样子,马上改变话题:“唱支歌提提神好吗?”

“不会。”

“你不是学钢琴的吗?”

“记错啦,学钢琴的是她,跑到前面去啦,追去吧。”

“追是追不上了。可你不是她的朋友嘛。好朋友就得有共同语言——同声相应,同气相求是嘛。”

“是嘛,是嘛。问你,你同方舟是朋友吗?”

“不是,我们是在七贤庄才认识的,同志关系,噢,你对他……”

“哦,不。不过,我看得出来,有个人喜欢他。”

“有事实根据吗?”

“凭感觉。”

“唯心主义,靠不住。”

“你靠得住吗?”

禾佳听苏茜这么一问,歪过脑袋,认真盯她眼睛。看人家脸蛋都红了,赶紧嘀嘀两声笑而不答。

不知什么时候开始,苍茫的暮色不声不响拢到身边来了,天空掠过归巢的乌鸦。

“该到了吧。快——哎哟,我的妈呀!”苏茜才要加快步子,走出两步,不由失声蹲了下来,伸手握住脚脖。

“怎么回事?”禾佳一惊,赶紧凑过来,蹲下地焦急地问。

“脚脖子扭了。”苏茜忍痛说道。用手扶着膝盖,作个半鞠躬姿势,伸出腿试走一步。

“怎样,能走吗?喏,给你拐棍。”

“哎唷……”苏茜拄着拐棍咬咬牙,蹒跚数步,摇摇头,站住,叹口气:“不行,走不动。”

“我来背你。来,把手搭我肩上。”禾佳憨态可掬,蹲下身来,让苏茜爬到背上。

苏茜感到叫两只有力的胳膊抱过大腿,浮了起来,让自己双手紧紧勾住人家肩头。觉得那肩膀柔软,热乎、酥心。

禾佳全神贯注将人背走,一步一步挣扎,神经都麻木了,无可奈何地说不清的滋味。大约挨过了两三里地,觉得身上发热得烦躁。

“歇一会。”禾佳停住脚,把人放下喘着气。

苏茜两脚着地撑住拐棍,懊恼地喃道:“这十来八里地怎个越走越长哪?”

夜幕落下,黑暗像只可怕的大笨熊慢慢地移近。后头已不再听到行人的声息,不再有“加油”的呼唤了,大地显得格外寂静。

“人全都走过我们前头去了。”禾佳开始感到了为难，惴惴不安地说：“听说大西北地方有狼……”

“怎么办？”苏茜恐惧起来，声音打颤。

“赶快走。来，还是我背你能走得快点。”禾佳在苏茜跟前蹲下。

“不……”苏茜到底是个闺女，忸怩一下。

禾佳转回头催：“嗨，你怕人看见？小时候没叫妈背过？”

“可你不是我妈。”

“总不会是狼不是？”

“叫人看见笑话。”

“别啰嗦，快！”

两人好容易才挣扎走近县城南关。两条电筒的光柱迎面一晃一闪。

“让我下来吧，有人来了。”

“管他，又不是偷鸡摸狗。”

“嗯呀，还以为你们给狼叼走了哪。”千红大声呼唤，把电筒照得苏茜眼睛都睁不开。

“你还讲，走得那样急，也不等人一下。”

“这不，有人陪着的嘛。”千红睁着猜疑的目光盯住禾佳，叫人发窘。

方舟热切地瞅着苏茜问：“怎么，脚……”

“扭了。”

“走不动？来，我替他……”方舟话未讲完，千红便抢过来说：

“都到城门了，还背什么背。走，我搀着你。”

千红架着苏茜走开两步，回头看到方舟和禾佳还站着不动便喊：

“你们还不走呀？还嘀咕什么？”

“唐队长还不见来呐，我们在等他。”

原来是第一队有位队友在粥店打摆子，唐康陪一队队长留下照顾，等人冷热病退了才一道继续赶路。

大伙在棉籽油灯下正等着吃晚饭呢。经过一天风雨跋涉，休息一会，用温水洗了脚，个个又都有说有笑了，好像赛完一场篮球赛的中学生。

唐康不愧是受过集体锻炼的人，承当领队的责任，跟大伙匆匆把饭吃了，撩下筷子便往街上跑，一会领来位专治跌打刀伤的郎中，为苏茜治伤。郎中问了问伤势，说声："不碍事的。"叫把脚搁凳子上，把瓶里那酱色药水醮上药棉往脚踝擦一遍，然后对苏茜端量一眼，握住脚跟，出其不意地使劲一拉。苏茜失声惊叫，立刻绽开笑脸。

"不疼了吧。"郎中笑笑。转向唐康说："拿这贴药膏敷上患处，躺一宿，明日准能下地走了的。"

方舟说："明天干脆给她雇只毛驴代步得了。"

"天要是不晴，明天能走得了吗？"蓝云冲着队长问。

"俗话讲，'人无一世穷，天无整日雨'，又不是大雨不停，怕什么。"唐康口气坚决，满不在乎。但是看看大家默不作声，马上改口："先休息吧，出门看天气，明早再说。"

明早，雨比昨天还紧，屋檐滴水不断。吃罢早餐，唐康到门外看看，转回屋里来看着大家，无可奈何地说：老天爷不肯合作，看样子，雨，一下晴不了。要走，雇不来毛驴驮行李也不行。宜君、宜君，索性安下心来，在这儿多呆一天也罢。

有人说，离这不远便是黄陵所在地，能上山拜谒一番该多好哇，就是偏偏遇到倒霉的雨季。

"雨为晴之余"，既然休息下来，有的便躺下睡大觉；有的急急忙忙写信；有的默默在写日记，有的翻阅地图计算路程；有的到处去找书看；有的找人下棋什么的。

第一、第二队的人也都走不成了。城里就只一条大街，大家住处都离不远，出门便碰到一起。在别队有熟朋友的，就去串门闲聊，要不就拉扯上小馆，要碗羊肉泡馍，或者来碗拉面，尝尝西北风味；爱喝两杯的，叫碟酱牛肉、或碟咸水煮花生，品品西凤名酒。

午晌过后，天边露光，雨停了。

方舟兴致勃勃，怂恿别人跟他到别队找人去学校打篮球。

程千里正为两位女兵继续画未完的肖像。

禾佳把信和日记写完了，上街找邮局寄信。黄晓华见他孤零零一个人，拉扯蓝云撵他背后叫唤："你不知邮局在哪吧，在大街东面犄角一条小巷口，我刚去过。我们领你去。"

"噢，等一等。"苏茜朝她们后背喊。"我也去。"

千红说："看你急的，人家去寄信，你凑什么热闹。一道去看打球。"

"不去。"苏茜赌气摔开手，"就讨厌打球。"

"嗨夜，不是大苏和欧阳吗？"忽然，后头一个熟悉的声音在呼唤。

"哎哟，真是飞将军从天而降！……"千红乐得跳起来紧紧拉住也换了装的女兵，眼眶止不住噙着泪花。

苏茜睁起梦幻的目光瞧着跟前的人问："怎么来的？"

"闹要来的呗。难道只准你们革命？"

这突然从天而降的花木兰叫张虹。跟几个同学随从校长沈端予奔到武汉。当时"八办"缺个速记员，把她留下了，但她说，自己性情好动，整天趴桌子受不了，三番四次找领导磨来磨去，磨得领导同志不耐烦了，恰好新来一位文静的姑娘肯干案头工作，这才替了她。张虹说她到七贤庄那天，见到沈校长，知道她俩头天才走，她便马不停蹄，第二天就编队上路了，连西安怎个样也没见到。今早出发时下毛毛雨，走不远便天高云淡，路并不难走，只是到这儿附近才见路面尽是烂泥。她说同她一天出发总共是三十几号人，分两小队。兴许是她在武汉"八办"待过的缘故，在七贤庄组织上指定要她当一个小队的队长。"这不鸭子上架吗。"这位花木兰真能讲，连珠炮似的，讲话没个句点。

"那，行素和月清呢？"苏茜问。

"人各有志，她们对工作挺安心……"

"好啰，我的姑奶奶，招呼你的人马去吧。"

"噢，你们住哪？"

"骡马店。"

"去你的。"

"真的呀。学校、客店、饭庄都满了。下大雨，前天到的人今天也走不了。"

"那……回头再找你聊。"张虹赶紧跑回她的小队。

小队的人散坐在一间卖烧饼的小铺头前面，等待小队长去交涉住处。

“还去不去看打球啦？”千红催着苏茜。

“不。去看看张虹队里有没有熟人。”苏茜说。

“那我自己去。”千红执拗，掉头便走。

七

洛川，这是座从西北方向的两条平行泻下的洛河与葫芦河交汇的陕北重镇。当然，不会是曹子建《洛神赋》还济洛川的那个风流梦境。纵使此地也许曾经也有过什么历史胜迹，可如今都已无踪可寻了。此时呈现在眼前的，尽是市井扰攘，一片战时繁忙景象。说它比古都长安，自然是小巫见大巫，没有可说的。只不过比起一路来见到的咸阳、铜川和宜君等县城，还真是略胜一筹。这儿，抗战前，曾是属于张学良东北军王以哲军部的所在地。张少帅为回避西安国民党特务的耳目，几次躲到这儿与中共的代表密商抗日战争大计。抗战爆发后，地盘划给山西阎锡山二战区管辖。中共朱总司令作为兼任二战区副司令长官，八路军的首长们便能在这儿开过著名的洛川会议，运筹擘画抗战军机。凡从延安出来，路过西安，再赴南方新四军抗战前线的干部，或从西安“八办”上来，要进入延安学习的青年，这儿便成了交接的咽喉。八路军在这设有兵站、招待所和对外营业的销费合作社。另外还有间“抗大”六分校，在这敞开大门，迎接随时到来的新学兵。

古老而狭窄的大街，人来马去，比肩接踵。看军人的臂章，有八路军的指战员，有阎锡山地方部队的官兵；听口音，叽里呱啦，有听不懂的上海、广州的方言，有四川、云南高亢的腔调，有江苏的吴侬软语，也有山东、河南的“俺”、“中不中”的口语。抗战，一片漫天烽火，不论是流离失所的难民，也不管是自觉自愿的青年，都不约而同地被这场关系到民族存亡的野火吸引到一块来了。原先平静、冷清的小城，顿成闹市。古老陈旧的市招、铺号，到处都换上簇新而流动人心的抗日漫画和标语。

唐康小队今天的行军序列,轮到打头阵,下晌宿营得早。小队长就像回到自己的家,熟人熟路地领着伙伴在八路军兵站的大院套交涉到了下榻的地方。有床铺睡,有热水烫脚,又能搭伙开饭,就像是给他们一星期小长征的辛苦表示慰劳。使得大伙个个绽开笑脸,百倍高兴,对小队长伸出拇指赞他顶呱呱,不愧是经受血和火锻炼出来的小红军。晚饭后,小红军笑眯眯地召集大家听他讲两句话。说是到今天为止,全程之三分之二已在大家的脚下走过去了。剩下三分之一,一天到交道镇,一天到甘泉,第三天便会到达歌里唱的"夕阳围绕着山头的塔影"之处了。不过,明天不能走,和其他队的人全都停下休整。说方才抗大六分校首长召集他们各队的头头去谈了:认为大伙冒风雨、战疲劳,能走到这儿来很不易,该好好休整两天。明晚会餐加菜,开联欢晚会。唐康说:"联欢联欢,应当是彼此彼此,不能光看人家的。我们队人才不少,能跳会唱的都拿个节目来,大伙凑个热闹……"

唐康这一讲,大伙就像是一群小孩年三十晚得到鞭炮和压岁钱,高兴得不得了。

"另外,还有一点,"小队长看大伙欢喜雀跃,打个手势,让他把话讲完:"是这样的,这儿还不是延安,城里驻扎有友军。来往客商也挺复杂,汉奸、特务、坏人和流氓总会是到处钻的,同志们上街,至少要有三个人一道,同去同回。总之,必须提高警惕,千万别疏忽大意……"

"我说,小队长可不简单哇,说话很有鼓动性。"黄晓华同千红她们几个同志上街,边走边聊,打心里表示对唐康的敬佩。

"听他满口名词,文化还不低哪。"

"不是说,红军本身就是一所大学堂嘛。"千红说。

"不。说是一座炼钢炉,投进去是同样的矿石,出来的有钢有硅。"黄晓华口吻显示她思想深度。

蓝云天真,抢口说道:"不。摇篮,人家都说延安是革命的摇篮。"

"好啦,熔炉、摇篮都无非是种象征,能同 2+2 等于 4 那样讲得准吗,别扯了。噢,这枣多鲜亮,来,我请客。"千红招呼大家往小摊档去动手拣枣。

"又是你请客。"苏茜说。

"留着钱干嘛?"

"我买胡桃。"黄晓华发现新上市的干果,光洁硕大。

"石榴挺好玩。"蓝云拿起一颗有拳头般大的石榴让大家观赏。石榴绽开了口,粒粒红宝石格外耀眼。"多少钱一只啊?"

"你姑娘要就给毛钱一只算了。"

黄晓华望着蓝云俊俏的脸笑笑:"噫,人长得漂亮还占便宜哩。"

千红夺过石榴就采,往嘴里品,苏茜边采边问:"怎样,甜吗?"

等到她们要走开了,卖主才客气地叫一声:"姑娘,还没付钱呐。"

"呵,对不起,对不起。"蓝云发窘,小脸红的跟石榴一样。卖主一边接钱一边阿谀:"没要紧,承惠了,好走。"

千红扑哧喷出笑声。走了两步,苏茜才怪她轻狂:"什么好笑?"

"虚伪!"千红答道。

"谁虚伪啦?"后头响起男中音。

千红她们回过头来,见到是方舟、童禾佳和程千里几位。他们不知什么时候尾随她们来的。

千红盯住方舟眼睛,意思是说"你!"

但是,当着对方表情丰富的脸,话讲出口来都成了欢快的招呼:"你们个个大包小包,都买的啥?"

"他买双陈嘉庚回力牌球鞋。"禾佳替方舟回答。

"你呢?买了什么?"苏茜对童禾佳特别关心。

"书。"

"什么书?打开看看。"蓝云对书那么感兴趣。

禾佳把书交到蓝云手上。

原来是本生活书店新出的板栗色精装本《被开垦的处女地》和一本在武汉书店见不到的新书《西行漫记》。

"书店在哪条街?"千红问:"你看到有《邓肯自传》吗?"

"好像没有。不,没仔细看。《死魂灵》倒有;还有《你往何处去》什么的。"

蓝云说:"我倒想再看萧红的《生死场》。"

“丁玲的《母亲》有吗？”苏茜注视禾佳的水晶眼镜。

“走，书店看去。”千红拉着苏茜要走。

方舟拦住她俩：“别去了。铺头快关板了，往回走。嗯，明晚联欢晚会，你们女同胞拿出什么节目啊？”

“想都还没想呐。”黄晓华觉得这倒是一回事，一时正儿八经的说道。

千红望着方舟挑眼：“难道你们男同胞都有了吗？”

黄晓华说：“我看呀，我们四个合唱支歌好了。”

“好呀。”蓝云拍手喊道。

“四个人一个节目，不行，不行。”

“那，我说干脆大家来个击鼓传花，花传到谁手谁亮相。”

“哪来的鼓？”

“拿脸盆替代不行嘛。”

“不击鼓，碰球也一样。”

“还是先说我们四人唱什么的吧。”

“你说呢？”

“要我讲，就唱支《义勇军进行曲》，谁都会，用不着现炒现卖。”

“我说，除了‘进行曲’，再加唱支《延安颂》怎样？要不，‘抗大’校歌。”

女同胞七嘴八舌，真是三人成圩。

方舟从中打岔：“你们知道《延安颂》是谁谱的曲吗？”

“你知道？”

“当然。”

“谁？”

“敝同窗。”方舟在卖关。

“同乡？你也是朝鲜人？”

“同学，你可是南方人，窗乡不分。”

方舟说他跟郑律成是南京中央军校同期同学。两人爱打篮球，球场上老搭档，说郑学步兵，瞄准射击成绩优异，步枪打得特准。全校实弹射击冠军。抗战爆发后，跑到陕北去了。进了“抗大”。今年上半年给他来信，附上一支《延安颂》的歌谱。还说作词的是位女同志,“鲁艺”文学系的。由于他作了《延安颂》,从“抗大”转到“鲁艺”音乐研究室去当研究员了。

“‘士别三日,当以刮目相待’,想不到他居然一鸣惊人,成了音乐家。”方舟讲到这,不由感慨系之。

“他,人长的一定挺英俊?”千红听得入神,睁着幻想的眼神盯着方舟。

黄晓华抢着说:“那还用讲,上军校的人还能孬种。”

方舟说:“那也未必。”

“他比你还强?”

“有女朋友了吗?追他的人一定不少?”

“那个作词的女子是他的相好不是?”

“同行同道,携手并进,太理想了。”千红跟自己说话似的,压低嗓门,声音很细。

程千里发现禾佳默不作声,拍他肩膀:“老弟,怎么的啦?”

“我在想……”禾佳伸出食指顶上快掉到鼻翼的眼镜。

“哈哈,真有你的,又是‘我在想’,想什么呀?”

“想……想鲁迅在《伤逝》讲到有关爱情的一段话。”

“书呆子,谈恋爱,豆芽韭菜,各有所爱。哪有什么正经的教条。就像你的眼镜,就只能合阁下个人用,我戴它就不合适不是?”

黄晓华摸摸自己眼镜,一本正经像是给小学生上课:“我说,眼睛近视、散光,当然各有不同程度的个性,可眼睛近视要戴眼镜乃是共性的道理。鲁迅在《伤逝》怎样讲的涓生和子君的悲剧,我也背不出来了。倒是记得有位外国文豪讲过这样的话:爱情是股盲目的力量,时时牵挂在幻想者的鼻梁。”

听到这,千红像是被拨动了心弦,信口朗诵起莎士比亚的十四行诗:你说,你说,爱情来自何方,来自心灵还是头上?我讲,我讲:爱情诞生在眼睛里,但,要靠凝视才会成长!

“好!”禾佳脱口赞赏。“明日晚会上就朗诵这几句,准打响。”

方舟不冷不热地冒泡:“这,不怕成了‘商女不知亡国恨,隔江犹唱后庭花’吗?”

苏茜白他一眼:“嘿,假道学!”

“嗨,你俩到哪儿疯去啦?”

当黄晓华才要张口解劝方、苏之口角,突然,有人从背后呼喊。

原来又是位女兵,风风火火地从兵站院里迎出来,向千红、苏茜两个嚷嚷。三步两步走近跟前,紧紧拉住苏茜,瞅了瞅旁边的人,诡秘地跟千红和苏茜悄声说道:“有话跟你俩讲。来,到外头走走。”

张虹她的小队住“抗大”六分校招待所,那里消息灵通,内部新闻传得快。说是前天延安有人来讲:打从暑假以来,全国各地青年学生一批批涌进延安。此时此刻,“抗大”、“陕公”、马列学院、“鲁艺”和党校都已满员;虽然天天挖新窑洞也来不及容纳得了一批批来人。当局正打算把后来的人分散住到附近的县镇上去。已通知这儿六分校,动员来人就地入学,或者转回栒邑“青训班”。详细办法,明晚联欢会由分校负责人正式宣布。张虹说,消息是饭前各小队长在分校政治部主任召见时讲的,让各队的头头精神上先有个准备,从队员中摸摸思想底牌,好让明晚动员能做到有的放矢。

张虹问千红和大苏:“你们队头没向你们透点风声吗?”

千红联想到刚才方舟对她的嘲讽,打心里咒他:“伪君子!”苏茜对她瞪眼,不敢言语,只管摇头。

张虹说:“也难怪人家,这本来是机密。我在这儿只对你俩讲,可不准再往外传啊。”

“那你自己打算怎样?留在这六分校吗?”苏茜朝张虹问。

“没想好。晚上大家都想想,明天再讲。走了,哎,保密。不准告诉别人啊。”

其实,张虹也太天真。秘密哪能保得住。第二天,大街上这批新来乍到的男男女女已经是奔走相告。消息的渠道也许还有从延安出来的个别人传开来的。总之,延安学校满员,已经是公开的秘密了。大家见面莫不相互打听:“听说了没有?延安到处是人,走不成了。鹧鸪的叫唤——‘行不得也哥哥。’”

“那你——怎么打算?”

人们情绪像锅沸腾的开水,猛对进瓢冷水,心头冒起彷徨、惆怅的泡沫。有的说："随大流"——留在这儿分校也行；有的说，延安一时进不去，拐个弯，先到山西临汾进二战区民族革命大学看看；反正都是为抗战，"条条道路通罗马"，走着瞧着吧；有的说，干脆回西安附近进"青训班"，那是"一二·九"运动发展起来的民族解放先锋队（简称"民先队"）的救亡团体前身，那里物质条件还比延安强。有白面、大米饭，不必吃小米；有的说，到延安去又不是为吃饭，要为吃饭，何苦千里迢迢跑来大西北呢？但是，民以食为天，可真有的人为着不至于天天吃不惯的小米干饭而宁愿到山西临汾去的；其中有的没改变初衷，要到那边当然也还各有其另外的缘故：一种是也许是到了这儿才在二战区遇到熟人，打听到失散的情人或朋友已经在那等待着他或她；另一种是，去延安、到临汾本来就无定见，只听别人的怂恿、拉拢便盲从做伴成行。留在六分校呢，未尝不可考虑。以为延安抗大总校也罢，洛川分校也罢，横竖都是抗战的革命集体，空间不应左右主观的信仰。所以听从组织上安排，保持随遇而安的坦荡态度。只是朝思暮想、憧憬光明、自由的革命圣地，不远千里追寻，而竟未能亲临其境，投入热火的熔炉，目睹英雄一代伟大的风采，聆听令人仰慕的革命前辈的现身教诲，想来未免遗憾。更何况也有相知的挚友或恋人相约在宝塔山下倾诉衷肠呢？有的是，在南方组织起来的"抗先队"队员，属青委系统的，回枸邑青训班是自己的"家"，该是理所当然，只是觉得年岁大了，无意重操旧业，只望投身军队，直接效命抗战沙场。何况好马不吃回头草，想想又回头去走过来的路，即令雨季已过，不再遇到来时的泥泞，也是令人乏味的啊。

表面上看看这群男女青年，个个精神奕奕，生龙活虎，似乎是人人都怀抱一腔热情，专诚听命于战争的召唤，随时投入抗战烽火。可谁又能透视到各人的心海深层潜藏如此复杂矛盾的波澜呢？人当抽象的观念面前，往往是相通的，容易找到共同言语，只有直接触及个人切身利害关系了才会见到彼此的真心。

"先生，有旧衣、旧帽，小箱箱什么的出让吗？"

"小姐，你这鞋……"

收买破烂的小贩，肩上吊只帆布口袋，一个跟一个熟门熟路的进到兵站大院，冲着南边新来的学生们招揽，想捞到便宜货拿回西安估衣行赚大钱。这些买卖人油嘴滑舌地夸口说：他们刚从延安收到一批衣物回来。说什么那边八路的人,男女都穿一色一式衣服,外边带去的服装能穿得出来嘛,带去还不是白辛苦。到那边要卖就不是这个价了也。

"你这件……"小贩触动一下程千里的风衣。"到那边只怕演戏才派到用场了。要个价吧。"

小贩抹下包头的羊肚白巾,搭上手背握过程千里的手指捏价,吓得程千里惊愕地叫一声:"干什么?"迅速抽手,脸色泛红。

小贩装着笑脸:"约个价吧,三张中央票怎样?"

"三张?我这件大褂可是十五张票新买的哩。"

"穿过就是旧的了。黄花闺女做了媳妇就不一个味道了,你说是不是?"

"下流痞!"女同胞当中谁骂了一句。

"得,得。出门在外,和气生财。"旁边一个岁数大点的老汉抢过这笔买卖:"这样的吧,我给五块。"

"我这西装也不穿了。"方舟当着大伙的面,脱下法兰绒上衣,塞到那个被抢了买卖的小贩手上。"你看着给吧。革命、革命,命都可以不顾,还在乎件衣服。"

"是呀,是呀。"小贩扒竿儿巴结。

"我这双皮鞋不要钱,换双布的行吗?"千红挟住苏茜肩膀,翘起条腿,脱下只平底黄皮鞋,递到小贩面前摇晃。

蓝云问小贩:"小皮箱要吗?"

"我这顶高帽,四块五毛钱在天津买的。"

"我也有只小藤匣,我去拿来。"

……

院里顿然成了闹市:你卖他买,我肯让他愿要。只为轻装上阵,少背包袱,也为表示挣脱旧世界的羁绊,即算贵重东西,毕竟都是身外之物,又何必斤斤计较?有些人也许感到心疼,多数人倒反好像是卸下了包袱,笑逐颜开,满院洋溢轻快欢乐的气氛。

有些人手上有了零钱,便上街寄信、理发、泡澡堂、吃馆子去了。

此刻,禾佳寄完信又理了发,一个人从街上回兵站。看有人在井台打水洗衣服、洗头什么的。秋日的阳光晒得暖洋洋。自己便将昨晚换下的衣裳、袜子和手绢一大堆搁进脸盆，一个人来到井边。苏茜先在那儿提着吊桶，涨红着脸发窘，怎么也打不上水来。禾佳瞅她好为难的样子，暗暗偷笑，放下脸盆，面带微笑："来！"接过苏茜手上绞绳。

苏茜默默地站在一边让着他。禾佳也不知哪儿学来的，运用手腕内劲，将绞绳轻轻一提，同时往下一坠，桶口倾斜入水，再使劲往上提起，大半桶水便上得来了。

"嗨！"苏茜不禁欢呼："先倒你自己的嘛。"

"不。你先走吧。"禾佳把柳编的水桶往苏茜盆里倒，马上又往井下抛桶。

苏茜站着看不肯走，等到第二桶水上来才同禾佳一起，端起脸盆到篮球架下坐到石凳洗涤起来。

禾佳也不知说什么好，闷声不响。苏茜瞅他笨手笨脚揉搓，觉得好笑。半天才问：

"嗳，看你打水那么老练，怎么学的？有人手把手教的吗？"

"不要别人把手教，凭自己眼睛观察。"

苏茜睨视对方，揣摸半分钟醒悟地说："懂了，难怪你总是爱盯住别人，不肯哼声。"

禾佳说："上帝造人总是这样的嘛，眼睛两只就是教人多看，耳朵两个就是要你多听，有手两只就是要多劳动多做事，有脚两只就是让人多走路，这些都是成双配对的，为什么惟独嘴巴只有一张呢？这不就是暗示叫人少吃少讲吗。可见上帝也挺会幽默哩。"

"你才幽默哪，真想不到。"苏茜说。"哟，你拿香皂洗衣服呀？"

"那还不是一样。反正能洗干净拉倒。到延安，就是你们女同胞，恐怕除了雪花膏，香皂也不必要用了。"

"嗳，不是说，延安去不成了吗？你打算怎办？"苏茜把声音放低，一本正经地等待回答。

"你呢？"禾佳反问。

"分校这儿没女生队。我们不会留下。"

“我是‘不到黄河心不死’，非得要见宝塔山。”

“都说窑洞全住满人了。”

“住满了再挖不行吗。”

“一定有人在那边等你？”

“不。”禾佳回答干脆，一点也不含糊。

“那，会不会有人叫你先到那边等她？”

“也不。”

苏茜望他水晶无边眼镜，审视他是不是讲的真话。

沉默片刻。

“千红她……”禾佳鼓起好大的勇气才冒个话头，但马上又羞涩地把话咽回去了。

苏茜淡淡地说：“她倒是有个人——噢，他们来了。”

禾佳顺着苏茜的眼神往大门口望去。

那是方舟、千红和黄晓华他们从街上回来了。各人手上都拎着东西。千红见人便脱口嚷道：

“哟，你俩耳鬓厮磨，讲啥体己话呀？”

说得苏茜脸上浮现朵红霞。

八

现在，唐康小队的成员，除了四位女同胞不动，有几位男的留在分校不走了；从别的小队加过来的有五人。仍然由唐康领队直奔延安。前天从洛川出发，当天驻鄜县，昨天赶到交道镇，今天来到这儿——甘泉县城关。看日头还挂的老高，本来还可以翻过大劳山宿营的，小队长却主张不往前硬赶了。说是反正已进了(陕甘宁)边区地界，等于到了家门，安全是有了绝对保障的，何况这儿城关住宿条件比前面大劳山强，干脆就驻下来痛痛快快歇它半天养养神，明日早点上路，只要不拉稀(掉队)，保准能在天黑之前，活生生的看到“夕阳围绕着山头的塔影”。

听唐康这么一讲，大家都高高兴兴地歇下来了。千红一时冲动，愿拿出钱去称面、割羊肉买大葱，招呼大家一齐动手包饺子，美美地吃顿晚餐。人歇了大半天，洗净了风尘，一路行旅的疲劳得到了补偿，就像打蔫的花草经夜露的滋润，又拔尖挺立，洋溢着芳香似的，个个精神清爽，神气活现。

千红还到理发店去把在香港烫得弯弯曲曲的西洋头铰了，戴上军帽，扎起腰带，要不是翻出白领子，还叫人误会是八路小子呢。

“来。”她突然拉扯苏茜往外走。

“干什么呀，你？”苏茜看她轻狂的样子，感到莫名其妙。

“跟我来，去找方舟。”

“找他，干嘛？我不去。瞅他那双眼，嘿。”

“他那双眼怎的啦？”

苏茜说，方舟眼珠光光的，好比是直面照人的电筒，怕人。不像禾佳，冷夜里的火炭，叫人乐意亲近。

“真是那样吗？我可没你这样有心留意。”

“扯谎。那你为什么偏要找他？”

“你听我去跟他讲就知道了。走！”

方舟在学校篮球场吹哨子当裁判。见到千红风风火火奔来向他暗示有事商量，赶紧吹哨，打暂停手势，走出球场，找别人接替。然后跟千红和苏茜往回走。

“我说，我们来个夜行军怎样？”千红边走边讲。

“为什么？”

“好玩。”千红睁起挑逗的目光。

“开玩笑。”

“真的，你说你干不干嘛！”

“你们都商量过了？”方舟朝苏茜问。

苏茜睁着困惑的目光摇摇头。方舟转对千红，等待她把问题讲明。

千红这才说：她打算找几位一道作一次夜行军，马上出发，明天一早不是可以迎着东升的旭日,踏着阳光普照的大地投入革命的摇篮了吗。这正是象征从黑夜走向黎明,比你天黑时候抵达更富诗意。

“亏你想得出来。”方舟显然不欣赏。

“想得出来算什么,我就真要这样干,你敢吗?”

“你俩一道?”方舟再瞅着苏茜问。

“再说,”千红抢话:“中秋刚过两天,到半夜就会见到‘冲出云层的月亮’了,怕什么。”

“不怕狼把你叼了?”

“少废话,干不干嘛?”

“去问禾佳,看他……”苏茜说得很平静。

“你俩若真要行动,我倒是可以舍命陪君子。不过……小队长他能同意吗?”

千红白了方舟一眼:“嘿,前怕狼后怕虎。各人有自己两条腿,爱走爱站,管得着吗?何况又不是开倒车,往回逃跑。先到后到都是一个延安不是?”

“哎哟,你们吵什么?”蓝云从街边打横凑上来搭话。同她一起的还有黄晓华和禾佳。

几个人走成一堆,苏茜便将千红的主意讲给他们听。蓝云听了拍手赞成;禾佳说他高度近视,夜行军恐怕不行。蓝云说,甭担心,我来拉你。晓华沉着稳重,说好歹都已走近家门了,犯不着如此操切从事,万一遇到什么意外可就……

“可就不堪设想了!”千红学晓华平日的口头禅,引起大家发笑。

其实,千红这一举动,也不是什么异想天开的浪漫蒂克。打暑假以来,这条通往延安的大路,每到一站,凡是可供下榻的地方——不管是学校,伙铺或民房往往都叫赶在前头的同路人占了,只好漏夜兼程,继续朝前奔,正所谓“川流于途”,千红的倡议并非是个始作俑者,大家也就以为相互凭嘴说说而已,哪里就当真了呢。实在没料到千红这个人想到就要做到,当她回到住处便真的找唐康,说她不愿在黑夜里走到延安城门,要马上赶路,来个夜行军,明早迎着太阳见到宝塔山。

“你疯啦?”唐康大吃一惊。看看对方身边的伙伴,意思是问:怎么回事?

方舟几个都不做声。

“我不同意。”小队长口气斩钉截铁。

“你是座山,能把路堵住了?”千红异常凌厉,针锋相对。

“我是队长!”唐康咆哮,嘴角哆嗦。

“队长怎的,能拦住人家革命?”

苏茜扯了千红衣襟,瞪她一眼,叫她别这样。

千红满不在乎:“革命是不让人自由不是?”

“革命队伍不是一群乌鸦,懂吗?”

“可谁也限制不了谁走路。”

千红断然抽身回屋,唐康望她背后摇头,打心眼里嘀咕:“小资产阶级……”

苏茜看千红叮叮当当收拾东西,怯生生地悄声问道:“真的就走?”

“你,动摇啦?再见!”

“等等。”苏茜勉为其难地也把随身携带的日用品装进挂包,尽着友谊之情,陪千红一道上路。

蓝云本来也是要实践方才的承诺的,黄晓华却怎样也不肯放她走。说革命是一辈子的事,何必争在一天半天,不能也不应该凭一时冲动去对待。

方舟和禾佳站在门外也不知说什么好。

千红走出门来,见方舟愣在那里,撇了撇嘴,说声:“延安见!”拉着苏茜的手,飘然而去。

唐康去兵站找站长交涉要毛驴明天托行李,回来见到副队长方舟便问:“怎么,真的走啦?你……”显然,队长是在责怪副队长未能制止她们的自由行动。

“我跟她们去!”禾佳突然接声并迈出大步,消失在苍茫夜色中。

天空雁阵惊空,响起一声长鸣。

“追她们回来吗?”方舟望着唐康问。

“不用。让她们尝尝苦头。”

翌日,晨光微曦,小鸟啁啾,正当唐康他们整装待发的时刻,千红、苏茜和禾佳经过一夜跋涉,终于披着一身湿雾,到达了离延安十来里地的南区杜甫川。

启明星隐没不见了,虾肉色的云霞撒了半个天空,顷刻间染成了紫红。红彤彤的太阳像只浮出湖面的篮球冉冉升起,牵动多少人想像的那座象征革命灯塔的宝塔山上的塔尖啊,终于在灿烂的曙光烘托中映入远来朝拜者的眼帘。

"嗨,宝塔山!乌拉!"

千红情不自禁搂抱苏茜跳跃,叫声万岁!

前面出现运盐南去的骆驼队,铃声叮咚,催醒沉睡的大地。杜甫川——传说大诗人当年因安禄山之乱,曾从鄜州流亡到此。如今只见秋草盈眸,满目黄山罢了。让过了骆驼队,不远迎面而来的却是一群满载欢声笑语的青年男女,不是手拿镰刀便是肩挑柳筐,欢天喜地走在大道上。看到千红他们三人,好几个声音不约而同地欢呼:

"欢迎啊,辛苦了。"

"真早。是昨晚掉队,住三十里铺吧?"

"不。"千红赶紧纠正对他们产生可能的误会。"我们是打先锋,走在队伍前面。"傲岸地站在围上来的人面前,举手掠过额上的头发,睁睁地扫视射来好奇的目光。

苏茜朝着围过来的人说:"我们不愿头回在黑夜进入延安城,赶了一夜的路。"

"噢!"

"伟大,伟大!"

"真了不起。鸭子下塘,呱呱叫,哈哈。"

"你们是'抗大'还是'陕公'?"禾佳取下眼镜抹了抹雾水,戴上之后抬起头来望一位穿男装灯芯绒夹克的姑娘问道。

姑娘瞥视对方的目光,大方而沉着地回答说:她们是"鲁艺"学院学员,要到杜甫川乡去支援老乡的三秋农忙。

"你们都是'鲁艺'的吗?"千红兴致勃勃,向其中穿件开司米毛背心的男同学问话,不等人家开口连着又问:"蓝苹是不是也和你们一起?"

"她,走了。"穿背心的人显然是讳莫如深地赶紧反问:

"你们是不是想进'鲁艺'呀?"

“可以吗？”千红问对方。

“她学钢琴的。”苏茜替千红作介绍。

“进‘鲁艺’需要经过考试。不过，也不太难。”

禾佳说，我们这批来的人，介绍信全都要进“抗大”

穿背心的小伙子说：“抗大”六个大队都满员了。新成立第七大队听说要到瓦窑堡去。

“到我们‘鲁艺’来好了。”穿灯芯绒夹克的姑娘朝着千红这三个人说得好天真。

禾佳认真地问她：“‘鲁艺’有文学系吗？”

“第一期没有，第二期才招生。我就是文学系第一期的。”

“那你一定见到丁玲的了？真幸运啊。你叫什么名字？”

“我叫章影。你呢？你们……”

“她叫苏茜，他叫童禾佳，我叫欧阳千红。”

“好。再见。欢迎来‘鲁艺’找我们玩。”

“瞧这些未来的艺术家，一个比一个可爱。”千红目送这群下乡割谷的行列，半天才回过头来对苏茜讲她的羡慕：“特别是那个穿背心的人真像拜伦肖像，你说是不是？”

“我说，你呀你呀，就是这山看到那山高。一个像拜伦，一个像普希金。”

“那又怎样，你要没有追求，生活还有什么意思？”

千红发现禾佳闷声不响，拿话逗他：“喂，童兄，我说你就把名字改一改，叫童稚得了，名副其实，看你就像个大孩子。嘻嘻，别脸红嘛。”

“看你，”苏茜瞅了千红一眼，怪她轻狂的德性。

“哟，明白了。护着人哩。”千红意味深长往腮帮划了一下，逗得苏茜不禁浮上红晕。

禾佳回过头来：“你俩都嘀咕什么，快走，肚皮要造反啦。一、二、三，跑步！”

禾佳真的像小学生竞走，迈开大步朝前直奔；引起苏茜弯腰大笑还流了泪。

延安原来旧名叫做肤施。1936年西安事变之后，蒋介石国民党接受共产党抗日统一战线主张的条件,张学良东北军执行了联共抗战的战略,让出了延安的剿共前沿防区,红军改称八路军,其总部和中共中央才从吴起县瓦窑堡迁入这古代边防重镇。这里再往北去便是蒙古——天苍苍,野茫茫,风吹草低见牛羊的广袤疆土了。宝塔山脚下留有范仲淹戍边吟咏的摩崖石刻;现在中共中央办公地方叫杨家陵(岭)便是宋朝杨家将的陵园,传说那里还有囚禁狄青的水牢;青凉山的万佛寺也曾吸引过远近的香客,几株古柏劲松足以述说它所经历的遥远的历史风雨。但是,如今映入看惯四季如春景物的眼里,此地未免太荒凉了。每座山头就像秃鹰的脑袋,见不到一株树木,绕城而过的延河,袒露一片尽是鹅卵石的河床,一泓轻浅的清流,人们踩上石头便能来回涉渡。风乍起,便是叫人睁不开眼的风沙。

进入南门便是一条南北向的长街。城西的黄土高山自然形成一堵城墙,东城门外,面临延河。东西向只不过半截街宽。也许正是因为袖珍式的小城特别的紧凑而显得热闹,日用杂货、药材、土洋匹头……各种各样的铺头商号应有尽有。有些明显是应市新开张的,大多是原有的老字号,招牌的金字已剥落了,生意倒不赖。专卖麦面食的小馆,热气腾腾,进进出出的人还真不少。新从南边来的青年,三五成群、满街游逛,一见面便叽里呱啦,口音南腔北调,身上穿戴五花八门。千年沉睡的古城顿然被摇醒了,荒漠的土地平添了跳跃的风采。

"抗大"招待所就设在十字形基督教堂附近的大院里。大院门口不少像千红她们那样的年轻姑娘和小伙子出出进进,跟西安七贤庄差不多。不用去打听是什么单位也能猜得八九不离十。千红一马当先直朝里闯,进了四合院,正巧一位十三四岁模样的八路小鬼从东屋提桶刷标语的糨糊走出来,正要往墙上贴"通知",见到新来的人,马上凑过来招呼。千红告诉他,是来报到的。"跟我来。"小八路把人领到办公的屋子,朝着伏案查阅花名册的干部呼唤:"报告所长,又来三位同志。"不等所长抬头便转身忙他去了。

所长是三十来岁的中年人,一脸风霜,也许实际年龄还不那么大,眼眉浮露和蔼的微笑。

千红总是那样急,不等所长开口便先说道:"我们是来报到的,我叫欧阳千红,她叫——"

“介绍信？”所长脸一沉，伸出手来，表示没工夫啰嗦。

吓得千红退缩下来。

禾佳拿食指顶顶掉到鼻翼的眼镜，慢条斯理地说：在七贤庄给开的是集体介绍信，在小队长唐康同志手上。整个小队要到晚上才到。“我们仨，昨晚来个夜行军，提前到达。”

所长一愣，警惕地扫了三人一眼：“是真有那么回事？”

苏茜马上说：“真的，真的，一点都不假……”

“这是自由主义啊。能随随便便脱离队伍吗？”

“可我们是提前革命来的嘛，难道……”千红受了委屈，好不服气。

“好了，好了。报到，等你们小队长来了再说。你们吃饭了吗？”所长说，这里一天上、下午各一顿饭。上顿还没开，等一会厨房打出菜饭来，就在院里就餐，六个人一伙，凑够人就吃。各人自带碗筷。吃饭无关紧要，有饭大家吃。报了到就要填表，等候编队才算正式入伍。手续不能马虎。你们仨等介绍信来再说。

禾佳听了耸耸肩膀，望着千红无话可说。

这时刻，人们从四面平房里一个接一个涌到院里来。有的手拿搪瓷口盅和西餐用的汤匙，有的端着普通的饭碗和筷条，鹄候就餐。男男女女多半都新穿上了铁灰色的军装，只有十来八个仍穿一身自己带来的三只口袋直领子的学生装和四只袋的杏黄色中山装，女同志有的身着旗袍外加毛线坎肩。在七贤庄见到的又在这里出现。彼此虽素昧平生，但相互又倍感亲切，默默含情首肯。一会，有人从伙房窗口端来一脸盆还在冒气的豆腐、马铃薯和大白菜一锅煮的菜搁在场地上，接着就围上五六个人蹲下来，等待炊事员捧来一脸盆白面馒头，快乐地喊一声：“来呀，尽管吃，不够还有。吃饱喝足不想家。”

苏茜睁着困惑的眼睛对千红说：

“我们没有碗筷？”

“走，街上馆子吃去。”千红一把扯住苏茜要走，回头见禾佳发愣不动，催他：“走呀，你？”

他们三个走到十字街穿过钟楼门洞时，被新贴出来的墙头诗吸引住了。那是两张对开的白报纸、用毛笔书写的墙报。上面用美术字写的《号角》作报头,版面全是长长短短分行排列的诗篇,中间还配合若干幅木刻和漫画,装饰得挺协调,真正做到图文并茂,叫人看了赏心悦目。作品上面署名的有好几位是当代知名的诗人——柯仲平、田间、天蓝和林山等等以及木刻家沃渣、马达和胡一川。

禾佳心思:“原来他们真的都到这边来了。”不由感到宽慰。看着、看着,把要吃饭的事都给忘了,不是苏茜提醒,他还在发痴哪。走开两步,苏茜问他:

“看到谁的诗,把你迷成这样?”

“叫人动心的是诗的本身,作者是谁倒没注意。”

千红问:“该不是作《画梦录》那个人又在说什么梦话吧?”

苏茜插嘴:“《画梦录》的作者是个女子不是?”

“这怎么说?”禾佳感到诧异:“难道只有女子才说梦话?”

“不,我说是他取的名字。”

“那你就大错特错了。大革命时期鼎鼎大名的萧楚女,不就是一脸麻子的男子汉吗?”

千红听得不耐烦:“算,算,你管人家是男是女什么,先吃饭。想吃什么,我请客。”

“又是你请客。”禾佳觉得怪不好意思,喃了一声,移动迟疑的脚步跟在千红后头,进入延和春饭庄。

这是点菜喝酒的馆子,场面还挺整洁。墙上挂幅李太白的肖像,两边夹着副对联——“俱怀余兴壮思飞、欲上青天揽日月”。字写得并不怎样。千红仨选定了位子,跑堂过来抹净桌面,给每人斟杯茶,然后殷勤地问点什么菜。千红反问:

“有什么好吃的?鱼有吗,黄河鲤鱼。”

跑堂面露难色,赔着笑脸:“嘻嘻,黄河离这远着哩,这地方水浅养不住鱼。倒是有山鸡、野兔和黄羊什么的,野味还可以。尝尝怎样?要不,来盘三不沾或者来个炸八块,那都是地道的名菜。”

“好吧,随便拿最好的,两菜一汤,不喝酒。白米饭有吗?”

千红目送跑堂伙计走后，回头发现禾佳对自己凝视出神，不禁含羞诘问：

“你，怎么可以这样看人？”

这可叫禾佳不知怎样说好，好不难为情。

苏茜却毫不在意地脱口而出：“这，要怪只怪你自己。谁叫你长得叫人耐看。”

“死鬼，等一下饶不了你。”

“吃了饭，我们干什么，没房间休息。”苏茜赶快把话挡住了。

禾佳说，他要找邮局买邮票、写信。千红跟苏茜交头接耳说悄悄话，不让禾佳听见。苏茜只管点头首肯。禾佳当然不好意思插嘴。一顿饭吃罢下来，千红和苏茜手拉手走了，回头对禾佳说声：晚饭招待所见。苏茜补上一句：买碗筷时，别忘多带两份。

“忘不了！”禾佳回答。

禾佳看两人的背影消失在大街的人流去了，回过头来若有所失似的自己心里嘀咕：往哪儿去呢？迷糊了半天才恍然想起，他要到邮局去买邮票。邮局在哪？就是这么一条长街，什么商号铺面全都当街摆明的了。自己走走瞧瞧总会找得见的，用不着去向人打听；再说，你去问谁指路呢？这儿没见有警察，问老乡，人家往往听不准你南方人的口音，白问。问别个跟自己差不多的新来人吗，他们好像也同自己一样，都在寻找什么。还是自己闯吧。人家千红不是就这么敢冲敢闯的？……禾佳边走边盘算，终于拐进二道街南头，在一扇开间不大的铺面发现只吊在墙屋的绿色小箱，门上聚着好多好多的人。他挤到跟前去一瞧，嘻，那才有好看的呢，门边和厅里的墙上，密密麻麻都贴满了留言的纸片：

诺夫：我们来了，我在六大队四中队；她在女生队。有话相告。——高天

明明：哪儿去找你啊？到马列学院来吧。等你！——赵超

天马：表姐有东西给你，到党校来！——余一

可人：来了吗？妈有信，到“抗大”招待所来取。——欣欣

婷婷：刚到。把你住处留在这儿。——夏雨田

……

禾佳正看得入神,一只大手掌从后头拍到肩上来,回头一瞧,一张笑眯眯的脸,带着说不出的深情的眼睛注视不放。

“哎哟,老同学!”禾佳高兴地抓住对方的手,互相对视半天。

此人叫符道成,跟禾佳是广州培英中学同学,比禾佳高一个年级,还是校队篮球队员,外号阿波,玩球的哥们。当“一二·九”运动正闹得起的时候,学校说他“思想荒谬”,暗中让他退学了。后来转到“中大”附中,又进了大学本科读教育系。去年“七七”卢沟桥打响之后,他便奔延安来,在陕北公学三个月就被分配到边区教育厅,在周扬厅长直接领导下工作。说,过几天就回南方去,也许回海南五指山打天下。

这时,只有这时他才肯告诉禾佳:在培英那时节,他就是共产党员,学校有五个党员的支部。说禾佳他们班上几位进步同学搞的秘密读书会,就是他支部布置的外围。说禾佳当时虽然热衷追求进步,但是在行动上表现犹犹豫豫,所以支部没有很快吸收进组织里来。

“这,在你自己,恐怕是始料不及的吧?”符道成说。“这回,你就积极点啰!”

接着,符道成还告诉禾佳,谁谁也到这边来了,谁谁在中央青委,谁谁在《新中华报》;谈起彼此认识的人,说个没完没了,说得叫禾佳把买邮票的事都忘了。

回到长街上,符道成说他机关昨天才发一元津贴,在烧饼店买了四只烧饼,两只卤猪脚,躲到教堂的走廊上,抓起猪脚就着烧饼便啃。禾佳看他吃得津津有味,心想:环境总会是改变人的吧,想当年花花公子的阿波,怎么能跟眼前这个样子联在一起呢?

“唔,你吃呀。”符道成见童禾佳不肯动手。“你想什么?找到爱人没有?方才跟你在一起的两位……蛮漂亮的嘛,看你们挺亲密似的。”

“你看见啦?”

“跟在后头瞅了半天不敢认。”

“我们是在七贤庄才认识的。你说她们好看?”

"你说不是?"

"说不清。"禾佳想了想,"也许像寒夜的灯火有股吸引力在你心里作祟,倒没注意到美不美。"

"好一个诗人啊,想像力丰富。拿出勇气来吧,投篮!"阿波极力怂恿。

禾佳自在苦笑。

"喂,你不吃?把它全消灭掉!"阿波又恢复他当年的篮球队员气概,指着酱色油光的猪脚,说食堂每星期加一次菜,有时羊肉有时猪肉。平时便是萝卜、南瓜、土豆,土豆、萝卜、南瓜;原先见到大肥肉就咧嘴的小姐,几个月下来,也说猪肉味道挺香。"小米饭尝过没有?哈哈,吃下去是啥样子拉出来还是本来面目。"

阿波兴致勃勃,尽讲身边生活笑话。一会又扯到扪虱子的趣事,说好像是文化人聂绀弩写过一篇文章讲,延安人把虱子叫做革命虫。干革命就少不了跟虱子打交道。

讲这些,禾佳都插不上嘴,一任阿波夸夸其谈,倒也没沉闷。临到该分手时候,阿波特别叮咛:

"记住:这里对什么人都称同志。讲到自己时候,一定得说,我们,千万别总是我、我。这就叫做'入乡随俗',懂得啦?"

禾佳心领神会地点点头。

九

苏茜跟千红走了几步,回头看到禾佳也回过头,目光相遇。但看得出来,禾佳那深情的眼神分明是专注在千红的后脑勺上,真叫苏茜泄气。赶快把脸贴到千红脖子问:"现在我们到哪里去?"

千红不用思索就说:"不到哪儿,就是不愿让他老跟在身边,幽灵似的,烦死了。"

苏茜:"你也太损人了,人家还在回头紧盯你哩。"

千红一怔,反问:“你看见?哟,知道了。瞧你又红了脸。嘻嘻。”

千红逗得苏茜怪不好意思。

不一会,两人信步走出南关,只见熙熙攘攘,尘土飞扬。真不知朝哪儿去好。苏茜忽然想起,提醒千红一句:“找你那位通信的人去吧。”

千红心想:“找他?万一……”万一什么呢?千红自己也弄不明。

是呀,那位文章写得精彩,信写得动人的朋友,原先是“燕京”新闻系学生,“七七”事变,抗战终于爆发了,他和“民先队”部分队友一道,首批来到延安,进“抗大”学习三个来月,听从组织上分配,留在延安青年记者协会工作。几年来,特别是“一二·九”救亡运动之后,是他的文章叩开了千红少女的心扉。尔后,两人鱼雁往还,逐渐结成解不开又见不到面的神秘的缘分。古人云:“文如其人”,文章既然这样叫人动情,人也应是个翩翩公子的吧?他那侧面的肖像不就是普希金那样轮廓鲜明,英气吸人的吗?千红独自咀嚼她的心思。一向心上总是在悬挂着那令人倾心动魄的偶像啊,总是在幻想他一定会同文章写的那样优美,像信写得那样动人,就跟眼镜里的花儿,水里的月光那样的。此刻,一旦要在眼前出现了,将会是什么具体的模样呢?要是万一出乎想像不到的什么怪事,岂不是美梦惊回,徒留遗憾的悲哀!还不如先别贸然去启开这神秘的门吧。来日方长,等住定下来,从侧面了解得更多些然后再讲?不过,眼前此刻到底走到哪儿去消磨这大半天工夫呢?即令迎面不乏投来同龄人会心的微笑和热切的目光,似曾相识,但又那样陌生。真没个去处。

“同志,你俩也是新到的吗?”一对姐妹般的伙伴,看千红和苏茜踯留街头,表示关怀,相互驻足对视。

“知道‘青记协会’在哪吗?”千红自己也不十分明确为什么要问这个。好像是那样自然。

两位同志热情地告诉她:青记协会就在右面山头——边区政府邻近山沟那排新窑,到那儿一问便知道了。

“谢谢。”

“祝你顺利!”

“再见。”

“再见。”

“真要去找他吗？”往前走几步，苏茜问。

千红默不作声，踌躇半天，忽然心血来潮，猛抓苏茜胳膊问：“大苏，你听我讲：我这就去考考他。”

怎个考法呢？千红说要装作千红的双胞胎妹妹；生下来便给了姨妈拿做养女了，姐妹俩从小就不在一起生活，这回一道到了西安，千红她突然被组织上安排和她老师转回南方做秘密工作去了。行动仓促，只留给她带来半张纸条。千红从笔记簿撕下来写：“石天兄，事情出乎意外。一切，妹妹会告诉你。——红红”

“这样，”千红说：“我就能主动，进可攻，退可守。看看他实际上是不是同信上讲的那样甜。”

苏茜听了哈哈大笑。笑得腰都弯了，噙着一泡眼泪，连声说个不迭：“你呀，你呀，亏你想得出来。”

“看你尽笑，你说行不行嘛。”

“有什么行不行，只要你肯。”

“那，你得给我打打边鼓哇。”

千红把纸片叠成蟹形攘进胸袋，然后跟苏茜手拉手，依方才那两位同志指的去向，边走边打听。正当她俩停在山脚新辟的一片坪场上，迟迟疑疑地探头探脑朝着一式新窑张望时候，从窑洞走出一位穿旗袍的女同志，一眼便瞥见她俩。

“同志，找谁呀？”

她一口道地京腔，抑扬顿挫，煞是悦耳动听。人又长的窕窈、洒脱，后脑勺扎一束卷曲的头发，看上去是不修边幅，任其自然，实际显得挺素雅。在千红的心灵窗户却掠过一片嫉妒的浮云。

“青年记者协会是在这儿吗？”

“对呀，我就是记协的。你俩是要来入会不是？”

“不。她要找个人，他叫石天。”苏茜替千红把话说了。

穿旗袍女同志从上到下端量着千红，带着含义不明的微笑：

“啊，知道了。跟我来。是叫千红小姐吧……”

“唔,不,不是。我叫万紫。”

女同志说:“其实,石天也不姓石,那是他的笔名,真名叫赵超。名字改来改去,人还是一个。”

“不,我没什么笔名,千红是我姐。”千红赶紧声明。

“是吗?”穿旗袍女同志转过脸来瞅千红这个招人喜欢的姑娘:“石天他就住这窑洞。”她把门敲两下才推开:“唔?去哪啦?进来吧,这是他又办公又睡觉的地方。你俩等着,我去叫他。”

窑洞,这西北高原的泥土洞穴是间新挖掘开来的住屋,从正面的门进去,里头和左右两壁,三面全是一样的原始坚土,唯一透光通气的只有正面的门口,门楣上安有糊着绵纸的拱形门窗,光线在十六平方的洞内是充足的。高窗下一半是出入的门,一半的上半截同高窗一样糊着格子的绵纸的窗台,窗下放张没油漆的白木桌子,一张独头板凳,就算是办公的写字台了。睡觉的床是两张条凳架起木板,打横安在正后面对着门口,左边在挖窑时特意留下一堆原土,削平能坐两三个人的土墩,上面铺件羊皮大氅作为沙发。两边土壁上留下宽阔的空间,本该可以装饰得美观些的。主人似乎没把心机花在这上面,只在床头不很显眼的角落,贴张四寸的肖像。千红凑过去一瞧,原来正是自己十七岁生日坐在海滨岩石凝眸远眺的一瞬风姿,一绺头发因风落在光洁的额头,也许是美中不足,但是,何尝不是增添三分妩媚。千红凝视半晌。苏茜悄声问她:

“是你寄给他的吗?”

“嗬,对不起,对不起。有失远迎。”门外一迭连声,随人跨进了窑洞。

千红和苏茜马上转过身来赶忙迎上。

“活见鬼吧,是他?”千红心口怦怦直跳。脑子迅速作出惊讶,避开对方射来过分欢喜的目光。

苏茜不冷不热地审视这斯文、白净,书生模样的大学生。她比千红早发现对方老把左脸拧过一边去,像害羞的大姑娘,回避跟人目光接触。

“两位是来要求入会的吧?”主人让客人往土沙发坐下,感到没茶水招呼,很不好意思地搓着手,坐回唯一的凳子上,背靠桌子,把两只胳膊肘搁上桌面,这时才见他放松下来,随便聊天的姿态。

“阁下有位朋友叫千红不是吗？”千红注视他老不让别人正视的右眼。原来那是只不转动的龙眼核呀，独眼龙。千红一惊，脸色绽开一片桃花，既悲哀而沮丧。但是，她在极力镇定自己，装得若无其事。

“是的呀，我们通信两年了。可是还未见过面——只能叫做没见过面的朋友。”

“没有她的口信吗？”

石天推推眼镜，斜视千红，想起她西安来信说不久即将会晤，算算日子也该到了。岂不就是她？脸色骤然掠过开心喜悦的光彩，但是又那样怯生生地不敢唐突开口。

苏茜看他痴心地呆得好笑。歪着脖子，目示千红作弄他：“看她像吗？”

“唔。不过，女大十八变。”他说，“照片往往是六十分之一秒瞬间的投影，再怎样逼真也是极其有限的外表，跟本人的庐山面目总会有某种距离。请问两位的称呼……真对不起，一来只顾讲话，忘了请教芳名了。”

“我叫万紫，姓万；她叫苏茜。”千红抢先表白。

苏茜立即帮腔：“她呀，就是千红的妹妹，双胞胎。瞧，一个模子打出来的月饼不是？”苏茜忍俊不禁，差点没笑出声来。

“那，千红她……”石天脑子被弄得晕头转向，瞠目结舌，话都讲不清楚。

千红瞅他可怜巴巴的，接过话去说：“她复姓，欧阳。我生下来就给姨妈抱走了。姨父姓万。明白了吧。噢，姐姐让带来张字条。”

千红起身将蟹形的纸片递给石天，在跟前认真仔细观察他的左眼。那只假眼，绝对瞒不住了。

石天解开纸片，一目了然。抬起失望的单眼端量千红，半天才感伤地说：

“遗憾，太遗憾了！你姐可是当代的谢道蕴哟。能到这儿投入革命熔炉锻炼、锻炼，准能铸成干将宝剑。”

“要讲写文章，这位妹妹比乃姐姐还精彩哪。”苏茜说。

石天惊讶：“是吗，文如其人。一定会是的啰。两位喜欢耍笔杆的话，参加我们‘青记’怎样？”

“我们新来乍到，连门还摸不着呐。”

“打算进哪间学校呢？‘抗大’、‘陕公’、‘鲁艺’、马列学院……”这主人扳着手指数。“学校多着哩，看你喜欢学什么吧？其实，爱写文章当记者最好，无冕之王，自由自在，无拘无束。”

千红听他讲的感到惊异，哪里像他外表那样规规矩矩的啊。遗憾的是独眼把人给毁了！

“延安的印象怎样？”主人像老教员对待小学生，拿出长者的姿态说教：“客观的现实世界是丰富多彩的——红、黄、黑、白、青、蓝、紫，百花缭乱，可不像幻想那样单纯。这儿有外面世界所没有的光明，可也难免伴随而来的阴影。希望既来者则安之，拿辩证的观点观察新的世界。”

千红、苏茜两人睁睁地盯住严肃得不免滑稽的脸，表示诚心在倾听，一时不便作声。

“来日方长，生活会慢慢教人聪明起来的。”石天讲到这儿，离开座位站到窑洞中心，意思要送客了。

两位来访者也挺识相，霍然起立，说：“我们该走了，谢谢指点！”

“不多坐一会？给你姐写信请代问候：在等她佳音呐。”

“走了，改日再来领教！”

“欢迎，欢迎！噢，请等一等，这儿还有本《论持久战》。”石天从床头捡起毛泽东新著交到千红手上。

走出窑洞外面之后，苏茜才忍俊不禁、扑哧笑开：

“哈哈，真有你的。这段插曲唱得还真够可以的了。”

“讲讲你的印象。”千红说。

“蛮斯文的嘛，可惜，就是——”

“是呀，就是，就是好比一尊铁嘴断把的玉壶，你要天天对着它看，多憋气。”

“那不见得。维纳斯不是断了胳膊的吗。何况人家满腹经纶，谈吐珠玑……”

“你喜欢就让给你去读他的经纶好了。”千红真是失望极了，深深叹口气。

“别那么悲观，人家苏东坡不是说：‘十步之内必有芳草’吗？”

“那是你的缘分，我可是——”

“得了，得了。自寻烦恼。”

苏茜说了千红一句，两人也都不做声，沉默下来，走回南关集市。

这时老乡们正在来来去去做买卖。本地的土产品种简单：白花花的食盐，黄灿灿的小米是大宗的交易了，骡、马市场，生意不见怎样兴旺。包着头巾的老乡，肩上搭条马褡子，来回转悠，见到外地新来的男女青年身上穿的西装外套、皮鞋子什么的，便凑上来悄声问："同志，你这件褂子让了吧？皮鞋，这儿不兴穿，要多少呢？"有的手臂里嘟嘟噜噜挽着羔羊皮背心、狗皮褥子，或者是羊毛毡压的半统靴、白土布纳的袜套、高丽巾以及红肚兜，等等，满街招揽生意；有少数人背着长长的装火药的猎枪，手提色彩缤纷的野鸡和野兔，来到小馆求售；街头附近河滩广场那边，蚁聚大堆人围观外地来的马戏团，当当响的小锣声，吸引不少儿童伫立在一乘小小的货架跟前，花上两分钱得看一场皮影戏或西洋镜。八路后勤部门一辆大马车载满一车乌黑发亮的煤块，远远地驰来，噼叭一声，从街中心扬长而过。

这一切离战争烽火太远了，除了激昂慷慨的歌声和墙上巨幅宣传画给人直接刺激，谁去理会在黄河东岸日日夜夜弥漫着战争的风烟呢？

这天秋高气爽，秋老虎消失了。西风尚未吹来，午晌过后，人们还能借重阳光来到河边沐浴、洗涤衣衫。衣衫洗了便晾在河滩的鹅卵石上，让它晒干然后穿回身上。好一幅自得其趣的游乐园景观。

千红和苏茜从南关拐过东关来，无意中发现这片乐土，把什么苦恼全都洗刷掉了。立即回街上买得钟牌414大条纹手巾，五洲牌红色药皂、牛角木梳、小圆镜和两只搪瓷脸盆，回到河边，临流濯缨洗足，好不痛快。

旁边有的男子，光着膀子，只穿裤衩，仰天八叉的就地躺在河滩石子上，蒙块湿手巾挡住阳光养神；有的人在高声唱着游击队之歌：在那密密的树林里，到处都是我们宿营地；在那高高的山岗上，到处都有我们好兄弟。没有吃，没有穿，敌人给送上前；没有枪，没有炮，敌人给我们造！

歌声随风飘飞，令人荡气回肠。

"嗨哟，我的妈呀，这是什么？"苏茜替千红梳头，失声惊叫起来。

旁边一群女同志马上围上来：

"虱子！"

大伙看到梳子上的小虫,苏茜怕得将梳子甩下地,脸发白,手在哆嗦。

“哎唷,我长上虱子了！怎么办也!”千红扭动着双肩,跺脚,快要哭的样子。

“哈哈,真好玩。”

围过来的人觉得好笑,你一言我一语,尽话风凉:

“少见多怪。”

“一只虱子都吓成这样,还能打鬼子?”

“可不是嘛,干脆待在家里当小姐得了。”

“当小姐怎的,小姐就不能革命?”

千红反唇相讥,竖眼挺胸;苏茜怕她惹事,扯她袖口。她才不服这口气呢,甩开苏茜的手:

“谁要逞英雄,就在自己身上把虫子养起来吧。阿Q精神!”

“喂——喂,苏茜,千红！在哪儿?”禾佳的声音远远飞来。

苏茜、千红两个回头见到人从东城门奔到堤上,拿手做成喇叭呼叫。

两人同声回答:

“在这儿哪,来吧!”

禾佳气喘吁吁地奔到跟前,结结巴巴说:苏茜的妈和小妹乘的汽车到了。住在西北旅社——中央组织部招待所。派人到“抗大”招待所来寻找,叫她俩快去。

西北旅社就在南关出去不远,边区政府对过的山上。

“那,我们现在马上就去吧。”苏茜对千红说。

“咳,”千红看着禾佳:“你帮我们把东西拿回招待所行吗?”

“行,行。”禾佳蹲下来帮千红把手巾、梳子和药皂收拾进各自的脸盆,端起两只盆,笨手笨脚、傻乎乎的样子,千红觉得好笑:“真笨,把东西搁到一起,两只盆摞成一只不行嘛。喏,书,你也拿回去吧。”

千红把手上拿的《论持久战》往脸盆一甩。

禾佳弯腰将两只盆合在一起,站起望着千红笑笑。

苏茜对他说声:“我们走了。”

禾佳看她俩走出两步才忽然想起:“嗨,等等。”他从胸袋抽出两把白铜勺子递给千红、苏茜一人一把，说饭碗也买到了，放在招待所。

苏茜将勺子贴到脸上摩挲，由衷地对他说声：“禾佳，你真好！”

她走去两步，又转身回眸，见禾佳还愣在原地发呆。高声喊道：

“回去吧！”

“看他真傻得可以。”千红说了一句。

禾佳恍恍惚惚回到招待所，心空得虚虚的。将《论持久战》拿来翻翻，想不到翻出张字条来，抖开一看，上面的字是抄的普希金的诗：

> 我曾经是那样的爱着你呀，
> 爱神至今也未曾从我心中
> 死亡。
> 但愿它不再干扰着你吧，
> 再不会使你难过而悲伤。
> 我只用无希望的沉默爱着你，
> 时而害怕时而嫉妒。
> 我是那样的爱着你呀，
> 祝愿上帝赐予你一位同我一样：
> 深深的至爱着你的儿郎。

十

唐康小分队的人到延安已经三天了。除了唐康本人在到达的当天将人员向“抗大”招待所交待之后，便回校本部文工团销差，跟大家告别了。其他十多位同志便在招待所住了下来。三天来，各人忙于填表、个别谈话、等待编队入伍，剩下的工夫便是往家写信、会朋友，游览延安风光、逛市场吃零食。女同志们多了，一样活路便是用手工裁缝新发下来过宽的冬衣，又买土白布来纳制经穿的布袜什么的，日子都没白过。

招待所每天送走一批迎来一批，留不住太多太久的人，虽然这新的家的温暖使人恋栈，但是事实上不可能让你久留。

方舟、禾佳和他们一起先后到招待所的百来八十个男同志，统统编入新建立的第七大队。这新建单位因延安窑洞紧张，决定大队本部设在吴起县瓦窑堡。其所属各中队便分散在周围不远的村庄。方舟和禾佳又同在三中队，地点离延安九十华里的蟠龙镇。

这一天午晌，七大队队部派协理员向阳明和指导员王立功两位下来，召集所里先后到来的七八十位男同志宣布：到蟠龙去的名单，编成八个班，下午两点准时出发。招呼大伙自已检查背包，不要把应带的日用品忘了。离出发还有点把钟，各人又重新检查铺盖的井字背包打得紧不紧，挂到肩上试试，看看挎包里的牙刷、勺子、口盅和电筒是否都装上了？有的还赶去邮局买邮票，有的买烧饼做干粮。来来去去，院里安静不了。

女同志是不走的，她们明天大部分下女生队，少数人去医科大学或电信学校，个别人分配到别的单位工作。此刻，她们和别的单位来送朋友的人一起，都站在院里跟这个找那个话别，情绪激动、兴奋。

从理智上来讲，似乎人人都认识：一切都只能决定于抗战的需要，决定于集体利益。而个人的发展只有在大原则的限度内才可能如鱼在水，享受应得的自由，发挥个人的才智，体现个人的价值。要不，谁能见到跳上岸来的鱼活得成呢。然而，人是富于感情的动物，理智的缰绳往往拴不住感情的野马。所以当着人们互道珍重前途，一路顺风的时刻，总也不禁涌现“茫茫江汉上，日暮欲何之”的感伤。

正是禾佳枯坐在背包上抱头在想的档儿，苏茜牵着千红的手，急切切地赶到禾佳跟前，含情脉脉地递过只刚去商店买来的虎头牌电筒，说是作为对他大前天给买汤匙的回报。小声说：“《诗经》说：‘投我以木桃，报之以琼瑶’，我这区区微物，实在对不起，不成敬意。只能当作遇到黑灯瞎火时候，好照个亮儿。”

不让禾佳答话致谢，千红便从挂包兜里掏出本用包书纸包得四四方方的精装书塞到禾佳手上，盯住他眼睛：“给！作个纪念。”不让禾佳说话，马上说，这不过是本日记簿罢了，希望他从今而后，凡是眼里看到的，耳朵听来的，心头想的——特别心头想的,要他一桩桩一件件都把它记下来。“人家屠格涅夫不是有本《猎人日记》蛮好看的嘛,但愿有朝一日,阁下也能有部‘摇篮日记’好吗,唔?”

这可叫禾佳傻了似的,顿时瞠目结舌,不知说什么好。

“还有,劳驾带封信。”千红这好出点子的女同志又补充一句,从挂包兜掏出封好口的信插进禾佳的胸袋,一本正经地叮咛:“记住,一定要等到蟠龙后才准看。”

禾佳瞪着疑惑的目光:“葫芦里倒是装的什么药啊?那样神秘?”

“别问,受人之托。我也不明白。能代劳吗?”千红顽皮地歪着脖子含笑睨视着对方。

禾佳一时冲动,鼓起勇气:“阁下既然这样信得过我,即令赴汤蹈火在所不辞!”

“你们谈什么那样开心呀?”方舟发现苏茜在这边,赶紧凑上来望着三人喊。

千红拿眼睛指禾佳:“他说甘心情愿为我赴汤蹈火,你信吗?”

“嗨,方兄,这可叫我给逮住了也。你不在邮局见我的留言哇?走,跟我来,要同你算账。”一位上海小姐,一口吴侬软语,冲到方舟跟前,风风火火,硬是将人拉走了。

这可是叫千红愣在一边,异常惊讶。

不一会,一声哨响,接着便是一声口令:集合!领队的头儿出现在场地当中,面对大家,伸出两只手指,叫蜂窝般闹哄哄的人站成二路纵队。顷刻间,鸦雀无声。

“立正,报数!”

“一、二、三、四……”一个接一个传给下一个。

领队人对了数,随口一声:“出发!”

队伍应着口令,迈开大步走出大院。

禾佳情不自禁回过头来,首先映入眼底的正是苏茜迎风玉立的倩影。她,呆呆地定睛落在禾佳身上,含情欲诉的目光跟禾佳的视线碰到一起,流星一闪,那真是惊心动魄的瞬间呀!禾佳打心里自语:“这难道是偶因一回顾……”他不敢去品尝那是什么滋味，只含含糊糊把念头放过吧，像小孩怕打碎大人的古董，又悄悄地把可爱的玩意放回原处。但是，心境还是未能平静下来：千红叫带的信是让面交三中一个叫周方的人的。这难道还真有个叫周方的人吗？实在不可思议！至于说，那日记簿倒并不一般，那是今年生活书店特制出售的精美无比的“生活日记”，还真亏她千里迢迢从老远的广州携带了来，又如此大方而慷慨地惠赠予我，这又是什么意思呢？而且最叫人费解的更是：在扉页上写下含义深远的警句——

> 善良换不来爱的报答，
> 幸福对于怯懦者永远是吝啬的！

“这是从哪儿摘录下来的名言，还是出自一位早熟的少女的领悟而发的感想？也许是针对我个性的弱点而作的讽喻吧？但又何苦对我寄以如此厚望？说什么有朝一日有部中国的《猎人日记》？……这难道人间现世真有所谓慧眼识英雄，风尘遇知己的佳偶良缘存在？……罢，罢，‘多情自古空遗恨，好梦从来最易醒’。我何苦在自己的精神世界画地为牢呢！何况人当此青春年华——在人生的旅途上，正要加快脚步赶路的宝贵时光，正如登山运动员，哪能允许中途停步去观赏雪莲花的美丽？……”

从昨天到现在，一路上行军，禾佳满脑子尽装这些纠缠不清的心绪，沉浸于矛盾重重的梦幻当中，就像幼年去树林采蘑菇迷了路而感到的惆怅。

现在，两天的行军快要结束了，蟠龙山顶已隐约在望。

“吃不得辣椒，上不得高坡。加油，上！”

“同志哥哩，加油！上到坡顶便是蟠龙了！”

人们气喘吁吁，相互鼓劲。

方舟回过头来，望着禾佳呼唤：“老弟，怎的啦，闷声不响。可以吧？”走两步听不到搭腔，又回过头来，小声问：

“唔，问你，昨儿苏茜她们给了你什么？看她俩对你蛮亲热的嘛。”

“不见得吧。”禾佳挪动勒在肩膀的背包带子，口气冷淡。但是，走了几步，突然说道：

“咳，告诉你：千红她有封信要我到蟠龙之后交给一个人。”

“给谁？”

“给姓周的，叫周方。是你的名字倒过来的语音，你说有点蹊跷吧？”

“真有这样的名字？”

“千同名万同姓，什么名字没有。鲁迅的笔名不是成‘打’（十二）之多嘛。”

“咳，你不能把信弄开来，看她说的什么吗？今晚我来弄，包你看不出破绽。”

“缺德。人家一再嘱咐要保守秘密。”

“你就那样老实听话？傻瓜。”

禾佳瞪着对方，好像新发现什么怪事，叫方舟发窘，很难为情。

鸡娃子叫来，狗娃子咬，

当红军的哥哥哟，回来了。

悠扬高亢的陕北信天游，随风飞过山岗，白云似的羊群落在坡地上呐，在那不远的山脚，在那些零零落落的窑洞冒出缕缕炊烟。

队伍里仿佛刚充了气的轮胎，顿时提起精神，同声高呼：

蟠龙到了！

蟠龙，这是什么地方嘛？两天来一路举目所见，全是蜿蜒若蛇的黄土高原。满山遍野尽是枯槁的牧草，偶然间才在路边出现三株两株披头散发、稀稀拉拉直立的细条柳枝，一泓山涧，寂寞地苟延残喘；荒原上划条线似的小径好像从来就没人走过；苍苍蓝天，蓦地掠过一群乌鸦，好像一切的一切都死了，天地间徒留一片被遗弃的坟场。

这，对来自四季如春的南方人，可真是无以想像的火焰山。禾佳寻思：“我们这群怀抱一片虔诚，追求光明，渴望自由的香客，将会被引到哪儿才是皈依的乐园呢？”

有人说，讲出事实本身，不能就是真话；真话应该是，心里怎样想就怎样讲出来。

那么,在这儿,就让我们来读禾佳——一个虔诚的殉道者怎样记录他在蟠龙这段日子的心迹吧。

十一

禾佳的日记:

十月六日。昨晚赶到这儿,天已傍黑,人又乏得够瘾,进屋便往炕上一躺,没了心机注意周围是个怎样的去处。今朝走出门来,放眼一瞧,原来是座规模恢弘的庄园。院内四边全都用片石砌成同一模式而且排列整齐的石窑,当中留空一片三合土打得平展展的场地,边边上早先似乎是栽种花卉的畦圃,如今花卉见不到了,见到的只剩一株石榴和一株枣树,孑然无依,显得老态龙钟,垂头丧气的样子。

人说这是昔日某姓地主的宅第。当年刘志丹、谢子长他们在这一带领导农民闹土地革命,把这家主人撵跑了。我们来之前,院里住的好几家原先地主的佃户。翻身农民对革命政府是感恩戴德的,听公家人来说,要在这开办抗日学校,便都没二话,甘心情愿腾出屋来,挪动出院外面跟邻里乡亲暂时凑合挤挤,日后再想法挖新窑。

中队百多号人,一孔窑一铺炕,一个班组十来个人,怎也能安顿得下了。院里大门一关,便是个独立王国;院外近旁,还有片晒谷场,就成了上操、打球的去处。

庄子二三十户人家,侍弄周围坡地庄稼。庄前有条从山沟流下来的小溪,居民饮用水是方便的,山梁到处可以放羊,附近还能出煤炭,即令山头缺柴欠草,煮食、烧炕可以不用愁。难怪老乡们的日子过得挺舒心,见到我们外来的人,都说刘志丹毁家纾难,领导穷哥们闹革命,分田分地,"真是个天大的好儿郎呀。可惜人去得早了。"憨厚、淳朴的乡亲们想起恩人,不禁发自肺腑的惋惜。

想不到这荒凉寂静的山沟,还真弥漫着如此温暖、宁谧的气氛。说是往东不到三百里便是黄河了。大河对面,日寇正在那儿践踏千千万万同胞,燃起遍地狼烟。可这儿却是个世外桃源。

蟠龙镇,普通的地图上是找不到的,亲临其境才见到只不过是山坡上一座乡间集市的圩场。一条长不到百米的小街,居民不过百户;日中为市,三天逢一集。逢集当天,附近村民、外地商贩,蚁聚圩上,互通有无,热闹一阵。过后,留下羊屎驴粪,垃圾满街,又是一片冷落景况,仿佛老妇褪了青春容光,满头白发,一脸风霜。但若说是以往岁月,这一带方圆数十里山梁,原是郁郁葱葱全都覆盖林木植被的,只因十年剿共,林木大片大片给烧了,说是为断去农民上山当红军的路。恐怕当年的纵火者也没想到会造成今天这样的后果。

不管怎样,这就是我精神生命的摇篮啊,这就是我眼前进行学习、生活的新天地了。但愿我能适应它,能够从中锻炼成长!同时,又在祈求日子过得快点,早日投身于战争的前沿。

十月九日。也许就由于语言相通,感情容易得到交流,彼此才自然而然地结交成朋友的吧?队里百二十多位学员,广东、广西所谓"广佬"就占了二十四名,纵使不同在一个班组,但要不了几天,彼此都相互知名道姓的了。而且只要有空,总是三三两两有意无意形成个小圈子——车大炮,上馆子,下河洗澡洗衣服,去草垛晒太阳扪虱子……都是几个"广佬"常在一起有说有笑,太扎眼了。难怪惹起外江佬,特别是某些积极分子的指指点点,另眼相看。

"别管他,'左'倾幼稚病,"一位姓卢的香港仔,天不怕地不怕、无所顾忌地说:"不总是说什么发扬艰苦奋斗的革命优良传统吗,可我表哥廖承志在香港办事处,一顿西餐大菜就上一元五角。你们晚来两天恐怕还不觉得,小米饭难吃还不讲,吃得下去,屙出来还是一个样。但有人却吹,说小米营养丰富,女同志来不久,个个脸蛋都红喷喷。这不是见鬼吗?"

这位卢表弟,连珠炮似的,振振有词,叫你插不了嘴。看没谁应声,忽然朝我说道:

"阿童,你地吃惯丝苗细米的暹罗华侨,觉得点样呀?"

我说,小米煮粥倒还不坏,最受不了而且十分为难的倒是,轮值当班负责整理内务——叠被铺炕这一招。各人自己带来的被子本来就是大小轻重不等,花色又不一的嘛,怎样能叠得整齐划一,像一个模子倒出来一样的呢?听说别队的经验,有人为了把被子叠成四角出棱,居然拿牙齿咬。

卢表弟说,既来者则安之,横竖也不过挨它三个月,学完预备班就对不起,再见了。“你地各位勿是都咁样打算吗?”卢表弟见到身边几位“广佬”不哼声,讪讪地问。

怎样说呢,尽管彼此一心为抗战救亡,目标是一致的,然而进一步讲,对一生道路的选择,那就看各人自有各人的一本经。若单纯是仅仅求生存的温饱,那是何苦不远千里而来哉?但是,现实摆在这儿:眼前就这样一座庄园,一无起码的教室,二无必要的桌椅板凳可供学习使用,三无令人敬仰的文化人作面授老师,缺乏这些必要的条件,怎能让个人的才智获得充分发展呢?生存和发展应当是左右两脚同步前行的吧,人得不到发展,生存又有什么意义?退一步想,纵使物质条件的暂时困难,可望得到逐步克服、改善,做学问也无须一定要攀附什么权威教授才会成才。只是,若让这些只重形式而忽视内容,只讲现象而忽略实质的一些事务主义者来给大家设置种种军事条令——画地为牢,那,任你天才的翅膀也难飞起!……

但愿这点困惑,纯属杞人忧天,一斑之见,到底难窥全豹。

十月十五日。一星期过去了,等到哪天才正式开学呢?问谁谁也支支吾吾,说不清。但是人总闲不下来,每天都有这有那的活路让你去干。不是到附近煤窑去背炭,就是到院外头修整场地;今天这几个人去炊事班帮厨,明天那几个人去赶毛驴,到大队部去领给养。为了筹办全大队开学联欢晚会,中队要求各班组又出歌咏、戏剧、舞蹈节目,又组织篮球比赛。一句话,一窝蜂似的,来来去去,哪个也停不住。红军老同志说,进得革命队伍里来就是另一个世界了:工作、学习、打仗,一年复一年,没完没了;睡觉、吃饭,吃饭、睡觉,一天又一天。日子过惯了也不觉它长,慢慢把家也忘了,眼前现活那样多,哪有闲心来想做梦见不到的事啊,人习惯到这步田地,恐怕离忘我境界也差不离了。

十月十六日。班上派公差，今天轮到去炊事班帮厨。方舟也来了，到蟠龙后，跟他不同一个班，彼此在一起聊的工夫很少，这时倒可以忙里偷闲大家聊聊。一天做两顿饭，帮厨的活儿并不忙乎。洗菜、淘米、涮锅、劈柴、敲碎炭块和喂猪，让部分炊事员轮流休息，我们学员得到劳动锻炼。而还可以烧水洗澡、洗衣服什么的。

班里十来八个人挤在一张炕上睡，虱子大肆串通、繁殖，几天下来；子子孙孙，把内衣内裤的褶缝又占满了，捉也捉不过来。惟有拿开水来烫，把虱子蛋也能烫死了。

和方舟一起洗完衣服，在炊事班的炕头歪躺下来喘口气。好像有好多话要讲，又好像没什么好讲的话。沉默了一阵，方舟才忽然凑近来，小声耳语，问离开延安那天，千红叫带的信，找到那个周方没有？我说，那是个谜，三中队压根儿就没有姓周的。方舟说，“那你不把信拆开，看她讲些什么？”我说，“偷拆别人的信不是缺德吗？”方舟嘲笑我：“真是个‘阿木林’，天真得可爱。去，拿来瞧瞧。”等我把信拿来，方舟便将清水往信口浸湿一会，封口的糨糊软化之后，拿麦秸薄片轻轻挑开，信笺便抽得出来了。哪里是什么信嘛，信笺上只有这样分开写的两行字：

干渴的土地盼着甘霖，

寂寞的心，等待佳音！

“这哑谜好难猜哇。”方舟感到愕然。

其实，也没什么难猜的，把它挑明了，无非是一个少女求爱的表示罢。队里既然没有姓周的，那不是方舟的谑称吗？原来是她看中了他！但是，落花有意，流水无心。看方舟那份德性，不屑一顾地找饭粒当糨糊将信口封好，淡淡地若有所思，瞅我说：“她可是有点浪漫蒂克啊。”

我说，“说不定是她把阁下的名字故意写倒了。”

“不，绝不会是这样。”

“假如是呢，你怎回答？”

“嗯,也好,跟她开个玩笑,用周方的名义给她写封情书怎样?”

“那太残酷了。”

“哟,你老弟要做怜香惜玉的护花郎哪。”

这下叫我怪不好意思。

方舟见我发窘,赶快把话头一转:“唔,对啰,那天在宜君路上,你和苏茜是不是……哎,我倒觉得她比欧阳可爱。老弟你艳福不浅啊。这样的吧,你文章写得呱呱叫,求你帮个忙。”方舟压低嗓门跟我耳语:要我替他给苏茜写封信。说“用你的生花妙笔的箭,射中她少女纯洁的芳心!”

想想越俎代庖,未免滑稽。不过,又不花本钱,逢场作戏不妨试试。当晚睡觉就打起腹稿。

十月十七日。昨夜未眠,今朝将腹稿写成这样:

北来道上,你害我懂得了梦想:
我曾梦是张碧绿的荷叶,
感受一颗纯洁晶莹的水珠。
我又梦成一块明镜,
时时映照那迷人的眼睛。
忽儿我又梦是一泓小溪,
让鱼儿在里边跳跃嬉戏。
我还梦是春日的微风哩,
尽情地抚慰梢林的鬓丝,久久不息。
真不知做了那么多的梦啊
我终于梦成了大海
畅开胸怀,夜夜仰视星月云彩,相与徘徊。
发痴吧,
也许你会觉得好笑而嗔怪?
可你知道,

人生不正是这样吗？

有日里的现实

也就伴随着夜里的梦想。

事情也真巧合，今天千红给我来了头封信，说给周方的那封信，找不到收信人就别费心了。她已打听到他的下落。另外，顺便告诉：大苏到了医科大学，那边学习紧张，叫她写信时替她向我问候。说她对我印象很深，说我是个好人，一辈子也忘不了。“看，”千红信上写道：“人家多么感激你啊。你跟方兄不同一个班吧？苏茜说，他离开延安那天曾经单独向她许过愿，他要给她写信，可一直也没见影子，只听别人写信来讲，说他当副班长，中队还要他做军事教员，每天教你们出操；还当列宁室的娱乐干事什么的。总之，一长串衔头。是真的吗？告诉你，校本部文艺工作团前天有人到女生队来物色团员，把我也找去谈话。听口气，对我印象还可以。最后说过几天便有通知了。可我正在想：跑出来本意是要干一番事业的，现在却要专门去弄文艺，好不好呢？心上挂起十五只吊桶，七上八下。禾佳，你是老好人，考虑问题总是那样深思熟虑，给我出个主意好吗？”信的末尾，落款是“你的朋友红红。”

读完信就洗过澡，一身清爽，仿佛梦里郊游踏青，置身于充满花香鸟语的南国春苑。忘了眼前炕上点着微的菜籽油灯，全班人又要照例在小组会上各人汇报自己一天来生活、学习的思想活动；同时互相作批评与自我批评。班长最后作小结：优点，个人生活、学习有进步；缺点：批评与自我批评开展不够；发言还不够积极主动。完了，号召大家“集体尿尿”，熄灯睡觉。

八股文章，天天如此。讨论、座谈，不怪你人云亦云，要紧是在乎你会上发言非得普遍。只是，撒尿也要求集体，则未免滑稽了。

十月二十三日。广州失守！消息传来，犹如一声空袭警报，引起了全队人惊慌。蟠龙街上见到别队的熟人，莫不奔走相告，尤其两广同乡，就像顿时染上瘟疫，焦急、忧虑、不安的情绪迅速蔓延开来。有人则说，塞翁失马，焉知非福。这样一来，学习三个月之后，回南方倒有地方倒是可以打游击了。不过，有人却担心,要是武汉也守不住,南北交通一旦中断,回华南岂不难于上青天!一位叫刘少华的香港仔,哭丧着脸,逢人诉苦。认为唇亡齿寒,广州既陷于敌寇,香港弹丸之地早晚也会被吃掉。刘说临来跟未婚妻已订下婚约,来此学成回去即办新婚燕尔的,连整套紫檀木镶大理石的沙发和婚床的名贵家具也都看好了。如今怎么好呢?一切的一切都将成为明日黄花,不无使人丧气。

这突如其来的国难,引起阿刘这样失掉精神上的平衡,在广东同学中特别明显。晚间,小组生活检讨会上,班长要求大家就此时事谈谈各人的感想。有人对我说:“阿童,这一下你可也是无家可归了啰。”我说,既然决心选择了这条道路,本来就没想要吃回头草了的。‘埋骨何须桑梓地,人间到处有青山’。《论持久战》已预言了抗战的必然趋势。中国的秋海棠叶那样大,日本小毛毛虫怎么也啃不完。

十月二十八日。第七大队正式宣布开学。

千多名同学从附近几个中队的驻地翻越过山梁,陆续来到镇上小学校的操场。各中队入场按照事先用石灰在场地上划好的方块排列成行,各人放下怀里揣着的小矮凳坐下,像平时在露天操场听课一样等待开大会。

在等待开会的空隙当儿,各中队列宁室的娱乐干事都活跃起来了:你队呼唤他队唱支歌,我队便齐声呼应帮腔:“一中队来一个,一中队来一个!”声浪在山谷震得发出巨大的回响。等到歌声刚落,吼叫的呼声又接上来:“唱得好,唱得妙,唱得呱呱叫,再来一支要不要。”拉拉队此起彼落,歌声一阵又一阵。本来寂静的小小校园,顿时掀起一片狂涛。

大队长徐德操、政委张平凯陪同从延安赶来的副校长罗瑞卿以及许光达、陈伯钧等首长出现于新搭起的台子上。照例全场起立鼓掌欢迎。司仪宣布大会开始:全体齐唱国际歌和“抗大”校歌,然后让大家坐下,静听副校长致词。副校长高大魁梧,一口四川口音,开口就高声喊道:

“同学们好!抗大第七大队今天正式开学了!我受党中央、中央军委的重托,前来向大家祝贺!”

全场迸发一阵暴风雨的掌声。

接着,副校长往下讲:"抗大、抗大越抗越大!"又是一阵掌声。接着说:"抗大"的前身叫做红军大学,是专门培训军队中级以上军事和政工干部的,全校师生不到五百。为了适应抗战需要,改名抗日军事政治大学,到今天为止,在校住学的学员包括几个分校在内,人数已超过万人了。讲到抗战形势,说局势非常严峻。六天前,广州失守,昨天武汉又被迫放弃了。但是,我们今天却在这里开学,这就以行动向敌人显示,中国人是打不散的。我们有决心和勇气打它一场持久战,坚决抗战到底!(掌声)

讲到教育方针,说概括起来是三句话——坚定的政治方向,艰苦朴素的工作作风,机动灵活的战略战术。以毛主席的题词:团结、紧张、活泼、严肃八个字作为校风。为了适应前方打仗、后方动员的需要,学制不能太长,课目也只能做到少而精,要求理论必须联系实际。说革命道理总是边做边学才领悟过来的。

最后,讲到生活和学习环境。说条件差:住窑洞、吃小米,身上还长虱子。要比各人原来的家庭、学校当然没法比了。不过,比起二万五千里长征——过草地、翻雪山那个艰难困苦,又不知强多少倍,起码有个安全感,起码能吃饱饭、有衣穿。说千言万语,奉献于同学的只是一句老话:"既来者则安之"! 希望个人在集体当中,切实做到校歌唱的——努力学习,积极工作,把日寇驱出国土之东,建设新社会,前进,前进!

除了副校长讲话,还有几位首长也都说了说。完了才是各中队和本地小学生表演文艺节目助兴。

校部给每人发下"抗大"两字的红领章,一本做学习笔记用的白纸簿,一支蘸水笔和一班一瓶墨水;一人一条洗脸巾、一套铁灰色的棉衣棉裤和一顶棉帽。说棉鞋再等几天才发下来。晚餐,伙房加多几样菜,一人二两白干,按人头分发到班上。

这一天,大家就跟小孩过年,个人喜笑颜开。

十月三十日。喜出望外,苏茜托人给捎信来了。信不长,但笔端含情,真够

叫人咀嚼不舍的。反复读了三遍,仍觉口角留香。索性抄录在这,当作个纪念:

……我真笨,嘴不会讲,笔头又不听使唤,但是心里又憋着难受。千红说她给你写过信,是吗?她上校部文工团了。她要我告诉你:“那封信”不要交出去了!当它没那回事吧。你们那儿一切都好吗?方兄给我写来封诗信,我半懂不懂,不知他为什么要讲那些。他要我给他回信,说什么呢?学习太紧张了,一天没个空儿,夜里睡觉脑子还要做梦。真累。妈进党校,妹到边区师范学文化,星期天才见一次面。我自己不爱写信,可就爱读人家写的。你为什么总不给我来信嘛。等看呢!但是,你千万不跟别人——尤其是那位自作多情的方兄讲去啊……

信上写,似乎这样明白,弦外之音却那样难猜。

苏茜她也许是A血型,性格内向,犹似平静宁谧的港湾,千红聪明外露,热情奔放,仿佛澎湃的海洋。前者使人温暖,后者硬是把人燃烧;一个是顺应时宜、规规矩矩的闺秀,一个却处处追求突破局限,超脱世俗的新女性。两人各有千秋,都有可亲可敬的魅力。在这新社会的生活中,友谊、爱情之树,应当是得到合理、自然、正常的成长,结下丰硕的果实吧。但是,我现在脑袋装的只能是注重于人生、社会的观察与思索,对革命理论的学习与探讨,实在没有闲心来分析个人感情生活的微妙。

十一月一日。早饭过后,大家来到操场,等待教员从大队部下来讲《中国革命运动史》。中队长和方舟他们正练篮球的投篮。忽然,轰隆一声,远处传来隐约可闻的炮响。中队长抱住球细听,炮声接连迸发。中队长沉着脸说:炮声总在八九十里地之外,会不会是南泥湾炮兵团在试炮。大家也都不在意。

等到教员讲完课,中队长才来对大家宣布:延安头一回遭到了空袭!说大队部接延安电话:城里落了不少炮弹。叫我们注意点:外面晾的衣服注意防空。延安机关学校,多数都住窑洞,炸弹对窑洞是起不了多大作用。

到晚上,大队部又传来消息:这回延安遭受空袭,事先没有防备,损失相当惨重。城里房屋除了教堂之外,几乎夷为平地了。人躲进窑洞,伤亡还不很多,可惜大队长的新婚夫人不幸遇难了。校部号召全体学员,每人写封信,慰问延安受难灾民,表示同仇敌忾,抗战到底的决心。明天交卷。

为要写信,每晚照例要做的生活检讨会免了,心神一阵轻松。对我来说,用嘴巴讲,往往词不达意,用笔写,倒能做到得心应手,挥洒自如。不知哪里突然来的灵感,信笔一挥,不等过夜,千把字终于完篇了。

但是,脑子却空不下来。千红、苏茜,还有小姑娘蓝云、黄大姐晓华她们怎样呢?清凉山下女生队那排新建的平房能安然无恙吗?也不知什么缘故,一夜都睡不好。

十一月三日。两位广西人蒙远、江涛,一位香港仔刘少华来邀,说蟠龙街上小馆,炒小菜下酒,价钱便宜,一碟羊肉丝才两毛钱,羊杂碎五分钱得一大碗。这儿的人原先不惯吃羊肝,嫌膻,把它往房顶乱扔,白让乌鸦叼走了。有天,老蒙出一毛钱让馆掌柜拿来炒一大盘,吃得挺过瘾。掌柜看客人吃得那样有滋味,还懂得能明目、补身,现在也拿来炒卖招揽食客了。整只肝只要两毛钱。老蒙昨天他从汉口中山路估衣铺花两元八角买来的黑呢大氅,把那磨损露白的破绽用墨汁盖了,然后卖给收故衣的小贩,得钱六元,还赚了三块二。老蒙说,反正棉袄棉裤公家给发,冬衣不愁,卖了还减轻负担。于是,趁着星期天没事,招待我们几个出蟠龙街去喝两杯。老蒙说,“何以解忧,唯有杜康”,曹操的豪情是值得学一下的。

吃喝完了,江涛建议爬山。我们村子背靠的西山是附近周围山峦的主峰,仰着脖子才看到山顶。老乡说,原来是有座玉皇大帝的道观来的。香火还真红火。打从闹开土地革命之后,烧香拜神的事,老百姓也就慢慢看得淡了。白军红军来回,你打来我打去,树木烧了,寺庙也毁了。这不,见到的山顶就只两堵没盖帽的墙,两三株没完全枯死的柏树在上面站岗。山总有二三百米吧,好在山脚有铺片石的小径,可以循路登临。旧历九月初九登高的节日虽然过了,落帽风光却仍映入眼前。

好奇心鼓舞我们终于攀上了顶峰。原先究竟是雷神庙还是玉皇道观都无法辨认了。平顶的地面,尽是一片瓦砾。石碑横七竖八躺在地上,有的断裂成两三块,牧羊人挪到柏树根作坐凳,碑文磨平了,另外刻着“上三下三”的简单牛角棋盘。寺庙内,石板底下长出苋草,墙壁批荡的白灰大部分脱落了,上面画的神像四分五裂,辨不出原来是什么样子了。纵目远眺,千山万壑,仿佛万顷波涛。

“嗨,你们瞧,这不是大海一样的吗?”刘少华躺在草地仰视苍穹,不禁惊讶。

可不是怎的,湛蓝如海的天空,万里无云,蓝得实在迷人了。也许正是地下因有黄土高原的过分荒漠、单调的缺陷,天上才出现这样柔媚、高洁,叫人赏心悦目的美景作补偿。

不想刘少华引诱大家去观赏天上的奇观,都勾起各人的乡愁来了。

蒙远说他是山国居民,眼界窄,如此辽阔、素净若洗的环宇,还真是大姑娘上轿,头一遭领略哩。他说,“遥想兄弟登高日,遍插朱萸少一人”情不由己,想起家来了。原来他有过这样一段伤心史哪:他说,在专区师范毕业后,回本乡平平安安当了三年小学教员,想不到后来命运给他开个大玩笑:一家地主的大姑娘在省里上过初中来的,去年抗战爆发,逃日本飞机回了老家,硬是要到小学来附读,校长指老蒙当她的老师辅导她的语文课。做辅导就是做辅导嘛,谁去想她一个十六岁的少女竟对比她大五六岁的老师产生私情啊。学生有心,老师是无意的。但是,也许由于少女的过分亲昵,招致别有用心的人嫉妒了。然而,流言不仅阻挠不了少女我行我素的勇气,而且更加助长了她的逆反心理的发展。别有用心的小人便把矛头直对老师来了。蒙远从小爱跟歌手大叔大婶们学歌,后来居然成了年青伙伴每年赶歌圩的师爷,随时随地都能信口唱起叫人倾倒的歌谣。也不知什么意思,去年抗战开始,政府征集壮丁入伍,乡村长从中受贿舞弊,不少母亲为儿子的应征控诉人为的不公,哭诉茹苦含辛养大儿郎的艰难,唱成长歌,情真意切,感人肺腑。蒙远把长歌笔录下来,稍加取舍,谱成书面歌谣,流传更广。料想不到,这一招,竟授人以柄,别有用心的小人便向当局诬告蒙远蓄意反战,煽动民众抗征。县里即派兵围村追捕。老蒙便攀上屋檐,抱住横梁,憋一肚子的气,躲过了粗心的追捕兵差。家乡再也待不住了,连夜逃亡贵州边界,就在山高皇帝远、三不管的三家村谋到教几个就地私学的儿童,求得一宿两餐，糊口度日。

"人说，贵州'天无三日晴，地无三里平，人无三分银'确实不假，那地方的贫穷、落后，跟这儿真差不多。"蒙远说他在鬼地方蹲，将近半年，想想人生一世，不能认同林中野猪，光图活命。何况国难方殷，堂堂七尺男儿，岂能置身度外？蒙说反复思量，终于潜回老家另做打算。这时，那个别有用心的人真能把少女拐走了，县里当权者虽然换了人，老蒙已不再是当局的眼中钉，似乎可以相安无事。但是，老蒙他还是为争口气，决心寻找公正、自由与阳光而来了这里。

"那少女的芳名不能公开吗？"江涛对少女津津有味。

"名字不关重要。我现在的名字就为纪念那段厄运起的。"

"蒙远(冤)？哈哈，你可真会幽默啊。"

"也许人也到延安来了。你没去邮局看过？"

"算了。天涯何处无芳草。"

"但是，人家说，第一次接吻是最甜又最难忘的。"

"你得尝过吗？"江涛问。

刘少华说："我说，别的都不用讲，老蒙这段风流轶事是令人遗憾的，阿童应该把它记下来，可是篇动人的小说呐。"

十一月三日。晚饭后和几位广佬散步，回到大院见全队人围成圈圈端坐在小板凳上，一声不响。场中心站着列宁室的负责人又是"民先队"总队长谷敬在宣布生活、学习漫谈会开始。我们几个赶快溜回班上，端来板凳，悄悄躲在后头倾听。原来是以列宁室名义进行一个月来生活、学习总结。负责人先作综合性的报告：题为《一个月的收获与问题》先罗列几条抽象的优点、然后便来了"但是"——具体指出存在若干不良倾向的现象。仔细听起来，具体的缺点正是抽象优点的否定。收获只能是空的。惟有问题才是真实的存在。比如说，一月来的收获：情绪稳定，学习有进步。存在的缺点：经不起风吹草动，广州、武汉的失守，延安的受轰炸，各人的思想情绪普遍产生悲观失望，甚至还有哭鼻子的。充分暴露了小资产阶级动摇的劣根性。又比如说，增强集体观念、发扬革命友爱方面，取得很大进展。但是，与此同时，不能不指出：当中仍有旧社会带来的并不光彩的小资产阶级的臭尾巴——小同乡、老同学、好朋友等等,形成打不散,挤不进的小圈子,有的利用本地方言、土语嘀嘀咕咕,也不知他们有那么多的话总是讲个没完没了,这不能不是集体生活的肌体的腐蚀剂。"再比如说,"负责人强调:"校风八个大字,紧张中要注意团结,活泼之中不忘严肃,这都是生活中的辩证法。什么样的辩证法呢?列宁教导我们:唯物而不辩证,只能是形而上学,外号叫机械唯物论;但光讲辩证而不唯物,那只能是诡辩——唯心主义的怪物……"

报告人说,他先做抛砖引玉,希望大家给补充、批评、指正。

三分钟沉默。

蓦然站起一位戴宽边眼镜的瘦高个、操浓重的四川口音:"我说,我这不是什么玉,你也未必是块砖。陈腔滥调该免了吧,命都要革了,虚伪的废话还能保留吗?我说的话就同我们这块地方一样:开门见山。请别笑,存在决定意识嘛。刚才说的优缺点,我以为是两相矛盾的:哪一方面是主要的呢?发扬阶级友爱,有谁反对吗?没有。但是,不能因此而抹杀个人小同乡老同学的情谊。比如我们将来在别处重逢,连今天的同学之情也不认了吗?以鄙人之见,只要不碍于集体,个人的活动不应该受到指责。大海是无数江河汇流而成的。到'延安去',目标只有一个,道路却来自四方八面……"

"好!"

"吼什么,人家还没讲完哪。"

"我说,俗话讲,一根筷子容易折,一把筷子折断难。众志成城,集体力量值得发扬。可就是真理要是说过了头,往往会变成荒谬。"

"空话,讲具体事例。"

"具体就是比如说,小便也要求集体,大小厚薄的被子也要求看齐……"

"噢!"

"主席,主席,我有临时建议:发言不能离题万里。"

个个都要抢话争辩,情绪激动。过了将近两个钟头,最后,教导员才站起,说他不代表组织,只就个人讲几句:

"首先,我说会开得好。各人能做到暴露思想,畅所欲言。这就是进步。问题都有两个方面，有优点同时就存在缺点。人，两只脚走路，一左一右才能前进不是。我们现在住不好，十来个人铺一炕；身上长虱子消灭不了；吃不好，粮食有时运不来，只好南瓜煮面糊；学习没课堂，避不了风雨；文化娱乐更谈不上了，篮球架到现在还只有半边，练练投篮可以，要比赛、打输赢那就干瞪眼了。这就不能否认是存在缺点、困难的一面，但是，在此同时，优点方面也必须要给予充分肯定。优点在哪里呢？就在于，我们革命队伍手中掌握了马克思列宁主义的战无不胜攻无不克的理论武器，我们有着党的组织领导，我们养成了优良的革命传统，这就是我们积极的精神力量。优点是主要的，任何缺点在优点面前都将迎刃而解，什么样的艰难困苦都不在话下。……”

教导员振振有词，极大地发挥了他雄辩的鼓动性演讲的本事。

“喂，老弟，”散完会，老蒙拉我出院外头去说悄悄话：“你读过《阿Q正传》，精神胜利法还真能吃香啊。”

“哎哟，你俩当面不说，背后议论，自由主义！”蓦地里，背后冒出个刘少华来，吓人一跳。

还不等什么反应，江涛也凑上来了：“嗨，可捉住你们了。又是几个‘广佬’——小圈子！”

“糟糕，要回班上参加集体小便了。”我急忙往回走。

回到班上，班长同志没问去哪里了，倒是一反常态，笑脸相迎，开口就喊：“秀才同志啊，恭喜你了。你那封慰问信上报了。看，是你写的那封吧。七大队三中队童禾佳！这不仅是我们班沾光，还是整个‘抗大’学员的光荣哩。”班长同志将刚到的《新中华报》递过来。上面加有花边的四方块在头版占了显眼的篇幅。

瞎猫碰上死耗子，叫你啼笑皆非。

十一月七日。他叫王泽井，同一个班上的。平日寡言少语，空闲下来，偏爱在膝盖上往本子抄抄写写。有定睛凝视的一点目标，不管是人还是一只跳跃的麻雀或者是一群偶然飞过的蜻蜓，都能引他的注意而往往陷入沉思。好像他是极力回避别人注意到自己，但是别人对他倒反产生个深刻的印象。他长的个子人高马大,有股鲁智深式的豪情风范。那天同他一道去背米,百斤一袋,他往肩上一扛,轻飘飘地走了。我只背半袋子还感到挺吃力。回到半路歇下来,他不无同情地安慰着我:“不要不好意思,尽力而为嘛。慢慢来,锻炼、锻炼。只要不装腔作势,不投机取巧,脚踏实地,再远的路也不怕走不到。噢,像你们南方人能来到这儿,就是一次革命意志的考验啊,这可不是凭嘴巴说说就做得来的。”

我只听他讲。

“禾佳同志,”等到我们又继续上路,王泽井才憋不住地问我:“到延安来,政治上有什么要求?”

回答他很干脆:“要是单纯只为抗战,我是大可不必来这里的。”

“哦!懂得了。”王泽井说。究竟他懂得了什么?没有再讲。

十一月八日。午休时间,王泽井招呼我和他一道去河边洗衣服。他给我一式三份的参加“民族解放先锋队”的申请表,说介绍人就填他和教导员的名字就行了。还讲,“民先”是入党必经的准备阶梯,像我这样的,以往既然有较早的政治觉悟,现在又有现实的表现,准备阶段不会太长。

十一月十一日。三中队的“民先队”支部在对面山坡的玉米秸垛里召开全体队员大会,宣布我们新队员入队。党支部党员是秘密的,谁是党员大家都不知道。民先队员是半公开的,今天在一起都相互认识了。方舟、谷敬(列宁室的干事)队员是不成问题了。只有一位“广佬”——“中大”(中山大学)学生陈兆源平日倒是看不出来他是其中的骨干分子。卢表弟却不见露面,听说他后天也同香港仔刘少华他们几个回延安进敌工队学日语,尔后专做敌军工作。蒙远、江涛跟我一样,都是参加宣誓入队仪式来的。

开罢会,方舟来告诉我:他刚得到通知,后天也将同卢表弟一道回延安。校部调他去一大队进参谋班,不知是学习还是做军事教员?

十一月十二日。刘少华重感情,一旦要分手了,不免依依不舍。一定要我、老蒙、江涛、方舟和卢表弟几个去蟠龙街上小馆话别一番。又是炒羊肝,又是红烧野鸡和苜蓿肉。

喝到半醉,蒙远举杯,向即将离别的新交说:

"苟富贵,勿相忘。来,干!"

"不,革命不言贵贱,但愿勇往直前。"方舟一本正经,一饮而尽,将空杯向大家亮底。

"好。好事成双,再浮一大白。"老蒙往方舟的杯子倒酒。

"来,一起,一起。量小非君子,干。"

"唔,卢表弟你想渗水,不行,不行。来真格的。"

同一般酗酒一样,我们几个可是穷乐一阵。

"诸位,讲正经的。"方舟拿筷条敲敲酒壶,要大家静下来。"谁有情书要捎延安的吗?兄弟我乐意代劳。保证完成使命,绝不拆开偷看。"他不让别人搭腔就朝我袭击:

"童老弟,你的慰问信都上报了,情书准能征服人心。唔,对啰,大苏不是给你写信的吗?进攻!我愿给阁下当传令兵。"方舟似乎是真醉了是的。

"说真的。"方舟忽然严肃起来:"非得情书才代劳。你们笑啥?恋爱与革命不相容吗?幼稚病。你说,"方舟站起,摇摇晃晃,抓住卢表弟领口:"你问你老革命表哥去:一个人都爱不了,还能指望他或她去爱全人类吗,笑话,笑话……"

"醉了!拿糖水灌他。"

方舟使我惊讶。跟他平日那装腔作势的君子风度,简直判若两人。

十一月十五日。大前天落了一场大雪,一夜之间,大地变成好一个银色的世界。北方的同志对此是司空见惯了,只有我们广佬感到莫大的惊奇。雪扫过后,操场又照样打球、出操;拾来柴禾烧起,便开成篝火晚会。新鲜的事儿层出不穷,心里总感到有话要讲,灵机一动,想出这样几行歪诗——

初　雪

哪里是梦?

分明人已醒来。

奇怪，一夜怎变成了个世界。
阶前、屋顶、山巅、平原，
都铺下广袤无边的棉絮，
银白皑皑。
几株瘦柳顿成了腊梅。
雪啊，你煞是可爱。
你何止是纯净、洁白呢，
地上人间，
陈腐、肮脏；坑洼、不平，
一切的一切，
你都无私地把它们填平掩埋。
你可是真理的化身啊，
邪说、谬论、曲解，
在你脚下都将是飞不起的尘埃。

篝　火

麦秸、蒿草、木头、树根，
来自各处，
大小长短不一，
堆起，
小丘一般高低。
投进一根火柴，
伸出一道道金光火舌，
舐净了
迷茫的黑夜。
雪花消失了，
心窝燃起阵阵炽热。
火堆啊，火堆，

你的烈焰带来的光辉，
必将
改变世界、造福人类。

中队部为争取完成发展组织的“突击月”任务，也正忙打快板：班上的活动分子全面出击，见缝插针，日夜找对象谈话、填表、审批。你来我往，就像荞麦开花地里的蜜蜂。

十一月二十五日。二哥来信说，“你的选择是对路的，看来中国必将朝这条道路发展，既然下了决心，就拿出攀登珠穆朗玛峰的勇气和毅力，非达顶点不止。”

十二月一日。党支部组织委员王立功给张入党登记表，叫尽快填好，争取年前解决问题。跨年度党龄就少一年了。想想这是实在话，倘若1936年双十二西安事变那阵子，自己不那样犹豫迟疑，毅然接受学校地下党支部的旨意投奔西安，现在说起也算是抗战前老红军了。

十二月九日。趁着“一二·九”三周年纪念，七大队召开大会，总结三个月的预科学习。军委副总参滕代远、副校长许光达和陈伯钧、张平凯等首长率领一个视察团和一个文艺工作团从延安赶来与会。一来祝贺预科学习成功和发展组织突击月的胜利；二来动员上五台山——晋察冀抗日根据地去边学习边打仗，从实践中锻炼，提高思想觉悟。另外还说校部中有个决定：从各大队预科毕业生经过甄别考试，挑选一部分学员集中延安校部编入研究班，着重培养中级军事指挥员和政治工作干部。

滕副总参，中等身材，红光满面，正当盛年，精力充沛，谈吐幽默从容，不脱书卷气。不说谁也想不到他就是当年曾是协同彭德怀在湖南发动一次震撼全国的平江起义的风云人物。难怪此刻等他讲完下来，马上便有一伙崇拜英雄的好事者，蜂拥而上，个个伸出小本本，恳求签名留念。

晚会,有上海明星吕班表演节目和文工团的集体舞,赢得皆大欢喜。文娱生活的干渴,实在叫人受苦了。一旦遇见绿洲,哪个不在兴奋着迷啊。

在我,开心的比别人应当是加倍的。

当着人们正在热衷于要求首长签名时刻,一只细嫩的手落在我的肩上,蓦然回首,乍见含笑的眼睛盯着我:“不认识啦?”

“噢,千红!……”

真正是叫人说不出二话。彼此的手捏得生疼。她的眼睛像火炭。

“还愣,大苏不是写信告诉你了吗?”

是的,她参加了校部文工团是苏茜信上讲过的,就是此刻竟然站在面前,则不免叫人大吃一惊。而且那火炭的目光,可真叫我很难为情。

“好。我得赶快回团化妆,晚会有我女中音独唱。你可得为我鼓掌哇。出完节目,你来后台找我。哎,不,我找你。”

千红急忙洒脱地转身走了,连头也不回。

晚餐,厨房宰头大猪,用洗脸盆盛菜,每人还分得二两白干。又是吃饱喝足,尽兴了一番。

我,不知什么缘故,面对盛筵,却感饮食乏味。脑子老在盘旋千红的每一句话,老在等待听她的歌声,老在想像她在台上的丰采……

晚会上,文工团吕班表演说书,叫人听得入神,老蒙从后头寻来,扯我袖子,悄悄耳语:

“刚才出台独唱的那位女同志在后头等你。”

离开队伍出来,同千红走到街上。

人都往学校操场看热闹去了,街上洒下淡淡月光,寒风飘过屋顶的稻草发出丝丝的私语。耳朵有点冰冷,千红把手插进我的胳膊取暖。两人从街头走到街尾,周围清静极了,到处没个歇脚的地方。

“到我们团的屋子坐一会吧。”千红把我领到学校的一间教室——她们女同志的屋子。

“你的慰问信写得那样动情,为什么不给我写?”千红问得那样真挚,好像我们是多年深交的姐妹。

我说,信是要有人谈起来才有心机畅所欲言的。与其没有可以诉苦的对象,还真不如写日记,寄托自我而得到陶醉的好。

“给你的日记簿都用上了吗?”

“谢谢你,给我个精神伴侣!”

“那一定很有意思。能给要读它的人吗?”

不容人表示可否,马上接着讲她的:“我就是这样一个人:崇拜才子!喜欢跟男同志在一起。觉得男子汉有股豪情英气、磊落大方,没一般女人那种狭隘、小器,琐碎庸俗。嗯,你知不知道,方舟给大苏写封情书,实际是首求爱的诗,真美。开头一句我都背下来了——我梦我是张碧绿的荷叶,感受一颗纯洁晶莹的水珠。看,多美。你写过诗吗?嗯,你觉得大苏这个人怎样?”

“没觉得怎样。你说呢?”

“她,城府深,我也号不准她的脉。只说,有个影子把她搅得乱乱的。问是谁?死也不肯吐露。但是,”千红说,一些令人崇拜的二万五千里长征英雄,对苏婶的两位千金都表示格外关注。人经过艰苦卓绝,九死一生之后,谁不希望有个温暖的手熨平多年心衣的皱褶啊。说苏婶老人已经几次暗示:谁谁是某团某旅带兵的首长,谁谁是中央直属机关的书记、部长或主任;个个文武不凡,不愧英雄一代,前途无限。规劝女儿应当留心自己的事了。过了这村就没这个店;终身大事固然不应过于轻率,也不要过分挑剔。老人之见是无可厚非的。只是大苏她却一心扑在医学上,不知她心灵深处藏的什么。

讲到这,停了半晌,千红又自己喃道:

“想想苏婶说的倒也是件事。”

接下来又说,“但是老红军同志要求又要速战速决,真要命。”

我对此觉得无话可说。调换个话头问:“方舟上星期调去参谋班了。见到了吗?”

“没有。”千红摇摇头,反应冷淡,好像提起不相识的人似的。可是稍停一会便朝着我的脸发问:

“你为什么不同他一道去?唔,看你搞军事是不行。我倒替你出个主意,你文章写得那样精彩,不如去考‘鲁艺’文学系。将来准能当成个红色作家。”

“你别给我灌洋米汤了。”

“你看我是那样的人吗？说真的，你要是能回去进‘鲁艺’，我也想去音乐系试试。听人说，‘鲁艺’取的学员都挑的文学艺术的天才。那儿没钢琴，我这破嗓子能进得了象牙之塔吗？”

我说，刚才引发全场那样长的掌声不是答复你的问题了嘛。说，人有自知之明，同时就应有自信。

“那么，你为什么不乐意搞文学呢？”

“不是自己不乐意，而是个人已交给了革命，身不由己。”

千红拿惊讶的目光瞥我：“原来是这样。”她好像敏感到了什么。“不过，你不觉得遗憾吗？”

晚会散场。演员吱吱喳喳奔回屋来了。我起身要走，千红把棉帽放下两边护耳，还将带子系上，露出两只眼睛和红喷喷的脸颊。“走，我送你。”

外面操场空留一片淡淡的月光。千红把戴手套的手插进我的胳膊，把我一直送到小河边上才迟疑地说：“我回去了。不管命运怎样安排，都会有人期待读你将自己的真情写进里头去的文章。不会让人家失望吧？”

千红用火炭的目光等待我的回答。

这难道是一个人对朋友的倾慕的一种表白，还是一种爱情的暗示？也许是我自作多情吧？脑子装着一团纠缠不清的问号回到班上。一位叫向卓华的“广佬”见面便嚷嚷：

“阿童，你可交上桃花运了吧？坦白，刚才你躲到什么地方去啦？”

另一位外号叫“卓别林”的跟着起哄：“不是打游击吧？唔，别红脸嘛。”

班长从外头回来，一见便喊：

“哦，回来了。我以为失踪了呢？大家先睡，我去队部一下。”

十二月十一日。中队教导员找谈话。先是当面通知：我的入党申请，经总支讨论，一致通过了。过两天，凑合几个新同志一起，举行入党仪式，就是成为中国共产党的候补党员了。照例在宣誓入党前，党支部必须履行一次组织谈话，向每个新党员进行一次党的教育。说作为党员，不仅口头上宣誓愿为共产主义事业奋斗终生,赞成党纲党章,遵守党的纪律等等就完了。最重要的,必须表现在行动上真正能够做到个人利益服从党的利益,真正能够做到大公无私。一个优秀的共产党员,必须具备起先锋模范作用的崇高品格,必须抱有无我的牺牲精神……

教导员念经一样背诵一长串革命教条之后,拐了一个大弯,问有没有爱人?"登记表没填有,实际上呢?也许还不到公开的地步不是?不要紧,命都能革,封建脑瓜还革不掉吗?只不过,谈恋爱这玩意,既费时又分心。千万不要妨碍学习和工作。不得犯纪律,不影响团结才行。要知道,生活在集体当中,个人生活,一举一动都会产生一定的影响。特别是谈情说爱的事,大家都很神经过敏。千万要谨慎、检点。昨晚你就脱离了集体,单独行动。这,在队伍中是不允许的,遭禁忌的。不过,你也不必过于介意。毕竟你们是新入伍的同志,初犯是可以原谅的。"

教导员松口气,沉默片刻,看我没作反应,继续又讲:

"你恐怕也还不十分了解她吧?看来你同她未必是一对。"

"不,我们只不过是……"

教导员见我急于分辩,赶紧抢过话头:"是呀,这点组织上是清楚的。我只不过提醒你注意:欧阳同志人很聪明,思想也进步,歌唱的不赖。在延安很出风头。我现在也只让你一个人懂得:她是校部文工团协理员唐康到女生队去把她选拔上来的。其他首长同志对她都挺关心。"

教导员把话讲到这,便不往下讲了,留心观察我的反应。

"我知道了。"我松了口气。

"你要有什么意见都可以提。"

我说,和千红认识时间不长,了解不深,第一个印象往往靠不住的,何况我们只不过作为路上认识的朋友,有过几回接触就是了。

教导员用心听完我的解释,然后说:一般来说,一男一女,政治上的同志关系是不成问题的。至于生活上,还有什么夫妻之外的特殊朋友关系,那纯粹是小资产阶级的幻想,实际上是办不到,组织纪律也不允许。

本来想说,原则上保证遵守党组织要求,努力克服小资产阶级毛病什么的,但是教导员似乎听腻了这类表态的套语，站起来暗示送客。我也就把话保留下来，没有说出口。

十二

一场罕见的大雪把大地盖得就像摊开的一床厚厚的棉胎。放眼远眺，延安周围只见山上的金塔露出像座不冒烟的烟囱。

童禾佳、蒙远、江涛和他们三中队十来位同学，昨天离开蟠龙回延安，赶到傍晚，离城关十来里地的桥儿沟便乏得走不动了，就地找间伙铺歇了一宿。今朝才安步当车，踏着来尺厚的雪地进城。

他们是经过甄别考试，禾佳一行十来个人取得留校进高级研究班资格，回延安向校本部报到，暂住第四大队在东关新建的平房，等候编班开学。屋里不生炭火，地上坑坑洼洼结了片片薄冰，仿佛斑斑的蜘蛛蛋。冷气侵人。没事只好拥衾取暖，或读书或聊天。晴日，便进城走走看看。

三个月前，城里那沸腾的市街瘫痪了。就算没遭炸毁的店铺，屋主也把它拆迁去了南门外一条山沟、另起新街。城里大部分居民都已疏散，显得满目荒凉、空旷。十字街口的墙头诗草，再见不到三个月前那样热情洋溢的围观读者了。基督教堂孑然仅存，但是，边区政府、中央党校都建了会堂，开会、演戏有了去处，很少利用它来做室内演出了。城里城外每座山头，出现一排排排列整齐而崭新的窑洞。

北门外，西边面临延河的几座山头都住着各个机关单位。紧靠城边的文庙遗址的小坡地便是鲁迅艺术文学院的校舍，左邻是从城里新迁出的留守兵团的三大部——司令部、政治部和后勤部；“抗大”的参谋班学员就和后勤部的山头联在一起，对河的王家坪，河滩上有片桃树林，八路军总部便设在那边的山沟里。

本来，禾佳、老蒙跟江涛要去哪里，就没明确目标，随意闲逛就是了。不曾想，从大砭沟——青委所在地打转回到“鲁艺”山坡前面，居然见到程千里从城里迎面走来,说他到新市场机关合作社买画画颜料。他在洛川和禾佳分手,到罣邑"陕公"学了三个月,经过一番甄别,学校将他们十几位爱好文艺的保送来"鲁艺"。到"鲁艺"又接受一场业务考试才作正式学员。说同他一道来美术系的还有一位曾在林语堂的《论语》期刊上发表过漫画的华君武,一位刻木刻的广东省立广雅中学学生古帝元和一位叫秦兆阳的湖北人。

程千里问禾佳,"我看你那样爱好文学,文章又写得好,想不想来考'鲁艺'?现在文、美、音、戏四个系招生名额还不满,每星期还在考一场。"禾佳说,不是想不想,而是能不能来的问题。程千里他个人是有"陕公"学校保送的,"抗大"会不会让他来考呢?程千里不管那么多,即领禾佳他们越过文庙废址,来到山脚下面新建立的一围四合院式的学院办公处,打听报考的必要的手续。教务处一位干事答复说,没有本单位推荐、保送的话,若找到学院某位教员作个人介绍也行。不过,又说文学系名额已经满了的,这星期最后一场考试,要是成绩特优,个别人当然还可以考虑录取。禾佳听了,犹豫半天,拿不准主意。千里爽快地说,报名不成问题,他一位杭州美专老师就在这,这一臂之力,倒可请他帮忙。老蒙在旁边极力打气:"老弟,别心大心小嘛,试一试有什么要紧,反正不会蚀本。就同无产者干革命,失掉的只不过是脚镣和手铐罢了。"

程千里还说,"鲁艺"生活自由,早起不必出操,像"抗大"搞那种军事内务条令的做法,在这儿简直是"天方夜谭",天大的笑话。白天要是没课上,就随各人兴趣,到草坪的坟堆地里晒太阳、读小说、画画、扪虱子。晚上,开小组会嘛,有话则长无话则短,你不愿发言,也没遭到所谓"不暴露思想,批评与自我批评不开展"等等的指责。总之是,在这儿,个性得到尊重,个人兴趣得到发展。禾佳听得眼睛发亮,衷心向往。但回头一想,又挺自卑:深怕人家挑选的学员,都要的艺术天才,担心自己没那分文艺细胞,未必能考取。老蒙却尽在鼓动:

"我说,你太自卑了。就你那封慰问信还不是最优秀的答卷嘛。你想想,'抗大'成千上万人写,就只选上你一份,不正说明问题了吗?"

"什么慰问信?"程千里莫名其妙。

江涛不冷不热地搭话:"就是前些日子登在报上那块豆腐干呗。"

"那不是署名童稚的吗?"

蒙远说,“禾佳不就是稚字分开写嘛。”

“噢,这样说来,那慰问信真是童兄的杰作啰。是精彩,笔底含情。料想不到是阁下的手笔呐,恭喜恭喜!”千里由衷钦佩,望着禾佳说话:“就这样的吧,我这就马上去求我老师给写张条子。”走开两步又掉头问:“名字改不改?”

禾佳心想:“改什么好呢?叫童稚?可跟同志又谐音,多别扭?”

蒙远帮腔说道:“叫童心好了,童心未泯,正是你老弟的本色。”

“那,也可以将就吧。”禾佳点头首肯。

江涛沉吟半天才喃道:“‘鲁艺’毕业算个什么级干部呀?‘抗大’高研班可是当营一级来培养的呀。”

“庸俗。”蒙远说一声。

江涛也不相让:“庸俗不庸俗,谁也不是不吃人间烟火的神仙。不然,何苦用四块八毛的破大氅去赚人家的六元钱呢?”

禾佳看两人要抬杠伤和气,赶快用作弄的口吻学舌:“一个问题两个方面——清高与庸俗,精神与物质,矛盾的统一,两者是相互依存的。能当高官当然没有什么不好,但是唱歌吹号也不能看作是微不足道的下九流。君不见楚霸王当年兵败垓下,不就是闻到四面楚歌而丧胆的吗?孔老二说的,‘天生我才必有用’。人只要能发挥一技之长,自然心安理得便无遗憾!”

“那样说,阁下便没了内心矛盾,可以卸下精神包袱,轻装上阵了。”

“也不一定。矛盾占有了生活,生活离不开矛盾。旧的矛盾统一了,新的矛盾又接踵而至,凡事一分为二,一尺之棰,日取其本,万世不竭,没完没了。”

禾佳感慨地谈起生活的哲理。江涛听得不耐烦,损他:“怪不得人家说你长的像个哲学家,说话也在故弄玄虚。可惜,这些唾沫,艾思奇在《哲学讲话》不知重复多少遍了。”

老蒙说:“艾思奇讲过又怎样?讲过就不让人再讲啦?真理不怕重复嘛。其实,艾思奇还不是从别人抄来的。他的名字就是马克思、伊里奇凑成的不是?”

“天下文章一大抄,就看你抄得高明不啰。”

禾佳得到千里帮忙总算报得了名。可是,心里头并不那样踏实。本来说要到参谋班看看方舟的，禾佳好像把这件事忘了，老蒙和江涛也就随着他过到王家坪，然后沿着山边大路朝南绕过清凉山往东，回三大队住处。

一路上，禾佳心事重重，不哼不哈，也不去留意老蒙跟江涛又在辩论什么。

晚饭时候，大伙在排队领饭菜，吱喳乱叫。也许是禾佳的忧郁太突出了，引起女生队黄晓华的注意，她认出了他，走过来招呼。问他："你怎的啦？哪里不舒服？感冒了吧？不去医务室瞧瞧。"这黄大姐可真热心，就跟关心小兄弟一样。两人端只搪瓷口盅黄晶晶的小米饭，上面盖一勺子白菜炖豆腐，随地找块石头木桩坐下，边吃边聊。

黄晓华说她们女生队也考过甄别试了。她可能要到即将成立的女子大学去。去学习还是工作没定。自己倒是想去马列学院搞理论研究。"千红参加文工团，不是去蟠龙七大队演出吗？你们没见到？"黄大姐注视禾佳眼睛，叫人家都难为情了。大姐见禾佳不做声，问道："你好像有什么心事？"

"我在想……"禾佳信口喃口头话。

"想什么？"

这时，禾佳才说要考"鲁艺"文学系的事。说很矛盾：文学，自己从小就爱好来的，真巴不得遇到这次机会，但是又在担心考不上。要能侥幸考取了呢？马上就得将这几年学到的社会科学理论放弃掉，思想上一下子拐不过弯来。再说，文学艺术这玩意，特别要讲究天赋，画虎不成反类犬。到头落个不成名的艺术家，岂不是人生的憾事！"名是报上了，要不要真正去考？心里还在七上八下。"禾佳居然将苦恼的心绪向眼前这位叫人信赖的大姐尽情吐露。

黄大姐真能善体人意，婉言相劝说："鲁艺"是要培养未来的红色艺术家，考试不会只注重一时答卷上的分数，最重要的恐怕还在乎考生的艺术素质。大姐说："蓝云，你也认识的小姑娘，不是考上音乐系了吗。唔，你去'鲁艺'没见到她？还有，大苏见到了吧？她在学医，方舟来进参谋班不是？我们女生队一位姓张的同学也被选去参谋班了。她，个子高，长的窕窈，腰带一扎，要不是帽子下面露出头发，简直就是位风度翩翩的小子。在参谋班，她当然不是唯一的女孩，可她那飒爽、潇洒，风度非凡的身段，确实是个招人的花木兰。我还自己嘀咕：方舟跟她倒是天生的一对呀。也许她的军人风采叫人误会是将门之女吧？

传言说她系国民党谁谁的千金,可我跟她同一个班相处得近两个月,从来也没听她吐露过那样的身世。当然啰,在这抗战报国的大潮,泥沙俱下,鱼龙混杂,如同二十年代,蒋介石不是也将公子送去苏联镀金嘛。家庭出身是局限不了时代思潮的召唤的。就算她真是某要人的千金小姐,那又有什么稀奇呢?就说我个人若照父亲的期望,应当去剑桥或牛津吃面包喝牛奶。可人各有志,只要自家下决心,还不是也同大家一样端小米饭?”黄大姐健谈,滔滔不绝。

“那,你说,我该去考‘鲁艺’?”禾佳问。

“这就要你个人拿主意了。好比选终身伴侣,别人是不能越俎代庖的呀!”

禾佳说:“但是组织上讲,要从广义讲,离开集体需要,个人是没有考虑的余地的。一切都得服从集体利益出发。所以……”

“所以什么?”

“属于个人的东西什么都不敢妄想。”

“所以才不敢给大苏回信,所以才这样闷闷不乐不是?”

禾佳被大姐问得脸都红了。

黄大姐停了一会,才感慨地说:“其实,你并没有真正做到不敢妄想,相反,你正是做着过分的妄想。说明你脑子里还是没有做到真真正正的忘我境界。”说依她的理解:个人的爱情、爱好,跟革命事业非但没有抵触,甚至还有一定的促进作用。比方马克思与燕妮的爱情,比方高尔基的文学事业,不是活生生的例子吗。问题是看你要处理得恰不恰当。“好了,不要讥笑我在夸夸其谈,倚老卖老,向你说教。”

“大姐,给你,列宁饼干!”一位同样穿着臃肿棉袄军装,扎紧皮带,红通通的小圆脸,像只皮球,蹦蹦跳跳的女同志跑过来,往黄晓华碗里搁片焦黄的锅巴。

原来是她们女生队轮班帮厨,锅巴归她们帮厨的人当作点心解馋。

“我牙齿不好。给你。”黄大姐夹起锅巴往禾佳口盅放。

小皮球立即拦住:“不,你吃。这位同志我来给。喏,有兴趣吗?”小皮球活泼、大方,当禾佳是老熟人似的。

“嗯,大姐,分配到‘女大’去工作的名单下来了,有你也有我。另外,最新消息:‘女大’校长你估是谁?是鼎鼎大名王明夫人孟庆树。听说还是啃过苏联黑面包的呢，说不定人家还是克鲁普斯卡亚的高足呢。好，你们谈，帮厨的收尾活我们全包了。男同志，回见！”

黄晓华叫住转身欲去的背影喊：“等等。”然后对禾佳说：“对不起，要起带头作用去了。”

两人走开两步，小皮球忍不住回眸见禾佳痴痴愣在原地，不无好奇地跟大姐耳语：“他是谁？瞧他那德性，心事重重。唔，要演戏，拿他扮毛主席准像。”

“瞧你说的，想男人想疯啦？”

“你不想？我说延安聚了那么多男人一个比一个英俊。大姐，你就挑一个得了。对啰，你听说了吗，千红能上文工团是协理员唐康推荐的。校部政治部副主任瞄准上了……还有个消息，到参谋班那匹‘大洋马’太妖了，屁股背后，总也短不了男人盯住不放……”

“得了，看你嘴巴损的。”

“走，散步去。”蒙远往禾佳肩膀拍一下，和江涛一起，解下皮带把口盅挂上，勺子和牙刷一并插在胸袋的小口，便照常在山脚女生队宿舍周围的小路徜徉。

江涛兴致勃勃地向禾佳审问：要他坦白，方才同那女学生卿卿我我，到底扯的什么？

蒙远说：“你这不是多余吗，一男一女咬耳朵，你讲，能怎么告诉你？”

“不，不。”禾佳赶紧抢过话头拦住：“人家是在商量该不该考‘鲁艺’，请大姐她给参谋参谋。”

“她怎说？”

“她说，人各有志，萝卜白菜各有所爱。”

“嘀咕那么久，没谈别的？”江涛总想往不可告人的隐私处引。

蒙远则说，他听到别人议论，说她还是云英未嫁的老处女。金陵女大只差一年便戴上四方帽了的。乃父系位赫赫有名的国学大师，社会名流。

“老蒙真行，调查那么仔细。”

“你老弟也别在我面前弄斧。你以为把脑瓜埋进沙里，尾巴就不被抓住了吗？童老弟，你爱好文学，鲁迅的《肥皂》总该读过的吧？两块肥皂，咯吱咯吱洗一洗……哈哈，四铭老爷假道学隐私的尴尬，总也逃不脱四太太直截了当给他出了洋相。老实讲，哪只田螺不吃泥呢！人到底不是不吃人间烟火的神仙。”

蒙、江两位在一起老是爱抬杠，但是又老爱在一起，彼此谁也离不了谁。这难道是人生难猜的谜吗？

禾佳默默地在想。

“老蒙也许是经验之谈。哪只田螺不吃泥呢？不过，我得记住，入党介绍人的谈话啊：爱情与革命发生矛盾时候，只能是也惟有无条件地牺牲。而牺牲，对一个决心将一生奉献给革命事业的人来说，乃是至高无上的品格，也是共产主义道德的高标准。都说鱼、熊掌二者不得而兼。我能有什么选择的余地呢？千红是叫人倾慕的，大苏也许是真诚盼我给她写信。可我能将心思放在她们身上吗？燕妮对《资本论》的成就应当说是有贡献的，但离得也太遥远了。伟大的爱情恐怕只能是千古佳话。也许文学之神真能大发慈悲，终将情感得到寄托，胸中块垒能够真诚吐露，人生的遗憾可望得到如意补偿。自知天生拙于言词，但若诉之于文字，倒可以替代高声呐喊，替代浅吟低唱，替代倾诉衷肠。生活中，交际逢迎、抛头露面的事，总感太难为情，写成书面，那倒能游刃有余，淋漓尽致地表现自我的英雄本色。……”

禾佳思虑万千，迟疑良久。临末，仿佛走出隧道，恍惚得到启示，下定决心：“考‘鲁艺’。把命运交给文艺之神去安排！”

十三

千红跟禾佳分手回到文工团演出队屋里时候，别人都已卸妆吃罢夜宵，正要熄灯上床就寝了。通信员小鬼来叫她，说协理员要她去一下。千红猜也能猜到，准是要挨克了，谁叫她那样任性自由行动呢？但是，“我不在乎，反正又不是偷越国境叛国投敌，难道这点访友行动的自由也不许吗？”千红自已给自己壮胆。

这协理员就是从西安到延安的同路人——领队的小队长唐康。因为是熟人，平时倒是挺关心的，但是，人家是老革命，原则性强，公事公办，铁面无私，谁知他要干什么呢？

千红揣着忐忑不安的心情跨进协理员的门槛。唐康瞥她一眼，指着桌面马灯旁边搁着只染红的鸡蛋和两只白胖胖的馒头，招呼她：

“喏，你的一份夜宵，街上老乡的慰劳品。”

千红不动声色，默默地注意协理员不寻常的接见。

“怎的啦？不想吃，不饿？好，坐下谈。唔，去哪儿啦？到处找不见。”

“到三中队找禾佳。”千红理所当然地应得干脆。

“干啥？”唐康问得也直截。

“啥也没干，聊天。”

“那么久？”

“聊天，聊天，能有完嘛。”

“不是谈恋爱？”

“不。”千红摇头，态度果决，丝毫不含糊。

“那……”

“没什么这个那个的事，就喜欢他傻乎乎的好玩。”千红放松开来，口角露出笑影。

协理员一下严肃起来，板着脸：“少胡扯，通知你件新鲜事：上头要调你到总参去搞机要。你意见怎样？”

千红沉着反问：“决定了吗？”定定盯住协理员眼睛。

协理员无可奈何地说，“先征求个人意见，发扬民主精神嘛。”

“要不同意呢？”

“可你不是新入党的吗？党员起码的条件：必须一切服从党组织调动！这是革命之所以得胜利的基本保证。”唐康说，征求一下个人意见如果没多大问题，等到组织作出了决定，那就一锤定音，没改的了。

“这，我还真要考虑考虑。”

唐康说了他心里话：“欧阳同志，你知道，从西安一路行军以来，我就注意到你——”

“我怎么啦？”千红看到对方发窘而暧昧的神情。

“注意你……你聪明，人才出众。所以是我向团里推荐，才把你挑选上文工团来的。”

“那，你现在……又要把我放走？”

“那是没办法，是上级指名来要。可见你处处都给人留下好印象。问一句题外的话，你还没有对象的吧？”

千红一惊，眸子打了一转：“对不起，爱人有了。”

“登记表没见填上呀？”

“反正自己心中有数就是了。没结婚，怎写。”

“没写就不作数。人在哪？”协理员问得很正经。

千红却答得挺俏皮：“远在天边，近在——”

“眼前？”

“眼前一个也看不上。对不起，都说近在——心上。哈哈。”

这一笑，把唐康弄得很难为情。静了片刻，两人你瞧我、我瞧你，像两只正要打斗的小公鸡专注对手。

“喏，你不把鸡蛋、馍馍吃了。”唐康找到了话头。

“别犯难，事情还不是要上火线的死命令。个人有意见还可以提，我不是说了吗，文工团是舍不得你走的！”

千红用目光警觉地逼视那个含情脉脉的唐康，猜到了他不敢明说的潜台词，于是也狡猾地试探：“到总参不也一样革命的嘛？”

“那当然，不过，那里可就不同在这儿了。”

千红不作声。

“起码不像这儿有这样多的青年同志在一起说说笑笑了，那是严肃、正经的圈圈，有的人可能过得惯，有的人可能就不那样合适了。”

“那你说怎么办？”

“这就要你个人来回答啰。”

“你不能替人家拿个主意吗？你是老革命，比我们懂得规矩。”

唐康有话也不好讲，只默而不答。稍停一分钟，千红眼睛一亮：

“啊，想起一个人，她要到总参工作倒是小鸟投林，比我合适多了，她人好静、随和……”

“谁？”

“说来你也知道，我们从西安一路同来的。”千红说完，歪着脑袋瞅唐康脸色。

“谁呀？”唐康心思一动。“不过，上头指名要的是你，怎好节外生枝张冠李戴？不，不行。”

“那有什么，可以把人带去给看看嘛。”

“那就说你不想离开文工团啰？”

“倒不是因为文工团，而是因为不愿受那份拘束。”

唐康说：“一样是革命工作嘛，怎样就知道这不受拘束那就受拘束呢？”千红终于鼓起勇气，单刀直入，诘问唐康：“是不是那位首长想物色对象做爱人？”千红这一问，叫唐康措手不及，期期艾艾地：“凡是不成为事实之前都不应当胡说八道。”

千红坦然说道：“如果真像我猜的那样，她要不合适，还另外有人最合适不过了。”

“罢、罢；越扯越离谱了。就谈到这儿为止。要保守秘密，先别张扬出去。回去好好想想，把话告诉我！”

“回延安再说行吗？”

“当然可以。不过，不要夜长梦多。”

千红从协理员那儿回到自己屋里躺在桌子拼成的床上，脑袋像塞了一窝草，怎么也睡不成了。

唐康这老小红军，显然不懂幽默，但他的暗示是明白的。凭女性的敏感，千红已感到自己被瞄准上了。心想打西安出发时起，一路来他对她种种照顾动作和那双总也离不开人的眼神，原来是包藏这样讲不出口的言语！但是，怎么又在那种场合惹起另一个人注意呢？该不是那位要紧的首长吧，按说高高在上的人见多识广，这时间到延安来的年轻漂亮姑娘，不知有多少，难道都没看上一个，非得指名要我？再说经过二万五千里长征的革命英雄是值得敬佩的，但崇高的境界毕竟离人太远，只能叫人敬仰，却难得使人亲近。一旦亲临其境，恐怕那严肃、正经的劲头，真是所谓高处不胜寒，叫人……难以领教！怎么办？……看来，团里协理员、党支书唐康他也在作难：放人吧，舍不得，不放呢，又是犯“抗上”——不服从调令的罪！真是左右为难……千红翻来覆去地想，越想越睡不着，越睡不着越苦恼。

身边一位演《放下你的鞭子》的女儿的伙伴起夜回来，拿电筒照她的脸，惊讶地问：“你没睡着？想啥？”

“臭虫咬的痒痒。”

“不信。准是想起人啦……唔，你那位苏三妹有主了吧？长得真俊。”

这一提，倒使千红顿然产生了奇想，好比是陷入密林忽闻人声。“叫苏茜做替身，一来上头的要求可以满足，二来可以蒙混过唐康的妄想杂念，三来还能断了方舟对苏茜的单思病。……”千红想到这，好不容易睡着了。

第二天一早，千红拿出跟苏茜在集美时合照的相片来端详了一阵，笑眯眯地找协理员去了。唐康见她笑吟吟地走来，劈头就问：“怎么，昨晚做个好梦？”

“协理员，给你看个东西。”千红从胸口袋里掏出小本本，从中抽出张三寸两人合影的半身照片，塞到唐康手上，歪个脑袋注意瞧对方的表情。开口便问：“协理员，您瞧，她行吗？”

“什么行不行？”

“就说让她去总参怎样？人家是革命烈士子弟，政治条件比我好。人也——”

“她不就是苏茜吗？照片没比人漂亮……”

“反正比我强，稳重、实在，做机要工作合适。”

“合不合适，难讲。反正不是我要的人。”

“你把照片拿去让首长看看嘛。说实在的，我个人实在不情愿离团。”千红向协理员意味深长地瞟了一眼。

“但愿如此！”协理员心情激荡地松了口气。

“咳咳，”演《放下你的鞭子》的女儿，见千红给协理员什么东西，好奇地走过来扯住千红扎腰的皮带，悄悄耳语：“当心，他是只馋猫！”

千红脸发烫，给对方一拳：“瞧你不害臊，想到哪去了？讲得多难听。”

“你不信试试。”女儿演员叫方菲长的挺丰满，自觉比千红老练，说话爽直，不留余地。

她俩边走边聊，来到操场中央，操场遗留下东一块西一块石头和断砖，那是昨晚联欢会观众的坐垫，旁边还有散乱的纸片和麦秸。千红边走边拿笨重的棉鞋尖去踢开地面上的坨塔，一脚踢的老远，碰到砖头又弹回来。

“你坦白，昨晚去哪儿？”沉默片刻，方菲又提起放不下的话题。

“没必要告诉你。”千红回答。

“嘿，假正经，准是游击去了不是？”

“什么游击？”

“游击你不懂？别装傻啦。”

千红被捉弄得真是一头雾水，瞠目不知所对。

方菲笑笑，说地里一男一女，就是那么回事呗！说来就是中国人封建脑瓜破不开，其实，孔圣人自己何尝不也为一个南子动了情？我看呀，中国打游击同苏联十月革命时代的杯水主义也差不多。革命革命，连命都革了，这点男女界限还不敢跨过去？其实，崔莺莺、卓文君早已走在我们头前了。

千红想不到眼前这个方菲竟是这样一位知己，情不自禁地捏住她的手不放，说不出激动的心情。

“不过，昨晚我的的确确……”

“去你的吧，我又不是小组长要你坦白交代什么，放心。自己的命运还是自己来掌握……”

“嗨，可捉到你们啦。协理员叫赶快回去集合，开会。”通讯员小柱子急匆匆跑来呼唤，把千红和方菲两人正谈得投机的话给打断了。

“又开什么会？”方菲朝着通讯员的脸问。

“吃饭、拉屎，拉屎、吃饭。工作、检讨，检讨、工作，一来一去还不是那么回事。”

“唉，连小鬼也不耐烦形式主义的八股文章了。”

十四

黄昏，延河冰面铺着一幅灰蓝的地毯，男男女女青年蚁聚在上面，有的张开胳膊，俯首紧盯脚下，战战兢兢，左右摇晃身子，极力挣扎，艰难地移开脚步；有的冰鞋一歪，趔趄一滑，扑通一下，屁股落地，两脚朝天，引起一阵嬉笑；好在穿的一身臃肿的棉袄，若无其事地爬起，拍拍沾了冰屑的裤裆，又给自己赌气似的，再张开胳膊，移动不听话的笨重的冰鞋，“加油！”旁边送来一声鼓励；另外一批人则身轻若燕，行动自如地在冰上穿梭而过，吸引无数羡慕的目光。这些燕子太得意了，有的男女搭档，双双并肩冲刺、飞翔、追逐，洋溢阵阵欢乐的喧声。站干岸儿的围观者待一会走开了，三个两个各自在沙滩徜徉，消遣一天的学习、工作下来的倦意。

这一天，苏茜和千红从“女大”苏茜母亲家吃罢晚餐出来，走到青凉山脚下的河面冰场，因为是南方人，对溜冰本来就缺乏天然的缘分，但是河边的散步倒是很使人流连。两人先观看溜冰，一个什么人摔了一跤，把门牙给磕断了，引起一阵骚动，受伤者叫伙伴搀扶，离了场地。不一会场面又平静下来。千红、苏茜慢慢移动散步去了。苏茜还从挂包掏出竹针和线团来，要给苏芬打只溜冰用的绒帽，一边织一边漫步，一边跟千红继续闲聊。苏茜她面临着一道难关，上星期三，就是在千红从七大队慰问演出归来不几天，学校组织部找她谈话，要她改行，调总参做机要，或者不改行也要提前毕业，到总部医务所做保健的见习医生。离开医大是肯定的了，到总参工作也是肯定的了。问题是改行好呢？还是继续当大夫？苏母认为当大夫做秘书，两样都适合女孩子本分，就看她个人自己做主吧。革命工作嘛，干哪样都一样。只要全心全意去做就有前途、有发展。最遭忌的是三心二意，见异思迁，没个定性。“你替人家拿个主意吧。”苏茜弯下腰去捡掉地上的线团，抬头恳求千红。千红心头一悸。想不到是她送出的照片竟产生了效果。这样一来，她自己可以留下文工团了，方舟便不能再痴心妄想。难怪这些日子来，唐康对她特客气！

“瞧,那两人……”苏茜不等千红回答,自己就为走在前面的背影震住。

千红定睛审视:那是两只高个相等的、相互贴得很紧的背影,并着脑袋慢慢缓步。

“方舟!”千红悄声惊呼:“那女的是参谋班‘大洋马’!”

“嘿!”苏茜叱一声,挽过千红胳膊往回走,生怕有人撵似的。千红却频频回过头去像舍不得丢下东西的样子。这时却有两个男的早就跟在她们后头,四道目光相互怔住。苏茜的线团又扑声掉地,一个男人殷勤地弯下腰去捡起来,苏茜矜持地接过线团低声说声:“谢谢。”走开了几步,千红才回过头去,方舟和大洋马在苍茫的暮色中消失了,近前却尾随着刚才那两位。他们一身棉袄棉裤,腰上扎条皮带,和延安所有青年学员没多大差别,只是脖子都围着毛质的围巾,一个是深咖啡色,一个是花格子,都戴双藏青色毛线手套;千红觉得面熟,好像在哪里见过,直言诘问:

“你为什么盯我们的梢?”

四人都停步面对面站着。

“我也不知为什么。”不戴眼镜的人带笑回答。

“为什么?”戴眼镜的拿食指正正快掉到鼻翼的眼镜故弄玄虚地说道:“该问问自己。是蝴蝶寻的花,还是花招的蝴蝶呢?”

“你们是马列学院的吗?放开唯物辩证法不学,反倒学起诡辩来了。白糟蹋了小米饭。”

“什么,什么,你是哪里的?敢骂人!”

“别,别生气嘛,大家来认识一下好不好。我叫布克,他叫高鲁。”不戴眼镜的指着戴眼镜的说。“两位是——”

“走开,我们要迟到了。”

“不,不。”两个男人挡住千红和苏茜的路。

“万紫,苏茜,你俩在这儿呀!”前面走来一个人高兴地大声呼唤。原来是“青记”的石天抱着大捆报纸三步两步来跟前。想不到他见到布克、高鲁两个是认识的,出口便说:

“你们都认识吗?谈什么?”

石天对两个男人发问,叫他们十分尴尬。戴眼镜的说:

“你们谈吧,我们走了。再见!”

“两位女同胞再见。以后总会见面的。”叫布克的人回头来望着千红、苏茜致意。

“真无聊!”苏茜嗔怒。

石天叹口气:“都怪女同志来得少了。有人作过不完全的统计,男女比例18:1。嗯,万紫同志,你姐姐最近有信吗?她怎么不给我写信了呢?”

千红同苏茜交换眼色,一会才带伤感口吻说道:

“真遗憾,怪我没及时告诉阁下,家姐她——”

“她怎么啦?”石天十分急切。

“她……她上月初,在一次空袭中牺牲了!”

“真的呀!?遗憾,遗憾,中国可是失掉了一位不可多得的才女啊!战争,可诅咒的战争!……把人间多少美好的东西都给毁了!”

石天感慨万千,悲天悯人地长叹一声,眼眶里含着泪水。

“人死都死了,悲哀何用!”千红表示豁达。

石天掏出手帕抹抹眼,然后深沉地说:“是呀是呀,痛定思痛。你也别太伤心了,还是努力学习,弥补你姐姐的遗憾吧!你,你俩学习进展顺利吧?小米吃得惯吗?”

苏茜指着千红说:“她已经工作了,在抗大文工团唱高音。为了纪念乃姐,改称姐姐名字。”苏茜的说谎,居然像真的一样,沉着而庄重。

千红也像演戏平静地说:“她,”拿眼神示意,指着苏茜:“她在柳树店医科大学医。”

“好嘛,白衣战士正缺呢。”

苏茜说:“还好呢,人家现在正在十字路口,不知往哪走好。”

石天摸不着头尾,拿目光问她俩。千红代替苏茜说出方才她们未曾解决的问题——当医生还是做机要秘书?石天听了,说句模棱两可的话:说鱼、熊掌都好,两者既然不可得而兼之,只能选一样啰。依他的看法,主要决定在本人的兴趣。兴趣是事业的催化剂,没有兴趣,什么事业也弄不成功。石天正要往王家坪八路军总部去的，千红、苏茜也正要回头走。三人就这样边走边聊。

溜冰的人少了，留出一片光滑而铺了白灰似的冰场，天边飞飘的淡云隐隐约约显露着眉月，西北风在王家坪前面的桃林呼啸。

当她们仨走到桃林附近时候，从总部走出个披着一件缴获日本鬼子得来的黄呢子军用大衣的首长，三十来岁，满脸风霜，像锻成根钢杆，浑身是劲的模样。他两眼炯炯，瞄准歪戴帽子的千红，但是却喊起石天的名字：

“喂，你这位无冕之王艳福不浅呀……”

石天被当头一棒，很难为情，立即反应不过来，对方却认出了人，马上变口气：“嗨哟哟，你不是‘抗大’文工团唱歌的吗？这就是你朋友苏……”

“她叫苏茜。千字音。”千红接口说道，完了同苏茜悄悄耳语：“你瞧他怎样？”

苏茜、石天都莫名其妙愣在一边。

“苏同志，到我们总部来工作好吗？”

“服从组织分配。”

“好，好，新闻记者同志照顾送送她们，夜晚出外当心，别随便走哇。”

这原来是总参作战处处长张开成，二万五千里长征的英雄，入伍前小学毕业，当过一个学期的小老师，在红军算是个小知识分子了。入伍后当过宣传员，政工干部，进过“红大”，当过参谋什么的。急于找对象。上回陪同总参带文工团到蟠龙七大队，一眼就盯住千红不放，但是据协理员汇报，千红这匹野马难降，死也不肯改行；协理员意见也不大赞成把人挖走。不过，倒拿了张照片来顶替，张处长看了满意，听说政治条件强，又是烈士后代更是喜出望外，提出两种工作，由女方自己选一样。调动手续自不待说，组织上会给老同志个人生活解决问题的。时间不要求过急，也不能拖得太长，免得夜长梦多。最好在春节期间把事情办了。这两天，协理员也正催千红向苏茜本人加紧做工作，对苏母也加紧敲敲鼓点。苏母听了千红一番介绍，觉得人年纪虽然大几岁，但女人生养子女老得快，男人大十岁八岁不见得怎样，都说取男方岁数一半再加七相等于女方岁数是最理想。现在这个处长今年二十八，取一半加七，二十一，苏茜二十，也只一岁，年龄算是般配的了，讲政治条件，人家是老革命，又是个处长，多少还有一定的文化。这样的人,找也不一定找到的。别看新来这许许多多的青年,一个比一个长的俊,还不都是一些嫩芽儿,能比人家经得起敲敲打打,立得起站得住吗？总之,在苏母这头是没二话的,只是苏茜这边,总觉得谈这个还不到时候,你看人家别的姑娘,来到这儿,谁不是一心要强,想将来都像前辈女英雄,轰轰烈烈作一番惊天动地的事业啊。说对象结婚,怕给自己拴了腿,成了可怜的牲口,只在木桩周围打圈转悠。倘若撇开这方面不去打理它,那,提前毕业,分配工作,改行别的,倒是要掂掂分量的。要从性情来考虑,不当医生做机要秘书之类,都是安稳平静些了,反正自己从小就不喜欢蹦蹦跳跳、抛头露面。想来想去,横竖都是干革命。首要的一条就是干革命就得“无我”,一切服从革命需要,革命利益高于一切……

苏茜陷入一阵沉思。问题似乎解决了,但是当千红问她想当医生还是要做秘书的时候,她又茫然地反问人家:“你说呢？给人说说吧!”把千红的胳膊摇了摇。

千红叹口气:“得了,你的事问我,我的事问谁呀?”

“你还有什么事？不是下定决心要唱歌吗?”

“反正人没有满足的时候。你瞧,月儿就没有常圆。”

“哎哟,快走,我妈又等急了,准挨顿骂。”

十五

童心——原来的禾佳,考“鲁艺”学院,给人第一个印象就是个性突出:每日等小组的同学个个都吃完早餐回来了,他老兄才慢条斯理、不慌不忙地钻出被窝,光着膀子披上棉袄靠墙,从被窝里掏出件衬衣来摊在怀里,然后从枕头下面摸出八百度近视眼镜,凑到嘴上哈口蒸气,然后轻轻地将衬衣襟往镜片抹了抹,拿两只手小心翼翼地把它架到鼻梁上,完了,才低下脑袋仔仔细细地从条条褶缝里扪着只只胖乎乎的虱子,放到两只拇指甲当中,吱一声,拇指甲染上点点血印。一面低声哼哼:

月光……恋爱着海洋，
海洋……恋爱着月光，
啊，啊……啊，啊……
教我如何不想她！

反反复复，重唱刘半农名曲。

虱子捉得差不多了，之后才慢吞吞溜下炕来，拿起漱口、吃饭、喝水和洗脸多种用途的搪瓷口盅，再往洞壁挂手巾的绳子拉下冻得硬邦邦的洗脸巾，往肩上一搭，两手交叉拢进袖筒，夹着口盅，缩着脖子，迈开八字脚，慢悠悠地走下山脚，往伙房走去洗脸、吃早餐——喝小米煮的南瓜稀粥。

但是，这时刻，伙房往往已在收拾空饭桶、涮锅、清场了。伙房前面的场地空空荡荡，一群乌鸦有的停在猪背上啄食虱子，有的落在坪地上觅食饭粒，有时呱一声，飞过对河清凉山的古柏树梢。

童心有时就没吃上早餐，可也能扛饿，一点也不在意。好像是乐得逍遥自在就满足了。有时口袋里有几角零钱便溜到城里要碗荞麦面，尝尝过瘾。

他一句口头禅——“无所谓，我在想。”

对生活要求，“无所谓”，只求时间与读书两样就万事大吉。遇到问题，往往回答：“我在想。”

他讲，他对文学的爱好是从郁达夫的《迷羊》得到的诱惑：觉得那上面写得自然、真情——是“真名士自风流。没半点矫揉造作，涂脂抹粉。说他的《九种日记》，把少年时候犯的难以启齿的毛病都敢写出来。还说“红楼”人物惟有薛蟠憨得可爱，那句“女儿乐”的酒令，把他的形象表现得活龙活现。此外，“西游”的猪八戒、“水浒”的鲁智深的个性描绘都不亚于“红楼”的史湘云；说做文章如同拉屎，肚里有货自然便会拉得出来。

在一次小组会上，漫谈个人为什么要学文学问题，别人都正儿八经地讲这讲那，说什么为造福人类啰，又为鼓吹革命进军、又为鼓舞战士奋勇斗志啰等等，空空洞洞的政治口号、标语。惟独童心个人直言不讳，说他之所以选择文学无非是——

自以为是：

文学，能使人生的忧患得到解脱，精神世界达到净化、升华；

诗歌，可让胸中块垒得到由衷的倾吐，感情生活获得如意的补偿。

所以，因兴趣而与文学成了初恋。

为寂寞才借写作以消遣。

有人指出他这是彻头彻尾的“小资”的自我表现，纯粹是所谓“为艺术而艺术”，或者叫做“艺术至上”的唾沫，与马列主义文艺观是风马牛不相及的梦呓。他老兄硬是不肯认输，立即反唇相讥：说什么“试问，高尔基说‘一切文学作品都是作家的自传’又作何解释呢？”说得大家一时也难以讲清。这时候，他老兄便往往自鸣得意，独往独来，我行我素。在同学当中成了“活宝”。

春节前夕，学院各个系都张罗筹备以表示送旧迎新为主题的节目来欢度春节。戏剧系排演陕北民间喜闻乐见的闹秧歌、赶旱船和夫妻识字的演出；音乐系加紧练唱信天游的传统歌谣和试唱抗战新歌；美术系忙忙碌碌正在布置迎新画展，文学系则终于编成了好大一壁墙报提前一天张贴了出来，吸引了全院师生围观。

苏茜和千红来“鲁艺”找妹妹苏芬，妹妹却已经先回“女大”妈妈家去了，苏茜索性跟千红到文学系想看看童心。人没找见，倒先被墙报吸引住了，伸着脖子从旁人的肩上去读别人正在议论的文章。那是童心的作品哪，千红拉起苏茜的胳膊指着墙报的文字让苏茜瞧。果不是怎的，童心的名字还用红笔写的呢。瞧他在《作文与做人》的总栏目下是怎样写的吧：心里怎样想，嘴巴就怎样讲，才是真话。口头的言语，手头的笔录，便成书面文章。做人要做到：心对口，口对心，表里一致，言和行，始终如一。作文应当是：吟诗与讲话一样，必须抒情优雅、朴实无华。凭简洁的语言，表达丰富的内涵。

千红说：“太棒了。真是字字珠玑呀。等我把它抄下来。”千红真的用方舟没拿回去的“犀飞利”牌金笔将童心分行写的字记在小本上。

没等她抄完，她背后却响起一个声音：“哎哟，抄它干嘛，不值得，不值得，太不值得了！”

千红回头一瞅，碰上童心的目光，脸色绯红。童心很难为情，转向苏茜问：“你俩见到小苏了吗？走！”

“人家还没抄完……”千红说。

“游戏文字，丢丑、丢丑！要抄，我念你记好了。”

苏茜默不作声，跟千红让童心领到学院前面那片文庙废址的断砖残碑地里，找个地方坐了下来。

“你为什么躲进了象牙之塔便成了隐士，再也不愿露面了？”千红找到一段碑石坐上，跷起二郎腿，直眼审视童心。

这一问，可是勾起了童心蟠龙会晤的情怀来了。那一次的会晤是难忘之夜，是首耐人寻味的诗，但又是难得重温的梦。千红这一问，他怎好回答呢，说他不愿露面是冤枉了，说他不敢倒是实情。为什么？协理员唐康盘问的潜台词，千红应当是领悟的吧，在童心这边，教导员的谈话则把话挑明了的：爱情、男女间的友谊，必须得服从革命的需要。作为正在接受考察的候补党员，爱情与学习是被认为二者不得而兼的。但这又是只能默认的清规，而不可直言的明文。这就使童心失去天真而只有保持虔诚的苦衷。这苦衷，在千红看来是可笑的怯懦，但在童心眼里却是信徒的十字架。千红看出人家很受压抑的可怜巴巴极其痛苦的模样，便同苏茜笑话他：“大苏，你瞧他，遇事总是那样犹犹豫豫，前怕狼后怕虎。看他像不像个哈姆雷特？”

苏茜对童心的表情并不以为奇，倒反深感同情。信口说道：“那有什么奇怪，不正说明哈姆雷特是世界典型，古今中外都不乏其人吗。”

千红悟到大苏护着童心的隐情来了，合口暗笑，不便说破。

三个人各怀私心，沉默下来都不哼声。不多一会，千红再也憋不住了，才开口谈起大家的熟人唐康。说唐出身不过是个看牛娃，不过经历了红军的千锤百炼，矿石终于锻炼成了钢，人，那样精干、聪明，可是一部革命英雄一代的传奇，谁能把他写出来，岂不是中国的《钢铁是怎样炼成的》吗？不用多说，他，无疑是个善良、正直，对人一片热情如火，使人发烫；就是有点急皮猴的德性，像个饿极的人，不顾红薯煨的熟不熟，伸手往火里就抓！讲到这，千红情不自禁地脸色泛起半边红晕。童心却没注意看，只顾紧问：

“在蟠龙那个晚上，你回去挨他批了吧？”

千红一愣，脸色又红起来，不作正面回答，却反问人家：“那，你那天回班上，你的班长、指导员没找你啰嗦？唔，准是挨批，吓得你不敢露面了不是？”

童心被诘得哑口无言。苏茜看他发窘，拿话岔开，说，唐康这个人，一路来表现就很左，跟她妈一样，老是把人家当作小学生来管。童心冒一句：“‘左’倾幼稚病！鲁迅说得好，人要一直向左转，到头不是转到右去了吗？看，鲁夫子多深刻！”

苏茜眼光一亮，脱口而言：“嗨，真是啵。”

千红则说，她最近读到一本小说《不走正路的安得伦》，反映苏联十月革命初年苏维埃农村干部的种种德性真是左得可爱。

苏茜心实，立即反感：“什么可爱？”

童心打圆场，替千红解释：“她讲的可爱是反面。……”

“得，得。”苏茜拦住童心：“调皮话太损了！”

“算了吧，别犯自由主义。”童心说话。

“都别嚷嚷，快开饭了。”童心制止住两人口角：“嗨，今天是大年三十晚，吃团圆饭，我们伙房杀猪，加菜会餐。你俩就在这儿打游击吧。”

“什么打游击？”千红红着脸，紧张地瞪眼直盯童心。

童心松口说：“放心，这游击不是那游击。——到那单位做客，遇到加菜会餐便凑合吃喝。这是不成文的‘军事共产主义’时代的章程。你们吃饭的口盅、勺子不是都带在口袋吗，来，开步走，一二三，目标，大伙房。”

到伙房，童心叫千红、苏茜她俩往饭桶盛饭，自己便去领来一脸盆肉菜，吆喝来够六个人，便大大咧咧敞开肚皮吃起来。

千红和苏茜边吃边说，他们各自单位今晚也都杀猪、宰羊、蒸馍煮大米饭大会餐，说不定“鲁艺”也有人去她们那儿打游击呢。

饭后，千红说她得赶紧回去，大年三十晚校部要开晚会，她有演唱节目任务。童心便送她俩过了延河。千红一个人急急忙忙往南过清凉山回校，先走了。苏茜便往北回王家坪总部。这时，她才对童心说，她是特意来向他告别的。说她上个月就不在医大了，被调到总参谋部做机要秘书，实际工作是做收、发电报，成天跟4只号码字打交道。生活单调、机械。这事原来是要千红做的，千红不肯，拿她当了替身，真是怪她多事。最近处长要她一道上前方，没办法，只好服从。不过，那儿有白求恩医疗队，到那儿后，打算要求做回卫生工作，到白求恩医疗队去学习。但是又说，“人家情绪挺乱，也不知去好不去好？你能给人家讲句真心话吗？”苏茜鼓起勇气向童心吐露了心曲。

童心心口一震，停在苏茜面前，盯住她的眼睛，沉吟半晌才说：

“上前方，也许生活不单调了。只是能舍得你妈妈和妹妹吗？”

“那样说，你也赞成我走了？”苏茜凝神注视，两只眼发出电光，要将对方的心坎穿透似的。

童心胆怯地含糊说道：“上前方是每个革命战士所必然领受的洗礼。谁也免不了过这一关。”

“你毕业后也上前方来好吗，我等你！”

话温柔的像吹面不寒杨柳风，童心平生第一遭听到的音乐啊，恐怕是终身难得抹灭的记忆了。这奇妙的音乐梦一般伴随着童心涉回延河，一直回到文学系的窑洞。友谊的香醇使人微醉，他实在是想不到苏茜会对他讲这样的话，他对她只不过因为她是千红的朋友，心眼里并不怎么特别留心。何况是由于方舟一直在盯着她，所以自己一直没让自己钻进他们的夹缝中去。今天听她这样一讲，不能不是诱发他微妙的幻想。比起千红来，苏茜显然自有她温静、娴雅、清纯的一面，但也就缺乏千红的妩媚窈窕、活泼的优点，显然一个是家庭闺秀，一个是社会的宠儿；一个就像是林间的夜莺，一个却仿佛天空的云雀。各有千秋。不知是什么鬼使神差，千红头一个给童心的印象是那样强烈，正同胳膊种下的牛痘疤痕，永久没法去掉。一向只把她深埋心底不敢触动一下，跟小孩子捡到只贝壳，不肯轻易示人。等到看她对方舟另眼相看，自己便感自卑，让隐衷藏得更深了。在蟠龙邂逅那天晚上，经过指导员给点破，从此更加却步不前了。然而第一个印象却怎样抹也抹不掉。

“老弟，方才会餐来打游击的两位佳人是哪个单位的？阁下的艳福还真不浅呀！”

童心回到班组，一位自称中国的马雅可夫斯基的诗人干戈在作弄他。组里好几位同学也就趁热凑趣做文章，都说方才两位女同胞挺美，是有说不来的优雅风采，与众不同。问童心在哪儿追上的？

干戈说，“我都禁不住要写首赞美诗了！”

“你一个人占两个，不公平。让出一个来给诗人得了。”

“马雅可夫斯基，献诗赶快写，让童老弟拿去试试看你的桃花运如何。”

“得，得，先听听老弟把追上的过程倒叙一番来听听。”

“对，对。童心，你说说第一句话怎个开口？”

“不会是‘吴妈，我跟你困觉’吧？哈哈。”

“哈哈，真缺德，你！”

组里人七嘴八舌，穷闹了一气。

“嗨也，你们都不去凑热闹，躲在这闹小围子呀？”加拿大华侨叶绿萍大姐推开门，吹进一股冷气。

“哎哟，大姐，来，坐下烤火。”几个小伙子让出空位拉一张活动的木条小凳。

大姐不客气地坐下来，双手抱住膝盖，朝大伙扫了一眼：“你们谈什么那样热闹。”

“先说说你们大圈子有什么玩的？”诗人抢过话头反问。

大姐又望了望大家：“出个问题看谁先回答：有天，一位老夫子在村头路边，见到两位路过的人相互争执不下，一问便知，一胖一瘦两人在集上合伙共买十斤油，胖子的罐子只装得三斤，瘦个子的罐子却装了七斤，现在两人要分路回各自的村子了，油怎么分呢？老头一看，前面正走来一个挑只大锅的人，老头说：‘有了！’叫挑锅的人停下，说请借用锅子用一用，终于把十斤油分成两份，一边各占五斤。”叶绿萍歪着脑袋问大伙：

“你们猜，老头用什么办法能解决两人的纠纷呢？”

谁马上说，“这不稀奇，是韩信下马分油的老掉牙玩意嘛。”

“大姐，再来一个好笑的。”谁急着催。

“行，再说一个。一天集上来了一位老和尚，在众目睽睽之下，满不在乎地背起小尼姑要过河，众人说他有伤风化，捉他到公安局去论理。和尚一声不吱，拿支笔往纸上一挥，写下两句口诀，把笔一放，便又背起尼姑大摇大摆地扬长而去。公安办事员只见纸上写的是:‘尼姑舅姐和尚妻,和尚妻弟尼姑舅。’你们说,和尚和尼姑是什么关系?”大姐把故事讲到这,便起身走。大伙目送她在窑洞口消失了。谁才喃道:“这位傻大姐真是个顾八奶奶。悲剧呀:——谁都说她善良得再善良也没有了。可就谁都不能爱她。”

“为什么?”

“谁知道,问你自己吧。你想要?”

“不是说她善良吗?”

“善良作友谊是难能而可贵的品质,可点不起爱情的火哇。”

“可是,男女之间却容不下真正的友谊。真是人类的悲哀!”

诗人干戈表示无比的感慨,看到旁边的童心一言不发便捅了捅他:“怎么,该你发表政见啦。”

“我在想,……”

“又在想?你呀,你呀。”

“我在想:我们这儿跟‘抗大’多么不一样。”

“什么不一样?”

“人家说我们这儿是大观园,那,‘抗大’应当是少林寺了。”

“所以你才——”

“放心,兄弟到此,绝无领土野心。”

“嚯,谁有领土心呀?”

忽一下,窑洞门口被推开,又是一位外号叫“苦闷的象征”的张力闯了进来。他,一脸风霜,郁郁寡欢,有说不出口的心事的样子。可这时他却一反常态,脱口调侃。原来他在晚会上,他老兄猜对一条谜语,谜底上注明猜中者得到在场一位梳小辫的女同志给唱支《毛毛雨》。梳辫子的正是同他一个组里的,平日很想跟她交谈而没勇气开口的女同志。这回虽然是未能造成私下交谈,可是无疑两人取得联系的契机。难怪他老兄飘飘然,好像是变成了另一个人。然而他不便明讲这点,只是说,听到刚从中央党校回来的人小广播:一位某部队首长昨天才经人介绍认识一位上海姑娘,今晚就宣布结婚了。闪电战术,速战速决。据说女方也挺乐意。另外,还有一则惊人新闻:明年农历开春,延安全体所有机关大小干部，以及各校师生，部队官兵统统一齐参加大生产运动——上山开荒种地。小时候学生唱的："扛起锄头锄野草呀，锄头底下有黄金呀！"这回可真的来真格的了。

"老弟，你能行吗？瞧你胳膊那样细？"说话的人在童心的手臂捏了一把。

童心不动声色说："满可以干！"

"苦闷的象征"却说："我可不敢夸海口，骑毛驴看书，路正长，夜也正长，走着瞧吧。你们还不睡呀，要守岁吗？我可要见周公去啰。"说罢站起，推开门走了，门口吹进一股冷风。

十六

"七九河开，八九燕来。"延河的冰面开始裂变了。河水得到解放，欢欣活泼地追逐冰块流驰；柳树枝条长出了点点鹅黄的绒毛新叶，吹拂脸庞的微风那样轻柔滑腻，早春的气息把人们从热炕头引出了窑洞，暖和的阳光开始解开了人们腰带和厚重的棉帽；院子里充满爷爷、孙子们大人小孩的笑声，春天随着燕子飞来大地了。

生产运动开始了总动员。编组编队组织劳动力，修整劳动工具，搜集、分配种籽，划分种植地界……一阵旋风，卷进各个角落。

男同志个个大都集中编队上山开荒揭地；女同志则组成后勤服务小组——为开荒前线的人缝补衣服、洗涤被褥、烧开水做饭。有的挑担开水、饭菜上山供应午餐，有的加入文娱小队分头上山作慰劳演唱。总之，用意在于让大家体验：为体现劳动是一种娱乐——如同打篮球、赛跑，虽流汗气喘而不觉得辛苦。树立一种新的劳动神圣观念。锻炼革命意志，使得新入伍者接受一次革命实践的考验，要求新入伍的小资产知识分子切身体验：革命是实实在在的行动，并非停留在口头上的口号。

所以运动一开始，就像一场野火，显得十分炽热，欢笑声和歌声，传遍每个山头。

陕北这光秃秃的黄土高原，是大片未开垦的处女地，一座座倾斜的陡坡，人站在斜坡上举锄掲地，用不着弯腰，很容易便将土地刨开、将蒿草、酸枣刺和矮树蔸连根挖了。刨开的土块也不难打碎，往上撒种籽或栽下土豆（马铃薯）都很省工。

这一天，阳光真好，晒得山坡暖烘烘的，一派艳阳天气。人们干了半天活，吃罢了午餐，正在找地躺下歇晌，仰望那蓝天的白云浮动，仿佛洞庭湖面的白帆游弋，乌鸦落在新掲的地里觅食，云雀飞上天空歌唱，各种各样的昆虫都活跃起来了，蜜蜂有时停到你的草帽上，不一会又飞上酸枣的小花上嗡嗡寻找蜜汁，附近的山头不时随风送来牧羊人唱的悠扬的牧歌。这时候，每天这时候是最甜蜜的了，人们干了半天活，歇了下来，格外感到舒畅。

自从生产运动开展以来，童心像变了一个人，不再是那样沉默、那样孤僻，那样冷峻，那样别扭，在没有任何挑战之下，他不哼不哈地找到生产队长去要报名参加突击队；队长打量他长的单薄的身架含笑地问：“你，能行吗？”他应得干脆：“行！”口气一点也不含糊。“童心参加突击队！”一个平常的行动，发生在童心名下立刻便成了号外新闻。但是，在童心自己却以为理所当然，毫不介意，仍旧是沉着、自在，我行我素。

这时，队长向正在歇晌的同学宣布：说早上出发时，对大家劳动积极性估计不足，犯右倾了，种籽带的不够晌后用的了。谁能自告奋勇牺牲午休回学校跑一趟，把种籽背来，对付晌后活路。

“谁去？”队长朝着每个躺下的人号召。而每个人都用草帽遮住眼睛，好一阵不见谁动弹，就像早晨被母亲催起的懒床顽童。

“我去！”一顶草帽被撩开，童心忽一下坐了起来，迎着队长喜悦的目光。

“你能行？要背三十斤哩？”队长问。

“行！”

加拿大华侨叶绿萍大姐同苏芬从别的班收拾完饭桶过来问：“谁回去取种籽？走，一道回！”

童心站起说声：“走，我回去！”伸手将班上的一对空桶挑上肩，走过大姐和苏芬头前，迈开大步就走。

他们从山坡直下到山脚，然后沿着长长的山沟走出大路。在山沟沟的断崖石下常常是牧羊人避雨歇晌的地方，地上留下麦秆的灰烬和磨得光光的石凳；沟边淌着涓涓的小溪。夏季七八月间，放牛娃往往光腚在小溪玩水、捉泥鳅，栏羊的老爷爷也在这儿歇晌、烧火煨红薯什么的，地方特别清静。此刻不时闻到三两声鹧鸪和布谷鸟的鸣叫，声音格外悠长。

从山沟深处快走到出口时候，石崖下并肩坐着一男一女正在亲热哪，童心他们的脚步声把人给惊醒了，两只脑袋迅速分开正儿八经地端坐在剥花生，不好意思地故意提高嗓门，对话开荒、播种的事。苏芬睁着天真无邪的眼睛，朝着叶绿萍问："人家都在山上集体午休，他俩躲到这儿不是自由主义吗？"

绿萍扯了扯苏芬袖口："小声，人家在谈恋爱。"

"恋爱？是干什么的？"苏芬问得很天真。

绿萍说："再过两岁你就会谈啦。"

"那你，你们现在会谈吗？"苏芬把人缠住不放。

叶绿萍："我，说不清。"对她使眼色："你问他。"

童心不好意思的红了脸，赶紧摇头声明："我更加不会。"

苏芬："那，你怎不让叶大姐教你？"

叶绿萍羞得满面通红，嗔了一声，"你，小丫头！"

苏芬忽然想起什么，向童心问："嗯，童心哥，你为啥好久也不去我妈家啦？告诉你，我姐要上前方了！"

童心一悸，瞪起眼，紧问："真的呀？啥时候走？"

"听妈说，她和她的处长下星期六结婚，结婚后就一道上前方。千红姐没告诉你？我姐要她跟你讲来的，说她走前想见你一面。"

"啊！"童心呆呆地啊了一声，再不哼气了。

叶绿萍转过脑袋瞅着他，关切地问："你认识她姐姐？"

"路上认识的，萍水缘分。"

"伤心了吧？"

"不，谈不上。"

叶绿萍叹口气："世界可真不公道：有意栽花花不发，无心插柳柳成荫。"

苏芬奇怪地问:“你俩嘀嘀咕咕,都讲的什么呀?人家听也听不懂。”

叶绿萍:“都说再过两年你就懂了。”

“真是啰,又是两年。”

就这样,三人边走边聊,不觉这段山路走到尽头了。

在晌后出工之前,童心背着一麻袋切成小块的土豆种回到工地。诗人干戈一见便“乌拉”一声呼叫起来。队长立即向大家表扬:“童心,好样的!”带头噼噼啪啪鼓掌。叫童心怪难为情,走近队长跟前悄声说道:“队长,求您别讲了。要知道你给表扬我就不去了!”

队长惊讶,盯着他:“什么话?表扬还不好?”

童心嗫嚅着嘴:“我看不值得。而且我……”

“得,得。别谦虚了。个人英雄主义要不得,可革命的英雄主义,是应当受表扬的。”

“可我这点儿小事算什么英雄嘛。”

“那,以后做更大的英雄好了。”

“队长,我刚才一路走来一路想起件事。”童心缠住队长说话。

队长觉得这个平日少言寡语的人怎么变得啰嗦起来了呢?留心端量着他。他痴痴地立在面前,那样深沉、诚实而带点迟钝。

“想起什么啦?”队长问,“不会是想家吧?”

“哪里的话。人家想起苏联不是提倡什么斯塔哈诺夫运动,开展劳动竞赛吗,咱们也来个系与系、队与队之间竞赛行不行?”童心睁开单纯的目光,瞅着队长。

这队长是总务处的管理科老科长,陕北刘志丹游击队的老队员,工作诚诚恳恳,外号叫老黄牛,平日爱跟同学们叙谈叙谈他当年跟刘志丹打土豪分田地的故事,还爱唱几句信天游什么的,像老伯伯对待儿孙那样,护着这批花儿似的青年男男女女。听童心提这事,觉得是个好招儿,但是他个人此刻做不了主,只说:“竞赛就说的比试比试吧,我看行,只是这事要请示上级点了头,还要跟大伙儿商量,要不,你一个人提出来,没人响应,没群众拥护,又没上级支持,那不是瞎子点灯——白费蜡?”

童心说，“先讲讲你作队长的意见嘛。”

“我个人嘛，举双手赞成。可这也不过只一票嘛，凡是大伙办的事，同各人讨媳妇的不一样，没众人一条心能办得成？唔，别讲这个。问你，有对象了吗？得找一个了！常人俗话：过了这个村便没这个店了。啊，我就是年轻时候，眼角挂高了，到头来，还不是把缘分耽误了嘛。嗯，方才同你回去那华侨大姑，我看就蛮好嘛，人长的结实，心善，老实，靠得住。小苏长的俊是俊，可太嫩，还不懂那回事哩。”

老队长一扯就扯得无边无际，不是副队长来催，差点把出工的哨子都忘吹了。

四月下旬，农历谷雨季节，播种完毕，生产运动告一段落了。各系队进行第一阶段小结，各班组纷纷座谈、评比活动，评选各自单位的劳动积极分子和劳动模范。诗人干戈是班级里的积极分子，童心和叶绿萍成了队里的劳模，还作了代表参加全院的劳模大会。美术系的同学还为每个劳模画张肖像上了墙报，全院表示庆祝第一阶段的胜利，宰羊杀猪，美美地办了一次丰盛的会餐。党支部开会通过了童心等五个人候补党员转正大会。童心的候补期本来是三月初惊蛰那天按期转正的，因为赶上农忙，支部腾不出工夫开会，拖到此刻才举行，不过，党龄可照期满的日子计算。三月四日童心便成为中共正式党员了。支部书记说：一个人当他自觉自愿成为党员之日起就意味着他已经不是原来普通的人了。一个布尔什维克，按斯大林的定义说，是个“特殊材料造成的”。其标志就是党性原则统帅了个性精神。党性就是一切：个人利益服从党的利益，少数服从多数，下级服从上级，地方服从中央。绝对不允许闹独立性、搞自由主义，每个人都必须坚持为共产主义事业奋斗终生，永不叛党。爱好文学的同志想来都读过《钢铁是怎样炼成的》这本书，他的作者和他创造的主人公保尔·柯察金就是我们活生生的榜样。他和他塑造的形象都是普普通通的党员，不是什么高不可攀的英雄豪杰，只要下决心，坚持我们的信仰，从每个人日常生活的一举一动，都拿党性原则要求自己就不难做得到。“积跬步以致千里”。只要兢兢业业对待我们的学习和工作，相信矿石总会锻炼成钢的。

听了支书讲了这篇讲话，童心在想：当和尚受戒，头顶要挨烧七个窟窿，入基督教要受洗礼，支书这一板教条恐怕是共产党员必须接受的一场八股的训诫吧。想想，道理是无可非议的，问题在于行动——理论与实践相结合，个人与集体的关系怎样理解。党性应当属共性范畴吧，但，共性要没有个性，不是成了空架子吗？可是个性缺乏共性的制约。又是不可能生存和发展。想来想去，仿佛成了哲学家的深思状态。

一个星期天的午后，天气特别暖和，“鲁艺”学院的学员们洗完了衣服就在山脚文庙遗址的一片荒地上晾干、席地或躺或坐，读书、聊天、抓虱……

千红单独一个人来了，在这儿找到童心。童心看她风风火火，好像有什么要事，又好像是无所谓，见到他懒洋洋地躺在草地上，便说：“你这个人，怎么搞的，又在想什么？”

“你呢？什么风把你吹来了？”童心坐起，两手抱住膝盖，歪个脑袋，看着她的眼睛。

“瞧你，有这样看人的吗？”

童心像被人揭了短，脸上飞红。

千红快人快马，从挂包掏出本白纸簿不客气地搁到对方膝盖上：说她刚写了一首应征“五四”青年之歌歌词，要童心替她修改润色。童心冷淡地说自已做歌词是外行！问她为什么不找方舟帮忙？千红懂得童心是有意气她，便说：“小气鬼。”停了片刻才叹口气：“方舟这个人，早不理他了。’”

“为什么？”

“不知道。”

两人都没话可说。一只幼小的螳螂跳到童心的手背上，还举起双臂弄须。千红定睛死盯着它，童心好似和尚入定，一动也不动，过了将近五分钟了，千红才开口：

“看你，想什么？快说！”

“我在想……”

“哈哈，好一个我在想，老是在想在想。别想了，替人家看看吧。”

这时童心才动一动手，螳螂一跳，跳上旁边的一块断碑上。千红的白纸簿从怀里被捡出来，童心把它翻开来，认真地看了看，完了抬起头，拿抱歉的目光瞅着千红，斟酌半天才说：

“主题是不错的……”

千红瞅他半吞半吐，急不可待地冲着他诘问：“但是什么，说吧，痛快点，别葫芦倒水，咕嘟半天……”

童心经不起激将法的催促，鼓起勇气就说：“可惜，尽是人云亦云，陈腔滥调，缺乏生动活泼，富于形象的新词。”

“我这是歌词，可不是小说。不用概括的词藻行吗？”千红自信心极盛，半点也不让人。

童心对这方面也不肯服输，立刻反驳：“歌词就不用形象语言吗？毛主席的《红军不怕远征难》就是十足的表现出革命英雄气概的，可人家却抒发得多么生龙活虎、形象鲜明。”

“人家是诗，我却在做歌词。”

“词也不能没有形象，女同胞李清照的《武陵春》——‘闻说双溪春尚好，也拟泛轻舟，只恐双溪舴艋舟，载不动许多愁。’看，人家就不是干巴巴的抽象概念。”

“人家，人家，人家是什么人？警告你，别把我千红比作伤春的寡妇，成天无病呻吟，‘寻寻觅觅，冷冷清清、凄凄、惨惨、戚戚’……”

“哟，你们吵什么呀？”随着声音，诗人干戈来到跟前，瞄了千红一眼，几乎讲不出话来，稍停两秒钟，才忽然想起什么，说道：“嗯，广播一个好消息：下星期四，‘抗大’庆祝建校三周年纪念大会，号召‘抗大’老同学都回校会餐。不是‘抗大’同学也没关系，只要会唱‘抗大’歌就准有你吃的。”

童心问千红：“是这样的吗？”

“信不信由你。”干戈拔腿走了。

“喂，诗人，回来。”童心望着背影叫，意思想请他帮千红的歌词提意见。诗人转回头扬手：“对不起，祝你好运！”千红说了一句：“你们‘鲁艺’人怎么搞的，尽是疯疯癫癫？”童心说：“人家说，天才和古怪是亲兄弟，拜伦、果戈理都是怪人。”

“又是人家说，为什么不讲你自己呢？”

“这叫做无我嘛。”

“诡辩！”

童心再不作声。看看日头往西斜了，西山的阴影盖过了晾在坟堆上的衣服和被单。千红忽然想起什么，焦急地抱怨自己：“唉，尽胡扯，把正经事都给忘了。”连忙从挂包掏出用绒线捆扎的一摞信递给童心，说是苏茜让她拿来请童心代她退还方舟的。童心接过来，解开绒线，一封一封地数，一共是五封，觉得不对数，沉吟半晌，不作声。千红问：“你在想什么？”“好像是少了一封。”童心有点狐疑。千红心中有数，原来她将方舟给苏茜的第一封信打了埋伏了。“但是他怎算得准人家写了多少封信呢？”心里觉得蹊跷，开口便问。童心只是支支吾吾，说方舟每次写信都讲给他听。“你就每次都记数？”千红更觉得奇怪，问到童心都不好意思坦白。

“好吧，你不说我也猜到八九不离十。”

千红这么一讲，童心更加有口难言的苦衷。

“算了，一切都过去了。走，到大砭沟青委合作社去吃馆子吧，我请客。听说那儿有四川回锅肉烧得蛮好。”千红站起拍拍背后的尘土。

童心问：“怎么，家里寄来钱啦？”

千红说她父母逃到桂林，在李宗仁老婆开的私立德智中学谋到教员职务，从苏家那里知道了她的下落，汇来三十元给她。

到青委合作社的食堂，他们要了一盘回锅肉，一盘延安名菜三不沾，一盘炸八块的山鸡肉和一碗甩袖汤。千红边吃边同童心讲：苏茜很可怜，水灵灵的美人，嫁给一个不大不小的首长，真是“无端嫁与金龟婿”。物质生活当然比我们丰富了，精神生活却十分贫乏、空虚。到晋西北后来信，说很寂寞，本来要到白求恩医疗队见习的，但是作为人妻，要尽义务，哪里能像做姑娘时候那样自由自在呢。

“她要我告诉你，”千红咽完口菜停下来说：“叫你给她写信。”

“是吗，真要感谢她还记得我啊。”

“恐怕不仅仅是记得吧。我看她还——”

“还什么？”

“跟你一样，还在想。”

“不，不会。我这个悲剧的角色谁会想嘛，对啰，我们文学系有个人外号叫‘苦闷的象征’。他们说我是他的老弟。”

“我说你呀，你呀，你真是个木头疙瘩。”

“那你？……”

“我？我就是我，唔？”千红顽皮地瞥视对方，那眼神比她说出来的话还要多。

“别人说我这山看过那山高，看人总是一个比一个强，没定性；说我轻浮、水性杨花。你说呢？你是不是也说我……唉，其实，我总觉得不少人都有他可爱的地方，我总想从他们当中吸取各人的长处来丰富、充实自己。像花间的蝴蝶，见什么花朵都想停下来闻一闻。如此而已。”

童心听到不无惊讶，但又以为人家是天真得可爱，值得欣赏。

千红见童心不言语。不禁兴师问罪：“为什么不哼了？”

“我在想……嗯，想起来了：鲁迅在《伤逝》说了：‘爱情需要创造，需要时时更新，爱才有所附丽’。屠格涅夫在《贵族之家》写的‘我昔日所崇拜的，如今已消毁，昔日所消毁的，而今又加以膜拜。”

“得了，又是鲁迅，又是屠格涅夫，就没有你自己。”

两人从食堂出来。童心说，他也要过对河去找新近被分配在总参部工作的方舟，替苏茜把信还他。问千红同他去不去？千红踌躇一下，赌气说，不去！但是过了河，当童心正要往总部的山沟走时，她又回头向童心叮咛：“你对他讲：下星期四‘抗大’校庆见，你告诉他：他给苏茜第一封信在我这里！”

千红向前走去两步，回头见童心木桩似的，一动不动立在原地。脱口呼喊：“嗨，你快去快来呀，我在这等你，等你回来送我回桥儿沟好吗？”

不等童心回话功夫，半路杀出个程咬金，唐康已经小跑来到千红跟前：“噢，童心呀，你俩在哪遇上的？”唐康满心诧异。

千红直说：“我就是找他去的。刚去青委合作社食堂吃了四川的回锅肉。”

唐康悻悻地说：“好呀，现在分手了吧，回校，咱们一道走。”

千红转一下身:“不,我等一会。”

“不行,等会迟到了,今晚加班排练节目。”

千红无可奈何地走前两步又回头向童心大声呼唤:“下星期四一定来哇!”

唐康快步跟上她走了好远才忍不住问道:“你真正相中的是他?”

“他怎么样? 哪点不好?”千红故意逗人。

唐康懊悔地自己给自己小声喃道:“真是一枝花插到牛粪上了。”

千红一惊,睁眼诘问:“什么?”

十七

读过《毛泽东选集》第二卷《青年运动的方向》一文,都知道那是毛主席1939年5月4日夜晚在延安纪念“五四”运动二十周年的大会上发表的具有历史意义的一次重要讲话。

那天晚间开的群众大会,举行火把游行,盛况空前。

春末夏初,此时要是在江南,应是芭蕉新绿上纱窗的时节了。然而,这时大西北的塞外风光还是“东风有信无人见”。

人们见的,只有人们个个衣着开始换季,都不约而同脱下笨重臃肿的棉袄,除下头上钢盔似的棉帽和船一样的棉鞋,换上了夹袄单衫草鞋,特别是一些女同志,又显现各人窈窕的风姿。虽然都是同样一套铁灰色的军装,一双用破布条编的草鞋,可是经过女同志的巧手,把上衣的大襟改缝连成一片平面,将下摆的两只大口袋拆掉只留胸前两只小袋,领子改成小反领,把腰带一扎,俨然成了列宁装。有的把衬衣的白领翻过来,八角帽歪戴一边,显示女性的标志,鞋也有别于男同志,两三根纽成的布条交叉编成花条,不亚于城市皮制的凉鞋。

总之在这物质极端匮乏的地方,女同志倒能穷对付,尽可能打扮得美一点。

这在鲁迅艺术文学院就特别引人瞩目。

她们给单调的环境,真能增添几许的色彩。

今夜农历是三月中旬吧,半边的银月在湛蓝的天穹躲在浮云里,时隐时现,繁星点点,显得格外清幽。可是这时辰谁也分不出心来欣赏天上恬静醉人的夜景,夜景全让地下的群众大会气氛笼罩得叫人心花怒放了。瞧吧,城北延伸到大砭沟有飞机场似的一片开阔场地,全都叫一队擎着火把的男女青年挤成了一面海洋。歌声宛若潮涌,拉拉队喊得山鸣谷应。主席台三方面都遍插红色的竖旗,一阵风吹来,发出哗哗响声,马、恩、列、斯革命领袖的巨幅画像从主席台的正中注视着成千上万的群众。一股庄严而活跃的气势抓住了每个跳动的心。大会开幕了,一位运动员高举一把火炬象征"五四"精神之光,跑步绕场一周,然后送到主席台前面,燃起一堆熊熊的篝火。送火者潇洒、英俊的骑士风度吸引全场的目光。看到激情处千红忘我地脱口喊了一声:"方舟!"眼含泪水,她太激动了,全身着了火似的,不能自已。叫她想不到他竟是如此牵动千万人的心!

这些日子来,千红深感方舟一向对自己若即若离的纠缠,好像是个解不开的死结。此刻一下子解开了,心头油然舒畅,恨不得即刻投到他强有力的怀里让他抚摸……

骤然间,大会主持人高声宣布:纪念五四运动群众大会开幕!首先,由领导首长颁发获得生产运动劳动模范名单和奖品,然后就是请毛主席演讲《五四青年运动方向》。

在一百二十人受表扬和三十人获奖的名单中,童心的名字因为笔划多,排在获奖者的最后一位了;千红的名字在受表扬的名单上却名列前茅。在念一个人的名字鼓一次掌,等表扬和颁奖的事过后,毛主席便被一阵暴风雨般的掌声簇拥到台中心。"同志们!"一声熟悉的湖南口音把全场镇住了。接下来便是滔滔不绝的言词灌注入人们的脑海。毛泽东在这儿,讲了知识分子革命不革命的分水岭,就看他肯不肯跟工农兵群众相结合的问题。深入浅出,深奥睿智的道理,用常见的普遍事物比喻得格外生动。真有叫人感到"听君一席话,胜读十年书。"

演讲完了,台前的方队开始了分列式,一只一只火把点燃起来了,有的爆出星星点点小火花;队伍一队接一队,像长长火龙从北关穿过旧城内然后趋向南关、新市场,火红落下河面,仿佛金蛇流动;歌声此唱彼和,口号高呼声震动着山谷……去年在武汉庆祝台儿庄大捷和掀起保卫大武汉的盛况又在这儿重现了。

千千万万颗心在这沸腾，那气势好像把座山都掀起来似的，完了，队伍转回原来场地，将火把投入一堆堆柴禾燃起熊熊的篝火，各自单位的人围成一圈圈又唱又跳……当时人们往心遐想，此情此景，若再过几十年，大家都老了，回忆前尘，只怕记性最坏的人也难忘得今宵的吧。果其如此，半个世纪过去了，人们谈起这段往事，莫不眉飞色舞，宛若昨夜。而更令人津津乐道的还有因此伴随发生的另一桩风流的韵事：

那便是当人们围住火堆兴高采烈地载歌载舞的狂欢时刻，千红唱完支兄妹开荒小调便从集体的圈子悄悄溜开，唐康一直盯住她，蹑手蹑脚尾随她的背后。千红一心在人丛中寻找人，压根儿就没留意有人在后头盯梢。终于，被侧面擦肩而过的人一把拉住："千红！"一个熟悉的声音，喜得她的心乐开了花。原来是方舟先发现了她。

"走，找个清静的地方！"千红把方舟的胳膊捏了一下。

方舟因苏茜退还了信，而且人又嫁与金龟婿上前方去了，这十天半个月来，心里不免懊恼，正想找个熟人倾诉衷肠。恰巧这时刻千红乘虚而入，占领了他落寞的心。在抗大三周年的庆祝会上，千红预约了他："五四"之夜她来找他。

这时候哪儿有清静的去处呢，对河桃林要涉水过河，方舟说我们不能离开队伍走得太远，就在附近走走吧。千红不置可否，好像只要两人在一块就是一切。两人便边走边聊，不知不觉走出了欢腾洋溢的场地，悄悄地走到僻静的文庙废址，找块倒下的石碑坐下。千红好像是怕冷，亲昵地挨着方舟很近，抓住他的胳膊将头靠在对方肩上。

"你现在想什么，快说！"静默了长长的五分钟，千红才突然袭击，要方舟坦白。

方舟木然答道："没想什么，什么也没想。"

"我猜到了，一定在想大苏？"

方舟不言语。

"童心把信都给你了吧？大苏也真是，那样好的信。"

"好吗？知道这样，当初给你就好了。"方舟用右手伸过来抚弄靠在左肩上的头发，觉得异常柔软，心口砰砰跳动。

“你骗人。”

“骗你是小狗。告诉你吧,人家头一次见你,就被你俘虏了。”

“不信。”

“不信还要人家的见面礼!”

“哦!”千红顿然领悟“犀飞利”金笔。用拳头往对方背上捶一下。

方舟乘兴将手顺着人家的衣领往下滑……

千红“唔”娇嗔一声扭动身体,把头仰起咬到人家耳垂,激动得抑制不住的耳语:“左边有孔小石拱洞……”

方舟搂过她的腰,两人相紧紧搀扶,默默地弓着腰钻进半腰深的石拱,男的将火烫的嘴封住女唇舌,把手伸进腰里……

“看你急的!”女的声音发颤,将内裤裤带松开。

男的拉过对方的手来……两人贴到一块,挣扎、蠕动,不十分钟,突然,男的颓然说声:“哎,完了!”女的颤声喘气乱叫:“好,好!舟舟,抽……抽!……有……有人……”

“嘿,”猛一声咳嗽,石拱上“扑”声跳下一个黑影:“由我来!”

方舟吓得魂不附体,拎裤头便奔。千红来不及张口叫住他,已被黑影两只胳膊死紧抱住倒滚到地上……

“你……你是谁?……”声音喊不出来了,嘴被伸进来的舌尖顶住。

“哎呀,我的妈呀!”一声惨叫撕裂黑夜的寂静。

千红含着一嘴血腥翻身一跳,跳出石拱,拔腿便拼命奔逃。逃到了河边,像从噩梦惊醒回来,意识到闯了大祸,赶紧蹲下水旁,用手掏起一口水,将嘴里的血腥漱洗了,然后整整衣服和头发,佯装若无其事回到篝火旁边。

将近散场时候,文工团的人发现唐协理员不见人,问千红,见到他往哪儿去没有?千红一愣,摇摇头。说:“那么大个人不会走失的吧,也许先回团了。”

果然,人已先回团里了,但不知中了什么魔道,人突然不会言语,蒙住头不肯见人。第二天被送到柳树店国际和平医院留医去了。不久,边区保安处来人找千红谈话,什么内容谁也不了解,只是,不到半个月千红便调离了文工团,下放到延安县某乡去当一名小学老师。

纸总是包不住火的。“抗大”文工团一位老红军协理员被企图不明的女人咬断了舌头；而唱女中音的女演员和谁谁闹三角恋爱挨开除了。一桩桃色新闻闹得满城风雨。乡下人将这件绯闻问千红知不知道有这么回事。千红不动声色，轻率地说：“这又不是公鸡屙蛋，有什么值得大惊小怪。”过后传来传去，人们终于打听出来，那个咬断人家舌头的就是这位如花似玉的美人儿老师。这老师有人在什么戏台上亲眼见过和听过她唱的信天游。于是，她在人前走过，总有人在她背后指指划划。后来，她终于生下一个女孩，让给一个姓何的农妇抱养去了。自己仍旧一个人当她的老师。当然，日子过得很不舒心，但这能怪得谁啊。

已是第二年七月一日党的生日，机关、学校都照例放假。童心特意一早跑三十里地来看望千红，这是雪中送炭的温暖人呀，千红虽不情愿接受别人的怜悯，但是当眼前的寂寞得来友谊的抚慰却忘了平日倔强的矜持了。童心说，临来见过方舟，说他让代他问好，别的都没讲。千红脸色染上绯红，鼻孔里“哼”一声：“胆小鬼，自私！”

童心蒙在鼓里，帮方舟讲好话：“不能怪他——他受苏茜的刺激太大了也！”

“绣花枕头。看他情书写得那样动人，到实际行动，嘿，懦夫，十足的懦夫。”

千红斩钉截铁的话，特别是后头两句，童心以为是说自己的，脸色微微发烫。怪难为情。千红只管讲她的话痛快，无心留意于童心的反应。

“其实呢，也不止是他一个人这样，凡是男人或多或少都带点儿罗亭味——说话是巨人，行动是矮子，是不是？”

“也许吧……”

千红不让童心想要解释自己，又把话抢过来说：“所以我原谅了他。他这个人缺点是有，可优点方面在别人看来也许是突出的。像他这种人将来倒反能混得起。”

千红说着说着，少不了说到自己的处境，说这地方老百姓，虽然是刘志丹当年闹土地革命的基本群众，但是到现在，各人的脑瓜封建思想还相当保守，一个单身女人在这生活并不轻松。

童心同她出个主意，叫她考“鲁艺”去，也许能改变她的命运。说“鲁艺”音乐系正在招生,不但要培养声乐和器乐的演奏角色,还培养作词和指挥的人才,依他看,她的女中音水平准能考上,要不,作歌词也能行。他怂恿她鼓起勇气去闯一闯。千红感到自卑,觉得自从闯了那场祸以来,走到哪儿以为人家总拿有色眼镜看她,什么地方都懒得去了。童心劝她,让她把名字改了去试试,反正又不要赔本,有什么关系。千红想想,同意了。童心还说,同音研室郑律成玩得挺熟,郑常要他给写歌词去谱曲。叫千红原先写的歌词和再写两首新的拿去请他看看,也许能被赏识呢。千红一听《延安颂》作曲家的名字,就说听方舟讲,他们是南京中央军官学校同学,要方舟帮打打边鼓,说不定真能打得这道关节。

“你们一向都来往吗?”千红问。

童心摇摇头。

“方兄这个人不止是外才横溢,内才也挺有天分。”千红不掩羡慕之情,喃喃自语。“看他给苏茜的信写得那样优美。这样的吧,我再写两首新的,下星期天你再来拿去同方舟——你们俩一起替我改改然后就给郑律成拿去。”

听千红对方舟深信不疑的痴心,童心觉得啼笑皆非;斟酌半天不无悲哀地对千红说:“很遗憾,有件秘密小事一直都瞒着你——”

“什么秘密?”千红睁大眼睛逼视童心游移的目光。

“你一直都认为方舟的信写得那样动人吗?”

“哦,是呀。我这个人就是这个德性——崇拜才子!你说他的信是——有什么神秘?”

童心说:“神秘不是在信的本身,而在于写信的作者?”

“那你说方舟不是信的作者,是谁?难道是你?”

童心满脸通红。

千红突然被击倒似的颓然发了蔫,打心底里惊讶地喃道“不可思议!”过了两分钟左右,眼睛闪烁着光,望着童心满怀感激之情说:

“你,你可是个……唉,叫我怎样说呢?你,你要是将你对待友谊的感情去拥抱你的创作,那会写出不朽的作品,要是拿它的忠诚去对待革命事业,那将会是无比的伟大!”

十八

一位出席过1934年全苏作家代表大会,得到高尔基和《铁流》的作家接见的荣幸的号称国际诗人肖三前辈,从天而降,从苏联荣归故国,来到"鲁艺"文学系接替上前方去的沙汀担当系主任。其时,正当延安要举办大规模群众大会纪念"九一八"八周年。"鲁艺"学院要求各系各自创作节目,拿去大会公演。文学系既不会跳又不会唱,拿什么节目去应对呢?系主任说,可以尝试集体创作一篇说书形式的朗诵小说拿到大会上去朗诵。三个臭皮匠合成诸葛亮,各人自由组合,三五个人合成一个创作组,各组先去斟酌讨论,拟出个提纲,让系主任评比,择优选取一个来,然后由一个人执笔写出初稿,先在组里集体讨论故事细节,素描人物形象,让执笔人斟酌接纳集体的意见写出初稿送交系主任审定。题材要求切合抗日斗争的国防文学精神。为此,特意约请东北抗日联军李延禄将军来"鲁艺"作报告,向他采访"抗联"的事迹,然后虚构个故事梗概。

当时文学系大部分人上华北联大去了,留下的只有十七个学员,为完成这项奉命作文任务,分成三个组。"马雅可夫斯基"诗人的干戈,"苦闷的象征"的张力分别在第一、第二两个组,童心跟叶绿萍在第三组。三个组拟出的故事提纲交给系主任。

系主任找三位执笔者去谈话,说第一组提纲言词挺美,可惜,是诗,不是散文,第二组的情节头绪太碎、太乱,线索、轮廓不明,不宜朗诵;惟有第三组童心写的故事性较强,口头朗诵出来,听得易懂。决定全系集中力量把第三组的提纲写好。

这样一来,童心便埋头花了一个星期功夫,总算写成了三千来字的故事,在系里试作朗诵一次,大家听了都说脑里留下个印象,似乎是有个这么回事。

那么让谁登台演出呢?系里三四位女同志声音都不理想,不是吐词不清,就是音色不亮,不如请实验剧团的演员来表演吧。有人则提出异议;既然要请系外的人,以为要音乐系的小姑娘苏芬还好。"不!"谁叫了一声,说与其要苏芬不如请新来的女中音千红更为合适,她比小姑娘老练,上台能镇得住。

千红进来“鲁艺”音乐系已经两个月了。初到新环境,对人对事都觉陌生,何况由于自卑,不敢仍旧依然逞能好胜、抛头露脸招摇。却始料不及,经过这回的朗诵表演,竟然一炮打响,成了令人瞩目的人。她个人实在没敢奢望遭受一场风波之后还能成为童心作品的扮演者。

一年容易又秋风,1939 年八月初秋时间。“鲁艺”学院——全国知名的进步文学艺术专家工作和未来的青年文艺工作者学习的聚集学园,得到党中央的关照,从门外山头文庙的原址迁移到中央党校让出来的桥儿沟原天主教教堂的大院作为新校园。地址在东城十华里的一处山沟口,背山面水(延河从西向东流过),周围种植为数不少的柳树和白杨,后沟有川流不断的一泓溪涧,阵阵蝉声和淙淙水声悦耳可听,教堂院内房屋砖石结构,罗列齐整的布局,有哥特式的楼顶,有可容数百人的礼堂作上全学院大课和开晚会、作演戏跳舞的娱乐活动。这在延安来说,可真是有人戏说是个“大观园”,也有人称它“象牙之塔”,——未来青年红色艺术家的摇篮。总之是,青年人谈恋爱的好去处。

号称国际诗人肖三前辈在此提倡举行周末舞会,引发了不少青年男女的舞迷。千红无意中被封为舞会的皇后。也许正是这样,等到肖三离开文学系去筹建中央文化俱乐部时候,千红便被调去那里当个秘书。

由于文化俱乐部的倡导,交际舞之风,在延安便蔓延起来了。方舟在舞会受到老诗人青睐,同千红一样也被网罗到俱乐部当个干事。这样一来,两个冤家又遇到一起,说来未免富于戏剧性。然而,好事多磨,听人说,不久,有回,千红在老诗人的窑洞给灌醉之后,一夜也就没见出来。第二天凌晨醒来,她身边躺的正是一位国际军事顾问。生米煮成了熟饭,怎样也只好咽下了。无可奈何,只好安慰自己:“塞翁失马,焉知非福”,自以为这样,成了国际友人的夫人,日后不是有机会出国瞻仰莫斯科红场,拜访托尔斯泰故居,亲眼观赏柴可夫斯基的天鹅湖巴伦舞剧的演出和列宾的不朽油画等等文化享受!

人,当失意的时候,总是会找出种种奇遇来求得灵魂的安慰。遗憾的是,这点点心的平衡对千红并没有保持很久,国际友人忽然接到共产国际命令返苏,仓促间便循老诗人归来的国际通道,翻过天山去了。按照组织原则,不但共产国际不允许携带异国家眷,中国方面也不批准一个女党员随同别国的人离境。这样,千红这场春梦顷刻间便成泡影。洋丈夫离去的同时,自己便进了医院刮了宫,出院后又若无其事地回到文化俱乐部充当老诗人的秘书。这时,方舟见她可怜,多少赋予一定的同情心,伸出友谊的手,对她采取貌似亲近却是疏远,貌似亲热实是冷淡的态度,保持很有分寸的距离。这可是给千红产生痴心的幻想。在千红眼里,方舟到底是潇洒得极富男人的吸引力的啊。就在1939年除夕一次化装舞会上,当人们如醉如痴地闹个通宵的时候,千红和方舟都没露面。第二天一大清早,千红将方舟半拉半推出来,说要去给老诗人拜年。跨进门槛,两人齐声“我们来给总干事拜年!”跟着千红开门见山补上一句:“我们昨夜结婚了!”这下可叫方舟十分尴尬,老诗人也感到异常惊讶。不过,老诗人毕竟是在国外生活多年,多少浪漫蒂克的事例没有见过呢。于是迅速作了反应,信口给予一对新人祝福:说声“祝愿你们幸福美满!”故意回避讲“白头偕老”这句套语。末尾还带玩笑口吻说:“可不要搞杯水主义啊。”杯水主义在中国就是“打游击”意思,千红在蟠龙是听协理员解释过的,脸儿不觉浮起一抹红云。方舟默不作声,好似哑巴吃黄连。

这事,千红给童心写了这样的信:

禾佳:

我的事你大概听到别人说了吧?怎么想的?同别人一样骂我也许不会,不过,也不会跟上一次一样,给我原谅而表同情的了?不是吗?不管怎样,我不会怪你的。自作自受,自己既不忏悔也无须别人的宽恕。如果像你一样的知心朋友都感到困惑,那还有什么解释的必要呢!禾佳,不管我被人看成什么罗曼蒂克,什么荡妇,什么人尽可夫,等等,等等,可我还是我,千红的心还是原来一颗。

我无须讳言,我就只知美就是一切!我半生执著追求美满幸福,正如我坚持信仰真理、渴望自由一样,往往是奋不顾身、勇往直前的。

我太忠于第一个印象了,也许就是常言说的“先入为主”吧。你不知道,倘说七贤庄是我跨进革命门槛的第一步,那么,方舟就是头一个给我留下难以抹去的最完美的化身。不瞒你说，当我知道他竟然给大苏写的第一封信，我的心头真像被割了一刀。他使我懂得了什么是嫉妒。现在，虽然知道那些信是你的杰作，但是那时我把它当作他的灵魂联成一体了，深深感到风流倜傥的躯壳跟崇高睿智的心灵那样和谐地构成了美的形体，使我崇拜得五体投地。如今，现实虽然摇醒了我，知道信不是他的心声，美玉显露了瑕疵。但是，不知怎样解释，一颗被蛊惑的心怎也收不回来了，就是经过“五四”之夜发现闪烁的外表竟是自私卑怯的伪装，也还是觉得金既无赤足，人又何必求其完人呢？也许应当怪那个地方(不应该到那里去)，怨那个第三者。你说是不是呢？

禾佳，让我再给你讲一遍，你太伟大了。衷心希望你将你对我厚爱的友情拿去献给千千万万人的革命事业吧。也许你自己并不觉得，大苏一直都在偷偷的爱着你呀，你难道一点都不察觉到？此刻才告诉你，不免“雨后送伞”，已经是多余的了。只不过想使你醒悟：人有时也许会欺骗了你，正如你自己有时也会欺骗自己一样。惟有事业才是忠实的朋友，她将陪伴你于永恒。你就爱你的文学吧，相信你的生花妙笔，将会写出《延安——中国革命的摇篮》来的，只不要忘记有个人可是她的忠实而热烈期待的读者！

千红于一九四〇年二月二十四日

千红写完信从头读一遍，想想意犹未尽，又提起笔给苏茜另写一封：

大苏：

你恐怕做梦也想不到吧，我刚给禾佳写信，告诉他，我除夕晚上闪电式的结婚了。对方是谁，恐怕你又是梦想不到。说来真有点不好意思，原来是你不愿爱的人我竟把他抢到手了！这是不是我一生求爱的归宿，并没去多想，只求目前我不再那样孤独和寂寞了，骑着毛驴看唱本，走着瞧吧。大苏，不讲你也知道，我曾经爱过人，一个老师，可好端端的却从身边悄悄走了，从此，去如黄鹤，梦一般杳无影踪；另一个是文字之交，不想本人的形象与文字的美联不到一块，徒留一段遗憾之情。而今，这位也并非十全十美，只是感情这个魔鬼竟不容你的理智把它阻拦。我自信是有勇气能挣脱你那种受委屈的羁绊的，可到头来也未能真正彻底战胜逆来的命运的局限。也许这就是时代赋予我们的不可逃避的遗憾吧。

告诉你，你所关心的人，看来表面上是平静的。他太好了，善良、正直、一个殉道者的胸襟的同情心。也许这就是无私的伟大。遗憾的是，与其说他爱错了人，毋宁说他不应当爱他所不适宜于他的人。不过，欣慰的是，他的精神生活并不空虚，他有寄托，有他坚定不移的信仰，有他执著的文学，还有你无言的崇拜（这点他一直把她忽略了）。这就够了，鲁迅说的"人生得一知己足矣"，何必他求哉。

就写这些吧，你什么时候能随人出差回延安一趟啊？真想死你了。

千红二月二十四日夜

十九

延安的大生产运动随着秋收的完成而结束了。童心成了全运动过程中的劳动模范。接着，系里恢复了正规学习的轨道，在创作实习的课目上，系主任要求各人就生产劳动过程的体验写篇习作——诗、散文或小说都可以。在这之前，童心两次习作不佳，两次都过分注重抗战重大题材和单纯强调团结抗日统一战线的主题意义，瞎编硬凑，既忽视人物个性形象的塑造，又缺乏真情细节的渲染，结果，辅导员给的评语是：干巴巴的概念加公式，遭了创作的大忌。两次都失败了，习作成了怪胎。

接受失败的教训，这回他就本着习作、试笔的无所谓态度，摒弃急于求成的意念，摒弃患得患失的精神负担，放松过分紧张的心情，紧紧记住"写你最熟悉的"创作信条，以身边的同学做原型，拿生产运动为背景，信手写来，不出一星期，便将生活中遇到而且感兴趣的人和事以及它们在生产运动过程中发生的种种变化，写出了二万四千来字，题名叫做《播种与收获》。出乎他自己的意外，小说获得系主任、辅导老师和同学们大加赞赏。系主任也许出于爱护自己子弟的偏心，认为这是当前延安文艺界有关生产运动题材创作的一次突破。极力推荐给周扬主编的、有全国范围影响的文学期刊——《文艺战线》。这样，一只出谷黄莺，一鸣惊人，一跃而登上了文坛。童心自己便以初生之犊的傻劲，不知天高地厚，一鼓作气，牺牲每天午休，日夜不问的写呀写呀，花了半年工夫，以从"一二·九"青年救亡运动到抗战爆发——到投奔延安——到参加延安大生产运动，一系列思想发展过程为题材写一代革命知识分子成长过程的典型，总共写出了二十来万字用《追求》作书名的长篇。就因创作成绩优异，待到毕业分配时，被选留校作研究（创作）员，荣获党组织认同，列入为数不多的几位给予作为未来红色专家的培养对象。

1940 年七月，被派往驻扎黄河西岸的河防部队体验生活。受旅长"王胡子"热情欢迎。

为时不久，当秋风乍起，红枣满树、柿子累累的日子，太行山八路军总部发出号令，掀起了气势磅礴的华北"百团大战"。童心便随部队东渡碛口镇，奔赴吕梁山下的柳林——离石一线，以阵地记者的临时身份投入这一非常的战役。

前线的队伍先两天就进入阵地了，为赶上接近阵地采访，部队派给童心一匹战马代步。在一次路上，侧边急驶出一辆马车，童心的马受惊，飞蹄狂奔，勒不住缰，人从马上摔了下来，左边手腕骨头折了，当天夜半被送回晋西北军分区野战医院留医。翌日清早，一位女大夫站在病榻旁边，静静地等待他睁开眼。一个护士开开门把人惊醒了，伤员用手揉揉惺忪的眼睛：

"噢，苏茜！——"

"别动，"大夫除下口罩，深情脉脉地盯住他。

"骨头断了。昨晚给你做了石膏定位，安了托板，不要紧，个把月就好了。"苏茜以医生公事公办的冷静态度，说几句安慰话。

童心也就客气地几乎听不见的声音从牙齿发出："谢谢！"

苏茜说："你倒学会客气起来了，哪个教的？"

童心衷心地喃道："想不到在这儿相见。我还在想，会不会做梦。"

苏茜叹口气："想不到的事多了……唔，马上回去交接班，走了，以后再谈。"

童心眼巴巴地望着叫人心跳的背影在房门消失了。几句话听出人变得大方而老练多了，大姑娘的闺秀的气息已无影无踪。这叫童心的心浮起了悲哀。但是，他哪里知道人家这些日子是怎样过来的呢？

苏茜她自从将方舟的信退掉的同时，便把自己作为姑娘梦幻的心扉关闭了。安心立命地听从命运的摆布。到了前方来，先到白求恩医疗队见习了大半年，然后就把医院当成了家。生活和思想都统统给治病救人的伟大情怀了，偶然想起往事，也没空执笔给千红写点什么。抑郁的神色就同虫害的病叶，过早出现枯黄，显得比实际年龄憔悴、沉着。

童心脖子吊着的托板解除了。此刻他已是一个身心健全，但没脱病号衣的病友，十月小阳春太阳晒得人感到暖烘烘的，一些初愈的病号都走出阴凉的窑洞到院场来坐在草凳上依靠背风的墙晒太阳。有的人甚至躺在麦秸垛里闲聊伙食好歹，打听前方战况什么的。

苏茜大夫笑吟吟地朝童心走来，说她休假半天，有空儿来聊聊。

童心睨眼瞧她。她脱掉了白大衣，除下包扎头发的白帽和大口罩，一身男人灰布军装，扎着皮带裹腿，可是英姿飒爽，比当年在七贤庄初次相见变成另一个人了，只是眉眼间却掩藏不住淡淡的忧郁。

“有你这样看人的吗？不认识啦，唔？”苏茜邀童心来到村外一个阳坡地往草坪上坐下，两人相对一阵，苏茜先开的口。

童心却怎么也找不到适当的话题来搭讪。

“唉，老啰。”苏茜说。“唔，你怎么啦，一声不哼？哪里不舒服，该不会是发烧吧？”她伸手过来贴到对方额上。

童心忧伤地说：“我在想……”

“还没忘掉你的口头禅——我在想。记得有个名人说过，人若老在想得太多，往往便会怯于行动了。我说你应该学学方舟，他就什么事都抢先。”

“是呀，也许人世间就欢迎他那样的人。”童心本心是想排除对方的忧郁的，不觉自己却散发着忧郁的口气。

“这可认错人了。”苏茜叹口气：“人并不是个个都那样看重方舟，同时也都不是个个那样喜欢千红。千红近来怎样，常见到吗？对她也不知怎么说好，总以为把爱情看作游戏觉得有点离谱。但我不责怪她，她这样做倒说明她就是这样一个人,不虚伪,不装蒜。你说是不是?”

童心没正面回答,倒反关心地问她:“你日子过得怎样?很充实,很幸福吧?”

“人家大文豪不是早说过的吗,‘幸福的家庭都是相类似的,不幸的家庭各有各的不幸’。”

“他怎么样?”

“他?”苏茜一怔,立时领悟过来,淡漠地说:“上前线去了。”一会,突然想起,惊觉地悄声说道:“他留在家的日记我偷偷看了:日记上说他听到我在他面前老提到你,使他尝够了嫉妒的痛苦!这回他要知道你回医院来养伤,不知怎么想的了。”

童心点头,默不作声。

“唉,很遗憾!我们这辈人,一心一意追求光明、自由、解放,说到头,恐怕也能做个改良派吧。听人讲:张虹她也是嫁给一位不大不小的部队首长当家属,实际上成了太太的命。传说,你现在旅首长那位是贤妻良母还是好心的上一级首长给做的媒哪!”苏茜叹口气,一会又讲:“你们男人可是好,少我们女人这点苦恼!”

童心觉得话不好直讲,顾左右而言他:“前线战役已接近尾声,你的人快回来了。我也应当归队了!”

苏茜急口问:“你,要走?不,别急嘛。你不懂得,这个多月来,有你在一道聊聊,日子好过多了啊!他回来碍什么事,我们也没干什么嘛。再说,要是他回来知道你赶快走开,反而生疑更不好。等他来你就大大方方到我家做客,看他怎样。挺大不了离婚。”

“值得吗?”童心盯住她的眼珠。

眼珠子很镇定,意思反问:“你敢吗?”

童心异常激动抓住她双手,使劲捏得人生疼。

苏茜低下头颤声细说:“我……虽然过来人,但是,从来都是他主动的。”

童心一把把人拉到怀里,张开口含住人家的嘴唇。

“不,”苏茜喘着气,“当心,别让人家见到了。”

一阵激情的旋风吹过之后，苏茜拢了拢头发，深情地望着童心："什么时候我把一切都告诉你！"

两天后一个傍晚，苏大夫拿本《安娜·卡列尼娜》来还给童心，把人拉到院墙外头，悄悄耳语："他昨晚夜里来了。说明天一早要去延安开会，要我陪他一道走。"

童心好像手拿削梨的小刀，不经心掉下河里，心头顿觉一悸，说不出话。

"你不是也要回了吗，我在宝塔山下等你！到时候把一切都告诉你！'苏茜眼里闪着无限深情。

等人从身边走去之后，童心才恍恍惚惚地翻开书来，不想里头夹张玉立亭亭的照片。他对着笑靥迷人的照片凝视良久，翻过背面见到新写上元稹一首《远思》：曾经沧海难为水，除却巫山不是云。取次花丛懒回顾，半缘修道半缘君。

童心把玩半天，独自遐想："难道世上真有阴错阳差的憾事？"

转眼半年过去了，童心的军旅生涯将告结束。当他回到旅政治部时候，旅长王胡子请他吃顿饭送行，顺便托他带蒙古特产一只羊肚子酥油到延安献给毛主席。席上边吃边喝边聊天，旅首长工人出身，戎马生涯把人锻炼成豪爽坦荡。说红军(也即现在的八路)的二万五千里长征多伟大，出现不少可歌可泣的英雄人物事迹。可惜自己不会写。欢迎你们新闻记者、诗人、作家多多下来，写出中国的《铁流》和《毁灭》来。旅长说："《毁灭》里有个小资产阶级知识分子叫什么？唔，美蒂克。他到红军里表现可不好呀，跟工农战士尿不到一壶里。不过，还行，到最后生死关头时刻，他还是不做逃兵。你这次下来很好嘛，带个好头，回去宣传宣传，希望再有更多的后来人。"

童心只管听，注意观察这位从一位搬道工——"二七"工人暴动的参与者经过千锤百炼变成了活生生的将军。感动得不知怎样表示恭维才好。

"酥油，你就抽空给送到杨家岭去吧，信得过你。主席日夜操劳，有好吃的总也忘不了他。"临末，旅长送到门口再次叮咛。

二十

童心回到延安的第二天见到苏芬,小姑娘告诉他,她的姐今早赶回晋绥军分区了,留有封信给他,放在“女大”她妈那儿,她忘拿来了,等星期天再给他带来。

“你姐没说什么吗?”童心尽可能拿平静的口气问。

苏芬抱歉地摇摇头。星期天回家才把信拿来给了童心。

苏茜在信纸上是这样写的:

童心!你来,我却又走了!也许这就是命中注定的可悲的缘分吧!“人生不相见,动如参与商”,奈何!告诉你一个机密:……种种迹象,使我预感:山雨欲来风满楼。也许地雷就在自己脚下。谁叫你是小资产阶级呢。《三八节有感》一文的作者被谴责得哭了!我在这地方上小报试写篇《两姐妹》的小故事,人家正要加油添醋,议论纷纷,担心要挨批!听人说,你那篇成名大作《老张掉队了》得到某些前辈作家赞许,认为是对弱者“哀其不幸,恨其不争”,给予同情怜悯是崇高的情怀,人物是生动感人的。无疑是给惟我独尊的个人主义悼唱的挽歌吧。可是,另有些人则不以为然。硬是责备你歪曲革命队伍中的阶级友爱,宣扬人道主义……不过朱老总只轻轻地说,我们的青年作者下部队时间短,观察体会不全面,希望他们多下去就好。……这些,都是“他”同我讲的悄悄话,你可千万别讲出去啊!你自己要有个精神准备吧!

写不完的话!保重!保重!!

一个永远的朋友 1942 年初春

这天,童心读罢苏茜这信,怀着无比惆怅的心独自在桥儿沟河滩徘徊。诗人干戈见到他。便拉他往一株柳树下的碑石坐下来,伤感地对他说了同苏茜信上写的“小道消息”。“放心吧,笔墨官司,永远说不清!”干戈给朋友安慰。

可是,此后不久,一场空前的整风、抢救运动便一次比一次紧张起来了。空穴来风谁能料到,一篇童心赖以成名的处女作,也许是影响比较突出,也许是因它得到蓝家坪文协那边“山头”的某位前辈的过誉而遭嫉妒,居然被列入文艺座谈会上几篇有争议的作品之一。作为文坛新人的童心当然就被指定作整风抢救运动的斗争对象。

所谓“抢救运动”,依社会部唐生的解释是说,你们失足落水于国民党特务的浊水污泥中去了,现在党正伸出手把你们拉上岸来,免得淹死。限期十天,再不坦白交代就咎由自取了。

童心被整天整夜轮番批斗已经九天了,到第十天就要送进保安处坐牢。学院负责人觉得说他是国民党派进来进行破坏的特务,看其平素表现又不是个坏人,下不了狠心送他去作犯人对待,可是不送去吗,别家的检举揭发的供词又那样具体,他本人又这样顽固不肯认账,不免左右为难。

最后一天下午,学院叫来外单位的知情人向他开导,企望他听话交代出问题便可以不送他走罢。

小会议室的门开开,童心抬头一看,惊讶地见到千红和方舟两人深沉悲哀的目光注视着他。千红先开口,凄凉地说声:“我们都讲了,你也不必硬顶也罢。”

“我能讲什么嘛,三代祖宗早就交代多次了。”

“谁叫你交代三代祖宗?真真假假,反正我都坦白了。你说吧!”方舟以目光示意,叫童心随意讲就是。

童心瞪眼望千红疑问:“你俩是什么?”

方舟斩钉截铁怒吼:“特务!我是南京中央军官学校复兴社,她是福建集美学校 CC。你是在西安七贤庄‘八办’被我看上的。她,千红接受我的金笔就是入伙的物证。”

千红又对童心示意:“你也说了吧,免得受苦!”

童心无端困惑,眨眨眼,有声无气地叹口气:“好吧,我们都是一伙。”

这样,童心便没去保安处经受别种考验,但是又能马上照常生活在原来的住处了。

花了三天工夫,写完书面交代材料之后,学院组织便通知他:离开原组织去到杜甫川山沟的整风学习班劳动自食其力。童心选择的劳动工种是纺缝衣机可用的细纱线线。每天能纺得一两八钱不等,顶上每人每年须缴两担四十斤小米代价之数。

劳动改造思想,度日如年。过了半年多工夫,一天,童心轮值,可以三人同行,拿纺成的线线送去妇女合作社出售。

不想,卖完线线走出街上,正要想买只搪瓷口盅时刻,背后忽然听到熟悉的声音呼唤。回头一看,果然竟是如同梦里见到落下的月亮!

“噢!小苏!”童心不禁失声欢呼。

小姑娘回眸,惊喜应声呼喊:“哎哟,童心!你等我,我交完毛衣就出来,有话跟你讲!”

童心把要买的东西都买到了,塞了满满一挂包,苏芬也替人买了块小圆镜、发夹和顶针小零碎。转悠半天,不觉便到午晌。童心请苏芬到机关合作社吃羊肉泡馍馍。一边等饭一边便聊起了话头。苏芬说她姐——苏茜在晋西北整风时因她写的那篇《两姐妹》小说挨批挨斗发了那个痴病,从晋西北回延安柳树店和平医院治了一个时期,病情时好时坏。姐夫程怀远缺德跟他文工团的一个团员要好,同她姐“打八刀”——分了。她妈把姐接回家住。一住就这么过了三年。平日不发病痴痴呆呆,眼睛直直的老盯一个地瞅,一句话也不讲,等到发病时候,狂呼乱喊:一会喊:“我要他!”“我要他!”,一会叫“是我,是我要!”问她要什么?她把眼瞪得直直的:“你知道,你知道”乱喊,跟着就撕衣服、丢枕头、摔碗、砸镜子……闹得天翻地覆,闹过一阵之后,人疲沓下来,不言不发,坐着一动不动,夜里也不肯上床,往往能坐到天亮。苏芬说把母亲折腾得没了办法,托人去告诉方舟(方舟已平反没事,又回文化俱乐部了)。方舟还真来了,不来还好,第一次来,她一见,认识不认识的样子,方舟叫她一声大苏。她可惊得像小孩看见了蛇:“呀”一声晕了过去,手脚发冷,惊慌不已直喊:“鬼,恶鬼!怕,我怕!”倒在母亲怀里,全身打颤。

方舟第二次来就不敢见她只向苏母问长问短,关心她的病。以后还来几次,看她还是痴痴地木桩似的坐,幽灵一样走动,像哑巴,像木偶,样子十分可怜。有一回方舟居然哭了。

“我看人家可真是一片真诚哪!”苏芬叹口气,表示无限感激。

童心一直只管听苏芬讲话,自己不作声。

“你去妈家看看吧。”苏芬转了话头说:“妈的问题也平反了。工作调到桥儿沟边区师范当副校长,就在我们‘鲁艺’附近。”

童心说:“我现在还不能去。问题没有完全解决。”

“唉,真是的,有那么多问题。”苏芬说着,从胸袋取出支金笔往小本本记刚才交毛衣的账目。

童心一眼认出这是方舟在七贤庄给了千红的犀飞利啊,怎么在她手上?苏芬记完账发觉对方盯住这支特别的笔就直截了当地问:

“你认识这支笔?”

“唔。”

“它可有段不寻常的经历呐。”

苏芬收住笔放在手心把弄。说前一段时间,千红从社会部出来去她妈家,知道方舟常来,便把笔给她叫帮她还给方舟。有一天,方舟来,她把笔还他。方舟说,“过了那么多年,他都忘了。送给你吧。”“我本来是不要的,”苏芬说:“可看他一片诚意,死也不肯拿,我也就用起来了。”

“千红能出来了吗?现在哪里?”童心急切地紧问。

苏芬站了起来:“吃饱了,走,一边走一边聊。”

苏芬回桥儿沟,童心回杜甫川,两人走到宝塔山脚才分道。苏芬告诉童心:千红原先集美学校老师齐思鲁一九三八年去了旧金山在华人街办份华文报,后来打进美国新闻总署当翻译。他曾随美军事观察小组来过延安,并向中组部打听欧阳千红的消息。社会部原先把千红同齐思鲁的师生关系当作海外特殊问题。现在已经搞个水落石出了。她伤害老红军唐康的罪也就得到了平反。上个月底已经解放,留在社会部做对外关系工作。她和方舟已经分手了。最近听说齐思鲁调到重庆美国大使馆,千红说想到重庆去找他。

“她没说我什么吧?”童心心上像坠下块石头,但在觉得轻松的同时,又感到特别的沉重。

“说呀,她说你是个大好人,不过,她说:‘很遗憾’,她害你说了假话。是真的那样吗?”苏芬天真地问。

童心说:“怎么说呢?也许是我们都互相不了解!”

“不了解所以才有遗憾,是吧?怎样才算了解呢?”

“一首无题诗吧,我始终也读不懂!”童心不胜悲哀地叹口气。

苏芬站住,深深地盯他眼睛。

“你说你了解方舟吗?”童心问她。

苏芬红了脸,“唔”一声,“为什么总要说他?”

童心不作声,流露怜悯的眼神。

苏芬向童心说声“再见!”走了。

童心目送她走远了才孤零零地一个人回头往南走。到了西北旅社山脚地方,山头有个人从旅社下来,涉过河抬起头猛然远远高声呼叫:“禾佳!你没有死吗,狗日的。等等。”那人快步急忙冲到童心跟前,急忙抓紧人家的手,摇个不停。

原来是蒙远,蟠龙时候的老搭档,现在在后勤部当干事。说香港仔刘少华上晋察冀走了一转又回来了,也曾同他在一个科里搞供给。

“整风、抢救运动受苦了吧?”蒙远问。他显然变得老成了,岁月在他眼角留下明显的皱纹。但是最惹眼的是他鬓角过早出现了白发。

“你看我,”蒙远脱下帽子让童心瞧他一把麻似的头发。“伍子胥过关,一夜白了头发。”

“我没有死——死去活来了。”童心口气深沉。

蒙远收起了说笑,关心着对方,问他的问题解决得怎样,没留尾巴?现在在哪里工作?当作家的滋味品得怎样?

童心告诉了他。

“你自已恐怕都不知道是谁把你咬的吧?”蒙远突然问起这问题,叫童心干瞪眼,茫然无以为对。

“是这样的,”蒙远一边走一边慢慢地讲:“现在可以跟你讲了:我们这个单位老红军干部多,经过二万五千里长征的英雄,有的连电灯也没见过,要他们来整我们城里来的新兵,好多事怎么讲也讲不拢。有一回审我,问我‘你从广西来延安,怎么来的?’我说,当然是又搭汽车,又乘火车的吗。你说他怎讲:‘嘿,汽车、轮船、火车都是蒋介石的,他能让你坐车乘船来革命的吗?’按他们的逻辑,一定是敌人派来搞特务破坏的了。于是逼供信就都来了,真叫你哭笑不得。”

停了一会,见童心不作声才又往下讲:

“抢救运动前一个月香港仔刘少华挨整了。那天夜里斗到快亮天时候,斗人的人急眼了,一把将他的头发揪起来,限他三分钟,彻底交待出同伙来。香港仔实在受不住了,终于供出了三个人,你就是其中之一。说你是日本特务,在香港被派遣打入延安来搞破坏的。”蒙远说,这样,香港仔的头发没有拔光,人可就讲了假话,乱咬了别人,良心受到责备,经不起精神折磨,在枕头下留下封遗书,否认了胡编乱造的口供。然后溜到后山,跳下崖来,很快便断了气。

童心像被压下大块磨盘,透不过气来,更加说不成话。

蒙远说:“这事你也别怪香港仔,我的问题不是也被诬成托派。硬讲广西是托派老巢,从老巢卵出来的家伙不是托派才怪呢。挨过七斗八斗,结果,实事求是,说广西托派并非草木皆兵。问题也就不了了之,你说滑稽不滑稽!”

童心心想:“是呀,这能怪得谁呢?”一路上背着极其沉重的心情回到整风班。

当晚,班主任找童心去谈话。童心提心吊胆,以为是白天去新市场,有什么人在背后汇报他什么事,准又挨批了!默默地走进班主任办公兼卧室的窑洞。谁知出乎意外,班主任一反平素严厉的态度,和蔼地让了座,然后从抽屉拿出卷宗来,头一句就说:

“你的问题搞清楚了。”

接下来就说:政治审查结论:文艺思想有错误,政治历史没有问题。说当初划为重点审查的抢救对象,是由于留守兵团后勤部刘少华的口供,说是日本特务,从香港派进来的。但是经过组织的调查核实以及刘本人生前的否认,所谓敌特派遣是无中生有,查无实据。特务问题应予平反。

班主任说:“从此,你参加革命之前的政治历史算是清楚了,往后如犯错误都是属于思想问题罢了,政治生命是得了组织保障的。不过,”班主任话头一转,“不过同时得警告你,往后离开延安无论到任何地方对任何人说话,都不准扯起抢救运动这件事!你是党员就得向党发誓,要拿党籍作保证。能做到吗?”

童心随口应声:“能做到!”

“好吧,你在结论上签个名。工作嘛,过两天就来通知了。可能是到部队报纸去当特派记者,看你有什么意见?有意见现在可以提出来,不然组织决定了就是铁笔,改不了了。”

二十一

八年抗战终于胜利了。日本天皇裕仁宣告无条件投降书,延安《解放日报》把它印出号外,雪片一样飞到各个角落,人们奔走相告,掀起空前疯狂欢呼的海啸。老百姓的唢呐、腰鼓从各个窑洞涌现出了,村庄、学校、机关、部队敲锣打鼓,没有乐器的人也拿起脸盆、铁叉什么的,敲敲打打,走上街头。有的把棉袄、棉胎都撕了,蘸上煤油、蓖麻油……一切可燃的油脂,点起熊熊的火炬,映照半个天空。人不分老少男女,自动形成浩浩荡荡的人流,载歌载舞。从“鲁艺”、边区师范的桥儿沟和和平医院的柳树店走过宽阔的飞机场,走过宝塔山脚,到达新市场;再从新市场通过旧城街市走出北门外,经过大砭沟青委、文化俱乐部、青年剧社直到蓝家坪文协和杨家陵中央机关,然后转回八路总部王家坪、《解放日报》的清凉山脚……火把连成一条长长的火龙,歌声夹杂欢呼的呐喊,高声乱叫,仿佛万马奔腾的山洪暴发,激起无比的狂潮。

人个个忘了时间,忘了疲劳,也忘了自己,一直闹到天明。

胜利了。八年艰苦抗战的结束,八年山沟单调生活的告终,一旦都市风光的诱惑,一旦亲友离乱后重聚的向往,一旦可望和平的憧憬的到来,还有什么魅力更能使人兴奋的呢!

抗战胜利了,胜利的果实是诱人的。但是,蒋介石要从四川的峨眉山下来“摘果”了。为了迎合全国人民渴望和平的心,听从美国老板大叔的旨意,让代理人赫尔利大使来到延安,敦请毛泽东前往重庆作和平谈判。

齐思鲁作为翻译,再次来到延安。这回他得同千红见面了。读者恐怕难得想像,千红对思鲁能说什么呢?少女的幻想都已过去了,一生的抱负已半成空,生活的波折,恩恩怨怨酸甜苦辣,真是不堪回首。

齐思鲁倾听了千红的哭诉完后,老师到底是老师,哪能责备学生天真的过失呢。

"你说我怎么办吧?"千红抹干了眼泪,等待老师的回答。

齐思鲁沉思良久,说声:"跟我走吧!"

"到哪儿去?人海茫茫,何处是归宿啊!"

"'嫁得浮云婿,相随即是家。'"齐思鲁吟了两句诗。"这样,国共要在重庆谈判,你以外联工作人员身份跟去吧。"

"真的呀?"千红眼睛一亮,深情地盯住齐思鲁的眸子。

齐思鲁不说话,张开双臂,迎接千红扑到怀里。

"这回可不准再不辞而别了哟!"千红抑制不住激情,欢喜地说。

"当然,到底是胜利了嘛。"

童心在胜利狂欢的日子里,因在这之前一星期,延河洪水暴发,他下河搭救了一个被奔腾而下的洪水卷走的小学生,自己得了重感冒而转成肺炎,躺在医院里,未能参与普天同庆的快乐;不无遗憾地只从护士医生和前来探望的同志口述中分享这场空前的狂欢。等到病愈出院,组织上马上找谈话,要他随着部队赶到东北受降,接管城市。

这样,他就将要告别生活了七年的窑洞了。窑洞是闭塞而单调的,但他的青春黄金年华都是在这儿度过的。若要说党的组织生活是他的第二生命,那样,延安该是他的第二个故乡。故乡总是使人眷恋流连的,一旦要走了,不免有婴儿离开母亲怀抱的惆怅。当然,七年不见的霓虹灯却在前面频频招手,复杂矛盾的心情浪花是变幻不定的。童心本是感情脆弱的人,七年的革命磨炼,似乎未能真正坚强起来,诗人的气质仍然在主宰他的心灵。岁月失去了,换来什么呢?自问觉得茫然。说实在的,在这一方面是觉得充实,在那一方面却觉得空虚。而且依他的话讲,空虚愈来愈沉重。

东北方面需要大批干部去接管,需要部队去接苏军撤退的防地。童心必须在三天之内准备完毕,随时听候出发的命令。这时他想起那天小苏芬同他在新市场讲的话,觉得在桥儿沟有段缘分未了,应当去同苏母告别,看看苏茜一面;同时看看河边的柳树,那是长在河东岸边的一株孤立的老柳,童心和干戈他们每天黄昏散步河滩,见河水从西边向东岸冲击,一年比一年靠近柳树,大家曾预言,看哪一年河岸被侵蚀到柳树根,人,大概就可以离开这儿了。而今人真的要走了,柳树离岸边是否已近了呢?三十年河东三十年河西,自然环境变化虽然没有世态炎凉那样显著,然而对感情特别丰富的童心来说,无疑是牵怀不已。

午晌,童心拿十来八只香肠和几本带不走的书,从部队报社来到桥儿沟"鲁艺"学院旁边的边区师范沈校长的窑洞。沈端予显然比七年前见老了,鬓角已白了一缕,人倒也挺精干,正忙收拾衣物。说她得到了通知,下星期有车出西安,要到上海去,说失散多年的孩子父亲已在那里,说小苏硬是跟方舟去大连了;没来得及告诉他,很抱歉!问他:"方舟没去见你?"童心摇摇头,说可能住医院,离得远的关系。

"哎,"苏母叹口气,"苏芬一走,我发愁呢,身边带个病人,你这几本书,只怕和别的东西留下,以后再说了。"

"大苏病有什么变化没有?"童心张望窑洞见不到人,心有诧异。

"近些天情绪似乎好些,还睡着的吧,她就在隔壁。我看她醒了没有。"苏母钻过小门洞。

听到声音传过来:"醒啦,你过来看谁来了。"

"不见,不见,坏蛋!坏蛋!"一个神经质的声音在叫唤。

"不是他,他走了。"

童心从小洞钻过隔壁去。

苏母拉童心站到病人跟前:"喏,你看谁来了!"

病人眼睛直直地打量面前的人,眨了眨眼,愣住半天。

"大苏,是我,童心!"

"什么?你?"病人眼睛瞪得好大。

"是呀,我……"

“哎呀,我的妈呀,”病人喊一声扑到母亲怀里全身打颤,又像恐惧又像喜悦。

“大苏,是我——童心。”

苏茜慢慢地缓和过来,侧着头辨别声音,眼睛一亮,抓住童心的手死也不放:

“童心！你是童心！不,你不能走。”

“我不走,我在这儿呐!”

“我没有病,我好了。妈,不走。他回来了,我要他,我要他!”

事情居然奇迹般出现,苏母哭了。

三人一下子情不自禁地都哭了。

苏母把童心拉过这边窑洞,热切地看他的眼睛:“你就同我们到上海吧!”

童心不知如何是好。

隔壁窑洞的人大喊:“你把他藏到哪里去了,给我！给我！给我!”

童心马上从小洞过去。

“茜,我在这儿。”

“来,不许你走!”病人紧紧地握住童心的手捏得好疼。

1987.3.8.于南宁纬武路160号初稿

1989.12.12.于江滨医院二稿

1999.11.18.于江滨三稿

遗　憾

海不能填唯有恨，人难再及始为佳。

——马君武

上

漫长而艰难的八年抗日战争终归胜利了，举国上下欢腾！

延安，一夜火炬烛天，万众狂欢达旦。文艺界人们立马组成两个文艺工作团体，分别由诗人艾青和作家舒群两人出面率领，奔赴华北的张家口和东北的沈阳，接受日本侵略军的投降，传播工农兵革命文艺火种。

年轻一代新人高天，欢喜雀跃，追随大流，加入开往沈阳一团，风雨兼程。10 月初，抵达伪满称谓奉天的沈阳。

这时中共当局碍于苏联与蒋政府订下《中苏条约》的约束，关里来的中共人员在苏军受降下来的城市尚未移交给蒋军之前,不能公开露面。为此,延安来的文工团和其它部门的干部只能暂驻沈阳郊县的抚顺、本溪湖等城镇待命。

高天的工作岗位,因实际工作需要,被分配到共青团系统,参加筹办机关刊物《年轻人》的综合性杂志。住进离本溪湖县城十来里地的原日本三菱株式会社的宫原钢铁公司楼房。

当时,局势动荡,全面工作还未展开,各机关单位唯有耐心等待。大家的日子,只好尽可能到处搜寻伪满时期的旧报和各种期刊、书籍,借以了解过去伪满十四年亡国文化的陈迹。

一天清晨,雪封大地。

高天正在面对窗口玻璃上每早结着少见的美丽霜花入神,背后忽闻叩门声,立即有人进来,唐突地呼唤:

"谷莫宁(英语)!夜来美梦可好?"

高天一惊,回头瞥见跟前站立一位玉树临风的美人:玲珑鲜亮的鼻子上架一副白净无边的水晶眼镜,眯着媚眼盯人含笑。往下一瞧,她,身穿一袭显然新缝的时兴无领的法兰绒银灰色呢料大氅,一头披肩的秀发,脸面光泽清丽,薄唇小口,含情迷人。高天呆呆瞅着,情不自禁,显得局促而惊讶。

"怎能这样瞅人呀,不请人坐?我可不客气了。"

来人扳下桌边的折叠椅坐下,随口自我表白:"我叫田力,男字上下分开。"

高天被逼人的目光镇住,嗫嚅半天,不好意思地搭腔:"对不起,正在凝视窗花。在延安没玻璃窗,从没见到北国有这样美不可言的霜花。"

来人看他傻乎乎,说得可笑,注视片刻,才直白地问道:

"恕我唐突,阁下原来不是这个称呼不是?改名不换姓,还是瞒不住人的。"

"你怎知道?"

"别紧张。"田力放松口气,"若要人不知,除非己莫为,别插葱装蒜了。在延安凡是到过桥儿沟所谓大观园的鲁艺,谁不听到 18 岁的诗人大名叫高处不胜寒的高寒啊。"

高天顿时红了脸,怪难为情地犯傻。

"我本名王约男,父母希望有个弟弟的意思。到延安后,见大家都改名字,自己也赶时髦,索性把一个男子分成两个。”

田力看高天矜持无言,静了一会儿,自己才又信口开河:

说她还没有进鲁艺文学系之前,便在延安“街头诗”的墙报上,独对18岁诗人心仪不已了。后来1940年元旦放假,从“女大”到桥儿沟鲁艺音乐系找她小同乡方菲,无意中在文艺俱乐部的新年墙报上由文学系编的“希望与幻想”栏目读到署名童同的短诗。其中有两句像闪电触动她的神经,令人惊奇。原文记不全了,大意叫人刻骨铭心。因为在那个年月,是“鹦鹉前头不敢言”的呀,但他却敢公开写出这样的话:

我,只有一个希望:希望在新的一年,有幸寻到女友的坟茔,将我胸怀的烈火,拥抱她坟上的积雪!

我,痴心在做美梦:我竟成了保育院的阿姨,天真无邪地同童稚的孩子嬉戏过日子。

田力把这段难忘的记忆朗诵完了,睨视高天问:“童同是不是你?”

“不,不是。”被问的人不好意思地应了一句。

“别卖关子了。当时方菲就告诉了我,童同的真名叫高寒,人称‘18岁诗人’。老实说,从那时起,我便打心眼里许愿:今生今世非得认识你这个人不可。也许就为这个缘故吧。”田力说,她在“女大”学的是俄文专业,没学完便转学到鲁艺第四期文学系来了。遗憾的是,到了鲁艺一打听,才知高寒其人为了要写兵,调去军委系统深入体验生活了,终也未能在桥儿沟所谓象牙之塔相见。后来在《清明》杂志上读到一篇引人注目的写兵小说,见到作者对不幸的弱者,吐露那样深沉的怜悯情怀,不禁受到感染。同时又听到有人对它非议,传说还被列为文艺座谈会上几篇有争议的作品之一。说什么作者只不过写写几行歪诗罢了,创作小说是个外行,所以小说的作者署名叫陈土。这,进一步叫她好奇,总想着非要认识认识这个怪才不可。

停一会儿,说话人见对方专注地听,乘兴直往下讲:“不怕对你说,我就是这样天生的德性——崇拜才子。认为男人总是比女人优越。幼年就特别喜欢男老师,长大后,就爱交男朋友。幻想变成蝴蝶寻花,将男子汉的花汁吸取过来,装点、丰富自己。武则天有什么不好?把人说成女妖,这不公平。都是大男人主义的封建老观念。不过,人要让人了解吧,难!我是这样一个放任型的人,可就是让别人乱给安个外号,胡说什么难得攻破的'马奇诺防线'——严防。你说好笑不好笑!也许是他们碰我的钉子太多了吧,细数起来,只怕有一个排,所以又给我头上扣上一顶'排长'的桂冠,真叫你哭笑不得!……"

"嗬哟,开早餐啰!"门外一声叫唤。

"哎呀,真是梅里美的名言:'人要讲自己,往往忘了时间。'谢谢,有心听完我的啰嗦。诗人,再见!"田力弹簧似的夺门而去。

高天呆呆目送出门的大氅下摆,摇头,喃喃一声:"奇迹!"

对高天来说,也许是个陌生的形象,可在熟悉的知情人眼里,却是司空见惯的时代女性的风姿。

田力她鲁艺结业后,分配到边区师范当语文老师。谁也料想不到,她竟采取闪电战术,骤然宣告同一位在丁玲领导下的西北文工团任党支书的胡明结合,完成了终身大事。"八一五"日本投降,抗战胜利了,她随同丈夫回到东北老家。胡当上辽阳地委宣传部副部长,驻地在本溪湖县城。田力个人要保持她的独立性,不肯嫁鸡随鸡,坚决要求到东北局直属的工、青、妇党群团体工作。本来原定是在妇联编《东北妇女》期刊的,跟青委的《年轻人》、工会的《劳动者》几个杂志社一起,都在筹建阶段,统统暂住宫原公司楼屋的招待所。

田力说她对婆婆妈妈的妇女工作不感兴趣,转到青委来编《年轻人》。昨天她从人事处打听,知道高天是新改的名字,在延安是叫高寒。这叫她"呵"一声,不禁心头怦怦跳起,自我告慰"踏破铁鞋无觅处,得来全不费工夫",于是便有前面开心的访谈。

但是,回头一想,觉得亏了,自己讲得多,对方几乎无言回应。于是自语:"不行,非得叫他赔够不可。"然而,人不免有其弱点,心口未必如一。俗话,一回生二回熟。所以田力第二次再来找高天寻开心的时候,仍旧还是她的话占上风。

一进屋便不请自坐,端量高天三秒钟,含情脉脉,问:"你是不是有位大姐?"

高天坦然答道："有。非亲姐胜似亲姐。"

"好呀，真羡慕你有如此脱俗的缘分！"

田力说，她在边师教书时，有天见邻居一位同事蓝海寂寞地撕扯一床丝棉胎，闲聊起来，便知这在边区少见的铺盖是她一位并非亲兄弟却胜似亲兄弟的至友在"七大"之后，他一位同乡某将军指名要他一道南下去开辟新的抗日根据地，临走，留给大姐的。蓝海告诉她：那兄弟便是人称"18 岁诗人"，老也长不大的囫囵，傻乎乎。蓝海同他要好起来，并非由于同是内向的性情，而是偶然共读一部《被污辱与被损害的》，在情感上对弱者产生共鸣同感，而且又同在一个学习互助组，朝夕相处，发现他处处与人为善，从不讲句违心的话。无言中两心相许为默契知己。蓝海还讲："亲兄弟是命定的，友谊却由个人随意选择。不是人说，'朋友如同健康，只有失掉了才感到它的珍贵'吗？"

田力讲到这儿，最后着重说道："蓝海对那兄弟说句评语：'他呀，是个要从泥土寻找金子的老天真。'名字叫高——高处不胜寒，清高自许。你说不是吗？"

高天无言以对，顾左右而言它。说，明天要去城里向县青联李侃催稿，问她愿不愿一道走？

田力沉吟一会，说："同你走一趟当然求之不得啰，遗憾的是，我的人今天可能要来。"话刚落音骤然眼光一亮，想起什么，转口说道："哎，对啰，青联和妇联同在一幢楼办公。我写封介绍信，让你去认识一个人，顺便替我把从她那儿拿来的几本伪满旧文学杂志《明明》还她。说不定她也能给《年轻人》写稿呢。"一个什么人呢？田力把话挑明：上星期她丈夫的地委宣传部在本溪城里召开一次青年座谈会。妇联来了两姐妹大华小华，大华系伪满女师的学生，在太平洋战争时期，参加进步的秘密读书活动，被日本的特高课侦破，被捕入狱，到"八一五"才得释放。说祖宗是从延吉南迁的朝鲜族人，姓朴，有个哥上东北大学，参加东北学生军的捉蒋"西安事变"，去了延安。她个人自幼爱好文学，读过高尔基《我的大学》，绥拉摩菲维支的《铁流》，东北女作家肖红的《生死场》，鲁迅的《呐喊》、《彷徨》等等进步的书，还听过抗日女英雄赵一曼的一次演讲。人长得清秀俏丽，聪明外露。在伪满十四年亡国文化的世界能有如此出众的姑娘，可真是泥土里的金子哩。"去吧，也许正是你的缘分呢。不过，记住：'在美人面前，要少说话，多使眼睛’！”

就这样，高天胸怀一腔激情，从宫原到本溪街上的10多里地，一个人踽踽独行，一边咀嚼田力可爱的谈吐，一边憧憬她给描绘的那位佳人的倩影，忽视了面前茫茫一片雪地的美景。

赶到妇联的时候，接见高天的是先后两位女士。先见的一位，打扮入时，鬈起高波的乌黑油亮头发，抹得鲜红的嘴唇，披件藕色无领的毛料外套，说话爽脆，快言快语，风情十足。后一位显得谨慎矜持、文静，眉眼流露灵敏、聪颖、秀俏可人。

对着后者，高天不由自主地将田力的信和几本《明明》递交过去，说声：“田力同志托的信和书。”她，大大方方接过信和杂志，脸泛微红，腼腆地说声“谢谢”，转身即进入里屋去了。

那位穿着风流的都市女士，目送消失的背影，拿主人的架势，朝客人说道：“她，姓朴，叫名华；人家可是才女，能写，伪满全省作文比赛第一。约稿，问她，没错。我，叫迟颖达，二百五，舞文弄墨，门外婆，哈哈。”

不等高天应声，颖达紧接着表示：

“欢迎啊，祖国来的抗日英雄、当世的骑士！请，喝杯水。”

高天拘谨地端起热茶，正要开口寒暄，名华从屋里探身出来，兴奋而有节度地向客人招呼：

“认识你们关里来的同志，幸会，幸会！”

“新年佳节，没带啥玩意来，失礼了！”高天结结巴巴，言不由衷，紧搓手掌。

名华和颖达两人齐声拦住：“哎哟，革命同志嘛，还那样不脱俗呀！”

“那我们就开门见山直说吧：我们《年轻人》虽然还在筹备当中，不过文稿我们正在积极张罗。今天就是来请你们妇联和青联同志给写稿。你们都是东北的进步青年，可不要推脱哇。”

“哎呀，这个……”名华迟疑一下，“很抱歉，只爱读，不会写。何况你们面前，更不敢班门弄斧啰。”

高天说：“别客气。其实，在《明明》‘青年之页’不是有篇《憧憬》引起众多的共鸣吗？”

“哟,那是小孩学步,笑死人啦。”名华红了脸,很不好意思,“真是‘画虎不成反类犬’。”

正说得兴奋,名华的妹思华冲她姐姐来说,妇联负责同志找她去谈话。

名华说声对不起,跟妹妹走去。颖达和高天说:“准是组织要让她去青年干部学校住学吧?”

不一会儿,名华返回来对高天说:

“组织上决定:调去青干校学习。你说好吗?”

高天说:“好呵,列宁说过‘学习,学习,再学习’嘛。新社会、新事物、新思想、新观念,面对样样都是新的东西,不学怎掌握?好机会。祝贺你!”

高天摆出老革命口气教训人的样子,让颖达看得好笑。

名华想起什么事,对高天说:“得啰,田力同志那天借给从延安带来的几册杂志,读了很受感染。鲁艺院刊《桥儿沟》的诗,文抗会刊《蓝家坪》的小说都很吸引人。《桥儿沟》一首《煤》的短诗精彩极了。我都背得下来。”名华说着随口朗诵——

你是一块煤炭,
热和火在内里蕴藏。
运煤车呼啸飞奔远去了,
你却失落于荒野路旁,
谁来俯拾起你来点燃啊?
你这坚硬冰冷的石头模样

“诗,耐人回味,作者名字高寒——高处不胜寒也特别,不会是阁下的笔名吧?”名华朝高天诘问。

高天红了脸,局促地漫应:“笔名是随意安的,雷同的人不少。那小诗嘛……”

“准是你作的不是?”名华急切地盯人不放。

“噢,我该走了。”高天立起。

“等等，替我拿书还田力。”名华边说边往里屋取杂志。

高天接过刊物说声：“再见！”

名华眨眼向颖达示意，然后跟高天往外走：“送送你！”两人并肩漫步，往宫原上路。一直快到太子河的桥上时，名华才开口说话：

“你是不是叫高寒？”

“怎么又要问他？其实，那诗有什么好，小意思。”

“好在他有热和火在内里蕴藏！”

“看你说的什么话。”

“真话，”名华答得干脆，紧接着又说，“不过，人家倒企盼认识那个诗人。”

“为什么？”高天用诧异的目光反问。

名华避开热切的目光，放松口吻说：她有个哥上东北大学，抗日战争即投奔延安，进“鲁艺”学画，起初两三年还给家里来信，说他在那儿认识一位同族人郑某某是作曲的，一首《延安颂》唱红了半边天。另外又同一位18岁诗人很要好。学习、工作，日子过得很欢乐……后来传说那边搞什么政治活动就不再来信了。现在，你们大队人马都从关里来了，我哥怎么不见踪影？名华说她祖宗是延吉的朝鲜族人，父辈来到本溪湖这里开药材铺；父亲是个郎中，开药店兼做医生开药方治病。

听到这儿，高天情不自禁，惊奇地“啊嗨”一声：“余一可是你的哥呀！他却不是姓朴呀？”

“余一连起来写不是金字嘛。朝鲜族人姓金姓朴都是大姓，很普通。我哥他到延安后才改名换姓的。”

“嗬！”高天深深叹口气，“原来如此！余一兄竟有你这样聪明伶俐的妹妹！可喜，可贺！”

“你就是高寒啰？嗳，你知他现在在哪？快给我讲讲！”

高天说：“他可是成名的艺术家啰。不过也曾受过一番苦难。”

接下来，高天要名华跟他一边走一边听他讲她哥的故事。到了太子河上的石桥桥磴，两人便坐下来，让暖暖烘烘的冬日阳光抚摸。

高天说，余一加入艾青的文工团开赴张家口，人是健壮乐观的，不用为他担心。名华问:“他为什么不同你一道回东北老家呢?”高天说,这可能是他爱人——一位女高音的演员害怕东北的冰天雪地吧。名华敏感地问:“他结婚了吗?你呢?你是南方人不是,为什么不怕冰天雪地?”

“不知道。也许是好奇吧。”高天答道。

“你真好,遇上革命时代。”名华表示羡慕。

“好啰,同你哥一样,革命可是一场苦难的考验啊。”高天不无感慨地叹一声。

高天告诉名华,她哥学画时,偶然从资料室发现一张毛主席长征时候的照片,如获至宝,悄悄地照样临摹,将几根少见稀疏的胡须也画上了。到整风运动开展起来,这张画像便被诬为有意丑化领袖的反革命罪行,因此被划作失足落水的日伪特务分子,枉成抢救的对象,送去深山烧木炭劳动改造,经受锻炼一年半才得平反。

高天说:“当然,这都过去了,像是一场恶梦。心想:佛教要人当和尚,必须在头顶烧七个窟窿,基督信教要举行洗礼,无产阶级革命,恐怕也要经受一场苦难的考验吧?孟夫子早不是讲过吗,‘天将降大任于斯人也,必先劳其筋骨,饿其体肤’不是?苏联《钢铁是怎样炼成的》读过没有?”

“没有。没地方找到。”

“值得读。唔,你什么时候有空来宫原给你。对啰,你哥给我刻了一幅木刻肖像,很逼真,我一直保存着——”

“是吗?给我,我要看!”名华由衷喜悦,“明天我去找你!”

“我等你来!”

两人到此分手,各回归路。走了10来步,名华又转身回眸,望着高天的背影。

“美吗,像谁?”

田力迎着高天回来,劈头便问。

“谁也不像。”高天吝啬地答一句。但见田力不满意的神色,只好补充说:“不是吗,世上就没有一模一样的叶子。”

“我说她像不像探春?”

“探春有什么好,势利眼,连自己的亲娘都不认。”

“我只说她超脱、独立、聪明,没一般女子那种叫人恶心的娇态。”

“也许吧。”高天说,“可她却是余一的妹妹。明天她一定要来同我取她哥给我木刻的肖像。”

“是呀?”田力惊讶,“恐怕醉翁之意不在酒,她急着要的不是他哥的杰作,倒是为了要画中的人吧?”

“我又不是她,怎知道她心想的是什么。”

田力若有所思,叹口长气:“林妹妹初见宝哥哥,一见钟情不是?祝福你!”

“胡说!”高天脱口而出,心里却压住波涛。但见田力脸色不悦,赶紧解释:“不过说真话:她,对我一个海洋的探险者,无异哥伦布发现了新大陆——”

“哦!”田力不由失落地叹口气,自怨自艾喃喃道,“空虚,空虚,寂寞死了!什么也没意思!我这辈子唯有母爱罢了!”

高天不禁一愣,瞪着吃惊的目光。

沉默一会,田力忍不住压抑的心情,倾诉她的过去:说她曾经拒绝过一个人的追求,弄到那人的母亲竟然亲自来向她下跪,求她跟她宝贝的独生子要好下去。可是,当时对人家怎样好说歹说都不依。认为她儿子居然背着她跑去南京上国民党的中央军官学校,叛变了原先他俩认同的进步思想。逼得那个人终于拿起手枪当她的面往头上开了一枪。人虽没死,精神却崩溃了,成了疯子……

“哎,一切的一切,我可是个过来人了!”

田力娓娓道来的伤感,叫高天困惑地问:

“你如今不是成了贵夫人,满幸福的嘛?”

“别挖苦人啦。你没有读过《安娜·卡列尼娜》?第一句话不是说‘幸福的家庭都一样的,不幸的家庭各有各的不幸’吗?对你讲句真话:我那个人,俗!——满脑子的官瘾。真是《罗亭》里的潘辛、荣国府里的贾琏!早知如此,真悔当初。我说,是不是环境变换,人也跟着变化,像只变色龙?也许这就是‘存在决定意识’不是?在延安那年月,谁去想要当官啊!”

听到这儿,高天不由心想:“她怎把这些体己的话讲给我听?”觉得不便插嘴,只有痴痴地盯着她。

田力瞅他发呆便问:“这样盯人干嘛?”

“不知道。”高天随口说一句。

田力无言。片刻工夫才悄悄对着高天眼睛说道:

“人家正在真心羡慕你呐!”

“羡慕我,指的哪儿?”

“自由!”田力强调肯定的口吻,斩钉截铁,“不是么,弱水三千,你老弟可以任取一瓢饮;皇天后土,你能随心所欲,到处可去淘金;茫茫爱海,你航海的探险家,竟然发现了新大陆——”

“得,得,你可别恭维我吧。”

“再说,”田力不肯停嘴,“你叫人可爱之处是,个性独特,敢讲心想的话,敢说皇帝不穿衣服的大孩子……哎,鄙人可不会颂诗,不扯了。明天陪我去本溪好吗?”

“去地委宣传部?”

“不!不去那衙门官邸,也不去妇联,不去你发现的新大陆。就只咱俩,一路漫步而行,一路聊天开心。”

“可是,”高天迟疑一下,“可是名华约好,她要来取她哥的作品。”

“那也行,咱俩就去路上迎她!总之,跟你在一道,‘可以忘忧’。”

“可我并非‘杜康’能醉人啊。”

“真幽默。嗯,我说,你既然认个大姐,难道不愿要个二姐吗?”

田力这话,如同突击一拳,叫高天招架不过来,呆了半天,睁眼瞅着对方。

“怎么,不肯接受?”田力咄咄逼人。

高天终于放松口气,说那大姐原来是跟她的人加上他,三人凑合成一个学习互助组,因而被认同难兄难弟。

田力听了“嗬”一声,稍停几秒才说:“我那个人好鬼,他心领神会一位什么名人的话:‘人要得到真爱,有个秘诀:必须让对方感到自由。’所以他信誓旦旦,向我许诺:不论婚前婚后,都不过问、不干预我跟男朋友的交往;我个人的来往书信,他从来就不敢碰。人家什么事都不在乎,好似一头大鹅不在乎水,就是一心一意要抓权想做官。”

“那，你现在是不是——”

“哎，不说了。爱情往往是盲目的。他，给人的印象是风流倜傥，风度翩翩，有位诗人说他，‘摔跤也要讲姿势’，真把他刻画得入木三分。我当初就被迷了眼，顾不上什么‘爱的恩惠是了解’的名言。”

“所以才要从友谊中求得平衡？”

“也许吧……”

田力的话还未说完，人事处的人找到她说，地委有电话要找她。她马上去了，半个来钟才转回来对高天讲：是她的人私下紧急告知一个机密：局势有重大变故，他爱人奉命调去通化地委，可能是当部长。明后天就要上路。问她愿不愿随他一道去，去不去？她没马上答应。才挂上电话，人事处的负责同志紧跟着通知她：东北局紧急通知，明晨北移梅河口，直属机关单位驻东边的海龙县城，叫大家马上收拾行李准备动身出发。

高天听后，一时困惑地疑问一声：“明天就走？……明天可是名华要来的啊！你呢，去不去通化？”

田力叹口气：“人家心头正吊只桶，七上八下。你说，我该不该？给出个主意。”

“嫁得浮云婿，相随即是家。”高天吟句古诗，直瞅着对方犹豫的神情。

田力嗔道：“去你的吧，还有心机取笑。要是你不嫌弃，不怕人家拖累，我倒愿去海龙。”

“那，我路上倒少点寂寞啰。”

“你就不惋惜失去明天的约会吗？”

“那无可奈何，人生不如意常八九，何况遇上这战争的年代，遗憾的事总是难免啦。这样吧，给她留下画像和书，作个无言的告别。”

“好主意，给人家写首诗嘛。”田力说，“对，对，赶紧即席吟，今晚我的人来我这儿，让他带回本溪给她好了。”

高天当真回房间捡出余一当年给作的木刻肖像和一册《钢铁是怎样炼成的》，另外在一张稿纸写下这样的告别留言：

名华：请允许我以兄长的口吻真挚地称呼你的芳名吧。风云突变，明晨，我们即要忍痛离此北去，不能如约在宫原欢迎你的来临了！心同一团乱线，不知也不能怎样向你明讲。

等着吧，我会回来的！

夜正长，路也正长！……

心乱极了，写不尽的话，让我在此祝愿你学习进步，前途无限！

高天 1945.11.1.夜

下

1945年隆冬的时节，东北局势，因苏联红军囿于《苏中条约》，要将东北城市交给蒋政府，中共势力重返沈阳无望。东北局只好忍痛从本溪北移迁驻梅河口，且待进占长春、吉林。直属机关干部，部分派往东边的城市通化，接收地方政权，部分去到西面的海龙县城，就地发动群众。

高天个人随着青委机关进驻海龙县伪满时期的农协会办公，宿舍则分散落脚于老乡的院套房子。

这座一围庭院，庭中有株挂霜的石榴树，旁边有口轱辘水井，院墙下鸡埘、狗窝，后院围墙外靠大街，环境清静无哗。

这时，跟高天住北屋炕上的是一位姓刘的新华社青年记者，住东屋的是田力跟刚从张家口来的前辈女作家苏云端。两男两女成了邻居。早夕相见，无事闲聊，倒也聊解寂寞。

这一天，正是农历腊月二十三老百姓过小年，记者小刘和高天从街上买回一只灿烂的锦鸡，三弄两弄，把鸡肉往木炭炉上烧烤。边烤边吃，边吃边聊。

田力闻到香味，不请自来，进屋即叫："哎哟，你俩学起史湘云烤鹿肉呀？"

人随声音掀帘入屋，顺势弯腰提过草墩围炉而坐，伸手向火。高天将鸡翅穿上筷条递给田力，说声："请！"

"谢谢！你知道吗，"田力接过筷条往火上烤，"人家赞你是——好一个'高不可攀的天'!"

"人家？谁？既不可攀还能好得了？"高天盯田力的眼问。

"不,不,说错了。是高而可攀得了吧。总之赞你是个憨厚可爱的傻小子！哈哈。"

"别挖苦人了。哎哟,我的烤熟啦,请先尝尝我的吧。"

高天忙将筷条穿的野鸡腿扯下,撕成两小块,田力不客气地接过一块即往嘴送。

小刘默不作声,好奇地瞅着。

田力边吃边向高天解释:讲他是个大好人,并非她个人的饶舌,而是新来的那位前辈女作家对他印象的评价。说苏女士私下同她议论:从本溪到海龙,一路风雪旅途,动荡、奔波,看到高天一个男同志不辞辛苦,不出怨言,而是乐呵呵地这样那样先人后已地来回关照她们几位女同志,看他憨态可掬,令人由衷感激不尽。

"她是谁？"小刘本着记者猎奇的职业心态,特别敏感。

田力沉静地说:"不是谁,要详细描写,那可是一本大书——或者说是一首浪漫的长诗。高诗人感兴趣吗？"

高天端量田力逗人的嘴脸:"恭听金嗓子朗诵!"

"那你就洗耳听来。"田力念台词似的说道,"苏女士如今,勿庸掩饰,是半老徐娘的人了,可人家也曾有过如花似玉、艳丽堪夸的风姿哪,江南十大富豪的名门闺秀,五四时代的风头才女。17岁芳龄即去国留学巴黎,而且出了一本《去国吟》的诗集,名噪一时。在当今留欧的公子哥儿圈子,成了倍受追逐的小姐。情书犹似雪花,纷纷落到跟前。其中,为她接受的公子有两人:一位是学画的,眉清目秀,英俊潇洒,社交场上的风流人物;一位是研究植物学科,温文儒雅,沉静寡言,待人诚挚体贴。两人各有长短,相互补偿,和她一起,形成了等边三角,好到了谁也离不开谁的田地。弄得她要跟这位结合吧,那位就会活不成。实在让她左右为难,受够无边苦恼的煎熬,无数难眠的长夜。也许就因三角苦恋难挨,害上了无药可治的偏头痛症。料想不到,这时一位学医的人便乘机闯进了她生活的帏幕,终于让她摆脱了烦恼,偏头痛也就不治而愈了。

“说学医的人,也许更需要偏重感情的伴侣来调剂生活的单调吧,所以她同做大夫的人生活在一起,多年都能相安无间。不过,人生总是敌不了年华的消逝,年轻时候躁动的热情随着青春的流失,慢慢也沉寂下来了,自己对文学那股初恋的痴情也就渐渐让位于家庭舒适的生活。

“人到中年万事休。她冷淡了文坛,文坛也就忘掉了她!

“1940 年,日本人发动了太平洋战争,或许教她那位大夫的人在孤岛的生活受到了干扰吧,他怂恿她凭借以往的名声,就地寻到孙夫人,恳求推荐投奔一方净土,为抗战事业贡献些许绵薄之力。这样,她随伴丈夫携同一位花容月貌的小护士一起,也成了朝圣的香客投奔延安。”

“万万理解不及鲁迅在《伤逝》说的‘爱情是要时时更新的’深刻意蕴。年轻人唱的调调儿,随着岁月唱腻、听厌了,人到中年是应有更新的品位不是?苏女士说她就吃亏短缺这点灵感,身边的小护士就便钻了空档,点燃了丈夫将近冷落的情火。某天午夜,当她去找丈夫要安眠药的时刻,竟然发现小护士在医生的床上占了她的位置。

“丈夫系中央首长的保健医生,家丑不好外扬。自己唯有忍隐一腔闷气,从中央医院搬去蓝家坪作家协会要求归队——拿起笔来重操旧业。

“这回从张家口撤出来,不同大家一道暂驻阜平县西柏坡等待进北平,而竟不辞辛苦赶来东北,私心是企图请求东北局批准她出席巴黎国际妇女代表大会,借机会晤昔年故人,解释多年思念的情结。遗憾的是,东北局负责同志婉言相告:解放区代表名额有限,名单已决定丁玲领头和另外两位同志,她来迟了一步。”

小刘听到这,不由喊起:“嗨,这不是首诗嘛,诗人,把她写出来!”

田力立即接讲:“别忙。人家的话还有精彩的呢。苏女士还讲:‘人家都说,结婚是恋爱的坟墓什么的,我倒认为结婚才真是一片沙漠,而友谊呢却是一处绿洲。’诗人,你说是不是?”田力脸朝高天问。

“也许是吧。”高天避开对方目光,含糊应一句。

“也许,也许!真有你这种温吞水的诗人!”田力含嗔,将铁筷条往火炉使劲一插,立起,走了。

高天望她走去的背影摇摇头。

小刘无语，沉思片刻，低声向高天悄问：“你跟有夫之妇干过吗？”

高天像触电，不禁愕然，说不出话，睁双迷惑的眼。

斟酌了一会儿，小刘才悄悄细诉他的一段隐私——他，来东北之前，在晋西北地区文工团又是演员又是编剧。在一次新年军民联欢晚会上，无意跟军分区一位首长从延安携来的新婚夫人头次见面。谁料铁针碰上磁石，两人目光一见，相互吸引。之后，她便借故常来文工团借本小说去解闷。又巧，那首长知他会下围棋，常找他去杀一盘。这样一来二去，他自然成了她家的常客，他跟夫人两个青年男女，便成不拘形式的一对。

某天，首长到军区开会，夫人便自由自在、无拘无束地来邀他去小河边走走。这时，野地空旷无人，地头路边，两只野狗交尾横堵去路。女方不由红个脸儿捏男人一把，两人紧紧挽手并肩，信步直往浓荫蔽天的青纱帐高粱地走去，越走越深……女人使劲更紧摇男的胳膊，歪过头凑到他肩上，娇颤悄声：

“我……害怕！……”

男人本能地顺手挽女人的腰，慢慢往下滑，两人膝盖发抖地蹲下，躺倒在高粱杆上……

小刘说，她，延安“女大”校花，追逐的人，少说也有二十，人家给起个外号“双打”。她还对情人小刘讲起委屈的话：起初刚到延安，也曾讥笑同学们“走首长路线”——嫁给二万五千里长征英雄的老头子。谁料得到，到头来，自己也成了那路线的俘虏——记得那天，三八妇女节放假，“女大”组织部长一位好心的红军老大姐请她去做客。到时，老大姐笑眯眯对她开门见山即说：“今天是妇女解放的好节日，我就给你做媒，恭喜你凑上节日完成终身大事了吧！是谁呀？不急，等会人就到了。人家可是长征英雄，旅一级首长，保你一生美满幸福就是了！”不一会儿，进来好几位人高马大的首长，老大姐便拉她的手走向一位矮矮胖胖的人面前说：“你俩握手吧！恭贺你俩从此并肩作战，幸福百年！”

“就这样，”那夫人说，“简简单单，吃上老大姐特意包的饺子，便结束了少女的美梦。他呢，只要得一个女人做妻子而已，我也只当他是个男人也罢。什么爱爱恨恨，都是‘小资’多余的幻梦！”

一个月左右，首长开会回来了。按常情，久别如新婚，不想这回，夫人却一反常态，对那事的反应异常冷淡，甚至表现厌烦，这不得不叫丈夫生疑。糟糕的是，丈夫在枕头下发现一只保险套。于是，掀起一场床笫风波，男人用手枪逼夫人坦白交待。第二天，男人要下团处理棘手的事故，无可奈何之下只好对人谎称夫人患了肝炎传染病，将她送去医院隔离，不准外出，私下限她竹筒倒豆，彻底交待。夫人得到卫生队某护士姐妹的同情相助，跑来会见情人告急：要小刘先逃出虎口，不必担心她，她自有女人对付男人的本事。留得青山在总会有柴烧，山水有逢时，只要不把她忘了就好。

无巧不成书。就在那两天，一批从延安开往东北的部队文工团路过，小刘遇上一位抗大同学，于是便逃离了所面临的悬崖。

“好了，我的事讲完了。该到你的吧。”小刘拍拍手上的灰土，朝高天说道。

高天漫声应道：“抱歉，无可奉告。”

“无可奉告？此地无银三百两吧，你以为人看不出来？”

“看出什么了？”

“她的眼睛。——嘿，人家送上门来，你还装傻。”小刘给高天做鬼脸。

高天舒口气说：“这，你老兄可瞎猜了。人家两口可是半斤八两的一对呀。”

“她的人是谁，在哪？”

“通化地委宣传部长吧，官场上的新贵。”

“又是老夫少妻吧？瞧她也在闹饥荒。”

“别乱扯，人家曾经是有名的‘马奇诺防线’哪，你那位‘双打’的校花，兴许会听说过她的风流？”

“那样说，突破防线的‘坦克’好汉可不简单啰。为什么这时秤杆跟秤砣不凑在一块呢？”

“革命新女性，还不是闹什么独立、自由那套时髦的玩意嘛。”

“只怕未必都如此。家里鱼肉吃腻了，也会上馆子换换口味，就同我们现在烤烤野鸡尝尝不是？”

日月如流，转眼农历大年三十就到了。青委、妇联、新华社等几个机关单位从本溪第一批来海龙的干部，此刻都齐聚在临时的大食堂热情洋溢地共进团年会餐。

正当刚要入席的时刻，第二批后来的同志凑合赶到了饭堂，爆发一阵欢呼。

新华社另一位小伙王今一眼瞅见高天，迫不及待地跑过来，紧握他的手，笑眯眯地开口便说：“给你带来封情书！看你拿什么慰劳我这个天使吧。”

高天脱口说声：“喏，这不是香喷喷的坛子肉嘛，还有长白山名酒！”

王今无心说笑，正儿八经地从挂包掏出一封红皮的信交到高天手上。

高天放下酒杯，站起把信拆开，离开饭桌，边走边读。

信是本溪妇联朴名华写的：

高天哥：

不会见怪小妹如此唐突吧？谁叫我亲哥有缘跟大哥你在患难中相遇而成革命的兄弟同志啊。

托胡明部长给留下的书和信，叫我真像个小孩乐得大人给的长串鞭炮。品信的暗示，见画中的尊颜道貌……一切的一切，不禁泪水盈眶！叫人欲哭无声。

天有不测的风云。可恶可恨的法西斯蒋家兵破坏和平，挑起内战，害得我正在做官原约会的美梦，顷刻间便告破灭，不无遗憾万分！怅惘之余，幸得惊喜，我那亲哥意外捎来了家信，说他现在张家口！工作可能分配在什么文艺团体。总之，一切都顺利。说十分盼望能够迎接我的到来！

依理讲，入关和亲哥团聚，的确引人向往。不过，说不清什么缘故，自从那天跟你邂逅以来，无日无刻都在想多待在你左右，好听你叫人开心的谈吐。正是这样吧，比起来，真不如北去长春、吉林或哈尔滨，更为诱人了！

说说，不觉明天就到老百姓大年三十要吃团年饭了。心也挺乱，讲不完心想要讲的许多话。

等着吧，她会如同春天大雁，飞去北边的！

有便代向田力同志问候！

小妹朴木——新改的名字

1945 年农历除夕前夜

信，使高天忘了回到食堂，入夜更难成眠。骤然灵机一动，默打腹稿，试填一阕词，还是合不上眼，中宵起床，把腹稿写在纸上。

翌日，大年初一。田力兴致勃勃冲进高天炕边，不容分说，竟拉人往外边雪地走去。默默端量身旁的人，半天才开口问：

“听王今讲，他成了天使，替阁下带来爱的祝福！能公开吗？”

高天不做声，将来信连同试填的词塞给对方。

田力读完信，把词念出声来：

本溪过处——调寄渔家傲

天涯过客掠奇丽，银涛浩瀚望天低；粉装树树蜡梅枝。此何处？人道钢都属本溪。

一见自许平生志，倥偬戎马去何疾！临去无言难为意，音书至，烽火河山人千里！

田力念完了词，思索几秒钟才讳莫如深地说道：

“信和词都写得美，可谓相得益彰呀。遗憾的是，王今跟我讲：昨晚看你读信忘乎所以，不好扫你的兴——”

“为什么？”高天吃惊急问。

田力接着讲：名华是来找过负责同志要求参加工作的。负责同志慎重：以为青年人肯下决心离家跟我们队伍走，当然很难得。只因她个人曾被伪满拘捕蹲过牢，政治历史还没弄清，只好婉言劝她暂时安心待在地方上工作一段之后再来也不迟。田力还讲：这事她告诉了支部同志，支书说：“缘份难遇，叫你要有耐心。人说，‘忍耐就是爱嘛。’不过，他又让我劝你：把眼界看远点，‘十步之内必有芳草’。何必要在一棵树下吊死呢，遇事要拿得起，放得下。”

田力说到这儿，见高天发呆，便叹口气，念道：

"'多情自古空遗憾,好梦从来最易醒'。哎,真的难为阁下的伤感啊!"

高天沉默良久,开不得口。

两人踏着雪地,听脚下发出碎雪的轻音。直走近该回头的弯路时,田力实在憋不住才又说道:

"告诉你:通化我那个人托人捎来新年礼物——一只精致的日本小皮箱,里头搁一双银色的高跟鞋,一件日本的工艺品:一只逗人的瓷猫,造型十分优美,可好玩啊。把它给你吧!"高天不由得发慌。

"你愣什么,不肯领情?"田力含情愠怒的神气,逼盯高天的眼睛。

高天把她灼人的目光避开了。

过一会儿,田力还是憋不住,挨近高天肩膀悄声:"箱里还有一本装有钥匙的日记簿。我启开来看了看,那是他去通化后开始记的,题个总名——孤独人的日记。这,分明是人家表白无言的心声吧。"

高天只注意听,不哼气。

田力看他不言语,又在喃喃自语:"哎,人真难了解呀,平时看他宽容大度,什么都不在乎。其实,是个伪君子!"田力说声抱怨,凑近高天耳根,小心细声说:"人家日记写:嫉妒你!"

"嫉妒我?"高天大吃一惊,"为什么?"

"看你,别那么紧张!"田力安慰人的口吻,"只不过讲你清高吧。"

"清高?"

"不是吗?至多说你对文学发痴,有幸全力以赴于写诗吧。"

高天醒悟过来,望着田力叹息:"一定是你在他面前说了什么怪话?"

田力声辩:"没有呀!只说你仍如原名——高处不胜寒。"

"所以说我清高不是?不,也许不会是这个引起的嫉妒。人家不是讲过吗,夫妻间闲话,切忌漏嘴对某某异性的赞美。"

"可我并没有赞过你什么美丑的话呀。"田力困惑地瞪眼反问高天。不一会儿,忽然想起:"噢,是有一回——不过,人家只讲:你是个敢讲皇帝不穿衣服的大孩子,一心只有诗而已。当时瞧他似乎自愧不如的痛苦样子。我说,怎样,吃醋啦?那好,咱俩好聚好散,大家过得腻味了,分手!不想这话刚落音,他老哥便扑通一声，当我面前跪下，可怜巴巴地，好说歹说，求我别甩开他。信誓旦旦，说什么往后一定保证他婚前的许诺：不干预我和男朋友的交往，不动我个人的信……这是离开本溪头天夜里，他来宫原过夜的事——”

田力讲到这儿，脸色泛起绯红，接下去叹口气：“哎，人不是说‘夫妻没有隔夜仇’嘛，第二天早起，他老哥便乖乖地替我把铺盖卷捆得整整齐齐，让我同你们一道来海龙，不勉强我跟他去通化当官太太了。”

两人一路走。一个只管讲，一个只管在听，不觉将近回到住处的院子门口，田力才想起说，今晚元宵，苏女士邀她晚上去她新搬的房东家吃汤圆。高天说：“你可真是个深得人心的人啊！”

“可惜，就是未能深得你高不可攀的心！”

田力意味深长地把话说出，翩然而去。

高天瞧她走去的身影，发现刚才在雪地，她居然忘戴雪帽，也没有围着围巾，两边耳垂冻得通红。

过不几天，正当风停雪霁的傍晚时分，高天一个人饭后散步回到房间，蓦然抬头，瞥见桌上蹲着只笑靥迎人、生动逼真的瓷猫，猫屁股压着一册光绪二十六年程伟元版本的《绣像石头记》。随手将书翻开，落下一张田力低眉凝神伏案写作的头像照片，背后写有这样的字：

1946 春日于海龙

高天意犹未了，再用力一抖，书里再掉下一张系红丝线的书签，正面是烫金的恭贺新禧几个篆体字，背面写有分行的诗：

我，未曾向人求乞过
爱的施舍；
也未曾将纯真的爱
施与向我乞求的人。
可是今天，

却捧一颗跳动的心砖向
你的心扉轻轻叩问：
我，是不是
你所期待的客人？

书签成了哑谜，一阵失落的迷惑袭击着高天。他默默地将书签珍藏于一本艾思奇著的《大众哲学》中，然后拿起笑靥悦人的瓷猫抚平心的皱褶。不想，从猫的底座小洞露出张纸条，抽出一瞧，又是一张墨汁未干的文字：

当时不肯去通化，
今早忍心离开海龙，
说句真心话：
这，
全都为一道无形而难以超越的
道德樊篱！
千般无奈，
但愿瓷猫代人，
永远陪伴着你！

这，叫高天犯傻，痴痴地对着瓷猫，哭笑不得。不由衷心涌出不成诗的断句——

痴情感君当炉妇，
伤心愧我非相如！

尾声

半个世纪的岁月过去了！

人生有限，遗憾无穷。

以往，每当岁末年初，春节前后，总有形形色色的年卡、请柬和信函雪片似的从全国各地落到诗人面前，犹似神台的供果，点缀他黄金岁月的节日。

如今，岁月无情，诗人老去。不仅来往信函几近绝迹，即使新春佳节也不过唯有延安时代的故人不忘旧情，或者间有某个格外虔诚的读者表示崇敬的心思，还保持一年一度惠赠弥足珍贵的年卡，附言相问起居，得以抚慰暮年寂寞的心。

1998 年除夕过后，春节正待来临的时光。一天，单位收发室郑重地送来一封异乎寻常沉甸超重的信函，要诗人签收。这，不由得使诗人感到意外，赶紧拆开读下：噢，原来是一位京中知名作家田力女士的手笔啊。洋洋洒洒写着这样情意深挚的长信——

高不可攀的天：

前几天，偶读某家文学杂志，发现一则广告，内容是介绍阁下的传记已出版。这书，如手边有，可否寄一册给我，我想读一读阁下在延安、本溪、海龙和哈尔滨的故事。

你总不会忘却本溪的朴名华吧？

那年，恕我不得已，嫁鸡随鸡，匆匆无言而别去了通化。之后，局势动荡，迁移佳木斯，又奔鹤岗，在大明星袁牧之、陈波儿夫妇俩领导下的东北电影制片厂学写剧本，不得志，再随人转辗齐齐哈尔、北安等地，将近一年时光才步阁下后尘，进入号称“东方的巴黎”——哈尔滨。

衷心喜悦，满以为在此，我们会重相聚首，剪烛西窗，促膝叙旧；或徜徉于风光宜人的松花江沿的长堤，或炎夏消暑于太阳岛的林荫。只怨天不作美，当我抵达之时，不禁惊讶阁下居然抛开使人羡慕的风流浪漫的诗人桂冠，宁肯去作艰危忧患的无冕之王。人已去如黄鹤，随军南征。听人说，先袭“三下江南”、后奔“辽沈战役”等等数度著名解放大战。当时苦苦寻思：阁下如此热衷于烽火连天的南满前线，是不是一片痴情为红颜呀？

不是吗？勿庸辩白，谁都猜到，以阁下重情轻信的个性，准会是借机重返“新大陆”，寻觅佳人芳踪而去了！但不知名华可别来无恙？在我，唯有翘首遥望南天，等待你俩飞来喜讯。然而，世情好事多磨，岂能都可如愿以偿！天天见报，无非满载捷报频传，不时才好不容易读到大作的前线报告《辽河饮马》、《烽火南天燕飞来》等等名篇。个人的友情交流却成了奢侈！

我，你不会不了解的人——墙上芦苇根底浅。小时候，戏扮男装，养成长大后诳妄自负的德性；进“鲁艺”学文学，好高骛远，刻意一生追求，要为可歌可泣的革命前辈英雄一代立传，妄想要创作一部现代的“新水浒”。无奈，现实无情，生活积蓄贫乏，阅历肤浅，巧妇难为无米之炊！何况自己并非“巧妇”，实际只不过是个幼稚可笑的幻想家罢了。到头来，不言而喻，画虎不成反类犬，不伦不类，落得绮梦难圆空抱负，贻笑大方。

回首当年，初到哈市时节，择业的门路是多的。只是自量既无专长，也就不去同人争做什么长了。自甘寂寞，乐得自由、自在，又捡起“人之患”的行业，驾轻就熟，业余还能拿写作当自我舒芜遣怀。于是，诚心接受组织分配，高高兴兴去肖红当年的母校——哈市女子中学报到，重操粉笔生涯。

说来真是无巧不成书。只怕你做梦也想不到：就在女中那儿，竟有一位才情出众的姑娘跟我成了忘年知己。

她，到底是谁家淑女呢？

不说，任你诗人想象力再丰富怕也猜不到这妙龄才女，居然就是你在本溪发现那“新大陆”——探春的表亲妹子。芳名霍心云，道外一家皮革厂老板的千金。人，心如明镜，天真烂漫，是个爱诗如命的痴情丫头。要说那名华可比作探春，这表妹可就是人见人爱的宝琴啊。

说来也怪，心云不知怎的，跟我特别投缘，师生相处竟能做到无话不说。记得一次，当她十七岁生日的夜话时，她竟主动而坦然地将她少女一段痴心幻想的暗恋，无所顾忌地当我作亲姐妹似的，娓娓倾吐——

说，之前，一个家住本溪的表姐给她来信讲：刚解放那日子，关里初来一批革命同志，其中一位叫她一见倾心的人，在延安还是表哥要好的战友；是个青年诗人；名字也奇：叫高天——高处不胜寒。……

这，可真叫她幼稚的心羡慕得不得了。莫名其妙地像个基督徒似的，打心眼暗作祷告：求天主保佑，让她也同其表姐那样幸运，一生遇个称心如意的“白马王子”！

之后，不久，哈市也解放了，关里也来了不少的抗日革命同志干部。心云说，她女中新上任校长叫程顺遥，女同志，本意要让学校也领略革命的新空气吧，专诚特邀一位同她一道从关里来的青年诗人到校做演讲。既是关里来的，又是诗人，而且还是个青年，这就更加在同学们当中点燃好大一片好奇的野火。记得那天正好是化雪天，全校七八百个师生兴高采烈齐集在学校大门前，排成两行夹道，鹄候由校长陪同的来宾驾到。各人不由自主伸手配合校长劈劈拍拍鼓掌。后排的多嘴婆禁不住交头接耳，压着嗓门悄悄七嘴八舌，对客人评头品足：

“看，一张逗人的娃娃脸！”“噢，小鹅仔，那样年轻呀？”“瞧他那张大嘴，嘴唇都有指头厚了！”“头发都盖到耳边上了，怪样！”“人家是大智若愚嘛，你看不上？”“瞅他眼珠铜铃似的，直盯你哪？”“去你的，你馋啦，不害臊。”……

各人你一言我一语，就同去动物园参观新到的长颈鹿、大河马似的。

心云说她个人当时一心专注这位客人：一脸腼腆，仿佛头次上岳家的新姑爷，诚惶诚恐，低个脑袋睁睁盯住人家的鞋尖，好不自在地佯做似笑非笑。两只手尽搓，没地方搁的窘样，叫人都为他焦急。

待到他被拥上音乐大教室，经校长的两句开场白之后，大嘴巴翕动一下，终于漏出话来了——

“对不起，很不好意思。恕我就借鲁迅大师的话开头吧：‘沉默时候，我感到充实，待张开口，我觉得空虚！’不笑。不瞒诸位，在庄严崇高的文学殿堂，我实在是个南郭先生，滥竽充数。这回，程校长枉顾相邀，盛情难却，只好勉为其难、贸然来了。来了讲什么呢？三句不离本行，妄言之——就拿“诗是什么？”作课题吧。

“是呀，诗是什么呢？这，老生常谈的题目，前辈大师已经讲得烦人了。我要讲的只能就我个人切身领会，随意讲它几句作应付考试的答辩也罢，不一定获得及格的考分。

“诗，我说是只能会意、不可言传的含蓄语言；是用有限的最少的话表达无限的丰富的意思，即所谓语言有限，意蕴无穷。直白而言，诗，语言的浓缩，真情的流露。下面就是明显的例子——

“一个作客他乡多年的老人，一旦回归故里，乡亲邻舍相见，其情其景是多姿多彩，难以描绘的，但一首七言只用两句：‘儿童相见不相识，笑问客从何处来？’看，寥寥十四个字便使人如闻其声、如见其人了。又，在农村，每当傍晚时分，人回村、鸟归巢，写成诗就只有‘儿童归去横牛背，短笛无腔信口吹。’也是两句便让你见到似曾相识的生动而真切的情景。至于表达男女那无限缠绵的相思，话要说起来总不免讲这讲那，没完没了的山盟海誓吧，可是诗，却吝啬地写道：‘春蚕到死丝方尽，蜡炬成灰泪始干。’或者是‘曾经沧海难为水，除却巫山不是云’。就把想要讲的都讲得又深又透的了。再说，要表白心中难以明讲的烦闷隐情吧，诗人就吟‘白发三千丈，愁丝绿个长’；一位国君一旦成了敌国俘虏，偷生依人，万般无奈，而叹道：‘问君能有几多愁，恰似一江春水向东流！’

“类似这些，也不止于中国古人独有的心声，就从外国诗人的名作来谈，也有不乏深刻感人的警句。比如——俄国大诗人尼克拉索夫控诉农村贫穷无告的凄惨现象，就写下这样的诗句：‘在这里，只有石头才不会饮泣！’英国莎士比亚在他悲剧中表达爱情的话：‘……爱情诞生在眼睛里，但，要用凝视才能长大的。’看，这不同人们平常谈话一样吗？所以说，诗并非什么神秘的符咒，也不是读书人才可发明的专利品。在平民百姓的山歌、民谣和谚语里，就有不少的诗。比如一个单身汉要向心中的人倾诉他的单相思就唱：‘老鹰在山顶叫唤得口干啊，清泉在林下给草遮盖了！’很含蓄。可不同阿Q向吴妈说的“我要跟你睡觉”那样粗鲁不雅。再如：‘低头见茅草，眨眼成相好。’用本地方言语音唱起，其腰韵的和协并不亚于《诗经》。还有，‘出门踩上哥脚印，妹将泥土怀上心，旁人问妹捡得甚？妹把黄泥当作金。’‘梦里如同亲眼见，醒来隔水又隔山。’……例子说也说不完。

总而言之，平常生活里蕴藏着的诗是极其丰富多彩的，好比大地的金矿。但是，必须淘金者付出几许耐心的艰苦劳动而且还须善于陶冶的技巧才能炼成纯金。

法国一位文豪福楼拜说过："诗人，同常人一样过生活，有神人似的心思。"

所谓神人的心思，说白了就是他能想一般人不能轻易想得出来的独特、尖锐、鲜明生动的形象和富于真知灼见、启示人警醒领悟的语言。一句话，诗，真情的释放。古人讲："文载道，诗言志。"载道，讲理；言志，舒情。情就是人的喜怒哀乐爱恶欲、悲欢离合的精神世界。诗必须把这些形象表现得真切感人，才可以引起读者的同感共鸣。

"在现实生活，讲真话难也不难。要紧的是，你心里怎样想就怎样讲，就是真话。诗的敌人就是无病呻吟，哗众取宠的贪嘴饶舌。

"做一个诗人是很苦的。此刻你们眼下不是看到我额头比别的小伙子都多些皱纹吗，未老先衰。因为是日日夜夜不断要绞脑汁嘛。古代诗人说他的体会："一句三年得，吟成双泪流。"又说："吟成一个字，捻断几根须。"等等，都讲写诗是种苦差，劳心劳力。"

"哎呀，语无伦次，杂乱无章，都把诗说成散文了。人说，言多必失。请多包涵！讲来讲去奉献给诸位的，无非两句话：

"诗，只能作茶酒，不可当饭吃！……"

心云说，你这一席话，真是破天荒，叫人听来，可是胜读十年书哪，她说当时听得入神，没顾得上往小本子上记，可是你句句玑珠，都一一铭刻在她诗迷的心坎里；乐得她好似小时过年，姥姥给头上扎的花蝴蝶还赏心。事后，一经打听，这演讲人竟然叫人做梦也想不到是名华表姐前次信上讲的表哥那位战友！你说奇不奇？接下来，她便邀一位也是个诗迷的同班同学一道，大胆直奔共青团市委机关，登门拜会你关里来的抗日英雄——《年轻人》的大编辑。

此后，心云说，你到她学校做兼课教员，讲"怎样学文学"。她侥幸成了你的得意门生。也讲不清什么缘故，每天总眼巴巴想见到你。她说有一回，你送人家一本《大众哲学》，她小心翼翼拿回家翻开看，里头有一片书签——是我在海龙临去通化给你写的那句“我是不是你所期待的客人?”吧。她把它当成是你有心向她作无言的追求啊。等到第二天黄昏,你们相约在江沿长堤,默默走了长长一段路,到转回头时,人家憋不住才轻声细气地说道:

“……书里那句话,应该倒过来,是学生问老师的!”

可是,瞧你似乎听不懂,发怔。没回应。叫人泄气,难过好几天。

之后,有天雪夜。心云说你们师生俩从南岗漫步到霁虹桥电车站等乘末班车回家。在站上来回徘徊半天,难舍难分。末了你的手把人家大氅的胳膊抽出,嘴巴嗫嚅,欲说还休,很难为情的窘态。人家小姑娘敏感老师是要说句难以出口的话了,说她当时真是心有灵犀一点通,脱口颤声说:

“这样吧:老师,等我有天带上一位同样是敬爱你的女中同学去找你吧。她……她人长的虽比不上名华表姐那样美,可人家对老师倒真是一片痴情呢。欢迎吗?人家天天都想要见到你哪!”

心云说,当时她话讲到这,心都快跳出来了,急忙拔腿就跑。回头,只见你犯傻,在发愣。“这,也许倒反叫老师误会,以为我是使心计,故意借口推脱他正要向我表白他的难以开口的那句话吧?”

心云自言自语地表明内心的无限歉疚:“唉,当时真叫我心慌意乱,不知如何是好。不久,老师突然当了新华社记者,随军奔向南满前线,直到全东北解放。听人说,辽沈战役之后,你随四野解放军进关南下,一直打到海南岛以至于解放了美丽的南方,写了一本书,引起轰动。

“本溪解放不几天名华表姐就来信,说她那年要求到北满参加革命,不得批准就在本地加入游击队,不幸负伤,终于在医院跟救护她的大夫成了家,始终也没同高天重逢。”

“不过,”心云言犹未尽,喋喋不休,又是给自己讲似的叹道,“人,一生的第一个印象是很难抹掉的。对老师的情意一直保持着漫长的十七个春秋,待到1965年元旦”,心云说她见到报上有阁下的大名出席政协全国大会。心火死灰复燃,犹似冻结的冰河顿然“七九河开”,诚心特意去买份烫金的年卡,冒冒失失寄去北京全国人大会堂转交阁下。喜出望外,果然收到你亲笔给她写来回音。但是,不知是由于疏忽呢,还是贵人多忘事,信里信封都没见注有所在机关部门的地址。不过，她知我和你一直保持着要好的联系，于是将她的回信拿来请我顺便代她邮寄。

奈何，恰当那时的政治气候——一场历史灾难，正在“山雨欲来风满楼”的前夜，你我这批文化线上的人，不异一伙热锅上的蚂蚁，惶惶不可终日。彼此正常的交往正处于面临警戒。心云的信，只好随手夹进《鲁迅全集》搁置下来。

过不多久，即见报上，阁下的大名赫然竟成当地一省的第一只“过街老鼠”！我个人呢？不过是文艺舞台上跑龙套吧，却也逃不了被扫进牛棚的厄运！切身品尝“冤枉”二字的辛酸。

不过，在我，再怎样受尽难堪的折磨，也都盖不过我对心云个人蒙受的悲哀那样叫人心如刀割！

这，只怕你怎也想象不到的悲剧呀：心云她，心太实，那样认真，那样执着。在人家不可一世的红卫兵大张挞伐地猛批恶咒阁下你那首广为人所倾倒的《春绿处处》的大作，贬其为大毒草的典型而列作示众批判开路的大会上，心云居然出人意外，赤膊上阵，冲上台去，敢以“抚哭叛徒的吊客”的姿态，直面红卫兵，嘲笑人家荒谬、无知！真是初生之犊不畏虎。不待多谈，当场即遭口沫唾面，拳脚交加的围攻，一根麻绳从脖子吊下胸前，挂块“现行反革命分子”的大方块牌子，跟着就是被押解上街游斗示众……终于成了可怜的疯女，被送进精神病院……

呜呼，“天若有情天亦老”！叫人欲哭无泪。唯有祈祷上苍：但愿这场历史灾难的戏，来于空前而绝于后也罢！

心云这信，因当时夹进鲁书，幸亏不致被诬为“四旧”而给牵连抄没，成了劫后仅存的硕果。

年来无书可读，休闲无依，往事难排，重温鲁书，恰巧在《二心集》的一篇《非革命的激进革命论者》中夹着。不由一惊，专注读后，一如不期乍遇故人，真为一颗单纯至情的心感伤万分！但从另一面想来，又为阁下曾有一位“永远的学生”给过如此无以复加的敬重，不免使人欣慰。难道不也同鲁迅感到“人生得一知己足矣”吗？

唉，唉，想起刘禹锡诗句：“今日龙钟人共老！”回首当年，已同隔世。这迟到的知音心声，我看该是惊叹号吧！绝非休止符的句号啊。无疑，它是一抹灿烂的夕阳，依依不舍，深吻寂静的林梢。

信，一写就收不住笔，太长了。然而却是我一生唯一写的一封长信，上面写的那些，你说，不可以当作一部小说的素材吗？书名就叫《年轻时候》如何？

哎呀，不写下去了，就此打住。人说："友谊如同健康，只有失掉它才觉其珍贵。"那末，但愿彼此都永远保重健康！

一个勿忘我的朋友约男

1999年元月5日

附上霍心云的信——

老师：

接到你的信，已经是元月三日的黄昏了。我急不可耐地拆开它，没能读完热泪就禁不住夺眶而出。我是被您憨厚的胸怀和真诚的心地感动得哭了！假如，这时您能在我的面前，我一定会把一切都告诉您。然而，这毕竟是不可能的。

老师，请原谅我过于幼稚，忘记了我给您留下的那些不愉快的回忆吧！不瞒您说，十多年来，我从没忘记过你对我的教导，你给我的关怀，已经在我心灵上留下了不可磨灭的印象，任何人给我的深情和厚望都无法和它相比。正因为如此，才使我长期地痛苦，不断受到良心的谴责。真的，我实在不能理解，我到底有什么优点值得您对我这样的眷念不忘？18年前是这样，18年后仍然是这样呢！

近年来，我的书看得很少，一共只看过你两部作品，其一就是《红豆生南国》那本长篇小说。它对我的教育不小，我对它比任何一本书都偏爱；这除掉我对它有一种特殊的感情之外，更重要的是，它写出了知识分子的心理，指出了知识分子应该走的道路。您知道吗？我是多么为您所获得的成就而感到欣喜和自豪！并坚信，您会继续写出更多更成功的作品。

在来信中，为什么一字不提您的私生活？我想您早已选择到像"全昭"

那样美好的爱人了,我相信您的生活一定会很幸福的,你也送给我一张全家的照片做个纪念吧!您到底患的什么病?我很惦念。而今带病到那么远而艰苦的地方搞运动是好的,我很担心您坚持不了,请千万珍重自己的健康,为革命工作,我们还要走的路是很长的。

本来不想和您谈自己的事,主要是太惭愧了。可是为了遵命,只得厚着脸皮汇报。如果我能用简单的话来自我介绍:我就是说,我是一个庸庸碌碌的无所长进的个人主义者。十几年来,我学而不专,毫无成就。自您走后,我一直留在哈市,曾做小学教员、中学教员、市直属机关的青年团专职干部和广播电台的记者。现在又在一个类似中等专业技工学校里做学生的政治思想教育工作。长期以来,病魔就没离开过我(大概从离开马街小学时开始直到今天),我为这久治不愈的偏头痛和失眠所苦恼。我之所以下决心离开记者生活,就是这种顽固症的折磨。当然,现在又为自己的草率而开始后悔了。总之,从我参加革命以来,虽从未犯过错误,但确实走了不少个人主义的弯路。您看您的学生就是一个这样患得患失,不能全心全意为人民服务的人。我恨自己不能努力学习,很好地自我改造,尽早地认识和纠正自己,一直拖到近一两年才有所反省。然而,已经是"少小不努力,老大徒伤悲"了。真的,现在使我感到最大内疚的还不是自己虚度了年华,毫无成就,倒是对革命事业无所贡献而感到抱歉。我期待着能够通过这次社会主义教育运动来使自己有所提高。我是一个在各个方面都不开展的人,连自己的私生活也处理得较晚。我是1956年夏结婚的,现在已经有了一个六周岁的男孩子,他叫罗鹏,他的父亲是在一家政法机关里做政治工作,我们的生活还算可以。

我的亲戚朋友不多,也从来未有写过一封这样冗长的信,拉拉杂杂的讲了不少废话。我想,早就使您厌烦了,但是我认为这样讲也有好处,它可以使您了解一下,心云已不是当年那个纯洁朴实、积极向上、快乐的小姑娘了。她如今已经变得很可憎。

随信附去两张照片,这是几个月以前一位驻阿尔巴尼亚的老朋友归国度假,来看我时,顺便为我们摄的。人本来就难看,照片照得也不太好,如果您不嫌弃就请收下吧!这两张照片的背景都是松花江,也许从它身上能看到当年的影子。如果您不喜欢这两张可以来信告诉我，我可以再给您寄去在室内拍的。那可能比室外照的清晰些。

我的母亲家还在老地方。现在改为西头道街16号。我几乎天天都回去……

千言万语都难细诉无限的思念啊！始终不忘老师教导“一滴不枯唯入海”的哲理名言。而今，我说句心里话——两地情怀梦中诗！

永远的学生心云

元月五日——1965

往事如烟，不由诗人不感千般遗憾！顺手将一份迟寄的年卡，随笔给田力写下几句旧体诗作为回应——

素裹银装雪满天，
如花树树忆华年。
本溪邂逅惊奇丽，
海龙促膝话情缘。
松江河开人人笑，
蔷薇歌唱处处喧。
情真难圆千般梦，
人生遗憾两心牵。

1999年11月18日封笔于南宁江滨医院。

发表于2000年4月《广西文学》。

落伍者

那是我从八路军某旅政治部下到连队的头天得到的印象：西北的初秋，吃罢晚饭，太阳就落山了；随处都显得萧索、静穆，高空偶然掠过南归雁阵的唳声，村庄笼罩着银灰色的烟霭。这时，靠近一条浅流的河岸上，战士们活像秋雨即将来临的蚁群，在平铺着一片绿色的菜地上，来回不停地忙碌——有挑水淋菜，有抬粪施肥，也有蹲在地里拔草、除虫什么的，全个连队的弟兄都融入劳动欢娱的气氛之中。奇怪的是，在离菜园约摸50米的偏角处，却有个人寂寞地枯坐在那儿。他，两手抱着膝盖，低下脑袋打盹，一动也不动，仿佛像竖在菜畦里吓唬鸟雀的稻草人。别人在他身旁叫着闹着，都打扰不了他的安静；忙碌的人们也没空来理睬他，要是碍着走道，就只当一块挡道的石头，拐个弯过去就是了。

“是病号吗，为什么不送去卫生队？”我打心里猜测、狐疑。

接着，第二天，第三天，还是这个地方，还是这个时间，还是这个老头，还是一个稻草人的样子呆在那里。

为了消除对这老头的疑惑，到了第四天我才找到司号员来打听，旁边一位年轻的文书听我问话，惟恐司号员讲不明白，赶紧插嘴抢道：

“嗯，你们讲老张头呀？哈哈，”文书意味深长，像是老张头有着一言难尽的来头。说着，就在我身旁找个地方坐下，接讲下去：

“告诉你，教员。他可真是个怪人哩。有一回吧，连队全体动员检查清洁卫生，你想，他怎样讲？他说：‘什么贞节卫生？谁谁的肚子没有屎！’哈哈。真是，从来没见像他这样的，叫人哭笑不得！”

文书用讥讽的语气学老张的话。

“可是人家有个绝招：每每行军打仗，不管是什么情况，煮饭就得靠他。不知他怎样搞的，总误不了饭。可别看他那副鸦片烟鬼的样子，瘦骨嶙峋的，要干起炊事来，可是呱呱叫哩。”司号员睁开亮晶晶的眼珠，表示对老张的同情和赞赏。

“你那样看上他，就因为他跟你特别要好，对不对？”文书转过头来，盯着司号员的眼睛反问。

“我个卵，他跟我好！”司号员撅起嘴，受了委屈似的，涨红了小脸，气鼓鼓地走开，又快快活活地投入那欢娱融洽的劳动队伍，跟大家一样，在老张身边叫着、闹着。

文书的目光跟司号员的身影转了一会，才向我解释：老张和司号员俩都是山东人，而且还是一个县里的，乡里乡亲，分外亲热。有一回行军路上，老张打摆子，背不了自己的铺盖，司号员帮他背了一天。这样，张老头就拿他老脑筋来对待新事物，错把同志间的阶级友爱当作个人恩德。以后对待司号员就另眼相看，特别关照，关照得特别慷慨。

“对待别人，”文书继续说，“他可是个悭吝鬼。对人总是冷冰冰，不合群，爱理不理，就跟小鸡混在鸭帮一样的。公事公办，任务一天挑八担水，他就照数担够八担。水缸不满他也不肯多挑一担。分内的事，干得扎扎实实，丝毫也不马虎，叫你没法挑眼。只是脾气犟，爱骂人，谁犯他一点，张嘴便骂，管你受不受得了。”

“班长、指导员怎么不给教育、批评呢？”我觉得诧异。

“怎么不呢，开会斗也没顶事。他的歪道理可多呢，他说，世界就像一张网，早就一眼看穿了！哈哈。”司号员带着笑，转回头去瞅稻草人老张。

暮色迟疑地封锁着群山、田野和森林，暗蓝色的西边天，一弯新月和无数小星星开始发亮，不知名的小雀在河滨的芦苇丛里争吵，脑袋上飞旋着的蚊蚋嗡嗡地嘟哝不休。这时候，人们一个个将水桶、粪箕、锄头，随意搭在肩上，拿在手上，陆陆续续走回营房。

文书找指导员去了。他的一席话的声音却在我耳边围绕，稻草人似的老张的影子也跟着我左右，在眼前闪现。

我是在旅政治部作为宣教干事下连队去的。一天，和指导员在连部里商量战士的教育问题。不一会，门外慢悠悠地走进一位老头来。他两手捧只箩筐，头上戴顶油腻腻的军帽，帽花脱落了，留下一只显眼的小圆圈圈；帽子下面是一副沁着汗渍的瘦猴的脸盘，络腮胡刚刮过，一大块青色的面皮分外显眼；他脑瓜虽戴着帽，而衣扣却解开，露出赤铜色的胸膛。他闷声不响，也不朝我们看一眼，一进来就惯熟地直往屋角去，将压在米缸上面的大石板揭开，躬着腰，把头伸进齐胸深的大缸，一升一升地掏起黄晶晶的小米，往筐里倒。

“老张！”米筐装满了，他正端起筐要走，指导员把他叫住。

“什么？”他停住脚，放下手，拿怪异的目光朝指导员愣一下，顺便看看我。

“你瞧你这副样子！”

“我这副样子怎么啦，不好看？我这副样子，好歹吧，总算混过四十多快五十了。”

真倔，把指导员也不放在眼里。

“绑腿又不打，衣扣又不扣，还拖着燕尾鞋，嘿！”指导员以责备的眼光盯住他那双裸露在外头的脚跟。只见他的脚后跟，皲裂道道细纹，仿佛壁裂的瓷器纹路。“是班长不叫你们打绑腿吗？炊事班不打绑腿，就把绑腿拿来给别人嘛——”

“拿来给别人？你好说。个人分内的东西随我高兴放着就放着，能共产？”

他不再等指导员说话，一面嘟嘟哝哝，一面把米筐往肩上一托，走了。

“顽固脑瓜，真拿他没办法！”指导员看着我，表示无可奈何，喃喃自语，一时说不出话。

他就是每天晚饭后,独自一个人寂寞地抱着膝盖蹲着,仿佛一个吓唬鸟雀的那个稻草人? 我恍悟起来,盯住那渐渐远去的人影。

"老家伙,顽固得要死。打从反动军队把他收容过来,好几年了,平素就不肯学习,老不进步!"

指导员谴责的语气,带着慨叹,包含着对老张头不幸命运的怜悯之情。

随后,老张头还是把绑腿打上了,只不过打得松松散散,像两根剥了箨而倒立的南竹竹笋。绑腿是打上了,衣扣还是扣一只开一只的,更不用说领口的风纪扣了,总之,吊儿郎当,随随便便。流露在他那双冷漠的目光里,好像是说:"看吧,我就这样,怎么的?"这叫人不难看出,他是在赌气,有对抗情绪。

他,一贯如此:对周围生活的事,对待别人,要是跟他个人没发生直接的切身关系的话,那,天塌下来他也只当帽子戴,不闻不问,日子过得死水一般平静。可是,谁要是触犯他一根毫毛,他可就会像弹簧似的,连蹦带跳,咆哮如雷。

那一次,我从团部开完会回来,一进门,见到院里密密层层围着一大堆人,里头响起老张沙哑的声音:

"……官字两个口,都是他妈的:当官的讲什么都是好的,可做的事,哼,不作数。"

我很疑惑,以为又是谁到厨房拿走菜刀或提去水桶忘记说一声,惹了他恼火的吧。找到文书来一打听,文书说"不是这个",而是司号员在老乡的地头摘了人家一只香瓜,挨指导员批评了一顿,说犯了群众纪律,罚他坐禁闭去了。为这事,老张愤愤不平,说指导员和连长在前方——冀中平原打鬼子那阵子,有一回还不是捉老乡的狗来宰,当作改善伙食。那不是犯"三大纪律八项注意"? 为什么不见当官的自我批评? 老张头自以为抓到这个把柄,理直气壮地骂了起来。

这时刻,司务长来了,按下老张肩膀,叫他坐在碾盘边上,委婉地给他作解释:说那回在冀中杀狗的事,不是连首长私自偷偷摸摸干的。那一阵子,是上头交代下来的军事行动——因为老乡的狗妨碍部队的夜间活动。于是,曾在游击区内,发动一次"打狗运动",动员老乡们主动把自己的狗宰掉。老张讲的那只狗,是在一个被日军烧光、已经没有了居民的荒村捉到来的,不能说连首长带头违反纪律。尽管司务长把事情解释得明明白白,可老张头却无动于衷,还是执拗地一口咬定:

"你说什么,我也不听,我只相信我的眼睛。哼,有什么我还看不透的?"

他真什么都看"透"了,憋一肚子气,含着旱烟袋,把头歪过一边去,站了起来,两手抱住胸膛。随你再讲什么道理,他是下决心不听的神气。

这之后,我跟炊事班的同志逐渐熟悉起来,有空便去厨房和大家聊聊天,下下牛角棋,看他们拿破布条打草鞋什么的。

那天,我走进炊事班,他们刚挑完水,喂饱了猪,煮罢饭,屋里很静。有人在抽烟解乏,有人摘豆角,有人拿扫帚打扫掉在灶台的饭粒。大伙见到我,顿然骚动起来,赶快拿出小板凳让坐。有的要听我讲"三国"、"水浒"的故事,有的拿识字课本来问字。他们把在古庙的废圩上捡得来的石灰当作粉笔,在铺地的石板上写着字,一个又一个问,问我这个字有几种解释,那个字怎样读音,问得挺天真有趣。见他们学文化那么热心,叫人由衷地感到宽慰。

这时,老张头从河边挑水回来,见我跟大伙在一起有说有笑,睁了一眼,大模大样地朝着我走来,湿漉漉的脚板,把人家写下的字全给糟蹋了。他却若无其事,毫不在乎,也不管别人正在跟我搭腔,劈头就抢过来,问我抽不抽旱烟?不容我答话,就将烟斗硬塞到我手上。

大家一时都不吱声,默默地瞧他,屋里顿时寂静起来。一只灰色的花猫,"咪"一声跳上饭桌,聚在锅铲上的苍蝇"嗡"一声,满屋飞舞。

"六十岁人学鼓手,来不及啦,老王!"停了片刻,老张噙着烟斗,悠闲地抽了一口,朝班长老王手上拿的识字课本说话。

老王头不管别人说长道短,只管专心致志往地板上描写,描了又抹,抹了又描。

老张抽够了烟瘾,把烟袋搁下,便撩开衣襟,将裤头一翻,"他妈妈的,吃得那么肥!"说着,将捉到的虱子搁到石板上,拿拇指一压,"别"一声,指甲和石板都染了芝麻一点小红印。

"你们南边没有这东西吧？老家离南京多远？"老张朝我问。

我解释老家离南京的远近，反问他什么时候去过南京。

"就那年，说是要去打十九路军，军队开到徐州，上头传下话来，说什么福建那边的乱党被中央军弹压下去了。前面既没仗打，军队又开回原防。空跑一趟，南京是什么个世界也没见到。上头当官就这样：今天打了，明天又和了，翻云覆雨，没个准星。反正是我们丘八哥的倒霉，当了炮灰也不知为的啥。唔，为的糊张嘴，嘿嘿。你们南边不兴吃面、啃大饼不是？听人讲，你们吃长虫？嗨，多麻人的家伙啊。"

老张说了一大堆话，脸上泛起一层喜悦的光彩。这，恐怕是体现他对生活向往的闪光吧，只是犹如掠过夜空的流星，瞬息即逝。他抬起沉重的脑袋仰视门外湛蓝的天空上一朵移动着的白云，深深叹口长气，瞧他那干辣椒样的脸孔，仿佛增添好几条皱纹。

"你是几时出门当差吃粮的？就是下徐州那年吗？"我对他的身世好奇起来。

"出门吃粮可早了，再过半年，就足足三十年了。老油条，没味道了。嗯，我出门当差时候，怕你还没出世哩。"说到这，他两手抱住膝盖，一副倚老卖老的神气。

他说出门当兵那年，才十六岁，跟眼前的司号员小鬼差不多的年纪。为的是，家里亲生的娘早年去世，来了后娘，这人生性刻薄、恶毒，他经常遭其打骂，实在忍受不了，为争口气才跑了出来。起初，年纪小扛不动长枪，只好当个勤务兵，服侍一位老连长。不想他的年轻太太比后娘还难侍候，真是个刁钻古怪的妖精，动不动就一巴掌打过来，叫你耳朵肿去。实在咽不下这口窝囊气。第二年就下班上去，扛长枪当二等兵。二等兵熬三年，变成上等兵，上等兵又熬了好几年，才当个中士班长。尔后升上准尉排长，虽然是排长里头最低的一级，总算也是个官了。一当就是六七年，眼看别人少尉、中尉、上尉都爬上去了，惟独自己还是乌龟爬沙，巴结不上。官升不了也罢，谁料有一回，只因不肯听从连长的主意去作武装掩护走私生意，触怒了顶头上司，到头来连个"排骨"也当不成了，又当回班长。不过好歹还给留点面子,做个上士。抗战初期,参加头场的南口战役,打了败仗,大腿挂了彩,没人管,掉了队。幸亏八路军收容过来,得活了命。八路同志要他自己拿主意:回老家,还是当八路打鬼子?回家,无家可归;当八路扛长枪,年岁大了,没那股气力了,只好下炊事班,当个"伙头军"——专管烧饭。

"哎,这世界还有哪门没看透呢?看着老冯(玉祥)跟张大帅(作霖)打一阵又和了;蒋(介石)冯俩一会是拜把兄弟,一会又是战场上你死我活的敌手。打来打去,都是人家当大官的抢地盘、刮地皮、捞荷包、养太太,花天酒地。我们小兵喽啰,白白当炮灰送命,能捞到啥子好处?要是自己脸皮厚,肯拍马屁,捧大腿;要不,有个好样的妹仔或骚姨太,让给大官老爷去逗乐、轧姘头什么的,兴许换到个把连长、营长当,显显威风。这都怨自己年庚八字不好,投胎不是地方又不合时辰,奔波了几十个春秋,到如今还是落得光棍一条,性情又倔——"

"性情不是天生的,为什么不改一改呢?"我盯住他的眼睛问。

他诧异地反问:"改?"

我用目光回答了他。

停了一会。他平心静气地说道:"你不知道,俺山东人就是气粗。俗话都讲,江山易改,本性难移啊!"

"你也不肯学习!"我口气带着怜惜,又带着责备。

"学习当不了饭吃,有球用。"他说得很干脆。沉吟一会,叹口气:"老苗了,不行啦,什么也不敢想了!"他转过头去看望院里一只乌鸦啄食一段血红的羊脊骨。"再熬它几年,死了喂乌鸦拉倒。"看他那神情如此坦然而旷达。

"你看这儿八路军,总比你从前那个部队好吧?"我劝告他:如今这支人民子弟兵的队伍,跟反动的军阀军队是不一样的;人生世界也并不如他所想的那样悲观。

他把烟斗一敲,堵截我的话头:"什么不一样?哪儿的乌鸦不是黑的?"

他可能又记起指导员、连长宰狗的那类事来了。看他愈固执,我愈感到对他做教育工作的重要。于是,不厌其烦地向他进一步阐明一些起码的革命道理——一些我们坚信不疑的信念:人类社会发展的历史必然规律,社会主义、集体力量，总会是比资本主义、封建主义的个人自私自利优胜，新生的事物终归要代替老朽的势力，将来一定比现在强。

他听是听了，却不作声。揉揉眼睛，看看我，打个呵欠。过了一会才说：“你是教员，当然喝过不少墨水，道理懂得多。可不信我亲身经历的事，还不比你书上的道理更加实在？你今年多大岁数啦？”他歪过脑袋，盯住我的眼睛。

我凝眸瞅着他，不言语。意识是说：“你猜。”

沉默片刻，他叹口气：“我……看得太多了，过的桥，比你走的路还多。你说什么将来，将来，将来是个咋样，谁见过？”

听他口气，我的道理怎说也不能摇撼他狭隘的经验了。

我们彼此又陷入沉默。

炊事班长老王听我们争辩了半天，对老张感到失望，将手上当做粉笔的石灰一丢，站起，拍拍屁股裤裆上的尘土，走了。

老张捡起石灰瞧瞧，想起什么似的，把它揣进口袋。

我默默地凝视着他。他那样倔强，那样怠慢，那样别扭；从他那冷漠而无神的目光、那布满皱纹的面孔，看得出他孤独的空虚、寂寞、悲哀和凄凉的影子，恶魔似的可怕地戏弄着他。对他，真是如同几年前读《被侮辱与被损害的》那样，忍抑不住情绪的激动。

你这命运的弃儿，时代的落伍者哟！
你使我想起那些因受骗于旧世界的生活，
对新生活失去信心而自怨自艾者的悲哀！

当我正在为眼前这位迷路人感到悲哀的时刻，司号员从外面冒冒失失地闯进门来，问我要不要上文化课。他是那么活泼，那么矫健，充满着青春活力的一个小伙子。老张头一见到他，那枯干的脸色顿然焕发着光彩，眼珠闪烁着仁慈的父亲般的情怀，问他哪儿去了。

“在二连长那儿下棋。唔，他还请我吃西瓜！”司号员天真地夸耀得到的宠爱。

“你不听我的话,下棋没用,学习吧! 我这有块粉笔,给!”老人和蔼地从袋里掏出那块刚捡起的石灰,放到小伙子手上。

司号员收起赠品,往墙上试画一画,满意地望着老头点头表示感激,走了。

老张头带着含笑的眼光望着司号员走去的后背,沉吟半晌才转回头去将压在饭锅上的煤块移走,揭开锅盖,准备把饭盛出来。停一会,望着我说:

“我说,教员同志,对后生娃仔,倒是该多操点心,教好他们上进,对俺老头,倒不必多费心了。俺不是自己吹,起灶、烧火、煮饭,敢打得包票:在后方练兵,和平环境不用讲,就是在前方行军、打仗,也只有饭等人,决不会叫人等饭!”这时,老头显得分外自信、开朗。

不久,当中秋节前一星期,队伍接到命令:开过黄河以东参加“百团大战”。我因别的事不得去,留守在河西这边做后勤工作。每天徒然拿神奇的胜利和可怕的伤亡的战地情景来装饰着梦幻。

一星期后的某天夜里,被“咩咩”的羊声惊醒,跟着喧闹的人声和牲口的嘶啸,寂静的村庄闹腾起来了。邻家一只狗起初叫得十分起劲,突然,噤寂下来……

原来,队伍回来了。

文书和通讯员几个小鬼,还没解下身上的武装,急忙跑来抢着告诉我,有关这次作战当中发生的一些有趣的新闻。他们讲得越多,我越感到不满足,只好亲自到各班的战士里头去、到伙房炊事班去看看大家。由于打了胜仗,各人格外高兴,个个都那么兴奋、活跃,有说有笑;各人的神色都见不到行军、打仗给人们留下疲乏、颓丧的影子。

在炊事班的院里,拴着一只白羊,“咩咩”地叫着,那声音是为失群而哀号,叫人觉得可怜,跟周围欢腾雀跃的气氛很不协调。

炊事班长老王见到我,不禁悲戚地说道:“咱们捡来一只羊,却把老张头丢了!”

“老张丢了? 为什么?”我感到十分诧异。

文书来到身边,听我诧问,不等老王回话,便抢着答道:“老张掉队了!”

“掉队了?”我心头一紧,说不出第二句。

文书似乎察觉我的心意，慢慢地小声说道，“事情是这样的”——

那天吧，夜里急行军，部队开进游击新区，拂晓前抵达某个村子宿营下来。经过一夜的急行军，每人都困了，一听到“就地宿营”的口令，个个都找老乡下门板、安铺位歇脚，找锅灶烧热水、烫脚解乏什么的。老张头还是他那老调调：闷声不响，一个人单独行动——找东家烧饭去。不到一袋烟工夫，上头突然传下命令：有情况！紧急集合，立即转移！队伍仓促地悄悄撤出村庄。赶到半路，老王才报告指导员：发现老张没有跟上队伍，掉队了，可能还在村里。但是，队伍正在行军，不便也不允许为一个人停下来。怎么办？指导员只好派个本地游击队员回头去找……

“嗯，你参加过急行军没有？”文书讲罢，斜着眼睛瞅我，“凡是大队伍行军，绝对不容许个人自由行动。不管你有天大的理由，你不听招呼，掉了队还要挨批、受处分！”

老王接过文书的话头，补充说道：“都怪老张他这个人，平日不肯随和，老是那个调调：只管分内的事，旁的啥事一概不问；跟别人少招呼，遇到紧急关头，别人也就不紧记到他。哎，这可是个教训啊！”

看文书的脸上，可就没见有老王那样惋惜的神情。他毕竟年纪轻，没经历过老张那么多的人生苦难和遭受过那么难堪的折磨；也没见得有我那样喜欢思索的习惯。他的感受和反应，都是那么单纯、乐观而积极的啊。我对老张的掉队，是深感悲伤的，然而面对满怀希望而乐观的后生，何苦将忧郁分给他去承受呢！只好独自沉思，说不出话。

司号员凑上来，见我不作声，便无精打采地走到小羊身边，抱住它的脖子逗乐，也不吭气。

“老张掉队了，你不难过？”我走过去，躬下身朝着司号员问。

司号员摇摇头不吱声。

文书拿眼睛对我指着司号员笑道：“他呀，现在耍赖哪，昨晚回到渡口，正要上船时候，自己偷偷哭鼻子呐。”

我望望司号员的眼睛说：“唔，老张平时对你挺关心哩。往后你可就见不到他了！”

"那有什么关系。大家都干的革命工作,谁谁不都是同志。"

司号员的回答,冷静而坚决,使我惊讶。如同给抢白了一下,真不大对劲。原来我还没有司号员那样健康的感情啊！他的话,假使老张头听到也许会难过,然而,要是老张头同他一样的年纪,对着这样的人情,也许是会采取同样的态度吧?

院里,战士们燃起了篝火,大家同声欢呼胜利归来。司号员为集体的欢欣所吸引,走向人群中去了。他被欢笑和掌声簇拥,在热烈掌声中跳起"凯旋舞"。

文书也按捺不住兴奋的情绪,迅步投进熊熊的篝火边上,跟大伙一样拍手,一样放开嗓门,一齐高歌《八路军大合唱》……

我站在一边,观赏了一会,回到房间躺下,可再也睡不着。一合起眼,面前便闪现着一幅幻影——一大群快乐的人朝着一条望不到头的大路,熙熙攘攘昂首高歌,迈开雄赳赳的步伐,越走越远……而后头却落下一个衣服褴褛的老人,步履蹒跚,蹲了下来,翘首目送朝前奋进的人群。人群却没有谁谁回过头来……

原载于1942年全国文艺界抗敌协会

延安分会会刊《谷雨》第四期

叶　红

一

一九三七年春天，棉市的青年为着要把祖国唤醒，他们继"一二·九"之后组织了救亡歌咏队。其时，我也参加了。我们这伙年轻人，一谈就谈起怎样去认识世界，怎样去把现实改造过来，建起一个美好的新社会。我们多么渴望着自由，把未来描绘得春天一样的佳美。这当中，有一位叫林凤鸣的，不论集会中的发言还是平日的谈吐，比起别人来，都直爽和激烈，不管谁，同她稍有接触都会感到她就是一团火，很快点燃起你对人类社会的热爱。每当她从你身边走过，你会带着惊叹的心情看望她的后影，情不自禁地对自己说：

"真是一个新女性，是谁家的小姐呀?"

她是已故的一位将军的千金，母亲在青春的年岁里，也曾有过非凡的抱负和高远的理想。然而，时代的藩篱是那样森严，她的理想和抱负到底不是垫脚石，让她超越过时代的限制。年岁过去了，只好把希望和抱负寄托给这妙龄的女儿了。

我同凤鸣的表弟是同学，而且我们都是要好的朋友，因而跟凤鸣也就成了熟人。

有一天，凤鸣给我一张照片：一个年轻姑娘，有一双明亮的大眼睛，一副光洁的蛋形脸庞，一个稍为翘起的鼻尖，天生成微曲的头发，这些都构成给她一个匀称而和谐的美人。

“这，什么时候照的？”我抬起头来瞧凤鸣的眼睛问。

“不！”凤鸣摇摇头。

紧接着，凤鸣告诉我：这是她的妹妹。两年前，为着闹学潮——反对“会考”给开除，也没有回家就跑了。到一九三五年冬天，看到报纸有篇通讯，才知道她参加了北平“一二·九”的救亡游行示威，被警察的大刀砍伤了臂膊，被校方开除，后来得到一个同学的帮助，跑到北平进市立第二中学读高二。

凤鸣还说，妹妹有点儿探春的性格，不像凤鸣自己那样重感情。

“她可是一个新时代的女儿呵！”凤鸣赞赏地说。

经凤鸣这样介绍之后，我又拿起照片重新审视一番。脑子里多少留个印象。

“等她今年暑假回来，我介绍你们认识吧！”凤鸣看着我的眼睛，意味深长地说。

二

但是，我和她认识却是到第二年冬天，在延安鲁迅艺术文学院的时候了。

那是落第一场雪的一天下午。天气暖和，我依在窑洞门口眺望着生平未曾见过的雪景。此时，山野、河流、树梢和屋顶都铺下棉絮似的，大地弥漫着耀眼的银色。

我呆呆地直瞅着这罕见的雪景。蓦然，山脚下城南门的道上，出现一个人影直朝我们学院走来，不多一会儿，这人影从山脚爬上半山腰的窑洞门前的广场上来了。

是一个女的，穿绿色的马裤军装，披一件女装的青色呢大衣，竖起的大氅领子和枣红色皮帽把脸和脖子都裹得紧紧的，只露出一双乌黑的大眼睛。她在每个深闭着的窑洞门前，睁着迷惑的眼睛，踌躇不前。

我瞧了瞧她的大眼睛和翘起的鼻尖，好像在什么地方看到过？一时想不起来。

"同志，请问这儿有没有个叫秦汉的同志？"她走到我跟前。

"找他有什么事？"我反问她，极力镇定内心的激动。

"这里有一封信给他。"她说，掏出一封纯白的西式信封。

"给我！"我不自禁地伸手去接信。

"唔，就是你吗？"她稍为一怔，终于把信给了我。

信是凤鸣写来的。信里说：面交我这封信的是她的妹妹，就是一年前她常常谈起的凤飞，现在到延安来学习。比起她来，我对延安总是熟悉一些的，希望我多关照她。凤鸣自己的近况，凤飞可以向我面谈。

我看完了信，凤飞微笑着伸出手来，和我紧紧地握手，我请她进窑洞坐坐。一进门，她就敏捷地除下大衣和围巾，跟手套一起，往坑上一丢，把皮帽耳翻回去。腮边一片白皙的皮肤，衬着颊上的艳红，像只在朝露中摘下的苹果。

她大大方方地在我们的木炭火盆旁边坐下，她先是静静地听我介绍延安的学习生活，完了才回答我问她的经历：

"七七"的第二天，七月八日，她离开了北平到济南，参加随军服务的宣传队。参加台儿庄战役后，即随军队转移到武汉，加入平津流亡学生组织的一个抗日救亡团体。武汉撤退，到了重庆。在重庆她遇到了凤鸣。凤鸣参加广州青年会组织的随军服务团，从南昌撤退下来，溯江而西，到了重庆。在重庆，她们两姐妹也都感到"雾"气太浓，妹妹找到八路军驻渝办事处，介绍来延安；姐姐则准备前往桂林。

她说她自己曾经当过演员，当过难民，到伤兵医院当过十三天的看护。在火线上整天整夜地奔走过……讲着讲着，自己陶醉到火花般的回忆去了，越讲越起劲，屋里的同学们听她这些过五关斩六将的非凡经历的叙述，莫不为之动情，各人手上的《战争与和平》、《马丹·波华利》、《唐·吉诃德》都顿然失掉了它们的魅力。她的话偶尔停顿，屋里随即陷入静寂。

第二天，我依着她的约定，一早就请事假到西北招待所去。招待所人多，房子小，太挤了。她看了看屋里凌乱的东西，眉头一皱，随手将咖啡色围巾往脖子上一甩，对我说：

“咱们到外边找宽敞的地方去！”

外边，下过一场雪，尘埃都给盖住了，空气格外清新，只是风一吹，寒气特别凛冽；阳光在雪地上闪烁，十分耀眼。

我们一直走向延河，雪在脚下吱吱地发响。

“你给我出个主意吧，你看我进哪间学校好？”凤飞要我给她提意见。

“到陕北公学去吧。‘抗大’‘陕公’反正都差不多的。”

“不！”

“那就到‘鲁艺’来好啰，你不是当过演员吗？”

“鲁艺？来你们学院？我才不乐意哪！”她顽皮地抿了抿嘴唇。

我们都不作声了，雪在我们脚下吱吱地发响。

“不是说在华北、在敌后有妇女当游击队长，当政治委员什么的吗？人家说，男同志能干的事，女的也干得来。”她梦寐地说。

我重新端量着她的风姿：不错，她长得结实、矫健，像女战士，她是将门之女呵！

“那么，你是不是想进‘抗大’？”我问。

她先瞟我一眼，意思好像说是：“你说不行吗？”但她却说：“你说呢？”

我当然只能说：她乐意学什么就学什么好了，这儿个人要学习什么，不会受到限制的。

“我想，我的名字也得改一改，凤飞？过时了，叫起来怪别扭，今天早晨我在床上想了半天，忽然灵机一动，想了两个字，我想就叫做‘林一柏’。意思是要同松柏一样坚贞，你说好不好？”

“好！”我应了一句。

过了几天。我才吃完了晚饭，她带着满怀的欢欣来看我。她说前天搬到

"抗日军政大学"去了。服装也都换了,换了一身铁灰色的棉军装,打了裹腿,腰上系着一条崭新的皮带,衣领上别着"抗大"两片红领章。头发不知剪短了还是拢进棉军帽里去,两只耳朵给冷风吹得通红。

她快乐得什么似的,向我诉说:小组会讨论、娱乐晚会怎样的新鲜,集体生活怎样的有趣,小米饭又是怎样的香甜。总之,一切都称心如意。

往后,大家学习都紧张,我们不常见面。不过,关于她的消息,我是常听到的。说是在她的那个队上学习劳动的一些活动,好像队伍出操,拿她作"基准"一样。同学们都倾向于她,向她看齐。表扬、赞美之声包围着她。听说,由于她参加延安各校学生业余戏剧活动,在一出话剧《一二·九》里扮演的主角,导演同志发现她是具有演技的天才。为着使她的才能得到充分的发挥,组织上将她调到"鲁艺"戏剧系来培养,同时,她又把名字改为叶红。往后,人们也就叶红、叶红地叫她,也不知她原先是姓林的千金。

三

由于她的敏感和灵活,可塑性是很大的。一若雕塑家手里的石膏,能够塑造各种样式的艺术品。

"我从前不是说,不愿意搞戏剧吗?现在想起来,戏剧作用也不小,是宣传的武器!"

有一回,她好像一个中学生想通一道几何习题,愉快地对我说。我默默地看她,不作声。过一会她又说:

"不过,我讨厌做资产阶级社会那样的明星,我要做,一定要努力成一个革命的女演员,到部队、到农村去演给战士和农民看。你说呢!不好吗?你为什么老不讲话?讨厌!"

我心思,想要讲的,考虑还不周到,不吭声,但给她一逼,只好开口。我说一个人的个性对于事业,正和植物对于土壤,如果选择不恰当,不会结成好花果的。至于工作本身,倒是不管哪一样,对于革命都是一只重要的螺丝钉。

"我反对你前面一段的陈旧看法，"她郑重地批驳着我，"马克思不是讲过吗？'人在改造现实的过程中，他的本身也同时被改造！'"

经她这纠正，我当然没有话讲了。我想，她到底是"一二·九运动"的宠儿，是新启蒙运动的最先受洗礼者呵！

她看我低着头不作声，给我一个微笑。好像是为了胜利的喜悦，也好像是给我一种抚慰。

"秦汉，我觉得你……"她欲言又止，直望着我。

"什么呀？"我有点莫名其妙地盯着她。

"不讲了，讨厌你！"

在这种交谈的场合，她老是这样顽皮地说话。

不久，她在"鲁艺"的影响，逐渐扩大。学生会、墙报编委、妇女会，还有什么学习组的工作，总之，许多会议都有她的足迹和声音。每到像"三八节"这类纪念日要选举模范妇女、模范青年、模范学习者什么的，全校同学和教员无不因她的名字而举起手来。你如果是新到"鲁艺"去的，可能先不知道各个系的系主任是谁，然而你一定知道有一位女同学叫叶红，同时会看到一个永远带着微笑的女同志，手里拿着纸夹子，迈着轻健的步伐，在你面前出现。她遇到了人，常常停下来，带着微笑对人说话：

"今天我们那个会改明天开吧，今晚上我还有另外一个会。"

同学们有的用"带露水的蔷薇"来形容她的美貌，有的用《前夜》里的伊林娜来比她的性格，有的也说她像探春；有的呢，居然说，假如她是男子，那一定跟武松一样可爱。另外有的人嘴里不讲，心里却偷偷地爱着她。学美术的要求画她的肖像，学文学的喜欢听她的谈吐。

新的表扬和赞美又在包围着她。

四

记得是过了热闹的"五四"不几天，是一个美好的月夜，我一个人在学院的槐树下散步，正在思索一个写作的题材。也许是由“五四”激起的灵感吧，我忽然想写一个年轻人在这大时代里的转变过程——从幻想走向实际，从个人走向集体……。

突然，叶红她找我来了。

“到河边去！”她那样焦急。我以为她得到什么意外消息，使她如此不安。又不好唐突地追问，只顺着她，往河边走去。

河边被月光笼罩着，周围那样恬静而幽美。潺潺的流水，悄悄地发出欢笑声，远处，飞机场那边传来悠扬而缓慢的驼铃。

我默默地沉浸于这醉人的气氛，叶红也不作声。我们只管走着，直到该转回头的地方了，她才从衣袋里拿出一封信。

“喏，你看吧！”她把信在我面前摇晃。我不禁愕然，不敢马上接信，她直盯着我的眼睛。

“怎么回事？”我窘惑地问。

“给你！”

我是把信接过了，还是莫名其妙地、呆呆地瞅着她。

“你为什么不看？”

“谁的信？凤鸣来的，还是……”

“什么是凤鸣来的，你老是惦记着凤鸣？是人家的情书！”

又走了一截路，叶红才说是高文给她写的。

“你看不见，我给你念吧。”她从我手上把信拿回去，也不看。说：“其实，不是什么信，他只是从什么书上抄下来一段话。你听吧，我给你念。”

说完，她又走了好几步，想了一下才念：

“爱神这个残忍的孩子，她把我的心绪当作摇篮，现在，她在那儿，慢慢地长大了。”

“说得美，是不是？”念完了，叶红带着讽刺的口吻说。“这些‘诗人’真会咬文嚼字！”

我还是不想讲什么,两人都沉默着。此时,蛙声像擂鼓一样敲击着夏夜的寂静。水声越来越响,驼铃不知什么时候消失了。凉风不时伸来轻柔的抚摸。

“不过,我不愿叫他受刺激,最好你帮我在他面前暗示:说是叶红她自己有心爱的人了,叫他不要傻想,浪费精神。真的,我自己有我心爱的人。我想:一对夫妻首先应该是战友,志同道合;是朋友,双方都保持独立性,互相帮助,共同进步。比方周恩来和邓颖超是最理想、最美满的夫妻啰,你说是不是?”

“唔。”我的声音很低,自己也听不清。

“什么?你老是这样慢吞吞的?”她生气地从我身边走开了两步。

我还是放不下我想要写的题材,一直都在思索,对她的事情和问话,实在是不大注意。

“你是不是讨厌我?”她又把脚步放慢,等我走近了才凑过来问,声音变得温柔多了。

“讨厌!”我严正地回答了她。

从月色中,我见她因我的话立即收住了笑容,显得很懊丧的样子。

“我也讨厌你!”一阵沉默之后,她掉转头来瞅我一眼,说。

随着,她说我老是慢吞吞的,想得太多了,行动必然会迟疑。对什么也不敢表示态度,不大胆,不勇敢……。

“幸福对于怯懦的人永远都是吝啬的!”最后她加重了语气,讲这句话。

我们走得累了,返回学院,时间还早。别人也都还在河边流连,度过这难有的月夜。我俩终于在浅流的水边,在那些露出水面的大石头上找到了座位。

月色映在水面上,镜一般的明朗,蛙声随着夜风吹过恬静的山野,桃林里不时传出鸟儿啼声。

“你说吧,我不会生气,你说你讨厌我什么?”她两手抱着膝盖,把两只脚吊起来,一点一点地摇动。

其实,我对她的意见,也正和旁人觉得的:以为她幻想太丰富,不切合实际。她的抱负比她的才能早熟,因之力不称心,只有徒然的愿望。

“要知道,革命的目标,不可能只凭嘴讲、凭跳跃去达到的,而是要脚踏实地、一步一步作艰苦的跋涉!”我说。

她不作声了。话一停,水声就活泼地在石头下面私语,欢快地流去。天空原来散落的几片白云飞走了,顷刻之间,万里无云,一片海蓝,星星亮得透明,风带来了凉意……

不久,我们毕业了。我要求到华北抗日根据地去,组织上接受了我的申请,同意了。叶红这个时候患重感冒,躺在医院里。

临走的前一天,我去看她。当我告诉她要到敌后去的时候,心情很矛盾。

"我要和你谈一回话,一直都还没有谈呢!"她说,侧身躺着。把脸背着我,两只手绞动一条方格子手绢。

"我们总会再见的。"

"唉,偏偏我这个时候病,该倒霉吧!要不,我也……"

"你不要把前方想得太舒服了!"

"什么我想得舒服?你老是这样看人!虽然我过去确实有点好高骛远,但自从那天给你'训'了一顿,我自己也作了一次检讨。人家现在正要到斗争环境里去锻炼。你又说人家想舒服!"她,受了无比的委屈似的,生气地将手绢把脸盖上。

屋里静下来,风将破纸窗吹得嗦嗦作响。

"我知道你一下子是不能相信我会改变的。走着瞧吧,时间终将会是我的证人。"她不服气地揭开手绢,眼睛也不看我,只是独自喃道。

五

五年过去了。

一九四六年春天,我随着"冀热辽"解放区的子弟兵,从长城的边沿进入东北广大的平原。正当路过平梅线的终点——梅河口的时候,汽车坏了,我们就在一个老乡家找到了宿处。第二天晌午,房东的小孩带着说不出的欢喜跑到跟前,说是在"道德会"的院套里开大会,家家户户的人都去了,把院子挤都挤不动。民主联军来的那位女同志可是了不得,几千人闹哄哄的,叫她几句话一说,大伙立即静了下来,都静静地听她讲话,一声咳嗽也听不见。

“妈,你去听吧,等会,谁被从前的坏区长害过的,都要上台诉苦,可热闹了!”小孩一边说,一边拉着母亲的袖子往外走。

房东婆婆见了我也说,她活了五十来岁了,没有见过民主联军那样的媳妇:道理懂得多,口齿伶俐,讲的话叫人心服,来了才不几天,把大伙的心都给说开了。

“那位女同志叫什么名字呀?”我问她。

“小棒子!”房东婆婆对着她的孙子问,“那位女同志叫啥名?唔,你也不记得?名是想不起来了,大伙都叫她林同志,林同志。人长得利利索索的,比男的还强呢。秦同志,你去瞧瞧吧,‘道德会’就在这条街的东头。小棒子,带秦同志去吧!”房东婆婆殷勤地说。

几年来在敌后解放区的对敌斗争,成千上万的儿女都锻炼成钢铁样的人,像房东婆婆所说的女同志,我并不新奇。不过,这位林同志的林字,仿佛跟我有什么关系,即算我不去猜想她就是叶红,可是,五年前那位爱幻想、好逞强的女同志,却引起我的怀念。

记得我们要离开时候,她曾经发过誓言:说是要到实际中去锻炼。五年的时间,把她究竟锻炼得怎么样呢?现实的斗争是否代替了她的幻想?

黄昏,我正在作这样遐想的时候,小棒子从院门外边欢天喜地领来一位客人。房东婆婆一听到声音就连声嚷着,把门帘揭起,欢迎客人进来。

是一位戴着从日本关东军缴获来的皮帽子的同志。一身青色的棉袄、棉裤。一看就知道是在敌后乡村经常和老乡们在一起的妇女干部。看样子是二十六七的人了,脸庞却保留着俊美的轮廓。她审视了我一阵,完了,迅速地伸出手来,紧紧地拉住我的手,半天说不出话来。

“还记得‘她’吧?”过一会,她直盯着我的疑惑的眼睛。

是叶红呵!五年来,时光给她明净的前额增添了细细的皱纹,只是那深沉的眸子却依旧燃烧火样的光焰。

“没有忘过‘她’!”我也激动地、由衷地回答。

“我倒愿意你把从前的‘她’忘了!”

“你怎的做起群众工作来了呢?不准备搞戏剧了吗?”

“谁说不搞戏剧?人家目前做群众工作正是为了将来弄戏剧呢!”

时间的确是把她改变了，一如找到了航线的船，从此，她会脚踏实地，一步一步驶向最终的目标。不再是凭着幻想的翅膀翱翔了吧？想到展现在她面前是平坦无限的大道，光明而美丽的远景，我突然想起另外一个人来了。

“凤鸣有消息没有？”我问。

“嗳！”叶红忽然叹了口气。“她可够苦啦，做了人家的姨太太！去年九月，快离开延安时候，接到她一封信，说是她嫉妒我，说是她后悔没有到延安来。对啰，她还问到你：问你有了爱人没有？”叶红转过脸来，注视我的表情。

我说，这些年都忙于跟敌人斗争，哪里顾得上找对象啊？而且，知音难遇，要合得来的才行。

“你不要太理想了吧，实际一些好！”叶红大姐似的，教训起我来了。

我半开玩笑地说：“实际当然是好的，不过，我问你：你的实际倒是怎样？”

“不告诉你！”她却顽皮地说了一句。

谈到这，各人都好像有着什么东西梗塞了胸口，不能舒畅地呼吸。屋里立即静下来，静得听到口袋里的怀表唧唧地发响，她两只手下意识地把帽子的带解开又捆上，捆了又解开……。最后，她抬起头来，笑了笑说她的故事：

她说，这几年来，她经过“延安整风”学习，曾经认真把过去许多糊涂思想都清算了一番，特别是学习了毛主席《在延安文艺座谈会上的讲话》以后，自己怎样来干革命工作，怎样去为工农兵服务，这些问题才得到比较明确认识。打那以后，她就积极地参加了秧歌演出，下乡去学习农民的生活和语言什么的。可是，这还是不够的，多少总还有隔阂。所以这次到东北来，她就决心先到乡下去参加一个时期的实际工作，生活跟农民打成一片，把自己的思想感情来一番变化，有了这样锻炼作基础，再做起什么工作来就有个底了……

“真是，你不要说，农民的那种朴素、实际，真不是我们这些知识分子所能比的。就说他们的语言，那真是丰富极了。”她又用当年赞美救亡运动的口气来赞美今天的农村生活了。

“你还是那样年轻而热情呵！”我说了一句。

“年轻倒不年轻了，不过，乡下的生活的确是叫人兴奋，看了看那些忠厚老实的农民，真是有了依靠似的，觉得和他们在一块，什么也可以放心似的。”

“那你将来找个——”

我的话还没说完,她马上爽利地转过来说:

“你还不知道吧,我结婚了!”

“同谁? 一定是……”

“是什么?”她调皮地盯我一眼。

最后,她说,她跟一个在地方上做群众工作的同志结婚了。现在是×县县委书记。他们的结合,说起来是个偶然机会,但细想起来,又好像是前世“姻缘”,这所说姻缘就是两人的思想、工作、性格都合得来。在生活上是一对夫妻,在工作上又是两个战友。

“这东西完全是机会,人生那么长远,总会有一天碰到互相合适的对象的。不要把它想得过于脱离实际就行了!”

这句话是她为了安慰我而说的了。其实,她也不十分了解我吧:这几年来,我不但学会跟敌人作斗争,同时我也敢于同自己旧的思想感情决裂! 比起集体来,个人算什么呢? 叶红既然有着如此幸福的生活,我顿时感到一种欢欣,好像一个愿望得到了兑现,一件任务达到了完成。我由衷地说:

“那,让我给你们祝福吧!”

突然,门外喊起来:

“小棒子,林同志在吗? 林同志来吧,等你开会哪!”

她本想要说什么的,没说出口,急忙地拿起帽子戴上就走。我出门送她,到院外边,她知道我在她后头,才转回身伸出手来,握紧我的手,说:

“再见,祝你胜利!”

我直看她走远了,才转回屋里来。

房东婆婆又对我叨咕:

“秦同志,就是这位女同志呵,人可是有能耐哪! 咱活得那么大岁数了,就没有见过这样的媳妇!”

1946年9月于哈尔滨发表于同年《东北日报》

前　夜

——山雨欲来风满楼

1937 年 7 月，抗日战争前夜。

当上半年学期快要终了的时候，二哥从鼎湖他部队的防区来信，说是那里是避暑胜地。他在那儿同一位建筑营房的工程师合伙盖了座竹棚别墅，叫我邀约一两位同学前去消夏。

这样，等到学校放假，我便同一位在国民大学附中的小同乡陈海鸥一道，买两张走内河的花尾渡船票，登上开往西江的船，沿江逆流而去。一夜工夫，人醒过来，船已经在以晚唐诗人罗隐为名的罗隐渡码头泊岸。

舍舟登岸，步行约三华里，在右边不远的林木阴影中，望见二哥描绘的示意图上所定的目标。

这是一座在珠江三角洲一带到处可见的竹葵结构的棚居。一厅四室，面向鼎湖瀑布流下的溪水。在横伸水面的榕树丫杈下，巧铺木板，钉了块“观鱼水榭”的小木牌。四周林木荫翳，蝉声悠扬，流水淙淙。

一会儿，勤务兵来把屋门打开。见到厅堂贴着字画，其中有二哥手书的一幅中堂：

沙场浴血战

悬崖断敌魂

磨砺待以须

雪耻急如焚

两边夹幅古诗的对联：

蝉噪林愈静

鸟鸣山更幽

勤务兵替我们把行军床安顿好，告知：副营长下连队去了，午餐后才赶得回来。开饭时候，他把饭菜给我们送来。还说门前溪水不深，下去洗澡挺方便。若要上鼎湖潭里去游泳，得走三里地才到，今天先不去也罢，改天天气好再去。

“这可是世外桃源哟！”海鸥听勤务兵说完，不禁舒口气，表现挺开心。

勤务兵，十五六岁的小伙子，活泼机灵，爱讲话。他说张工程师原来是住在这里的，后来他太太和靓女小姨子来了，趁附近的湖山师范学校放暑假有空房才搬去借住，这儿的半边房，我们可以下榻。又说这儿走不远便有座半山亭，有卖茶水纸烟的摊档。还说到山上的庆云寺朝拜的香客和到鼎湖来游泳的游人，从江边罗隐渡上来，从庆云寺、鼎湖下江边去，到了半山亭恰好走了半路，正好歇脚、饮茶、抽烟。

庆云寺有二百多个大大小小的和尚，香火很盛，每年夏季，特别是七月中旬盂兰会前后，从省港来的善男信女，在庆云寺做“功德”、还愿，路上来来去去，络绎不绝；另外，专程到鼎湖观瀑、游泳的也不少，有时还见到从香港驶入内河的英国兵舰停泊在罗隐渡外的江面，水兵们到鼎湖飞瀑下戏水……

寂寞的湖山并不寂静。

勤务兵把话讲完走了，给我们留下满脑子的好奇。但又不敢贸然乱走，只好登上树杈的平台，俯瞰浮在小石子上面的游鱼，谛听林中蝉鸣、鸟语。

海鸥兄，家有田地收租，可供得起他独生崽遨游广州上学，目的与其说读书识礼学本事，真不如说是为逃避兵役而来混日子的。他说不是吗，白花几百元去贿赂官员免征，还不如拿来广州开开眼界，反正广州私立学校林立，只要有钱交费便可挂名入学，不管你超龄也不管你学历高低。海鸥见我带来大堆书刊，不以为然地说："带那么些来多累赘，书里讲得再好玩，总归是空话。"

过不几天，来和我们做伴的还有一位跟二哥同辈也是小同乡的吴沧萍。二十年代大革命时期，他和同街坊的梁升俊一起考进广西国民党首届党务学校。毕业后，正当蒋桂战争，广西省成了桂系军阀独立王国，他即被委派到广西门户的梧州当国民党特派专员，具体工作是到来往广州、香港的船上做伙计，暗中侦探进入广西的政敌。但因不安于位，另依山门，擅自投奔福建人民政府而被广西当局查获以致丢了饭碗，落魄江湖，特来二哥处挂单。也许就因官场失意而想从文学圈子寻求寄托吧，他早晚总是在阅读一本没了封面的高尔基的《我的大学》，同时埋头在生活书店每年出一本的"生活日记"簿上写他的经历——海上漂流记。

这当中，还有二哥营部姓曾的书记官，年轻小伙，有空便来聊天解闷。三四个人凑在一起成了小小圈子。白天，或钓鱼，或打鸟，或砍下芭蕉，剥其外皮，拿芯杆当作助游的浮杠，下到清凉沁人的溪流学游泳；要不然就到十里外的圩场采购蔬菜、鱼虾回来自炊。有时，趁个好天上山，在鼎湖边上的观瀑亭观赏千尺飞瀑洒下的烟雾，俯瞰碧潭活泼健美的蛙人；有时干脆深入丛林隐现的庆云寺，谛听大小和尚诵经，看看省港来的香客，衣光鬓影，赏心悦目；有时竟敢戏弄神灵，顺手牵羊——拿走神案上的供果；有时则故意为难算命先生，请他给看相占卜，当堂揭其骗人的伎俩……

每天，日落黄昏，我们的常课就是在上山的小路漫步。在那里，见到半山亭挂有惹人瞩目的当代名士叶恭绰题书的对联：

何处鼎湖山，来半半去半半

欲寻狮子窟，前三三后三三

意思是说从罗隐渡河边走到这里的路程是三里三，刚好是半路。

在这里，不远处有间私立的湖山师范学校，名人梁寒操给题的校名。不时，从校里放出琴声：除了扬琴弹奏的《雨打芭蕉》、《柳浪闻莺》，还有风琴的《渔光曲》和《毕业歌》等流行歌曲。

夜晚，只要不是雨夜，我们四个人——两个中学生、一个国民党左派人士、一个广东地方军队下级军官，照常聚首"水榭"溪边纳凉，纵谈古今，感怀时事，排遣胸臆。

某夜，吴沧萍谈起了我在报上初次发表的文章和在校刊的小诗。说在广州这样文化发达、人才济济的大都市，初试告捷，可见非同凡响。还说既有第一必有第二，鼓励我再接再厉，百尺竿头，更进一步！"有了这本事，当个自由自在的作家，不是'海阔凭鱼跃，天高任鸟飞'吗，后生可畏。老弟，努力干！"沧萍为我的前程打气。

这时，我却想起了那篇反对会考的文章遭到训导主任的警告，从而感到古代那种文字狱的悲哀。

二哥就此话题说："杜甫不是说了吗，'文章憎命达，魑魅喜人过'，屈原、贾谊、李白、杜甫、柳宗元和苏东坡等，"二哥扳着手指数，"历代文人，都因太认真、太固执，与当政者不肯迁就、随和，结果命运都不佳。梁升俊才华出众，写出一部《啼笑因缘》式的《人面桃花》又能怎样，到头来还不是成了禁书！"

这样一讲，沧萍一时语塞。

大家都默然一会儿。二哥又说他原本是要我读完普通高中再升大学，将来做个工程师的；认为读文科、搞政治，风险太大，二十年代北伐大革命给他感受太深。今天明明是同志，可一夜之间却成了反革命投机分子，掉了脑袋。有人说"政治是不可捉摸的学问"，真是不假。

这时，沧萍低声问道："你说，粤军是不是比桂系好些？"

"天下乌鸦一般黑。"二哥说得干脆：都是军阀抢地盘称王称霸。不过，广东军饷是比广西充足，不会欠薪。接着他补充说，他所在的第一军本来是陈济棠南天王的主力，去年 6 月陈济棠、李宗仁闹起"两广事变"——搞什么假抗日、真反蒋，军长余汉谋被蒋介石收买，率部倒戈。结果，所有第一军的部属都官升一级，他的营长升了团长，当时大家都以为他这副营长稳升营长了的，谁料上峰却派下一位军长的亲弟余汉杰来接任。二哥说，这倒不全是因为人家裙带关系，主要是由于一位名叫白云的广西老乡在赣南围剿红军期间，带他一连人起义加入了红军，从此，二哥他便受嫌，名单上暗中被打个问号。

“曼夫，”沧萍又把声音放低，对着二哥说悄悄话，“你在赣南跟红军交过手，依你看，红军到底是个什么真相？”

“红军，”二哥沉吟地说，“不管怎样说，他们抗日是坚决的。在他们地区的老乡，你半夜三更喊‘打日本去！’没说二话，马上跟你出门上路。说他们搞打土豪分田地，那是孙中山主张‘耕者有其田’嘛。”

沧萍沉默一会，说：“西安事变共产党主张放蒋，拥护抗日是得人心的。”

“依我看，中国将来必走苏俄之路。”二哥认定地说。

“沧萍兄，”半天不吱声的海鸥傻头傻脑地发问，“你不是要学高尔基想当个作家？”

“哪里，哪里。”沧萍显得发窘。

“每天看你老哥总往本子写呀写的。”

沧萍严肃地说：“老写，不一定要想当作家，当成作家不但要有天分，而且还要个人艰苦的努力和社会的机遇。”说他之所以写写，无非同别人下棋、搓麻将一样，纯粹是为了消遣。“曹丕说过，文章雕虫小技，当不成饭吃。”

我却搭腔说：“可是，同一个魏文帝在一篇文论却说：‘盖文章，兴国之大业，不朽之盛事，人寿有时而尽，荣乐止乎其身，二者必至之常期，未若文章之无穷’……”

二哥听得不耐烦，打断我的朗诵，转向沧萍扯谈国事。说听传内幕所闻，最近周恩来应邀上了庐山，南京老蒋看来真是要放弃“先安内后攘外”的政策，实行国共第二次合作抗日了。

沧萍说他最近接到广西的故旧来信，说是“山雨欲来风满楼”，党禁可能将会有松动；桂系内部正在摒弃前嫌，极力网罗人才，贯彻执行枪口一致对外；盼望沧萍他认识时务，毅然来归，必为当局借重。

沧萍说他是不是日内就走呢，还要再看看气候。

二哥说，他的上峰也隐约放出话来：团长即将晋升 187 师师长，可能调他随去师部任少校副官长；粤军开始纳入中央军统一序列。

沧萍说："副官长是无兵可带的闲差，不过，总算熬到一个校级官衔了。"

二哥却满不在乎地说："话是这样传言，还是见到正式委任状才算数。"

闲话之间，通信兵来请副营长。海鸥指着二哥披上军装走去的背影说："曼夫兄怎么回事，情绪不高？"

我说："二哥他为人重感情，二嫂的养母嫌他官小，反对他们结合。二嫂她执意不依，索性私奔，跟二哥来营地成家。二嫂怀了孩子回广州留产，迟迟不见归来，引起二哥挂心吧。"

海鸥说："要在广州市民家找个姑娘还不容易？古人刘备不是讲吗：'兄弟如手足，妻子如衣服。'衣服旧了换件新的，着什么急。"

沧萍驳他："你们年轻人真是讲话不用钱。感情的事能这样简单就好喽。不是说庆云寺有个中山大学学生当和尚吗？平时见他一样剃个光头，一样在念经，可每到礼拜六却是西装革履，一身绅士派头下山奔罗隐渡回广州。人家问他：'和尚也要回家过礼拜六呀？'你听他怎样回答：'大和尚不回家，小和尚哪里来？'……"

海鸥听了发笑："哈哈，你听谁讲的？是庆云寺那位方丈跟你扯的大炮吧？"过一会，海鸥又想什么，猜测地自言自语："张工程师的小姨子是不是对曼夫兄有点那个？"

"瞎猜。你什么根据？"沧萍不以为然地反问。

"眼睛。有种人眼睛只管看东西，可有种人，眼睛还会说话。"

"我怎么没见到。"

"你没留心，当然熟视无睹喽。可你就不能否认客观事实的存在不是？"

"哈，老弟你几时学起哲学来了。"沧萍感到惊讶。

海鸥说："这，艾思奇的《大众哲学》讲的嘛。"

这一晚，我们就这样东拉西扯，谈得很乱很杂。看看半个月亮已偏西，银河在碧净的蓝天里显现一道白练，蟋蟀停了奏乐，萤火消失了，溪流发出追逐的声响，猫头鹰不时叫一两声。

那天清晨，朝露未干，二哥到营房那边督导部队晨操去了。剩下我们三个在树荫下挖泥取蚯蚓准备钓鱼。前面林荫小道出现一位穿着流行的阴丹士林布料旗袍的女士,正朝我们这边翩翩而来。

海鸥小声对我们两个说话:“注意,她来了!”

原来是张工程师的小姨子来“别墅”取她的草帽。她大大方方地向我们打招呼:“你们要做姜太公呀?”

海鸥反问:“拿草帽赶圩去不是?”

“不。上庆云寺。”她说她的救亡歌咏队一伙人大前天来湖山师范,今天要上山发动和尚们唱救亡歌曲。

我默默地盯着她娟秀的杏脸,带着调侃的口气说:“你们真行呀,连和尚也不放过。”

女士答道:“你来吗,一起走!”

我直起腰,拍拍手掌的泥土,站到她面前,瞄她热切的眼睛,一语双关地说:“同你们一道?可我没帽子呀。”

“把我的给你!”她真的把草帽往我头上一扣。这,害我发窘了。

她默默地端量我片刻,低声问道:“你认识一个叫黄丽清的?她是我表妹。她托歌咏队的人带封信来,叫我来看你,而且要我告诉她,对你有个怎样的印象。”

“什么印象呢?”

“莫泊桑一本小说的书名——《漂亮朋友》,哈哈。”

她瞅我不好意思,便郑重地改口说:“唔,你带什么书来,借我看看。我叫邝思真,交个朋友。”说着,跟我走进棚厅,在我床头拿走我没读完的《夏伯阳》。

走出门前,二哥迎头走来,她敏感地举起书晃了晃,向二哥表白:“借本书去看。”

二哥说:“是苏联红军的书哦。”

“红军又怎样,不好吗?”

二哥含笑,不置可否。

她走去两步,又回头来对我道:“丽清夹张字条在我这里,什么时候来取吧。”

不久,发生了震惊中外的大事——卢沟桥枪响了。紧接着,广州市开始遭受日本飞机轰炸……

抗战说来就真的来了。

载 1998 年《民族文学》第 12 期